हिन्द पॉकेट बुक्स

कैदी नं. 100

10 जून, 1955 को मेरठ में जन्मे वेद प्रकाश शर्मा हिंदी के लोकप्रिय उपन्यासकार थे। उनके पिता पं. मिश्रीलाल शर्मा मूलत: बुलंदशहर के रहने वाले थे। वेद प्रकाश एक बहन और सात भाइयों में सबसे छोटे हैं। एक भाई और बहन को छोड़कर सबकी मृत्यु हो गई। 1962 में बड़े भाई की मौत हुई और उसी साल इतनी बारिश हुई कि किराए का मकान टूट गया। फिर एक बीमारी की वजह से पिता ने खाट पकड़ ली। घर में कोई कमाने वाला नहीं था, इसलिए सारी ज़िम्मेदारी मां पर आ गई। मां के संघर्ष से इन्हें लेखन की प्रेरणा मिली और फिर देखते ही देखते एक से बढ़कर एक उपन्यास लिखते चले गए।

वेद प्रकाश शर्मा के 176 उपन्यास प्रकाशित हुए। इसके अतिरिक्त इन्होंने खिलाड़ी श्रृंखला की फिल्मों की पटकथाएं भी लिखी। *वर्दी वाला गुंडा* वेद प्रकाश शर्मा का सफलतम थ्रिलर उपन्यास है। इस उपन्यास की आज तक करोड़ों प्रतियां बिक चुकी हैं। भारत में जनसाधारण में लोकप्रिय थ्रिलर उपन्यासों की दुनिया में यह उपन्यास सुपर स्टार का दर्जा रखता है।

हिन्द पॉकेट बुक्स से प्रकाशित

लेखक की अन्य पुस्तकें

वर्दी वाला गुण्डा

सुहाग से बड़ा

सुपरस्टार

चक्रव्यूह

पैंतरा

खेल गया खेल

सभी दीवाने दौलत के

बहू मांगे इंसाफ़

कारीगर

साढ़े तीन घंटे

हत्या एक सुहागिन की

कैदी नं. 100

वेद प्रकाश शर्मा

हिन्द पॉकेट बुक्स

यूएसए। कनाडा। यूके। आयरलैंड। ऑस्ट्रेलिया। सिंगापुर
न्यू ज़ीलैंड। भारत। दक्षिण अफ्रीका। चीन

हिन्द पॉकेट बुक्स, पेंगुइन रैंडम हाउस ग्रुप ऑफ़ कम्पनीज़ का हिस्सा है, जिसका पता global.penguinrandomhouse.com पर मिलेगा

पेंगुइन रैंडम हाउस इंडिया प्रा. लि.,
चौथी मंजिल, कैपिटल टावर -1, एम जी रोड,
गुड़गांव 122022, हरियाणा, भारत

पेंगुइन
रैंडम हाउस
इंडिया

प्रथम संस्करण: तुलसी पॉकेट बुक्स द्वारा 1992 में प्रकाशित
प्रथम हिन्दी संस्करण हिन्द पॉकेट बुक्स द्वारा 2022 में प्रकाशित

10 9 8 7 6 5 4 3 2

ISBN 9789353494070
मुद्रकः रेप्रो इंडिया लिमिटेड

www.penguin.co.in

कैदी नं 100

ट्यूब के दूधिया प्रकाश से जगमगाता लंबा चौड़ा हॉल।

बुरी तरह चमचमा रही एक विशाल गोल मेज के चारों तरफ विश्व के चुनिंदा वैज्ञानिक विराजमान थे। प्रत्येक राष्ट्र से वहां का नंबर वन वैज्ञानिक इस कांफ्रेन्स में भाग लेने भारत आया था।

अध्यक्षता रूसी वैज्ञानिक मिस्टर आंद्रोपोव कर रहे थे। अभी अध्यक्षीय भाषण शुरू हुए दस मिनट ही गुजरे थे कि बिल्कुल अप्रत्याशित ढंग से हॉल का दरवाज़ा खुला।

सभी वैज्ञानिकों की दृष्टि उस तरफ उठ गई। आंद्रोपोव का मुंह खुला-का-खुला रह गया।

'डोर क्लोजर' के कारण दरवाज़ा स्वतः बंद हो गया, परंतु दरवाज़े के समीप, हॉल में एक बीस वर्षीय लड़की खड़ी नज़र आ रही थी। जहां वे सब उस लड़की के इस हॉल में प्रवेश पर चकित थे, वहीं लड़की के सौदर्य ने उन्हें स्तब्ध कर दिया!

वह मुस्कुरा रही थी।

गुलाब की पंखुड़ियों से पतले-पतले अधरों पर नृत्य करती मुस्कान बड़ी ही प्यारी लग रही थी। गोल मुखड़े, नीली आंखें और हंस जैसे रंग वाली इस लड़की के बाल घने, लंबे एवं काले थे।

"कौन हो तुम?" अमेरिकी वैज्ञानिक ने पूछा।

"संगीता!"

एक पल को सभी चकरा गए, फिर चीनी वैज्ञानिक ने सवाल किया–"कौन संगीता?"

"मैं विज्ञान की छात्रा हूं, एमएससी में पढ़ती हूं।"

“तुम यहां कैसे घुस आईं, क्या बाहर कोई पहरा नहीं है?”

“पहरा है और बहुत कड़ा पहरा है, ऐसा कि मिलिट्री के जवानों की नज़र बचाकर कोई परिंदा भी इस हॉल में पर नहीं मार सकता और हो भी क्यों नहीं?” अजीब मुस्कान के साथ संगीता कहती चली जा रही थी–“आखिर दुनिया के सर्वश्रेष्ठ वैज्ञानिक इस हॉल में जमा हैं, सुरक्षा के कड़े इंतजाम होने तो स्वाभाविक हैं।”

“फिर तुम यहां कैसे पहुंच गईं?”

“इस सवाल को छोड़िए, यह पूछिए कि मैं यहां क्यों आई हूं?”

जर्मन के गणितज्ञ ने पूछा–“क्यों आई हो?”

“आप लोगों की इस कांफ्रेन्स में भाग लूंगी?”

अमेरिकी वैज्ञानिक कह उठा–“तुम तो अभी सिर्फ एमएससी की छात्रा हो मिस संगीता तुम्हें यह मालूम होना चाहिए कि यह कांफ्रेन्स विश्व के सिर्फ नंबर वन वैज्ञानिकों की है, किसी मुल्क का नंबर टू वैज्ञानिक भी इसमें भाग नहीं ले सकता!”

“मैं फिर भी आई हूं।”

“क्या सोचकर आ गई हो?”

“आप सबको चकित कर देने के लिए।” उसने पूरी दृढ़ता के साथ कहा–“यह प्रमाणित करने के लिए कि विज्ञान की दुनिया को जो कुछ आज तक नंबर वन कहे जाने वाले वैज्ञानिक नहीं दे सके, वह मैं दे सकती हूं। सिर्फ एमएससी की छात्रा।”

पाकिस्तानी वैज्ञानिक ने कहा–“यह कोई पागल लड़की लगती है और जाने कैसे हमारा कीमती वक्त बर्बाद करने घुस आई है, हमें गार्ड्स को बुलाकर इसे बाहर . . .।”

“ठहरो!” मिस्टर आंद्रोपोव ने हाथ उठाकर कहा। पाकिस्तानी वैज्ञानिक को अपना वाक्य अधूरा ही छोड़ देना पड़ा, संगीता पर दृष्टि टिकाए मिस्टर आंद्रोपोव बोले–“क्या कहना चाहती हो बेटी, विज्ञान की दुनिया को क्या दे सकती हो तुम?”

“एक आविष्कार!”

“क्या और किस संबध में?”

“अगर आप दस मिनट का समय दें तो मैं अपने आविष्कार के बारे

में बता सकती हूं बल्कि अगर यह कहूं कि अपना आविष्कार आप लोगों को दिखाना चाहूंगी तब भी, अतिशयोक्ति नहीं होगी।''

''हम तुम्हें दस मिनट देते हैं!''

''थैंक्यू!'' कहते वक्त संगीता के मुखड़े पर ऐसी आभा उभर आई, जैसी केवल देवियों के चेहरे पर ही देखी जा सकती है। फिर बाएं हाथ में दबे लाल रंग के एयरबैग को संभाले आंद्रोपोव की तरफ बढ़ी।

संगीता की चाल में दृढ़ता थी, आत्मविश्वास था।

जब उसने बोलना शुरू किया तो बोली–''विज्ञान ने इतनी ज्यादा तरक्की कर ली है कि आज के युग को विज्ञान का युग कहा जाने लगा है और सच भी है, निःसंदेह हम बहुत आगे निकल आए हैं। हमने अणु और परमाणु बम बना लिए हैं, चांद-तारों तक का रास्ता नाप देते हैं हम आज हमारे सैकड़ों कृत्रिम उपग्रह अंतरिक्ष की कक्षाओं में परिक्रमा कर रहे हैं, उनमें ऐसे-ऐसे कैमरे फिट हैं कि करोड़ों किलोमीटर दूर से पृथ्वी पर रखे अखबार का ऐसा फोटो ले सकते हैं, जिसे आराम से पढ़ा जा सके। विज्ञान की उपलब्धियों को गिनवाया नहीं जा सकता, मगर फिर भी मैं यह कहूंगी कि जब हम अपने से बहुत दूर रखी वस्तु को देखने की कोशिश कर रहे होते हैं, तब अपने बहुत समीप रखी वस्तु को नहीं देख पाते!''

आंद्रोपोव ने पूछा–''क्या कहना चाहती हो, बेटी?''

''सिर्फ यह अंकल कि इतनी उपलब्धियों के बावजूद भी हम अधूरे हैं, हमारे इर्द-गिर्द आज भी ऐसी सैकड़ों प्राकृतिक विपदाएं हैं, जिन पर विज्ञान काबू नहीं पा सका है। ऐसे सैकड़ों रोग हैं जिनका इलाज हम ढूंढ़ नहीं पाए हैं। इन प्राकृतिक विपदाओं और बीमारियों की तरफ क्या हमारा ध्यान है?''

''बाढ़, तूफान, समुद्र में उठते ज्वार-भाटे और फटते हुए ज्वालामुखी, जहां ऐसी प्राकृतिक विपदाएं हैं, जो हर वर्ष करोड़ों की जान-माल की हानि पहुंचाती हैं, वहीं कैंसर जैसे भयानक और असाध्य रोग भी हैं। इन सब पर हमारा, हमारे विज्ञान का कोई काबू नहीं है। बाढ़ और तूफान को रोकने के लिए आविष्कार होने चाहिए, ज्वालामुखी को फटने से रोका जाना चाहिए और कैंसर जैसी अनेक

घातक बीमारियों को रोकने के लिए दवाइयां ईजाद होनी चाहिए।''

''क्या तुमने कोई आविष्कार किया है?''

''मैंने ऐसे यंत्र का आविष्कार किया है, जो हमें किसी भी ज्वालामुखी के फूट पड़ने की पूर्व सूचना दे सकेगा!''

ब्लेड की धार से भी कहीं ज्यादा पैना सन्नाटा छा गया वहां।

आंद्रोपोव समेत हर चेहरे पर हैरत के असीमित चिन्ह थे, वे यकीन नहीं कर पा रहे थे कि संगीता जो कुछ कह रही है, वह सच हो सकता है। क्या एमएससी की छात्रा सचमुच विज्ञान की दुनिया में ऐसा चमत्कार करके दिखा सकती है?

और दुनिया के चनिंदा वैज्ञानिकों को ऐसी अवस्था मे देखकर संगीता फख्र से मुस्कुरा उठी, गौरववश गर्दन स्वयं ही तन गई। हॉल में काफी देर तक सन्नाटा छाया रहा और संगीता वैज्ञानिकों की उपरोक्त अवस्था का आनंद लूटती रही।

एकाएक आंद्रोपोव ने पूछा–''क्या तुम सच कह रही हो बेटी?''

''सोलह आने सच अंकल, मेरे यंत्र को वहां फिक्स कर दिया जाएगा, जहां जमीन के गर्भ में हमें ज्वालामुखी होने का शक हो और विभिन्न स्थानों पर रखे गए ऐसे यंत्रों का संबंध उनसे हजारों मील दूर स्थित प्रयोगशाला से होगा तब, हम प्रयोगशाला में बैठे-बैठे ही यह जान सकते हैं कि कब कौन-सा ज्वालामुखी मुंह फाड़ने वाला है?''

''यंत्र कितने समय पहले संकेत देगा?''

''एक वर्ष पहले।''

''एक वर्ष?''

''जी हां।'' संगीता ने गर्व से कहा–''यंत्र यह भी बताएगा कि फटने वाला ज्वालामुखी कितना शक्तिशाली है, कितने क्षेत्रफल में उसके फटने का क्या असर होगा, यह सब कुछ हमें एक वर्ष पहले ही पता लग जाएगा और एक वर्ष उस क्षेत्रफल को आबादी रहित कराने के लिए शायद काफी होता है, इस प्रकार मेरे इस यंत्र का उपयोग शुरू होने के बाद शायद एक भी प्राणी ज्वालामुखी के कारण मर नहीं सकेगा!''

उत्सुक भाव से बुरी तरह घिरे आंद्रोपोव ने कहा–''हम तुम्हारा यंत्र देखना चाहते हैं बेटी!''

फिर, संगीता ने एयर बैग से निकालकर 'स्टेपलाईजर' जैसे आकार का एक यंत्र मेज पर रख दिया। एक के बाद एक सभी वैज्ञानिकों ने उसे देखा और फिर, संगीता ने सभी को उस यंत्र की कार्यविधि बताई। जब दावा संगीता ने किया था तो!

वह विशाल हॉल तालियों की गड़गड़हाट से गूंज उठा!

दुनिया के नंबर वन वैज्ञानिक संगीता को बधाईयां देने लगे और संगीता खुशी से सराबोर हुई जा रही थी। फख्र से गर्दन अकड़ाए खड़ी थी वह, हॉल में गूंजती तालियों का शोर थमने का नाम ही न ले रहा था कि संगीता को किसी ने बुरी तरह झिंझोड़ दिया।

वह हड़बड़ाकर उठी।

हॉल, दुनिया के चुनिंदा वैज्ञानिक, भूकंप की सूचना देने वाला यंत्र और तालियों की गड़गड़हाट आदि सभी कुछ एक पल ही झटके में गायब हो गया।

अगर वहां कुछ था तो एक छोटा-सा गंदा पड़ा कमरा। इस कमरे में एक कोने में बिछी हुई टूटी-फूटी एवं ढीली चारपाई और इसी चारपाई पर पड़ी संगीता।

अभी वह ठीक से संभल भी न पाई थी कि कानों में एक कर्कश आवाज़ पड़ी–''सुबह के आठ बज गए हैं और अभी तक खाट से चिपकी पड़ी है महारानी!''

यह आवाज़ उसके भाई की थी।

चारपाई पर उठकर बैठ गई संगीता ने चौंककर टीटू की तरफ देखा, हमेशा की तरह गुस्से में भुनभुनाता-सा टीटू उसे घूर रहा था। संगीता चाहकर भी कुछ बोल नहीं सकी। ऐसे अंदाज में उसे देखती रही जैसे कुछ समझ न पा रही हो।

टीटू ठीक किसी ज्वालामुखी के समान ही फट पड़ा–''इस तरह मुझे क्यों घूर रही है?''

''कुछ नहीं!'' संगीता ने धीरे से कहा।

''मैंने तुझसे कल इस कमीज में बटन लगाने के लिए कहा था, क्यों नहीं लगा?''

संगीता ने नज़र उठाकर कमीज की तरफ देखा, फिर आहिस्ता से उठती हुई बोली–''सॉरी भइया, मैं भूल गई थी!''

''हुंह। भूल गई थी। मेरी कोई बात याद ही कहां रहती है तुझे?''

संगीता ने कोई जवाब नहीं दिया। घड़े से पानी लेकर वह दूध से गोरे एवं पूर्णिमा के चांद से गोल मुखड़े पर 'छपके' मारने लगी और उस वक्त वह रस्सी पर टंगे गंदे तौलिए से चेहरा पोंछ रही थी जब टीटू ने कहा–''तुझे तो बस दो ही काम याद रहते हैं। सोना या कॉलिज जाना। वहां रोज-रोज नए-नए लड़कों के साथ घूमने को मिलता है न?''

''भइया?'' प्रतिरोध स्वरूप संगीता चीख पड़ी।

टीटू ने व्यंग्य किया–''क्यों, क्या मैं गलत कह रहा हूं?''

''अपनी बहन पर झूठा आरोप लगाते तुम्हें शर्म नहीं आती?''

''शर्म?'' टीटू ने पुनः व्यंग्य किया–''जब तुझ ही को लड़कों से भरे कॉलिज में सैर-सपाटे करने में शर्म नहीं आती तो मुझे भला काहे की शर्म आए?''

''मैं तुमसे कितनी बार कह चुकी हूं कि एमएससी में सभी को साथ पढ़ना पड़ता है। फिर भी मैं किसी लड़के से बात तक नहीं करती।

क्या तुमने मुझे कभी किसी लड़के से बातें करते या उसके साथ घूमते-फिरते देखा है?''

''जिस दिन देख लूंगा, उस दिन के बाद क्या वह हरामजादा दूसरे दिन का सूरज देख सकेगा?'' दांत भींचकर टीटू ने बड़े ही खूंखार स्वर में कहा–''चीर-फाड़कर साले की बोटियां चील-कौओं के सामने नहीं डाल दूंगा और तुझे-तुझे यह बात हमेशा याद रखनी चाहिए कि उस दिन से तेरा कॉलिज जाना बंद हो जाएगा।''

एक बार तो कांप गई संगीता!

अपने भाई को वह अच्छी तरह जानती थी। उसे मालूम था कि टीटू और बागेश की जोड़ी सारे इलाके के लिए आतंक का कराण है। कभी इन में एक पल के लिए भी नहीं हिचकेगा जो कह रहा है।

संगीता के कुछ बोलने से पहले ही, कमरे में दाखिल होती हुई उनकी मां ने कहा–''देख, फिर सुबह-सुबह डांटने लगा उस बेचारी

को। अरे जरा-सा बटन लगाना भूल गई तो कहां का पहाड़ टूट पड़ा। ला, मैं लगा देती हूं बटन!''

कमीज मां की तरफ उछालता हुआ टीटू बोला–''तूने ही इसे सिर पर चढ़ा रखा है मां!''

''तुम बाप-बेटों ने तो बस यही एक बात रट रखी है!'' हाथ में दबे सुई-धागे से अपने काम में व्यस्त होती मां ने कहा–''तुम्हें दीखता तो है नहीं कि वह बेचारी कितनी मेहनत करती है। कल शाम चार बजे ही तो कॉलिज से आई थी। पता नहीं रात के किस वक्त तक पढ़ती रही। बोल, भला तेरा बटन किस वक्त टांक देती यह?''

''कॉलिज जाने के लिए किसने कहा है इसे?'' हाथ में छोटा-सा टिफिन लिए कमरे में प्रविष्ट होते हुए दुर्गादास ने कहा–''कहां जाएगी इतना पढ़कर?''

''बस। आपको भी ही धुन है। पढ़ती हुई बेटी आंखों में कांटे-सी चुभ रही है।''

''चुभे क्यों नहीं इससे ज्यादा पढ़ा-लिखा लड़का कहां तलाश करते फिरेंगे?''

''और मैं तुमसे कितनी बार कहूं कि फिक्र बेटी की नहीं बेटे की करो!''

''बेटे की?''

''हां, यह सोचो कि आज के जमाने में तुम्हारे से कम पढ़ी-लिखी बहू कहां मिलेगी। कॉलिज की कभी शक्ल तक नहीं देखी है इसने। शायद इसीजिए संगीता के पढ़ने से चिढ़ता है।''

''मां!'' टीटू गुर्रा उठा।

बटन लगाने के बाद दांतों से धागा तोड़ती हुई शारदा ने कहा–''चीखता क्यों है, क्या मैंने झूठ कहा है? तू बागेश आवारागर्दी करते फिरते हो। सारी बस्ती में बदनाम हो। लोग गुंडे कहने लगे हैं तुम्हें और तुम . . . तुम भी सुन लो संगीता के पिताजी। किसी दिन ये लड़के ऐसा कुछ करके लौटेंगे कि संभालना भारी हो जाएगा!''

''बस। मौका मिला और तू लगी लड़ने!'' दुर्गादास ने कहा!

''लड़ूं नहीं तो क्या करूं?'' कमीज टीटू की तरफ फेंकती हुई शारदा बोली–''तुम दोनों बाप-बेटे संगीता के पीछे पड़े रहते हो। इसकी

पढ़ाई से चिढ़ते हो। यह हालत तो तब है, जबकि पढ़ने के लिए बेचारी हमसे कुछ लेती नहीं है। हमेशा फर्स्ट आती है इसीलिए कॉलिज वाले ही सारा खर्च उठाते हैं। एक ये है निखट्टू। तुम भी इसी का पक्ष लेते हो। किसी ने ठीक ही कहा है। पढ़ने वाले बच्चे को ऐसे घर में जन्म नहीं लेना चाहिए!''

''क्यों टीटू, तुमने संगीता को डांटा था?''

''हां!'' टीटू ने पूरे ढीठ अंदाज में कहा।

''क्यों?''

''जिसलिए आप इसके ज्यादा पढ़ने के पक्ष में नहीं हैं!''

''क्या मतलब?''

''मैं कह रहा था कि कॉलिज में लड़के-लड़कियां साथ पढ़ते हैं और यह सावधान रहे। किसी भी किस्म की ऊंच-नीच होने में आजकल देर नहीं लगती है!''

दुर्गादास ने शारदा से कहा–''इसमें टीटू ने क्या गलत कह दिया?''

''हमारी बेटी ऐसी नहीं है!''

''किसी की बेटी ऐसी नहीं होती शारदा!'' एकाएक ही दुर्गादास का स्वर गंभीर एवं कड़ा हो गया–''मैं आजकल के कॉलिजों की पढ़ाई को अच्छी तरह जानता हूं। एक इज्जत के अलावा हम गरीबों के पास है ही क्या और इस पर किसी तरह का दाग मैं बर्दाश्त नहीं करूंगा। टीटू जैसा भी है संगीता का बड़ा भाई है। इसकी पूरी जिम्मेदारी टीटू पर है। संगीता पर नज़र रखने का काम टीटू को मैंने सौंपा है!''

''तुमने?''

''हां और तू कान खोलकर सुन ले। मेरा गुस्सा तो तू जानती ही है। अगर ऊंच-नीच की कोई बात मेरे कानों मे पड़ी तो तू जानती ही है कि मैं तेरी एक नहीं सुनूंगा। इसके साथ-साथ तेरी भी खाल नोंचकर रख दूंगा!''

शारदा का चेहरा पीला पड़ गया।

सारी बातचीत के बीच अभी तक गर्दन झुकाए चुपचाप खड़ी संगीता ने चेहरा ऊपर उठाया।

उसकी बड़ी-बड़ी नीली आंखों में आंसू तैर रहे थे। कांपते होठों से बोली–''आपको कभी ऐसा कुछ सुनने को नहीं मिलेगा पिताजी!''

"इसी में सबकी भलाई है!" चेतावनी देने के अंदाज में दुर्गादास ने संगीता से कहा और फिर उसी दृष्टि से अंतिम बार शारदा को घूरकर कमरे से बाहर निकल गया।

टीटू ने भी एक नज़र उन दोनों पर डाली और फिर, व्यंग्य भरी विजयी मुस्कान के साथ कमरे से बाहर निकल गया।

उसके जाते ही संगीता कांपते स्वर में पुकार उठी–"मां!"

"हां बेटी!" शारदादेवी अपने आंसू बड़ी मुश्किल से रोक पा रही थी।

संगीता दौड़कर मां से लिपट गई और फिर उसके आंचल में मुखड़ा छुपाकर फूट-फूटकर रो पड़ी। उसके बालों को प्यार से सहलाती हुई शारदादेवी ने कहा–"तू घबरा नहीं बेटी। दिल छोटा मत कर।"

"मगर मां, वे मुझ पर इतना शक क्यों करते हैं?"

"शक नहीं करते बेटी!"

"फिर?"

"वे तेरे पिता हैं और एक जवान लड़की के पिता को चिंता लगी ही रहती है। विशेष रूप से तब जबकि पिता गरीब हो। वे बेचारे डरते हैं कि कहीं कोई ऊंच-नीच न हो जाए या....या तू कहीं न उठ जाए कि तेरे हाथ पीले करने में ही उनके वश से बहुत दूर की बात हो जाए!"

"और भइया?"

"हूं। उसकी तू परवाह न किया कर। वह तुझे डांटता रहता है और कभी-कभी मार भी बैठता है, मगर ऐसा वह बड़े भाई के स्नेहवश नहीं करता। अगर स्नेहवश करता होता, तो मुझे उससे कोई शिकायत नहीं होती!"

"आखिर भइया क्यों डांटते रहते हैं मुझे?"

"चौबीस घंटे की डांट-डपट के पीछे उसकी खीज है। उसकी अपनी कमजोरियों से उत्पन्न होने वाली झुंझलाहट। वह लड़का होकर पढ़-लिख नहीं सका और तू लड़की होकर बहुत आगे निकल गई। इससे चिढ़ता है वह!"

संगीता अपने आंसू पोंछने लगी।

शारदा ने कहा–"सुन बेटी। यह तू समझ ही गई होगी कि अपनी हीनता को छुपाने के लिए टीटू किसी ऐसे बहाने की तलाश में है, जब वह तुझे नीचा दिखा सके। आजकल गुंडों में भी उठने-बैठने लगा है।

एक-एक कदम संभलकर चलना। अगर उन्हें कभी अपनी इज्जत पर खतरा नज़र आया तो वे मेरी भी नहीं सुनेंगे।''

''मां क्या तुम भी मुझ पर शक कर रही हो?''

''नहीं बेटी, बल्कि आगाह कर रही हूं। तुझे झूठ-मूट का भी कोई ऐसा मौका नही देना है, जिसका लाभ उठाकर टीटू तेरे पिता को भड़का सके। अगर ऐसा हो गया तो सब कुछ बिखर जाएगा बेटी, सब कुछ। तेरी आज तक की सारी मेहनत पर पानी फिर जाएगा!''

तीस वर्षीय प्रोफेसर दिवाकर ने ब्लैक बोर्ड पर कैमिस्ट्री का एक सवाल लिखा और छात्रों से मुखातिब होकर बोला–''क्या आप लोगों में से कोई इस सवाल को हल कर सकता है?''

हाथ उठाने वाले पांच छात्रों में संगीता भी थी।

मगर प्रोफेसर ने उससे नहीं, बल्कि एक अन्य छात्र से सवाल हल करने के लिए कहा और उस छात्र ने ब्लैक बोर्ड पर आकर सवाल हल कर दिया। दिवाकर ने कहा–''बैरी गुड निःसंदेह तुमने सवाल कर दिया है, लेकिन जिस तरीके से तुमने सवाल हल किया है। इसे हल करने का इसके अलावा एक और तरीका भी है। क्या तुम उस दूसरे तरीके से भी इसे कर सकते हो?''

''नो सर!''

''क्या कोई इसे दूसरे तरीके से हल कर सकता है?''

''यस सर!'' कहती हुई संगीता खड़ी हो गई–''सिर्फ दूसरे ही नहीं मैं इसे पूरे पांच तरीकों से हल कर सकती हूं!''

''पांच तरह से?'' दिवाकर का अविश्वसनीय स्वर।

''जी हां। इस सवाल को मैं पिछली रात पांच तरह से हल कर चुकी हूं और रात मैंने महसूस किया था कि अगर और ज्यादा दिमाग लगाया जाए तो दो अन्य तरीकों से भी हल हो सकता है!''

''क्या तुम ब्लैक बोर्ड पर आकर हमें पांचों तरीके समझा सकती हो?''

''ऑफकोर्स सर!''

और फिर जब संगीता ने सचमुच उस सवाल को पांच तरह से हल करके दिखा दिया तो प्रोफेसर दिवाकर की आंखों में हैरत के असीमित

चिन्ह उभर आए। संगीता को वे यूं देखने लगे, जैसे कि उनकी क्लास में कोई छात्रा नहीं, बल्कि आगरा में बना ताजमहल साक्षात् आ खड़ा हुआ हो, बोले–"आज एक बार फिर तुमने हमें हैरत में डाल दिया है, संगीता। इस सवाल के बारे में जिस ढंग से तुमने सोचा, उस ढंग से हम कभी सोच ही नहीं सके। हमने तो कल्पना भी नहीं की थी कि यह दो से ज्यादा तरीकों से भी हल हो सकता है!"

संगीता गर्दन झुकाए चुपचाप खड़ी रही।

तभी पीरियड समाप्त होने का घंटा बज गया और प्रोफेसर दिवाकर ने कहा–"आप सब जानते ही हैं कि कल शाम हम देहली में होने वाले एक वैज्ञानिक सम्मेलन में जा रहे हैं, अतः दो दिन हम पीरियड नहीं ले सकेंगे!"

छात्र उठ खड़े हुए!

"तुम अभी रूकना संगीता। हमें तुमसे कुछ बातें करनी हैं!"

"जी!" धीरे से कहकर वह अपनी सीट की तरफ बढ़ गई।

हालांकि देखने मात्र से संगीता सामान्य नज़र आ रही थी, परंतु वास्तव में प्रोफेसर दिवाकर ने रूकने के लिए कहकर उसके दिलों-दिमाग में एक अजीब-सी हलचल पैदा कर दी थी। एक ही सवाल दिमाग पर किसी हथोड़े की तरह चोट कर रहा था और वह सवाल था–"बिल्कुल अकेले में प्रोफेसर दिवाकर उससे क्या कहना चाहते हैं?"

कहीं उसी संबंध में तो कुछ नहीं, जो वह स्वयं कहना चाहती थी?

दिल 'धक्-धक्' की आवाज़ उत्पन्न करने लगा!

वह स्वयं भी तो अकेले में प्रोफेसर से कुछ कहना चाहती थी, मगर लाख चेष्टाओं के बावजूद भी कह नहीं सकी और इसीलिए पिछली रात दिवाकर के नाम उसने एक पत्र लिखा था। अपने दिल के समूचे जज्बात उसने इस पत्र में उडेल दिए थे। यह सोचकर कि जो कुछ वह कह नहीं पा रही है, शायद पत्र के माध्यम से कह सके!

पत्र अब भी उसकी एक पुस्तक में रखा था!

अपनी सीट तक पहुंचते-पहुंचते इसी द्वंद्व में फंसी रही कि दिवाकर को पत्र दे या नहीं और सीट पर पहुंचने के बाद उसने निश्चय किया कि पहले दिवाकर की सुनेगी।

संभव है कि पत्र देने की नौबत ही न आए!

शायद प्रोफेसर दिवाकर स्वयं ही पहल करने वाले हों!

हां अगर उनका 'टॉपिक' कुछ और हुआ तो वह पत्र जरूर दे देगी!

यही निर्णय करके उसने अपनी पुस्तक उठाई। धड़कते दिल से मुड़ी और जब तक वापस दिवाकर के नजदीक पहुंची तब तक क्लास से सभी छात्र जा चुके थे।

अपने पैर के अंगूठे पर दृष्टि गड़ाए संगीता ने धीरे से कहा–"यस सर!"

"हमारी तरफ देखो संगीता!"

संगीता को यूं लगा जैसे की पटरियों पर दौड़ रही ट्रेन किसी 'रीवर ब्रिज' से गुजरी हो। अपनी नीली आंखें उठाकर उसने बड़ी मुश्किल से प्रोफेसर दिवाकर की तरफ देखा। धीमे स्वर में बोली–"जी!"

"हम तुम्हारे घर आना चाहते हैं!"

दिल में ऐसी आवाज़ गूंजी जैसे ट्रेन-एक्सीडेंट हो गया हो। संगीता का चेहरा एकदम से सफेद नहीं, बल्कि पीला जर्द पड़ गया। मस्तक पर पसीने की बूंदें झिलमिलाने लगीं। कुछ कहने के प्रयास में गुलाब की पंखुड़ियां कांपी तो जरूर थी, परंतु उनके बीच से कोई आवाज़ न निकल सकी!

रहस्यमय अंदाज में प्रोफेसर दिवाकर ने पूछा–"क्या हुआ?"

"कुछ नही सर!" संगीता ने स्वयं को संयत करने की कोशिश की।

"क्या तुम हमें अपने घर बुलाना नहीं चाहती?"

"न . . . नो सर ऐसी तो कोई बात नहीं है!"

"फिर?"

"आप मेरे घर क्यों आना चाहते हैं?"

"हम देखना चाहते हैं उन्हें जिन्होंने तुम जैसी महान प्रतिभा को जन्म दिया है। सच उनसे मिलने की हमारे दिल में बड़ी ही प्रबल इच्छा है। हम दावे के साथ कह सकते हैं संगीता कि अगर वैज्ञानिक दुनिया के दृष्टिकोण से देखा जाए तो भारत में तुमसे पहले तुम्हारे स्तर की कोई प्रतिभा नहीं जन्मी है। निश्चय ही तुम्हारे रूप में भविष्य में सिर्फ भारत ही को नहीं, बल्कि पूरी मानव जाति को एक नायाब वैज्ञानिक मिलने जा रहा है और हम उन्हीं महान व्यक्तियों के दर्शन करना चाहते हैं, जिन्होंने तुम्हें जन्म दिया और फिर . . .।

"फिर?"

प्रोफेसर दिवाकर ने बहुत ही रहस्यमय मुस्कान के साथ कहा–"हमें उनसे कुछ बहुत ही जरूरी बातें भी करनी हैं!"

"जरूरी बातें?" संगीता के होश उड़े जा रहे थे।

"तुम्हारे भविष्य के विषय में!"

"भविष्य के विषय में!"

"वे बातें तुम्हें बताने की नहीं हैं और हम जानते हैं कि न ही उन्हें तुमसे करने से कोई लाभ होगा। जो कुछ हम चाहते हैं, उसके लिए उन्हीं की इजाजत जरूरी है!"

संगीता अवाक् रह गई। वह निश्चय नहीं कर सकी कि क्या कहे और अभी वह कुछ कह भी नहीं पाई थी कि दिवाकर ने कहा–"हमें अपना एड्रेस बताओ। हम आज शाम ही को तुम्हारे घर आ रहे हैं!"

संगीता पर बिजली-सी गिर पड़ी। जी चाहा कि चीख पड़े। उन्हें अपने घर आने से इंकार कर दे। बता दे कि उसके घर का माहौल वैसा नहीं है। शायद मां के अलावा वहां कोई महान आदमी नहीं रहता है!

मगर ऐसा कह नहीं सकी वह!

जबकि प्रोफेसर दिवाकर ने बड़े विश्वास के साथ अपनी जेब से नोट बुक एवं पैन निकालते हुए कहा–"अपना एड्रेस बोलो!"

ऐसी अवस्था में एड्रेस न बोलना शिष्टाचार के एकदम विरुद्ध था और फिर दिवाकर को अपने घर का वातावरण वह समझा भी तो नहीं सकती थी, अतः कांपते स्वर में उसने एड्रेस नोट करा दिया। पैन बंद करके प्रोफेसर दिवाकर ने जेब में रखते हुए कहा–"हम आज शाम आठ बजे तुम्हारे माता-पिता के दर्शन करने आ रहे हैं!"

"मुझे भी आपसे कुछ कहना है!"

"हां-हां बोलो!"

संगीता ने बुरी तरह धड़कते दिल और कांपती उंगलियों के साथ पुस्तक से पत्र निकाला और दिवाकर की तरफ बढ़ाती हुई बोली–"इसमें मैंने अपने दिल के सभी जज्बात खोलकर रख दिए हैं। अगर आप उन्हें सम्मान दें तो . . . तो मुझे दुनिया की सबसे बड़ी दौलत मिल जाएगी!"

पत्र लेते हुए प्रोफेसर दिवाकर ने कहा–"कहीं तुमने भी तो वही

सब कुछ नहीं लिख दिया है, जिसके संबंध में हम आज शाम तुम्हारे माता-पिता से इजाजत लेने वाले हैं।''

''मैं नहीं जानती!'' कहने के साथ ही घबराहट की अधिकता के कारण वह घूमी और फिर कांपती टांगों से तेजी के साथ क्लासरूम से बाहर चली गई। प्रोफेसर दिवाकर जाने क्यों मुस्कुराने लगे? पत्र की तहें खोलते वक्त उनके चेहरे पर ऐसे भाव थे, जैसे पहले से ही जानते हों कि इसमें क्या लिखा है पूरी तहें खोलने के बाद प्रोफेसर दिवाकर बड़बड़ा उठे–''ये कवि और लेखक लोग शायद ठीक ही कहते हैं कि दिल को दिल से राहत होती है!''

''ये तूने क्या किया नासपीटी?''

''मैं क्या करती मां?''

''क्या तू अपने बाप और भाई को जानती नहीं है?''

''जानती हूं। इसीलिए तो प्राण निकले जा रहे हैं, मगर तुम ही बताओ मां। उन हालातों में मैं कर ही क्या सकती थी। प्रोफेसर साहब को कैसे बताती कि . . .

''मगर अब होगा क्या?''

''अब जो भी हो मां उसे 'फेस' तो करना ही पड़ेगा। शाम को भइया तो घर में रहते नहीं हैं।

वे रात को बारह बजे से पहले नहीं अएंगे!''

''और तेरे पिताजी?''

''प्लीज मां। प्रेस से आते ही तुम उन्हें कोई ऐसा काम बता देना कि वे रात दस बजे से पहले न लौट सकें। बस फिर जैसे भी होगा। मैं ज्यादा से ज्यादा साढ़े नौ बजे तक प्रोफेसर साहब को यहां से विदा कर दूंगी!''

''और अगर प्रोफेसर ने तेरे पिता से मिलने की जिद की?''

''कह दूंगी कि पिताजी दो दिन के लिए बाहर चले गए हैं!''

''भलाई तो इसी में है कि उन दोनों में से किसी को प्रोफेसर के यहां आने का पता न लगे, लेकिन ऐसा कैसे? क्या काम बताऊं उन्हें?

‘‘कुछ भी!’’

‘‘ये तूने क्या मुसीबत खड़ी कर ली है पगली। मुझे तो कुछ सूझ नहीं रहा है, अगर कोई काम बता भी दूं और वे समय से पहले लौट आए तो। उफ्फ! कयामत आ जाएगी संगीता। कल ही से न सिर्फ तेरा कॉलिज जाना छूट जाएगा, बल्कि वे हम दोनों की चमड़ी उधेड़ डालेंगे। प्रोफेसर को भी कोई नुकसान पहुंचा दें तो आश्चर्य नहीं!’’

‘‘नहीं मां! संगीता का चेहरा पीला पड़ गया–‘‘ऐसा मत कहो। ऐसा कुछ भी नहीं होना चाहिए। कोई ऐसी तरकीब सोचों कि जिससे पिताजी किसी भी हालत में दस बजे से पहले घर न लौट सकें!’’

‘‘ऐसी क्या तरकीब हो सकती है?’’

संगीता सोचने लगी!

दिमाग तो उसका तेज था ही। अपने जिस दिमाग को वह कैमिस्ट्री-फिजिक्स के जटिल फार्मूलों को समझने या उनसे संबंधित सवालों को हल करने में खर्च किया करती थी, उसी दिमाग को इस तरह उलझा दिया और फिर हल निकालने मे उसे बहुत ज्यादा देर नहीं लगी!

बोली–‘‘एक तरकीब है मां!’’

‘‘क्या?’’

‘‘पिताजी साढ़े पांच बजे तक ऑफिस से आ जाते हैं। खाना खाने के बाद वे अपने ऊपर वाले कमरे में चले जाते हैं। वहां कुछ पढ़ते रहते हैं। ध्यान रहे तुम उनके आने से पहले ही उनके कमरे की गली की तरफ खुलने वाली खिड़की खोल दोगी। ठीक छः बजे उस खिड़की के माध्यम से एक मोटा पत्थर कमरे में जाकर गिरेगा। पत्थर के चारों तरफ एक काग़ज़ लिपटा हुआ होगा। उस वक्त तुम भी उसके पास ही होगी और इस काग़ज़ को पढ़ने के बाद जब एक बार पिताजी घर से बाहर निकल जाएंगे तो फिर किसी भी हालत में दस से पहले नहीं लौटेंगे!’’

‘‘कौन फेकेंगा यह पत्र?’’

‘‘गली में खड़ी होकर मैं!’’

आश्चर्य के साथ शारदादेवी ने पूछा–‘‘पत्र लिखेगा कौन?’’

‘‘मैं ही!’’

''क्या वे तेरी लिखाई . . . ?

''पिताजी मेरी लिखाई नहीं पहचानते!''

''क्या लिखेगी उसमें?''

और जब संगीता ने मैटर बताया तो शारदादेवी की आंखें न सिर्फ हैरत से फैल गई, बल्कि उनके चेहरे पर नागवारी के भाव भी उभर आए।

बोली–''क्या तू पागल हो गई है। उन्हें इतना परेशान करेगी?''

''फिलहाल सिर्फ यह बताओ मां कि क्या ऐसा पत्र पढ़कर पिताजी घर में बैठ रह सकेंगे?''

''ऐसा दुनिया में शायद एक भी पिता नहीं होगा!''

''तुम्हारे ख्याल से वे क्या करेंगे?''

''पागलों की तरह 'महारानी के खंडहर' की तरफ दौड़ते चले जाएंगे!''

''क्या दस से पहले लौट सकेंगे?''

''हर्गिज नहीं दस तो क्या शायद ग्यारह-बारह बजे तक भी न लौटें!''

''बस तो फिर इस तरकीब़ को एक कारगर तरकीब कह सकते हैं मां। रही पिताजी के परेशान होने वाली बात तो मैं यही कहूंगी कि यहां रहने से जो कुछ होगा उससे पिताजी का थोड़ा परेशान होना लाख दर्जे अच्छा है।''

''मगर!'' मां हिचक रही थी।

''अगर-मगर कुछ नहीं मां। दस बजे के बाद पिताजी को स्वयं ही पता लग जाएगा कि पर्चा झूठा था और फिर तो कोई बात रह ही नहीं जाएगी। जब आपस में उनकी बातें होंगी तो दोनों इसी नतीजे पर पहुंचेंगे कि वह पत्र किसी की शरारत मात्र था!''

''मुझे तो डर लग रहा है बेटी!''

''डर की कोई बात नहीं है। मैंने हमेशा आजमाया है अगर हम शुरू से एक-एक प्वाइंट को ध्यान में रखकर पूरी कैलकुलेशन के साथ आगे बढ़ें तो हम हमेशा सही निकलते हैं!''

मां की बात पर कोई ध्यान न देती हुई संगीता ने एक बार फिर समूची योजना को 'वॉश' करने के लिए अपनी दिमागी मशीन में डाल लिया ओर उसे 'रिफाइंड' करने हेतु पहले परीक्षण से गुजारा। बोली–''क्या पत्र पढ़ने के बाद पिताजी उसे पुलिस को दिखाने की कोशिश कर सकते हैं, मां?''

''भला कैसे कर सकेंगे। जब लिखेगी ही ऐसा?''

''संभावना तो यही है कि नहीं करेंगे, मगर फिर भी। अगर पुलिस की मदद लेने का कोई विचार उनके दिमाग में उठे, तो उसे तुम दूर करोगी। जमाने की ऊंच-नीच समझाओगी!''

शारदादेवी कुछ बोली नहीं। चकित निगाहों से सिर्फ उसे देखती रहीं।

और संगीता ने योजना को दिमागी मशीन के दूसरे परीक्षण से गुजारा। बोली–''ऐसा भी तो हो सकता है कि पिताजी सीधे महारानी के खंडहर में पहुंचने के स्थान पर पहले टीटू को तलाश करने की कोशिश करें। क्यों मां पिताजी ऐसा कर सकते हैं न?''

शारदादेवी इस बार भी कुछ नहीं बोली।

''जरूर कर सकते हैं!'' संगीता स्वयं बड़बड़ाई–''और अगर टीटू उन्हें मिल गया तो सारी योजना धराशायी हो जाएगी मगर टीटू को आखिर वे ढूंढ़ेंगे कहां? उसके किसी ठिकाने का घर के सदस्यों में से किसी को पता तो है नहीं। लेकिन फिर भी पिताजी कोशिश करके उसके ठिकाने का पता लगा सकते हैं!'' यह सब बड़बड़ाने के बाद वह थोड़ी चिंतित नज़र आने लगी, मगर अगले कुछ ही पल बाद चुटकी बजाकर स्वयं से कह उठी–''वैरी गुड। मैं उन्हें इतना समय ही नहीं दूंगी!''

अब वह योजना को अन्य परीक्षणों पर परखने लगी। अंत में इस निष्कर्ष पर पहुंची कि कहीं किसी गड़बड़ की संभावना नहीं है, अतः बोली–''यही तरकीब ठीक रहेगी मां। बस तुम्हें थोड़ी-सी एक्टिंग करनी होगी!''

''मुझे तो डर लग रहा है बेटी, जाने तू क्या-क्या कह और सोच रही है। मैं तो कहती हूं कि छोड़ इस सबको। अब भी उस प्रोफेसर से कह दे कि यहां न आए। अगर उन दोनों में से किसी को जरा भी भनक लग गई तो कयामत आ जाएगी। ऐसी कयामत कि शायद इस घर में लाशें बिछ जाएं!''

एक बार को तो संगीता भी बुरी तरह कांप गई, किंतु हौसला बनाए रखकर शीघ्र ही बोली–''अब प्रोफेसर साहब को रोकना संभव नहीं है मां, क्योंकि मैं उनका घर नहीं जानती हूं, मगर तुम डरती क्यों हो। यकीन रखो कुछ नहीं होगा!''

अपनी खाट पर बैठकर संगीता ने पत्र लिखा। लिखने के बाद एक बार नहीं, बल्कि कई बार ध्यानपूर्वक पढ़ा और संतुष्ट होने के बाद एक 'दीवार-गिरी' पर रखी टेबल वॉच की तरफ देखा।

उसमें पौने पांच बजे थे।

संगीता समझ गई कि अभी साढ़े चार बजे हैं, क्योंकि जानती थी कि यह घड़ी वर्षों से पंद्रह मिनट आगे चलने की परम्परा निभा रही है।

उसने आंखें बंद कर ली।

छः बजे से शुरू होने वाले उत्तेजक क्षणों में खो गई वह।

क्या सब कुछ सही-सलामत उसी ढंग से निपट जाएगा, जैसा योजना से नज़र आता है या कहीं कुछ गड़बड़ हो जाएगी?

गड़बड़ की आशंका मात्र से उसके पसीने छूट रहे थे।

उसे स्वयं ही को बार-बार यह सोचकर समझाना पड़ रहा था कि योजना बिल्कुल दुरूस्त है और कहीं गड़बड़ नहीं गड़बड़ की आशंका मात्र से उसके पसीने छूट रहे थे।

उसे स्वयं ही बार-बार यह सोचकर समझाना पड़ रहा था कि योजना बिल्कुल दुरूस्त है और कहीं किसी किस्म की गड़बड़ की कोई संभावना नहीं है।

सोचते-ही-सोचते उसका ध्यान प्रोफेसर दिवाकर की तरफ भटक गया और दिमाग में बड़ी तेजी से सवाल कौंधा–मेरे माता-पिता से मिलकर वे क्या बात करना चाहते हैं? मेरे भविष्य के विषय में ऐसी क्या बात हो सकती है, जो मुझे नहीं बताई जा सकती थी और जिसके लिए दिवाकर को मेरे मां-बाप की इजाजत की जरूरत थी। कहीं वैसी ही कोई बात तो नहीं है, जैसी मैंने अपने पत्र में लिखी थी।

ध्यान भटककर अपने पत्र पर पहुंच गया और वह सोचने लगी–मेरे पत्र में लिखी नादानियों से भरी बातों को पढ़कर उन्होंने क्या सोचा होगा। पागल समझ रहे होंगे मुझे!

क्या वे उस पत्र का जवाब देंगे?

हां या नहीं?

कुछ भी दें, मगर क्या वे अपना जवाब मां के सामने ही दे देंगे।

अपने पत्र के बारे में मां को अभी तक मैंने कुछ बताया भी नहीं है।

वक्त से पहले बताती भी किस मुंह से?

प्रोफेसर साहब का जवाब ही सस्पेंस में है।

सोचते-सोचते जाने कितना समय गुजर गया। चौंकी तब जबकि मकान के मुख्यद्वार का दरवाज़ा जोर से खटखटाया गया। अंदाज ही से वह समझ गई कि पिताजी होंगे।

उसने पलटकर घड़ी की तरफ देखा। वह पौने छः बजा रही थी और इस आशंका मात्र से उसके दिल की धड़कने बढ़ा दी थीं कि पिताजी आ गए हैं।

उसे लगा कि उत्तेजना का दौर अभी से शुरू हो चला है।

''धक-धक-धक !'' शारदादेवी अपने दिल की धड़कनों की आवाज़ बिल्कुल साफ सुन रही थी, बल्कि अगर यह कहा जाए तो अतिश्योक्ति नहीं होगी कि अपने दिल पर किसी मजबूत हथौड़े की चोट महसूस कर रही थीं वे।

पलंग पर लेटने के बाद दुर्गादास एक किताब खोल चुके थे और पांयते बैठी शारदादेवी रह-रहकर खुली पड़ी खिड़की की तरफ देख रही थीं।

इस कमरे में चूंकि कोई घड़ी नहीं थी, इसलिए शारदादेवी को समय का ठीक अनुमान नहीं हो पा रहा था और इसी वजह से वे कुछ ज्यादा उद्विग्न हुई जा रही थीं। उस वक्त भी वे खिड़की की तरफ देख रही थी कि दुर्गादास ने पुकारा–''शारदा!''

''जी!'' शारदादेवी एकदम इस तरह हड़बड़ा गई, मानो चोरी करते रंगे हाथों पकड़ ली गई हो!

''क्या बात है?''

''कुछ नहीं!''

''कुछ परेशान-सी नज़र आ रही है। कोई बात कहना चाहती है क्या?''

''नहीं तो!''

''फिर यहां क्यों बैठी है? नीचे जाकर घर के काम निपटा!''

''जी!'' कहने के साथ ही शारदादेवी को उठ जाना पड़ा, क्योंकि सचमुच उसका इस वक्त यहां बैठना रोजमर्रा के रूटीन के एकदम खिलाफ था। यह शाम का वक्त था और इस वक्त वह घरेलू कामकाज में व्यस्त रहती थी।

दुर्गादास को किसी किस्म का शक न हो। इसके लिए इस वक्त उसका यहां से चले जाना ही उचित था, मगर योजना के बिल्कुल विरुद्ध!

शारदादेवी उलझ गई।

समझ न सकीं कि क्या करें?

बौखलाकर एक बार फिर उन्होंने खिड़की की तरफ देखा।

मन-ही-मन बड़बड़ाई–'आखिर क्या हो गया इस कम्बख्त को। पत्थर फेंकती क्यों नहीं?'

उनकी दुविधा से अनजान दुर्गादास ने दृष्टि पुनः किताब पर जमाते हुए कहा–''गली की तरफ से बहुत धूल आ रही है खिड़की बंद करती जा!''

एक भयानक गड़गडाहट के बाद शारदादेवी का दिमाग 'सन्न' रह गया। उन्हें सारी स्कीम रेत के टीले की तरह भरभराकर गिरती नज़र आई!

दुर्गादास के हुक्म के पालन न करने का कोई सवाल ही न था। खिड़की के माध्यम से कमरे में सचमुच धूल आ रही थी और उसका खिड़की न बंद करना तथा उसके कुछ ही देर बाद उसके माध्यम से पत्थर में लिपटे पत्र का आना एकदम गलत था।

सो। जब हुक्म हो चुका था तो खिड़की उसे बंद करनी ही थी कि एक बिजली-सी कौंधी और फिर उनकी आंखों के सामने रंग-बिरंगी चिंगारियां नाच उठी।

मुंह से बरबस ही एक जोरदार चीख निकल गई थी।

निकलती भी क्यों नहीं। आखिर उनके माथे पर दाई तरफ ऊपरी हिस्से से पूरे वेग के साथ आकर टकराने वाला पत्थर काफी बड़ा एवं नुकीला था!

चीखकर उन्होंने दोनों हाथों से जख्म को भींच लिया!

दुर्गादास ने चौंककर पूछा–''क्या हुआ शारदा?''

''उफ्फ! ये पत्थर!'' शारदादेवी सचमुच तड़पीं।

और फिर शारदा की दोनों हथेलियों को चीरकर मस्तक से निकली खून की धारा को दुर्गादास ने देखा तो न केवल वे पलंग से उछलकर खड़े हो गए, बल्कि लपकर शारदा के नजदीक ही जो पहुंच गए!

दर्द से तिलमिलाती हुई शारदादेवी वहीं बैठ गई थीं।

''क्या हुआ। आखिर हुआ क्या था?''

''गली में से किसी ने पत्थर मारा है!''

दुर्गादास ने झपटकर गली में देखा, मगर वहां कोई नज़र नहीं आया। गली बिल्कुल सुनसान पड़ी थी। वे बड़बड़ाए–"यहां तो कोई नहीं है!"

शुक्र था कि पत्थर शारदादेवी के मस्तक से टकराने के बावजूद भी कमरे के अंदर ही गिरा था। शारदादेवी चाहकर भी कुछ बोल नहीं सकी, जबकि बौखलाए हुए दुर्गादास ने इधर-उधर देखा ओर फिर शीघ्र ही उनकी दृष्टि फर्श पर पड़े पत्थर पर टिक गई।

पत्थर पर लिपटे काग़ज़ को देखते ही उनके मुंह से निकला–"अरे?"

उन्होंने झपटकर काग़ज़ उठा लिया। शारदादेवी अभी तक कराह रही थी, अतः वे उनकी तरफ मुखातिब हुए। शारदादेवी के मस्तक पर जख्म छोटा, किंतु गहरा था और इसीलिए खून बुरी तरह बह रहा था।

दुर्गादास ने बौखलाकर इधर-उधर देखा। एक आले में स्प्रिट की शीशी रखी नज़र आई।

फटे हुए लिहाफ के अंदर से उन्होंने रूई निकली।

स्प्रिट लगाते ही खून बहना बंद हो गया।

लिहाफ से कुछ और रूई लेकर उन्होंने न सिर्फ जख्म पर चिपका दी, बल्कि शारदादेवी को वहां से उठाकर पलंग पर भी बैठा दिया। शारदादेवी पत्थर फेंकने वाले को अजीब-अजीब गालियां दे रही थी। उन्होंने अभी-अभी कहा था–"पता नहीं किस नासपीटे के दीदे फूटे थे कि यह पत्थर फेंका!"

"किसी ने हमारे पास कोई सूचना भिजवाई है शारदा?"

"क्या मतलब?"

"पत्थर के चारों तरफ एक काग़ज़ लिपटा हुआ है!"

"अरे तो क्या सूचना भेजने के लिए उस जन्मजले को यही एक ऊटपटांग तरकीब मिली थी।

"मगर!" चौंककर ठिठकने की सफल एक्टिंग करने की कोशिश करती हुई शारदादेवी ने कहा–"हमारे पास इस तरह भला कोई क्या सूचना भेजेगा?"

"यही तो मैं सोच रहा हूं!"

"काग़ज़ को पढ़िए तो सही!"

ऐसा करने के लिए तो बेचारे स्वयं दुर्गादास ही उत्सुक थे, अतः

उन्होंने जल्दी से काग़ज़ को पत्थर से अलग किया और सीधा करके पढ़ने लगे। लिखा था–दुर्गादास। तुम जानते ही हो कि टीटू गुंडों में सिर्फ उठने-बैठने ही नहीं लगा है, बल्कि छोटी-मोटी चोरियां और राहजनी भी करने लगा है, मगर यह जानकर शायद तुम्हें धक्का लगे कि एक संकरी गली में आज जिसकी जेबें उसने खाली करा ली, वह सादे कपड़ों में इस इलाके का थानेदार था।

लूट के वक्त टीटू ने अपना मुंह ढांप रखा था, इसलिए थानेदार उसे पहचान नहीं सका। फिर भी उस अंजान राहजन की तलाश के लिए पुलिस ने सारे इलाके की खाक छान रखी है और फिलहाल यह जानकर शायद तुम्हें खुशी ही होगी कि जिसकी तलाश पुलिस को है, इस वक्त वह बिल्कुल महफूज मेरे पास है, लेकिन अगर तुमने मेरे आदेश की अवहेलना की तो निश्चय ही वह बहुत ज्यादा देर तक महफूज नहीं रहेगा। मैं उसे पुलिस के हवाले कर सकता हूं। उस अवस्था में टीटू को थाने ले जाकर पुलिस आज ही रात में उसके हाथ-पैरों की हड्ि डयां तोड़ डालेगी। लुभाव में एकाध आंख भी निकाल ले तो कोई आश्चर्य नहीं। मैं तुमसे दौलत नहीं चाहता, क्योंकि जानता हूं कि वह तुम्हारे पास नहीं है हां, एक छोटा-सा काम जरूर है। अगर अपने बेटे को पुलिस के लफड़े से बचाना चाहते हो तो तुम्हें मेरा वह काम करना ही होगा!

काम क्या है, यह तुम्हें महारानी के खंडहर में पता चलेगा, क्योंकि मैं तुम्हें वहीं मिलूंगा। इस वक्त सवा छः के करीब बजे हैं। तुम्हारे घर से खंडहर तक का रास्ता तीस मिनट का है, अतः तुम्हें ठीक पौने सात बजे वहां पहुंच जाना चाहिए। न पहुंचे तो मैं समझूंगा कि तुम्हें टीटू के पुलिस के हाथ पड़ जाने का कोई गम नही है!

पौने सात से साढ़े सात तक तुम्हें वहीं रहना है, क्योंकि उस समय के बीच में मैं किसी भी समय तुम्हारे सामने प्रकट हो सकता हूं, अगर साढ़े नौ बजे तक मैं तुमसे संबंध स्थापित न करूं तो तुम बेफिक्र होकर अपने घर लौट सकते हो। टीटू तुम्हें घर ही मिलेगा। समझ लेना कि जो काम तुमसे कराना चाहता था, वह मेरे आदमियों ने ही कर लिया है, मगर साढ़े नौ बजे से पहले तुम्हें किसी हालत में वहां से नहीं हिलना है, हुक्म उदूली का मतलब तुम समझ सकते हो, मैं नहीं समझता कि तुम

हुक्म उदूली करोगे, जिससे टीटू को पुलिस जुल्म का शिकार होना पड़े!

खबरदार। मेरा नाम 'बागी सितारा' है और मेरा काटा पानी नहीं मांगता।

अंतिम पंक्तियां पढ़ते-पढ़ते दुर्गादास के रोंगटे खड़े हो गए। उनके चेहरे पर खौफ और चिंता के घने बादल मंडराने लगे। मुंह से निकला– ''ये किस झमेले में फंस गया बेवकूफ?''

''क्या हुआ। क्या लिखा है इसमें?''

''टीटू ने अनजाने में किसी थानेदार को लूट लिया है।''

''हे भगवान! फिर क्या हुआ। कहां है टीटू?''

''बागी सितारा नाम के किसी बड़े गैंगेस्टर की गिरफ्त में!''

''क्या मतलब?'' शरदादेवी बहुत सही अभिनय नहीं कर पा रही थी, मगर चूंकि दुर्गादास का ध्यान इधर नहीं था, इसलिए वे उक्त अस्वाभाविकता को नोट नहीं कर सके और शारदादेवी के जवाब में उन्होंने उसे पत्र पढ़ सुनाया।

''हे भगवान। ये सब क्या हो गया है। अब क्या होगा?''

''भले ही औलाद चाहे जितनी नालायक हो, मगर बाप को तो मरना ही पड़ता है, सो मरूंगा!'' गुस्से में थरथराते हुए दुर्गादास ने कहा।

''जल्दी जाओ। मेरे लाल को कुछ हो न जाए। अगर उस जालिम ने उसे पुलिस के हवाले कर दिया तो पुलिस उसे जिंदा नहीं छोड़ेगी!''

''जल्दी से मेरे कपड़े दे। कम्बख्त ने सोचने के लिए एक मिनट भी तो नहीं दिया है!''

शारदादेवी लपकीं। खूंटी से उतारकर कपड़े दिए और उन्हें पहनते हुए झुंझलाए हुए स्वर में बोले–''आस-पड़ोस में किसी से इसका जिक्र मत कर देना, कहीं वहां चंगुल से निकालकर लाया और पुलिस यहां बैठी मिले!''

''मैं किसी से कुछ नहीं कहूंगी। बस। किसी भी तरह तुम मेरे लाल को बचा लाओ!''

कमरे से बाहर निकलते हुए दुर्गादास ने कहा–''संगीता नीचे है। उसके सामने भी अपना मुंह मत फाड़ दियो। वह अभी नादान है। किसी से भी जिक्र कर सकती है!''

''ये क्या हुआ मां?''

‘‘छुआ मेरा सिर। तूने तो मेरा माथा ही फोड़ दिया। अच्छी तरकीब रही तेरी!’’

‘‘क्या मतलब?’’

‘‘तेरा ही पत्थर लगा है। क्या खिड़की पर खड़ी मैं तुझे चमकी नहीं?’’

‘‘नहीं तो। तुम खिड़की के अंदर की तरफ खड़ी होगी। गली से भला अंदर का हिस्सा कहां नज़र आता है और फिर मैं तो पत्थर फेंकने के साथ ही भागकर घर में आ गई थी, मगर तुम भी अजीब हो मां। जब तुम्हें मालूम था कि मैं पत्थर फेंकने वाली हूं तो तुम खिड़की के नजदीक आई ही क्यों?’’

जवाब में शारदादेवी ने जले-भरे स्वर में सारा वृतांत सुना दिया। तब संगीता ने कहा–‘‘पत्थर फेंककर भागते समय मैंने तुम्हारी चीख तो सुनी थी, मगर सोचा कि तुम एक्टिंग कर रही हो। यह तो मैं स्वप्न में भी नहीं सोच सकती थी कि पत्थर सचमुच तुम्हें लग गया है। आओ हल्दी लगाकर पट्टी बांध दूं!’’

कुछ देर बाद संगीता उसके माथे पर पट्टी बांध रही थी और शारदादेवी कह रही थीं–‘‘बंद कर दे संगीता। मैं कहती हूं अब भी यह खतरनाक खेल बंद कर दे!’’

‘‘तुम तो बिना वजह ही डर रही हो मां। सबसे खतरनाक घटना सफलतापूर्वक संपन्न हो चुकी है। अब बाकी बचा ही क्या है? प्रोफेसर साहब आठ बजे आएंगे। इसलिए नाश्ता आदि जुटाने हेतु हमारे पास काफी समय है। नौ बजे तक हम उन्हें विदा कर देंगे। दस बजे आने पर पिताजी को सारे घर में कहीं भी ऐसा चिन्ह नज़र नहीं आएगा, जिससे यहां किसी के आने का पता लगता हो!’’

इस प्रकार संगीता ने शारदादेवी को एक बार फिर आश्वस्त कर दिया। हालांकि मन-ही-मन डर स्वयं वह भी रही थी। दिल उसका भी रह-रहकर घड़क रहा था, परंतु–मौजूदा हालातों को पेश करने के अलावा उसके पास चारा भी क्या था?

मुख्य द्वार की सांकल किसी ने जोर से बजाई और उछलकर लगभीग चीख पड़ी संगीता–‘‘वे आ गए मां!’’

घड़ी की तरफ देखती हुई शारदादेवी बोली–‘‘अब आया है तो जाएगा कब?’’

"तुम दीवार की तरफ घड़ी की फिक्र मत करो मां। अभी कुल सवा आठ बजे हैं आओ!" मां का हाथ पकड़े वह कुछ इतनी जल्दी मुख्य दरवाज़े के नजदीक पहुंच गई कि बाहर खड़े व्यक्ति को दूसरी बार दरवाज़ा खड़खड़ाने की जरूरत नहीं पड़ी।

दरवाज़ा संगीता ने खोला।

चौखट पर प्रोफेसर दिवाकर खड़ा मुस्कुरा रहा था। संगीता ने नमस्ते की और संभलकर बोली–"ये मेरी मां है प्रोफेसर साहब, और ये दिवाकर, सर हैं मां!"

दिवाकर ने बड़ी शालीनता के साथ हाथ जोड़ दिए।

"आओ बेटे। अंदर आ जाओ!" शारदादेवी ने कहा।

अंदर की तरफ पहला कदम रखते ही दिवाकर ने झुककर शारदादेवी के चरण स्पर्श कर लिए और शारदादेवी बौखला गई–"अरे . . . अरे क्या करते हो, बेटे?"

सीधे होते हुए दिवाकर ने कहा–"संगीता का प्रोफेसर हूं तो क्या हुआ, आपके लिए तो बेटे जैसा हूं, अतः आपके चरणस्पर्श करना ही मेरा धर्म है!"

"आइए!" संगीता ने कहा।

शारदादेवी के साथ-साथ कमरे की तरफ बढ़ता हुआ दिवाकर बोला–"और फिर। आप संगीता जैसी दुर्लभ प्रतिभा की मां हैं आपके चरणस्पर्श करने में तो एक दिन सारी मनुष्य जाति को गर्व होगा। ऐसा मेरा विश्वास है!"

शारदादेवी का दिल गद्-गद् हो उठा। खुशी के आंसुओं से आंखें लबालब भर गई, बोली–"क्यों इस बूढ़ी को सपने दिखाते हो, बेटे!"

"सपने नहीं मां जी। हकीकत बयान करने आया हूं। मैं दावे के साथ कह सकता हूं कि आपकी बेटी तरक्की करेगी। इतनी-इतनी कि हिमालय से भी ऊंची नज़र आएगी संगीता और तब आप जहां जएंगी हजारों-लाखों की भीड़ उमड़ पड़ेगी। आपकी राहों में लोग फूल नहीं अपनी आंखें बिछा दिया करेंगे। अरे हां, बाबूजी कहां है?"

"वे तो आज दोपहर ही शहर से बाहर चले गए हैं, बेटे!"

"ओह। इसका मतलब आज आधा ही नसीब मेरे साथ था!"

''क्या मतलब?''

''आपके दर्शन हो गए यह मेरी खुशनसीबी है। बाबूजी नहीं मिल सके। इसे बदनसीबी के अलावा और कहा भी क्या जा सकता है। मन में उनके दर्शन की तीव्र इच्छा थी!''

शारदादेवी चुप रह गईं। प्रोफेसर दिवाकर की नादानी का जवाब वे दे भी क्या सकती थी।

उनके पीछे संगीता थी। चुपचाप मुख्य दरवाज़े की सांकल अंदर से लगाकर आई थी वह। उसे लग रहा था कि प्रोफेसर दिवाकर विशेष रूप से तैयार होकर यहां आए हैं, क्योंकि कॉलिज में किसी भी क्षण उसे वे इतने खूबसूरत नहीं लगे थे।

वे कमरे में पहुंच गए।

संगीता ने दिवाकर को बैठाने के साथ ही शारदादेवी से कहा–''तुम चाय बना लो मां!''

''मांजी को यहीं रहने दो संगीता। अगर चाय पिलानी जरूरी है, तो वह तुम खुद बनाओ। तुमसे तो कॉलिज में रोज ही मिलता हूं। यहां तो मांजी से मिलने आया हूं!''

''ऐज यू लाइक!'' कहकर संगीता किचन की तरफ चली गई।

प्रोफेसर दिवाकर की बात ने शारदादेवी के दिल में उसके लिए स्नेह भर दिया और दिवाकर ने कहा–''बैठो मांजी। मुझे आपसे संगीता के भविष्य के बारे में कुछ बातें करनी हैं!''

''संगीता के भविष्य के बारे में?'' वे बैठती हुई बोलीं।

''जी हां!''

''क्या कहना चाहते हो बेटे?''

''संगीता जिस कॉलिज में पढ़ रही है। वह वहां की छात्रा जरूर है, पर सच्चाई यह है कि उस कॉलिज का कोई भी प्रोफेसर या प्रिंसिपल तक विज्ञान की जानकारी के मामले में संगीता के स्तर का नहीं है। हकीकत यह है मांजी कि यह यूनिवर्सिटी ही आपकी बेटी के ज्ञान के सम्मुख बहुत बोनी है!''

''क्या कह रहे हो, बेटे?''

''वही, जो सच्चाई है। अगर वक्त रहते हमने संगीता को उसके

स्तर की तालीम नहीं दी, तो यह मुल्क भविष्य में एक और प्रतिभा से महरूम रह जाएगा। उसकी आगे की तालीम भारत में नहीं, बल्कि अमेरिका या रूस में होनी चाहिए!''

''क्या बात कर रहे हो, बेटे। हम भला संगीता को वहां कैसे भेज सकते हैं?''

''जो लिबास संगीता कॉलिज में पहनकर आया करती है, मैंने उसी से अनुमान लगा लिया था कि उसकी माली हालत वैसी तालीम पाने की नहीं है इसीलिए मैं यहां आया हूं। यह बताने कि मैं अमेरिका में संगीता की तालीम का इंतजाम इंडियन गवर्नमेंट से करा सकता हूं!''

''क्या सरकार संगीता को पढ़ाएगी?''

''जी हां। मगर . . .''

''मगर?''

''उसके लिए कल आपको संगीता को मेरे साथ दो दिन के लिए देहली भेजना होगा!''

''देहली?''

''जी हां। खासतौर से उसे देहली जाने की इजाजत लेने ही आज मैं यहां आपसे मिलने आया हूं। इसलिए कि जानता था युवा लड़कियों के द्वारा ऐसे फैसले लेने का चलन अभी हमारे देश में नहीं है। क्या आप इजाजत देंगी?''

शारदादेवी को जैसे लकवा मार गया।

''देहली में बहुत बड़ा सम्मेलन है, मांजी। हालांकि यह सिर्फ सम्मेलन वैज्ञानिकों और विज्ञान के मुझ जैसे प्रोफेसर्स का है। किसी छात्र को उसमें सम्मिलित होने की कोई इजाजत नहीं है, मगर मैं अपने प्रभाव से संगीता को उसमें शामिल करके वहां आए वैज्ञानिकों को यह बताना चाहता हूं कि एमएससी में पढ़ने वाली एक छात्रा नॉलिज के मामले में हम सभी से आगे है। सम्मेलन में प्राइम मिनिस्टर भी आ रहे हैं। मैं उनके सामने ही संगीता की प्रतिभा का प्रदर्शन करना चाहता हूं। अगर ऐसा हो जाए मांजी तो इस सम्मेलन के बाद से ही संगीता का नाम सारे संसार में गूंज उठेगा और फिर आप समझ ही सकती हैं कि संगीता की आगे की तालीम के लिए सरकार से दरख्वास्त नहीं

करनी पड़ेगी, बल्कि सरकार स्वयं ही इसे अमेरिका भेजने का प्रस्ताव रखेगी!''

''बात दरअसल ये है संगीता को हम और ज्यादा पढ़ाना नहीं चाहते हैं!''

''क्या कह रही हैं आप। क्यों?'' दिवाकर पर जैसे बिजली गिर पड़ी।

''उसके पिता और भाई की मर्जी नहीं है!''

''क्यों नहीं है मर्जी?'' अचानक ही दिवाकर उत्तेजित नज़र आने लगा। वह चीख पड़ा–''क्या वे जानते नहीं हैं कि संगीता कितनी बिर्लियेंट है। ऐसी प्रतिभा तो धरती पर रोज-रोज जन्म नहीं लेती?''

''शायद नहीं जानते हैं!''

''उन्हें यह बात समझाई जानी चाहिए!''

''वे नहीं समझ सकेंगे बेटे!''

''क्यों नहीं समझ सकेंगे? मैं समझाऊंगा उन्हें!''

''यकीन मानो। वे नहीं समझ सकेंगे, क्योंकि समझना ही नहीं चाहते और रही तुम्हारी बात तो सच्चाई ये है कि मैं, तुम और संगीता खुशनसीब हैं, जो तुम्हारे यहां आने पर उनमें से कोई नहीं है वर्ना-वर्ना तो जाने क्या अनर्थ हो जाता है?''

''क्या कह रही हैं आप?''

''मैं ठीक कह रही हूं बेटे। तुम्हारे यहां आने और संगीता की तारीफ करने के पीछे छुपी भावना को मैं और संगीता तो समझ सकते हैं, वे नहीं। तुम्हारी इन्हीं बातों को वे किसी अन्य रूप में लेंगे!''

प्रोफेसर दिवाकर चौंक पड़े। यह समझकर कि शारदादेवी कहां बोल रही हैं, उन्हें आश्चर्य हुआ था। बोलो–''मैं संगीता का प्रोफेसर हूं। क्या वे इस रिश्ते पर भी शक कर सकेंगे?''

''जरूर करेंगे!''

''ओह!'' अजीब-सी झुंझलाहट में दाएं हाथ का मुक्का बहुत जोर से उन्होंने अपने घुटने पर मारा। जाने क्या-क्या कहने की इच्छा वे मन में दबाकर रह गए!

''बुरा न मानना बेटे। तुम समझ ही सकते हो कि इस बारे में यदि उनसे बात की गई होती या भविष्य में की गई तो परिणाम क्या

निकलेंगे। आज तक संगीता कॉलिज चली जाती है भविष्य में वहां भी न जा सकेगी!''

दिवाकर के पास कहने के लिए जैसे कुछ रह नहीं गया था। वह चुप रहा, परंतु मन मे कसमसाहट थी अजीब-सी कसमसाहट। वह समझ नहीं पा रहा था कि इन मूर्खों को कैसे बताए कि संगीता क्या है? एक छोटी-सी भावना के गुलाम होकर वे कितनी बड़ी प्रतिभा को दबा रहे हैं?

शारदादेवी कह रही थीं–''मैं हाथ जोड़कर तुमसे विनती करती हूं बेटे। इस बारे में कोई भी बात संगीता के पिता या भाई से करने की भूल मत करना!''

''इसका मतलब कल आप संगीता को मेरे साथ नहीं भेज रही है?''

''क्या तुम्हें इस सवाल का जवाब नहीं मिल गया है?''

शारदादेवी का वाक्य जहरीला तीर बनकर सीधा दिवाकर के दिल में जा गड़ा!

काफी देर के लिए कमरे में गहरी खामोशी छा गई और फिर यह खामोशी तभी टूटी, जब संगीता चाय लेकर आई। कमरे में प्रविष्ट होती हुई उसने कहा–''क्या बात है? आप तो दोनों ही खामोश बैठे हैं। मां से बातें नहीं की प्रोफेसर साहब?''

दोनों ने एक साथ नज़रें उठाकर संगीता तरफ देखा। बोला कोई नहीं। हां, उन दोनों की आंखों में संगीता के लिए ऐसे भाव जरूर थे, जैसे किसी भी संवेदनशील व्यक्ति की आंखों में गर्म रेत पर पड़ी मछली के लिए हो सकते हैं।

चाय के बर्तन मेज पर सजाने के बाद संगीता अभी बैठने ही वाली थी कि किसी ने न केवल जोर से बल्कि अत्यंत ही बेहूदे ढंग से मुख्य द्वार की सांकल बजा दी।

मां-बेटी की सिट्टी-पिट्टी गुम! सांसें तक रूक गई उनकी। चेहरे इस कदर पीले पड़ गए जैसे प्रकृति ने उन पर हल्दी पोत दी हो और ऐसा केवल एक ही सवाल के कारण हुआ था!

सवाल था–कौन हो सकता है?

दुर्गादास या टीटू?

कमरे में ऐसी खामोशी छा गई कि रूई भी गिरे तो बत के-से विस्फोट की-सी आवाज़ हो।

संगीता और शारदादेवी के चहरे पर हवाईयां उड़ रही थीं।

दिवाकर उन दोनों को देख रहा था।

तभी बेहूदे ढंग से पुनः सांकल बजाई गई।

''आप लोग चाय लो, मैं देखती हूं।'' संगीता ने कहा जरूर, किंतु खुद ही को अपनी आवाज़ उसे किसी गहरे अंधकूप से निकलती महसूस दी थी।

मुख्य द्वार तक पहुंचते-पहुंचते वह हांफ गई।

''कौन है?'' उसने धीमे-से पूछा।

गुस्से से भन्नाते हुए टीटू की गुर्राहट–''मैं हूं, सब मर गए हैं क्या?''

संगीता के जिस्म पर मौजूद सभी मसामों ने एक ही झटके से जिस्म के अंदर छुपा सारा पसीना बाहर उगल दिया। तेज हवा के बीच फंसे सूखे पत्ते-सी कांप उठी वह।

''सो गई है क्या, खोलती क्यों नहीं?''

और घबराकर संगीता ने दरवाज़ा खोल दिया। टीटू नाम के ज्वालामुखी ने उस पर लावा-सा उगला–''कहां मर गए थे सब। दरवाज़ा खोलने में इतनी देर क्यों हुई?''

''कुछ नहीं भइया मैं यहीं तो थी!''

''पिताजी कहां हैं?''

''वे तो यहां नहीं हैं। क्यों?''

''इस वक्त तो वे घर पर रहते हैं कहां चले गए?''

संगीता के मुंह में जो आया कहती चली गई–''कुछ बताकर नहीं गए!''

''और मां?''

''वे . . . हां, वे तो हैं!''

''कहां है?'' कहने के साथ ही वह लंबे कदमों से गैलरी पार करने लगा और संगीता की ऊपर की सांस ऊपर नीचे रूक गई, क्योंकि उसका रूख उसी कमरे की तरफ था, जिसमें दिवाकर और मां थे। रो पड़ने के अंदाज में उसके मुंह से निकला–''भइया!''

''क्या है?'' वह पलटा।

''मां अपने कमरे में है!''

वह घूमा और फिर बड़ी तेजी से विपरीत दिशा में स्थित कमरे की तरफ बढ़ा। घबराई और बौखलाई हुई संगीता भी उसकी तरफ लपकी। टीटू इस वक्त जाने क्यों बहुत जल्दी एवं गुस्से में नज़र आ रहा था।

वह कमरे में पहुंचा।

तब तक संगीता दरवाज़े पर पहुंच चुकी थी!

कमरा खाली था, इसलिए टीटू गुर्राया–''कहां है मां?''

''यहां नहीं, वहां मेरे कमरे में है!''

''क्या मतलब?'' टीटू ने गुर्राकर आंखें निकाली–''तूने तो कहा था कि वह यहां!''

''बात दरअसल ये है भइया कि वो सो रही हैं। मुझसे कहकर सोई हैं कि कोई उन्हें जगाए नहीं। मैंने सोचा कि तुम उन्हें जगा दोगे!''

''क्या बकवास कर रही है, मुझे उनसे जरूरी काम है!'' कहने के साथ ही वह दरवाज़े की तरफ बढ़ा और उसके ठीक सामने खड़ी संगीता अपने हाथ जोड़कर गिड़गिड़ा उठी–''प्लीज भइया, उन्हें मत जगाओ। तुम्हें तो कुछ नहीं कहेंगी, मगर तुम्हारे जाने के बाद मुझे बहुत डाटेंगी। तुम्हें उनसे जो काम है मुझे बताओ, शायद मैं ही कुछ कर सकूं?''

''मुझे इसी वक्त पचास रुपए चाहिएं। फौरन!''

''पचास रुपए?'' संगीता के मुंह से इस तरह निकला जैसे पचास लाख रुपए मांगे गए हों।

अपना एक-एक पैसा वह नाश्ता जुटाने में खर्च कर चुकी थी।

''हैं तेरे पास?'' टीटू ने व्यंग्य किया।

''मगर पचास रुपए क्यों चाहिए?''

''दियासलाई दिखाऊंगा उन्हें। तुझसे मतलब?'' वह बुरी तरह भड़का–''जानता हूं कि मुझे या तो पिताजी दे सकते थे या मां। हट रास्ते से मैं उसे जगाता हूं।''

''प्लीज भइया, उन्हें मत जगाओ। अच्छा मैं खुद देखती हूं। वह मां का ही कमरा है। अगर उनके पास होंगे तो यहीं-कहीं रखे होंगे। मैं जानती हूं कि वे पैसे कहां रखती हैं!''

''जल्दी देख। मेरे पास टाईम नहीं है!''

दरवाज़े से हटकर संगीता मां के कमरे में रखे दाल-चावल आदि के डिब्बों की तरफ झपट पड़ी।

संगीता जानती थी कि अगर उसे इस कमरे से रुपए नहीं मिले तो शायद स्वयं भगवान भी टीटू को उस कमरे में जाने से नहीं रोक सकेगा और उसके बाद की कल्पना ही बड़ी विकराल थी। अतः वह बड़ी तेजी से दाल-चावल के डिब्बे को फर्श पर उलट रही थी।

''इन डिब्बे में तो दाले हैं। भला रुपए कहां होंगे?''

''घर के खर्चे से बचाकर मां रुपए इन्ही में से किसी में रखती है!''

कहने के साथ ही उसने 'राजमा' का डिब्बा फर्श पर उलट दिया और नसीब की ही बात थी कि पांच, दो और एक-एक के नोट 'राजमे' के बीच पड़े नज़र आए!

टीटू उन पर यूं झपटा जैसे बिल्ली कबूतर पर झपटती है।

''अरे ठहरो भइया, ये तो पचास से शायद ज्यादा हैं!''

मगर टीटू भला कहा सुनने वाला था। उन्हें जेब में ठूंसता हुआ दरवाज़े की तरफ लपका।

संगीता उसके पीछे थी!

अब टीटू ने संगीता वाले कमरे की तरफ नज़र उठाकर देखा तक नहीं। दौड़ता हुआ सीधा मुख्य द्वार की तरफ गया और हवा के एक झोंके की तरह बाहर निकल गया।

संगीता ने झपटकर दरवाज़ा बंद किया। सांकल चढ़ाई और फिर उन्हीं बंद किवाड़ों से पीठ टिकाकर लंबी-लंबी सांसें लेने लगी। निढाल-सी वह यूं हांफ रही थी, जैसे मीलों दौड़ने के बाद यहां पहुंची हो।

अपनी सांसों को व्यवस्थित करने में उसे दो मिनट जरूर लग गए थे। चेहरा ही नहीं, बल्कि सारा शरीर पसीने से सराबोर था। भय की ज़्यादती के कारण टांगें अभी तक कांप रही थी और बड़ी कठिनाई से उसने अपनी अवस्था पर काबू पाया।

सामान्य होकर कमरे की तरफ बढ़ी।

कमरे में कदम रखते ही उसने महसूस किया कि वहां तनावपूर्ण सन्नाटा फैला हुआ है।

संगीता ने कहा–''अरे आप लोगों ने अभी तक चाय नहीं पी?''

एकाएक ही प्रोफेसर दिवाकर ने पूछ लिया–''कौन था संगीता?''

''कोई नहीं?'' कहती हुई अपने चेहरे पर मौजूद भावों को छुपाने की मंशा से मेज पर रखी केतली पर झुक गई। और कहा–''एक पड़ोसिन थी, उसका पति हर हालत में काम से पांच बजे लौट आता है। आज अभी तक नहीं लौटा। कह रही थी अगर पिताजी या भइया में कोई हो तो वे जरा पति के ऑफिस जाकर देख लेंगे!''

''तुमने क्या कहा?''

''कह दिया कि पिताजी या भइया में से घर पर कोई . . .''

संगीता का वाक्य पूरा न हो सका, क्योंकि उसे शारदादेवी के रोने की आवाज़ ने भंग कर दिया था। रोने की यह आवाज़ ऐसी थी कि जैसे रूलाई को सख्ती के साथ बहुत देर तक रोके रखा हो और सभी सीमाओं के टूट जाने पर रूलाई फूट पड़ी हो!

एक कप में ठंडी चाय डालते हुए संगीता के हाथ रूक गए। उसने चौंककर मां की तरफ देखा और धोती का पल्लू मुंह में ठूंसे बच्चों के समान बिलखती हुई संगीता दौड़कर कमरे से बाहर निकल गई।

संगीता ठगी-सी रह गई। वह कुछ भी न समझ सकी थी और इसीलिए पूरी मासूमियत के साथ उसने दिवाकर से पूछा–''मां रो क्यों रही थी?''

''तुम्हारे भोलेपन पर।'' दिवाकर ने गंभीरतापूर्वक कहा।

''क्या मतलब?''

''तुम्हारी और टीटू की आवाज़ इस कमरे में साफ-साफ सुनाई दे रही थी!''

संगीता के हाथ से केतली छूट गई। लुढ़ककर एक कप और प्लेट को लिए नीचे गिरी।

जोरदार आवाज़ के साथ क्राकरी टूट गई। चाय और क्राकरी के टुकड़े बिखर गए!

संगीता को यूं महसूस दिया कि जैसे उसके तन पर कोई कपड़ा नहीं है।

दिवाकर ने धीमे-से खड़े होते हुए कहा–''तुमने अपने पत्र में हमसे वैज्ञानिकों के सम्मेलन में चलने की इच्छा व्यक्त की थी। तुमने

रिक्वेस्ट की थी कि हम अपने अधिकारों का उपयोग करके तुम्हें उसमें शरीक कराएं और यह बात हमारे दिमाग में पहले ही से थी, हम सोचे बैठे थे कि वहां तुम्हारी प्रतिभा का प्रदर्शन करेंगे और तुम्हें वहां ले जाने की इजाजत लेने के लिए ही हमने यहां आने की इच्छा व्यक्त की थी। हम तुम्हें सरप्राइज देना चाहते थे और वही बात तुम्हारे पत्र में पढ़कर सोचने पर विवश हो गए कि दिल से राहत होती है मगर . . .''

''मगर?''

''सम्मेलन में हमें अकेले ही जाना होगा!''

संगीता पागल-सी होकर चीख पड़ीं–''क्यों, मै क्यों नहीं जा सकती?''

''क्योंकि तुमसे ज्यादा यह देश दुर्भाग्यशाली है!'' कहकर प्रोफेसर दिवाकर मुड़े और दरवाज़े की तरफ बढ़ गए। संगीता ने उनके स्वर में भर्राहट महसूस की थी। उनके पीछे लपकती हुई बोली–''रूकिए सर, चाय तो पीते जाइए!''

''चाय बिखर गई है!'' वे ठिठककर बोले।

''मै और बना दूंगी!''

''अगर इस बार बीच में तुम्हारे पिता आ गए?''

''सर?'' संगीता के होठों से चीख निकल पड़ी।

''स्वयं को चोर जैसा अपराधी हमने आज महसूस किया है, वैसा पहले कभी नहीं किया था। आज हमने पहली बार जाना कि लोग चोरी न करके भी चोर बन जाते हैं!''

''मुझे माफ कर दीजिए सर!''

''माफी तुम्हें नहीं हमें मांगनी चाहिए संगीता, क्योंकि तुमने कोई गलती नहीं की। हां, यहां आने की इच्छा करके अनजाने में हमसे गलती जरूर हो गई। तुम्हें धर्म संकट में फंसाने की गलती। इस घर में रहकर तुम चाय तो क्या कुछ भी नहीं बना सकोगी!'' कहने के बाद प्रोफेसर दिवाकर तेजी-से मुख्य द्वार की तरफ बढ़ गए।

संगीता उन्हें रोकने के लिए पुकारती रह गई, परंतु वे रूके नहीं। मुख्यद्वार की सांकल खोलकर चौखट पार कर गए फिर शीघ्र ही संकरी

गलियों के जाल में गायब हो गए!

चौखट से सिर टिकाए संगीता सिसक-सिसककर रो पड़ी।

अंधेरे में डूबी संकरी गलियों का जाल! इसी जाल के एक अंधेरे कोने में खड़ा बागेश फुसफुसाया–''कोई आ रहा है!''

''हां!'' मोड़ के पार से उभरने वाली पद्चाप पर कान लगाए टीटू ने कहा–''हालांकि अंधेरा काफी है मगर फिर भी रूमाल से मुंह ढक ले!''

''मैंने ढक लिया है!''

अपने चेहरे के नाक से निचले भाग पर रूमाल कसते हुए टीटू ने कहा–''याद रहे बागेश, सारी जेबें टटोल लेनी हैं हरामजादे की। एक पैसा उसके पास नहीं रहना चाहिए!''

''फिक्र मत कर!''

''साला आज का दिन बड़ा गया, न केवल हम दोनों की एक-एक पाई खत्म हो गई, बल्कि उन्हें निकालने के लिए घर के इकयासी रुपए भी हार गए!''

''वह आ पहुंचा है!'' बागेश का स्वर कुछ और धीमा हो गया और इसके बाद उन दोनों ने अपनी सांसें तक रोक ली। शिकारी का इंतजार था उन्हें!

पदचाप प्रतिपल नजदीक आती गई!

फिर एक साया मोड़ पर मुड़ा!

टीटू, बागेश दो चीतों के समान उस पर झपटे। आगुंतक के कंठ से चीख निकल गई और चह चीख प्रोफेसर दिवाकर के अलावा किसी की नहीं थी!

बागेश ने झपटकर मुंह भींच लिया!

टीटू जल्दी-जल्दी उसकी जेबों में हाथ डालने लगा। जो भी मिल रहा था, उसे वह अपनी जेबों में ठूंसता जा रहा था। उधर बागेश का मजबूत हाथ क्योंकि दिवाकर के मुंह पर जमा था, इसलिए अब वह अपने मुंह से कोई आवाज़ भी नहीं निकाल पा रहा था!

हां बागेश की गिरफ्त से आजाद होने की भरपूर चेष्टा कर रहा था वह!

उस वक्त शायद एक ही जेब टटोलनी बाकी रह गई थी, जब प्रोफेसर ने अपने दोनों पैरों का वार टीटू के सीने पर किया!

टीटू लड़खड़ाकर संकरी गली की दीवार से जा टकराया। मुंह से गंदी गाली निकली।

इस बीच प्रयास करके प्रोफेसर बागेश की गिरफ्त से मुक्त हो गया और बागेश गुर्राया–''बहुत हाथ-पैर चला रहा है मारो साले को!''

गुस्से में भन्नाते हुए टीटू ने बैल्ट के स्थान बंधी मोटर साइकिल की चेन खोल ली और दिवाकर शायद अभी कुछ समझ भी नहीं पाया था कि चेन का भरपूर वार उसके सिर पर पड़ा!

हलक से एक मर्मांतक चीख निकलकर गलियों में गूंज गई।

अब दोनों उस पर पिल पड़े।

गलियों का जाल दिवाकर की चीखों से गूंजने लगा। साइकिल की चैन से टीटू उसे यूं मार रहा था, जैसे वह हाड़-मांस का नहीं रबर का बना मानव हो।

दिवाकर गली में गिर चुका था।

कुछ ही देर में वहां हलचल मच गई। बॉलकनियों के दरवाज़े खुलने एवं इंसानों के बोलने की आवाज़ें हर तरफ से आने लगीं और तभी एक मकान के मुख्यद्वार पर लगी लाइट ऑन हो गई।

मोड़ वाला हिस्सा।

''भागो!'' टीटू चीखा फिर वे हिरन की तरह चौकड़ी भरते हुए भागे। गलियों के जाल में जाने किधर निकल गए वे। वहां सिर्फ प्रोफेसर दिवाकर पड़े रह गए।

जख्मी, खून से लथपथ एवं चीखते-चिल्लाते प्रोफेसर दिवाकर!

करीब एक घंटे बाद टीटू और बागेश इलाके के एक थर्ड क्लास रेस्टोरेंट के फोर्थ क्लास केबिन में आमने-सामने बैठे थे। उनके बीच में एक गंदी मेज थी!

टीटू जेबों से बरामद सामान निकालकर रख रहा था, तब एक गंदा-सा लड़का केबिन में आया।

ठर्रे की एक बोतल, दो गिलास और अख़बार के टुकड़े पर भुने हुए चने मेज पर रखकर चला गया। टीटू ने कहा–''पैग बना!''

बागेश ने सील तोड़ी और फिर पैग बनाने के नाम पर दोनों गिलास लबालब भर लिए।

"ऐ . . . ये रहा सारा सामान!" कहकर टीटू ने अपना गिलास उठाकर मुंह से लगा लिया और फिर तभी हटाया जब खाली हो गया। गिलास को मेज पर पटककर उसने चने उठाए, मुंह में फेंके और जुगाली करने के से अंदाज में जबड़े हिलाने लगा!

सामान के नाम पर वहां कुछ रुपए, खरीद, विजिटिंग कार्ड और एक सौ का नोट नज़र आ रहा था, अतः जाहिर था कि यह लूट सौ और दो सौ के बीच की रही थी!

"इन्हें मैं गिनता हूं तू गिलास खाली कर!" कहने के बाद टीटू ने रुपए उठा लिए। जब तक उसने गिने तब तक बागेश गिलास खाली कर चुका था। चने चबाता वह गिलासों को पुनः भर रहा था कि टीटू ने कहा–"एक सौ पिचासी रुपए पैंसठ पैसे!"

"बस इन्हीं के लिए साले ने इतनी मार खाई?"

"शामत आई थी साले की! एक काग़ज़ उठाकर खोलता हुआ टीटू बड़बड़ाया!

"ले खाली कर!" कहने के साथ ही बागेश ने अपना गिलास उठाकर होंठों से लगा लिया, मगर टीटू ने उसका वाक्य जैसे सुना ही न था वह दिवाकर की जेब से निकले उस काग़ज़ में खो गया था, जो अन्य कुछ नहीं दिवाकर को लिखा गया संगीता का पत्र था!

संगीता ने लिखा था–

आदरणीय प्रोफेसर दिवाकर,

चरण स्पर्श!

जब से मुझे देहली में होने वाले सम्मेलन के बारे में पता लगा है। तभी से आपसे अपने दिल की बात कहने का प्रयत्न कर रही हूं, परंतु लाख चेष्टाओं के बाद भी साहस न जुटा सकी, क्योंकि जानती हूं कि यह छोटा मुंह बड़ी बात है!

मुंह से कहने का साहस न कर सकी, अतः दिल में छुपी इच्छा को इस पत्र में लिख रही हूं विज्ञान की दुनिया के महान लोगों के विचार जानने के लिए मैं आपके साथ देहली जाना चाहती हूं।

क्या आप मुझे यह गौरव प्रदान करेंगे?

आप पर विश्वास है इसीलिए यह पत्र लिखने का साहस जुटा सकी हूं। उम्मीद है कि मेरा दिल नहीं तोड़ेंगे और अपने साथ देहली ले जाएंगे, ताकि मैं कुछ सीख सकूं।

आपकी शिष्या

संगीता!

पत्र में लिखा अंतिम शब्द पढ़ते-पढ़ते गुस्से कारण टीटू का बुरा हाल हो गया। कनपटियों तक उसका चेहरा बिल्कुल सुर्ख पड़ गया था।

गुस्से की ज्यादती के कारण जबड़ों के मसल्स फूलने-पिचकने लगे। आंखें दहकने लगीं।

''क्या हुआ टीटू?'' उसे इस अवस्था में देखकर बागेश ने पूछा।

टीटू कुछ बोला नहीं। उत्तेजना के कारण उसका सारा जिस्म कांप रहा था।

''ऐ!'' उसे झझोड़ते हुए बागेश ने पूछा–''क्या बात है, क्या हो गया है तुझे? ऐसा इस काग़ज़ में क्या लिखा है?''

''आं?'' वह चौंका बागेश ने टीटू के चेहरे पर बहती पसीने की लकीरें देखीं और फिर सुनी उसके मुंह से निकलने वाली किसी खूनी भेड़िए की-सी गुर्राहट–''मैं इन दोनों में से किसी को जिंदा नहीं छोडूंगा। खून पी जाऊंगा इनका!''

''किसे जिंदा नहीं छोड़ेगा? आखिर हुआ क्या है?''

''संगीता और इस हरामजादे प्रोफेसर को!''

''संगीता?'' बागेश बुरी तरह चौंका–''क्या तू अपनी संगीता की बात कर रहा है?''

''हां!''

''उसका प्रोफेसर से क्या संबंध?''

''इस हरामी की जेब से संगीता का खत निकला है!''

''क्या बक रहा है तू?'' चीखते हुए बागेश ने पत्र छीन लिया–''संगीता भला उसे खत क्यों लिखेगी? नहीं हमारी बहन ऐसी नहीं हो सकती!''

''अपनी आंखों से पढ़ ले!'' गुर्राने के साथ ही टीटू ने मेज से अपना गिलास उठाया और एक ही सांस में खाली कर गया। उधर

बागेश ने फटी-फटी आंखों से उस पत्र को पढ़ना शुरू किया था। अंत तक पढ़ते-पढ़ते उसकी आंखें सिकुड़ती चली गई!

गिलास मेज पर पटकते हुए टीटू ने कहा–''पढ़ लिया?''

''हां!''

''इसी डर से पिताजी नहीं चाहते थे कि संगीता आगे पढ़े!''

''किस डर से?''

''क्या मतलब? क्या इस पत्र को पढ़ने के बाद भी किसी किस्म के सवाल की गुंजाइश रह जाती है?''

''जब तूने बताया था कि संगीता का खत प्रोफेसर की जेब से निकला है, तब मैंने भी वही सोचा था, जिसे सोच-सोचकर तू अभी तक पागल हुआ जा रहा है। तेरी ही तरह दिमाग भी आपे से बाहर हो गया था, मगर इस पत्र को पढ़ने के बाद . . .।''

''पढ़ने के बाद क्या?''

''यह सोचकर सुकून मिला कि वह बात नहीं है, जो एकदम से दिमाग में आई थी। पत्र में संगीता ने ऐसी कोई बात नहीं लिखी है कि जिससे तुम्हें मुझे या उसके किसी भी अभिभावक को शर्म आए!''

''तुझे ऐसी कोई बात ही नज़र नहीं आई?''

''नहीं!''

''क्या संगीता का पत्र इस तरह इस हरामजादे प्रोफेसर की जेब से निकलना कम शर्मनाक है?''

''ऐसा कुछ भी नहीं है। सीधी-सी बात है। अपनी पढ़ाई के संबंध में कोई बात वह प्रोफेसर से रूबरू कह नहीं सकी, वह इच्छा लिखकर प्रकट कर दी!''

''किसी को पत्र उसने लिखा ही क्यों?''

''यह लव लेटर नहीं है!''

''लव लेटर की शुरुआत जरूर है। आज संगीता की हिम्मत प्रोफेसर को ऐसा लेटर देने की हुई है, कल लव लेटर भी देगी!''

''ऐसी कोई बात नहीं है टीटू तू गलत ढंग से सोच रहा है!''

''सोचने का ढंग तेरा गलत है। तूने पत्र का वह अर्थ तो निकाल लिया जो मोटे तौर पर निकलता है। गहराई से नहीं पढ़ा है तूने इसे।

पढ़ाई की आड़ में दरअसल यह लव लेटर ही लिखा गया है। संगीता ने दिल की बात लिखी है। वह अकेली प्रोफेसर के साथ देहली जाने की इच्छुक है।''

''तेरा दिमाग खराब हो गया है!''

''हां-हां दिमाग खराब हो गया है मेरा क्योंकि वह मेरी बहन है!''

''क्या संगीता मेरी बहन नहीं है?''

''शायद नहीं क्योंकि अगर तेरी होती तो तू इस किस्म की ऊट-पटांग दलीलों से उसके लव लेटर पर पर्दा डालने की कोशिश नहीं करता!''

''क्या बकवास कर रहा है तू?''

''मैं ठीक कह रहा हूं।''

जवाब में बागेश टीटू से भी कहीं ज्यादा गुस्से में नज़र आने लगा। वह दांत भींचकर बोला–''आज तू मुझे जुबान खोलने पर मजबूर कर रहा है टीटू। एक ऐसी बात कहने के लिए तू मुझे विवश कर रहा है, जिसे मैं बहुत दिन से महसूस तो कर रहा हूं मगर कह नहीं सका!''

''क्या मतलब?''

''मैं तेरे अपने परिवार को अलग नहीं समझता और इस संयुक्त परिवार की एकमात्र संगीता ही ऐसी सदस्य है, जो न सिर्फ पढ़ाई में निकली है, बल्कि बहुत आगे जा सकती है वह मुझसे और तुझसे बिलकुल विपरीत है, लेकिन तू और तेरा बाप, हां, मेरा इशारा उसी की तरफ है, जिसे मैं चाचा कहता हूं। तुम दोनों उसे पढ़ने नहीं दोगे। कदम-कदम पर उस पर शक करते हो। उसकी महानता को समझ तो पाते नहीं। उसकी प्रतिभा को उभारने की बात तो दूर, तुम अपनी मूर्खता और नादानियों से उसकी प्रतिभा की हत्या कर रहे हो!''

''तेरी आंखों और अक्ल पर पर्दा पड़ गया है!''

''यही बात मैं तेरे और चाचाजी के लिए कह रहा हूं!''

''मेरी आंखें खुल गई हैं!''

बागेश ने व्यंग्य किया–''जरा सुनूं तो सही कैसे?''

''क्योंकि समझ गया हूं कि वह उल्लू का पट्ठा प्रोफेसर उस गली में कहां से आ रहा था?''

‘‘मैं भी तो सुनूं?’’

‘‘मेरे घर से!’’

‘‘टीटू!’’ बागोश चीख पड़ा!

‘‘हुंह तेरे यूं चीखने से हकीकत नहीं बदल जाएगी दोस्त। जुए में हारी हुई रकम को कवर करने के लिए पचास रुपए लेने मैं घर गया था। उस वक्त दिमाग पर जुए की धुन सवार थी और मैं जल्दी में था, इसलिए ध्यान नहीं दे सका, मगर अब . . . अब मुझे वहां का एक दृश्य याद आ रहा है, घर में मां या पिताजी में सें कोई नहीं था। संगीता अकेली थी, मगर नहीं वह अकेली नहीं थी। उसके कमरे में यह हरामखोर प्रोफेसर था इसीलिए संगीता ने मुझे उस कमरे में नहीं जाने दिया। मां के कमरे ही से रुपए ढूंढ़कर उसने मुझे दिए!’’

‘‘ये क्या कह रहा है तू!’’

‘‘वही जो सच है और संगीता की उस वक्त की हड़बड़ाहट बौखलाहट मुझे अब याद आ रही है अब बोल अकेले घर में संगीता कि वहां पढ़ाई की बातें हो रही होंगी?’’

‘‘यह सब तेरा वहम भी तो हो सकता है?’’

‘‘यह वहम नहीं बागेश हकीकत है। ऐसी हकीकत जो बहुत देर से मेरी समझ में आई और अब मैं इस प्रोफेसर के बच्चे और संगीता को घर की इज्जत खाक में मिलाने का सबक सिखाकर ही दम लूंगा!’’ गुर्राने के साथ ही वह उठकर खड़ा हो गया!

‘‘कहां जा रहा है?’’

‘‘घर!’’

‘‘नहीं!’’ बागेश ने उसका हाथ पकड़ लिया–‘‘इतने गुस्से में मैं तुझे घर नहीं जाने दूंगा। जाने क्या अंट-शंट कर बैठे?’’

‘‘तुझसे मेरी दोस्ती है बागेश और दोस्ती घर से बाहर होती है। मेरे घर के मामलों के बीच में दखल देने का तुझे कोई हक नहीं है!’’

‘‘टीटू!’’

‘‘छोड़ मुझे!’’ एक झटके के साथ अपना हाथ छुड़ाकर टीटू तूफान के हाहाकारी झोंके की तरह केबिन से बाहर निकल गया। बागेश वहीं

बैठा रहा। उसकी कुछ समझ में नहीं आ रहा था।

शारदादेवी तड़प उठी। बोली–"तू दिल्ली जाने की बात करती है मेरी बच्ची। मेरा बस चले तो अपने खून की एक-एक बूंद बेचकर तुझे अमेरिका भेज दूं!"

संगीता सूखे रेत पर पड़ी मछली के समान तड़प रही थी–"फिर बात क्या है मां?"

"तेरे पिता और भाई!"

"प्लीज-प्लीज मां तुम उन्हें किसी तरह समझा लो!"

"तू अच्छी तरह जानती है पगली कि वे . . .!"

"मैं तुम्हारे हाथ जोड़ती हूं मां तुम्हारे पांव पड़ती हूं!" संगीता बुरी तरह गिड़गिड़ा उठी–"किसी भी तरह किसी भी कीमत पर उन्हें तैयार कर लो। पिताजी को समझाओ कि संगीता उनके नाम को बुलंद आकाश की ऊंचाई से भी कहीं ज्यादा बुलंदियों पर पहुंचा देना चाहती है। किसी भी तरह मेरे जज्बात उन्हें समझा दो मां!"

संगीता की तड़प एवं गिड़गिड़हाट के सामने शारदादेवी एक बार फिर इंकार करने का साहस न जुटा सकी। बिलख-बिलखकर रो पड़ी वे। संगीता को खींचकर अपने कलेजे से लगा लिया। झूठी सांत्वना दी उसे–"अच्छा बेटी, मैं कोशिश करूंगी!"

संगीता को जैसे सरे जहां की दौलत मिल गई!

दोनों ने मिलकर फर्श से क्राकरी के टुकड़े एवं चाय के धब्बे साफ किए। फिर हर उस चिन्ह को मिटाया जो वहां प्रोफेसर दिवाकर के आगमन का प्रतीक था। हर आवश्यक कार्य से फारिग होने के बाद शारदा देवी ने कहा–"अब क्या होगा?"

कुछ कहने के लिए संगीता ने अभी मुंह खोला ही था कि दरवाज़े की सांकल बज उठी!

दोनों इस तरह खड़ी हो गई, जैसे एक ही स्विच से संबंधित दो बल्व हों। उनकी आंखें मिली। दिल धड़के। संगीता के मुंह से निकला–"शायद पिताजी आ गए हैं!"

व्यग्रतापूर्वक सांकल पुनः खड़खड़ाई गई।

दोनों एक साथ मुख्यद्वार की तरफ लपकी।

उस वक्त कमरे में रखी घड़ी की छोटी सुई दस से थोड़ा आगे थी और बड़ी चार पर। उनके द्वार पर पहुंचने तक सांकल एक बार पुनः खड़खड़ाई जा चुकी थी। शारदादेवी ने फुर्ती के साथ आगे बढ़कर दरवाज़ा खोल दिया। आनन-फानन मे दुर्गादास ने अंदर कदम रखते हुए पूछा–''टीटू आ गया है क्या?''

''हां आया था और फिर कहीं चला गया।''

''कब आया था और फिर कहां चला गया?''

''पता नहीं!''

''ओह!'' दुर्गादास के चेहरे पर मौजूद चिंता की ढेर सारी लकीरों में से अधिकांश गयाब हो गईं। उन्होंने पूछा–''वह ठीक तो था न?''

''हां!''

''क्या बागी सितारा के बारे में उसने अपनी तरफ से कोई जिक्र किया?''

''नहीं!''

''तुमने तो उसके पत्र के बारे में टीटू से . . .!'' सवाल पूछते-पूछते वे रूक गए। वाक्य अधूरा ही छोड़कर संगीता की तरफ देखने लगे। इस क्षण के शायद पहली ही बार उन्हें ख्याल आया कि उपरोक्त सारी बातें संगीता के सामने करने की मूर्खता वे स्वयं कर रहे हैं, अतः बात बदलकर बोले–''तुम अभी तक सोई नहीं संगीता अपने कमरे में जाओ और तुम ऊपर आओ शारदा हमें तुमसे कुछ बातें करनी है!''

बड़ी शीघ्रता एवं अंदाज में दोनों के लिए एक-एक हुक्म जारी करके दुर्गादास तेजी के साथ गैलरी पार करने लगे, मगर अभी वे संगीता वाले कमरे के द्वार के नजदीक ही पहुंचे थे कि संगीता ने कहा–''मुझे बागी सितारा के पत्र के बारे में पता लग चुका है पिताजी!''

बुरी तरह चौंककर दुर्गादास अपने जूते की एड़ी पर घूम गए। उन्होंने शारदादेवी को ऐसे अंदाज में घूरा जैसे कच्ची चबा जाएंगे, जबकि शारदादेवी के जिस्म में मौत की सिहरन दौड़ गई। वे हैरतअंगेज नज़रों से संगीता को देख रही थीं, जबकि पूरी गंभीरता के साथ आगे बढ़ती संगीता ने कहा–''इसमें मां का कोई दोष नहीं है!''

''क्या मतलब?'' दुर्गादास गुर्राए!

''जब भइया आए थे तब मां मेरे कमरे में सो रही थीं। दरवाज़ा मैंने ही खोला और भइया पहले आपको फिर मां को पूछने लगे। मेरे बताने पर वे मां को जगाना चाहते थे और मां मुझसे जगाने के लिए मना करके सोई थीं तो मैंने ही उनसे पूछा कि उन्हें मां से क्या काम है। वे कुछ पैसे लेने आए थे। वे मैंने ही उन्हें दे दिए और फिर वे मां को बिना जगाए पैसे लेकर यहां से चले गए!''

''इस सारी बकवास का क्या मतलब?''

''यह कि उस वक्त तक मां ने मुझे बागी सितारा के पत्र के बारे में कुछ नहीं बताया था, इसीलिए मैंने भइया से उस बारे में कोई जिक्र नहीं किया!''

''फिर?''

''जब मां जागी और मैंने इन्हें भइया के आने के बारे में बताया तो ये चौंक पड़ी और मुझे गालियां देने लगीं। कहने लगीं कि उसके आने पर मैंने इन्हें जगा क्यों नहीं दिया। जब भइया यहां आ ही गए थे तो उन्हें जाने क्यों दिया? मां के इस कदर भड़कने पर मैं चकित रह गई। मैंने पूछा कि ऐसी क्या बात हो गई है, तब ममता की मारी मां कह उठी कि पुलिस टीटू की तलाश में है। बागी सितारा उसके पीछे पड़ा है!''

दुर्गादास चुपचाप उसे घूर रहे थे।

''ममता एवं प्यार निकल गए थे, जैसे घर में कदम रखते ही मेरी मौजूदगी पर ध्यान दिए बिना आप स्वयं मां से कई सवाल कर बैठे और फिर कुरेद-कुरेदकर मैंने मां से सारी सच्चाई उगलवा ली!''

दुर्गादास संगीता की दलील से प्रभावित हुए। सुबूत के तौर पर उनके चेहरे से तनाव खत्म हो गया। शारदादेवी से उन्होंने कहा–''बड़ी अजीब बात है कि ऐसे तनावपूर्ण हालातों में तुझे नींद आ गई थी!''

शारदादेवी पर कुछ कहते नहीं बन पड़ा और बात को संभालने के लिए संगीता अभी कुछ कहने ही वाली थी कि वहां टीटू की कर्कश आवाज़ गूंजी–''ये दोनों झूठ बोल रही हैं पिताजी। मां सोई नहीं थी!''

सभी ने मुख्य द्वार की तरफ देखा।

संगीता और शारदादेवी के जिस्म में मौत की तरंगें लहरा उठीं। टीटू की मुद्रा की तरफ ध्यान जाते ही तो उनके होश उड़ गए। लाल-लाल

आंखों से घूरता हुआ टीटू उनकी तरफ बढ़ रहा था। चेहरा किसी पत्थर की तरह सख्त नजर आ रहा था!

दोनों की सिट्टी-पिट्टी गुम!

ऊपर की सांस ऊपर रह गई–नीचे की नीचे!

''क्या कहना चाहते हो?'' दुर्गादास ने पूछा।

उन्हें घूरते हुए टीटू ने कहा–''ये मां-बेटी हमसे छुपाकर इस घर में चकलाखाना चलाती हैं पिताजी!''

''टीटू! दुर्गादास भयंकर ज्वालामुखी के समान दहाड़ उठे।

''अगर नहीं तो पूछिए इनसे। संगीता के कॉलिज का प्रोफेसर दिवाकर यहां क्या करने आया था? क्यों उसे इस कमरे में बंद कर रखा था इन्होंने?''

''कौन प्रोफेसर दिवाकर?''

''...''

''क्यों शारदा। ये टीटू क्या बक रहा है?''

शारदादेवी चुप बोले भी तो क्या?

वे ही नहीं, बल्कि संगीता भी वहां खड़ी-खड़ी जैसे पत्थर की शिला में बदल गई। जिस्म, दिमाग और इंद्रियां आदि सभी कुछ सुन्न पड़ गया था!

उनकी पलकें तक झपक रही थी!

रोंगटे खड़े थे। सभी कुछ स्थिर हो गया था जैसे ये तो स्वप्न में भी नहीं सोच सकती थीं कि उनकी सुदृढ़ योजना एक ही पल में इस तरह बिखर जाएगी। वे सोच नहीं सकीं कि यह बात टीटू आखिर जान कैसे गया?

''बोलती क्यों नहीं हरामजादी? क्या बक रहा है टीटू?''

दोनों में से किसी के मुंह से बोल न फूटा। दहशत के कारण बुरा हाल था उनका, जबकि बहुत ही क्रूर एवं जहरीली मुस्कुराहट के साथ टीटू ने कहा–''मैंने तुम लोगों के बीच होने वाली चंद बातें सुन ली हैं पिताजी और उन्हीं से यह अनुमान भी लगा रहा हूं कि यहां क्या कुछ हुआ होगा?''

आगबबूला हुए दुर्गादास ने पूछा–''क्या कहना चाहते हो?''

''क्या आप मुझे वह पत्र दिखा सकते हैं, जिसे पढ़ने के तुरंत बाद

आप 'महारानी के खंडहर' की तरफ दौड़ पड़े?'' टीटू संगीता और शारदादेवी को बड़ी ही खूंखार दृष्टि से घूरता हुआ कह रहा था–''उसे पढ़ने के बाद मैं जो कुछ कहूंगा, वह ज्यादा तर्कसंगत और ठोस होगा!''

दुर्गादास का चेहरा गुस्से के कारण बुरी तरह भभक रहा था। विशेष रूप से शारदा को घूरते हुए उन्होंने जेब से पत्र निकालकर टीटू को दे दिया। पत्र को खोलते ही टीटू के होठों पर बहुत ही खतरनाक मुस्कुराहट उभरी और फिर वह पत्र को पढ़ता चला गया। कमरे में सन्नाटा छा गया था!

एक बहुत बड़े तूफान का सूचक!

शारदा और संगीता के प्राण खुश्क हुए जा रहे थे। इन विकट हालातों से निकल जाने का कोई रास्ता नहीं सूझ रहा था उन्हें और इस बीच पूरा पत्र पढ़ने के बाद टीटू ने किसी विजेता की तरह घोषणा की–''मैं इस पत्र को लिखने यानी बागी सितारा का असली नाम बता सकता हूं!''

''कौन है वह?''

''आपकी बेटी और मेरी बहन!''

''संगीता?''

''जी हां!''

''क्या बक रहे हो टीटू तुम होश में तो हो?''

व्यंग्य में डूबी मुस्कान के साथ टीटू ने कहा–''इसी से पूछ लीजिए!''

''जवाब दे संगीता!'' दुर्गादास दहाड़ उठे–''एक मिनट के अंदर अगर मुझे जवाब नहीं मिला तो मैं तुम दोनों की खाल नोंच लूंगा!''

''संगीता ने अपना पीला जर्द चेहरा ऊपर उठाया। निस्तेज आंखों से अपने पिता और भाई को देखा उसने। बोली–''भाइया को गलतफहमी हुई है!''

''हुं ह गलतफहमी?'' चहलकदमी-सी करते हुए टीटू ने कहा–''उसके बारे में इसने मां को भी बता रखा है। हमें भनक तक नहीं लगी और इश्क इस हद तक परवान चढ़ गया कि प्रेमी इस घर में भी आने लगा!''

''यह झूठ है!'' संगीता हलक फाड़कर चिल्ला उठी।

दुर्गादास दहाड़े–''तू चुप रह!''

''प्रोफेसर को आज इस घर में दावत पर आना था। समय शाम का

रखा गया, क्योंकि आमतौर पर इस वक्त मैं घर पर नहीं होता हूं। रही आपकी बात। हां, आप इनके लिए प्रॉब्लम जरूर थे सो, आपको दस बजे तक घर से बाहर रखने की तरकीब इन्होंने सोच ली। मैंने किसी पुलिस अफसर को नहीं लुटा। किसी बागी सितारा ने मुझे किडनेप नहीं किया। आपको घर से बाहर भेजने के लिए वह पत्र खुद संगीता ने लिखा था!''

''यह झूठ है!'' संगीता चीख पड़ी–''सरासर झूठ!''

''क्या यह पत्र भी झूठ है?'' टीटू ने दिवाकर की जेब से प्राप्त पत्र को हवा में लहराते हुए कहा–''इस पत्र में दिवाकर के लिए तूने अपने दिल के सभी जज्बात खोलकर रख दिए हैं। दोनों पत्रों की राईटिंग एक ही है। क्या इसमें तूने दिवाकर से देहली जाने की रिक्वेस्ट नहीं की है?''

संगीता के दिलोदिमाग पर बिजली गिर पड़ी। जिस्म जैसे राख के ढेर में बदलकर रह गया। अब उसमें किसी भी किस्म का विरोध करने की शक्ति न रह गई थी।

''यह दूसरा पत्र तुझे कहां से मिला?'' दुर्गादास ने पूछा।

''हरामी प्रोफेसर की जेब से!''

''क्या मतलब?''

''आप जानते ही हैं कि जुए का मुझे शौक है। आज जेब की सारी रकम हार गया तो हारी हुई रकम को कवर करने के लिए राहजनी की। संयोग से शिकार वह हरामजादा प्रोफोसर बन गया और नोटों के साथ उसकी जेब से यह पत्र भी निकला। इसे पढ़ने के बाद अपने घर का उस वक्त का माहौल मेरी समझ में आया जब मैं रुपए लेने यहां आया था। मुझे इस कमरे में नहीं आने दिया गया, क्योंकि यहां . . .!''

''क्या टीटू सच कह रहा है शारदा?''

शारदादेवी के मुंह में तो जैसे जुबान ही न थी और संगीता समझ चुकी थी कि अब किसी भी सच्चाई को छुपाया नहीं जा सकेगा, अतः बोली–''यह सच पिताजी कि प्रोफेसर साहब यहां आए थे, मगर यह सरासर झूठ है कि मेरे उनसे कोई गलत संबंध हैं। वे तो यहां।''

''मैं उस हरामजादे को जिंदा नहीं छोडूंगा!'' टीटू गुर्राया–''काश! यह सब कुछ मुझे पहले पता होता। तब . . . तब राहजनी करते वक्त

चैन से मारते-मारते मैं उसे अधमरा करके नहीं छोड़ देता, बल्कि पेट में चाकू घुसेड़कर हरामी को हलाल ही कर देता!''

सिहर उठी संगीता चीखी–''क्या तुमने उन्हें मारा भी था?''

''अभी तक गली में पड़ा कराह रहा होगा कुत्ता!''

''नहीं!'' संगीता पागलों की तरह चीख पड़ी–''तुम उन्हें नहीं मार सकते। उन्हें मारने का तुम्हें क्या हक है? कल उन्हें महत्त्वपूर्ण सम्मेलन में दिल्ली जाना है।''

''आप देख रहे हैं न पिताजी?'' टीटू ने कहा–''उस कमीने दिवाकर के लिए अपनी बेटी के दिल की तड़प आप देख रहे हैं न। इसे कहते है मुहब्बत!''

गुस्से की ज्यादती के कारण संगीता थरथराकर रह गई।

''मुझे तुझसे जवाब चाहिए शारदा!'' दुर्गादास उन पर चढ़ दौड़े–''क्या टीटू सच कह रहा है? क्या कोई प्रोफेसर यहां आया था? क्या सचमुच यह पत्र बागी सितारा के नाम से संगीता ने ही लिखा था और, और क्या यह सब कुछ सचमुच तेरी जानकारी में हो रहा था?''

शारदादेवी बड़ी मुश्किल से कह सकीं–''यह सब कुछ सच तो है मगर संगीता उस प्रोफेसर के संबंध . . .!''

मगर इससे आगे के शब्द सुने किसने थे?

सुनना चाहता ही कौन था?

दुर्गादास उस पर चीते की तरह टूट पड़े। मां को बचाने के लिए संगीता बीच में आई और फिर न सिर्फ उसी कमरे या घर में, बल्कि घर की चारदीवारी को पार करके गली में मां-बेटी की चीखें गूंजने लगीं!

तूफान आ चुका था। ऐसा तूफान, जो थमने का नाम ही न ले रहा था।

क्रोध में पागल होकर दुर्गादास ने शारदादेवी को किसी कसाई की तरह मारा था और उन्हें बचाने के प्रयास में संगीता भी खूब पिटी थी। अगर यह कहा जाए तो गलत न होगा कि सारी रात मां-बेटी कराहती रहीं।

सुबह!

अपनी पीड़ा को भूलाकर संगीता ने कच्चे कोयलों की अंगीठी दहकाई। रूई के टुकड़ों से उसने मां की गुम चोटों की सिकाई शुरू

की तो शारदादेवी के होठों से बेशुमार दर्द-भरी कराहटें निकलने लगीं!

संगीता सुबक-सुबककर रो रही थी।

''अब क्या होगा मां। पिताजी ने रात चेतावनी दे दी है कि अगर मैं कॉलिज गई तो मेरी टांगें तोड़ देंगे!''

''मैंने तुझसे पहले ही कहा था तू ही न मानी। अब सारी जिंदगी अपनी बेवकूफी की सजा भुगतने के अलावा न तेरे पास कोई चारा है, न मेरे पास!''

''तो क्या मैं सचमुच कभी कॉलिज नहीं जा सकूंगी मां?''

''नहीं।''

''प्लीज ऐसा मत कहो मां!'' संगीता ठीक किसी हलाल होते बकरे की तरह कराह उठी–''मैं बरबाद हो जाऊंगी। किसी भी तरह किसी भी शर्त पर मैं पढ़ना चाहती हूं। मैं खुद पिताजी से बात करूंगी। पैर पकड़ लूंगी उनके!''

''जो हुआ है क्या उससे तेरा पेट नहीं भरा?''

''क्या मतलब?''

''अगर इस बारे में तूने उनमें से किसी से बात भी की तो।''

''मगर क्यों मां आखिर क्यों?'' संगीता तड़प उठी–''ऐसा क्या गुनाह किया है मैंने? प्रोफेसर साहब को जो पत्र मैंने लिखा था वह 'लव-लेटर' तो नहीं था। इस सच्चाई को आखिर वे समझते क्यों नहीं हैं?''

''जिसमें जितनी समझ होती है, वह उससे ऊपर के स्तर की बात नहीं समझ सकता बेटी!''

संगीता पर कुछ कहते नहीं बन पड़ा। छटपटाकर रह गई वह। मां की चोटों को सेकती-सेकती प्रोफेसर दिवाकर के बारे में सोचने लगी।

बुदबुदा उठी–''उन बेचारे ने ऐसा भला क्या गुनाह किया था, जिसकी वजह से उन्हें उतनी मार खानी पड़ी? पता नहीं सम्मेलन में भाग लेने वे देहली जाने लायक भी हैं या नहीं?''

''मैं उस हरामजादे प्रोफेसर को जिंदा नहीं छोड़ूंगा। बोटी-बोटी नोंचकर चील-कौवों के सामने डाल दूंगा!'' उफनता हुआ टीटू गुर्रा रहा था–

''हमारे घर की इज्जत पर हाथ डालने की कोशिश की है उसने। मैं उसका खून पी जाऊंगा!''

''बेवकूफी कारोगे!'' दुर्गादास ने कहा!

वह बाप ही पर गुर्रा उठा–''क्या मतलब?''

''मतलब साफ है क्या कहोगे किसी से? सवाल यह उठेगा कि तुम्हें उसके और अपनी बहन के संबंधों के बारे में कैसे पता लगा?''

''. . . मैं . . .!'' टीटू बौखलाकर रह गया।

''क्या यह कहोगे कि तुम चोर हो? पिछली रात जो राहजनी हुई थी, वह तुमने की थी?''

दुर्गादास उसे समझाने वाले अंदाज में कह रहे थे–''उसे मारते-मारते तुमने अधमरा कर दिया था। जाहिर है कि इस वक्त निश्चय ही किसी अस्पताल में पड़ा होगा। उसकी तरफ से एफआईआर दर्ज हो गई होगी और पुलिस को राहजनी के अपराधियों की तलाश होगी!''

किंकर्त्तव्यविमूढ़-सा टीटू सिर्फ अपने बाप का मुंह ताकता रह गया।

''उस प्रोफेसर को दिमाग में रखना अब किसी भी दृष्टिकोण से उचित नहीं है। उसे कुछ कहने से बदनामी भी हमारी ही होगी। लड़की के बाप और भाई को हर कदम बहुत सोच-समझकर उठाना होता है। अगर संगीता बदनाम हो गई तो उसकी शादी तक नहीं हो सकेगी!''

''फिर हम क्या करें?''

''फिलहाल कम-से-कम इस पत्र में संगीता ने ऐसी कोई बात नहीं लिखी है कि हमें शर्मिंदगी उठानी पड़े, मगर एक बार जब लड़की किसी को पत्र दे देती है तो उसका हौसला खुल जाता है। आज उसने ऐसा पत्र दिया है। कल किसी और तरह का भी दे सकती है और फिर जिसे घर बुलाने के लिए मां-बेटी ने ऐसी खतरनाक साजिश रची, जाहिर है कि उसकी तरफ संगीता का कुछ झुकाव है, हमें चाहिए कि इस सिलसिले और झुकाव को यहीं खत्म कर दें!''

''कैसे?''

''अब वह कभी कॉलिज नहीं जाएगी!''

''क्या यह काफी होगा?''

''नहीं!''

''फिर?''

''अब अगर ज्यादा दिन तक यह लड़की इस घर में रही तो हमारी नाक कटवाकर रहेगी और जब ऐसे हालात बन जाए तो बाप और भाई पर सिर्फ एक ही चारा रह जाता है शादी!''

''शादी?''

''हां कोई भी खाता-पीता लड़का देखकर जल्दी-से-जल्दी संगीता की शादी कर दी जाए!''

रात के दस बजे!

अपने बैड पर लेटे प्रोफेसर दिवाकर कंप्यूटर के बारे में पढ़ रहे थे।

यह कि कंप्यूटर का आविष्कार किस तरह हुआ, मगर उस समूची जटिल प्रक्रिया में चाहकर भी वे अपना पूरा दिमाग नहीं लगा पा रहे थे!

उनकी सोचें बहककर संगीता की तरफ चली जाती थी।

आज पच्चीस दिन बाद भी संगीता कॉलिज नहीं आई थी और अब तो उन्हें यकीन हो चला था कि वह कभी न आ सकेगी! उन्हें लग रहा था कि देश एक प्रतिभा को पनपने से पहले ही खो चुका है।

एकाएक फ्लैट के बंद दरवाज़े पर दस्तक हुई!

प्रोफेसर दिवाकर का ध्यान भंग हुआ। चौंककर उन्होंने रिस्टवॉच की तरफ देखा और अभी वे यह सोचने की कोशिश कर ही रहे थे कि रात के इस वक्त कौन आ सकता है कि फ्लैट का मुख्य दरवाज़ा पुनः पीटा गया!

दिवाकर उठा। पैरों में स्लिपर डाले!

बेडरूम का दरवाज़ा पार करके वह ड्राइंगरूम में पहुंचा ही था कि बड़े अधार अंदाज में दरवाज़ा पुनः पीटा गया। इस बार कुछ ज्यादा ही फुर्ती के साथ आगे बढ़कर उसने दरवाज़ा खोल दिया और दरवाज़े को खोलते ही वह दंग रह गया।

''तुम?'' हलक से चीख निकल पडी!

''हां प्रोफेसर साहब यह मैं ही हूं!''

''मगर तुम इस वक्त यहां इस लिबास में?''

''क्या आप मुझे अंदर आने के लिए नहीं कहेंगे?''

दिवाकर का दिमाग जाम होकर रह गया था। किंकर्तव्यविमूढ़

अवस्था में वह एकटक संगीता को देखता रह गया। उसे जो दुल्हन के सुर्ख लिबास में लिपटी उसके सामने खड़ी थी। बेहद मासूम और भोली-भाली संगीता के मुखड़े पर इस वक्त हवाइयां उड़ रही थीं।

आतंक और दहशत के कारण चेहरा सफेद नज़र आ रहा था।

आंखें सूजी हुई थीं।

जाहिर था कि वह लगातार रोती रही है। दिवाकर बहुत कुछ समझकर भी कुछ समझ न सका।

बोला–''बात क्या है संगीता?''

संगीता यूं बोली जैसे अभी रो पड़ेगी–''क्या आप मुझे अंदर नहीं आने देंगे?''

''आओ!'' कहते वक्त किसी आशंका से दिवाकर का दिल बुरी तरह धड़क उठा।

संगीता झपटकर अंदर आ गई। उसने स्वयं ही घूमकर दरवाज़ा बंद किया। चटकनी चढ़ाई और घूमकर बोली–''मैं सब कुछ छोड़कर आ गई हूं प्रोफेसर साहब!''

''क्या मतलब?''

''वे मेरी शादी कर देना चाहते थे!''

''फिर?''

''मैं भाग आई हूं। मुझे शादी नहीं करानी है। मुझे पढ़ना है प्रोफेसर साहब। एक बहुत बड़ी वैज्ञानिक बनना है मुझे!''

''मगर।'' दिवाकर के मुंह से निकला और फिर वह अजीब-सी भावनाओं के झंझावात में स्वयं ही उलझकर रह गया। इस लिबास में संगीता का यहां आना और उसके उपरोक्त शब्द उसे बड़े अजीब लगे। संगीता के अंतर के मर्म को समझ रहा था वह।

''उन्होंने मेरे सारे सपनों को एक माला में गूंथकर रख दिया था और चाहते थे कि मैं उस माला को किसी ऐसे आदमी के गले में डाल दूं जो जिंदा रहने के लिए पानी तो पीता है, किंतु यह नहीं जानता कि इसी पानी को हाइड्रोजन भी कहते हैं!''

''क्या तुम्हारे वहां से गायब हो जाने की किसी को जानकारी नहीं है?''

''सिर्फ मां को है!''

''क्या मतलब?''

''उन्हीं के सहयोग, हौसले और प्रेरणा से मैं इतना बोल्ड स्टैप ले सकी हूं!''

''हम समझे नहीं!''

''मेरी तड़प छटपटाहट और रूदन को अंततः मां सह न सकी। बोली–'अब तो अपने सपने पूरे करने का तेरे सामने एक ही रास्ता है बेटी यह कि भाग यहां से। सभी सामाजिक बेड़ियों को तोड़ डाल। इस घर और खानदान की इज्जत अगर खाक में मिलती है तो मिलने दे हुंह पहले ही कौन हमें इज्जत की नज़र से देखता है।' ऐसी ही ढेर सारी बातें कहकर न सिर्फ उन्होंने मुझे भाग निकलने के लिए प्रेरित किया, बल्कि मेरी मदद भी की!''

''और तुम निकल आई?''

''हां!''

दिवाकर चुप रह गया। कई पल बाद बोला–''क्या तुम्हारी मां जानती है कि तुम यहां . . .?''

''नहीं।''

''क्या मतलब?''

''घर से निकलते वक्त मेरे सामने कोई लक्ष्य नहीं था। केवल उस कैदखाने से भाग निकलने भर की धुन थी। मां ने कहा था कि मैं कहीं भी रहकर किन्हीं भी हालातों में जिंदगी के क्रूर पंजे से पंजा लड़ाकर पढ़ सकती हूं। अतः वहां से भाग निकलूं मैं। सड़क पर आ गई प्रोफेसर साहब यह सोचकर बौखला गई कि कहां जाऊं तब जेहन में एकमात्र आपकी तस्वीर उभरी। दिल ने कहा कि अब आप ही मेरा सहारा बन सकते हैं। एक आप ही हैं जो मुझे उस रास्ते पर ले जा सकते हैं, जिधर मैं जाना चाहती हूं, सो आपकी शरण में आ गई!''

जाने क्यों दिवाकर के रोंगटे खड़े हो गए?

एकाएक ही दुल्हन बनी संगीता उसके कदमों में गिर पड़ी और बच्चों की तरह फूट-फूटकर रोती हुई गिड़गिड़ाई–''मेरी मदद कीजिए प्रोफेसर साहब। अब तो सिर्फ आप ही मेरे सब कुछ हैं मुझे उन दरिंदों से बचा लीजिए अब अगर एक बार मैं उनके सामने पड़ गई तो वे मुझे

जिंदा नहीं छोड़ेंगे। प्लीज सारी, दुनिया की नज़रों से छुपाकर मुझे उस राह पर आगे बढ़ा दीजिए, जिस पर जाना चाहती हूं, मुझे पढ़ना है प्रोफेसर साहब प्लीज मुझे पढ़ने दीजिए!''

दिवाकर की आंखें डबडबा गईं!

पढ़ने और अपने लक्ष्य के प्रति ऐसी ललक उसने पहले कभी किसी में नहीं देखी थी।

दिवाकर अच्छी तरह उन मुसीबतों की कल्पना कर सकता था, जो संगीता की मदद करने पर टूट पड़ने वाली थीं और ऐसी हर मुसीबत का सामना करने का निश्चय करते ही उसके चेहरे पर दृढ़ता के भाव उभर आए। वह झुका और संगीता को अपने कदमों से उठाता हुआ बोला–''हम हर तरह से तुम्हारी मदद करेंगे संगीता, मगर उससे पहले तुम्हें हमसे एक वादा करना होगा!''

''आप कहें तो सही मैं हजार वादे करने के लिए तैयार हूं!''

''सिर्फ एक वादा!'' दिवाकर बोला–''यह कि जिस क्षण से हम तुम्हारी मदद करना शुरू करें, उस क्षण के बाद भले ही हम पर चाहे जो गुजरे। हम कितने भी दयनीय हालातों में क्यों न फंसे हों, मगर तुम सामने नहीं आओगी। सामने आना तो दूर हमारी हालत पर ऐसी सिसकारी तक नहीं भरोगी तुम, जिसे कोई तीसरा सुन सके!''

''किस किस्म की मुसीबत आएगी?''

''किस्म कोई भी हो सकती है संगीता, मगर वह सब कुछ तुम्हें सहना होगा। न सह सकी तो मेरी तपस्या तुम्हारे सपने आदि सभी धूल में मिल जाएंगे। उन्हें साकार करने के लिए हमारे ऊपर टूटती हर मुसीबत को अपनी आंखों से देखने के बावजूद तुम्हें खामोश रहना होगा। बोलो कर सकोगी ऐसा?''

''मैं सब कुछ कर सकूंगी!''

''तो फिर वादा करो जब तक हम खुद न कहें, तब तक हमारे अलावा किसी को अपनी शक्ल नहीं दिखाओगी!''

दिवाकर के शब्दों की गहराई को बिना सोचे-समझे संगीता ने वादा किया और तब पहली बार दिवाकर के होठों पर विजेताओं की-सी मुस्कान नाच उठी। चेहरे पर ऐसी चमक उभर आई जैसे उसे

दुनिया की सारी दौलत मिल गई हो, बोला–''बस संगीता, अब तुम्हें किसी बात की फिक्र करने की जरूरत नहीं है। किसी से डरना नहीं है तुम्हें!''

''मैं समझी नहीं!''

''क्या घर पर तुम कोई पत्र छोड़कर आई हो?''

''नहीं!''

''वहां इतना बुद्धिमान कोई नहीं, जो तुम्हारे भाग आने के सही कारण की कल्पना कर सके। वे लोग और पुलिस भी वही सोचेंगे जो अक्सर शादी के अवसर पर किसी लड़की के भाग जाने से यह जमाना सोचता है और ऐसे हालातों में पुलिस सबसे पहला छापा लड़की के लवर के यहां ही मारती है!''

संगीता के चेहरे पर सन्नाटा फैल गया!

फीकी मुस्कान के साथ दिवाकर ने कहना जारी रखा–''और उनकी नज़र में तुम्हारा लवर सिर्फ मैं हूं। जाहिर है कि पुलिस दल के साथ वे लोग यहां आने ही वाले होंगे!''

संगीता के रोंगटे खड़े हो गए!

दिवाकर बड़गड़ाया–''फिलहाल तुम यहां सुरक्षित नहीं हो!''

''फिर?'' संगीता का हृदय कांप गया!

''तुम फिक्र . . .!''

और दरवाज़े पर दस्तक हुई!

संगीता का चेहरा पीला जर्द पड़ गया, जबकि दिवाकर के चेहरे पर हर तरफ दृढ़ता-ही-दृढ़ता उभर आई। एक पल के लिए उसका ध्यान भंग जरूर हुआ था, परंतु अगले ही पल अपने अधूरे वाक्य को पूरा करता हुआ बोला–''तुम फिक्र मत करो!''

खौफ के कारण संगीता का बुरा हाल था।

''आओ मेरे साथ!'' संगीता की कलाई पकड़कर वह उसे बेडरूम में ले गया।

संगीता कुछ समझ नहीं पा रही थी, जबकि दिवाकर ने तेजी से किसी ऐसे स्थान की तलाश में नज़रें दौड़ाई, जहां संगीता को छुपा सके।

वह समझ चुका था कि मुसीबतों का दौर शुरू हो चुका है।

दरवाज़े पर दुर्गादास, टीटू, बागेश और बागेश के पिता के साथ पुलिस के तीन सिपाही एक कांस्टेबल और एक पुलिस इंस्पेक्टर खड़े थे। इंस्पेक्टर शक्ल से ही क्रूर एवं हिंसक नज़र आता था।

उसका तना हुआ चेहरा कठोर एवं भावरहित था।

जब तीसरी बार की दस्तक के उपरांत भी दरवाज़ा नहीं खुला तो इंस्पेक्टर के चेहरे पर क्रोध एवं झुंझलाहट के भाव उभर आए और चौथी बार अपने हाथ में दबे रूल से दरवाज़े को लगभग पीटता हुआ गुर्राया–''खोलो।''

इस बार एक झटके से दरवाज़ा खुल गया।

''यही है इंस्पेक्टर साहब!'' टीटू चीख पड़ा–''यही है वह हरामजादा प्रोफेसर। इसे मैं अच्छी तरह पहचानता हूं!''

दिवाकर ने एक नज़र उसे देखा। शांत रहा और फिर उसी शांत अंदाज में उसने इंस्पेक्टर से प्रश्न किया–''क्या बात है पुलिस मेरे फ्लैट पर क्यों?''

''क्या कर रहे थे?'' इंस्पेक्टर ने पुलिसिए अंदाज में पूछा।

''पढ़ रहा था।''

''दरवाज़ा खोलने में इतनी देर क्यों हुई?''

''जब दरवाज़ा खटखटाए जाने की आवाज़ सुनी तो खोल दिया!''

दिवाकर ने सपाट स्वर में कहा–''अगर आप यह समझते हैं कि मुझे आपके आगमन के बारे में मालूम था और मैं दरवाज़ा खोलने के लिए इसी स्थान पर तैयार खड़ा था तो वह आपकी भूल है!''

इस सीधे जवाब पर इंस्पेक्टर की त्योरियां चढ़ गई। वह कुछ बोला नहीं, परंतु खा जाने वाली नज़रों से दिवाकर को घूरता जरूर रहा, जबकि दिवाकर ने उसी शांत अंदाज में पूछा–''मगर आपको मेरे फ्लैट का दरवाज़ा खटखटाने की जरूरत क्यों पड़ी?''

इंस्पेक्टर गुर्राया–''लड़कियां भगाने का धंधा कब से करते रहे हो?''

''क्या मतलब?'' दिवाकर ने चौंकने की जबरदस्त एक्टिंग की–''आपको मालूम होना चाहिए कि मैं एक सम्मानित प्रोफेसर हूं!''

''ज्यादा होशियार बनने की कोशिश मत करो। सीधी तरह बता दो कि संगीता कहां है?''

''कौन संगीता?''

''हरामजादे!'' टीटू दहाड़ उठा–''संगीता को नहीं जानता तू। मैं तेरा खून . . .।''

इंस्पेक्टर के रूल के इशारे से टीटू भिन्नाता रह गया, जबकि दिवाकर ने कहा–''मैं इन्हें नहीं जानता इंस्पेक्टर बल्कि मुझे बताया जाए कि आखिर बात क्या है?''

''ये लोग तुम्हें अच्छी तरह जानते हैं!''

''कैसे!''

''क्या तुम्हारी क्लास में संगीता नाम की कोई स्टूडेंट नहीं है?''

''ओह आप लोग उस संगीता की बात कर रहे हैं। वह मेरी सबसे होशियार स्टूडेंट है, मगर पिछले करीब एक महीने से वह कॉलिज नहीं आ रही है!''

''हम उसी संगीता की बात करे रहे हैं!''

''क्या हुआ उसे?''

''ज्यादा एक्टिंग करने की कोशिश मत करो, वर्ना खाल में भुस भरवा दूंगा। सीधी तरह जवाब दो कि संगीता को कहां छुपाकर रखा है?''

''मैंने छुपा रखा है!''

''हां तूने!'' गुस्से की ज्यादती के कारण थर-थर कांपते दुर्गादास चीख पड़े–''तूने मेरी भोली-भाली बेटी को अपने प्रेमजाल में फंसा रखा है। आज उसकी शादी होने वाली थी और तू उसे वहां से भगा लाया!''

''ये क्या कह रहे हैं आप? संगीता मेरी छात्रा है। मेरे और उसके बीच केवल गुरु और शिष्य का रिश्ता है। प्लीज, ऐसा घिनौना इल्जाम लगाकर इस पवित्र गुरु और शिष्य के रिश्ते पर कीचड़ न उछालिए!''

''पवित्र रिश्ते को दागदार तो तुम खुद कर चुके हो प्रोफेसर!''

इंस्पेक्टर ने दांत भींचकर कहा–''सारी जिंदगी मेरा वास्ता तुम जैसे सफेदपोशों से ही पड़ा है अगर एक मिनट के अंदर नहीं बताया कि संगीता कहां है तो . . .!''

''आपको जरूर कोई गलतफहमी हुई है!''

और दिवाकर का वाक्य अधूरा ही रह गया।

इंस्पेक्टर ने झपटकर दोनों हाथों से उसका गिरेबान पकड़ा और

गुर्राया–''तू इस तरह नहीं बताएगा हरामजादे। हवालात में ले जाकर चमड़ी उधेड़नी पड़ेगी तेरी!''

दिवाकर ने कुछ कहना चाहा, परंतु इंस्पेक्टर ने एक न सुनी। उसके आदेश पर दो सिपाहियों ने दिवाकर को जकड़ लिया और फिर वह पूरा दल फ्लैट के अंदर घुस आया।

कुछ देर में इंस्पेक्टर और उसके साथियों की मदद दुर्गादास, टीटू, बागेश और बागेश के पिता भी कर रहे थे। जिस ढंग से तलाशी ले रहे थे, उससे दिवाकर को लगा कि वे संगीता को ढूंढ निकालेंगे और इस संभावना मात्र से दिवाकर के छक्के छूट रहे थे।

जब वे बेडरूम में पहुंचे तो दो सिपाहियों की गिरफ्त में जकड़ा दिवाकर चीख पड़ा–''तुम एक शरीफ और सम्मानित नागरिक की इज्जत से खेल रहे हो इंस्पेक्टर। इसके परिणाम तुम्हें भुगतने होंगे!''

कमरे में रखी सेफ को खोलते हुए इंस्पेक्टर ने कहा–''दस साल की सर्विस में मेरा वास्ता तुम जैसे शरीफजादों से ही पड़ा है हरामजादे, और मैं तुम जैसों के चेहरे से शराफत का नकाब उतारने में एक्सपर्ट समझा जाता हूं!''

दिवाकर जाने क्या-क्या चीखता रहा।

तलाशी जारी रही।

उस वक्त तो दिवाकर के प्राण ही खुश्क हो गए जब कांस्टेबल सेफ की तरफ बढ़ा। उसके तेवर ऐसे थे, जैसे वह सेफ के पीछे झांककर देखने वाला है और इसीलिए दिवाकर के जिस्म का हर रोया खड़ा हो गया।

मगर मभी इंस्पेक्टर की आवाज़ ने सबका ध्यान भंग किया–''ये क्या है?''

उसका इशारा एक बंद दरवाज़े की तरफ था।

''बाथरूम!'' दिवाकर ने थोड़ा मुस्कुराते हुए जवाब दिया।

हैंडिल पकड़कर हिलाने की कोशिश करते हुए इंस्पेक्टर ने पूछा–''बंद क्यों है?''

''मुझे रात में बाथरूम का दरवाज़ा लॉक करके सोने की आदत है!''

''ओह!'' इंस्पेक्टर की आंखों में अजीब-सी चमक उत्पन्न हो गई। व्यंग्य में लबालब डूबे लहजे में वह बोला–''बड़ी विचित्र स्थिति उत्पन्न हो गई है प्रोफेसर साहब। खैर इसे बंद करके आपको चाबी

कहां रखने की आदत है?''

''क्यों बताऊं?''

''क्या मतलब?'' इंस्पेक्टर के मस्तक पर बल पड़ गया।

''आपको इस तरह किसी शरीफ आदमी के फ्लैट की तलाशी लेने का कोई अधिकार नहीं है। पहले सर्च वारंट लेकर आइए तब आपको चाबी का पता बता दूंगा!''

जहां इंस्पेक्टर को संगीता के बाथरूम में होने का विश्वास हो गया, वहीं दिवाकर के शब्दों ने उसके तन-बदन में आग लगा दी। बड़े ही खूंखार अंदाज में वह दिवाकर की तरफ बढ़ता हुआ बोला–''सर्च वारंट हमेशा मेरे इस रूल में रहता है!''

दिवाकर चुपचाप उसे देखता रहा।

उसकी आंखों में झांकता हुआ इंस्पेक्टर ठीक उसके सामने बेहद नजदीक पहुंचकर ठिठका और इंस्पेक्टर की आंखों में मौजूद क्रूरता के भावों को देखकर दिवाकर के जिस्म में झुरझुरी-सी दौड़ गई। इंस्पेक्टर ने एक-एक शब्द को चबाते हुए कहा–''सीधी तरह बता रहा है कि चाबी कहां है या नहीं?''

''हरगिज . . . आआ!''

दिवाकर के कंठ से निकली दर्दीली चीख ने सारे फ्लैट को झनझनाकर रख दिया और वह चीख इसलिए निकली थी, क्योंकि उसका वाक्य पूरा होने से पहले ही मजबूत रूल का सीधा वार उसके चेहरे पर पड़ा था।

फिर एक नहीं दिवाकर के हलक से चीखें उबलती चली गई। इंस्पेक्टर उसे पूरी बेरहमी के साथ किसी अपराधी के समान मारे चला जा रहा था!

'सांय-सांय' करते रूल की आवाज़ और परिणामस्वरूप उभर रही एक निरपराध व्यक्ति की मर्मांतक चीखें संगीता के दिलोदिमाग को झंझोड़े दे रही थीं।

कुछ क्षण के लिए 'सांय-सांय' की आवाज़ रूकी। इंस्पेक्टर के हांफने की आवाज़ें सुनाई दीं और फिर उसकी गुर्राहट–''मेरे सामने पत्थरों को भी बोलना पड़ता है सूअर के बच्चे बता चाबी कहां है, वर्ना खाल खींचकर रख दूंगा?''

कराहते दर्द से बिलबिलाते दिवाकर की दृढ़ आवाज़–"तुम्हारी मार के डर से पत्थर बोलते होंगे इंस्पेक्टर, मगर दिवाकर कोई पत्थर नहीं है!"

इंस्पेक्टर के मुंह से निकली एक भद्दी-सी गाली के बाद कमरे में पुनः 'सांय-सांय' की आवाज़ें और दिवाकर की चीखें गूंजने लगी।

संगीता का दिलो-दिमाग हाहाकार कर उठा!

सुर्ख साड़ी का पल्लू मुंह में ठूंसकर फफक पड़ी वह।

हृदय ने धिक्कारा। 'आत्मा की स्वार्थी है तू। हूंह। तू बुजदिल है संगीता। नीच और पर्ले दरजे की स्वार्थी है तू। हूंह तू चेहरा छुपाए खड़ी है धिक्कार है तुझ पर इससे बेहतर तो ये है कि तू चुल्लू-भर पानी में डूब मर!'

दिवाकर की चीखें पिघले शीशे के समान उसके कानों के माध्यम से दिल में उतरती रही।

और अब कुछ संगीता की सहनशक्ति से बाहर हो गया तो एक ही झटके में वह सेफ की बैक से बाहर निकल आई।

हलक फाड़कर चीखी–"रूक जाओ जालिमों रूक जाओ वर्ना उस बेकसूर मसीहा पर जुल्म करने के जुर्म में भगवान ऐसी सजा देगा कि तुम चीख तक नहीं सकोगे!"

इंस्पेक्टर ठिठक गया।

सभी ने एक झटके से पलटकर संगीता की तरफ देखा!

जड़वत्-से खड़े रह गए सब। किसी के होंठ तक न हिल सके। अतः वहां सन्नाटा छा गया।

कई पल के लिए समय रूक-सा गया महसूस दिया।

फिर दिवाकर पागलों की तरह चीख पड़ा–"तुमने वादा तोड़ा है संगीता। वादा तोड़कर तुमने मेरी सारी तपस्या भंग कर दी है!"

"बस कीजिए प्रोफेसर साहब, बस कीजिए। आपकी यह कुर्बानी मैं और ज्यादा नहीं सह सकूंगी। इस बेरहम ने कसाई की तरह मारा है आपको। अपना लहूलुहान चेहरा तो देखिए जरा, नहीं मुझे नहीं पढ़ना है। मुझे नहीं पढ़ना है!"

दिवाकर हांफता रह गया।

टीटू और दुर्गादास संगीता को इस तरह घूर रहे थे, जैसे कच्चा चबा जाना चाहते हों जबकि इंस्पेक्टर अपनी आंखों में सफलता की चमक

लिए उंगलियों पर रूल को नाचाता हुआ दृढ़ कदमों के साथ संगीता की तरफ बढ़ रहा था!

कमरे मे सिर्फ संगीता की सिसकारियां गूंज रही थीं।

सबका ध्यान संगीता की तरफ था। दिवाकर को जकड़े सिपाहियों का भी और प्रोफेसर दिवाकर के जेहन में जाने क्या आया कि एक जोरदार झटके के साथ उसने खुद को आजाद कर लिया।

बिजली-सी कौंध गई!

ठीक वैसी ही फुर्ती जैसे अमिताभ के डबल दिखाया करते हैं।

प्रोफेसर दिवाकर ने बाज की तरह झपटकर इंस्पेक्टर के कूल्हे पर लटक रहे होलस्टर से पुलिस सर्विस रिवॉल्वर न केवल निकाल लिया, बल्कि उसे तानकर पीछे हटा–कमरे में मौजूद हर व्यक्ति को कवर करता हुआ गुर्राया–''खबरदार, जो कोई भी हिला मैं एक-एक के परखच्चे उड़ा दूंगा!''

इंस्पेक्टर सहित सभी के रोंगटे खड़े हो गए!

दिवाकर इस समय क्लास लेता हुआ गरिमामय प्रोफेसर नहीं, बल्कि हॉलीवुड का कोई बहुत ही खतरनाक एवं खूंखार नज़र आने वाला विलेन लग रहा था!

''हैंडस अप!'' उसने गुर्राकर आदेश दिया।

संगीता के कंठ से चीख निकल गई, जबकि दिवाकर के गुर्राने में जाने ऐसी क्या बात थी कि अन्य सभी के हाथ स्वतः ऊपर उठते चले गए!

सब पर नज़र रखे प्रोफेसर ने कहा–''आओ संगीता यहां से भाग चलें!''

''नहीं प्रोफेसर साहब मेरे लिए लड़ना बंद कर दीजिए!''

''लड़ाई शुरू हो चुकी है संगीता और अब अंजाम तक पहुंचे बिना बंद नहीं होगी। तुम्हें मेरी कसम है मेरे साथ आओ!''

और दीवानी होकर संगीता प्रोफेसर से जा लिपटी।

इंस्पेक्टर चीखा–''तुझे अंजाम भुगताना होगा प्रोफेसर तू लड़की की इच्छा के खिलाफ न सिर्फ उसे भगाकर ले जा रहा है, बल्कि पुलिस के सर्विस रिवॉल्वर को छीनने का संगीन जुर्म भी किया है तूने!''

दिवाकर के होठों पर अचानक जहरीली मुस्कान नाच उठी। बोला–''अब मुझे किसी अंजाम की परवाह नहीं है इंस्पेक्टर। मगर हां तुम्हें

यह जरूर समझना चाहिए कि एक नारी और पुरुष के संबंध उससे कहीं ऊपर भी हो सकते हैं, जहां तक तुम समझते हो!''

इंस्पेक्टर सिर्फ कसमसाकर रह गया।

इंस्पेक्टर ही क्यों दुर्गादास, टीटू, बागेश के पिता और अन्य पुलिसकर्मी भी, एकमात्र बागेश ऐसा था, जो किसी मूर्ति के समान खड़ा दिवाकर–संगीता के संबंधों में ऊंचाई को अपनी बुद्धि के पैमाने से नापने की चेष्टा कर रहा था!

कोई कुछ न कर सका।

रिवॉल्वर की नाल के सामने कोई कर भी क्या सकता है?

संगीता को साथ लिए दिवाकर फ्लैट से बाहर निकल आया। दरवाज़ा बाहर से बंद करके उसने चाबी जेब में डाल ली और गैलरी पार करते वक्त महसूस किया कि आसपास के फ्लैट वाले सहमे-से जहां-तहां छुपे उसे देख रहे हैं।

दिवाकर यह परवाह किए बिना। कि वे इस तरह उसके बारे में क्या सोच रहे होंगे। संगीता को साथ लिए हुए लगभग भागता हुआ इमारत से बाहर निकल गया।

''तोड़ दो!'' इंस्पेक्टर विक्षिप्तों के समान हलक फाड़-फाड़कर चिल्ला रहा था–''दरवाज़ा तोड़ दो हरामजादो। जल्दी करो। अगर वह बचकर निकल गया तो एक-एक की खाल खींच कर रख दूंगा!''

कांस्टेबल और सिपाही दरवाज़े पर टूट पड़े।

टीटू, बागेश आदि ने भी उनकी मदद की। इंस्पेक्टर पागलों के समान चीख-चीखकर उन्हें गालियां बक रहा था और फिर शीघ्र ही 'भड़ाक' की एक जोददार आवाज़ के साथ बंद दरवाज़ा गैलरी में जा गिरा। इंस्पेक्टर बाज के समान झपटकर गैलरी में पहुंचा!

वहां दिवाकर के पडोसी सहमे और डरे-से खड़े थे!

इंस्पेक्टर ने ऊंची आवाज़ में दिवाकर के बारे में पूछा तो किसी ने बताया कि वह लड़की को पुलिस जीप में बैठाकर जीप भी ले भागा है। तब इंस्पेक्टर ने चीखते हुए पूछा कि यहां किसी के फ्लैट में टेलीफोन है या नहीं?

एक व्यक्ति के स्वीकारने के दो मिनट बाद ही।

पुलिस कंट्रोल रूम से संबंध स्थापित करने के बाद वह कह रहा था–''हैलो, मैं इंस्पेक्टर त्रिवेदी बोल रहा हूं। सात-आठ मिनट पहले गाजीपुर से दिवाकर नाम का एक मुजरिम मेरा सर्विस रिवॉल्वर संगीता नाम की एक लड़की और एमवाईएक्स बारह चौंतीस नंबर की पुलिस जीप लेकर भागा है। यह सूचना वायरलेस पर रिले कर दो। जैसे भी हो इस मुजरिम को पकड़ना है!''

''रहने दीजिए प्रोफेसर साहब, रहने दीजिए!'' सुबकती हुई संगीता रिक्वेस्ट कर रही थी–''रोक दीजिए जीप, मुझे नहीं पढ़ना है!''

''तुम्हें पढ़ना होगा, एक दिन इस मुल्क का सीना फख्र से चौड़ा करना होगा तुम्हें! दिवाकर ने कुछ ऐसे खूंखार अंदाज में कहा था कि संगीता के जिस्म में मौत की सिहरन दौड़ गई, यह आवाज़ उसे अपने गरिमाशाली और सौम्य प्रोफेसर की नहीं, बल्कि किसी जंगली भेड़िए की गुर्राहट-सी महसूस दी!

संगीता ने चौंककर दिवाकर की तरफ देखा।

सचमुच वह प्रोफेसर दिवाकर नहीं था, वह कोई हिंसक पशु था। पुलिस जीप को किसी खलनायक के समान सुनसान पड़ी सड़क पर तीव्रतम गति से दौड़ाते हुए इस व्यक्ति के चहरे पर मानो सारे जहां की कठोरता सिमट आई थी!

आंखें यूं दहक रही थी, जैसे अंगारे!

''आप मेरे लिए इतना सब कुछ।''

''तुम्हारे लिए नहीं संगीता, तुम्हारे भीतर छुपी प्रतिभा के लिए। इस राष्ट्र के लिए, इंसानियत के लिए, मैं इंसानियत से गिरा हूं!'' दिवाकर कहता ही चलता गया–''और अपने गिरने पर मुझे अफसोस नहीं है, यकीन मानो जिस राह पर मैंने कदम रख दिया है अंजाम तक पहुंचे बिना लौटूंगा नहीं। भले ही, जितना गिरना पड़े। चाहे जितने जुर्म करने पड़े, बस तुम्हें मेरा साथ देना है!''

''आपका फैसला अटल है?''

''हिमालय की तरह!''

''क्या करना चाहते हैं आप?''

''तुम्हें अमेरिका भेजना, वहां तुम्हारी तालीम का समुचित इंतजाम करना मेरा लक्ष्य है!''

संगीता ने हैरत के साथ पूछा–''ऐसा कैसे कर सकेंगे आप?''

''वह सब सोचना मेरा काम है!''

''क्या आपने यह भी सोचा है कि जो कुछ आप कर रहे हैं, उसके आपको कैसे परिणाम भुगतने होंगे?''

''अपने किसी अंजाम की मुझे परवाह नहीं है!''

संगीता उसे देखती रह गई। उसे, जो देखने में इस वक्त किसी पशु जैसा ही लग रहा था, मगर वह देवता था, ऐसा मसीहा जिसके कदम चूमने की प्रबल इच्छा यकायक ही संगीता के दिल में हिलौरे लेने लगी, वह कह रहा था–''तुमने वादा तोड़ा है संगीता। मैंने कहा था कि मेरे आदेश से पहले तुम किसी को अपनी सूरत नहीं दिखाओगी!''

''वे लोग आपको . . .!

''मैंने तुम्हें पहले ही आगाह किया था कि वे सब ज़ुल्म होंगे!''

''लेकिन आपने उन्हें बाथरूम की चाबी बता क्यों नहीं दी थी, मैं बाथरूम में तो नहीं थी?''

''हुंह!'' दिवाकर इस तरह मुस्कुराया जैसे संगीता ने कोई बचकानी बात कह दी हो, बोला–''अगर मैं आसानी से उन्हें चाबी दे देता तो तुम बाथरूम में न मिलती और फिर वे निश्चय ही सेफ के पीछे भी देख लेते, मगर मेरे अड़ जाने पर हर तरफ से उनका ध्यान हटकर सिर्फ बाथरूम और उसकी चाबी अटक गया। उन्हें विश्वास हो गया कि तुम बाथरूम ही में हो, किसी अन्य जगह तलाश करने की सुध ही न रही उन्हें!''

''मगर आप कब तक बाथरूम की चाबी उन्हें न देते?''

''पिटते-पिटते बेहोश हो जाने तक!'' दिवाकर ने कहा–''और जब ऐसा होता तो वे स्वयं ही सारे कमरे में चाबी तलाश करने की चेष्टा करते। मेरी जेब से उन्हें चाबी मिल जाती, बाथरूम खोलने पर वहां तुम्हें न पाकर चकरा उठते। मुझे होश में लाते, पुनः टॉर्चर करते और अंत में अपने साथ थाने ले जाते, किंतु निश्चय ही इतने लंबे-चौड़े बखेड़े के बाद उन्हें सेफ के पीछे झांकने का होश नहीं रहना था!''

हैरतअंगेज निगाहों से संगीता दिवाकर को देखती रह गई।

जीप ड्राइव करते हुए दिवाकर ने कहा–"अगर तुम वायदे पर कायम रहती तो मेरी उपरोक्त योजना पूरी सफल हो जाती और हालात इतने न बिगड़ते मगर तुम्हारी भावुक बेवकूफी ने हमें पूरी तरह मुजरिम बना दिया है!"

संगीता पर कुछ कहते न बन पड़ा।

"अपने मुजरिम बनने की मुझे कोई परवाह नहीं है, अब भले ही चाहे जितने जुर्म करने पड़ें न मैं हिचकूंगा न डरूंगा। सिर्फ एक ही चिंता है यह कि अगर तुमने फिर वादा तोड़ा तो मेरी सारी तपस्या खाक में मिल जाएगी संगीता!"

"आप जुर्म करेंगे?" संगीता की आंखें हैरत से फैल गई।

दिवाकर का दृढ़ स्वर–"तुम्हें अमेरिका भेजने के लिए जितने जरूरी होंगे!"

"मेरे लिए मुजरिम बन जाएंगे आप?"

"फिर गलत बोल रही हो। तुम मत भूलो संगीता कि मैं तुम्हारी मदद नहीं, बल्कि एक पवित्र काम कर रहा हूं। राष्ट्र की, या शायद संपूर्ण मानवता की खिदमत कर रहा हूं मैं और ऐसे पवित्र काम के लिए हमें चाहे जितना बड़ा जुर्म करना पड़े, चाहे जितना बड़ा मुजरिम बनना पड़े, हिचकना नहीं चाहिए, पीछे नहीं हटना चाहिए, क्योंकि हमारा लक्ष्य पाक है!"

एक बार फिर संगीता कुछ कह नहीं सकी, प्रोफेसर दिवाकर को एकटक देखती भर रही वह, जबकि दिवाकर ने फिर कहा–"अब मुझे भी नहीं अगर तुम इसी तरह वादा तोड़ती रही तो मेरे रास्ते में सिर्फ अड़चनें ही खड़ी हो सकेंगी। बोलो क्या तुम ऐसा चाहोगी?"

"नहीं!"

"तो फिर कसम खाओ मेरी कि अब कभी उस वादे को नहीं तोड़ोगी!"

"मुझे आपके प्राणों की चिंता है सर!"

"कीमती मेरे नहीं तुम्हारे प्राण हैं पगली!"

"सर! संगीता के कंठ से एक दबी-दबी-सी चीख निकलकर रह गई।"

दिवाकर कहता चला गया–"वहां से चले हमें पांच मिनट गुजर

चुके हैं, ज्यादा देर तक इस जीप में यात्रा करना खतरनाक है, क्योंकि वायरलेस पर हमारे फरार होने की सूचना प्रसारित होते ही सारे नासिक की पुलिस इस जीप की तलाश में जुट जाएगी!''

''फिर?'' संगीता का चेहरा सफेद पड़ गया!

''जीप हमें छोड़नी होगी!''

''कहां?''

''कहीं भी किसी भी हालत में हमें पुलिस के हाथ नहीं लगना है और इसके लिए जरूरी है कि पुलिस की सरगर्मी चालू होने से पहले ही किसी ऐसे सुरक्षित और गुप्त स्थान पर पहुंच जाएं, जहां लाख झक मारने पर भी पुलिस न पहुंच सके!''

''ऐसी कौन-सी जगह हो सकती है?'' संगीता ने कंपित लहजे में पूछा और उसका यह वाक्य दिवाकर के लिए संकेत था, इस बात का कि संगीता उसका साथ देने के लिए तैयार है। अतः किसी उचित स्थान की तलाश में उसने अपना दिमाग जीप से भी कहीं ज्यादा तेज रफ्तार के साथ दौड़ा दिया और फिर करीब एक मिनट बाद ही उसने जीप फुटपाथ पर उतारी।

ब्रेकों की तीव्र चरमराहट के साथ जीप रूक गई!

संगीता ने पूछा–''जीप यहां क्यों रोक दी है?''

''करीब एक फर्लांग दूर ही प्रोफेसर सरफराज का फ्लैट है!''

''प्रोफेसर सरफराज?''

''वही, जो तुम्हारी क्लास का दूसरा पीरियड लेते हैं!'' दिवाकर ने लगभग खींचकर उसे जीप से बाहर निकालते हुए कहा–''परसों उन्होंने कॉलिज से एक हफ्ते की छुट्टी ली थी और मेरे पूछने पर बताया था कि वे एक हफ्ते के लिए बच्चों सहित अपने माता-पिता से मिलने गांव जा रहे हैं!''

''फिर?''

संगीता की कलाई पकड़कर सड़क पर दौड़ते हुए दिवाकर ने कहा–''सरफराज का फ्लैट हमारे लिए एक सुरक्षित और गुप्त स्थान साबित हो सकता है!''

तिमंजिली इमारत में ग्राउंड फ्लोर का ही एक थ्री रूम फ्लैट

सरफराज का था और इमारत के लॉन में खुलने वाली उस फ्लैट की एक खिड़की का शीशा तोड़ने तथा टूटे भाग में हाथ डालकर चटकनी खोलने के बाद चोरों की तरह सांस रोकर वे अंदर पहुंच गए।

गनीमत थी कि ऐसा करते उन्हें किसी ने नहीं देखा था।

एक फर्लांग दौड़कर आने के कारण कम, मगर तनाव एवं दहशत के कारण ज्यादा उनकी सांसें धौंकनी के समान चल रही थीं। कमरे में स्याह अंधेरा था!

लाइट ऑन करने की उन्होंने कोई कोशिश नहीं की।

विपरीत दीवारों से टेक लगाए काफी देर तक हांफते और सांसों को नियंत्रित करने की चेष्टा करते रहे। इस बीच उनकी आंखें अंधेरे की इतनी अभ्यस्त हो चुकी थी कि वे कमरे में रखे फर्नीचर का अहसास कर सकें!

"तुम ठीक तो हो संगीता?" अंधेरे में ही दिवाकर ने फुसफुसाकर पूछा!

"यस सर!"

"अगर हमें किसी ने नहीं देखा है, तो हम यहां बिल्कुल सुरक्षित हैं!

संगीता चुप रही!

दिवाकर को भी कहने के लिए कोई बात न सूझी, अतः वहां खामोशी छा गई ऐसी कि एक-दूसरे की सांसों की आवाज़ वे स्पष्ट सुन सकते थे। करीब तीन मिनट तक वहां खामोशी छाई रही। फिर दिवाकर ने लॉन में खुलने वाली खिड़की धीमे से, मगर कसके बंद की!

पर्दा खींचा!

कुछ देर बाद टटोलकर उसने स्विच तलाश किया। ऑन करते ही एक बल्ब के पीले प्रकाश से कमरा भर गया। आंखें मिचमिचाती हुई संगीता ने घबराकर कहा–"लाइट ऑफ कर दीजिए सर अगर बाहर से किसी ने देख लिया तो . . .!"

"डरो मत!"

सभी खिड़की और दरवाजों पर नज़र डालते हुए दिवाकर ने कहा–"पर्दे कसे हुए हैं रोशनी का एक जर्रा भी बाहर नहीं झांक सकता!"

संगीता के चेहरे से तनाव कुछ कम हुआ।

यह कमरा शायद सरफराज दंपत्ति का बेडरूम था। कुछ देर बाद

उन्होंने स्टडीरूम और ड्राइंगरूम का भी अवलोकन किया। प्रत्येक कमरे की लाईट ऑन करने से पहले दिवाकर सभी खिड़की दरवाजों पर पड़े पर्दों को व्यवस्थित करना नहीं भूला था!

फ्लैट के मुख्यद्वार के समीप अंदर की तरफ आज का अखबार पड़ा था, जो शायद हॉकर ने किवाड़ और फर्श के बीच वाली दरार के अंदर सरका दिया था।

दिवाकर के लिए यह समझ जाना सामान्य बात थी कि सरफराज अपने जाने की सूचना हॉकर को देना भूल गया था!

किचन और बाथरूम चेक करने के बाद ड्राइंग और स्टडीरूम की लाइट्स ऑफ करने के बाद वे बेडरूम में आ गए। दिवाकर बोला–''तुम यहां बाकी रात आराम कर सकती हो संगीता!''

''और आप?''

''मेरे लिए स्टडीरूम है!''

''जिस लक्ष्य की बात आप कर रहे थे, क्या उसे हासिल करने का आपने पूरा फैसला कर लिया है सर?''

''पूरा नहीं अंतिम फैसला!'' दिवाकर ने पूरी गंभीरता के साथ कहा।

''मगर वहां मैं अकेली कहां रहूंगी कैसे पढ़ूंगी एडमीशन आदि?''

''वहां मेरा एक दोस्त है प्रोफेसर सान्याल उससे मैं ट्रंककाल बुक कराकर तुम्हारे बारे में उससे बातें कर लूंगा। वह तुम्हें एयरपोर्ट पर ही रिसीव कर लेगा और फिर वहां वही तुम्हारा 'गार्जियेंट' होगा। वह मुझसे भी बढ़कर एक प्रतिभा की मदद करेगा!''

संगीता एक बार फिर देखती रह गई उसे। ऐसा एक भी शब्द नहीं मिल रहा था, जो दिवाकर के कृत्यों का सही मायने में धन्यवाद अदा कर सके। इस वक्त वह दिवाकर के चेहरे पर उस दिव्य ज्योति को महसूस कर रही थी, जो केवल देवताओं के चेहरे पर ही देखी जा सकती है। बोली–''एक बात पूछूं सर?''

''जरूर!''

''क्या आप देहली सम्मेलन में जा सके थे?''

''नहीं!''

संगीता को धक्का-सा लगा। बोली–''क्यों?''

''तुम्हारे घर से लौटते वक्त गली में दो गुंडे मिल गए। वे राहजन थे कम्बख्तों ने सिर्फ जेब ही साफ नहीं की, बल्कि इतनी ठुकाई भी कर गए कि मैं पांच दिन से पहले अस्पताल के बिस्तर से भी न उठ सका!''

संगीता की आंखें डबडबा गईं। बोली–''आपको यह जानकर हैरत होगी कि वह दोनों मेरे भाई थे!''

''तुम्हारे भाई?'' दिवाकर सचमुच उछल पड़ा।

''उनमें से एक मेरा भाई था। टीटू और दूसरा उसका दोस्त बागेश उसे भी भाई ही कहती हूं। आपके फ्लैट पर मेरे पिता वे दोनों और बागेश के पिता भी तो आए थे?''

''ओह। अब मैं समझा कि तुम्हारा कॉलिज आना क्यों बंद हो गया था?''

''क्यों?''

''मेरी जेब में तुम्हारा पत्र भी तो था, जो उनके हाथ लग गया था। उस पत्र ने जो कुछ हंगामा किया होगा उसकी कल्पना मैं कर सकता हूं!''

जो हुआ था, संगीता काफी देर तक उसे वह सब कुछ सुनाती रही। अंत में दरवाज़े की तरफ बढ़ते हुए दिवाकर ने कहा–''सेफ में सरफराज की बीवी के कपड़े होंगे तुम चेंज कर सकती हो। आराम करना, और डरना नहीं मैं स्टडी रूम में हूं। वैसे भी पुलिस के यहां तक पहुंचने की कोई आशंका नहीं है!''

सुबह!

जिस समय संगीता दो कप चाय बनाकर ड्राइंगरूम में लाई, उस वक्त दिवाकर सोफे की एक कुर्सी में धंसा आज के अखबार का तीसरा पृष्ठ पढ़ रहा था।

''चाय लीजिए सर!'' संगीता की आवाज़ पर वह चौंका। एक हाथ से उसने कप-प्लेट पकड़े। अपनी चाय संभाले संगीता सेंटर टेबल के पार सोफे की दूसरी कुर्सी पर बैठती हुई बोली–''क्या कोई खास न्यूज है सर?''

''तुम भी पढ़ लो! दिवकार ने उसकी तरफ अखबार उठाया और बहुत से शीर्षकों में से एक शीर्षक को पढ़कर चौंक पड़ी। मोटे-मोटे

अक्षरों में लिखा था–''एक प्रोफेसर अपनी छात्रा को इश्क के जाल में फंसाकर फरार!''

सांस रोककर संगीता न्यूज को पढ़ती चली गई। जो हुआ था उसका अपने ढंग से विवरण देने के बाद रिपोर्ट ने लिखा था–''संगीता को अपने फ्लैट से लेकर उड़ने के बाद पुलिस शहर का चप्पा-चप्पा छान मारने के बाद भी रंगीले प्रोफेसर को तलाश न कर सकी, अलबत्ता वह पुलिस जीप जरूर मिली गई, जिसमें ये लैला-मजनूं भागे थे, इन्हें तलाश करती पुलिस कॉलिज के प्रिंसिपल की कोठी पर भी पहुंची और अपने प्रोफेसर की करतूत जानने के बाद प्रिंसिपल का चेहरा गुस्से एवं शर्म से लाल हो उठा। उन्होंने कहा कि वे इसी क्षण से प्रोफेसर दिवाकर को मुअत्तिल करते हैं।''

पढ़कर संगीता को धक्का लगा!

उसका समूचा चेहरा स्वतः ही सफेद पड़ गयाा था। बड़ी ही दयनीय नज़रों से दिवाकर की तरफ देखने लगी वह, जबकि दिवाकर पूरी तरह चाय की चुस्कियां ले रहा था। उसने संगीता को इस तरह अपनी तरफ देखते पाया तो धीरे से मुस्कुरा दिया। बोला–''क्या देख रही हो?''

''आपकी नौकरी चली गई!''

''जो हमने किया है यह तो उसके परिणमों की शुरुआत मात्र है!''

''आप समझते क्यों नहीं सर आपको लोग रंगीला, मजनूं और जाने क्या-क्या कह रहे हैं। बड़ी बदनामी हो रही है आपकी!''

''तो क्या तुमने यह सोचा था कि हमारी नेकनामी होगी?''

''मगर सर!''

''अगर-मगर कुछ नहीं संगीता!'' दिवाकर ने कहा–''जो कुछ अखबार में छपा है, वह सब कुछ होने की कल्पना अगर तुमने पहले ही नहीं कर ली थी तो बहुत बड़ी नादानी थी तुम्हारी।''

''मगर हमें इस किस्म की किसी भी न्यूज या बातों से आगे बढ़ना ही हमारा एकमात्र उद्देश्य होगा!''

''ऐसे हालातों में आप मेरी अमेरिका यात्रा का बंदोबस्त कैसे कर सकेंगे?''

''यात्रा का बंदोबस्त नासिक से नहीं, बल्कि मुंबई से होगा और

मुंबई में किसी के द्वारा अपनी शक्ल पहचाने जाने का उतना खतरा मुझे हरगिज नहीं है, जितना यहां!''

''फिर भी यहां से निकलकर मुंबई तो पहुंचना ही होगा!''

''हां नासिक की सीमा से निकलने में ज्यादा खतरा जरूर है, मगर!''

''मगर?''

''मैं रात भर यही सोचता रहा हूं कि क्या और कैसे किया जाए?''

दिवाकर ने बताया-''और बहुत समझ-बूझ के बाद मैंने जो स्कीम तैयार की है उसके अनुसार खतरा तो है, लेकिन इतना नहीं की जिससे जूझा ही न जा सके!''

''कैसी स्कीम?''

''सभी बस अड्डों और रेलवे स्टेशन पर आज सारे दिन हमारी तलाश में काफी सरगर्मी रहेगी, परंतु रात होने तक इस सरगर्मी में स्वाभाविकताः कुछ ढील जरूर आएगी। मैं रात के अंधेरे में करीब दस बजे यहां से निकलूंगा और बस या ट्रेन जिससे भी मौका लगा मुंबई पहुंच जाऊंगा!''

''क्या हमें पहचान नहीं लिया जाएगा?''

''तुम मेरे साथ नहीं होगी!''

''क्या मतलब?'' संगीता चिहुंक उठी!

''यही तो चंद प्लस प्वाइंट मेरी स्कीम में हैं। पहली बात अंधेरा होगा दूसरी, सुबह से चल रही पुलिस चैकिंग में कोई-न-कोई ढील जरूर आएगी और तीसरा प्लस प्वाइंट ये है कि पुलिस मुख्य रूप से जोड़ों को चैक कर रही होगी, अकेले स्त्री या पुरुष को नहीं फिर किसी-न-किसी बहाने मैं अपना चेहरा भी रोशनी से दूर रखूंगा!''

''मगर मैं यहां!''

''तुम यहीं रहोगी। मुंबई पहुंचकर मैं न सिर्फ फोन पर प्रोफेसर सान्याल से बात करूंगा, बल्कि, तुम्हारी अमेरिकी यात्रा का इंतजाम भी।''

''इंतजाम?''

''पहले धन का उसके बाद पासपोर्ट वीजा वगैरह!''

''धन का इंतजाम आप कहां से करेंगे?''

''उसके बारे में मुंबई पहुंचकर सोचूंगा। अगर थोड़ा-सा हौसला दिखाया जाए तो भारत के इस सबसे अजीब महानगर में दौलत के अंबार लगा लेना मुश्किल नहीं है।''

''क्या आप कोई गैरकानूनी काम करेंगे!''

''जरूरत पड़ी तो हिचकूंगा नहीं, क्योंकि मेरा उद्देश्य गीता-सा पवित्र है!''

संगीता के चेहरे पर खौफ के साए स्पष्ट नज़र आने लगे।

बोली–''मैं दुल्हन बनी घर से निकली थी। क्या मेरे गहने आदि काफी नहीं होंगे?''

''तुम बहुत भोली हो संगीता!'' दिवाकर ने हल्की-सी मुस्कान के साथ कहा–''जो गहने तुमने पहन रखे थे वे मैंने देखे हैं, सबकी कीमत मिलाकर भी दो या तीन हजार से ज्यादा नहीं होगी, जबकि एक व्यक्ति की अमेरिकी यात्रा के लिए उतने धन से भी कई गुना ज्यादा की जरूरत होती है, जितना तुम्हारे पिताजी शादी में लगा रहे थे!''

''लेकिन अगर मेरी और इस मुल्क की बदकिस्मती होगी।''

इस किस्म के छोटे-मोटे खतरों के बारे में सोचकर तुम चिंतित मत हो संगीता इन्हें तो उठाना ही होगा यूं समझो कि चौथे दिन की रात तक जैसे भी होगा, मैं यहां पहुंच जाऊंगा और फिर पांचवें दिन हम दोनों मुंबई के लिए रवाना हो जाएंगे!''

''क्या तब वही खतरा नहीं होगा जो साथ जाने में अब है?''

''मेरे ख्याल से नहीं, क्योंकि पांच दिन काफी होते हैं विशेष रूप से उस अपराध के लिए जो हमने किया है। हमने कोई बैंक रॉबरी नहीं की है, जो पांच दिन तक हमारी तलाश उसी मुस्तैदी के साथ की जाती रहेगी जैसी आज है। हम सिर्फ भागे हुए प्रेमी-प्रेमिका हैं और पुलिस के पास इससे सैकड़ों गुना संगीन ऐसे मामलों की लिस्ट होती है, जिनकी तरफ तवज्जो देना उनके लिए कहीं ज्यादा जरूरी होता है!''

''पुलिस न सही हम इस शहर में किसी के भी जरिए पहचाने जा सकते हैं!''

''वक्त आने पर उसका भी इंतजाम कर लिया जाएगा!''

एक क्षण के लिए चुप रह गई संगीता। अगले पल बोली–''लेकिन

इस बंद फ्लैट में चार दिन तक मैं बिल्कुल अकेली किस तरह रहूंगी सर?''

''मजबूरी है संगीता रहना ही होगा?''

''मुझे बहुत डर लगेगा। घुट-घुटकर मर जाऊंगी मैं यहां!''

''डरने से काम नहीं चलेगा। दिमाग और हौसले से काम लो, जरा सोचो कि यह फ्लैट बाहर से बंद है, छः दिन से पहले इसके मालिक आने वाले नहीं हैं। इस अवस्था में यहां किसी के आने का सवाल ही पैदा नहीं होता और किसी को ख्वाब तो आने से रहा कि तुम यहां हो। ऐसी अवस्था में भला डरने की वजह क्या हो सकती है?''

चौथे दिन की रात के करीब दो बजे थे और संगीता के दिल की धड़कने अपने चरम सीमा पर थी।

समय के साथ-साथ उसकी उद्विग्नता बढ़ती ही जा रही थी!

अब एक ही सस्पैंस रह गया था। प्रोफेसर दिवाकर आएंगे या नहीं?

दिलो-दिमाग में शंकाएं उमड़-घूमड़ रही थीं। यह संगीता का दिल ही जानता था कि उसने चार दिन किस तरह गुजारे हैं।

इस वक्त वह बेडरूम ही में लाइट ऑफ किए बेड पर लेटी थी और उसके कान हल्की-सी आहट पर भी सजग हो उठते थे। सवा दो के करीब उसने लॉन की तरफ खुलने वाली खिड़की के समीप किसी बिल्ली के चलने जैसी आवाज़ सुनी।

उसने सांस रोक ली।

चटकनी गिरने की आवाज़ ने संगीता के रोंगटे खड़े कर दिए। उसने अपनी अंधेरे में अभ्यस्त आंखों को खिड़की पर जमा दिया। दोनों किवाड़ धीमे से खुले।

एक साया अंदर आया।

अंधेरे को घूरते हुए साए ने पुकारा–''संगीता!''

''जी!'' संगीता के मुंह से प्रसन्नता में डूबी चीख निकल गई। वह पहचान चुकी थी कि आवाज़ दिवाकर की है, इसलिए चीखने के साथ-साथ वह बिस्तर से भी उछल पड़ी, तभी दिवाकर ने कहा– ''ज्यादा जोर से मत बोलो!''

''आप ठीक तो हैं सर?'' खुशी के आवेश में वह फुसफुसाई!

''हां। तुम कैसी हो?''

''मैं ठीक हूं सर!''

''गुड!'' कहने के बाद साया खिड़की की तरफ घूमा। किवाड़ आहिस्ता से बंद करके पर्दे ताने और पुनः घूमता हुआ बोला–''अब तुम लाइट ऑन कर सकती हो!''

उसे पूरा अंदाजा हो चुका था कि स्विच कहां है, अतः आगे बढ़कर उसने एक ही पल में लाइट ऑन कर दी, परंतु कमरे में खड़े एक दाढ़ी वाले बूढ़े व्यक्ति को देखकर उसका मुंह बरबस ही चीख पड़ने के लिए खुला।

बूढ़े ने चीते की-सी फुर्ती के साथ झपटकर उसके चीख पड़ने से पहले ही अपना हाथ कूकर का ढक्कन बनाकर उसके मुंह पर चिपका दिया, साथ ही उसके मुंह से आवाज़ निकली–''बेवकूफी मत करो संगीता ये मैं ही हूं!''

संगीता जैसे आकाश से जमीन पर गिरी।

''पुलिस और लोगों की निगाहों से बचने के लिए यह हुलिया बनाया है!'' दिवाकर ने बताया और उसके मुंह से हाथ हटाता हुआ बोला–''तुम्हें डरने या उलझन में पड़ने की कोई जरूरत नहीं है!''

हैरत के साथ दिवाकर की तरफ देखती हुई संगीता के मुंह से निकला–''सर आप?''

दिवाकर ने कोई जवाब नहीं दिया, बल्कि अपने चेहरे से बिल्कुल असली नज़र आने वाली मूंछें और दाढ़ी उतारने में व्यस्त हो गया। संगीता चकित मुद्रा में उसे देखे जा रही थी, जब उसने सिर से नकली बालों की विग, मुंह के अंदर से नकली दांत और नथुनों के अंदर से दो छोटे-छोटे स्प्रिंग निकाले तो संगीता की आंखें हैरत से फटी-फटी रह गई!

होंठ स्वतः ही बड़बड़ा उठे–''माई गॉड!''

दिवाकर ने जेब से एक लिफाफा निकालकर पलंग पर डालते हुए कहा–''इसमें तुम्हारा पासपोर्ट, वीजा और टिकट है!''

लिफाफे को उठाते वक्त संगीता की उंगलियां जाने क्यों कांप उठी,

लहजा भी कंपित था–"क्या सचमुच सारा इंतजाम हो गया है?"

"यह सारा इंतजाम केवल नोटों का खेल था, सो हो गया!"

"आपके पास धन कहां से आया?"

"सिर्फ दो चोरियां करनी पड़ी!"

संगीता चिंहुक उठी–"चोरियां?"

"पहली एक जनरल स्टोर जहां से अपेक्षित धन तो नहीं, किंतु मेकअप का यह सामान जरूर मेरे हाथ लगा, उसके बाद एक सर्राफ के यहां से पच्चीस हजार!"

संगीता के पसीने छूट गए, मुंह से निकला–"तो वे चोरियां आपने की थी?"

"लगता है कि यहां बैठी-बैठी अखबार चाटती रहती हो?" दिवाकर ने हल्की-सी मुस्कान के साथ कहा, जबकि संगीता उसे इस तरह देख रही थी जैसे उसके सिर पर सींग उभर आए हों।

दिवाकर की मुस्कान कुछ गहरी हो गई, बोला–"इस तरह क्या देख रही हो?"

"मैंने आपको एक प्रोफेसर से चोर बना दिया सर!"

"नेवर इतनी जल्दी इतने सारे धन का इंतजाम किसी सीधे रास्ते से नहीं हो सकता था। इसलिए पवित्र काम के लिए कोई भी जुर्म किया जा सकता है!"

"अगर आप पकड़े जाते तो?"

"अगर-मगर छोड़ो संगीता, जो नहीं हुआ उसे सोचकर मूर्ख लोग चिंतित हुआ करते हैं।"

"चोरी करते वक्त आपको डर नहीं लगा?"

"लगा था, मगर जेब में पड़े सर्विस रिवॉल्वर और अपने लक्ष्य की पवित्रता ने मुझे हौसला दिया, वह काम करने की हिम्मत जो पहले कभी नहीं थी, किया था!"

इस बीच संगीता लिफाफे से सामान निकल चुकी थी, पासपोर्ट को देखते ही वह चौंक पड़ी, बोली–"अरे इसमें तो किसी का भी फोटो नहीं है और फिर यह तो किसी नसीमबानो नाम की महिला का पासपोर्ट है!"

''अमेरिका के सफर में तुम्हारा ही नाम नसीमबानो होगा!''

''मैं समझी नहीं!''

''इस सफर के लिए मैंने तुम्हारा यही नाम रखना खतरे से खाली समझा!''

''लेकिन बिना फोटो के पासपोर्ट आखिर बन कैसे गया?''

''दुनिया की सबसे बड़ी शक्ति का नाम है दौलत और आजकल हमारे देश में रिश्वत का बाजार गर्म है। सारे काम चुटकी बजाते ही हो जाते हैं। मेरे पास तुम्हारा फोटो नहीं था, अतः फोटो के स्थान पर हजार रुपए रखे, सारा काम फिनिश। अब मुंबई पहुंचने पर यहां सिर्फ तुम्हारा फोटो लगाना है, वे हजार रुपए दो मिनट के अंदर फोटो पर आवश्यक मुहर लगा देंगे, पासपोर्ट कम्पलीट।''

संगीता यूं देखने लगी जैसे वह आदमी नहीं शुतुरमुर्ग हो, जबकि दिवाकर ने मंद-मंद मुस्कुराते हुए बताया–''परसों सुबह की फ्लाइट से तुम्हें निकल जाना है!''

सरफराज के फ्लैट से उन्हें 'ऐरिस्टोक्रेट' की एक पीले रंग की अटैची मिल गई, उसमें संगीता ने अपना दुल्हन वाला लिबास और मिसेज सरफराज के एक जोड़ी कपड़े रखे। दिवाकर के निर्देश पर उसने मिसेज सरफराज के कपड़े पहनकर, ऊपर से बुर्का डाल लिया!

मुंह अंधेरे ही जब उन्होंने खिड़की के माध्यम से फ्लैट छोड़ा तब संगीता का चेहरा बुर्के में छुपा था और दिवाकर का दाढ़ी-मूंछ-विग और नन्हीं स्प्रिंग्स के पीछे!

अटैची संभाले वह संगीता के साथ-साथ था!

संगीता का दिल रेल के इंजन की तरह 'धक-धक' कर रहा था। एक रिक्शा में बैठकर वे बस अड्डे पहुंचे और फिर निर्विघ्न एक बस में सवार होकर मुंबई पहुंच गए!

संगीता का एक फोटो खिंचवाया, पासपोर्ट कम्पलीट कराया!

रात गुजारने के लिए शांताक्रुज के समीप ही सेंटूर होटल में उन्होंने एक कमरा लिया और सुबह होते ही एयरपोर्ट पर पहुंच गए!

फ्लाइट में अभी तीस मिनट बाकी थे!

एयरपोर्ट की कैंटीन में, एक कोने वाली सीट पर बैठा दिवाकर संगीता को समझा रहा था–''मैंने प्रोफेसर सान्याल से बात कर ली

है। वह तुम्हें एयरपोर्ट पर ही रिसीव कर लेगा। मैंने उसे यह भी बता दिया है कि तुम एमएससी के फाइनल ईयर में पढ़ रही थी, किंतु इस पढ़ाई का तुम्हारे पास कोई सर्टिफिकेट आदि नहीं है!''

''फिर?''

''उसे यह मालूम है कि तुम एमएससी की छात्रा से कहीं ज्यादा विर्लियेंट हो और तुम्हारी इस योग्यता का प्रदर्शन करके वह अपनी तिगड़म से तुम्हारा एडमीशन करा देगा और ध्यान रहे, वहां तुम्हें संगीता के नाम से एडमीशन नहीं लेना है!''

''तो?''

''किसी भी अन्य नाम से!''

''ऐसा क्यों?''

''तरक्की और अपने लक्ष्य को प्राप्त करने तुम्हारे लिए अपने पिछले जीवन से पिंड छुड़ा लेना बहुत जरूरी है। यूं समझो के अमेरिका में तुम्हारा नया जन्म होगा और यह जन्म प्रोफेसर सान्याल अपनी ट्रिक से कराएगा। संगीता नाम की लड़की भारत में कहीं विलीन हो जाएगी और वो लड़की पूर्ण वैज्ञानिक बनकर अमेरिका से भारत लौटेगी, उसके सर्टिफिकेट्स आदि कोई अन्य नाम था!''

''ऐसा शायद मुझे मेरे घर वालों से छुपाने के लिए किया जाएगा?''

''बेशक मुझे पूरी उम्मीद है कि विज्ञान की दुनिया में पहुंचते ही तुम चर्चित हो जाओगी, सारी दुनिया में तुम्हारा नाम गूंज उठेगा और मैं नहीं चाहता कि उस नाम को सुनकर तुम्हारे पिता या भाई के कान खड़े हो जाएं। ऐसा होने पर पुनः नारकीय जीवन के सायों के तुम्हारे आसपास मंडराने का पूरा खतरा है, उससे तुम्हारी उन्नति रूक सकती है!''

''अगर आप सच पूछें तो मैं स्वयं भी यही चाहती थी!'' संगीता ने अजीब से टूटे हुए स्वर में कहा–''मैं चाहती हूं वे मेरी चर्चा सुनें, परंतु यह न जान सकें कि चर्चा उन्हीं की बेटी की है, वादा करती हूं कि आपकी मेहनत और कुर्बानियों को बर्बाद नहीं होने दूंगी। ऐसा कोई-न-कोई काम करके जरूर दिखाऊंगी, जिससे दुनिया फख्र के साथ आपका नाम ले और यह भी वादा रहा सर कि जब तक मैं अपने

लक्ष्य को प्राप्त नहीं कर लूंगी, तब तक कोई नहीं जान सकेगा कि मैं संगीता हूं!''

''मुझे विश्वास है, तभी तो इतना सब कुछ कर सका?''

''हालांकि संगीता की गुमनामी से मां पागल हो उठेगी, मगर मां से कई गुना ज्यादा महान आप हैं सर, उसी मां की कसम आपसे किया वादा नहीं तोड़ूंगी!''

''तुम बहुत भावुक हो, वैज्ञानिक बनने के लिए तुम्हें यह अवगुण छोड़ना होगा!''

''यस सर!'' पूरी मुस्तैदी के साथ कहती हुई संगीता आंखों में डबडबा आए आंसुओं को आंखों से ही पी गई।

''सान्याल को मैंने समझा दिया है, तुम भी समझ लो किसी भी हालत में मुझसे कोई पत्र व्यवहार करने की मूर्खता न करना। संभव है कि तुम्हारी तलाश में पुलिस मेरी डाक को चैक करती रहे!''

''जी!''

इस प्रकार, पूरे पच्चीस मिनट तक दिवाकर उसे जाने क्या-क्या समझाता रहा। वे तब चौंके जब माईक पर फ्लाइट की सूचना प्रसारित की गई, अंत में वह बोला–''पच्चीस में खर्चे के बाद सात हजार बचे थे, वे तुम्हारी अटैची की जेब में हैं!''

दिल में लबालब भारी श्रद्धा के साथ जब संगीता ने उसके चरण स्पर्श किए तो वह फूट-फूटकर रो पड़ी, डबडबाई आंखों से दिवाकर ने कहा–''भावुक हो उठने की यह गंदी आदत अभी तुमने छोड़ी नहीं है!''

विमान को आकाश की तरफ उड़ता देखकर दिवाकर की आंखें हीरों की तरह चमक रही थीं।

ऑफिस में बैठा इंस्पेक्टर त्रिवेदी उस वक्त एक फाइल में डूबा हुआ था, जब एक बूढ़ा व्यक्ति ठीक उसके सामने आकर खड़ा हो गया। वह चूड़ीदार पाजामा, काली अचकन पहने था। बाल रूखे, घने और लंबे थे, झुकी मूंछों और फ्रेंचकट दाढ़ी वाले इस बूढ़े की नाक फूली हुई थी और लंबे-लंबे दांत तंबाकू का पान खाने की वजह से गंदे पड़ गए मालूम होते थे, वह मुस्कुरा रहा था!

''कौन हो तुम?'' त्रिवेदी आदत के अनुसार गुर्राया।

''आपका मुजरिम!''

''मुजरिम?'' वह उछल पड़ा–''कौन-सा मुजरिम?''

बूढ़े ने जेब में हाथ डाला और रिवॉल्वर निकालकर उसे दिखाता हुआ बोला–''आपका सर्विस रिवॉल्वर मेरे पास है!''

''मेरा सर्विस रिवॉल्वर?'' त्रिवेदी बुरी तरह बौखला गया और फिर बूढ़े को ध्यान से देखते ही उसकी आंखें सिकुड़कर उल्लु की तरह गोल हो गई, पागलों की तरह चीख पड़ा–''ओह, तू तो प्रोफेसर है हरामजादे!''

बूढ़े ने जोर से छींका!

नथुनों से दोनों स्प्रिंग निकलकर त्रिवेदी के ऊपर जा गिरे, हड़बड़ाकर घंटी बजाने के साथ ही त्रिवेदी चिल्लाया–''अरे कोई है, या सबके जनाजे उठ गए?''

जब तक दौड़ते हुए दो सिपाही ऑफिस के अंदर दाखिल हुए, तब तक वह अपने सिर से विग और मुंह से नकली जबड़ा और चेहरे से मूंछ-दाढ़ी उतार चुका था, त्रिवेदी चीखा–''पकड़ लो इसे, भागने न पाए यह वही प्रोफ़ेसर का बच्चा है!''

परंतु बेचारे सिपाही!

पकड़े भी तो कैसे?

मुजरिम के हाथ में रिवॉल्वर जो नज़र आ रहा था उन्हें!

अतः दिवाकर की तरफ बढ़ते-बढ़ते वे ठिठक गए, फिर कसमसाए और बौखलाकर रह गए, जबकि हाथ में रिवॉल्वर लिए दिवाकर ने तीनों की आंखों से आंखें मिलाकर मोहक मुस्कान के कतरे उन पर फेंके तथा रिवॉल्वर त्रिवेदी की तरफ उछालता हुआ बोला–''ये लो अपना रिवॉल्वर और भविष्य में संभालकर रखना!''

त्रिवेदी ने रिवॉल्वर लपकने में कुछ ऐसी चुस्ती-फुर्ती का प्रदर्शन किया, जैसी कैच आने पर स्लिप में खड़े खिलाड़ी के लिए जरूरी होती है। अगले ही पल रिवॉल्वर उसकी तरफ तानकर गुर्राया वह–''हैंड्सअप, हिलने की कोशिश की तो खोपड़ी में सुराख कर दूंगा!''

मोहक मुस्कान के साथ दिवाकर ने हाथ ऊपर उठा दिए।

"हुं!" रिवॉल्वर को हवा में हिलाते हुए त्रिवेदी ने ऐसा एक्शन किया, जैसे सामने खड़ा मुजरिम बड़ी मुश्किल से काबू में आया हो, बोला–"तो तुम खुद ही आकर मेरे जाल में फंस गए!"

"जी हां!"

"लड़की कहां है!"

"मेरी जेब में!"

"बको मत!" गुर्राने के साथ ही त्रिवेदी ने अपने क्रूर चेहरे को कुछ और ज्यादा क्रूर बना लिया, बोला–"मेरे सामने पत्थरों को भी बोलना पड़ता है, सीधी तरह जवाब दो वर्ना!"

"तुम मेरी खाल में भूस भरवा दोगे!"

एक क्षण के लिए बौखलाया त्रिवेदी, फिर बोला–"हां तुम समझदार हो?"

"भरवा दो!"

"क्या?" त्रिवेदी भिन्नाया!

दिवाकर ने उसी मुस्कान के साथ कहा–"तुम सिर्फ लड़की भगाने की बात करते हो, जबकि मैंने मुंबई के एक स्टोर तथा सर्राफ की दुकान में चोरी भी की है फिर यह सोचकर मुझे तुम पर तरस आ गया कि अपने मुजरिम को न पकड़ पाने के जुर्म में कम, लेकिन सर्विस रिवॉल्वर छिनवा बैठने के चक्कर में तुम पर अपने अधिकारियों की कुछ ज्यादा ही झाड़ पड़ रही होगी, अतः तुम्हारी कटी हुई नाक को जोड़ने स्वयं ही यहां आ गया हूं!"

"इसका मतलब तुम छटे दस नंबरी हो?"

"मैं तो कुछ भी नहीं यह सब तो आपकी जर्रानवाजी है!"

त्रिवेदी हलक फाड़कर चिल्ला उठा–"मैं पूछ रहा हूं कि लड़की कहां है?"

"उसके लिए तो आपको मेरी खाल में भूस ही भरवाना पड़ेगा!"

"इस तरह नहीं बताएगा ये सूअर, सिपाहियों उठाकर हवालात में ले चलो इसे!"

पंद्रह मिनट बाद!

हवालात में, मजबूत रस्सी के जरिए उसे एक कुर्सी के साथ बांध

दिया गया और फिर शुरू हुआ क्रूर त्रिवेदी का दिल दहला देने वाला टॉर्चर!

शुरू में दिवाकर सब कुछ मोहक मुस्कान के साथ सहता रहा, किंतु कब तक सहता।

यातनाएं इतनी भयानक दी जा रही थीं कि उसके कंठ से स्वतः ही दर्दीली चीखें उबलने लगी।

वह सब कुछ सहता रहा। उसके अपने गैरकानूनी कामों का बोध था और उनकी सजा भुगतने ही तो वह यहां आया था।

प्रोफेसर सान्याल की उम्र पचपन के करीब थी और संगीता को उसने अमेरिका में अपनी बेटी के समान ही रखा। वाशिंगटन में वह अपनी फैमिली के साथ रहता था। परिवार में एक बीवी, एक लड़का और एक लड़की थी। एयरपोर्ट से घर ले जाते ही उसने संगीता का परिचय 'नीलम' के नाम से दिया, बीवी को बताया कि वह उसके एक दोस्त की बेटी है!

उस दिन से संगीता का नाम नीलम पड़ गया।

वह न जान सकी कि सान्याल ने किस ट्रिक से काम लिया। हां नीलम के नाम से उसे एडमीशन जरूर मिल गया था। वह मन लगाकर पढ़ने लगी!

अब सान्यान सहित सभी उसे नीलम के नाम से जानते थे।

वह सीढ़ी-दर-सीढ़ी चढ़ती चली गई।

उसके संपर्क में आने वाले बड़े-बड़े वैज्ञानिक उसकी योग्यताओं के सामने दांतों-तले उंगली दबा लेते थे। सभी, न सिर्फ उसे पसंद करने लगे, बल्कि उसे सम्मान की दृष्टि से देखने लगे!

प्रोफेसर सान्याल के लड़के का नाम सुरेश सान्याल था!

वह एक आवारा, बदचलन और बिगड़ा हुआ लड़का था। असामाजिक तत्वों में ही उसकी उठ-बैठ थी और वह नीलम को भी अच्छी नज़र से नहीं देखता था। नीलम, हां अब अपने आगे के कथानक में हम भी संगीता को नीलम ही कहेंगे। तो हम बता रहे थे कि जहां तक संभव होता नीलम स्वयं को सुरेश से दूर ही रखती थी!

मगर, अभी दो साल ही गुजरे थे कि ब्लड कैंसर से पीड़ित प्रोफेसर

सान्याल चिर निद्रालीन हो गए। मरते वक्त उन्होंने नीलम से कहा–''मेरे अपने बच्चे उतने काबिल नहीं निकले बेटी मगर तूने मेरा जीवन सफल बना दिया। मुझे मृत्युशय्या पर भी सुरेश की चिंता सताए जा रही है। पता नहीं कम्बख्त मेरे नाम को कहां तक दागदार करेगा?''

''ऐसा कुछ नहीं होगा सर, आप फिक्र न करें!''

''एक आदेश मानेगी मेरा?''

''आप सौ आदेश दीजिए!''

''तू सुरेश से शादी कर ले, उसकी जीवनसंगिनी बन जा!''

''सर! नीलम चीखकर इस तरह उछल पड़ी, जैसे बिच्छु ने डंक मार दिया हो। हैरत के कारण उसका बुरा हाल था। बोली–''यह आप क्या कह रहे हैं?''

''मैं जानता हूं बेटी कि वह तेरे पैरों की धूल तक नहीं है, फिर भी तुझ पर यह जुल्म कर रहा हूं। मेरा विश्वास है कि तू उसे सुधार सकेगी। उसकी गंदी आदतों पर अंकुश पा लेगी तू। वह शायद प्यार का भूखा है व उसे इतना प्यार करना इतना ज्यादा कि वह अपने सभी गंदे दोस्तों और आदतों को छोड़ दे!''

''ऐसा नहीं हो सकता सर, ऐसा नहीं हो सकता!'' बुरी तरह रोती हुई नीलम ने गिड़गिड़ाकर कहा, परंतु प्रोफेसर सान्याल कहते ही चले गए–''हालांकि मैंने तुझ पर उपकार नहीं किया है, परंतु फिर भी झोली फैलाकर तुझसे इस एहसान की भीख मांगता हूं। अगर तू सुरेश से शादी नहीं करेगी तो मेरी आत्मा को कभी चैन नहीं मिलेगा। वह हमेशा यूं ही भटकती रहेगी!''

और यह प्रोफेसर सान्याल के अंतिम शब्द थे!

नीलम का जवाब सुने बिना उन्हें एक हिचकी आई और प्राण पखेरू उड़ गए। उस वक्त वहां मिसेज सान्याल भी बैठी थी और नीलम मिसेज सान्याल से लिपटकर बच्चों की तरह रो पड़ी। उस वक्त तक रोती रही जब तक बेहोश न हो गई।

भले ही संगीता का नाम बदलकर नीलम पड़ गया था, मगर दिल तो अब भी वही था!

भावुक!

उसने सुरेश से शादी कर ली!

अब उसे दो जिंदगियां एक साथ जीनी थी। पहली, एक पूर्ण वैज्ञानिक बनने हेतु संघर्षरत रहने वाली जिंदगी दूसरी एक पत्नी की जिंदगी जिसे अपने पति की गंदी आदतें छुड़ानी थी!

वह दूसरे मोर्चे पर भी पहले कर तरह सफल रही!

सुरेश ने आश्चर्यजनक ढंग से गंदी आदतें और वह सोसाइटी छोड़ दी जिससे सान्याल को शिकायत थी और उसमें आए, इस परिवर्तन के कारण ही नीलम स्वतः सुरेश को बेहद-बेहद प्यार करने लगी। उसे लगने लगा कि मरते हुए सान्याल ने उस पर कोई जुल्म नहीं बल्कि उपकार किया था। सुरेश उसके लिए एक आदर्श पति साबित हुआ था!

नीलम महसूस करती थी कि वह मेरा, सिर्फ मेरा ही दीवाना बनकर रह गया है!

विज्ञान की किताबों से नीलम को सारे दिन फुर्सत नहीं मिलती थी, मगर सुरेश ने कभी शिकायत नहीं की अलबत्ता रात को, जब वे नजदीक आते तो सुरेश उसे दीवानगी की चरम सीमा तक प्यार करता। नीलम उसे विस्तार से बताती कि आज उसने लैबोरैट्री में क्या-क्या किया है।

साइंस में कोई दिलचस्पी न होते हुए भी सुरेश उसका एक-एक शब्द ध्यानपूर्वक सुनता, नीलम को ऐसा महसूस देने लगा कि वह इस दुनिया की सबसे भाग्यवान लड़की है।

धीरे-धीरे सुरेश की दीवानी होती चली गई वह।

प्रतिदिन की प्रत्येक उपलब्धि वह सबसे पहले सुरेश ही को बताया करती थी। ऐसी नीलम की आदत बन गई थी। जाने कैसे उसके मन में यह धारणा भी घर गई कि प्रत्येक उपलब्धि के बारे में सबसे पहले सुरेश को बताना उसके लिए शुभ होता है!

इस प्रकार, बाकी का एक साल कुछ इतनी तेजी से गुजर गया कि नीलम को पता ही न लगा। उसकी ट्रेनिंग पूरी हो गई। अब, वह पूर्ण वैज्ञानिक बन चुकी थी!

तीन साल बाद!

जब भारत लौटने का निश्चय किया तब आम आदमी भले ही उसके

नाम से परिचित न हो, मगर विज्ञान की दुनिया से संबंधित हर व्यक्ति उसके नाम से बखूबी परिचित था!

सभी देशों की सरकारें उसका नाम जानती थीं!

और, भारतीय युवती ने ट्रेनिंग पूरी की है, जिसकी प्रतिभा के सामने रूस और अमेरिका के वैज्ञानिक भी दांतों तले उंगली उबाते हैं, स्वयं प्रधानमंत्री का बधाई संदेश उसे मिला!

ऐसी हस्ती की भारत-यात्रा होने में भला दिक्कत ही क्या आनी थी। जब वह सुरेश के साथ एयर इंडिया के विमान में बैठी, तब अमेरिकी विज्ञान दुनिया के ढेर सारे लोग उसे 'सी-ऑफ' करने एयरपोर्ट पर आए थे!

जिस लड़की को चोरी-छुपे, गैरकानूनी ढंग से अपराधियों के समान जिस धरती से निकलना पड़ा था, उसी ने जब तीन साल बाद उसी धरती, उसी एयरपोर्ट पर कदम रखा तो ऐसा आदर मिला कि उसकी आंखें छलछला उठी!

प्रोफेसर दिवाकर का चेहरा स्मृति में उभर अया!

देश के अनेक माने हुए वैज्ञानिक और खास सरकारी सिक्योरिटी के अफसरों ने उसकी अगवानी की, बताया गया कि प्रधानमंत्री उससे मिलना चाहती हैं!

''उस क्षण हमें अपने देश की माटी पर बहुत फख्र हुआ जब ज्ञात हुआ कि हमारे मुल्क की एक युवा और अनुभवहीन वैज्ञानिक के समक्ष रूस और अमेरिका जैसे सम्पन्न राष्ट्रों के नंबर वन वैज्ञानिक दांतों तले उंगली दबा लेते हैं!'' प्रधानमंत्री ने कहा।

नीलम बोली–''मुझे सबसे ज्यादा फख्र उस क्षण हुआ जब आपका यह संदेश मेरे पास पहुंचा कि आप मुझसे मिलना चाहती हैं!''

''तुमसे भेंट आवश्यक थी!''

''क्या मैं पूछ सकती हूं, किसलिए?''

''तुम्हें अपना यह संदेश देने के लिए कि तुमने जो कुछ सीखा है, जो कुछ पढ़ा है, उसका सद्‌लाभ सिर्फ तुम्हारे देश ही को नहीं, बल्कि संपूर्ण विश्व को, समूची मानव जाति को मिलना चाहिए। ऐसा कुछ करो

कि यह देश ही नहीं, सारी इंसानियत तुम्हारी कृतज्ञ रहे!''

''मैं ऐसा ही कुछ करना चाहती हूं!''

''सरकार तुम्हारी हर संभव सहायता करेगी!''

''थैंक्यू मैडम!'' नीलम ने भाव-विभोर होकर कहा–''थैंक्यू वैरी मच, अपने महान राष्ट्र से मुझे यही उम्मीद थी!''

''आगे तुम्हारी क्या योजना है?''

''मेरी प्राथमिक जरूरत एक प्रयोगशाला है, एकांत में स्थित ऐसी प्रयोगशाला जिसमें पूरी एकाग्रता से कार्य कर सकूं!''

''ऐसी प्रयोशाला स्थापित कर दी जाएगी, कहां चाहती हो?''

''कहीं भी, बस एकांत मिले!''

''क्या तुम हमें अपनी रिसर्च का विषय बता सकती हो?''

''फिलहाल मैं उस विषय को गुप्त रखना चाहती हूं!''

''गुप्त ही रहेगा!''

प्रधानमंत्री की आंखों में झांकती हुई नीलम ने कहा–''मेरा लक्ष्य हर किस्म के कैंसर का इलाज खोज निकालना है!''

''क्या?'' प्रधानमंत्री चौंक पड़ी–''कैंसर का इलाज?''

''जी हां!''

''वैरी गुड मार्बलस!'' कहने के साथ ही प्रधानमंत्री अब पहले की तरह सामान्य नज़र आ रही थीं, बोलीं ''तुमने सचमुच ऐसा विषय चुना है, जिससे आज मानवता सर्वाधिक त्रस्त है। ईश्वर तुम्हें सफलता दे, हमारी मंगलकामनाएं तुम्हारे साथ हैं, यकीनन तुम्हारा लक्ष्य गुप्त रहने लायक है और वह गुप्त ही रहेगा!''

''थैंक्यू!''

''तुम मुल्क की ही नहीं मानवता की अमूल्य निधि हो और इसलिए तुम्हारी खास सुरक्षा जरूरी है, अगर दो बॉडीगार्ड हमेशा तुम्हारे इर्द-गिर्द रहें तो क्या तुम्हें कोई आपत्ति होगी?''

''मैं चाहूंगी कि जब तक लैबीरेट्री तैयार न हो जाए, तब तक अपने पति के साथ स्वतंत्र जीवनयापन करूं। किसी बॉडीगार्ड का हमारे जीवन में कोई दखल न हो। हां, लैबोरट्री में अपनी रिसर्च शुरू होने के बाद मैं मदद के लिए छोटा-सा स्टॉफ और बॉडीगार्ड जरूर चाहूंगी,

मगर उन्हें यह उच्छी तरह समझा दिया जाए कि कोई भी अजनबी व्यक्ति मेरी इच्छा के विरुद्ध मुझसे न मिल सके। कोई मेरा फोटो आदि न ले सके!''

''बॉडीगार्ड इसीलिए होंगे!''

''आज से तीन महीने के अंदर ऐसी प्रयोगशाला का निर्माण करने के निर्देश जारी कर दिए जाएंगे जो तुम्हारे लिए पूर्ण सुविधाजनक हो अतः ये तीन महीने तुम अपने पति के साथ स्वतंत्रतापूर्वक गुजार सकती हो!''

''थैंक्यू वैरी मच मैडम!'' नीलम ने प्रसन्न मुद्रा में कहा।

तीन महीने का 'फ्री समय' नीलम ने मुख्य रूप से दो कारणों से मांगा था। पहला यह कि कुछ समय वह सचमुच स्वच्छंद रूप से गुजारना चाहती थी और दूसरी वजह थी। प्रोफेसर दिवाकर से मिलना, तथा माता-पिता एवं टीटू के हाल मालूम करना!

सरकार ने अलवर की एक ऐसी कॉलोनी में उनके लिए क्वार्टर का इंतजाम कर दिया जहां ज्यादातर सरकारी सर्वेंट्स ही रहते थे!

सुरेश के साथ एक महीना बहुत ही आनंदपूर्वक बीता। इस एक क्रिश्चियन परिवार का एक लड़का उसे विशेष नज़रों से देखता है!

संयोग से यह लड़का इस हद तक बदसूरत था कि देखने में डरावना-सा महसूस देता था।

उसकी बदसूरती से नीलम को दिल से हमदर्दी थी, परंतु उसके देखने के अंदाज पर वह इस तरह मुस्कुराकर रह जाती जैसे कोई बड़ा किसी बच्चे की हरकत पर मुस्कुरा दे। नारी होने के कारण वह उसके देखने के अंदाज का अर्थ समझती थी।

बातों-ही-बातों में कॉलोनी की एक महिला से उसने मालूम कर लिया कि उस लड़के का नाम निकल्सन है और इंजीनियरिंग कर रहा है।

उसके पिता आरटीओ के क्लर्क हैं।

महिला ने निकल्सन से हमदर्दी रखते हुए यह अपनी तरफ से ही बता दिया कि ईश्वर ने निकल्सन को जितनी बदसूरत शक्ल दी है, दिल उतना ही खूबसूरत दिया है!

निकल्सन की निगाहें को भांप जाने के बावजूद नीलम ने उसे कभी महत्त्व नहीं दिया।

एक रात, पत्नी-सुख भोगने के बाद उसने बड़े प्यार से कहा– "सुरेश!"

"हूं!" उसकी गोद में सिर रखे सुरेश ने हुंकार भरी!

"क्या तुम मेरा एक काम कर दोगे?"

"बोलो?" उसने आंखें खोलकर नीलम की तरफ देखते हुए कहा!

"उसके लिए तुम्हें नासिक जाना होगा!"

"नासिक?"

"हां, भारत के एक नगर का नाम है!"

"फिर"

"मैं तुम्हें वहां के दो एड्रेस दूंगी। एक एड्रेस प्रोफेसर दिवाकर नाम के व्यक्ति का है। उससे जाकर तुम्हें यह कहना है कि 'नीलम अमेरिका से आ गई है।' यह सुनते ही वह मुझसे मिलने के लिए आतुर हो उठेगा। तुम उसे अपने साथ ले आना!"

"कौन है वह?"

"कहने को तो सिर्फ प्रोफेसर हैं। मुझे एमएससी में पढ़ाया था, उहोंने, मगर असल में मेरे ऊपर उनका कितना बड़ा अहसान है, यह तुम्हें उनके यहां आने पर ही पता लगेगा!"

"क्या मेरे डैडी से भी ज्यादा अहसान हैं उनके?"

"यकीनन?"

"खैर दूसरा एड्रेस?"

"पहले इसी बारे में पूरी बात सुन लो! नीलम ने कहा–"संभव है कि प्रोफेसर साहब ने वह फ्लैट छोड़ दिया हो। अतः वे तुम्हें वहां न मिलें। मैं कॉलिज का एड्रेस भी दूंगी। वहां से पता करना। कहने का मतलब यह कि अगर वे तुम्हें दोनों में से किसी भी एड्रेस पर न मिलें तो एक सुलझे हुए इन्वेस्टिगेटर की तरह उन्हें खोज–निकालने के लिए तुम्हें धरती-आकाश एक कर देने हैं। किसी भी तरह तलाश करके मेरा संदेश उन्हें देना है और ध्यान रहे यह संदेश किसी अन्य व्यक्ति के सामने दोहराने की भूल न करना!"

''कारण?''

''है कोई, प्रोफेसर साहब के मिलने पर तुम्हें भी मालूम हो जाएगा!''

''अच्छा बाबा। लगता है कि तुमने मुझे सिर्फ एक पोस्टमैन की तरह 'युज' करने का निश्चय कर लिया है। खैर, अब यह हुक्म जारी करो कि दूसरे एड्रेस पर क्या संदेश देना है!''

''कुछ भी नहीं!''

''फिर?''

''दूसरा एड्रेस संगीता नामक मेरी एक सहेली का है वहां जाकर कहना कि तुम उसकी नीलम नामक सहेली के पति हो। अगर संगीता न मिले तो वहां उसकी मां मिलेगी। पिता या भाई मिलेगा। जो भी मिले तुम अपना यही परिचय देना और संगीता के हालचाल पूछना!''

''फिर?''

''बस चले आना!''

''यह तो अजीब रहस्यमय काम सौंपा है तुमने?''

''इसमें रहस्यमय जैसी क्या बात है? तुम्हें अपनी सहेली और उसके परिवार वालों के हालचाल जानने भेज रही हूं और मुलाकात करके जब तुम वापस आओगे तो स्वयं ही मुझे उनके हालचाल बता दोगे!''

''तुम स्वयं भी क्यों नहीं चलतीं?''

''तुम सवाल बहुत करते हो। क्या ऐसा नहीं हो सकता कि तुम बिना कोई सवाल किए मेरी बात मान लो?'' नीलम ने नकली गुस्से का प्रदर्शन किया!

''अच्छा बाबा, लो कान पकड़ लिए अब कोई सवाल नहीं करूंगा!''

सुरेश को नासिक गए आज दूसरा दिन था। उस वक्त दोपहर का एक बजा था और नीलम साइंस की एक मोटी किताब से माथा-पच्ची कर रही थी, जब मुख्य द्वार पर दस्तक हुई।

दरवाज़ा खुलते ही बुरी तरह से चौंक पड़ी थी नीलम। मुंह से निकला–''तुम . . .!''

''जी!'' निकल्सन ने बहुत ही शिष्ट अंदाज में कहा!

एक बार को तो नीलम की इच्छा उसके मुंह पर ही दरवाज़ा बंद करने की हुई, मगर फिर यह सोचकर रह गई कि ऐसे व्यवहार से वह बहुत ज्यादा बेचैन विचलित हो उठेगा। अतः उसकी तरह ही शिष्ट स्वर में बोली–''कहिए!''

''मेरा नाम निकल्सन है!''

''मैं जानती हूं!''

यह सुनकर कि नीलम उसे जानती है निकल्सन की आंखों में आशा की ज्योति टिमटिमा उठी। संभलकर शीघ्र ही बोला–''मुझे आपसे कुछ बातें करनी हैं!''

एक बार फिर यह सोचकर नीलम 'इंकार' करते-करते रह गई कि निकल्सन एक स्टूडेंट है।

उसका दिमाग मेरी तरह भटक रहा है और अगर मैंने उससे ठीक से बातें नहीं की तो उसका सारा ध्यान पढ़ाई से भटककर मुझ पर ही पूर्ण केंद्रित हो जाएगा, अतः उसे समझाने की मंशा से उसने कहा–''अंदर आइए!''

बल्लियों उछलता निकल्सन अंदर आ गया।

नीलम ने उसे ड्राइंगरूम में पड़े सोफे पर बैठाया और स्वयं धीमे-से उसके सामने बैठती हुई बोली–''कहिए, क्या बात करना चाहते हैं आप?''

निकल्सन थोड़ा हिचका, शर्माया और बोला–''मैं बहुत दिन से आपसे कहना चाहता था कि . . .!

''बोलिए!''

''कि मैं आपसे प्यार करता हूं!''

नीलम पर कोई प्रतिक्रिया नहीं हुई, हालांकि इस बात पर निकल्सन मन-ही-मन भयभीत था। कुछ देर तक नीलम उसे शांत भाव से देखती रही। बोली–''मैं जानती थी कि आप यही कहेंगे!''

''कैसे?''

''हम जबसे यहां आकर रहे हैं तभी से आप मुझे छुप-छुपकर देखते हैं।''

उत्साहित होकर निकल्सन ने कहा–''बात दरअसल यह है कि आपको पहली नज़र में ही देखकर मैं आपसे प्यार करने लगा था और फिर आपको देखे बिना चैन ही न मिलता। जिस दिन आप नहीं दिखती

वह मेरे लिए सबसे मनहूस दिन होता है!''

''क्या आप जानते हैं कि मैं शादी-शुदा हूं?''

''प्यार यह सब कुछ कहां देखता है। वह तो अंधा होता है और फिर प्यार किया कहां जाता है यह तो हो जाता है।''

''अब मैं भी कुछ कहूं?'' नीलम ने उसका वाक्य काटकर कहा!

वह बलिहारी जाने वाले अंदाज में बोला–''जरूर कहिए!''

''मैंने सुना है कि आप इंजीनियरिंग के छात्र हैं। फिलहाल आपका पहला और आखिरी कर्तव्य अपनी पढ़ाई में जुटे रहना है। मेरी मरफ से ध्यान हटा लीजिए। मैं एक शादी-शुदा हूं और अपने पति के अलावा किसी से प्यार नहीं कर सकती!''

''जब आपके पति आपके रहते दूसरी लड़कियों से प्यार कर सकते हैं तो . . .!''

नीलम भिन्ना उठी–''क्या बक रहे हो तुम?''

''क्या मैं गलत कह रहा हूं?''

''गेट आउट!'' नीलम हिस्टीरियासी अंदाज में चीख पड़ी–''आई से गेट आउट!''

''मैंने तुम्हें एक शरीफ स्टूडेंट समझकर अंदर आने की इजाजत दी थी अगर मालूम होता कि तुम मुझसे अपनी स्वार्थसिद्धि के लिए इतने निम्न कोटि के इल्जाम का सहारा लोगे तो कभी अंदर न आने देती!''

''मैं झूठ नहीं बोल रहा हूं, कर्जन रोड पर मैंने अपनी आंखों से मिस्टर सुरेश को एक लड़की के साथ घूमते-फिरते देखा है!''

''तुम बकवास कर रहे हो!''

उत्तेजित अवस्था में इस बार कुछ कहती-कहती रूक गई नीलम।

उसके दिलों-दिमाग को बहुत तेज झटका लगा था। जाने ऐसा क्यों लगा उसे कि निकल्सन उसकी झूठी कसम नहीं खा सकता। वह हृदय से मुझे प्यार करता है और ऐसे लोग कभी उसकी झूठी कसम नहीं खा सकते, जिसे प्यार करते हैं।

'तो क्या निकल्सन सच कह रहा है?'

'क्या सुरेश को वाकई उसने किसी लड़की के साथ देखा है'

'क्या सुरेश कहीं ऐसा तो नही कि सुरेश का बदलाव महज मेरे लिए दिखावा मात्र था?'

''क्या हुआ नीलम जी?''

निकल्सन ने उसकी विचार-श्रृंखला के मोतियों को बिखेर दिया। वह संभली। दिमाग में विचार उठा कि कहीं वह निकल्सन के जाल में तो नहीं फंस रही है। कहीं ऐसा तो नहीं है कि मात्र अपने प्रस्ताव को वजनदार बनाने के लिए वह सुरेश पर दोषारोपण कर रहा हो, बोली-''मैं आपसे कह चुकी हूं मिस्टर निकल्सन प्लीज गेट आउट!''

''आपको शायद अब भी मेरी बात पर यकीन नहीं आया है?''

वह चीख पड़ी-''आई से गेट आउट!''

''ओके!'' वह उठकर दरवाज़े से निकलते हुए बोला, ''आप विश्वास नहीं कर रही हैं, लेकिन सच मानें एक-न-एक दिन यह बदसूरत सच्चाई नंगी होकर आपके सामने खड़ी होगी। बेशक, मैं आपसे बेहद प्यार करता हूं और इसीलिए सोचकर कि वह पाजी आपका पति बनने लायक हरगिज नहीं था और यह भी याद रखें नीलम जी कि मेरा प्यार इतना छिछला नहीं है कि जिसका यकीन दिलाने के लिए मुझे किसी ओछे बहाने की जरूरत पड़ें!''

''मुझे तुम्हारी कोई बात नहीं सुननी है!''

'इस वक्त आप अपने आपे में नहीं हैं। गुस्से ने आपके विवेक को जाम कर दिया है, अतः फिलहाल जा रहा हूं। मगर अपनी बात कहने फिर आऊंगा!'' इतना कहने के बाद वह तो चला गया, किंतु नीलम का दिमाग हदें तक खराब कर गया!

वह क्या जानती थी कि उसके दिमाग को एकाग्र करने के लिए उसने अंदर बुलाया है। वह जब जाएगा तो उसके दिमाग को आंधियों के हवाले कर जाएगा।

रात के करीब आठ बजे!

निकल्सन अपनी साइकिल पर सवार कहीं से लौट रहा था कि एक मोड़ पर अचानक ही साइकिल का एक तेज झटका लगा!

वह गद्दी से गिरते-गिरते बचा!

संभला तो देखा कि उसका हैंडिल शक्ल-सूरत से ही गुंडे से नज़र आने वाला एक व्यक्ति के मजबूत हाथों ने पकड़ रखा है!

एक अन्य वैसा ही यानी गुंडा नज़र आने वाला व्यक्ति अपने दोनों कूल्हों पर हाथ रखे पहले के बराबर में खड़ा कुछ ऐसे खूंखार अंदाज में उसे घूर रहा था कि निकल्सन के समस्त जिस्म में मौत की सिहरन दौड़ती चली गई!

कई क्षण तक उसके बीच सन्नाटा छाया रहा!

निकल्सन ने हिम्मत करके पूछा–"कौन हो तुम और मुझसे क्या चाहते हो?"

जवाब में दोनों में से एक ने झपटकर अपने दोनों मजबूत हाथ उसके सीने पर इतनी जोर से मारे कि निकल्सन के हलक से चीख निकल गई। उसे महसूस दिया कि सीने पर हाथ की नहीं लोहे की प्लेट्स की चोट पड़ी है!

अभी वह संभल भी नहीं पाया था कि एक ने उसका गिरेबान पकड़कर खींच लिया। दूसरे ने उसी समय साइकिल छोड़ दी, अतः वह 'भड़ाक' की जोरदार आवाज के साथ सड़क पर गिर पड़ी।

उसका गिरेबान पकड़े गुंडा गुर्रा रहा था–"अभी तुम्हारी पढ़ने की उम्र है बेटे। पढ़ाई की तरफ ध्यान दो!"

"क्या मतलब आखिर तुम हो कौन?"

"काले चोर हैं हम?" दूसरे ने पूरी बेरहमी के साथ उसके बाल पकड़े और दांत भींचकर खूंखार अंदाज में बोला–"मुहब्बत का भूत जो अचानक ही तुम्हारे सिर पर सवार हो गया है या तो उसे खुद ही उतार फेंको अन्यथा इस किस्म के भूतों से किसी को भी निजात दिलाने के हमें ढेरों तरीके आते हैं!"

दर्द से बिलबिलाते निकल्सन ने कहा–"मैं समझा नहीं कि आप!"

"अगर फिर कभी तुमने नीलम से मिलने की कोशिश की तो इतनी मार पड़ेगी कि अपने घर का रास्ता भी भूल जाओगे!"

निकल्सन ने हैरत के साथ उन्हें देखा। बोला–"मैं समझा नहीं नीलमजी से आपका क्या संबध है?"

इस बार जवाब उनमें से किसी ने मुंह से नहीं दिया, बल्कि दाईं

तरफ खड़े गुंडे ने इतनी जोर से जबड़े पर घूंसा मारा कि एक चीख के साथ वह सड़क पर जा गिरा।

निकल्सन कुछ समझ न सका।

दोनों इस तरह टूट पड़े कि वह उनका जन्मजात दुश्मन हो।

सुरेश को नासिक गए एक हफ्ता गुजर चुका था!

उसके न लौटने के कारण नीलम को अब चिंता होने लगी थी। दिमाग में विभिन्न किस्म की शंकाएं उमड़-घुमड़ करने लगीं। दूसरी तरफ निकल्सन के शब्दों ने भी उसका दिमाग खराब करके रख दिया था।

हालांकि उस दिन के बाद से नीलम ने एक सैकिंड के लिए भी निकल्सन की सूरत नहीं देखी थी, मगर उसके शब्द रह-रहकर जेहन में गूंजते रहे।

शाम का समय!

दरवाज़े पर दस्तक हुई तो नीलम को लगा कि सुरेश आ गया है। बहुत तेजी के साथ उठकर वह दरवाज़े तक पहुंची और एक ही झटके में दरवाज़ा खोल दिया!

सामने निकल्सन खड़ा था!

उसके चहरे पर कई जगह चार या पांच दिन पुरानी चोटों के निशान थे। मस्तक के दाईं तरफ किसी गहरे जख्म पर टेप द्वारा रूई चिपकी हुई थी। वह गंभीरतापूर्वक चुपचाप उसे देख रहा था। नीलम बोली–"अब यहां क्यों आए हो?"

फीकी परंतु ढीठ मुस्कुराहट के साथ निकल्सन ने कहा–"आश्चर्य हो रहा है न, आपको बिल्कुल उम्मीद नहीं होगी कि इतनी पिटाई के बाद भी मैं यहां आऊंगा!"

"क्या मतलब?"

"मतलब अपने आपसे पूछिए!"

"मैं समझी नहीं!"

निकल्सन के होठों पर तैरती फीकी मुस्कान कुछ और फीकी हो

गई, बोला–''आपके भेजे हुए वे गुंडे बेहद मूर्ख थे। उन्होंने बता दिया कि वे मुझे क्यों मार रहे हैं?''

''कौन-से गुंडे?''

''कौन-से गुंडे?'' नीलम चकरा गई, चीख पड़ी–''दिमाग खराब हो गया है क्या?''

''दिमाग तो आपका खराब हो गया है!'' इस बार निकल्सन ने लगभग गुर्राते हुए कहा–''अगर न होता तो आप समझ सकती थीं कि जो हरकत आप करा रही हैं, उससे सच्चे प्यार की आग कभी बुझती नहीं है, बल्कि और भड़क उठती है!''

''क्या बक रहे हो तुम, क्या हरकत की है मैं?''

व्यंग्य–''यह आप मुझसे पूछ रही हैं?''

''और किससे पूछूं?''

''अपने-आपसे या फिर उन गुडों से जिन्हें आपने मेरे सिर से प्यार का भूत उतारने के लिए भेजा था!'' निकल्सन कहता ही चला गया–'' बिस्तर से उठते ही सीधा यहां, आपसे मिलने आया हूं और यह सबूत है इस बात का कि आपके गुंडे मेरे सिर से आपके प्यार का भूत नहीं उतार सके हैं।''

जवाब में इस बार नीलम भी व्यंग्यपूर्वक मुस्कुरा उठी, बोली–''अब मुझे यकीन हो गया है कि तुम उन लोगों में से हो, जो अपने प्यार का यकीन दिलाने, स्वार्थ सिद्धि के लिए हर पल, हर रोज नया नाटक और बहाना गढ़ते हैं। सामने वाले का दिल जीतने के लिए छिछोरी हरकत करते हैं!''

''क्या मतलब?''

''जब मैं अपने पति पर लगाए गए तुम्हारे आरोप से विचलित न हुई तो अब चंद काल्पनिक गुंडों की कहानी गढ़कर, तुम यह साबित करके मेरा दिल जीतने की बचकानी कोशिश कर रहे हो कि कुछ गुंडों ने तुम्हें मुझसे प्यार करने की वजह से मारा है!''

''क्या आपने गुंडे नहीं भेजे थे?''

''इस बार तुमसे थोड़ी भूल हो गई। गुंडों की कहानी के पीछे मेरा ही नाम जोड़ बैठे। अगर यह कहते कि मेरे पति ने तुम्हें गुंडों से पिटवाया है

तब शायद कुछ अंशों तक मैं कनफ्यूज हो सकती थी, मगर तुमने मेरा ही नाम ले लिया मैं अच्छी तरह जानती हूं कि मैंने पिछले तीन साल से कभी किसी गुंडे की शक्ल तक नहीं देखी है!''

''संभव है, कि उन्हें आपने नहीं मिस्टर सुरेश ने ही भेजा हो। मिस्टर सुरेश आजकल कहीं बाहर गए हुए हैं, इसी से मैंने अनुमान लगाया कि गुंडों को आपने भेजा होगा!'' निकल्सन ने थोड़ा बौखलाते हुए कहा–''मगर मैं पिटा जरूर हूं देखिए अभी तक तो जख्म भी नहीं भरे हैं उन्होंने मुझे यह कहते हुए पीटा था कि अगर मैंने फिर आपसे मिलने की कोशिश की तो!''

''शटअप एंड गेट आउट!'' हिस्टीरियाई अंदाज में चीखती हुई नीलम ने झटके से दरवाज़ा बंद कर लेना चाहा, परंतु दरवाज़ा बंद न हो सका, क्योंकि बीच में निकल्सन ने अपनी टांग अड़ा रखी थी!

नीलम ने चौंककर निकल्सन की तरफ देखा!

भद्दे होंठों पर कुटिल मुस्कान नाच रही थी। बोली–''आपके द्वारा मेरे प्यार का अपमान करने की एक वजह यह भी हो सकती है कि मैं बदसूरत हूं लेकिन मैं फिर कहता हूं नीलमजी आपके उस खूबसूरत पति से मैं लाख दर्जे अच्छा हूं जो रोड पर घूमता रहता है। मैं बेवफा नहीं हूं!''

''आई से शटअप एंड गेट आउट!'' नीलम दहाड़ उठी।

''आप फिर गर्म हो गई, इसलिए फिलहाल चला जाता हूं, लेकिन विश्वास रखिए इस बार वे गुंडे भले ही मेरी टांगें तोड़ दें, मगर पुनः आपसे मिलने से नहीं रोक सकेंगे। मैं आऊंगा नीलमजी। मेरे प्यार की सच्चाई आपको स्वीकार करनी ही होगी।''

फिर वह चला गया!

दरवाज़ा बंद करके नीलम ने उस पर पीठ टिका दी और यूं हांफने लगी। जैसे मीलों लंबी दौड़ के बाद अभी-अभी यहां पहुंची हो!

ब्रेकों की तीव्र चरमराहट के साथ पुलिस जीप निकल्सन के घर के ठीक सामने रूकी। एक इंस्पेक्टर, दो कांस्टेबल और तीन सिपाही, कुछ ऐसी तेजी के साथ जीप से कूदे, मानो यहां किसी बहुत खतरनाक मुजरिम को घेरने आए हों!

दो मिनट बाद ही इंस्पेक्टर ने बंद दरवाज़े पर दस्तक दी।

दरवाज़ा निकल्सन के पिता ने खोला। पुलिस को अपने दरवाज़े पर देखकर वे चकराए और नाक पर रखे चश्मे को दुरूस्त करते हुए बोले–''क्या बात है?''

''निकल्सन कहां है?''

''घर ही पर है, मगर बात क्या है, क्या किया है उसने?''

''एक पैट्रोल पम्प को लूटा है!''

''नहीं!'' वे चीख पड़े–''यह बकवास है। मेरा बेटा ऐसा नहीं कर सकता। वह चोर, डाकू या लुटेरा नहीं है वह स्टूडेंट है। इन्जीनियरिंग कर रहा है!''

''आजकल स्टूडेंट ही ज्यादा अपराध कर रहे हैं!''

अंदर वाले कमरे से निकलते हुए निकल्सन ने पूछा–''क्या बात पापा?''

''पकड़ लो इसे निकल्सन यही है!'' इंस्पेक्टर चीखा और उसके मातहतों ने झपटकर निकल्सन को पकड़ लिया। चौंकते हुए निकल्सन ने पूछा–''क्या अपराध है मेरा?''

''तुमने कल रात एक पैट्रोल-पम्प को लूटा है!''

''यह झूठ है कल सारी रात तो मैं यहां अपने घर ही पर था!''

''थाने चलकर पता लग जाएगा। ले चलो इसे!''

निकल्सन के पिता ही नहीं, मां भी चीखती-चिल्लाती रह गई, मगर पुलिसवालों ने उसे घसीटकर जीप में डाल लिया। शोर इतना मचा था कि सभी पड़ोसी बाहर निकल-निकलकर उस सारे ड्रामे को देखने लगे। उनमें नीलम भी थी।

पुलिस के द्वारा निकल्सन को गिरफ्तार करके ले जाते देखकर पहले तो नीलम सस्पैंस में पड़ गई, मगर जब एक महिला से पता लगा कि निकल्सन ने कल रात कोई पैट्रोल-पम्प लूटा है तो निकल्सन के लिए उसका दिल घृणा से भर गया।

उसे लगा कि निकल्सन के संबंध में उसका अनुमान बिल्कुल गलत निकला है, जिसे देखकर उसने सोचा था कि वह सोने के दिल वाला, पढ़ाकू स्टूडेंट है और उसकी तरह आकर्षित होकर भटक रहा है, वह एक नंबर का धूर्त, अपनी शक्ल की तरह, उसको भला क्या जरूरत पड़ी थी?

अब नीलम को पूरा विश्वास हो गया कि सुरेश के बारे में उसने सरासर झूठ बोला था।

पहले नीलम का विचार इस बारे में सुरेश से बात करने का था, मगर अब उस विचार को यह सोचकर मस्तिष्क से बिल्कुल छिटक दिया कि उसकी इस बात से सुरेश को चोट पहुंचेगी। उसके अहम् को धक्का लगेगा!

निकल्सन के पुलिस के हत्थे चढ़ जाने पर एक प्रकार से वह खुश ही थी। यह सोचकर कि वह भविष्य में व्यर्थ ही डिस्टर्ब नहीं कर सकेगा!

उसने यह सोचकर निकल्सन की तरफ से ध्यान हटा लिया कि वह वास्तव में उसकी सोचों के लायक भी नहीं है अब वह सुरेश के बारे में सोच रही थी सिर्फ सुरेश के बारे में!

नासिक गए उसे दसवां दिन था।

गुजरते समय के साथ ही उसकी चिंता और शंकाएं बढ़ती जा रही थीं, मगर दरवाज़े पर होने वाली इस बार की दस्तक के बाद जब उसने दरवाज़ा खोला तो सामने सुरेश को देखकर सारी शकाएं एक ही क्षण में काफूर हो गईं।

सबसे पहले उसने औपचारिक बातें पूछी। प्यार किया चाय बनाकर लाई और तब मतलब की बात पर आती हुई बोली–''तुम्हें इतने दिन कैसे लग गए?''

''प्रोफेसर दिवाकर को तलाश करने में!''

नीलम का दिल धड़क उठा। बोली–''क्या मतलब क्या वे तुम्हें दोंनों मे से किसी एड्रेस पर न मिले?''

''नहीं!''

''फिर?''

''एड्रेसिज की तो बात ही छोड़ो नीलू तुम्हारे कहने के मुताबिक मैंने खूब इन्वेस्टिगेशन की, मगर प्रोफेसर दिवाकर का पता नहीं लगा सका!''

''आखिर कहां चले गए वे?''

''क्या कहा जा सकता है!''

सस्पैंस के कारण नीलम का बुरा हाल हो रहा था। कोशिश करके

स्वयं को नियंत्रित रखती हुई बोली–''तुम्हें क्या-क्या पता लगा। मुझे विस्तार से बताओ!''

थोड़ा हिचकते हुए सुरेश ने कहा–''रहने दो नीलू!''

''क्यों?''

''अगर तुम उन सब लोगों से उतना ही प्यार करती हो जितना उनके संबंध में बातें करते वक्त मैंने महसूस किया था तो जो कुछ वहां हुआ है, उसे जानकर तुम्हें बहुत दुख होगा!''

नीलम का दिल इस तरह की आवाज़ उत्पन्न करने लगा जैसी लोहे के ब्रिज से गुजरती ट्रेन करती है। बोली–''प्लीज, मुझे सब कुछ बताओ सुरेश!''

''तुम्हारी जान से प्यारी सहेली शादी के ऐन मौके पर तुम्हारे सबसे प्रिय प्रोफेसर के साथ भाग गई थी!'' दिवाकर ने एक झटके से कह दिया।

नीलम ने आश्चर्य व्यक्त किया–''क्या कह रहे हो तुम?''

''हुंह!'' सुरेश ने घृणा से मुंह सिकोड़ते हुए कहा–''कैसा देश है ये लोग गुरु और शिष्य के पाक रिश्ते की भी कद्र नहीं करते। वे दोनों बहुत पहले ही से एक-दूसरे से प्यार करते थे। संगीता के पिता और भाई को पता लगा तो उन्होंने संगीता की शादी किसी अन्य स्थान पर तय कर दी और अपने परिवार की नाक कटवाकर वह ऐन जयमाला के वक्त प्रोफेसर के साथ भाग गई!''

''मुझे विश्वास नहीं हो रहा!''

''तुम्हारे विश्वास न करने से क्या होता है। यह वृत्तांत किसी किंवदन्ती के समान सारे नासिक में प्रचलित है। लोग उन दोनों के नाम पर घृणित चेहरा बना लेते हैं और दुर्गादास तथा टीटू तो मेरे मुंह से संगीता का नाम सुनते ही इस तरह भड़क उठे जैसे मैंने उनके किसी बहुत गहरे और ताजे जख्म पर उंगली रख दी हो!''

तड़पती हुई नीलम ने पूछा–''क्या कहने लगे वे?''

''यह कि 'कलंकिनी' का नाम भी हमारे सामने मत लो'!''

रोकने की लाख चेष्टा के बावजूद नीलम की आंखें डबडबा उठीं। बोली–''और मां ने क्या कहा?''

''वह थी ही नहीं!''

''क्या मतलब?''

''संगीता के भाग जाने के छह महीने बाद ही वह मर गई।''

''नहीं!'' दीवानगी के आलम में नीलम हलक फाड़कर चिल्ला उठी और सुरेश ने बुरी तरह चौंककर उसकी तरफ देखा।

सब कुछ भूलकर नीलम इस तरह फूट-फूटकर रोने लगी जैसे मां की लाश उसके सामने पड़ी हो और सुरेश उसके यूं बच्चों की तरह बिलख-बिलखकर रोने पर आश्चर्यकित रह गया। वह अभी कुछ समझ भी न पाया था कि रोती हुई नीलम उससे लिपट गई। सुरेश ने उसे बांहों में भर लिया और नीलम को मानो होश न रहा कि वह क्या कह रही है। भावावेश में कहती चली गई, ''मां ही मेरी अपनी थीं और वे ही न रहीं!''

''तुम्हारी मां?''

''हां-हां मेरी मां थीं वो। मेरे लिए जो कुछ किया, उन्होंने ही, किया था!''

चकित सुरेश उसे सांत्वना देने लगा। समझाने लगा। प्यार से अपनी उंगलियों से उसके बालों में कंघी करता रहा। नीलम को सामान्य होने में काफी समय लगा। संभलने के बाद उसने पूछा–''कुछ पता लगा कि वे कैसे?''

''दुर्गादास और टीटू ने बताया कि संगीता के भाग जाने का उन्हें गहरा सदमा लगा था। वे उसे सहन न कर सकीं और बीमार पड़ गई। छः महीने की लंबी बीमारी के बाद एक दिन चल बसीं। मगर पड़ोसियों का कुछ और ही कहना है!''

''क्या?''

''शारदादेवी को संगीता के भाग जाने से तो सदमा पहुंचा ही था। उल्टे बाप-बेटे संगीता को भगाने का इल्जाम भी उन्हीं पर रखते। दुर्गादास तो यह इल्जाम लगाकर उन्हें मारता-पीटता तक था। इसी से वे बीमार पड़ गई और अंत में . . .!''

नीलम का दिल अपने पिता और भाई के लिए नफरत से भर गया।

''मगर नीलू, शारदादेवी तुम्हारी मां कैसे थीं?''

सुरेश के इस सवाल पर मन-ही-मन चौंक पड़ी नीलम। भावावेश में

जाने वह क्या-क्या उगल गई थी। उसी सबको संवारने का प्रयत्न करती हुई बेली–''मेरी मां तो मुझे जन्म देने के साथ ही मर गई थी। कॉलिज में संगीता की दोस्ती मिली। उसके साथ ही अक्सर उसके घर जाती थी, इसीलिए आज उनकी मौत की खबर सुनकर इतना शॉक लगा!''

''ओह मैं तो चकरा ही गया था!''

''समझ में नहीं आता कि संगीता और प्रोफेसर दिवाकर ने यह क्या किया?'' नीलम ने कुरेदा–''क्या वे दोनों फिर कभी किसी को कहीं नहीं दीखे?''

''प्रोफेसर तो पुलिस के हाथ लगा, लेकिन संगीता का कुछ पता नहीं लगा!''

''क्या मतलब?''

''संगीता के साथ ही प्रोफेसर उस केस की इन्वेस्टिगेशन कर रहे इंस्पेक्टर त्रिवेदी का सर्विस रिवॉल्वर भी लेकर भागा था। इसी रिवॉल्वर के बूते पर उसने बंबई में दो जगह डकैतियां डाली और पुलिस रिकार्ड में अभी तक दर्ज है कि प्रोफेसर की उन बढ़ती हुई हरकतों से परेशान आकर इंस्पेक्टर त्रिवेदी ने एक ऐसा जाल बिछाया कि प्रोफेसर स्वयं ही उसमें फंसकर थाने आ पहुंचा, मगर संगीता उसके साथ नहीं थी। पुलिस ने उसे गिरफ्तार कर लिया। संगीता का पता पूछने के लिए उसे टॉर्चर किया गया!''

''टॉर्चर?'' नीलम के दिल पर जैसे जोर से हंटर पड़ा!

''हां बुरी तरह से। कहते हैं कि पुलिस के पास टॉर्चर के जितने भी तरीके हैं वे सभी पूरी सख्ती के साथ दिवाकर पर इस्तेमाल किए गए। यहां तक कि पुलिस ने उसकी टांग तोड़ दी, मगर संगीता के बारे में एक लफ्ज नहीं उगला कमबख्त ने!''

''हां!''

उसे लगा कि जैसे उसके नन्हे से दिल को मुट्ठी में दबाकर जोर से भींच रहा हो। दिमाग हाहाकार कर उठा।

''संगीता का पता लगाने में नाकाम रहने पर पुलिस ने उसे अदालत में पेश किया। अदालत ने उसे तीन साल की सख्त सजा सुना दी!''

''फिर?''

"मैं जेल भी गया। वहां पता लगा कि प्रोफेसर आज से डेढ़ सल पहले ही रिहा हो चुका है। वह लंगड़ाता हुआ जेल से बाहर गया था!"

"जब सजा तीन साल की हुई थी तो डेढ़ साल पहले क्यों?"

"जेल में रात और दिन को मिलाकर दो दिन माना जाता है न और फिर मुकम्मल सजा में से छुट्टियां भी काट ली जाती हैं!"

"क्या तुमने पता लगाने की कोशिश की कि जेल से निकलकर वे कहां गए?"

"पूरे पांच दिन यही इन्वेस्टिगेशन करने मे तो गंवाए हैं, मगर कुछ पता नहीं लगा। जिससे पूछो कहता कि–'वह बहुत धूर्त था। पुलिस के जाल में फंसने से पहले ही संगीता को उसने कहीं छुपाकर रख दिया होगा और अब जेल से निकलने के बाद जाएगा कहां। उसी के पास गया होगा। अपनी शिष्या की गोद में मुंह छुपाए पड़ा होगा'।"

रोकते-रोकते भी नीलम की आंखों से दी मोती टपक ही पड़े!

सुरेश पुनः चकित निगाहों से उसकी तरफ देखने लगा।

उन्हीं दो में से एक गुंडे के हाथ में ट्रांसमीटर था, जिन्होंने निकल्सन की पिटाई की थी और वह उस ऑन ट्रांसमीटर के करीब मुंह ले जाकर बार-बार कह रहा था–"हैलो, हैलो बॉस बाटा हीयर हैलो बाटा रिपोर्टिंग बॉस!"

"यस!" दूसरी तरफ से भर्राई हुई एवं रहस्यमय आवाज़ सुनाई दी।

"हमने उसे आपके पिछले हुक्म के मुताबिक पुलिस के हाथों गिरफ्तार करा दिया है बॉस!"

"किस आरोप में?"

"पैट्रोल पम्प लूटने के आरोप में!" बाटा ने बताया–"एक पैट्रोल पम्प के मालिक को भी हमने उसके विरुद्ध गवाही देने के लिए तैयार कर लिया है। वह अदालत में उसकी शिनाख्त करके कहेगा कि पैट्रोल पम्प उसी ने लूटा है। उसने साफ देखा था!"

"लॉकअप में!"

"पुलिस ने उसकी खातिर-वातिर भी की या नहीं?"

"हमने इंस्पेक्टर से कह दिया था बॉस। सारी रात वह उसकी

मरम्मत करता रहा। अब इस संबंध में आगे हमारे लिए क्या हुक्म है?''

''हम नहीं चाहते कि वह फिर नीलम को डिस्टर्ब करे, अतः इंस्पेक्टर को अच्छी तरह समझा दो कि कम-से-कम तीन महीने तक एक पल के लिए भी जेल से बाहर न आ सके। जमानत पर भी नहीं!''

''ओके बॉस!'' कहकर बाटा ने ट्रांसमीटर ऑफ कर दिया!

पुलिस लॉकअप में एक कुर्सी के साथ बंधा निकल्सन रातभर चलती रही ठुकाई के कारण अभी तक कराह रहा था। उसने चीखकर कहा था कि मैंने कोई पैट्रोल पम्प नहीं लूटा है, लेकिन कोई सुने तब न?

उस आदमी को तो निकल्सन की कच्चा चबा जाने की इच्छा हुई, ''यह वही है मैं इसे लाखों की भीड़ में भी पहचान सकता हूं। इसी ने मेरा पैट्रोल पम्प लूटा था!''

निकल्सन चीखकर रह गया!

यह बात उसकी समझ में न आकर दे रही थी कि आखिर किस के भुलावे में मुझे पैट्रोल पम्प का लुटेरा समझा जा रहा है और अब रात भर की पिटाई के बाद तो उसके दिमाग में कुछ सोचने-समझने की शक्ति ही नहीं रह गई थी।

लॉकअप का दरवाज़ा खुला। अंधेरे को चीरकर रोशनी की लकीर उसके जिस्म पर पड़ी और थके-थके से अंदाज में अपना चेहरा ऊपर उठाकर उसने दरवाज़े की तरफ देखा।

इंस्पेक्टर के अलावा वहां उसे अन्य दो साए खड़े नज़र आए! उन्हें पहचानते ही निकल्सन का समस्त खून खौल उठा। प्रत्येक नस में तनाव उत्पन्न हो गया और वह हलक फाड़कर चिल्लाया–''तुम हरामजादे तुम यहां?''

बाटा और उसकी साथी ठहाका लगाकर हंस पड़े!

''ये गुंडे हैं इंस्पेक्टर। इन्हें गिरफ्तार कर लो। इन्होंने मुझे . . .!''

फिर चीखता-चीखता निकल्सन स्वयं ही रूक गया, क्योंकि उनके साथ ही इंस्पेक्टर को भी ठहाका लगाकर हंसते देख लिया था उसने और उस क्षण हैरत से उसकी आंखें फटती चली गई।

निकल्सन पागलों की तरह चीखा–''तुम कुत्ते हो इंस्पेक्टर। रिश्वत

लेते हो। पुलिस के नाम पर कोढ़ का धब्बा हो तुम थोड़े से पैसों के लालच में तुमने मुझे इनके इशारे पर गिरफ्तार किया है। मैंने कोई पैट्रोल पम्प नहीं लूटा!''

''पैट्रोल पम्प हमने लूटा है बेटे!'' बाटा का साथी आगे बढ़ता हुआ बोला–''मगर उस जुर्म में अदालत सजा देगी तुम्हें!''

आगे बढ़ते हुए बाटा ने कहा–''हमने तुम्हें पहले ही चेतावनी दी थी कि नीलम से दूसरी भेंट करने का अंजाम बहुत खतरनाक निकलेगा!''

उसने चीखकर पूछा–''नीलम से इस सारे झगड़े का क्या मतलब?''

''पैट्रोल पम्प की लूट तो एक बहाना है असल में तो तुम्हें उससे दूसरी बार हमारी चेतावनी के बावजूद मुलाकात करने के जुर्म में यहां लाया गया है!''

''तुम्हारा क्या संबंध है नीलम से?''

''उसे छोड़ो और यह सोचो कि सारे मुकदमे में नीलम का नाम तक कहीं नहीं आएगा, सिर्फ पैट्रोल पम्प और लूटे जाने का जिक्र होगा। मालिक चीख-चीखकर कहेगा कि लुटरे तुम ही हो और जो इस वक्त तुम्हें हम बता रहे हैं अगर अदालत में उसे अपने मुंह से कहोगे तो इस चुटकुले पर जज भी ठहाका लगाकर हंसेगा!''

''यह धोखा है साजिश है। मुझे एक ऐसे जुर्म में फंसाया जा रहा है, जो मैंने किया ही नहीं है!'' चीखते-चीखते निकल्सन का चेहरा सुर्ख पड़ गया। गले की नसें फूल गईं। जुबान घिस गई, मगर आवाज़ लॉकअप से बाहर न निकल सकी।

और लॉकअप में वे तीनों खड़े ठहाके लगा रह थे!

बाटा निकल्सन के सामने ही इंस्पेक्टर को समझाने लगा कि अदालत के सामने उसे क्या कहानी पेश करनी है?

प्रोफेसर दिवाकर की कुर्बानियां, टांग के हादसे, उनकी गुमनामी और मां की मृत्यु के बारे में सोचते और सुरेश के प्यार में डूबकर नीलम को होश ही न रहा कि तीन महीने कब गुजर गए। यह बात तो उसे उस दिन याद आई जिस दिन एक अधेड़ आयु का प्रभावशाली व्यक्ति उसके क्वार्टर पर आया!

अपना परिचय पत्र दिखाते हुए उसने कहा–''मेरा नाम मैकलिक जैक है और मैं मुल्क की 'डिटेक्टिव फोर्स' का चीफ हूं। प्रधानमंत्री जी ने आपकी सुरक्षा आपकी हर आवश्यकता को पूरा करने का भार मुझे सौंपा है!''

''इस वक्त आप यहां किसलिए आए हैं?'' नीलम ने पूछा!

''सूचना देने कि आपकी इच्छित प्रयोगशाला तैयार हो चुकी है!''

''कहां?''

''देहली के महरौली नामक इलाके में। प्रयोगशाला से अटैच्ड ही आपका निवास स्थान है, और प्रयोगशाला के अतिरिक्त दूर-दूर तक वहां कोई इमारत नहीं है अतः बिना आपकी इजाजत के वहां कोई आपको डिस्टर्ब करने नहीं पहुंच सकेगा?''

''ठीक है हम हफ्ते के अंदर वहां पहुंच रहे हैं!''

मैकलिक जैक चला गया!

उसके चार दिन बाद ही नीलम सुरेश के साथ देहली पहुंच गई। यह देखकर उसे चकित रह जाना पड़ा कि 'डिटेक्टिव फोर्स' के लोगों को उसके आगमन की पूर्व जानकारी थी।

सुरेश के साथ उसने लैब का निरीक्षण किया!

गाइड स्वयं मैकलिक जैक था। दो डिटेक्टिव भी उनके साथ थे, जो नीलम द्वारा बताई गई हर कमी को नोट कर रहे थे। लैब भव्य एवं लगभग पूर्ण थी। उसे देखकर नीलम बहुत खुश नज़र आ रही थी। अंत में लैबोरेट्री के स्टाफ का परिचय जैक ने उसे दिया–'मंजूल' नाम के एक युवा वैज्ञानिक के बारे में जैक ने कहा–'' ये मिस्टर मंजूल हैं लंदन में इन्होंने कोर्स पूरा किया है और आपके शोध में आपके सहायक की हैसियत से काम करेंगे!''

नीलम ने हल्की मुस्कान के साथ उससे हाथ मिलाया!

प्रयोगशाला की इमारत काफी विशाल थी। चारों तरफ से ऊंची-ऊंची दीवारों और उसके ऊपर तने कंटीले तारों से उसे घेर रखा था। मुख्य द्वार पर इस वक्त भी दो वर्दीधारी गनमैन खड़े थे।

पूर्णतया मुस्तैद!

मुख्य द्वार के अंदर ही रैजिडेंस था।

रैजिडेंस के लॉन में एक चमचमाती नई 'रॉल्स-रॉयल' और बगुले जैसी सफेद वर्दी पहने उसका शौफर खड़ा था। जैक ने बताया कि रॉल्स उनकी है और शौफर भी उनके सर्वेंट्स में से एक है!

जैक ने उन्हें रैजिडेंस दिखाने के अलावा बॉडी गार्ड्स से भी मिलाया!

वे ऊंचे, तंदुरूस्त और मजबूत थे।

रैजिडेंस सभी आधुनिक सुख-सुविधाओं से सम्पन्न!

वहां सब कुछ ऐसा था जैसा शायद एक करोड़पति भी अपने लिए मुहैया नहीं कर सकता और हर पल दिवाकर की कुर्बानियों को जेहन में रखे नीलम ने उस सबको भोगा!

अब उसे सिर्फ दो ही काम रह गए!

सुरेश से प्यार करना। उसके साथ घूमना-फिरना और लैबोरेट्री में बंद रहना, बल्कि अगर यह कहा जाए कि धीरे-धीरे उसे एकमात्र काम रह गया तो अतिशयोक्ति नहीं होगी!

और वह काम था। लैबोरेट्री में बंद रहना!

अपने और दिवाकर के स्वप्न को साकार करने की धुन में लगे रहना!

उसके यूं व्यस्त रहने पर सुरेश अपने को अकेला और उपेक्षित महसूस करने लगा, मगर नीलम को उसकी तरफ ध्यान देने का होश ही न रहा था। वह लैब में रखे 'एसिड्स' में डूब गई। कभी-कभी तो पूरे चौबीस घंटे वहीं बंद रहती!

हफ्ता-दस दिन में अवसर मिलने पर जब सुरेश शिकायत करता उसके साथ घूमने निकल जाती!

वे क्लब चले जाते। अन्य लोगों के साथ-साथ क्लब में नीलम की भेंट सीमा ठाकुर से भी होती थी। अगर यूं कहा जाए तो गलत न होगा कि क्लब के सदस्यों में वे सबसे ज्यादा सीमा को ही चाहती थी।

अन्य सदस्यों की तरह सीमा को भी नीलम की हकीकत नहीं मालूम थी, मगर फिर भी जाने क्यों जिस दिन नीलम क्लब पहुंच जाती। सीमा अपने हर साथी से पिंड छुड़ाकर उसके और उसी के साथ रहती। तब तक, जब तक कि वह 'विदा' न मांगती।

और एक दिन!

कोने की सीट पर बैठा सुरेश लड़कियों के पूरे एक झुंड को चुटकले सुना रहा था। इस बात की परवाह किए बिना कि उन चुटकुलों का अर्थ अश्लील है, लड़कियां खिलखिलाकर हंस रही थी और उससे ठीक विपरित वाले कोने में एक मेज के आर-पार सीमा और नीलम बैठी थी, सीमा ने अभी-अभी उससे शिकायत करने वाले अंदाज में कहा था–''आप रोज क्यों नहीं आती हैं दीदी?''

''बिजी रहते हैं सीमा। समय ही नहीं मिल पाता!'' नीलम से सौम्य मुस्कुराहट के साथ कहा।

''ऐसा क्या काम है आपका। अब देखिए न आज आप बीस दिन बाद क्लब आई हैं!''

''तुम गिनती रहती हो क्या?''

सीमा ने मुंह बनाकर कहा–''एक-एक दिन!''

''क्यों भला?'' नीलम हंसी।

सीमा ने तपाक से कहा–''क्योंकि आपके बिना क्लब मुझे बिल्कुल अच्छा नहीं लगता। हर रोज इस उम्मीद के साथ आती हूं कि आज आप जरूर आई होंगी, लेकिन जब नहीं मिलती हैं तो दिल उदास हो जाता है किसी भी तरह मन नहीं लगता!''

''क्यों होता है ऐसा?''

''मैं क्या जानूं?''

''होता है सीमा!'' नीलम गंभीर होकर बोली–''अक्सर हमें किसी से विशेष नफरत या लगाव हो जाता है क्यों होता है हम स्वयं नहीं जान पाते!''

सीमा ने बच्चों की तरह कहा–''कल से आप रोज आएंगी न?''

''नहीं आ सकूंगी काम इतना है!'' नीलम उससे झूठ नहीं बोल सकी।

''ऐसा क्या काम करती हैं आप?''

''सॉरी मैं बता नहीं सकती सीमा!''

जवाब में कुछ देर तक सीमा उसे देखती रही फिर एकाएक ही अपने होठों पर रहस्यमय मुस्कान बिखेरती हुई बोली–''मैं बताऊं कि

आप क्या करती हैं?''

''तुम?'' हैरत से नीलम का मुंह खुला रह गया!

''हां!''

''बोलो?''

''आप वैज्ञानिक हैं!''

नीलम के मस्तिष्क को इतना तेज झटका लगा कि जैसे उसे 'ब्रेन हैम्ब्रेज' होने वाला हो।

कुर्सी से इस तरह उछल पड़ी थी वह जैसे अचानक ही गर्म तवे में बदल गई हो। सारी दुनिया की हैरत चेहरे पर लिए वह सीमा को देखती रह गई, जबकि सीमा के होठों पर चंचल और रहस्यमय मुस्कान थी!

''तुम्हें कैसे मालूम?'' नीलम बड़ी मुश्किल से कह पाई!

''जीजा जी ने!''

''नीलम हिल उठी–''सुरेश ने?''

''उन्होंने मुझे यह भी बताया कि आप कैंसर का इलाज तलाश कर रही हैं!''

हैरत और गुस्से के कारण नीलम का बुरा हाल हो गया। यहां उत्तेजित होना उचित न जानकर उसने खुद पर बड़ी मुश्किल से काबू पाया। सुरेश से ऐसी बेवकूफी की कल्पना तक नहीं की थी उसने। संयत रहने की भरपूर चेष्टा करती हुई वह बोली–''तुम्हारे और सुरेश के बीच में मेरा विषय कैसे आ गया?''

कुछ बताती-बताती हिचकी सीमा। फिर बोली–''वह बात हमारे बीच तब चली थी दीदी। बीस दिन पहले जब तुम यहां आई थीं। आज तक कहने की हिम्मत ही न पड़ी!''

''ऐसी क्या बात है, जिसे कहने के लिए हिम्मत की जरूरत है!''

''दरअसल मुझे डर है कि वे बातें जानकर आप जीजाजी के साथ-साथ मुझसे भी नाराज हो जाएंगी और मैं आपके नाराज होने से डरती हूं!''

''तुम बात बताओ!''

''पहले वादा कीजिए के मुझसे नाराज नहीं होंगी। क्लब आना और मुझसे बात करना न छोड़ेंगी!''

‘‘वादा करती हूं अब कहा!’’

‘‘दरअसल उस दिन जीजाजी ने मुझसे कहा था कि मुझसे मुहब्बत करते हैं!’’

नीलम के जेहन में क्रोध की ऐसी चिंगारियां फूट पड़ी, जैसी आतिशबाजी के अनार से फूटती हैं, जाने क्यों इस वक्त उसकी आंखों के सामने निकल्सन का चेहरा उभर आया और कानों में गूंजे कर्जन रोड़ के बारे में कहे गए उसके अलफाज!

‘‘आप क्या सोचने लगी दीदी?’’

‘‘आं हां!’’ नीलम चौंकी–‘‘फिर तुमने जवाब में क्या कहा?’’

‘‘मैं ठहाका लगाकर हंसी, बोली–‘‘नीलम जी को मैं दीदी मानती हूं उस रिश्ते से आप मेरे जीजा हुए और हरेक जीजा को अपनी साली से मुहब्बत करनी ही चाहिए!’’

सीमा से प्रभावित होती हुई नीलम ने पूछा–‘‘फिर?’’

‘‘उन्होंने कहा कि मैं तुमसे वह मुहब्बत नहीं करता जो एक जीजा साली से करता है मेरी मुहब्बत वह है जो किसी भी लड़के को किसी भी लड़की से होती है। उनकी इतनी बात सुनते ही मैं कह उठी–छिः-छिः, आप कैसी बात कर रहे है जीजाजी ऐसी बात करने कि लिए क्या दीदी नहीं हैं। तब वे बोले–हुंह नीलम के पास मेरी मुहब्बत को समझने का समय ही कहां है। वह तो हर समय लैबोरेट्री में बंद रहती है। इस तरह से वे आपकी बुराई करते चले गए और बीच-बीच में मेरे सवालों का जवाब देते हुए मुझे संतुष्ट करने के लिए यह भी बता गए कि आप क्या काम करती हैं और आजकल क्या कर रही हैं।’’

‘‘सुरेश ने तुम्हें और क्या-क्या बताया?’’

‘‘बस यूं ही ढ़ेर सारी बातें करने के बाद मेरा जवाब मांगने लगे!’’

‘‘क्या जवाब दिया तुमने?’’

‘‘यह कि अगर फिर कभी उन्होंने मुझसे ऐसी गंदी बातें की तो मैं आपको सब कुछ बता दूंगी और आपका नाम सुनते ही वे डर गए। गिड़गिड़ाकर कहने लगे ऐसी बातें नहीं करेंगे!’’

सुरेश के प्रति जहां नीलम के दिमाग में गुस्सा-ही-गुस्सा भर गया, वहीं सीमा उसके दिल में पाक करेक्टर की रोशनी मीनार बनकर

स्थापित हो गई। फिर भी उसे डर था कि जो बेवकूफी सुरेश ने की है उससे बात कहीं फैल न जाए, अतः बोली–"मेरे वैज्ञानिक होने और कैंसर के इलाज वाली बात तुमने और किससे कही?"

"किसी से भी नहीं?"

"क्यों?"

"कहीं आपकी बात ही न चली भला क्यों कहती?"

नीलम को कुछ राहत महसूस दी। उसे लगा कि पिछले क्षणों में जो पसीना उसके मस्तिष्क पर उभर आया था, वह अब सूखने लगा है। यह भी वह समझ रही थी जो बातें सीमा को मालूम हैं वो उनका महत्त्व नहीं जानती है, मगर यह स्थिति बहुत ज्यादा खतरनाक थी। साधारण थी, अतः बोली–"मेरी एक बात मानोगी सीमा?"

"आप कहकर तो देखिए दीदी!"

"क्या तुम यह चाहती हो कि भविष्य में मैं तुमसे बात करना न छोडूं?"

"हर कीमत पर!"

"तो सुनो ये दो बातें तुम किसी भी सूरत में किसी अन्य से नहीं कहोगी कि मैं एक वैज्ञानिक हूं और आजकल कैंसर का इलाज ढूंढ रही हूं!"

"बिल्कुल न कहूंगी!"

जाने क्यों सीमा के एक ही बार कहने पर नीलम को यकीन हो गया कि वह उपरोक्त बातों का जिक्र किसी से नहीं करेगी। फिर भी सीमा को कुरेदने और उसे संतुष्ट करके लिए वह काफी देर तक बातें करती रही। अंत में सीमा से विदा लेकर वह सुरेश के साथ क्लब से निकली।

उनके सवार होते ही रॉल्स आगे बढ़ गई और उसके साथ ही एक एम्बेसेडर का इंजन भी जागरूक हो उठा था। इसमें नीलम के दोनों बॉडीगार्ड थे!

जिस वक्त नीलम ने बात शुरू की उस वक्त सुरेश का चेहरा 'फक्क' पड़ गया था, किंतु जब समाप्त की तो उसके होंठों पर धूर्त मुस्कुराहट उभर आई। उसे देखकर नीलम के तन-बदन में आग लग गई बोली–"तुम मुस्कुरा रहे हो?"

''हां!''

''क्या सीमा से तुम्हारी ये बातें नहीं हुई थी?''

''बेशक हुई थी!''

सुरेश के ढीठपन ने नीलम के गुस्से को चरम सीमा पर पहुंचा दिया। वह चीख पड़ी–''और तुम फिर भी मुस्कुरा रहे हो। तुमने मेरे दिल और दिमाग दोनों को ठेस पहुंचाई है सुरेश जवाब दो। क्या तुम शादी से पहले वाले सुरेश बन गए हो?''

''अपनी चाल की सफलता पर मुस्कुरा रहा हूं!''

''चाल?''

''हां!''

''कैसी चाल?''

''जरा सोचो। क्लब में और ढेर सारी लड़कियां हैं। उनमें से कई सीमा से कहीं ज्यादा सुंदर हैं जो बातें मैंने सीमा से की वे ही किसी अन्य से क्यों नहीं?''

''सीमा से ही क्यों की?

''क्या मतलब?''

''मैं जानता था कि क्लब में तुम्हारी सबसे ज्यादा इंटिमेसी सीमा के साथ है जो बात उससे कही जाएगी वह तुम तक पहुंच जाएगी और मेरा गैस ठीक निकला। चाल कामयाब हो गई जो बाते मैं करना चाहता था, वे स्वयं तुमने शुरू की हैं!''

''जो कहना है सीधे शब्दों में कहो!''

''सीधे शब्दों में बात ये है सीमा कि मैं तुम्हारी इस चौबीस घंटे की व्यस्तता से ऊब गया हूं। शिकायत करना चाहता था किंतु बात शुरू करने के लिए कोई शब्द ही न मिलते तब बात शुरू और तुम्हारा ध्यान अपनी तरफ आकर्षित करने की मुझे एक तरकीब सूझी। यह कि तुम्हारे कानों तक यह बात पहुंचाई जाए कि मैं किसी अन्य लड़की की तरफ आकर्षित हो रहा हूं इसके लिए मैंने लिए मैंने सीमा को चुना।''

हल्के से चौंकती हुई नीलम ने पूछा–''यानी सीमा के सामने तुमने प्रेम-प्रस्ताव उसके आकर्षित होने के कारण नहीं, बल्कि मुझे आकर्षित करने के लिए रखा था?''

"यकीनन!" सुरेश ने दृढ़तापूर्वक कहा–"यदि मेरे मन में सचमुच कोई दुर्भावना होती तो वह प्रस्ताव सीमा के अतिरिक्त किसी और के सामने रखता क्योंकि सीमा और तुम्हारी इंटिमेसी से मैं नावाकिफ नहीं हूं!"

"चलो मान लेती हूं, लेकिन क्या तुम नहीं जानते हो कि मेरा वैज्ञानिक होना और विशेष रूप से मेरे शोध का टार्गेट गुप्त है?"

"जानता हूं!"

"फिर इन बातों का जिक्र सीमा से क्यों किया गया?"

"बातचीत का रूख ही कुछ इस तरह मुड़ गया था!" सुरेश के पास नीलम के हर सवाल का जवाब था–"और फिर मैंने सोचा कि सीमा की बातों पर तुम यूं ही विश्वास कर लेने वाली नहीं हो यह भी सोच सकती हो कि सीमा तुम्हारे पति पर झूठा इल्जाम लगा रही है, अतः उसे ऐसी बात बताना जरूरी समझा जिसे सुनते ही तुम्हें विश्वास हो जाए कि उससे निश्चय ही मैंने बातें की हैं!"

इस बार नीलम को कुछ सूझा नहीं। बस कातर निगाहों से सुरेश को देखते रही वह, जबकि अपना पलड़ा भारी देखकर सुरेश ने कहा–"मुझे अफसोस इस बात का है कि मेरी भावनाओं को नैग्लेट करके तुम अपना ही रोना रोती चली जा रही हो!"

नीलम ने एक ठंडी सांस भरी। बोली–"मैं तुम्हारी भावनाओं से अनभिज्ञ नहीं हूं। समझ सकती हूं कि मेरे व्यस्त रहने से तुम कैसा महसूस करते होंगे!"

"फिर भी?"

"मजबूरी है सुरेश!"

"जरा सोचो। तुम्हारी यह मजबूरी मुझे गलत राहों पर भटका सकती है नीलू। ये चौबीस घंटे की तन्हाई, अकेलापन मुझे शादी से पहले वाला सुरेश बना सकती है!"

"नहीं!" नीलम पूरी सख्ती से चीख पड़ी–"ऐसा नहीं हो सकता!"

"क्योंकि मुझे विश्वास है तुम मेरे सिर्फ मेरे हो सुरेश!"

"आज तक बेशक हूं!" सुरेश ने उसे समझाने वाले अंदाज में कहा–"मगर कभी-कभी हालात ऐसे बन जाते हैं नीलू कि खुद पर से खुद ही का विश्वास डगमगाने लगता है। जरा तुम भी सोचो इतनी लंबी

तन्हाई इतने अकेलेपन से घबराकर कौन किस चीज का सहारा लेने के लिए मजबूर नहीं हो जाएगा?''

''प्लीज सुरेश, इतने कमजोर मत बनो!''

''क्या ऐसा नहीं हो सकता कि तुम अपने चौबीस घंटों को दो हिस्सों में बांट लो। एक हिस्सा लैब का दूसरा मेरा। मैं ये नहीं कहता कि लैब जितना हिस्सा ही मुझे मिले। भले ही लैब के बीस और मुझे चार घंटे मिलें, मगर नियम से!''

''तुम्हारी बात जायज है और ऐसी कोशिश मैं करती भी हूं, मगर तुम तो मेरे लैब के काम को समझते हो सुरेश। तुम जानते हो कि वह दिमाग का काम है मान लो मैं एक परीक्षण कर रही हूं। अगर उसे अधूरा छोड़ दूं निश्चय ही वे बातें या थ्यौरियां मेरे जेहन में दूसरी बैठक में नहीं आएंगी, जो उस वक्त आ रही हैं और उन्हीं थ्योरियों, उन्हीं परीक्षणों में डूबकर मुझे समय का होश नहीं रहता। होश तब आता है जब चल रहे परीक्षण के परिणाम मेरे सामने आते हैं!''

''तो इसका मतलब ये कि मुझे नियम से चार घंटे भी नहीं मिलेंगे?''

''यह सचमुच तुम्हारे साथ नाइंसाफी होगी अतः वादा कर रही हूं सुरेश, चौबीस में से चार घंटे निकालने की मैं भरसक चेष्टा करूंगी!''

''बस इतनी ही-सी तो बात थी!'' कहने के साथ ही सुरेश आगे बढ़ा और नीलम को बांहों में भरकर प्यार करता हुआ बोला–''झगड़ा खत्म!''

नीलम ने उसके सीने पर अपना सिर टिका लिया। बोली–''मगर फिर भी नियर केसिज में तुम मुझे माफ कर देना सुरेश ऐसा तभी हो सकता है जब लैब में सचमुच मुझे समय का होश न रहे!''

''ऐसा मूर्ख मैं नहीं हूं कि बात को न समझूं!''

''थैंक्यू सुरेश, थैंक्यू वैरी मच। अगर सच पूछो तो मेरा अनुभव ये कहता है कि महान वे लोग नहीं हैं, जिन्होंने महान काम किए। महान तो वे होते हैं जो काम करने वाले के सबसे ज्यादा नजदीक हों। कुर्बानियां उनसे प्यार करने वालों की होती हैं!''

उस दिन के बाद!

सब कुछ सामान्य अवस्था में चलने लगा।

नीलम और सीमा के बीच लगाव बढ़ता गया। शुरू में भले ही

इंटिमेसी का यह कारण रहा हो कि सीमा उसकी राजदार थी, परंतु धीरे-धीरे नीलम उसे अपनी बहन के समान समझने लगी।

शीघ्र ही सच्चे मायनों में वे सहेली बन गईं। सीमा उसे दीदी कहती थी। एक दिन यह कहकर नीलम ने ही इस दीवार को गिरा दिया कि सहेलियां बराबर के स्तर की होती हैं, कोई भी किसी की दीदी नहीं, अतः वह नाम लेकर पुकारा करे!

इंटिमेसी इतनी बढ़ गई कि सुरेश और नीलम कई बार सीमा की जनकपुरी स्थित कोठी पर गए। बलवंत ठाकुर नाम के उसके अंधे हंगल से मिले!

सीमा भी महरौली आई!

कभी-कभी नीलम महसूस करती थी कि सुरेश सीमा से इतनी इंटिमेसी पर खुश नहीं है, मगर इस बारे में उसने कहा भी कुछ नहीं, अतः नीलम ने भी कभी तूल नहीं दी।

सीमा की शादी में भी वे शरीक हुए!

एक तरफ नीलम की यह सामाजिक जिंदगी चल रही थी, जिसे वह काफी कम समय देती थी, दूसरी तरफ लैब की जिंदगी और इस जिंदगी को वह बहुत ज्यादा समय देती थी। उस ज्यादा समय में सुरेश की कार-गुजारियां बराबर चल रही थीं।

तूफान उन्हीं कार-गुजारियों के वजह से आया।

''हमारे साहब को वही लड़की चाहिए, जो तुमने पिछली बार भेजी थी!'' नीलम और सुरेश की 'रॉल्स' का शोफर एक गंदी बस्ती में स्थित खोली के दरवाज़े पर खड़ा बल्लो नामक लड़कियों के दलाल से कह रहा था–''वे कोई और लड़कियां नहीं मांगते!''

नब्ज देखते ही रोग को पहचान जाने वाले बल्लो ने कहा–''वह लड़की नहीं मिल सकती!''

''साहब ने कहा है किसी भी कीमत पर वही चाहिए!''

बल्लों के होंठों पर प्यारा‌ना मुस्कुराहट उभर आई–''मैं उस लड़की को वहां हरगिज नहीं भेज सकता!''

''क्यों?''

''वह कोई जगह है। दरवाज़े पर दो मुस्टंडे गन हाथ में लिए खड़े रहते हैं। हर समय यह डर लगा रहता है कि वे जाने कब किसे गोली का निशाना बना दें।''

''यह एकदम गलत बात है, तुम समझते क्यों नहीं वे हमारे साहब के लिए नहीं बल्कि मेमसाहब की हिफाजत के लिए हैं और फिर मेरी तरह ही साहब उन दोनों की सेवा भी अलग से करते हैं। भला वे साहब के किसी मेहमान को क्यों मारेंगे?''

''तुम कुछ भी कहो, मगर 'सोना' वहां नहीं जाएगी!''

''आखिर क्यों?''

''मेरे पास ढेर सारी लड़कियां हैं, लेकिन जिसका नाम सोना है, वह सचमुच ही सोना है। जरा से लालच में मैं उसे नहीं खो सकता। अगर जरा-सा भी घपला हो गया तो वे सोना को गोली मार सकते हैं और सोना न रही तो मेरा धंधा ही चौपट हो जाएगा!''

''तुम समझते क्यों नहीं उसे कुछ नहीं होगा!''

''क्या गारंटी है?''

''क्या गारंटी चाहते हो तुम?''

''सोना का बॉडीगार्ड बनकर मैं भी वहां जाऊंगा और मेरा पेमेंट अलग से देना होगा। सोना के कुल पेमेंट का पच्चीस प्रतिशत!''

''वह तो हो जाएगा!'' हंसते हुए शोफर ने कहा–''मगर तुम ये बॉडीगार्ड वाली क्या बात करते हो वे गार्ड अगर सोना को गोली मारने ही लगे तो तुम क्या कर लोगे?''

''हुंह!'' मुंह से गुर्राहट-सी उत्पन्न करते हुए बल्लो ने जेब से चाकू निकाला, खोला और गुर्राया–''तुम मुझे सिर्फ लड़कियों का दालाल ही मत समझना। जब ये चाकू चलता है तो गोलियां ही नहीं तोप के गोले भी ठंडे पड़ जाते हैं!''

ठहाका लगाते हुए शोफर ने कहा–''अच्छा-अच्छा, मान गया बल्ले उस्ताद अब तो अपनी सोना को निकालकर लाओ बैठो गाड़ी में!''

प्रयोगशाला में!

नीलम और मंजुल चार बाई चार के एक ऐसे कटघरे के समीप खड़े

थे, जिसके अंदर दो बंदर उछल-कूद मचाए थे। मंजुल के हाथों में एक 'परखनली-स्टैंड' था और स्टैंड में इस वक्त दो परखनलियां थीं।

एक में कोई पीले रंग का 'एसिड' भरा हुआ था। दूसरे में पानी जैसे रंग का!

नीलम और मंजुल ने घुटनों तक की लंबाई वाले सफेद चोगे पहन रखे थे। कुछ देर तक नीलम बंदरों को देखती रही। फिर चोगे की जेब से उसने टीका लगाने वाली सलाई निकाली और उसका सिर उस परखनली के अंदर डाल दिया जिसमें पीले रंग का द्रव्य था।

अपने बाएं हाथ से नीलम ने बंदरों को इशारा किया।

दोनों बंदर एक साथ जंगले पर आ लटके!

नीलम ने पीले द्रव से सलाई निकाली और बिना किसी दिक्कत के ठीक उसी तरह बंदर की भुजा पर टीका लगा दिया, जैसे बच्चों की भुजा पर चेचक आदि के लगते हैं। बंदर को निश्चय ही सुई की चुभन महसूस दी थी, क्योंकि हल्की-सी सिसकारी के साथ वह उछलकर कटघरे के दूसरे कोने में पहुंच गया!

नीलम ने अपनी नज़र रिस्टवॉच पर जमा दी!

मंजुल कभी बंदर तो कभी नीलम को देख रहा था। नीलम की आंखें सैकिंड की सुई पर स्थिर थीं। बीच-बीच में वह उस बंदर को भी देख लेती थी।

नीलम के चेहरे पर सस्पैंस और उत्सुकता के भाव थे, पहला मिनट गुजरते-गुजरते बंदर सुस्त नज़र आने लगा। दूसरे मिनट वह निर्जीव-सा होकर कटघरे में गिर पड़ा।

और तीसरे मिनट की समाप्ति पर उसके प्राण-पखेरू उड़ गए!

बंदर को मरता देखकर पहले मंजुल के चेहरे पर निराशा छा गई, लेकिन जब प्रतिक्रिया जानने के लिए उसने नीलम की तरफ देखा तो दंग रह गया। नीलम के चेहरे पर अजीब आभा थी।

आंखें पारे के कणों-सी चमक रही थी!

बड़ी ही आशाजनक मुद्रा थी वह!

मंजुल पर रहा न गया। उसने पूछ ही लिया–"आप क्या सोच रही हैं?"

"साईलेंट प्लीज, कम हीयर!" कहने के साथ ही वह लगभग

दौड़ती हुई कटघरे के उस तरफ पहुंच गई जिधर बंदर की लाश पड़ी थी। रास्ते ही में उसने जेब से एक लंबा, धारयुक्त एवं चमचमाता चाकू निकाल लिया!

स्टैंड संभाले चकित मंजुल उसके पीछे था!

नीलम ने आनन-फानन में चाकू से मृत बंदर के गोश्त का एक जर्रा निकाला और उस परखनली में डाल दिया, जिसमें पानी के-से रंग का द्रव्य था!

चाकू जेब में डालकर नीलम ने परखनली स्टैंड से निकाली और बहुत ही ध्यान से बारीकी सस्पैंस में पड़ा उसी को देख रहा था!

गोश्त का वह सुर्ख टुकड़ा धीरे-धीरे अपना रंग बदलने लगा। हल्के पीले रंग में बदलता चला जा रहा था वह, फिर टुकड़ा पूरी तरह पीला पड़ गया तो नीलम पागलों की तरह हड़बड़ा उठी–''मिल गया सुरेश, मुझे फार्मूला मिल गया है। अब किसी को कैंसर नहीं होगा। कोई कैंसर से नहीं मरेगा। मैं सफल हो गई हूं।''

''मुझे भी तो कुछ बताइए नीलम जी इस सारी प्रक्रिया का क्या अर्थ है?''

''बताने के लिए अब रह ही क्या गया है!'' वह चिल्लाई–''फार्मूला मिल गया है। ये देखो मंजुल, मगर नहीं यह हैरतअंगेज सूचना मैं सबसे पहले सुरेश को दूंगी। कहां है वो, सुरेश कहां है?''

''वे तो ऊपर होंगे!''

''सुरेश-सुरेश!'' नीलम पागलों की तरह चीखती हुई लैबोरेट्री से बाहर निकलने वाली गैलरी में दौड़ती हुई चिल्लाई–''मैं सफल हो गई हूं। फार्मूला मिल गया है अब किसी को कैंसर नहीं हो सकेगा!''

रोकने की कोशिश करता मंजुल उसके पीछे दौड़ा और इस अफरा-तफरी में स्टैंड छूट गया। नीलम के हाथ की परखनली पहले ही फर्श पर टूट चुकी थी।

बेडरूम में गद्देदार बेड पर सोना से लिपटा सुरेश नीलम की आवाज़ सुनते इस तरह उछल पड़ा, मानो डनलप का गद्दा दहकती भट्टी में बदल गया हो!

वह जोर-जोर से उसका नाम पुकार रही थी!

उसके जिस्म पर इस वक्त अंडरवियर और बनियान था। सोना के जिस्म पर कपड़े का एक रेशा तक नहीं और सुरेश ने हड़बड़ाकर कहा–"जल्दी छुप जा कहीं मेरी बीवी आ रही है!"

सोना के कुछ समझने से पहले ही 'भड़ाक्' से दरवाज़ा खुला!

नीलम सामने थी।

एक नग्न लड़की और सुरेश को अपने बेडरूम में देखते ही नीलम के जेहन को तेज झटका लगा। एक ही क्षणमात्र में उसका चेहरा कनपटियों तक भभक उठा।

"हरामजादों, कुत्तों, कमीनों!" वह चीखी–"जेब से चाकू निकालकर गरजी–"मैं तुम्हें जिंदा नहीं छोडूंगी हरामखोरों!"

मगर वाक्य अधूरा ही रह गया!

बल्लो की ठोकर पूरी शक्ति से उसकी पीठ पर पड़ी। एक दर्दनाक चीख के साथ वह मुंह के बल फर्श पर जा गिरी। तभी वहां बल्लो की आवाज़ गूंजी–"भाग सोना यहां से भाग चल!"

नग्न सोना अपने कपड़ों पर लपकी!

नीलम चाकू हवा में लहराते सोना पर झपटी और पलक झपकते ही चाकू 'खच्च' से सोना की गर्दन में धंस गया!

एक हृदय-विदारक चीख गूंजी वह!

खून का फव्वारा उछला!

उछलकर वह सारा खून नीलम के चेहरे और लंबे सफेद चोगे पर गिरा, मगर नीलम तो मानो अपने होशो-हवास में ही न थी। उस पर भूत-सवार हो गया। पागल-सी हो उठी वह। सोना पर चाकू का एक ही वार करके स्तब्ध व अवाक् रह गई।

कमरे के एक कोने में खिड़की के समीप खड़ा सुरेश थर-थर कांप रहा था। चेहरे पर खौफ के वैसे ही चिन्ह थे, जैसे बिल्ली को देखकर कबूतर उस हैरतअंगेज दृश्य को देख रहा था।

बेड और उसके आसपास खून-ही-खून बिखर गया।

बल्लो और सुरेश की तंद्रा उस क्षण टूटी जब निर्जीव सोना धड़ाम से फर्श पर गिरी। भयभीत सुरेश खिड़की की तरफ लपका। बल्लो ने

जेब से अपना चाकू निकाला। किंतु तभी नीलम के दोनों गार्ड आंधी-तूफान की तरह भागते हुए वहां पहुंचे!

एक ने बल्लो को दबोच लिया।

दूसरा नीलम की तरफ झपटा ही था कि खून से सना चाकू हाथ में लिए नीलम और यह सच्चाई है कि उस क्षण नीलम के चहरे पर दृष्टि पड़ते ही प्रशिक्षित गार्ड की भी रूह कांप गई।

उफ्फ! महामाया रणचंडी-सी लग रही थी नीलम!

खून से सराबोर चेहरा लिए उसने खिड़की की तरफ देखा। उस क्षण सुरेश ने चटकनी गिराई थी। नीलम गुर्राई–''भागता कहां है कुत्ते? जिंदा तू भी नहीं बचेगा!''

सुरेश ने जल्दी से खिड़की खोली!

सिंहनाद करती नीलम उस झपटी!

सुरेश खिड़की के माध्यम से लॉन में कूद चुका था और नीलम अभी कूदने ही वाली थी कि एक बॉडीगार्ड ने उसे दबोच लिया!

''छोड दो, छोड़ दो मुझे!'' चीखने के साथ ही वह कसमसाई।

गार्ड खींचकर उसे खिड़की से दूर ले गया। वह बराबर गार्ड की गिरफ्त से निकलने के लिए जूझ रही थी और इसी प्रयास में उसकी नज़र दूसरे गार्ड की गिरफ्त में फंसे बल्लो पर पड़ी।

गुर्राई–''तू-तू इस कुतिया का दलाल है न कमीने। इसे तू ही लाया था यहां और तूने ही मुझे ठोकर मारी थी। मैं तुझे।''

''प्लीज मैडम!'' गार्ड ने कहा–''होश में आइए!''

''मुझे बचा लो। मैंने कुछ नहीं किया है मुझे बचा लो!'' बुरी तरह गिड़गिड़ाते हुए बल्लो का चेहरा पीला जर्द पड़ गया था और नीलम का ध्यान बल्लो पर केंद्रित होते ही गार्ड ने उसके हाथ को इतना तेज झटका दिया कि चाकू फर्श पर फिसलता हुआ दूर जा गिरा। इस हत्याकांड के बाद दूर-दूर तक भी सुरेश का पता न चला!

और फिर कानून का चक्रव्यूह घूमा!

नीलम को गिरफ्तार कर लिया गया। सोना की हत्या का मुकदमा चला उस पर। हरी किनारी वाली मोटे सूत की धोती और उसी के साथ का ब्लाउज पहनाकर उसके कंधे पर एक बिल्ला लगा दिया गया!

इस बिल्ले पर लिखा था–100!

जी हां, जो दुल्हन के लिबास में घर से भागी थी, वह–'कैदी नंबर सौ बन गई'!

मंजुल सीधा प्रधानमंत्री से मिला। उन्हें बताया कि हत्याकांड से पहले नीलम निश्चित रूप से कैंसर की दवा ईजाद करने में कामयाब हो गई थी!

''क्या उस दवा के बारे में तुम कुछ जानते हो?'' प्रधानमंत्री ने पूछा!

''जी नहीं मैं सिर्फ इतना ही देख सका, उन्होंने कोई टीका ईजाद किया है। परखनली में मौजूद एसिड उन्होंने किस-किस तत्व के मिश्रण से तैयार किया था यह मैं नहीं जानता।''

''क्या इस बारे में नीलम से कोई बात हुई?''

''मैं उनसे मिलने जेल गया था मैडम। केवल एक ही वाक्य कहा उन्होंने यही कि–'यह हैरत-अंगेज खबर मैं सबसे पहले सुरेश को दूंगी।' और बस यह कहकर वे चुप हो गई।''

''सुरेश कहां है?''

''आज दो महीने गुजर जाने के बावजूद एड़ी-चोटी का जोर लगाने पर भी पुलिस सुरेश का पता लगाने में नाकाम रही है।''

''हम जेल जाकर खुद नीलम से मुलाकात करेंगी!''

''मैंने इसीलिए आपसे भेंट की थी सर।''

जब अचानक ही प्रधानमंत्री जेल गई तो वहां हड़कंप मच गया और जिस क्षण जेल अधिकारियों को यह पता लगा कि वे किसी सरकारी दौरे पर नहीं, बल्कि सिर्फ कैदी नंबर सौ से भेंट करने आई हैं तो सबकी नज़र में नीलम की हैसियत बढ़ गई। इन बेचारों को नीलम के बारे में कुछ भी पता नहीं था। सो उसे अन्य कैदियों से अलग करके देखते ही कैसे?

प्रधानमंत्री के मिलने पहुंचने से ही उन्होंने जाना कि कैदी नंबर सौ इस वक्त जेल में मौजूद अन्य कैदियों से अलग और महत्वपूर्ण है!

प्रधानमंत्री नीलम से अकेले कमरे में मिली। पहले उससे सीधा

सवाल किया। न बोली तो औपचारिक बातें करनी चाहीं। नीलम तब भी कुछ न बोली!

प्रधानमंत्री ने कहा–"तुम बोलती क्यों नहीं हो नीलम। हजारों-लाखों बच्चों का सवाल है। करोड़ों पीड़ित तुम्हें पुकार रहे हैं। मानवता उम्मीद भरी नज़रों से आज तुम्हें सिर्फ तुम्हें देख रही थी और तुम चुप हो। क्या तुम इतनी स्वार्थी हो नीलम कि अपने गम में डूबकर सारी इंसानियत के साथ नाइंसाफी करोगी?"

निर्विकार भाव से प्रधानमंत्री की ओर देख रही नीलम की आंखों से दो मोती लुढ़क पड़े।

प्रधानमंत्री ने ऐसी ही ढेर सारी बातें और कही, मगर एक लफ्ज भी तो न बोली वह!

जैसे जन्मजात गूंगी हो!

प्रधानमंत्री यह सोचकर चली गई कि अभी नीलम का जख्म ताजा है। थोड़ा समय गुजरने पर मानवता के लिए हमदर्दी से भरी उसकी आत्मा खुद ही जागेगी। जेल के अधिकारियों से नीलम को कोई अतिरिक्त सुविधा देने की बात उन्होंने नहीं कही। दरअसल वे नहीं चाहती थी कि समय से पहले नीलम का महत्त्व किसी को पता लगे। इतना वे समझती ही थी कि उनकी भेंट मात्र से ही जेल अधिकारी नीलम को स्वयं ही अन्य कैदियों के मुकाबले ज्यादा सुविधाएं देंगे!

नीलम को ऐसा 'शॉक' लगा था कि गूंगी बनी रही। मुकदमा चलता रहा और फिर फैसले की तारीख पर माननीय न्यायाधीयश ने जजमेंट पढ़ा–"मुकदमे की पैरवी से ज्ञात हुआ है कि मुल्जिमा एक ऊंची हैसियत रखने वाली वैज्ञानिक है और मक्तूल एक निम्न स्तरीय कॉलगर्ल थी मगर कानून की नज़र में इंसान सिर्फ इंसान होता है। अदालत किसी की सामाजिक हैसियत की वजह से इंसान-इंसान में फर्क नहीं मानती। मक्तूल का कत्ल मुल्जिमा ने ही किया है, इसके पूर्व गवाह और एक ठोस सबूत भी मौजूद है, अतः ये अदालत मुल्जिमा को मुजरिम करार देती हुई ताजी राते हिंद दफा तीन सौ दो के तहत फांसी की हुक्म देती है!"

अदालत में सन्नाटा छा गया!

न्यायाधीश महोदय ने कलम तोड़ दी!

कटघरे में खड़ी नीलम कुछ देर तक निर्विकार अंदाज में न्याय की कुर्सी की तरफ देखती रही और फिर–"हा-हा-हा!"

सभी चौंक पड़े!

जबरदस्त अट्टहास करती नीलम अपने बाल नोचने लगी। कपड़े फाड़ने लगी। उसकी हर हरकत पागलों जैसी थी और बाद में चैकअप के बाद डॉक्टरों ने उसे पागल घोषित कर दिया।

जेल से निकालकर उसे पागलखाने भेज दिया गया!

संयोग देखिए यहां भी उसे वही नंबर मिला-सौ!

"अब क्या होगा मैडम?" भेंट होने पर मंजुल ने प्रधानमंत्री से कहा!

प्रधानमंत्री स्वयं चिंतित थी। बोलीं–"कई बार हमें इस मुल्क के नसीब पर संदेह होने लगता है। तब जबकि सफलता हाथ में आकर निकल जाती है अब देखो न जिस दिमाग में कैंसर का इलाज है वह पागलखाने में पड़ा है!"

"फांसी की सजा भी तो हो गई है उन्हें?"

"प्रॉब्लम सजा नहीं नीलम का पागलपन है। उसकी इम्पोर्टेंस देखते हुए सजा तो माननीय राष्ट्रपति भी माफ कर सकते हैं, मगर पागलपन का क्या होगा?"

"उसका इलाज किया जाना चाहिए सर!"

"क्या तुम यह समझते हो कि उसका इलाज नहीं चल रहा है?"

"सॉरी मैडम!"

"हम कुछ और सोच रही हैं!"

मंजुल ने सवाल किया–"क्या मैं जानने के काबिल हूं?"

"अब इस बात को गुप्त रखना न तो संभव ही होगा और न मानवता के हित में कि कत्ल करने से पहले नीलम कैंसर का इलाज खोज चुकी थी। कैंसर हमारे मुल्क की नहीं, बल्कि संपूर्ण विश्व की समस्या है। समूची मानव जाति की, क्यों न हम अन्य देशों की सरकारों से संपर्क करके उन्हें नीलम के बारे में बताएं। संभव है कि सारा विश्व एकजुट होकर दुनिया के

चुने हुए डॉक्टर मिलकर नीलम का पागलपन दूर कर सकें?''

''मैं स्वयं ही यही सोच रहा था मैडम!''

''मगर ऐसा करने से पहले हमें कुछ बातों पर विचार करना होगा!''

''जैसे?''

''एक बार भारत से निकलते ही यह खबर सारे विश्व में फैल जाएगी और विश्व के कई देश भारत को ईर्ष्या या द्वेष की दृष्टि से भी देखते हैं। संभव है कि कैंसर का इलाज खोज निकालने वाले महान व्यक्ति को वे सिर्फ भारतीय होने की वजह से न पचा सकें और नीलम के मर्डर तक की कोशिश करें। दूसरे नंबर पर हमें जरायमपेशा लोगों को भी नहीं भूलना है। ऐसे लोग अवसर की ताक में रहते हैं संभव है कि नीलम की ईजाद का कोई अनुचित लाभ उठाने के लिए उसके किडनैप आदि की चेष्टा की जाए!''

''इन समस्याओं का निदान तो हमारी पुलिस आदि ही कर सकती है!''

''सलाह के लिए हमने 'डिटेक्टिव फोर्स' के चीफ को यहां बुलाया है। वे आते ही होंगे। तुम सिर्फ यह राय दो कि 'राज' खोल देना हित में है या नहीं?''

''मेरे ख्याल से तो राज खोल देना ही उचित है मैडम!''

कुछ देर बाद 'मैकलिक जैक' भी न सिर्फ उस कक्ष में बैठा था, बल्कि संक्षेप में सब कुछ जान भी चुका था। सुनने के बाद बोला–''द्वेष रखने वाले देश और जरायमपेश से नीलम की हिफाजत निहायत जरूरी है!''

''यह हिफाजत किस रूप में रखी जाए?''

एक मिनट सोचने के बाद जैक ने कहा–''बड़ा अजीब संयोग है कि नीलम जी को जेल में भी सौ नंबर मिला और पागलखाने में भी। अतः अपनी बातचीत के लिए अगर हम 'कैदी नंबर सौ' को नीलम का कोड बना लें तो बेहतर होगा!''

''मतलब?''

''यह पहली सुरक्षा है। नीलम जी को इसके बाद हम कभी उनके नाम से न पुकारें, बल्कि कैदी नंबर सौ कहें!''

''इससे क्या फर्क पड़ेगा?''

''सुनने वाले को एकाएक ही कैंसर का इलाज ढूंढ़ निकालने वाले का नाम-पता नहीं लग सकेगा!''

''इसमें फर्क ही क्या है पागलखाने में सौ नंबर के कम-से-कम बीस पागल मिलेंगे!''

''मतलब?''

''इस राज को पागलखाने के इंचार्ज को बता दिया जाएगा। वह अन्य कम-से-कम उन्नीस पागलों को यही नंबर दे देगा। यदि कोई असामाजिक तत्व कैदी नंबर सौ का मर्डर करने या किडनैप करने पहुंच भी गया तो बीस पागलों को देखकर चकरा उठेगा!''

''गुड। आगे बढ़ो!''

''जिन देशों को हमें संदेश देना है सिर्फ यही दिया जाए कि हमारे मुल्क के एक वैज्ञानिक ने कैंसर का इलाज खोज निकाला है, मगर दुर्भाग्य से इस वक्त वह पागलखाने में है और फार्मूला उसके जेहन में, अतः अगर वे चाहें तो अपने बेहतरीन डॉक्टर को भारत भेजकर उसके इलाज की चेष्टा कर सकते हैं!''

''ठीक है यही संदेश दिया जाएगा!''

''तीसरी और अंतिम बात यह कि जन साधारण को अभी कैदी नंबर सौ के महत्त्व का पता नहीं लगना चाहिए, क्योंकि ऐसा होने पर हर जरायमपेशा को भी हकीकत मालूम हो जाएगी और प्राब्लम्स बढ़ जाएंगी। कहने का मतलब यह कि 'राज' को उसी स्तर पर खोला जाए, जहां तक वर्तमान हालातों में जरूरी है!''

सब कुछ उसी ढंग से किया गया।

जैसी कि उम्मीद थी। देशों के स्तर पर 'राज' ओपन होते ही सारे विश्व की भीतरी दुनिया में एक तहलका मच गया। हड़कंप!

दुनिया के चुनींदा डॉक्टर्स भारत आने लगे!

उन्हें अच्छी तरह से चैक किया जाता और संतुष्ट होने के बाद उन्हें सिर्फ यह बताकर पागलखाने भेज दिया जाता कि पागल नंबर सौ का इलाज होना है, क्योंकि कैंसर की दवा उसी के जेहन में है। जब डॉक्टर पागलखाने पहुंचते तो सौ नंबर के बीस व्यक्तियों को देखकर चकरा उठते।

इस प्रकार एब बार फिर नवागन्तुक डॉक्टरों की परीक्षा ली जाती!

संतुष्ट होने पर ही नीलम को उनके सुपुर्द किया जाता!

मगर कोई लाभ नहीं!

जब डॉक्टरों की समझ में कुछ न आता तब परिणाम निकला कि वैसा ही 'शॉक' इसका इसका इलाज है जैसे शॉक से पागल हुई और ऐसा 'शॉक' इसे तब लग सकता है जबकि इसके अतीत का कोई ऐसा व्यक्ति अचानक ही इसके सामने आ खड़ा हो, जिसे यह बेहद प्यार करती हो !

मुल्क की 'रॉ' और 'डिटेक्टिव फोर्स' जैसी संस्थाएं नीलम का अतीत खोज निकालने में जुट गईं, परंतु किसी भी माध्यम से वे इस रहस्य तक न पहुंच सकीं कि इसी नीलम का नाम कभी संगीता था !

जब तक पागल थी, तब तक फांसी नहीं दी जा सकती थीं, अतः फांसी की तारीख भी निकल गई। प्रशासन को लगा कि जिस हालत में नीलम है उसमें किसी भी द्वेष रखने वाले मुल्क के जासूसों या जरायमपेशा से उसे कोई खतरा नहीं है!

हाथ तो कोई तभी डालेगा न जब उसे कोई लाभ होगा!

अतः नीलम के चारों तरफ से सुरक्षा-व्यवस्थाएं ढीली कर ली गई!

मिलने वालों के नाम पर एकमात्र सीमा ही उससे मिलने आती थी। शुरू में डिटेक्टिव्स ने सीमा को चैक किया। कोई लाभ न निकला। वह एक सीधी-सीधी लड़की थी !

सिर्फ नीलम की सहेली!

और फिर एक रात!

हर तरफ छाई खामोशी को भंग करती यह आवाज़ दूसरी बार उभरी और वहां तैनात पहरेदार एक बार फिर ठिठक गया।

आवाज़ वैसी ही थी जैसी कोई भी व्यक्ति मुंह से तब निकालता है, जब उसे किसी को गुप्त रूप से बुलाना हो। अभी पहरेदार आवाज़ की दिशा का सही अनुमान लगा भी नहीं पाया था कि एक बार पुनः वही आवाज़ उभरी।

इस बार पहरेदार को सही दिशा का आभास हो गया !

उसने अपना दायां हाथ उठाकर उसमें दबी टॉर्च ऑन की और शक्तिशाली टॉर्च का प्रकाश सीधा एक नारी पर जा गिरा !

मोटी-मोटी सलाखों के उस तरफ खड़ी औरत आंखें मिचमिचाकर टॉर्च की तरफ देखने का प्रयास कर रही थी। पहरेदार ने अपनी भारी आवाज़ में पूरी अक्खड़ता के साथ पूछा–"क्या बात है?"

औरत ने गर्दन के संकेत से उसे अपनी तरफ बुलाया!

"मैं उधर आऊं, क्यों भला?"

"श-शी . . . ऽ . . . !" औरत ने अपने होठों पर उंगली रखकर चुप रहने के लिए कहा और साथ ही संकेत से पुनः उसे अपने पास बुलाया।

"चल हट!" पहरेदार ने उसे झिड़का–"पागल कहीं की, साली को रात के इस वक्त भी पागलपन सूझ रहा है। सो जा चुपचाप !"

मगर इस बार जो उसने संकेत किया तो पहरेदार के दिलोदिमाग को एक झटका-सा लगा, क्योंकि उस संकेत में मादकता थी। कुछ वैसी ही मादकता जैसी उस वेश्या के संकेत में होती है जो अपनी बॉल्कनी में खड़ी होकर राहगीरों को आमंत्रित कर रही हो।

पहरेदार चौंक-सा पड़ा और तभी सलाखों के उस पार खड़ी नारी के होठों पर ऐसी मुस्कान उभरी जो कि सीधी पहरेदार के दिल में उतरती चली गई!

पहरेदार स्तब्ध रह गया।

अब उसे सलाखों के उस पार खड़ी औरत पागल नहीं, बल्कि अच्छी-भली खूबसूरत एवं युवा नारी नज़र आ रही थी। टॉर्च की रोशनी में पहरेदार को औरत के तन पर मौजूद ब्लाउज का वह भाग भी नज़र आया जिसे आज दिन में पागलन के दौरे के दौरान उसने स्वयं की फाड़ डाला था।

वहां से बदन का एक बड़ा भाग बिल्कुल स्पष्ट नज़र आ रहा था।

दिन में जब इस पगली ने अपना ब्लाउज फाड़ा था, तब वक्ष के उस नग्न भाग को देखकर या तो पहरेदार के दिल में कोई भावना उभरी ही नहीं थी और यदि उभरी भी थी तो वह सिर्फ घृणा की भावना थी।

मगर इस वक्त जाने क्यों नग्न भाग ने उसे आंदोलित कर दिया।

उसकी दृष्टि वहां उसी अंदाज में चिपकी रह गई, जैसे गिद्ध की दृष्टि ताजे गोश्त पर चिपकती है।

औरत ने भरपूर निमंत्रण देने वाली अंगड़ाई ली।

पहरेदार के मस्तक पर पसीना उभर आया। हलक सूख-सा गया उसका और अब वह खुद को उत्तेजित महसूस कर रहा था। इस बीच उसने यह भी देख लिया था कि उसके तन पर धोती नहीं है। सिर्फ फटा हुआ ब्लाउज और साया पहने थी वह।

पहरेदार ने चोर दृष्टि से अपने हर तरफ देखा!

कहीं कोई नहीं!

दूर-दूर तक नीरवता, खामोशी और सन्नाटा-ही-सन्नाटा।

गैलरी में मौजूद पीली रोशनी सिसकती-सी महसूस दी। दोनों तरफ बनी कोठरियों में अंधेरा था और पागलखाने की इस इमारत में इस वक्त कहीं से कोई आवाज़ सुनाई नहीं दे रही थी। दिन में चीखते-चिंघाड़ते रहने वाले पागल शायद सोए पड़े थे।

औरत और भी मादक अंदाज में उसे अपनी तरफ बुला रही थी।

टॉर्च हाथ में लिए यंत्रचालित-सा वह आगे बढ़ा!

नींद में चलता-सा वह सलाखों के नजदीक पहुंचा। फुसफुसाकर बोला–"क्या बात है?"

"बेवकूफ, अब भी नहीं समझे?"

"समझ तो गया हूं, मगर!"

उसने आंखें तरेरकर पूछा–"मगर क्या?"

"कुछ नहीं !" पहरेदार की हालत अजीब थी।

"तो आ जाओ हम दोनों के अलावा आसपास यहां सब सो रहे हैं!"

बेचारा पहरेदार!

स्वयं को संभालता भी तो कैसे?

मेनकाओं के निमंत्रण पर तो बड़े-बड़े ऋषि-मुनि स्वयं को नियंत्रित नहीं रख पाते। उसने झट अपनी जेब से चाबियों का गुच्छा निकाला और आनन-फानन में कोठरी की चाबी तलाश करके ताला खोल दिया। आहिस्ता से दरवाज़ा खोलकर उसने अंदर कदम रखा।

ठीक उसी क्षण नीलम कहर बनकर उस पर टूट पड़ी।

वह कुछ समझ भी न पाया था कि नीलम का एक हाथ कूमर के ढक्कन की तरह उसके मुंह पर फिक्स हो गया और दूसरे ने कनपटी पर मौजूद कई में से एक नस दबा दी।

इंसानी जिस्म की रग-रग से वाकिफ नीलम को अच्छी तरह मालूम था कि किस नस को दबाने से क्या परिणाम निकलेंगे। एक हिचकी के साथ पहरेदार उसकी बांहों में झूल गया और वह हिचकी भी उसके हलक में ही दबकर रह गई थी।

नीलम ने आहिस्ता से मगर फुर्ती के साथ उसे फर्श पर लिटा दिया। सबसे पहले टॉर्च अपने कब्जे में की। कोठरी के एक कोने में पड़ी अपनी धोती उठाकर पहन ली!

टॉर्च के झाग बेहोश पहरेदार पर डाले!

उसके बैल्ट के साथ एक हंटर बंधा हुआ था। कूल्हे पर एक होलेस्टर लटक रहा था और नीलम जानती थी कि उसमें रिवॉल्वर मौजूद है।

नीलम ने फुर्ती से चाबी का गुच्छा, हंटर, रिवॉल्वर और टॉर्च अपने कब्जे में की तथा दबे पांव कोठरी से बाहर निकल आई।

अभी तक चारों तरफ नीरवता की हकूमत थी। गैलरी के अंतिम सिरे पर मौजूद लोहे की सलाखों वाला दरवाज़ा इस वक्त बंद था। नीलम को कई चाबियां ट्राई करनी पड़ी। एक चाबी से दरवाज़ा खुल गया!

धीमे से दरवाज़ा खोलकर वह बाहर निकल गई।

अब वह खुले आकाश के नीचे पागलखाने के मैदान में थी। जानती थी कि इस मैदान की चारदीवारी को पार करते ही वह पागलखाने से बाहर होगी।

चारदीवारी काफी ऊंची थी इतनी कि एक व्यक्ति छलांग मारकर उसे पार नहीं कर सकता था, मगर आज दिन में ही नीलम ने एक दीवार के पास रखी सीढ़ी देखी थी और उसे ध्यान में रखते हुए ही नीलम ने अपनी प्लानिंग तैयार की थी।

वह यह भी जानती थी कि रात के समय इस मैदान में दो पहरेदार नियुक्त होते हैं, मगर अंधेरे के कारण इस वक्त वे कहीं भी नज़र नहीं आ रहे थे।

इसी अंधेरे का लाभ उठाती नीलम उस तरफ बढ़ी, जिधर उसने सीढ़ी पड़ी देखी थी। समीप पहुंचकर उसने टटोला। सीढ़ी यथास्थान पाकर उसे संतोष हुआ और फिर सीढ़ी उठाकर दीवार के साथ खड़ी कर दी।

सीढ़ी खड़ी करने में उसे काफी परिश्रम करना पड़ा।

एक आवाज़ को सुनकर नीलम सहम गई। सांस तक रोक ली उसने। सीढ़ी छोड़कर दीवार के साथ चिपक गई।

मगर, कहीं कोई आवाज़ फिर सुनाई नहीं दी।

धड़कते दिल से मस्तक पर पसीना लिए वह किसी ऐसी दुर्घटना की आशंका से कांपती रही, जो उसकी आगे तक की सारी स्कीम को धराशायी कर सकती थी।

कुछ न हुआ!

साहस करके सीढ़ी चढ़ती चली गई वह और अभी दीवार से थोड़ी दूर ही थी कि।

''कौन है?'' अंधेरे में किसी पहरेदार की आवाज़ गूंजी।

नीलम के पसीने छुट गए।

दिमाग जाम हो गया। एक क्षण के लिए उसकी समझ में नहीं आया कि क्या करे और अगले ही क्षण उसने फुर्ती से चढ़ने की कोशिश की–सीढ़ी ने आवाज़ की!

इस बार भागते कदमों की आहट, पहले से भी कहीं कर्कश स्वर–''कौन है उधर?''

और, उस वक्त तो नीलम की रूह ही फना हो गई, जब उसने महसूस किया कि सीढ़ी को नीचे से किसी ने पकड़ लिया है। इस एक ही क्षण में न सिर्फ उसे अपनी सारी योजना धराशायी होती नज़र आई बल्कि लगा कि पहरेदार की बेवकूफी से सीढ़ी समेत मैदान में जा गिरेगी।

अपने इतने भयानक अंत की कल्पना से ही वह कांप उठी।

नीचे पुनः सवाल दोहराते हुए पहरेदार ने इस बार सीढ़ी को हिलाया तो ऊपर टंगी नीलम गिरते-गिरते बची।

उसने कसकर डंडा पकड़ लिया!

बड़ी तेजी से दिमाग में यह सच्चाई चकरा उठी कि या तो वह सीढ़ी के साथ मैदान में गिरकर दम तोड़ देने वाली है या फिर गिरफ्तार हो जाएगी। दोनों ही सूरतों में उसे अपनी वह योजना धराशायी होती नज़र आई, जिसे अंजाम देने के लिए वहां से भाग निकलने का निश्चय किया था।

एकाएक ही प्रोफेसर दिवाकर के शब्द उसके जेहन में गूंज गए–'किसी पवित्र लक्ष्य के लिए हर जुर्म किया जा सकता है संगीता। कोई भी जुर्म!'

नीचे से चेतावनी दी गई–''कौन है सीढ़ी पर उतरता है या मैं सीढ़ी गिरा दूं?''

नीलम के जबड़े भींच गए। एक हाथ से डंडा पकड़ा। दूसरे हाथ में दबे रिवॉल्वर का रुख नीचे किया और ट्रेगर दबा दिया !

'धांय!' एक जोरदार धमाके के साथ वातावरण कांप उठा!

अंधेरा था, मगर गोली शायद संयोग ही से सीढ़ी पकड़े पहरेदार को लगी थी क्योंकि अंधेरे को चीरकर एक इंसानी चीख गूंजती चली गई।

घबराकर नीलम जल्दी-जल्दी बाकी डंडे भी चढ़ गई।

फायर की आवाज़ ने पागलखाने में हड़कंप मचा दिया। चारों तरफ की लाइटें ऑन होने लगीं। मगर नीलम दीवार के शीर्ष पर पहुंच गई थी!

फिर वह बिना अपने अंजाम की परवाह किए दूसरी तरफ कूद गई।

बेतहाशा भागते-भागते तक नीलम बुरी तरह हांफने लगी। मगर रुकी नहीं। भागती चली गई तब तक जब कि सीमा के फार्म हाउस पर न पहुंच गई। जब उसे अंधेरे में फार्म हाउस का साया नज़र आने लगा तो एक पेड़ के तने के साथ निढाल-सी होकर अपनी उखड़ी हुई सांसों को नियंत्रित करने की चेष्टा करने लगी।

फार्म हाउस के अलावा उसके चारों तरफ दूर-दूर केवल खेत-ही-खेत थे !

अपनी योजना पर अमल करने हेतु वह पूरी दृढ़ता एवं मुस्तैदी के साथ फार्म हाउस की तरफ बढ़ गई। टीन के दरवाज़े के समीप पहुंची!

दरवाज़े पर एक मोटा ताला लटक हुआ था।

नीलम टीन वाले दरवाज़े के सामने से हटकर फार्म हाउस की बाईं दीवार के साथ-साथ दूर निकल गई। दीवार का सहारा लिए एक टीन शेड के नीचे पहुंची!

शेड के नीचे एक 'कुट्टी' काटने वाली मशीन लगी हुई थी !

यह मशीन बिजली से चलती थी। नीलम स्विच बोर्ड के नजदीक पहुंची। उसने लकड़ी के बोर्ड के ठीक नीचे वाली दीवार के हिस्से को दबाया।

हल्की-सी आवाज़ के साथ दीवार में एक दरवाज़ा उत्पन्न हो गया।

नीलम भूत की तरह उसमें समा गई!

अब वह फार्म हाउस के कोल्ड स्टोरेज जैसे हॉल में थी। एक बटन दबाकर उसने वह रास्ता बंद कर दिया, जिसके माध्यम से यहां पहुंची थी।

टॉर्च की मदद से नीलम ने कुछ देर की मेहनत के बाद एक अन्य गुप्त बटन तलाश कर लिया और उसे दबाते ही हॉल के बीचों-बीच का फर्श अपने स्थान से हट गया!

नीचे तहखाने में जाने के लिए एक ढलवां सड़क जैसा रास्ता स्पष्ट नज़र आ रहा था और नीलम उसी रास्ते पर उतरती चली गई!

तहखाने में पहुंची !

एक अन्य बटन दबाकर उसने वह रास्ता भी बंद कर लिया।

यह भी एक उतना ही बड़ा हॉल था। जितना ऊपर था। टॉर्च ऑन करके वह सारे हॉल के निरीक्षण करने लगी। एक बड़ी मेज, उसके चारों तरफ पड़ी कुर्सियों के अलावा तहखाने में एक तरफ दो प्रिंटिंग मशीनें भी मौजूद थीं!

मशीनें ही नहीं, बल्कि प्रिंटिंग के लिए आवश्यक वहां सभी सामान था!

उस सामान और यहां की स्थिति को देखकर नीलम की आंखें चमकने लगीं और एक बार फिर अपनी समूची योजना को दिमाग में दुरुस्त करने की बात अभी वह सोच ही रही थी कि हल्की-सी गड़गड़ाहट के साथ तहखाने की छत एक तरफ हटी!

कुछ लोगों के आपस में बातें करने की आवाज़ आई।

नीलम फुर्ती के साथ परंतु दबे पांव दौड़कर हॉल के साथ जुड़े एक छोटे-से कमरे में घुस गई।

अब वह कमरे के अंदर छुपी न केवल हॉल के दृश्य को देखने का प्रयास कर रही थी, बल्कि आगंतुकों की वार्ता को भी स्पष्ट सुन सकती थी।

ढलवा रास्ते पर एक साथ कई व्यक्तियों के उतरने से हॉल में पदचाप गूंज रही थी और कुछ ही देर बाद सारा हॉल एक ट्यूब की रोशनी से जगमगा उठा!

नीलम को सब कुछ साफ-साफ दिखाई देने लगा।

वे चार व्यक्ति थे और नीलम उन चारों ही को जानती थी। उनमें से एक उसका सगा भाई टीटू था, दूसरा बागेश, तीसरा अलवर में टकराया निकल्सन और चौथा, सुरेश के पास सोना को लाने वाला लड़कियों का दलाल बल्लो!

उन्हें देखकर नीलम की आंखें खूंखार अंदाज में चमक उठीं!

वे मेज के चारों तरफ पड़ी कुर्सियों पर बैठ गए!

निकल्सन ने जेब से 'सान्ध्य टाइम्स' निकाला कोई खास न्यूज पढ़ी और फिर जोरदार ठहाका लगाकर कह उठा–"इसे कहते हैं स्कीम और यही होती है हत्या एक सुहागिन की। जगराज मर गया है दोस्तों हमारी योजना सेंट-परसेंट कामयाब हो गई है। अब हम वेन के बहुत नजदीक हैं। ब्रिजेश की आत्मा को वेन का पता बताना ही होगा!"

बागेश बोला–"क्यों न हम ब्रिजेश की आत्मा का आह्वान करें?"

"अभी नहीं!" अपनी रिस्टवॉच में समय देखते हुए निकल्सन ने कहा–"उसके आने पर, बारह बजने वाले हैं!"

हल्की-सी गड़गड़ाहट के साथ दरवाज़ा खुला।

"वह आ गई है!" टीटू और बल्लो के मुंह से निकला।

फिर, तहखाने में सीमा उतरती नज़र आई। चेहरे पर कठोरता!

न मांग में सिंदूर था न मस्तक पर बिंदिया न कलाई में चूड़ियां थीं न गले में मंगलसूत्र।

क्योंकि वह वह सुहागिन नहीं थी।

कुछ देर बाद वह बोली–"हमारी योजना कामयाब हो गई है। जब मैं पिछली बार यहां आई थी, तब सुहागिन थी, मगर अब विधवा हो

गई हूं। सुहागिन की हत्या की चुकी है। समझे कुछ इसे कहते हैं हत्या एक सुहागिन की। मर्डर राज का हुआ है, मगर मरी है सुहागिन!''

''पहेली की गहराई को अच्छी तरह समझने के बाद ही हमने तुम्हारी मदद की थी!''

''मदद तुमने मेरी नहीं मैंने तुम्हारी की है!'' सीमा का कठोर स्वर!

''चलो ऐसा ही सही, मगर अब शायद हमें ब्रिजेश की आत्मा से वेन का पता पूछा चाहिए?''

''अभी ब्रिजेश की आत्मा की सिर्फ एक ही शर्त पूरी हुई है दूसरी बाकी है!''

''वह भी तुम ही पूरी करोगी!'' निकल्सन ने कहा।

''जरूर!'' सीमा बोली–''मगर उससे पहल मैं कुछ विषयों पर आप लोगों से बातें करना चाहती हूं।''

''किन विषयों पर?''

''सबसे मुख्य बिषय है नोट छप जाने के बाद उनका बंटवारा!''

''बंटवारा?'' चौंककर उन चारों ने एक-दूसरे की तरफ देखा। फिर निकलस्न ने पूछा–''बंटवारे के बारे में तुम क्या कहना चाहती हो?''

''पूरी रकम में से तीन हिस्से मेरे होंगे और एक-एक तुम चारों का!''

''तीन हिस्से तुम्हारे?''

''एक हिस्सा ब्रिजेश का, क्योंकि नोट छापने से पहले ही वह मुझे उसकी बीवी को देना है, दूसरा राज का और तीसरा मेरा अपना!''

''ब्रिजेश और तुम्हारा हिस्सा तो समझ में आता है, मगर राज का!''

''वह हिस्सा तुम्हें देना होगा!'' सीमा कठोर स्वर में गुर्राई–''राज के मरने से न सिर्फ ब्रिजेश की दोनों शर्तें पूरी हुई हैं, बल्कि तुम लोग एक बहुत बड़ी मुसीबत से भी बच गई हो। राज 'रॉ' की नज़रों में था। 'रॉ' उसके जरिए तुम लोगों तक पहुंचने का प्रयत्न कर रही थी, मगर राज की मौत के बाद ही यह आशंका भी खत्म हो गई है और यह करने का श्रेय मुझे जाता है!''

निकल्सन आदि को उसकी शर्त मंजूर करनी ही पड़ी। कुछ देर तक उनके बीच ब्रिजेश की आत्मा के बारे में बातें होती रहीं। अंत में उनके बीच प्लेनशेट पर ब्रिजेश की आत्मा से बात करने का प्रस्ताव पारित हुआ!

''तुम सब लोग यहीं ठहरो मैं आत्मा को आह्वान करने की तैयारी करता हूं!'' कहने के साथ ही नीलम ने जब उसे इसी कमरे की ओर बढ़ते देखा, जिसमें वह स्वयं थी तो एकदम से सतर्क हो गई। अपनी योजना को क्रियान्वित करने का उसने दृढ़ निश्चय कर लिया।

वेन, सुहागिन की हत्या और ब्रिजेश की आत्मा का क्या चक्कर था? सीमा क्या गुल खिला रही थी? अपनी टांगें बेकार हो जाने का नाटक उसने क्यों किया था? तहखाने में प्रिंटिंग मशीन आदि की मौजूदगी की क्या वजह थी? आदि सवालों के उत्तर जानने के लिए आपको मेरा पिछला यानी निन्यानवां उपन्यास पढ़ना होगा–नाम है–*हत्या एक सुहागिन की*!

कैदी नंबर सौ के आगे के कथानक को ठीक से जानने के लिए *हत्या एक सुहागिन की* के कथानक को समझना नितांत आवश्यक है। अतः यहां संक्षेप में उसका सारांश दिया जा रहा है।

गजराज मूल रूप से अमृतसर का निवासी था, परंतु उन दिनों अपने मामा के संरक्षण में देहली रहता था और एक प्रिंटिंग प्रेस को संभालता था। वह एक महत्त्वाकांशी युवक था। किसी भी रास्ते से ढेर सारी दौलत प्राप्त करके ऐशो-आराम एवं विलासिता से भरी जिंदगी गुजारना ही उसका स्वप्न था।

सीमा नाम की एक खूबसूरत लड़की पर उसकी नज़र पड़ी। सीमा के माता-पिता का देहांत हो चुका था और उसके द्वारा छोड़ी गई करोड़ों की जायजाद की अब वह एकमात्र मालकिन थी।

यह हकीकत गजराज को पता लगी और उसने महसूस किया कि अपनी महत्त्वाकांक्षाएं पूर्ण करने के लिए सीमा एक अच्छा माध्यम बन सकती है।

उसने तुरंत योजना बना ली।

अपने मकसद में कामयाब होने के लिए सीमा के साथ प्यार की पींगें बढ़ाने से ज्यादा उसे कुछ भी नहीं करना था और इस काम को उसने बड़ी आसानी से अंजाम दे दिया!

सीमा उसके प्रेम-नाटक में फंस गई।

परंतु शादी के बाद सीमा का अंकल गजराज के रास्ते की सबसे बड़ी अड़चन बनकर सामने आ खड़ा हुआ!

सीमा के अंकल का नाम बलवंत ठाकुर था!

कभी वह मिलिट्री में सार्जेंट था और दुश्मन से हुए पिछले युद्ध में जौहर दिखाते वक्त अपनी दोनों आंखें गंवा बैठा था।

जब से बलवंत ठाकुर ने अपनी आंखें गंवाई थीं, तब से उसके सूंघने एवं श्रवण शक्ति में आश्चर्यजनक परिवर्तन आया था। कोई भी व्यक्ति दबे पांव उसके नजदीक नहीं पहुंच सकता था।

किसी भी आहट पर रिवॉल्वर से यूं निशाना लगा देता था कि आंखों वाले देखकर दांतों तले उंगली दबा लें। वह अक्सर कहा करता था–'भले ही मैं देख नहीं पाता हूं, परंतु जैसे ही कोई व्यक्ति पहली बार सामने आता है। मेरी छठी इंद्री उसका संपूर्ण परिचय मेरे जेहन में स्पष्ट कर देती है।'

और इस अंधे जालिम ने जगराज से हुई पहली मुलाकात के तुरंत बाद सीमा ने कहा था–'तूने यह शादी करके बहुत बड़ी गलती की है बेटी। मेरी छठी इंद्री कहती है कि गजराज एक नंबर का हरामी, धूर्त एवं पाजी है।'

जब गजराज को अपने विषय में बलवंत के विचार पता लगे तो अंदर-ही-अंदर उसकी आत्मा कांप उठी और सीमा के दिमाग पर कहीं बलवंत की बात का असर न हो जाए, इसलिए कोठी में रहते हुए भी उसने अपने मामा के प्रेस जाना नहीं छोड़ा।

उद्देश्य सीमा के दिमाग में यह भर देना था कि वह आज भी कम-से-कम अपने खर्चे लायक प्रेस से कमाता है। सीमा की करोड़ों की दौलत से उसे कुछ लेना-देना नहीं है।

मगर हकीकत तो यह थी नहीं!

हकीकत तो यह थी कि एक करोड़पति बीवी का शौहर बनने के

बावजूद स्वयं वह कंगला ही था और योजना की सफलता के बावजूद एक प्रकार से वह असफल ही रह गया था। इस तरह से शीघ्र ही सफलता की कोई गुंजाइश भी इसे नज़र नहीं आ रही थी। अब अपनी महत्वाकांक्षाएं पूर्ण करने के लिए उसे किसी अन्य रास्ते की तलाश थी!

प्रिंटिंग प्रेस में बैठे-बैठे उसे एक रास्ता सूझा। दिमाग में एक योजना बनी और इस योजना को क्रियान्वित करने के लिए उसने निकल्सन को खोज निकाला।

निकल्सन उन दिनों अलवर का कुख्यात गुंडा था। उसका एक पैर हमेशा बाहर और दूसरा जेल में रहता था। गजराज उससे मिला और उसे अपनी योजना समझाई!

लक्ष्य था भारतीय करेंसी को प्राइवेट तौर पर तैयार करना!

गजराज की योजना सुदृढ़ एवं नायाब थी, मगर उसे पूर्णतया कार्यान्वित करने के लिए चार व्यक्तियों की जरूरत और थी!

एक वह जो सौ के नोट का वास्तविक ब्लॉक तैयार कर सके, दूसरा वह जो वास्तविक कलर स्कीम सैट कर सके, तीसरा वह जो सौ का नोट छपने के लिए लंदन से आने वाले खास काग़ज़ की जानकारी दे सके और चौथा वह जो किसी भी व्यक्ति की गर्दन काट देने को गाजर-मूली काट देने जैसा आसान समझता हो!

उपरोक्त चार किस्म के व्यक्ति निकल्सन ने तलाश किए। उनके नाम क्रमशः बागेश, टीटू, ब्रिजेश और बल्लो थे। बागेश और टीटू हमेशा साथ रहने वाले दो जिस्म मगर एक जान थे। आप जानते ही हैं कि वे नासिक के रहने वाले थे।

ब्रिजेश उस विभाग से संबंधित था, जहां लंदन से आने के बाद काग़ज़ रखा जाता था और बल्लो दिमाग से पैदल, मगर मार्के का चाकूबाज था।

अब यह एक छह सदस्यी ग्रुप तैयार हो गया।

प्रिंटिंग मशीनों से लेकर नोट छपने के लिए प्रत्येक जरूरत की वस्तु गजराज ने उस फार्म हाउस के तहखाने में पहुंचा दी जो दरअसल था तो सीमा की मिल्कियत का एक हिस्सा, मगर उन दिनों गजराज के चार्य में था!

एक दिन ब्रिजेश ने सूचना दी कि लंदन से चार करोड़ अस्सी लाख के सौ-सौ के नोट छपने के लिए काग़ज़ आ रहा है!

इस काग़ज़ को लूट लेने का निश्चय किया गया!

काग़ज़ से भरी वेन को अपने कब्जे में करने के लिए उन्हें पूरी एक स्कीम बनानी पड़ी!

स्कीम के मुताबिक उन्हें 'पालम' के टॉयलेट में वेन के ड्राइवर और गार्ड का मर्डर करना था। जाहिर है कि इस मिशन में सबसे अहम् भूमिका बल्लो ने अदा की!

वेन को तहखाने में पहुंचाने का काम प्रत्येक बात पहेलियों में करने वाले ब्रिजेश को सौंपा गया और बाकी पांचों का काम उस रास्ते से वेन के निशानों को साफ करके तहखाने में पहुंचना था, जिससे वेन गुजरे।

उधर ब्रिजेश के दिमाग में यह वहम बैठ गया कि उसके बाकी पांच साथी तहखाने में पहुंचते ही उसका मर्डर कर देने वाले हैं, अतः वेन को तहखाने में न ले जाकर अपने किसी गुप्त स्थान पर ले गया। उसकी योजना बाकी पांचों से अपना हिस्सा वसूल करने के बाद वेन उनके हवाले कर देने की थी, मगर दुर्भाग्य से वह यह नहीं जानता था कि वेन रॉबरी होते ही उसका नाम पुलिस तक पहुंच चुका है। वेन को गुप्त स्थान पर छुपाने के बाद जैसे ही अपने घर पहुंचा, सशस्त्र पुलिस ने उसे घेर लिया। वह घबराकर भागा, परंतु पुलिस की एक गोली ने वहीं उसके प्राण-पखेरू उड़ा दिए!

पुलिस वेन का पता नहीं जान सकी।

इधर फार्म हाउस के तहखाने में पहुंचने पर उन पांचों की बुद्धि चकरा गई, क्योंकि वहां न वेन थी, न ही ब्रिजेश। सुबह के अखबार में ब्रिजेश का अंजाम पढ़कर तो उनके होश ही फाख्ता हो गए!

वेन का पता जानने वाला एकमात्र ब्रिजेश मर चुका था।

गजराज, निकल्सन, बल्लो, टीटू और बागेश बौखलाए हुए थे। सारी योजना कामयाब हो जाने के बावजूद भी वे असफल ही थे और उनकी समझ में नहीं आ रहा था कि मरने के पहले ब्रिजेश ने वेन को क्यों और कहां छुपा दिया था?

ब्रिजेश की मृतात्मा का प्लानशेट पर आह्वान किया गया।

मृत ब्रिजेश की आत्मा प्लानशेट पर आई। उसने वेन को छुपा देने का कारण बताया और जब इन्होंने वेन का पता पूछा तो आत्मा ने कहा–"तुम्हें वेन का पता बताने की मेरी दो शर्तें हैं, पहली यह कि कहीं से भी इंतजाम करके मेरा हिस्सा मेरी पत्नी को पहुंचाओ। दूसरी किसी एक सुहागिन की हत्या करो। इन दोनों शर्तों के पूरी होने पर ही मैं तुम्हें वेन का पता बताऊंगा अन्यथा हरगिज नहीं!'

ब्रिजेश द्वारा रखी गई पहली शर्त का कारण तो उनकी समझ में आता था, मगर दूसरी का नहीं। वे समझ नहीं सके कि सुहागिन की हत्या से आखिर ब्रिजेश का तात्पर्य क्या है। वह क्यों किसी सुहागिन का मर्डर कराना चाहता है?

कुछ भी सही, वेन को प्राप्त करने के लिए ये शर्तें पूरी करनी ही थीं।

अस्सी लाख कहां से लाए वे?

उपरोक्त समस्या का हल गजराज ने अपने साथियों को यूं कह कर सुझाया–"अगर हम सीमा की हत्या कर दें तो ब्रिजेश की दोनों शर्तें पूरी हो जाएंगी। सीमा के रूप में एक सुहागिन की हत्या भी हो जाएगी और उसके मरने के बाद सारी दौलत का मालिक मैं हूं। इस दौलत में से अस्सी लाख आसानी से ब्रिजेश की बीवी को दिए जा सकते हैं!"

प्रस्ताव सभी को जंचा, परंतु अंधे बलवंत एवं चौबीस घंटे सीमा से चिपके रहने वाले टॉमी नामक कुत्ते की मौजूदगी के कारण कोठी में यह मर्डर करना असंभव की सीमा तक कठिन था। सो कश्मीर के प्रसिद्ध हिल स्टेशन पहलगाम से पच्चीस किलोमीटर दूर स्थित एक डाक-बंगले में उसे आतंकित करने एवं 'कैमिल फॉल' पर मर्डर कर देने की योजना को कार्यान्वित करने के लिए गजराज ने अपने एक विधायक दोस्त की मदद से डाक-बंगला बुक करा लिया। सीमा को साथ लिए कश्मीर और फिर उस डाक-बंगले में पहुंचा। टीटू, बागेश, निकल्सन और बल्लो गुप्त रूप से पहले ही वहां पहुंच गए थे और फिर शुरू हुआ सीमा को आतंकित कर देने वाला जबर्दस्त सिलसिला!

सारी योजना नायाब तरीके से आगे बढ़ती रही, परंतु बिल्कुल आखिरी क्षण में यानी तब जबकि सीमा की इहलीला समाप्त होने वाली थी। वहां पंडितजी प्रकट हो गए!

एलआईसी के सर्वाधिक काइयां एवं खुर्राट जासूस– केशव पंडित!

उन्होंने न सिर्फ सीमा को बचा लिया, बल्कि गजराज की गर्दन पर नंगी तलवार बनकर लटक गए। गजराज की न सिर्फ सारी योजना तिनकों की तरह बिखर गई, बल्कि पंडितजी के सवालों का सामना करते-करते खुद को बचाने के प्रयास में उसे दांतों तले पसीना आ गया।

दुर्घटना में सीमा अपनी दोनों टांगें गवां बैठी थी।

कश्मीर के इस टूर में सीमा की हत्या कर देने का गजराज और उसके साथियों के लिए अब कोई चांस नहीं रह गया था सो उन्हें वापस लौटना पड़ा।

देहली पहुंचने पर गजराज, निकल्सन, बल्लो, बागेश और टीटू की पुनः एक मीटिंग हुई।

सीमा का मर्डर करने की दूसरी योजना तैयार की गई। उधर पंडितजी ने मुल्क की सर्वोच्च जासूसी संस्था 'रॉ' के चीफ मिस्टर रॉव से भेंट की। और उन्हें बताया कि जिस वेन रॉबरी का अभी तक 'रॉ' कोई सुराग नहीं लगा पाई है, उसके कम-से-कम एक लुटेरे का नाम वे बता सकते हैं। मिस्टर रॉव ने अधीरतापूर्वक उनसे नाम पूछा!

जवाब में पंडितजी ने रॉव को गजराज का नाम बताया और कहा कि वेन रॉबरी करने वाला ग्रुप ही अब सीमा का मर्डर करने के लिए प्रयासरत है, अतः अगर वे वेन समेत पूरी ग्रुप को पकड़ना चाहते हैं तो सीमा की हिफाजत एवं गजराज को वॉच करने के लिए उनके चारों तरफ रॉ के जासूसों का जाल बिछा दें!

ऐसा ही किया गया!

उधर सीमा ने व्हील चेयर पकड़ ली थी और अब तो अंधे बलवंत को पूरा यकीन हो गया कि गजराज सीमा को मारना चाहता है, परंतु सीमा अब भी बलवंत के विचारों को उसके जेहन की गंदगी ही कहती थी!

नीलम उन दिनों पागलखाने में थी।

'हत्या एक सुहागिन की' नामक उपन्यास का नीलम एक अत्यंत ही रहस्यमय पात्र है, यह तो समझ में आता था कि नीलम ने एक मर्डर किया है। अदालत उसे फांसी की सजा सुना चुकी है और आजकल

वह पागल है, मगर वह समझ में नहीं आता था कि उसने क्यों और किसका मर्डर किया है तथा वह पागल कैसे हो गई?

यह आप नीलम की अब तक कहानी में जान चुके हैं।

सीमा हर हफ्ते नीलम से मिलने पागलखाने अवश्य जाया करती थी। उसके इसी 'रूटीन' का लाभ उठाते हुए गजराज और उसके साथियों ने अपनी योजना तैयार की, उधर गजराज की तरफ से अब न सिर्फ अंधा बलवंत ही पूरी तरह सजग था, बल्कि 'रॉ' के धुरंधर जासूस भी साए की तरह उसे वॉच कर रहे थे। सब कुछ जानते हुए भी गजराज को उनमें से किसी की परवाह नहीं थी, क्योंकि अपनी समझ में सीमा के मर्डर की उसकी स्कीम ही ऐसी थी कि बलवंत या रॉ के जासूस उसका कुछ नहीं बिगाड़ सकते थे!

उसे सिर्फ केशव पंडित की परवाह थी और उन्हीं केशव पंडित का ट्रांसफर उसने अपने विधायक दोस्त से मिलकर पंजाब के लिए करा दिया।

पंडितजी अमृतसर चले गए!

गजराज की नज़र में अब रास्ता बिल्कुल साफ था। रॉ के जासूसों को चकमा देने के लिए फिलहाल अपने साथियों से मुलाकातें बिल्कुल बंद कर दीं और इसी वजह से वह यह नहीं जान सका कि उसके साथियों से एक रहस्यमय नकाबपोश ने भेंट की है।

न सिर्फ भेंट की है, बल्कि उन्हें यह भी समझाया है कि गजराज के अनुसार जो कुछ वे करने जा रहे हैं उससे ब्रिजेश की रूह की दूसरी शर्त पूरी नहीं होगी। ब्रिजेश की रूह ने एक सुहागिन की हत्या के लिए कहा है और सुहागिन की हत्या किसी शादीशुदा स्त्री का मर्डर कर देने से नहीं होगी!

इस रहस्यमय नकाबपोश की बात निकल्सन, बल्लो, बागेश और टीटू की समझ में आ गई तथा इसी समझ का परिणाम यह निकला कि हादसा-सा नज़र आने वाली जिस योजना के अंतर्गत सीमा का मर्डर होना था, उसमें उल्टा गजराज ही का मर्डर हो गया।

'रॉ' के जासूस ही नहीं बल्कि चीफ 'रॉव' तक चकरा गए, क्योंकि वेन रॉबरी के अन्य मुजरिमों तक पहुंचने के लिए एकमात्र 'माध्यम'

गजराज देखते-ही-देखते मृत्यु की गोद में समा गया था। अतः उन्होंने बौखलाकर इस हादसे की सूचना फोन पर पंडितजी को दी। उधर फार्म हाउस के तहखाने में निकल्सन, बल्लो, टीटू और बागेश इस वक्त हादसे में गजराज की मृत्यु पर यह कहकर जश्न मना रहे थे कि– ''योजना कामयाब हो गई है इसे कहते हैं–'हत्या एक सुहागिन की!'''

कुछ ही देर बाद इस तहखाने में सीमा पहुंची।

उसकी दोनों टांगें ठीक थीं। जिस्म पर विधवाओं वाला लिबास।

अभी वे ब्रिजेश की रूह को आह्वान करने की तैयारी कर रही रहे थे कि तहखाने में चमत्कारिक ढंग से नीलम नज़र आई और नीलम को देखते ही इस ग्रुप के हर सदस्य पर एक अलग ही प्रतिक्रिया हुई!

नीलम को देखते ही जहां टीटू यह चीख पड़ा कि–'मैं तुमसे नफरत करता हूं।' तो वहीं बागेश दीवानगी में बोला–'तुम . . . ओह कहां गुम हो गई थीं तुम। मैंने तुम्हें किता ढूंढा?'

बल्लो उसके पैरों में गिरकर गिड़गिड़ाने लगा। अपने गुनाह के लिए, माफी मांगने लगा वह और निकल्सन गुर्रा उठा–'तू हरामजादी मैं तुझे जीवित नहीं छोड़ूंगा। तेरी वजह से मैं तबाह हो गया!'

नीलम ने इन चारों को बेहोश कर दिया।

जब वह सीमा के सामने पहुंची तो सीमा अचानक ही ठहाके लगा–लगाकर हंसने लगी।

पागलों को तरह वह कहती ही चली गई–''मैं जानती थी शैतान मुझे पहले ही शक था कि तू पागल नहीं है!''

हत्या एक सुहागिन की नामक उपन्यास का अंतिम सीन केशव पंडित से संबंधित था। वे रात के वक्त सीमा की कोठी पर पहुंचे। दरवाज़ा बलवंत ने खोला। पंडितजी ने सीमा से मिलने की इच्छा जाहिर की, मगर सीमा के कमरे में जाकर पाया कि सीमा वहां नहीं है। बेड खाली पड़ा था!

पंडितजी की आंखें दायरों की शक्ल में सिकुड़ती चली गई।

बस यहीं 'हत्या एक सुहागिन की' का कथानाक समाप्त था। आगे का कथानक प्रस्तुत उपन्यास 'कैदी नंबर सौ' में मौजूद है परंतु इसका

पूरा लुत्फ उठाने के लिए आपको 'हत्या एक सुहागिन की' पढ़ना ही चाहिए। हम आपको विश्वास दिलाते हैं कि वेन रॉबरी और सीमा के मर्डर की स्कीम तथा उनके मध्य उत्पन्न हुए तनावपूर्ण क्षण आपको रोमांचित कर देंगे।

हत्या एक सुहागिन की में आप नहीं जान पाए थे कि नीलम कौन है, उसने क्या आविष्कार किया है या वह पागलखाने में क्यों है, मगर 'कैदी नंबर सौ' के अब तक के कथानक में उसके बारे में काफी जान चुके हैं। *हत्या एक सुहागिन की* के कथानक से उत्पन्न हुए बहुत से सवालों का जवाब आपको मिल गया होगा। जो रह गए हैं आगे का कथानक उन्हीं का जवाब है!

सीमा पागलों की तरह हंसे चली जा रही थी और सामने खड़ी नीलम के चेहरे पर गंभीरता लिए उसे देख रही थी। एक बार हंसना शुरू करके जब सीमा रुकी ही नहीं तो नीलम ने कहा–''पागल हो गई है क्या? क्यों हंसे चली जा रही है?''

''हां-हां मैं पागल हो गई हूं। क्योंकि तू ठीक हो गई है। हममें से एक को तो पागल रहना ही चाहिए न?'' कहने के बाद सीमा पुनः जोर-जोर से हंसने लगी।

''मैं कभी पागल नहीं थी!''

''इसीलिए तो हंस रही हूं!''

''क्या मतलब?''

''मुझे पहले ही शक था कि तू पागल नहीं है। फांसी से बचने के लिए पागलपन का नाटकमात्र कर रही है तू और मेरा शक ठीक निकला। वाह नीलू! जबरदस्त एक्टिंग की तूने। सारी दुनिया को खूब बेवकूफ बनाया। मुझे तेरी उन हरकतों को याद कर-कर के हंसी आ रही है जो तू पागलखाने में दुनिया को बेवकूफ बनाने के लिए किया करती थी।''

''अब अगर तू अपनी स्पीच बंद करे तो मैं भी कुछ कहूं?''

''तुझे जो कहना है बाद में कहना पहले आ गले तो मिल ले मेरी प्यारी सखी। आज मैं बेहद खुश हूं।''

नीलम बांहें फैलाकर उसकी तरफ बढ़ी!

सीमा दौड़कर उन बांहों में समा गई। दोनों सहेली गले मिलीं। एक-दूसरे को उन्होंने कसकर भींच लिया। दोनों ही गम की मारी थी। आंखें छलछला उठीं!

भावनाओं के भंवर से निकलने के बाद सीमा ने पूछा–''यहां कैसे पहुंच गई तू?''

''तेरे ही कारण!''

''मतलब?''

''उस दिन जब तू सबसे पहली बार व्हील चेयर पर बैठकर पागलखाने आई तो मन-ही-मन मैं बुरी तरह चौंक पड़ी। दिल व्हील चेयर का कारण जानने के लिए मचल उठा और तुझे हमेशा वह शक रहता ही था कि मैं पागलखाने का नाटक कर रही हूं सो तेरे उसी संदेह का लाभ उठाकर मैंने उस दिन कुछ क्षण के लिए ऐसा जाहिर किया कि मैं सचमुच नाटक ही कर रही हूं और उन चंद ही क्षणों में तूने न सिर्फ व्हील चेयर का राज बता दिया, बल्कि अपना दिल भी खोलकर रख दिया!''

सीमा चुप रही!

जबकि शून्य में आंखें टिकाए नीलम कहती चली गई–''उस दिन तूने मुझे बताया कि पिछले दिनों तू अपने पति के साथ घूमने कश्मीर गई। घुमाने का तो तेरे पति गजराज का सिर्फ बहाना था। असल में तो वह तुझे तेरी हत्या करने वहां ले गया था। इस काम में उसके कुछ दोस्त भी उसकी मदद कर रहे थे। यह बात तो तूने तब जानी जब अपने टैंट में केशव पंडित नामक एलआईसी के डिटेक्टिव गजराज का बयान ले रहे थे। उस वक्त तक तू होश में आ चुकी थी, जबकि वे तुझे बेहोश ही समझ रहे थे!''

''हां!'' सीमा जैसे कश्मीर की वादियों में खो गई–''जो कुछ हुआ था उस क्षण से पहले तो मैं भी उसे दुर्घटना मात्र ही समझ रही थी, मगर टैंट में जब गजराज को गलतबयानी करते सुना तो मुझे शक हो गया कि गजराज ही मेरी हत्या की चेष्टा कर रहा था। यह सोचकर मैं सिहर उठी कि अगर वक्त पर पंडितजी न पहुंच जाते तो गजराज और उसके दोस्त मेरा मर्डर कर चुके थे!''

''तुझे शक हो गया, मगर यह नहीं जान पा रही थी कि गजराज तेरी हत्या क्यों करना चाहता है और उसके मददगार दोस्त कौन-कौन हैं। इन्हीं दो सवालों का जवाब पाने के लिए तूने अपनी टांगें बेकार हो जाने का नाटक किया।''

''उसके बाद पंडितजी के हर सवाल से आतंकित गजराज को देखकर मेरा शक विश्वास में बदल गया और फिर मैंने देहली लौट आने की जिद पकड़ ली। मेरा विश्वसनीय बना रहने के लिए गजराज मुझे फौरन ही देहली ले आया। यहां अपने फैमिली डॉक्टर से मिलकर मैंने गजराज को एक ऐसे व्यक्ति की टांगों के एक्सरे दिखा दिए, जिसकी टांगें बिल्कुल बेकार थीं। उसके साथ-साथ बलवंत अंकल को भी विश्वास हो गया कि मेरी टांगें बेकार हो चुकी हैं। डैडी का दोस्त होने के नाते डॉक्टर ने मेरी मदद की थी!''

''तेरे मुंह से यह बात सुनते ही मैंने पूछा था कि अब तू क्या करेगी। तब तूने एक ही जवाब दिया था यह कि अंकल ठीक ही कहते हैं मेरा और तेरा नसीब भगवान ने एक ही स्याही से लिखा है। तू भी आज अपने पति की वजह से पागलपन का नाटक कर रही है और मैं लंगड़ी होने का!''

''उस दिन तेरे ही समाने यह कसम भी तो खाई थी नीलू कि मैं गजराज से बदला लेकर रहूंगी। पता लगाकर रहूंगी कि उसके साथी कौन हैं और ये लोग मेरा मर्डर क्यों करना चाहते हैं!''

''तब मैंने पूछा था कि अकेली क्या कर सकेगी?''

''मैंने कहा था कि वक्त बताएगा!''

''और तूने सचमुच करिश्मा कर दिखाया?''

''हां!'' शून्य में आंखें टिकाए सीमा कहती चली गई–''मगर इसके लिए बड़े पापड़ बेलने पड़े हैं नीलू। बहुत मेहनत करनी पड़ी है!''

''मैं जानती हूं!''

मगर नीलम का कोई भी शब्द सीमा के कानों तक जैसे पहुंच ही न रहा था। वह कहती चली गई–''एक रात मुझे सोई समझकर गजराज धीमे से उठा और कोठी से बाहर निकला। वह बेचारा नहीं जानता था कि मैं भी उसके पीछे हूं। यह देखकर मैं दंग रह गई कि

कोठी से यह सीधा फार्म हाउस पहुंचा टीन वाला दरवाज़ा खोलकर तहखाने में यानी यहां क्योंकि फार्म हाउस मेरा ही है इसलिए, उस गुप्त रास्ते के बारे में जानती थी, जिसके बारे में स्वयं गजराज भी नहीं जानता था!''

नीलम बड़बड़ाई–''उसी रास्ते के माध्यम से आज मैं यहां आई हूं।''

''उस रात मैंने न सिर्फ इन पांचों के बीच यहां होने वाली एक-एक बात को अपने कानों से सुना, बल्कि सारी वार्ता टेप भी कर ली!'' शून्य में निहारती सीमा कहती चली जा रही थी–''इनकी बातों से मैंने यह जान लिया कि कैमिल फॉल से पहलगाम तक के रास्ते में पंडितजी वेन रॉबरी का जिक्र ठीक ही करते रहे थे। मैं समझ गई कि वेन रॉबरी इन्होंने ही की है और वे ब्रिजेश की आत्मा की दोनों शर्तें पूरी करने के लिए मेरी हत्या करना चाहते हैं। इस मीटिंग में भी क्योंकि 'सुहागिन' के नाम पर मेरी ही हत्या करने का फैसला हुआ इसलिए मैं और सजग हो उठी। फिर दो दिन बाद मैंने टीटू और बागेश को घेरा। अपने चेहरे को नकाब से ढककर इनसे मिली। टेप सुनाकर इन्हें आतंकित किया। इनसे वेन रॉबरी की पूरी प्लानिंग सुनी और जब सीमा की हत्या का कारण जाना तो ठठा लगाकर हंस पड़ी। इन्होंने मेरे हंसने का कारण पूछा। तब मैंने ब्रिजेश की पहेली का हल बताया। समझाया कि वास्तव में 'हत्या एक सुहागिन की' का अर्थ क्या होता है। अर्थ क्योंकि सही था, अतः इनकी समझ में बैठ गया, फिर भी इन्होंने निकल्सन और बल्लो से मिलने के लिए सलाह करने का समय मांगा, मैंने दे दिया। इन्होंने निकल्सन और बल्लो को मेरी मुलाकात का विवरण दिया तो बात उन्हें भी जंची और उन्होंने मुझसे मिलने की इच्छा जाहिर की। मैं पुनः नकाबपोश के रूप में ही इन चारों से मिली।

निकल्सन ने कहा कि मेरे बताए हुए तरीके से ब्रिजेश की आत्मा की एक शर्त तो पूरी हो जाएगी, मगर दूसरी शर्त कौन पूरी करेगा?

उस क्षण मैंने यह सोचकर कि वक्त आ गया है अपने चेहरे से नकाब नोच लिया। जाहिर है कि अपने सामने मुझे देखकर ये चारों उछल पड़े!

सिट्टी-पिट्टी गुम हो गई।

नकाब के पीछे मेरे चेहरे की तो कल्पना भी नहीं की थी इन्होंने!

सभी के चेहरे फक् पड़े हुए थे। तब मैंने कहा–"डरने या घबराने जैसी कोई बात नहीं है।

पहलगाम में तुम सबने मेरे विरुद्ध जो कुछ किया। उस सबका पूरा उत्तरदायित्व मेरे पति गजराज सिर्फ गजराज पर है और मैं तुमसे नहीं सिर्फ उससे बदला लेना चाहती हूं!"

चारों चेहरों पर सन्नाटा फैला हुआ था।

निकल्सन बड़ी मुश्किल से कह सका–"हम समझे नहीं!"

"मेरी शक्ल देखने के बाद तुम्हें सब कुछ समझ जाना चाहिए!"

"क्या मतलब?"

"गजराज मेरी मौत के बाद जिस दौलत में से ब्रिजेश का हिस्सा उसकी बीवी को देने के मनसूबे मना रहा था। उसमें से ब्रिजेश का हिस्सा मैं खुद दूंगी। शर्त केवल ये है कि तुम सब तो अब तक गजराज के साथ मिलकर मेरी हत्या करने के लिए प्रयत्नशील थे। आज के बाद मेरे साथ मिलकर गजराज की हत्या के लिए प्रयत्नशील रहोगे।"

उन सबकी आंखें हैरत से फट पड़ीं।

मैं बोली–"उसकी हत्या होते ही मैं विधवा हो जाऊंगी यानी ब्रिजेश की शर्त के अनुसार 'हत्या एक सुहागिन की' हो जाएगी। दूसरी शर्त मैं स्वयं पूरी करूंगी!"

"क्या तुम अपने पति को मारोगी?"

"भारतीय नारी यदि सावित्री बनकर पति को यमराज से छीनकर ला सकती है तो काली बनकर दुष्टों का संहार भी कर सकती है। फिर भले ही वह दुष्ट उसका अपना पति ही क्यों न हो?"

वे अवाक् रह गए!

"अच्छी तरह सोच लो!" मैं बोली–"तुममें से कोई भी मुझे यहां से सुरक्षित निकल जाने से रोक नहीं सकेगा और इस हालत में तुम्हारे सामने केवल दो ही रास्ते हैं, पहला यह कि मैं ये टेप 'रॉ' के जासूसों को सुना दूं और तुम सब जेल की चारदीवारी में पहुंच जाओ। दूसरा यह कि मेरा साथ दो। इस रास्ते पर तुम्हारे लिए सुख-ही-सुख हैं।

ब्रिजेश की आत्मा की दोनों शर्तें पूरी होते ही वेन तुम्हारे पास होगी। आराम से नोट तैयार हो सकते हैं और फिर अपना-अपना हिस्सा लेकर तुम जैसे चाहो जिंदगी गुजार सकते हो!''

कुछ देर तक वे मेरा मुंह ताकते रहे!

मैं अच्छी तरह जानती थी कि वे दोनों में से कौन-सा रास्ता चुनेंगे, क्योंकि वे सभी जरायमपेशा हैं और मुजरिमों को एक-दूसरे से कोई दिली मुहब्बत नहीं होती है। वे स्वार्थी और लालची होते हैं। अगर किसी को भी थोड़ा-सा लाभ दीखे या अपनी जान खतरे में नज़र आए तो ऐसे लोग अपने ही साथी की गर्दन काट देने में एक पल नहीं हिचकेंगे। सो हालात जैसे बन गए थे, उनमें गजराज के विरुद्ध उन्हें मुझसे मिलना था और मिल गए। तब उन्होंने मुझसे पूछा कि मैं किस प्लानिंग के अनुसार गजराज का मर्डर करना चाहती हूं?

''उसी प्लानिंग से, जिसके अनुसार वह मेरी हत्या करना चाहेगा।?''

''क्या मतलब?'' वे चौंके!

मैंने समझाया–''तुम उसे मेरे बारे में कुछ नहीं बताओगे। ऐसा ही जाहिर करते रहोगे कि तुम उसके साथ मेरी हत्या के लिए प्रयत्नशील हो। वे जो योजना बनाएं उसे ध्यान से सुनोगे। समझोगे और उस पर अमल करने के लिए तैयार हो जाओगे!''

''फिर?''

''वह सारी स्कीम मुझे बता दोगे!''

''तब तुम क्या करोगी?''

''यह उसी समय तय होगा!'' कहकर मैंने उनसे हुई वह मुलाकात वहीं खत्म कर दी। दूसरी भेंट पर उन्होंने पूछा–''क्या तुम प्रत्येक शनिवार को पागलखाने जाती हो?''

''हां!'' मैंने कहा!

''उसने तुम्हारे इसी रूटीन से लाभ उठाकर मर्डर की स्कीम तैयार की है।''

''स्कीम बताओ!''

''बलवंत ठाकुर नामक तुम्हारे अंधे अंकल से वह बेहद डरता है,

इसलिए कोठी में तुम्हारा मर्डर करने की कल्पना तक नहीं कर सकता। उसने जो योजना बनाई है वह सुनने में बहुत छोटी और सीधी-साधी है, मगर है फुल-प्रूफ!''

''मैं तारीफ नहीं योजना सुनना चाहती हूं!''

''एक रात को अचानक ही कुछ गुंडे तुम्हारे शोफर की इतनी ठुकाई करेंगे कि वह कम-से-कम एक महीने तक बिस्तर से नहीं उठ सकेगा!'

''वे गुंडे तुम ही चारों या चारों में से कुछ होंगे?''

''हां। प्रत्येक शनिवार को तुम्हें पागलखाने जाना है, अतः तुम्हें साथ बैठाकर मर्सडीज ड्राइव करने से राज को कम-से-कम चार अवसर मिलेंगे। इनमें से किसी भी अवसर पर तुमसे यह बहाना करके कि गाड़ी के ब्रेक लूज हो गए हैं गाड़ी को किसी सुनसान स्थान पर रोकेगा और ब्रेक्स को कसने के बहाने उन्हें फेल कर देगा!''

''फिर?'' मैं सांस रोके अपने पति द्वारा बनाई गई अपनी हत्या की योजना सुन रही थी।

निकल्सन ने आगे कहा–''फिर वह यह कहकर कि ब्रेक ठीक हो गए हैं तुम्हारे बराबर में बैठकर गाड़ी आगे बढ़ा देगा। धीरे-धीरे पूरी रफ्तार पर पहुंचाकर वह उसका रूख किसी वृक्ष या सामने से आ रहे वाहन की तरफ करके स्वयं कूद जाएगा !''

''और मैं कूद न सकूंगी, क्योंकि टांगों से लाचार हूं!''

''वह यही सोच रहा है!'' निकल्सन ने कहा–''इस एक्सिडेंट में तुम मर जाओगी और वह पुलिस को भी यही बयान देगा कि अचानक ही गाड़ी के ब्रेक फेल हो गए। मैं तो कूद गया, मगर सीमा बेचारी टांगों से लाचार होने की वजह से न कूद सकी!''

''क्या यह स्कीम बनाते वक्त उसके जेहन में पंडितजी और 'रॉ' के जासूस नहीं रहे थे, जो आजकल हर पल उसे वॉच करते रहते हैं!''

''वह केवल पंडितजी का खौफ खाता है। सो उनका ट्रांसफर करा चुका है। रहे 'रॉ' के जासूस उन्हें चकमा देने के लिए उसने मुझसे मदद मांगी है!''

''कैसी मदद?''

''वह जहां भी जाता है जो भी करता है वह 'रॉ' की नज़रों में है। इस सच्चाई से वह वाकिफ है, मगर बहुत ज्यादा चिंतित नहीं है, क्योंकि उसकी समझ के मुताबिक वे लोग उसे सिर्फ इसलिए वॉच कर रहे हैं, क्योंकि वह एक ऐसा संभावित व्यक्ति है, जिस पर अपना काम निकालने के लिए वेन लुटेरे हाथ डाल सकते हैं। अतः उनकी तरफ से वह सिर्फ सतर्क है और उसी सतर्कता के नाते उसने हमसे भी भेंट नहीं की!''

''सिर्फ अपनी स्कीम उसने तुम लोगों तक कैसे पहुंचाई?''

''एक गुप्त संदेश द्वारा उसने बागेश को अपने प्रेस में बुलाया था!''

''ओह!''

''उपरोक्त स्कीम उसने बागेश को वहीं बताई। उसे डर है कि 'रॉ' के जासूस उसे ब्रेक फेल करते देखेंगे और वहीं दबोच लेंगे न भी दबोचें तो सीमा की हत्या के बाद उनके बयान ही उसे फंसाने के लिए काफी होंगे!''

''वह ठीक सोच रहा है!''

''इसी संबंध में उसने मेरी मदद मांगी है। वह चाहता है कि 'रां' के जासूस उसे सब कुछ करते देखते तो रहें, मगर हाथ न डाल सकें। बाद में भले ही वे चाहे तो बयान दें, किंतु उनके बयान का कोई महत्त्व न हो, क्योंकि उनके बयान की पुष्टि करने वाला कोई सुबूत बाकी ने रहे।

उसे विश्वास है कि मैं ऐसी कोई ट्रिक सोच सकता हूं, अतः उसने बागेश से कहा है कि अगली मुलाकात तक वह मुझसे ऐसी कोई ट्रिक पूछकर रखे!''

''तुम्हें कोई ट्रिक सूझी?''

''नहीं!''

''ट्रिक मैं बता सकती हूं!''

''हां!''

''क्या अपनी हत्या की स्कीम के एक लूज प्वाइंट को तुम स्वयं ही कसोगी?''

मैं धीमे से मुस्कुराकर बोली–''गजराज की स्कीम तर्कसंगत,

खूबसूरत और बेहतर है, अतः इसे रिजेक्ट नहीं किया जाना चाहिए, क्योंकि इसे सोचने में गजराज बेचारे ने अपना काफी दिमाग खर्च किया होगा। यह स्कीम कार्यान्वित होनी ही चाहिए!''

वे सब हैरत से मुंह फाड़े मेरी तरफ देखते रहे!

''ट्रिक सुनो!'' मैंने कहा–''उसे चार शनिवार मिलेंगे। पहले दो में से किसी भी शनिवार को वह वही सब करेगा जो उसकी स्कीम है। चेंज फिर इतना होगा कि वह ब्रेकों से छेड़खानी तो जरूर करेगा, किंतु उन्हें लूज जा फेल नहीं करेगा। उसकी इस हरकत को देखते ही 'रॉ' के जासूस समझेंगे कि उसने ब्रेक फेल किए हैं, अतः उसको दोबारा गाड़ी स्टार्ट करने से पहले ही उसे दबोच लेंगे। यह आरोप लगाएंगे कि तुमने अपनी बीवी का मर्डर करने के लिए ब्रेक फेल किए हैं। गजराज विरोध करेगा, कहेगा कि यह उस पर झूठा आरोप लगाया जा रहा है वे नहीं मानेंगे। ब्रेक्स को चैक किया जाएगा। उन्हें ठीक देखते ही न सिर्फ वे मुंह की खाएंगे, बल्कि बौखला भी उठेंगे। गजराज इन्हें इतनी झाड़ लगाएगा कि दुम दबाकर वहां से भाग जाने के अलावा 'रॉ' के जासूसों के पास कोई चारा न रहेगा!''

''इस सारे ड्रामे का लाभ?''

''तीसरे या चौथे शनिवार को जब गजराज सचमुच ब्रेक फेल करेगा तब 'रॉ' के जासूस सब कुछ करते उसे देखते ही भले रहें अपने पिछले कटु अनुभव के आधार पर टोकने या रोकने की हिम्मत हरगिज नहीं कर सकेंगे!''

''मार्वलस!'' निकल्सन के मुंह से निकल पड़ा–''निश्चय ही यह एक निहायत ही कारगर ट्रिक साबित होगी। ब्रेक फेल हुई गाड़ी को एक बार स्टार्ट होने के बाद वे किसी भी हालत में दुर्घटनाग्रस्त होने से नहीं रोक सकेंगे।''

''यह ट्रिक बागेश प्रेस में जाकर तुम्हारे नाम से उसे बता देगा, मेरे ख्याल से उसे जंचनी चाहिए, मगर ध्यान रहे किसी भी हालत में उसे यह गुमान न हो पाए कि यह ट्रिक तुमने नहीं उसने दी है, जिसके मर्डर की स्कीम बनाई जा रही है!''

''इससे संबंधित तो गजराज बेचारा ख्वाब तक नहीं देख सकता,

मगर हम तुम्हारी स्कीम जानना चाहते हैं। आखिर तुम क्या सोच रही हो? गजराज की प्लानिंग से किस तरह बचोगी और फिर किस तरह उसका मर्डर करोगी?''

''अपराध की दुनिया में मैं एक नया प्रयोग करने की सोच रही हूं!''

''कैसा नया प्रयोग?''

''शायद आज से पहले कभी ऐसा नहीं हुआ होगा कि जिसे मारना है, वही उस स्कीम को तैयार करे जिसके तहत उसे मरना है। गजराज ने स्वयं ही न सिर्फ अपने मर्डर की स्कीम तैयार की है, बल्कि खुद ही हर कदम पर उसे कार्यान्वित भी करेगा!''

''यानी तुम उसकी स्कीम से उसी का मर्डर करना चाहती हो?''

''यकीनन!''

''मगर कैसे?''

''सब कुछ उसी ढंग से होगा जिस तरह वह सोच रहा है या करेगा। फर्क सिर्फ लास्ट प्वाइंट पर आएगा। जहां वह सोच रहा है कि वह गाड़ी से कूद जाएगा और मैं न कूद सकूंगी, होगा इसके ठीक विपरीत यानी मैं कूद जाऊंगी, वह न कूद सकेगा!''

''तुम्हारा कूदना तो समझ में आता है, क्योंकि तुम्हारी टांगें ठीक हैं, परंतु उसका न कूद सकना समझ में नहीं आता। उसे कूदने में भला तुम कैसे रोक सकोगी?''

''इसके लिए तांबे का एक पतला दो-तीन इंच लंबा तार ही काफी है!''

''तार?''

''जब वह ब्रेक फेल करने के बाद वापस आकर गाड़ी स्टार्ट करेगा मैं तभी उस तार को उसके कोट के किसी कोने से घुसाकर सीट के अंदर से लेती हुई गांठ लगा दूंगी। अब वह बारीक तार की मदद से सीट के साथ बंधा हुआ है। कूदने के लिए दरवाज़े से बाहर वह जम्प तो लगाएगा, मगर तार उसे दरवाज़ा पार नहीं करने देगा। दरवाज़े के बीच में ही लटका रह जाएगा वह और पलक झपकते ही गाड़ी किसी वृक्ष या सामने से आ रहे वाहन से टकरा जाएगी!''

''ओह माई गॉड!'' बागेश कह उठा!

''सोच तुम भी ठीक रही हो!'' निकल्सन ने कहा–''मगर बाद में क्या बयान दोगी। पुलिस और 'रॉ' के जासूस तुमसे पूछेंगे कि जब तुम्हारी टांगें खराब थी तो कार से कूद कैसे सकीं?''

''बचाव के लिए मेरे पास एक ऐसा भावुक बयान है जिस पर पुलिस और 'रॉ' के जासूसों को यकीन न करने की कोशिश करते हुए भी सच मानना ही होगा!''

''ऐसा क्या बयान हो सकता है?''

''उस फेर में तुम्हें नहीं पड़ना चाहिए!'' कहकर वह मीटिंग मैंने वहीं बर्खास्त कर दी और फिर सब कुछ उपरोक्तनुसार ही कार्यान्वित हुआ। प्रैक्टिकल में अन्य कई अड़चनें आईं, जिन्हें बहुत आसानी से मैंने हल कर लिया। शोफर के संबंध में विज्ञापन देकर मेरे अंकल ने ऐसी अड़चन खड़ी कर दी थी, जिसने गजराज को बौखला दिया। प्रत्यक्षतः वह गजराज के रास्ते की अड़चन नज़र आती थी, मगर असल में तो दिक्कत मेरे लिए थी अतः उस झगड़े में गजराज का पक्ष लेकर मैंने समस्या हल कर ली और फिर सब कुछ उसी ढंग से होता चला गया जैसा सोचा था, अंततः गजराज को अपने ही द्वारा बनाई गई स्कीम का शिकार होना पड़ा। वह कमीना मर गया। मैं विधवा हो गई नीलू! अपने खुदगर्ज पति को मैंने खुद मारा है। दुनिया की मैं शायद वह पहली औरत हूं, जो अपनी खुशी से विधवा हुई है। नीलू मैंने खुद अपनी मांग से सिंदूर नोंचा है।, मस्तक से बिंदिया उतारकर जुर्म की आग के हवाले की है मैंने खुद !''

''सीमा-सीमा!'' दोनों कंधे पकड़कर नीलम ने उसे जोर से झंझोड़ा!

सीमा चौंकी, चौंककर उसने आंखें फाड़े नीलम की तरफ देखा। उपरोक्त सब कुछ वह भावावेश में बहकर कह गई थी। नीलम न झंझोड़ती तो और न जाने क्या-क्या कहती चली जाती।

उसे पुनः झंझोड़ती हुई नीलम ने चीखकर कहा–''क्या हो गया है तुझे? क्या यही सब कुछ प्रत्येक शनिवार को भावनाओं में बहकर तू मुझे पहले ही नहीं बता चुकी है?''

और फिर एकाएक ही सीमा फूट-फूटकर रो पड़ी!

जैसे कोई बांध टूटा हो!

नीलम ने उसे कसकर अपनी बांहों में भींच लिया। आंखें स्वयं उसकी भी डबडबा उठी थीं।

बोली–''तू मुझे सब कुछ बताती रही थी। इस तहखाने के गुप्त रास्ते तक। तभी तो पागलखाने से भागकर सीधी यहां पहुंच सकी!''

सीमा रोए जा रही थी क्योंकि, सही मायनों में रोने के लिए कंधा उसे आज ही मिला था। अपनी महीनों की इच्छा जैसे आज पूरी कर रही थी वह!

सामान्य स्थिति आने पर नीलम ने पूछा–''अब आगे तेरी क्या योजना है?''

''वे चारों भी जिन्हें तूने बेहोश कर दिया है मुझे आतांकित करने और गजराज के साथ मेरे मर्डर की योजना पर अमल करने के लिए गुनहगार हैं मेरे ही नहीं इस देश के मुजरिम भी हैं ये जरायमपेशा लोग। इन्हें भी सबक सिखाना होगा!''

''इन्हें किस तरह सबक सिखाना चाहती है तू?''

''मेरी योजना अपने धन में से ब्रिजेश की बीवी को हिस्सा दे देने की है। उसके बाद ब्रिजेश की आत्मा वेन का पता बता देगी। वेन चाहे जहां हो ये उसे यहां ले आएंगे। फिर इस तहखाने में नोट छपने का सिलसिला शुरू होगा। ठीक उसी समय मैं पुलिस या 'रॉ' के जासूसों से मिलूंगी। सारी हकीकत उन्हें बता दूंगी और वेन सहित ये सभी पुलिस के कब्जे में होंगे!''

''और तुम?''

''मैं भी। आखिर मैंने भी खून किया है। खून भी अपने पति का मैं सारी हकीकत अदालत को बताकर चाहूंगी कि कानून मुझे फांसी से कम सजा न दे!''

''मैं जानती थी कि तेरा आगे का प्रोग्राम यही होगा। इसीलिए पागलखाने से आज रात भाग निकल आने की जरूरत पड़ी!''

''मैं समझी नहीं!''

''अगर मैं कहूं तो क्या तू अपनी आगे की योजना में रद्दो-बदल कर लेगी?''

''तू कुछ कहकर तो देख नीलू। जान भी दे दूंगी!''

''जान नहीं सिर्फ इन लुटेरों द्वारा लूटी गई वेन की जरूरत है!''

''क्या मतलब?'' सीमा उछल पड़ी। बुरी तरह चौंके हुए स्वर में नीलम को आंखें फाड़े देखती वह कह उठी–''तू इतनी ढेर सारी दौलत का क्या करेगी?''

''अपने अधूरे काम को पूरा करने के लिए मुझे इससे भी ज्यादा दौलत की जरूरत है!''

''कैसा अधूरा काम?''

''मैंने कैंसर की दवा ढूंढ निकाली थी, मगर अभी उसमें कुछ कमी थी कि दुर्घटना घट गई। उस कमी को दूर करने के लिए मुझे एक छोटी-सी प्रयोगशाला की जरूरत है। इस दौलत से मैं तेरे इस तहखाने ही में प्रयोगशाला स्थापित करना चाहती हूं!''

''ओह इस महान और पवित्र काम के लिए तो मेरी कौड़ी-कौड़ी पेश है नीलू, मगर क्या इस लूट की दौलत को यूज करना मुनासिब होगा?''

''मेरे गुरु ने तालीम दी थी कि एक महान और पाक काम के लिए कोई भी जुर्म कोई भी अपराध करने की जरूरत पड़े तो हिचकना नहीं चाहिए।''

''मगर जुर्म करने की जरूरत क्या है। मेरा ख्याल तो ये है कि ईजाद का अवसर देश तुम्हें अब भी दे सकता है!''

''कैसे?''

''तेरी इंपोर्टेंस को देखते हुए राष्ट्रपति सजा माफ कर सकते हैं!''

''मेरे पागलखाने से भाग निकलने से पहले ऐसा हो सकता था, मगर आज की रात हालात कुछ और बिगड़ गए हैं। मुझसे ऐसा कुछ हो गया है कि शायद चाहकर भी राष्ट्रपति मेरी सजा माफ न कर सकें!''

''ऐसा क्या हो गया है तुझसे?''

''पागलखाने से भागते वक्त मजबूरी में मैंने एक गोली चलाई थी, जो एक पहरेदार को लग गई और शायद वह मर गया है। इस तरह राष्ट्रपति के लिए उक्त हालातों में मुझे माफ करना शायद मानव-मूल्यों के अनुकूल न हो। वह तारीख निकल चुकी है, जिस दिन मुझे

फांसी दी जानी थी, अतः रूल के मुताबिक मेरा पागलपन दूर होते ही . . .!''

''ऐसा नहीं होगा!'' सीमा चीख पड़ी!

नीलम कहती ही चली गई–''इन सब बातों के बावजूद थोड़ी देर के लिए अगर यह मान भी लिया जाए कि देश मुझे अपनी ईजाद पूरी करने के लिए समय दे देगा तो अब खुले रूप से रिसर्च करना वैसे भी खतरनाक है!''

''वह किस तरह?''

''सारी दुनिया को मेरा महत्त्व मालूम हो चुका है। इस देश से द्वेष रखने वाले या जरायमपेशा लोगों की नज़र में जब तक मैं पागल थी, बेकार थी, मगर आज रात के मेरे भागने से सभी को पता लग जाएगा कि मैं ठीक हूं और ऐसा पता लगते ही वे मुझे किडनैप या कत्ल कर देने के लिए सक्रिय हो उठेंगे, अतः आगे की रिसर्च खुले रूप से न करके गुप्त रूप से करनी ही संभव है!''

''अब शायद मेरी दुविधा तुम समझ सकती हो?''

''समझ तो गई हूं, मगर इन चारों का क्या होगा?'' सीमा ने कहा–''इन लोगों को तो अपने-अपने हिस्से से मतलब है। तेरी रिसर्च को ये क्या समझेंगे?''

''इसी किस्म की अनेक समस्याओं को हल हमें ढूंढ़ना है!''

''और हां!'' सीमा इस तरह चौंकी जैसे अचानक उसे कुछ याद आया हो। बोली–''मुझे लगता है कि ये चारों तुझे जानते हैं!''

''हां मैं भी उन्हें जानती हूं!''

''कैसे?''

नीलम ने तुरंत कोई जवाब नहीं दिया। कुछ देर तक जाने क्या सोचती रही। शायद यह कि अपने जिस अतीत को वह छुपाए फिर रही थी, क्या अब उसे छुपाना संभव है क्या वह छुप सकेगा?

सीमा ने टोका–''क्या सोचने लगी नीलम?''

नीलम ने एक लंबी सांस ली और फिर सीमा को अपने अतीत की कहानी सुनाती चली गई।

हैरत के कारण सीमा का बुरा हाल हो गया और अंत में बोली–

''तो इन लोगों के होश में आने के बाद तेरा क्या प्रोग्राम है?''

''इन्हें अपनी योजना बताकर समझाने की चेष्टा करूंगी!''

''यानी भैंसों के बीच बीन बजाएगी?''

धीमे-से मुस्कुराती हुई नीलम ने कहा–''जिन्हें तुम भैंसे कह रही हो। वे सांप भी हो सकते हैं।''

''तूने ठीक कहा नीलू असल में वे सांप ही हैं। बहुत ही जहरीले, इतना ज्यादा कि उनका काटा पानी नहीं मांगता!''

''कभी कहती है कि वे भैंसे कभी सांप !''

''तू हंस रही है, मजाक उड़ा रही है मेरी बात का?'' सीमा ने पूरी गंभीरता के साथ कहा–''मैं सच कहती हूं जब तक बीन बजाएगी तो वे भैंसे बन जाएंगे और छेड़ेगी तो सांप। सांपों से खेलना होशियारी नहीं होती नीलू और फिर ये चारों तो पागल सांप हैं!''

''अपने लक्ष्य को पूरा करने के लिए मुझे इन सबकी जरूरत है। अतः सांपों से खेलने का यह खतरनाक काम हमें करना ही होगा!''

चारमीनार की सिगरेट में बहुत गहरा कश लगाते हुए पंडितजी ने एक ही नज़र में सारे कमरे का निरीक्षण कर डाला। वहां न सीमा थी, न ही उसकी व्हील चेयर। बेड बिल्कुल खाली पड़ा था।

''सीमा-सीमा!'' अंधे बलवंत ने उसे पुकारा!

पंडितजी ने अजीब स्वर में कहा–''वह यहां नहीं है!''

''क्या मतलब?'' बलवंत उछल पड़ा–''कहां चली गई फिर?''

''यही तो पता करना है कि टांगों से लाचार सीमा रात के इस वक्त कहां और कैसे चली गई?'' कहते हुए पंडितजी कमरे में अंदर दाखिल हो गए।

बलवंत ठाकुर ठगा-सा दरवाज़े ही पर खड़ा था। उसे सीमा के सांस लेने की आवाज़ बिल्कुल नहीं आ रही थी और वह सोच रहा था कि क्या पंडितजी को इस कमरे तक लाकर उसने बेवकूफी की है?

उधर अटैच्ड बाथरूम के बंद दरवाज़े की तरफ पंडितजी बढ़े ही थे कि एक झटके से दरवाज़ा खुला!

सामने ही सीमा थी। व्हीलचेयर पर बैठी सीमा!

''अरे इस वक्त आप यहां पंडितजी?'' चौंकती हुई सीमा ने उन्हें देखते ही कहा।

''सीमा-सीमा तू यहीं है बेटी?''

''मैं कुछ देर पहले टॉयलेट के लिए गई थी अंकल!''

''सचमुच!'' पंडितजी ने कहा–''तुम्हें कमरे से गायब देखकर हम बुरी तरह चकरा गए।''

''मुझे तो फिक्र हुई कि कहीं तुम्हें किसी ने किडनैप . . .।''

''तुम्हें तो मेरी ही फिक्र लगी रहती है अंकल !''

ठिठकता हुआ बलवंत बोला–''और ऐसा है कौन जिसकी फिक्र करूं?''

पंडितजी ने सिगरेट का पिछला टुकड़ा फर्श पर डाला और अभी वे उसे जूते से मसल ही रहे थे कि सीमा बोली–''मगर आप यहां कैसे पंडितजी। आप तो अमृतसर चले गए थे न?''

पंडितजी से पहले बलवंत बोल उठा–''उन्हें संदेह है कि उस सूअर के बच्चे की हत्या की गई है !''

केशव पंडित ने उसकी तरफ देखा जरूर मगर, कुछ बोले नहीं और न ही अपने चेहरे पर किसी भाव को उत्पन्न होने दिया, जबकि सीमा ने कहा–''गजराज की मौत हरगिज हत्या नहीं हो सकती और फिर अगर कुछ देर के लिए उसे हत्या मान भी लें तो उसकी इंवेस्टिगेशन का आपसे क्या संबंध पंडितजी?''

जवाब बलवंत ही ने दिया–''ये कहते हैं कि अमृतसर में उसकी एक पॉलिसी थी!''

''पॉलिसी?'' सीमा का लहजा कांप गया। चेहरा एकदम फक्क!

उस चेहरे को पढ़ते हुए पंडितजी ने कहा–''पचास हजार की पॉलिसी!''

सीमा काफी हद तक स्वयं को नियंत्रित कर चुकी थी, अतः झटके से व्हीलचेयर को उनकी तरफ घुमाती हुई बोली–''तो आप अपने ढंग से मेरा बयान लेने आए हैं?''

''सिर्फ तुम्हारा ही नहीं, बल्कि दोनों का!''

बलवंत गुर्राया–''रात के इस वक्त बयान लेने का यह कौन-सा समय है?''

''कोई नहीं!'' पंडितजी ने बहुत ही स्पष्ट बात कही–''यह सच्चाई है कि कानूनन रात के इस वक्त आपके बयान लेने आना एकदम गलत है, मगर हम सिर्फ यह सोचकर आ गए कि आप लोगों से हमारे पहले ताल्लुकात हैं। शायद आप बुरा ने मानेंगे। फिर भी, अगर हमने गलत सोचा था तो प्लीज हमें माफ करें। सुबह आ जाएंगे!''

''ओह नहीं-नहीं पंडितजी!'' सीमा एकदम बौखलाकर बोली–''आप गलत समझ रहे हैं किसी भी समय भला आपके आने से हमें क्या आपत्ति हो सकती है?''

''मुझे आपत्ति है!''

''अंकल!'' सीमा यह सोचकर चीख पड़ी कि यह कांइयां इंवेस्टिगेटर इस आपत्ति के ही ढेर सारे अर्थ निकाल सकता है और अंकल उस भयानक खतरे को न समझते हुए अपनी हांके जा रहे हैं!

बलवंत ने गुर्राकर कहा–''तू चुप रह सीमा!''

पंडितजी के होंठों पर मुस्कान नाच रही थी।

बलवंत उनसे मुखातिब होकर बोला–''मुझे आपके नहीं पंडितजी एक इंवेरिस्टगेट के आने पर एतराज है। पहलगाम में आपने सीमा को बचाकर मुझ पर ऐसा एहसान किया है कि जिसे मैं जिंदगी में कभी नहीं भूल सकता और उसके बदले में अगर कभी जरूरत पड़ी तो आपके सामने अपनी जान भी हाजिर कर दूंगा बतौर मेहमान आप चाहे जिस वक्त आइए-जाइए आपका स्वागत है। लेकिन अगर एक इंवेस्टिगेटर बनकर आना चाहें तो प्लीज कल सुबह आइएगा!''

''तो फिलहाल हमें अपना मेहमान ही समझें!'' पंडितजी ने धीमे से मुस्कुराते हुए कहा।

''इंवेस्टिगेटर वाली कोई बात आप नहीं करेंगे?''

''सुबह से पहले हरगिज नहीं!''

''तक ठीक है अब सही मायनों में आप हमारे मेहमान हुए!''

बलवंत ने कहा–''और एक अच्छे मेहमान के नाते रात के इस वक्त हम आपको जाने नहीं देंगे!''

''मतलब?''

''रात आप इसी कोठी के गेस्टरूम में गुजारेंगे!''

पंडितजी हल्का-सा ठहाका लगाकर रह गए।

एक घंटे बाद!

सीमा अपने कमरे में अकेली बेड पर लेटी थी।

उसकी आंखों में दूर-दूर तक नींद का नामों-निशान न था। नींद आए भी तो कैसे?

पंडितजी नाम की तलवार को वह ठीक अपनी गर्दन के ऊपर लटकी महसूस कर रही थी। यह विचारमात्र ही उसके होश उड़ाए दे रहा था कि पंडितजी इसी कोठी के एक कमरे में हैं!

जाने वह क्या-क्या सोच रही थी कि दरवाज़े पर बहुत ही धीमे से दस्तक हुई!

सीमा बेड से लगभग उछल पड़ी। दिल 'धक्क' से रह गया और जिस्म के सभी मसामों ने एक साथ ढेर सारा पसीना उगल दिया!

वह बुरी तरह कांप गई थी।

''कौन है?'' अपनी ही आवाज़ उसे किसी अंधकूप से उभरती महसूस हुई।

जवाब में पुनः दस्तक उभरी-उसी रहस्यमय अंदाज में!

इस बार खौफ के कारण लगभग चीख ही पड़ी वह–''कौन है?''

''मैं हूं बेटी दरवाज़ा खोल!'' बलवंत ठाकुर की फुसफुसाहट। सीमा के छक्के छूट गए!

जेहन मे सैकड़ों शंकाएं चकरा उठीं।

क्या पंडितजी इस वक्त जाग नहीं रहे होंगे। ये क्या बेवकूफी कर रहे हैं अंकल?

वह उठी। व्हीलचेयर पर बैठी और दरवाज़ा खोल दिया। अंकल की मुद्रा देखते ही वे चकरा उठी!

होंठों पर उंगली रखकर वे उसे चुप रहने का संकेत दे रहे थे!

सीमा फैसला न कर सकी कि क्या ट्रीटमेंट करे, जबकि वही मुद्रा बनाए बलवंत अंदर आ गया और घूमकर उसने दरवाज़ा बंद कर लिया!

नाइट बल्ब की रोशनी में यह सब बड़ा अजीब लग रहा था।

सस्पेंश में फंसी सीमा ने पूछा–" बात क्या है अंकल?"

"वह सो रहा है!"

"मगर आप यहां क्यों आए हैं?"

बलवंत फुसफुसाया–"तुझसे साफ-साफ पूछने कि कोई बात तो नहीं है?"

"कोई बात नहीं है अंकल, लेकिन आपकी यह हरकत बात खड़ी कर सकती है?"

"क्या मतलब?"

"जरा सोचिए। अगर पंडितजी ने आपको इस वक्त चोरों की तरह यहां आते देख लिया तो वे क्या सोचेंगे। क्या बेवजह ही बात खड़ी नहीं हो जाएगी। बिना किसी बात के ही क्या हम उनके शक के दायरे में नहीं आ जाएंगे?"

"मैं अच्छी तरह चैक करने के बाद ही यहां आया हूं। वह सो रहा है!"

"आप उन्हें नहीं जानते प्लीज यहां से चले जाइए!" हाथ जोड़कर सीमा गिड़गिड़ा उठी।

"तू व्यर्थ ही उस पंडित के बच्चे से डर रही है। मैं गेस्टरूम का दरवाज़ा बाहर से बंद करके आया हूं!"

"हे भगवान, उफ्फ! आप व्यर्थ ही मुझे फंसवा देंगे अंकल। प्लीज, जल्दी से जाकर दरवाज़ा खोल दीजिए। उन्हें पता लग गया तो!" सीमा ने वाक्य अधूरा ही छोड़ दिया। इसमें कोई शक नहीं कि बलवंत की बेवकूफियों पर उसकी इच्छा अपने बाल नोंचने की हो रही थी।

अभी बलवंत कुछ कहने ही वाला था कि एक साथ दोनों उछल पड़े!

इस बार सीमा के साथ-साथ बलवंत के भी पसीने छूट गए और उन्हें चौंकाया था फोन की घंटी ने। घनघना रहे फोन की तरफ देखकर उनकी सांस में सांस आई!

सीमा ने व्हीलचेयर धकेली। रिसीवर उठाकर बोली–"हैलो सीमा हीयर!"

''मैं पागलखाने का इंचार्ज बोल रहा हूं सीमा जी। आपके लिए एक हैरतअंगेज खबर है!''

''क्या हुआ नीलम को?''

''आपकी सहेली आज रात पागलखाने से भाग गई है!''

''भाग गई है?'' सीमा ने चौंकने की खूबसूरत एक्टिंग की–''कब, कैसे?''

''अब से करीब तीन घंटे पहले और उनके भागने के तरीके से लगता है कि वे पागल नहीं थी। इतने दिन तक सिर्फ पागलपन का नाटक करती रहीं!''

''ये आप क्या कह रहे हैं मेरी कुछ समझ में नहीं आ रहा है?''

''यह एक लंबी कहानी है सीमाजी खैर . . . हमें पता लगा है कि पंडितजी आपके यहां गए थे। क्या वहां से लौट गए हैं?''

''नहीं वे यहीं हैं!''

''प्लीज फोन उन्हें दीजिए!''

''सॉरी इस वक्त वे गेस्टरूम में सो रहे हैं!''

''तो कृपया उन्हें जगा दीजिए। उनके लिए एक बहुत ही जरूरी सूचना है!''

सीमा की इच्छा गेस्टरूम का नंबर बता देने की हुई, मगर तभी जेहन में यह ख्याल आया कि उसका दरवाज़ा बाहर से बंद है अगर अभी तक पंडितजी सचमुच सो रहे होंगे तो यह फोन उन्हें जगा देगा।

दूसरी तरफ से पूछा गया–''क्या सोचने लगीं आप?''

''आं, कुछ नहीं। जगवाती हूं!'' कहने के बाद वह बलवंत से मुखातिब हुई। बोली–''प्लीज पंडितजी को जगा दीजिए अंकल उनका फोन है!''

''कहां से?''

''पागलखाने से!''

''वहां से क्यों?''

''ओह!'' वह तेजी से माउथपीस पर हाथ रखती हुई चीख पड़ी–''प्लीज उनका कमरा बाहर से खोल दीजिए, नहीं तो गजब हो जाएगा!''

हालांकि बलवंत समझ नहीं सका कि आखिर क्या गजब होने जा रहा है, मगर फिर भी वह इस बार बिना सवाल किए कमरे से निकल गया।

''अभी वह अपने विचारों के अंधड़ में भटक ही रही थी कि रिसीवर से आवाज़ उभरी–''क्या आप उन्हें बुला रही हैं सीमाजी?''

''जी हां!'' बौखलाकर उसने जल्दी से माउथपीस से हाथ हटाया–''नीलम के बारे में क्या कह रहे थे आप?''

''उसके फरार होने की सूचना देहली के हर पुलिसमैन और पीएम हाउस तक पहुंच गई है। दिल्ली में उसे भूसे में से सुई की तरह तलाश किया जा रहा है। फिलहाल देहली में उसके आप ही एकमात्र परिचित हैं, अतः पुलिस का ख्याल है कि देर-सवेर वे आप ही से संबंध स्थापित करने की चेष्टा करेंगी!''

''जी!''

''आप जानती हैं कि वे देश, कौम और इंसानियत के लिए कितनी इम्पोर्टेंट हैं, अतः रिक्वेस्ट है कि यदि वे आपसे संपर्क स्थापित करें तो उनकी ही बेहतरी के लिए पुलिस को सूचित करे दें!''

''श्योर!'' कहकर वह चुप हो गई।

दूसरी तरफ भी चुप्पी छा गई। जैसे उसके पास भी कुछ कहने को बाकी रह गया हो और यह चुप्पी उस वक्त तक छाई रही जब तक कि बलवंत के साथ पंडितजी कमरे के अंदर प्रविष्ठ न हो गए। सीमा ने उन्हें ध्यान से देखा!

''पंडितजी से बात कीजिए!'' माउथपीस में कहने के बाद सीमा ने बिना दूसरी तरफ का जवाब सुने रिसीवर नजदीक आ गए पंडितजी की तरफ बढ़ाया और उससे रिसीवर लेकर कान से लगाते हुए पंडितजी ने कहा–''हैलो, केशव पंडित हीयर!''

दूसरी तरफ से जो कुछ कहा गया उसे सीमा या बलवंत नहीं सुन सके। हां, सीमा पंडितजी के चेहरे पर उत्पन्न होने वाले भावों को जरूर देख सकती थी। शुरू में वे चौंके थे, फिर सारे चेहरे पर हैरत के भाव फैलते चले गए और अंत में सिर्फ इतना ही बोले–''हम आ रहे हैं!''

जब वे रिसीवर क्रेडिल पर रख रहे थे तब सीमा ने पूछा–"क्या बात है पंडितजी?"

"फिलहाल हम चल रहे हैं। बात लंबी है। सुबह बताएंगें!" कहने के साथ ही वे तेजी से बाहर निकल गए। गैलरी लगभग दौड़ते हुए पार की उन्होंने। आधे मिनट के लिए अपने कमरे में गए और फिर रिस्टवॉच की चेन बंद करते हुए वापस निकल आए!

आंधी की तरह वे कोठी से विदा हो गए।

सीमा के दिलो-दिमाग पर से जैसे कोई बोझ हटा। पंडितजी के कोठी से बाहर जाते ही उसने स्वतंत्रता महसूस की मगर बेचारी सीमा!

वह भोली-भाली भला कांईयां पंडितजी को क्या और कहां तक समझ सकती थी। वे पंडितजी, जो दरअसल जमीन के ऊपर तो एक इंच भी नहीं थे। वे जितने थे, सारे-के-सारे जमीन के अंदर थे।

"कसम से!" दांत भींचे निकल्सन गुर्रा उठा था–"मौका मिलते ही मैं तुझे कच्चा चबा जाऊंगा कुतिया। तेरी ही वजह से मैं बर्बाद हुआ। चीर-फाड़कर तेरी लाश चौराहे पर न डाल दी तो मेरा नाम भी निकल्सन नहीं!"

उसका समूचा चेहरा कनपटियों तक सुर्ख था। गुस्से की ज्यादती के कारण जबड़ों के मसल्स बार-बार फूल और पिचक रहे थे, नीलम अभी कुछ कहने ही वाली थी कि टीटू गुर्रा उठा–"समझ में नहीं आता कि मेरी आंखों के सामने पड़ने की हिम्मत कहां से आ गई तुझमें। चुल्लूभर पानी में डूब क्यों नहीं मरी?"

"इस बेवकूफ की बातों पर ध्यान न देना संगीता बहन!" बागेश कह उठा–"ये साले कुंदबुद्धि बाप-बेटे कभी तुम्हें समझ नहीं सके। मैं जानता हूं कि तुमने किसी से प्यार में पागल होकर नहीं, बल्कि पढ़ने के लिए घर छोड़ा था!"

बल्लो आंखों में खौफ के भाव लिए चुपचाप उसे देख रहा था।

उसी छोटे-से कमरे में, दरवाज़े के सामने वाली दीवार से सटे वे चारों एक पंक्ति में खड़े थे और उनके ठीक सामने दरवाज़ा बंद किए

नीलम एक कुर्सी पर बैठी थी। उसके हाथ में एक रिवॉल्वर था।

''तुम सभी गलतफहमी के शिकार हो टीटू भइया। अगर मुझे थोड़ा मौका दो तो मैं एक-दूसरे के मुंह से ही तुम्हारी गलतफहमी दूर करा सकती हूं!''

निकल्सन ने चौंककर पूछा–''क्या यह तुम्हारी बहन है टीटू?''

''इस सच्चाई को स्वीकार करते ही मुझे गैरत का अहसास होता है!''

नीलम ने कहा–''क्या तुमने मेरे पति को देखा था निक्कू!''

''उस हरामजादे की सूरत भला मैं कैसे भूल सकता हूं?''

''क्या तुम उसका हुलिया बयान कर सकते हो?''

गुस्से से भन्नाता निकल्सन सुरेश का हुलिया बयान करता चला गया और जब वह चुप हुआ तो नीलम ने टीटू से पूछा–''क्या यह प्रोफेसर दिवाकर का हुलिया है भइया?''

''घर से निकलने के बाद जाने कितने पति बनाए होंगे तूने!''

''नहीं!'' निकल्सन ने विरोध किया–''जो बात गलत है, वह गलत ही रहेगी टीटू। यह हरामजादी ऐसी बिल्कुल नहीं है। इसीलिए तो मैं तबाह हुआ। सुरेश नाम के अपने पति से यह बेहद मुहब्बत करती थी। मैंने इसके सामने अपना प्रेम प्रस्ताव रखा तो इसने उसे न सिर्फ ठुकरा दिया, बल्कि मुझे तालीम देने लगी कि मेरे मन लगाकर पढ़ने के दिन हैं!''

''सुन लिया भइया?''

नीलम की आंखें भर आईं। बोली–''आज मां नहीं है टीटू, मगर मैं उसी की कसम खाकर कहती हूं मेरे भइया कि मैं वैसी नहीं हूं, जैसी तुम और पिताजी समझ बैठे। मेरे और प्रोफेसर दिवाकर के बीच सिर्फ और सिर्फ गुरु-शिष्य का पाक रिश्ता था। अगर वह शादी हो जाती तो मैं कभी पढ़-लिख नहीं सकती थी। वह नहीं बन सकती थी, जो बनना चाहती थी। इसीलिए शादी के उस बंधन को तोड़कर भाग निकली!''

''हुंह खानदान की नाक कटाकर तू आज ही क्या बन गई है!''

''मैंने खानदान की नाक कटवाई नहीं ऊंची की है। वक्त आने पर तुम्हें भी अपनी बहन पर फख्र होगा टीटू, मगर फिलहाल मैं क्या हूं यह बल्लो बताए तो शायद उचित होगा!''

''मैं क्या बताऊं?'' बल्लो सकपकाया।

''वही जो तुमने देखा है। तुम मेरे पति के लिए सोना और दूसरी लड़कियों का इंतजाम करते थे। जरा उस वक्त के हमारे रुतबे के बारे में बताओ। हमारी कोठी कैसी थी। सुरक्षा के लिए सरकारी गार्ड कहां और क्यों खड़े रहते थे। यह भी बताओ कि वह सब मेरी वजह से था या सुरेश की?''

टेप के समान बल्लो सब कुछ बताता चला गया!

सुनकर टीटू की बुद्धि पर लटके सारे ताले खुल गए!

''और तुम। तुमने भी बल्लो का बयान सुन लिया है न निकल्सन, और सोना को मैंने इसलिए मार डाला, क्योंकि वह मेरे पति के बिस्तर में थी और पति इसलिए बच गया, क्योंकि वह भाग गया था। सोचो ऐसी लड़की तुम्हारा प्रेम-प्रस्ताव कैसे स्वीकार कर सकती थी?''

''मुझे तेरे द्वारा अपने प्यार को ठुकराए जाने का नहीं, बल्कि अपनी जिंदगी का अफसोस है। उस जिंदगी का जो सिर्फ तेरी वजह से बर्बाद हुई। न तेरे चमचे मुझे झूठे आरोप में जेल भेजते न मैं वह होता जो आज हूं . . . मेरी तबाही का कारण सिर्फ तू है तू और अपनी इस तबाही का बदला मैं लेकर रहूंगा!''

''यह ठीक है निक्कू कि तुम्हारी बर्बादी की वजह मैं रही जो कुछ हुआ मेरे ही कारण हुआ, मगर वह सब मैंने नहीं कराया था!''

''वे दोनों गुंडे तूने मेरे पीछे नहीं लगाए थे?''

''नहीं और वे गुंडे भी नहीं थे। वे इस मुल्क की डिटेक्टिव फोर्स के एजेंट थे!''

''क्या मतलब?''

''उन दिनों उस प्रयोगशाला का निर्माण हो रहा था, जिसमें मुझे अपनी रिसर्च जारी करनी थी और अलवर में मैं अपनी छुट्टियां गुजार रही थी। उस वक्त मुझे भी नहीं मालूम था कि डिटेक्टिव फोर्स के दो जासूस गुप्त रूप से मेरी सुरक्षा के लिए इसलिए नियुक्त किए गए हैं, क्योंकि मैं वीआईपी थी। उन्होंने तुम्हें मुझे डिस्टर्ब करते देखा तो तुम झूठे केस में फंसा दिए गए। यह सब मुझे बहुत बाद में, तब मालूम हुआ जब अपनी रिसर्च में व्यस्त थी। जरा सोचो निक्कू, तुम्हारी बर्बादी की

वजह होते हुए भी मैं कितनी दोषी हूं?''

''क्या तुम ठीक कह रही हो?'' निकल्सन के चेहरे पर तनाव कुछ कम हुआ था।

नीलम ने गर्म लोहे पर चोट की। उसने कुछ और बातें बताईं। बल्लो को भी समझाया कि तुमसे मेरी कोई दुश्मनी नहीं है। उस वक्त तो जोश ने मुझे पागल कर दिया था।

कहने का तात्पर्य यह कि उन चारों सांपों ने नीलम द्वारा बजाई गई बीन की आवाज़ सुन ली थी और उन्हें नचाने के लिए वह सारी कहानी सुनाने लगी। मगर यह सिर्फ नीलम का ख्याल मात्र था।

सुबह के चार बजे!

एक ही मेज के तीन तरफ हिंदुस्तान की तीन हस्तियां बैठी थीं!

'रॉ' के चीफ मिस्टर रॉव, डिटेक्टिव फोर्स के बॉस मिस्टर मैकलिन जैक और एलआईसी के खुर्राटतम जासूस मिस्टर केशव पंडित!

जैक कह रहा था–''समझ में नहीं आता कि पागलखाने की चारदीवारी पार करने के बाद 'कैदी नंबर सौ' को जमीन खा गई या आसमान निगल गया। पुलिस के साथ मुल्क के सभी खुफिया विभाग, डिटेक्टिव एजेंसीज आदि सारी दिल्ली की खाक छान रही हैं, मगर कुछ पता ही नहीं लग रहा है। कोई सुराग भी तो नहीं मिला है अब तक?''

''पीएम हाउस से बार-बार फोन आ रहा है!'' मिस्टर रॉव बोले–''समझ में नहीं आता कि क्या करें? कहां ढूंढ़ें? वे लोग कह रहे हैं कि हम कैदी नंबर सौ की इम्पोर्टेंस नहीं समझ रहे हैं।

उसे दुश्मन के जासूस कत्ल कर सकते हैं। जयरामपेशा लोग किडनैप कर सकते हैं!''

''पीएम हाउस की चिंता वाजिब है!''

झुंझलाए जैक ने कहा–''मगर हम करें भी तो क्या?''

''आप ही कुछ सलाह दीजिए पंडितजी!'' मिस्टर रॉव बोले–''आप सीमा के यहां गए थे। वहां से कोई आशाजनक इंफोर्मेशन मिली कि नहीं?''

पंडितजी ने चारमीनार की एक सिगरेट सुलगाई। बोले–''क्या आप

लोग जानते हैं कि हम रात के वक्त सीमा के घर क्यों गए थे?''

''नहीं!''

''यह तो स्पष्ट हो ही चुका है कि कैदी नंबर सौ पागल नहीं थी। जाहिर है कि पागलपन का ड्रामा करने के पीछे उसकी कोई वजह भी रही होगी।''

''निश्चय ही!'' मिस्टर रॉव बोले–''भला बेवजह एक्टिंग क्यों की जाएगी?''

''क्या आप में से कोई उस वजह की कल्पना कर सकता है?''

''संभव है कि फांसी से बचने के लिए।''

''यह वजह जो निश्चित रूप से रही थी, मगर यह मुकम्मल वजह नहीं है मिस्टर जैक। केवल फांसी से बचे रहने के लिए वह कब तक अभिनय कर सकती थी। निश्चय ही उसके दिमाग में कोई लक्ष्य, कोई स्कीम रही होगी और उसी को पूरा करने के लिए वह फरार हुई है!''

''आपकी बात तर्कसंगत है पंडितजी!''

''यही तथ्य भी हमारे सामने है कि पागलखाने में उससे मिलने सिर्फ सीमा आती थी। वे पक्की सहेलियां थीं। सीमा स्वयं अपने पति और वेन रॉबरी के मुजरिमों के चक्रव्यूह में फंसी हुई थी। इन परिस्थितियों में क्या इस संभावना के बहुत अधिक चांस नहीं हैं आपस की मुलाकातों में दोनों ने कोई खिचड़ी पकाई हो, कोई स्कीम बनी हो?''

मिस्टर रॉव की आंखें चमक उठीं। बोले–''आपकी थ्यौरी से हमें एक नई राह खुलती नज़र आ रही है।''

''इन्हीं सब बातों को मद्देनज़र रखकर हम रात के समय सीमा की कोठी पर गए। यह चैक करने कि वह कोठी पर है भी या नहीं, और है तो किस मनोस्थिति में?''

''वहां क्या पाया आपने?''

पंडितजी ने एकदम से कुछ नहीं कहा। सिगरेट में एक और बहुत तगड़ा कश खींचने के बाद बोले–''आप दोनों जानते हैं कि हम सिर्फ एलआईसी के नौकर हैं और केवल अपने विभाग के लिए ही काम करते हैं। यदि उसी नज़रिए से देखा जाए तो हमें केवल गजराज के मर्डर केस में दिलचस्पी लेनी चाहिए। वेन रॉबरी या कैदी नंबर सौ के

फरार होने के मामलों में नहीं, मगर ये तीनों मामले आपस में कुछ इस कदर गुंथे हुए हैं कि किन्हीं दो से बचकर तीसरे की इंवेस्टिगेशन नहीं की जा सकती। किसी एक मामले की गुत्थी सुलझेगी तो दूसरे मामले के उलझन भरे कई सवालों का जवाब खुद-ब-खुद मिल जाएगा। वैसे भी कैदी नंबर सौ का मामला देश की प्रतिष्ठा और मानवजाति से इस कदर जुड़ा हुआ है कि अपने सभी सिद्धांतों को ताक पर रखकर हम इसे हल करना चाहेंगे!''

''हमें आपसे यही आशा थी!''

''हम गजराज मर्डर केस की इन्वेस्टिगेशन के बहाने सीमा की कोठी पर यह पता लगाने गए थे कि नीलम ने उससे संपर्क स्थापित किया है या नहीं?''

वे दोनों खामोशी के साथ सुन रहे थे।

''जब हमने उनसे गजराज मर्डर केस के बारे में सवाल करने शुरू किए तो सीमा और उसका अंधा अंकल उखड़ गए। कहने लगे कि कम-से-कम एक इंवेस्टिगेटर के कोठी में आने का यह वक्त बिल्कुल नहीं है। तब हमने बातों का कुछ ऐसा भावुक जाल उनके ऊपर फेंका कि मेहमान के रूप में वे हमें अपने गेस्टरूम में ठहराने के लिए तैयार हो गए!''

''फिर?'

''एक घंटे तक हम सचमुच जमकर सोए। उसके बाद नींद टूटी तो फोन पर सीमा के कमरे का नंबर डॉयल किया। रिसीवर जितनी जल्दी उठा लिया गया उसी से जाहिर है कि तब तक सोई नहीं थी। फोन पर हमने खुद को पागलखाने का इंचार्ज बताकर कहा–'तुम्हारे लिए एक हैरतअंगेज खबर है।' जवाब में उसने सीधा सवाल किया कि नीलम को क्या हुआ? उसके इस सवाल से जाहिर है कि नीलम के बारे में उसे पहले ही से कोई इंफोरमेशन थी। सो हमने फोन पर उससे कहा कि पंडितजी को बुला दे। तब रिसीवर पर हमने उसे अपने अंकल से खुद को जगाने के लिए कहते सुना!''

''बलवंत उस वक्त वहां क्या कर रहा था?''

''इसी सवाल का फिलहाल इसके अलावा कोई जवाब नहीं है

कि निश्चय ही पक रही खिचड़ी में किसी-न-किसी अंश तक वह अंधा भी हिस्सेदार है और फिर हमें जगाने के लिए भी उसी ने गेस्टरूम का दरवाज़ा खटखटाया। तब तक हम फोन पर चल रही अपनी और सीमा की बात खत्म कर चुके थे, अतः रिसीवर को धीरे से क्रेडिल के बराबर में रखकर उठे। उसके साथ सीमा के कमरे में पहुंचे। फोन पर नकली बातें कीं। अपनी रिस्टवॉच हम गेस्टरूम में ही छोड़ आए थे, ताकि जाते समय उसे लेने के बहाने रिसीवर को क्रेडिल पर रख सकें और वही करते हुए उनकी कोठी से बाहर निकल आए!''

उत्साहित जैक ने पूछा–''अब इस संबंध में आपकी आगे की योजना क्या है?''

''कैदी नंबर सौ के बारे में अभी तक सिर्फ एक ही लूज बात सीमा के मुंह से निकली है और वह भी ऐसी कि हम उस पर हाथ नहीं डाल सकते।''

''हमारी इच्छा ये है पंडितजी कि वेन रॉबरी, कैदी नंबर सौ की फरारी और गजराज मर्डर केस के इस मामले को मुकम्मल रूप से आप ही संभाल लें तो बेहतर होगा। आपकी हर जरूरत को पूरा करने के लिए हम दोनों मौजूद हैं!''

''वह तो मैं संभाले हुए हूं ही।''

''क्या मतलब?''

''अगर इस संबंध में उससे कोई सीधी बात कही जाए तो वह यह कहकर बात को गोल कर सकती है कि पागलखाने का नाम बीच में आते ही उसने गैस लगा लिया था कि सूचना नीलम से संबंधित होगी, अतः अभी सिर्फ चालाकी से बातें करके उससे कुछ उगलवाया मात्र जा सकता है।''

अंधा बलवंत उस वक्त एक हाथ में रिवॉल्वर लिए दूसरे हाथ में लॉन में कबूतरों के लिए बाजरा डाल रहा था, जब पंडितजी ने कोठी में कदम रखा और जब वे ड्राइंग रूम में पहुंचे तो सीमा व्हीलचेयर पर बैठी अखबार पढ़ रही थी। पंडितजी की शक्ल देखते ही हालांकि सीमा का दिल रबर की गेंद के समान उछलने लगा, मगर ऊपर से स्वागत

करती हुई बोली–''आइए पंडितजी बैठिए, मैं आप ही का इंतजार कर रही थी!''

पंडितजी सोफे पर बैठते हुए बोले–''हमारा इंतजार?''

''जी हां। सुबह आने के लिए कह गए थे न आप?''

''ओह!'' कहने के बाद उन्होंने एक सिगरेट सुलगाई तथा बोले–''लगता है कि सारी रात तुम सो नहीं सकी हो सीमा!''

सीमा का दिल 'धक्क' से रह गया!

कितना खुर्राट है ये आदमी?

अपने आतंक से दूसरे को सोने नहीं देता और फिर आंखें देखते ही यह भी भांप जाता है कि सामने वाला पिछली रात सो नहीं सका है। नींद न आने के कारण भी तो तलाश करने लगता है कम्बख्त। सीमा ने स्वयं के सामान्य दर्शाने की भरसक चेष्टा करते हुए कहा–''जी हां, कभी आपकी मेहरबानी रही, कभी पागलखाने से आने वाले आपके फोन ने न सोने दिया!''

''उसके बाद?'' पंडितजी ने अर्थपूर्ण ढंग से पूछा!

''नीलम के बारे में सोचती रही!''

''जी हां। फोन पर पागलखाने के इंचार्ज ने बताया था कि वह पागलखाने से भाग गई है और वह पागल भी नहीं थी। मैं सारी रात इसी बात पर हैरत करती रही। क्या ऐसा हो सकता है पंडित जी? क्या इतने दिनों तक कोई सारी दुनिया को बेवकूफ बनाए रख सकता है?''

''क्यों नहीं?'' उसकी टांगों को घूरते हुए पंडितजी ने कहा–''जरूरत सिर्फ अच्छे अभिनय की होती है।''

यह महसूस करके सीमा का कलेजा मुंह को आने लगा था कि पंडितजी टांगों को घूर रहे हैं।

केशव पंडितजी ने उससे मुखातिब होकर पूछा–''क्या हम तुमसे चंद सवाल कर सकते हैं सीमा?''

''ऑफकोर्स पंडितजी!'' उसका दिल उछलने लगा!

''क्या आप गजराज के मरने से खुश हैं?''

सीमा का दिल 'धक्क' से रह गया। पहला ही सवाल उसकी

समस्त कल्पनाओं के विपरीत था, किंतु फिर भी आश्चर्यजनक रूप से उसने अपने चेहरे पर पीड़ा एवं नागवारी के भाव उत्पन्न किए। बोली–''आपको एक मृतक की पत्नी से सोच-समझकर सवाल करने चाहिए!''

''यह सवाल हमें सिर्फ इसलिए करना पड़ा, क्योंकि गजराज के मरने से मिस्टर बलवंत खुश हैं, और हमारी समझ के मुताबिक कोई भी ससुर अपने दामाद की मौत पर खुश नहीं हो सकता!''

बलवंत खामोश खड़ा पीसता रहा।

''अंकल और मुझमें फर्क है!''

''निश्चय ही!'' पंडितजी ने अजीब स्वर में कहा और फिर बोले–''अब हम उस एक्सीडेंट के बारे में जानना चाहेंगे!''

उक्त सवाल का जवाब सीमा ने गजराज के मर्डर की योजना बनाते समय ही निर्धारित कर लिया था। सो वही बयान देती चली गई, जो पुलिस को दिया था।

(इस बयान के बारे में विस्तार से जानने के लिए पढ़ें–'हत्या एक सुहागिन की')

''तुम्हारा ठीक यही बयान हम पुलिस की फाइल में भी पढ़ चुके हैं!''

सीमा ने स्वयं को नियंत्रित रखकर जवाब दिया–''जब हुआ ही यह था तो पुलिस को और आप को दिए गए बयान में फर्क कैसे हो सकता है?''

पंडितजी ने बड़ी गहरी नज़र से सीमा को देखा। बोले–''हम गजराज के उस शंकर वाले वाक्य का अर्थ नहीं समझे!''

''एक बार उसे लेकर मेरे और अंकल के बीच झगड़ा हो रहा था। मैंने गजराज की तुलना शंकर भगवान से की थी। तब अंकल ने कहा कि वे शंकर थे यह 'राज' है और मैंने चीखकर कहा था कि–मेरे शंकर तो यही हैं! (पढ़ें–'हत्या एक सुहागिन की')

''ओह!'' कहते समय पंडितजी के होंठ दायरे की शक्ल में सुकड़ गए।

सीमा चुपचाप उन्हें देख रही थी।

''तो तुम यह कहना चहाती हो कि गजराज तुम्हारा मर्डर करने की न सिर्फ योजना बना रहा था, बल्कि 'लास्ट प्वाइंट' तक उसे कार्यान्वित भी कर चुका था मगर, क्लाईमेक्स पर उसे तुम्हारा वाक्य ध्यान आया और इसी वाक्य ने उसकी अंतरात्मा को झकझोर डाला। उसे अपने कमीनेपन का अहसास हुआ और उसी अहसास ने उसकी आत्मा को जगा दिया?''

''जो हुआ उससे ऐसा ही लगता है!''

''तुम्हें या पुलिस को लगता होगा। हमें नहीं लगता!''

''क्या मतलब?''

''अभी समझ में आ जाएगा!'' कहने के बाद पंडितजी ने सिगरेट का अंतिम सिरा ऐशट्रे में मसला और बलवंत से मुखातिब होकर सवाल किया–''तुम्हें पहले ही से गजराज के द्वारा गाड़ी के ब्रेक फेल किए जाने का शक था। इसलिए तुम डिग्गी में छुपे और गजराज के ब्रेकों से छेड़खानी के बाद उन्हें तुमने चैक किया?''

''जी हां!''

''तुमने क्या पाया?''

''ब्रेक बिल्कुल ठीक थे !''

पंडितजी ने ठोक बजाकर पूछा–''यानी गजराज ने उन्हें फेल नहीं किया था?''

''कम-से-कम उस वक्त तक बिल्कुल नहीं!''

पंडितजी ने बड़ी तेजी से सीमा की तरफ पलटकर सवाल किया–''तो फिर गजराज ने तुमसे कैसे कह दिया कि उसने ब्रेक फेल किए हैं?''

सीमा के मस्तक पर पसीने की ढेर सारी बूंदें झिलमिला उठी थीं। संभलकर बोली–''इस बारे में क्या कह सकती हूं?''

''सवाल ये पैदा होता है कि तुम्हारे और सीमा के बयान में विरोधाभास क्यों है? इतना ज्यादा कि तुममें से किसी एक का बयान ही सच हो सकता है। दूसरा झूठ बोल रहा है। हमें सिर्फ यह पता लगाना है कि तुममें से कौन झूठ बोल रहा है और क्यों?''

''मैं अंधा आदमी हूं देख नहीं सकता। टटोलकर ब्रेक चैक किया था। मुमकिन है कि कोई कमी रह गई हो?''

पंडितजी अर्थपूर्ण ढंग से मुस्कुराए। बोले–''हम जानते हैं मिस्टर बलवंत कि आप अंधे होने के बावजूद आंखों वालों से कहीं बेहतर देखते हैं!''

''फिर भी भूल तो हो सकती है?''

''जरूर क्यों नहीं हो सकती?''

''और आप इस छोटी-सी भूल को तूल देकर बात का बतंगड़ बना रहे हैं?''

रोती हुई सीमा के हाथ अचानक ही एक प्वाइंट लग गया। बोली–''आपने ब्रेक निपिल चैक किया था अंकल या पाईप?''

''निपिल!''

''ओह गुड उलझन सुलझ गई है पंडितजी। राज ने निपिल को छेड़ा तक नहीं था। उसने पाईप खोला था, जबकि ये निपिल को चैक करके ही संतुष्ट हो गए!''

''तब मेरे और सीमा के बयान का वह विरोधाभास स्वतः ही समाप्त हो जाता है, जिसके आधार पर आप हमें झूठा कह रहे थे!'' उत्साहित बलवंत ने कहा।

''मजे की बात ये है मिस्टर बलवंत कि हम पहले ही से अच्छी तरह यह जानते हैं कि तुम दोनों के बयान में कोई विरोधाभास नहीं है!''

आश्चर्यचकित सीमा ने कहा–''फिर आप हम पर यह जाहिर क्यों करते रहे!''

''तुम्हारे मुंह से यह कहलवाने के लिए ब्रेक्स के निपिल नहीं पाईप गड़बड़ थे!''

''मैं समझी नहीं।''

पंडितजी के होंठों पर थिरकने वाली मुस्कान गहरी और गहरी होती चली जा रही थी।

बोले–''हम यह जानना चाहते हैं कि तुम्हें यह बात कैसे मालूम है कि गजराज ने निपिल के साथ कोई छेड़खानी न करके पाईप लूज किया था?''

''मुझे मालूम है!'' सीमा एक बार पुनः बौखला गई।

''कैसे?''

पंडितजी का चेहरा एकाएक ही पत्थर की तरह सख्त नज़र आने लगा।

''मुझे राज ही ने बताया था।''

उसकी आंखों में झांकते हुए पंडितजी गुर्राए–''कब, क्यों!''

''कार ही में, मुझे धक्का देने से पहले!''

''अपने बयान में तो तुमने यह बात नहीं बताई थी?''

''बताई तो थी। कहा तो था कि राज ने स्वयं ब्रेक फेल करना स्वीकार किया था। जो कुछ राज ने कहा था उसे बयान देते वक्त मैंने अपने शब्दों में बताया था। मुझे क्या मालूम था कि शब्दों के हेरफेर मात्र से आप जाने क्या-से-क्या सोच जाएंगे। अगर ठीक गजराज के शब्दों में कहा जाए तो ब्रेक फेल करने वाली बात को उसने यूं कहा था–''मैंने ब्रेक का पाईप ढ़ीला कर दिया है सीमा!''

उसकी आंखों में झांकते हुए पंडितजी ने पूछा–''क्या तुम्हें अच्छी तरह याद है। गजराज ने यही शब्द कहे थे?''

''हां!'' खौफ से बेहाल सीमा ने कहा!

''ओह! कहने के साथ ही पंडितजी का चेहरा तनावमुक्त होता चला गया। सीमा को राहत-सी मिली, जबकि पंडिती ने कहा–''अगर तुम हमें पहले ही अक्षरक्षः बता देती कि गजराज ने क्या कहा था तो तुम्हें इतना तनाव न झेलना पड़ता सीमा। दरअसल मर्डर केस एक-एक शब्द की हेरफेर से जाने क्या-से-क्या रूख बदल लेता है?''

''मैं क्या जानती थी?''

''खैर आगे से ध्यान रखना। बयान अक्षरशः ही देने चाहिएं। अपनी तरफ से कोई शब्द इस्तेमाल करके नहीं!''

सीमा चुप रह गई!

अपनी समझ में बहुत बड़ी मुसीबत से निकल गई थी वह और इसके लिए इस वक्त वह अपने दिमाग को दाद दे रही थी। पंडितजी अपने जवाब से उसे संतुष्ट नज़र आ रहे थे और इसी वजह से अब घबराहट उस पर उस हद तक हॉवी न थी!

पंडितजी ने पैकिट से एक अन्य सिगरेट निकालकर सुलगाई।

बोले–''अब हम आप दोनों से एक संयुक्त सवाल पूछना चाहेंगे!''

सीमा का दिल पुनः गेंद के समान उछलकर उसके गले में अटक गया, जबकि बलवंत ने दृढ़तापूर्वक कहा–''जरूर पूछिए!''

''हमारी जानकारी के मुताबिक अखबार में ड्राइवर के लिए निकलवाने गए विज्ञापन के कारण आपके राज और सीमा के बीच झगड़ा इस कदर बढ़ गया था कि सीमा ने आपको कोठी से निकाल दिया था। फिर इस वक्त आप यहां कैसे हैं?''

जवाब सीमा ने दिया–''गजराज की मृत्यु ने स्थिति को फिर वहीं ला दिया है!''

''हम समझे नहीं!''

एक-एक शब्द की नाप-तोल करती सीमा ने कहा–''एक्सीडेंट से पहले गजराज ने मुझे बता दिया था कि वह मेरा मर्डर करने के लिए प्रयत्नशील था। बाद में अस्पताल में होश आने पर अंकल को मैंने अपने नजदीक पाया। उस वक्त दिमाग में यह विचार कौंधा कि अंकल राज के बारे में कितना सच कहते थे। डिस्चार्ज पर अंकल ही अस्पताल से मुझे यहां लाए। सो यहीं रह गए। इन्हें यहां से निकल जाने के लिए कहने का अब कोई कारण नहीं रह गया था?''

''आई सी!'' कहकर पंडितजी ने सिगरेट में एक कश लगाया।

स्वर में नाराजगी लिए बलवंत ने पूछा–''कुछ और पूछना है आपको?''

''जी नहीं, अब पूछना नहीं कुछ बताना चाहते हैं!''

''क्या?''

''कुछ ऐसा जिसे सुनकर शायद आप दोनों असमंजस में पड़ जाएं?''

बलवंत ने बुरा-सा मुंह बनाते हुए कहा–''हम भूमिका नहीं चाहते!''

''तो सुनो!'' पंडितजी ने एक साथ उन दोनों को देखते हुए कहा–''पचास हजार की वह पॉलिसी जिसकी वजह से हम गजराज मर्डर केस की छानबीन करने निकले हैं। हालांकि गजराज ने अपनी शादी से पहले ही से करा रखी थी, किंतु शादी के बाद उसने इस पॉलिसी के

'नोमीनी' का नाम चेंज करा दिया था!''

''अब नोमीनी कौन है?''

पंडितजी सीमा की तरफ घूमे और उसकी आंखों में झांकते हुए एक झटके से बोले–''तुम !''

''मैं?'' सीमा चिहुंक उठी!

''हां, तुम!'' पंडितजी ने अपनी ब्लेड की धार जैसी पैनी आंखें उसके चेहरे पर गड़ा दीं और कहते चले गए–''गजराज की पॉलिसी की नोमीनी सिर्फ तुम हो और पॉलिसी क्लेम सिर्फ नोमिनी ही कर सकता है!''

सन्नाटा खिंच गया वहां!

सीमा बेचारी की तो जैसे जुबान ही तालू से जा चिपकी थी। किंकर्तव्यविमूढ़-सा खड़ा अंधा बलवंत भी बलगम के दो धब्बे से नज़र आने वाली अपनी ज्योतिहीन आंखों से पंडितजी को घूरता रहा, जबकि सीमा की तरफ झुकते हुए पंडितजी ने रहस्यमय स्वर में पूछा– ''तुम पॉलिसी क्लेम करोगी न?''

सीमा के मुंह से बोल न फूटा!

पंडितजी ने पुनः पूछा–''जवाब दो ना सीमा। तुम क्लेम कर रही हो न?''

बोलने के प्रयास में सीमा के होंठ तो जरूर हिले, किंतु उनके बीच से कोई आवाज़ न निकल सकी। निकलती भी कैसे। सीमा की हर इंद्री को सिर्फ और सिर्फ उस काईयां पंडित की नीली आंखों ने जड़ करके रख दिया था। हां, एक झटके से अंधे बलवंत ने जरूर कहा–''हम क्लेम नहीं करेंगे!''

''क्यों?''

''हमें उस सूअर के बच्चे का एक भी पैसा नहीं चाहिए!''

बलगम के धब्बे में झांकते हुए पंडितजी ने कहा–''सवाल पैसे का नहीं है मिस्टर बलवंत। सवाल ये है कि अगर किसी सोची-समझी स्कीम के अंतर्गत गजराज का मर्डर हुआ है तो आप उसके कातिल को फांसी के फंदे पर झूलते देखना चाहते हैं या नहीं?''

''उस सूअर के बच्चे का मरना ही बेहतर था। हमें इस बात से कोई

सरोकार नहीं कि वह खुद मरा या कत्ल किया गया है। उसके हत्यारे को फांसी पर झूलते देखने की हमारी कोई ख्वाहिश नहीं है!''

''और तुम, हम तुम्हारा जवाब चाहते हैं सीमा!'' सीमा को घूरते हुए इस बार पंडितजी लगभग गुर्रा उठे–''क्या तुम्हारे मन में भी यह ख्वाहिश नहीं है, एक भारतीय पत्नी होने के बावजूद क्या तुम दिल से यह नहीं चाहती हो कि तुम्हारी मांग में सिंदूर खुरच-खुरचकर फेंक देने वाला फांसी के फंदे पर झूलता नज़र आए?''

''भला कौन पत्नी ऐसा नहीं चाहेगी?''

''गुड!'' पंडितजी के अधेड़ चेहरे पर विजय के भाव उभर आए–''हमें तुमसे यही उम्मीद थी।

तो तुम क्लेम कर रही हो न?''

आगे बढ़ता हुआ बलवंत कह उठा–''इसका मतलब एलआईसी की तरफ से अभी तक आपको इस केस पर नियुक्त नहीं किया गया है!''

''जब क्लेम ही नहीं हुआ है तो विभाग किसी की नियुक्ति पर किस पर करेगा?''

बलवंत ने बड़ी ही रहस्यमय मुस्कान के साथ कहा–''यानी अगर सीमा क्लेम न करे तो इस केस की इन्वेस्टिगेशन करने का आपको कोई वैधानिक हक नहीं होगा और न ही आपकी इन्वेस्टिगेशन की कोई वैल्यू होगी।''

''यकीनन!''

''अगर सीमा चाहे तो आप इस केस की वैधानिक इन्वेस्टिगेशन कर सकते हैं और न चाहे तो नहीं?''

''सच्चाई यही है मगर हमें सीमा के क्लेम न करने का कोई कारण नज़र नहीं आता!''

''सीमा क्लेम क्यों करे?'' एकाएक ही बलवंत पूरी शक्ति से चीख पड़ा–''क्या उसका दिमाग खराब हुआ है जो स्वयं ही ऐसी स्थिति पैदा करे जिसे लोग 'आ बैल मुझे मार' कहते हैं?''

''क्या मतलब?''

''अभी आप सारा शक सीमा या मुझ पर जाहिर कर रहे थे। हमें

ही उस सूअर के बच्चे का हत्यारा साबित करने की चेष्टा कर रहे थे, मगर वह सारी चेष्टा ही अवैधानिक थी। क्लेम करके सीमा आपको वैधानिक अधिकार क्यों सौंपे? क्या इसलिए कि आने वाले समय में आप इसी को उसका हत्यारा साबित कर दें?''

''हमारी ऐसी कोई मंशा नहीं है!''

दांत पीसता हुआ अंधा बलवंत गुर्राया-''आपकी मंशा जाहिर है मिस्टर केशव पंडित। बहुत ही खुर्राट, सचमुच बहुत ही काईयां इन्वेस्टिगेटर हैं आप। जिसे फंसाना चाहते हैं उसी से अपनी इन्वेस्टिगेशन को वैधानिक रूप भी दिला देना चाहते हैं। वाह बहुत खूब हैं आप!''

इस बार पंडितजी उससे भी कहीं ज्यादा कड़े स्वर में गुर्रा उठे–''अगर क्लेम नहीं किया गया तो पर्दा तुम लोगों की मंशा से उठ जाएगा मिस्टर बलवंत!''

''क्या मतलब?''

''अगर सीमा अपनी इच्छा से क्लेम नहीं करती है तो हमारे लिए यह एक ठोस सुबूत होगा कि गजराज का मर्डर इसी ने किया है और अब क्लेम इसलिए नहीं कर रही है, क्योंकि वह जानती है कि क्लेम के होते ही केस हमारा हो जाएगा और हमसे अपराधी बच नहीं सकता!''

सीमा का सारा जिस्म ठंडा पड़ा गया!

अपनी धुन में मग्न पंडितजी कहते चले जा रहे थे–''और अगर आपके कहने, आपके बरगलाने पर सीमा क्लेम नहीं करती है तो हमें यह सोचते देर नहीं लगेगी कि राज का मर्डर आपने किया है!''

''आप सात जन्म लेने पर भी इस बात को साबित नहीं कर सकेंगे!''

''समझ तो हम क्लेम न करने से ही जाएंगे और याद रखो मिस्टर बलवंत, केशव पंडित एक बार जिस बात को समझ जाता है उसे साबित करने के लिए पाताल से भी सुबूत ढूंढ लाता है। अच्छी तरह सोच लो क्लेम न करके तुम लोग, भले ही हमें इस केस की वैधानिक इन्वेस्टिगेशन करने से रोक लोगे, मगर साथ ही एक ऐसा ठोस प्वाइंट दे दोगे, जिससे हम समझ जाएं कि हत्यारे तुम ही हो और किसी भुलावे

में मत रहना। क्लेम न भी किया गया तो हम अपने सारे नियम, सारे सिद्धांत ताक पर रखकर इस केस की इंवेस्टिगेशन पुलिस के लिए करेंगे। गजराज का हत्यारा कानून से बचा नहीं रह सकेगा!'' कहने के बाद अपना पैकिट और लाइटर उठाकर वे तेजी के साथ घूमे और खट्-खट् की आवाज़ पैदा करते, लंबे-लंबे कदमों के साथ, हवा के किसी झोंके की तरह हॉल से बाहर चले गए!

सीमा और बलवंत ठगे से रह गए थे!

अभी बलवंत कुछ समझ भी नहीं पाया था कि व्हीलचेयर पर बैठी सीमा अपने दोनों हाथों से मुखड़ा छुपाकर फूट-फूटकर रो पड़ी। उसके रोने का अंदाज बड़ा ही डरावना था और होता भी क्यों न उसकी रुलाई किसी गम या दुख की वजह से नहीं बल्कि कांईयां पंडित के खौफ की वजह से फूटी थी। उसे लग रहा था कि एक जिन्न उसके दिलो-दिमाग पर हॉवी होता जा रहा है!

निकल्सन, टीटू, बागेश और बल्लो को अपना उद्देश्य बताने के बाद नीलम ने कहा–''तुम चारों से किसी-न-किसी रूप में मेरा संबंध रहा है। जानती हूं कि तुममें से कोई जन्म या प्रकृति से जरायमपेशा नहीं है। हालातों ने तुम्हें मुजरिम बना दिया। मगर जाने-अनजाने में जो जुर्म तुमने किए हैं मेरे कदम-से-कदम मिलाकर मुझे मरे लक्ष्य तक पहुंचने में मदद करके तुम न सिर्फ अपने मस्तक पर लगे गुनाह धब्बों को धो सकते हो, बल्कि इंसानियत की ऐसी खिदमत भी कर सकते हो कि तुम्हारा नाम तब तक अमर रहेगा, जब तक दुनिया में चांद और सूरज है!''

किंकर्तव्यविमूढ़ अवस्था में वे नीलम को देखते मात्र रहे।

नीलम ने पुनः कहा–''मैं तुममें से किसी को अपना ऑफर मानने पर मजबूर नहीं करूंगी। एक मौका दे रही हूं तुम्हें। चाहो तो मेरे साथ मिलकर अमर हो जाओ। हां, उस अवस्था में वेन की दौलत में से अपने हिस्से का लालच तुम्हें जरूर छोड़ना होगा। चाहो तो अपना हिस्सा लेकर अलग हो जाओ!''

उन्होंने एक-दूसरे की तरफ देखा!

रिवॉल्वर संभाले कुर्सी से उठकर खड़ी होती हुई नीलम ने कहा–"चाहो तो आपस में बातचीत करके फैसला कर लो कि किस को कौन-सा रास्ता अख्तियार करना है। मैं इंतजार कर सकती हूं!" कहने के तुरंत बाद वह मुड़ी और कमरे से बाहर निकल गई!

उनमें से कोई अभी कुछ बोल भी नहीं पाया था कि नीलम ने उस कमरे का दरवाज़ा बंद करके बाहर से सांकल चढ़ा दी। वे एक-दूसरे का चेहरा देखने लगे?

प्रश्नवाचक नज़रों से एक-दूसरे की तरफ देखते हुए सभी यह जानने की चेष्टा कर रहे थे कि उसके बाकी तीन साथी नीलम की 'ऑफर' पर क्या सोच रहे हैं?

काफी देर की खामोशी क़े बाद निकल्सन ने पूछा–"क्या किया जाए?"

टीटू ने स्पष्ट कहा–"वह हमें बेवकूफ बना रही है। हमें भला कैंसर के टीके या उसकी रिसर्च से क्या लेना-देना है। इस दौलत के लिए हमने न सिर्फ अपनी जान जोखिम में डालकर वेन रॉबरी की बल्कि उसके बाद मरहूम ब्रिजेश की शर्तें पूरी करने के लिए कितने पापड़ बेले। कितनी मेहनत की और कितने खतरे उठाए। बड़ी मुश्किल से तो वह वक्त आया है, जबकि हम अस्सी-अस्सी लाख के मालिक बन सकते हैं और अब यह संगीता बीच में आ गई। चाहती है कि हम अपना-अपना हिस्सा छोड़कर उसकी प्रयोगशाला के निर्माण करने में जुट जाएं, ताकि वह अपनी रिसर्च पूरी कर सके और कैंसर के टीके का आविष्कार हो सके!"

"इसमें बुराई क्या है?"

टीटू ने बुरा-सा मुंह बनाया–"इसमें अच्छाई क्या है?"

"हम इंसानियत की एक नायाब मिसाल दे सकते हैं!"

"सवाल ये है कि हमें क्या मिलेगा?"

"टीटू!"

"चीखने की जरूरत नहीं है बागेश। अगर संगीता की स्पीच ने तेरा दिमाग फेर दिया है तो तू जाने और तेरा काम। अपन इस रिसर्च-विसर्च के चक्कर में पड़ने वाला नहीं है। बेशक आज मेरे दिल से यह बोझ हट

गया है कि मेरी बहन दुश्चरित्रणी थी और उसकी महानता पर मुझे खुशी भी है, परंतु उस खुशी का यह मतलब हरगिज नहीं कि मैं अपना हिस्सा छोड़ दूं। उन सभी मनसूबों को रेत के महल की तरह गिरा दूं जिन्हें पूरा करने की कल्पना मैंने अपने हिस्से के आधार पर की है और जिनके लिए इतने पापड़ बेले हैं। मुझे अपना हिस्सा चाहिए, संगीता की रिसर्च से मेरा कोई सरोकर नहीं!''

निकल्सन ने हैरत के साथ पूछा–''तुम अपनी बहन के लिए ऐसा कह रहे हो?''

''बहन अपनी जगह है, सिद्धांत और जिंदगी के मनसूबे अपनी जगह!''

गुस्से में थरथराता हुआ बागेश चीखा–''तुझसे बड़ा कुत्ता मैंने अपनी जिंदगी में नहीं देखा!''

''यह कुत्ता ही मेरा सबसे पक्का यार है!'' टीटू मुस्कुराया।

''मुझे तेरी यारी पर आज शर्म आ रही है!''

''और मुझे तेरी अकल पर। उस पर जिस पर संगीता की स्पीच का पत्थर पड़ गया है। अगर मेरी सलाह माने तो उसके लिए भावुक होना छोड़ दे। अपने हिस्से की दौलत लेकर मेरे साथ चलने का फैसला कर। अस्सी लाख बहुत होते हैं बागेश। जरा सोच तो सही। दुनिया की ऐसी कौन-सी चीज है जिसे हम खरीद नहीं सकेंगे?''

गुस्से की ज्यादती के कारण बागेश कुछ बोल तक न सका!

निकल्सन ने पूछा–''तुम क्या चाहते हो बल्लो?''

''टीटू सोलह आने सही कह रहा है। अपन को भी अपना हिस्सा चाहिए। इतना सब कुछ सिर्फ इसलिए किया है कि आगे की जिंदगी किसी शहंशाह की तरह गुजार सकूं!''

बागेश चीख पड़ा–''अब शायद तेरे जेहन में संगीता का खौफ नहीं रहा हरामजादे?''

''गाली दी तो अंतड़ियां फाड़कर रख दूंगा!'' बल्लो गुर्राया–''अपने हिस्से के लिए हरेक को मर्जी से फैसला करने का हक है। रही नीलम के खौफ की बात तो इतना कहना काफी है कि उसकी पूरी लाईफ हिस्ट्री में मुझे ऐसी कोई बात नज़र नहीं आई जो डरा सके। सच

तो ये है कि अपने पहले ही डरने पर मैं शर्मिंदा हूं और तुम, तुम्हारी अगर मति मारी गई है तो इसमें कोई कर भी क्या सकता है। अपने हिस्से को तुम चाहे कुवें में डालो या आग लगा दो!''

बागेश सिर्फ दांत पीसता रह गया।

निकल्सन ने पूछा–''यह तुम्हारा आखिरी फैसला है बल्लो?''

''एकदम आखिरी!''

''हूं!'' एक नफरत भरे हुंकारे के साथ बागेश निकल्सन से मुखातिब हुआ–''सबके फैसले तो तुम क्या चाहते हो?''

निकल्सन के चेहरे पर अजीब-सी गंभीरता, वेदना और दर्द के भाव फैलते चले गए। सफेद तारों वाली उसकी विचित्र आंखें शून्य में स्थिर हो गई और होंठों के बीच से कुछ ऐसे अंदाज में आवाज़ निकलने लगी जैसे नींद में बड़बड़ा रहे हों–''उन दिनों मैं इंजिनियरिंग का कोर्स कर रहा था, जब मेरी बदकिस्मती शुरू हुई। इंजिनियरिंग की लाइन में कुछ नया कर दिखाने की मेरे दिल में बड़ी तीव्र ललक थी। मगर तभी बदकिस्मतीं से नीलम मेरी जिंदगी में आई। गलती किसी की न होने पर भी मैं जेल पहुंच गया और जरायमपेशा लोगों का रंग कुछ ऐसा चढ़ा कि अपना लक्ष्य भूलकर उन्हीं की जमात में शामिल हो गया। पूरा मुजरिम बन गया मैं। नीलम से बदला लेने की धुन में भूल गया कि क्या करने के मनसूबे रखता था और क्या बन गया हूं। आज उसी नीलम ने मेरे अंतर्मन को ललकारा है। निकल्सन के वास्तविक दिल को झकझोर डाला है। इंजिनियरिंग के माध्यम से न सही, विज्ञान ही के माध्यम से सही, मगर मानवता के लिए कुछ कर दिखाने का ये जो मौका मिला है। इसे अपने हाथ से निकलने नहीं दूंगा। अपना सारा हिस्सा ही नहीं बागेश, नीलम की रिसर्च को पूरी करने के लिए मैं अपना तन-मन तक दे डालूंगा। वेन रॉबरी जैसी अगर हजार डकैतियों की भी जरूरत पड़ी तो मैं हाजिर हूं। वे डकैतियां मैं डालूंगा।''

तनावपूर्ण सन्नाटा व्याप्त हो गया वहां!

चकित बागेश ने पूछा–''क्या तुम सच बोल रहे हो निक्कू?''

''मैं नहीं वक्त मेरे शब्दों की गवाही देगा!'' निकल्सन उसी भावुक अंदाज में कहता चला जा रहा था–''मैं तुमसे भी कहूंगा टीटू और

बल्लो। एक बार फिर अपने फैसले पर विचार कर लो दोस्तों। हिस्सा तुम्हारा अपना है उसके इस्तेमाल के पूरे हक तुम्हें हैं। मैं तो सिर्फ इतना कहूंगा कि नाम अमर कर लेने का मौका जिंदगी में सबको नहीं मिलता!''

''सुन टीटू सुन!'' जोश में भरा बागेश चीख पड़ा–''अपनी बहन के लक्ष्य के बारे में एक बेगाने के विचार सुन। अब तो शर्म कर कमीने अब तो मान कि हमारी बहन का लक्ष्य कितना पाक है अब तो कह दे कि इंसानियत की बेहतरी के लिए तू जान लड़ा देगा?''

कुछ कहने के लिए टीटू ने अभी मुंह खोला ही था कि निकल्सन की आंखों का संकेत देखकर चौंक पड़ा। बल्लो और बागेश की नज़रों से बचाकर उसने बागेश का अनुरोध स्वीकार कर लेने का इशारा किया था!

बागेश चीख रहा था–''बोल, बोलता क्यों नहीं कमीने?''

और टीटू ने यह सोचकर ड्रामा करने की ठान ली कि जब निकल्सन का इशारा है तो इसी में कोई भलाई होगी। निश्चय ही निकल्सन भी मेरी और बल्लो की राय का है, मगर बागेश को संतुष्ट कर रहा है। अतः बड़ी तेजी से उसने अपने चेहरे पर पश्चाताप के भाव फैला लिए।

बोला–''मैं भटक गया था बागेश। दौलत ने मेरी अक्ल को खुट्टल कर दिया था। सचमुच हमें संगीता का साथ देना चाहिए!''

''वाह जियो मेरे यार!'' खुशी में झूम उठा बागेश। उछलकर उसने टीटू को चूमा और फिर बड़ी फुर्ती से पलटकर बल्लो से बोला–''अब बोल। तेरा क्या इरादा है बागड़ बिल्ले?''

''मेरे इरादे बदला नहीं करते!'' बल्लो ने उसी अक्खड अंदाज में कहा–''मुझे अपना हिस्सा चाहिए। सिर्फ हिस्सा!''

''कल रात पागलखाने से नीलम नाम की एक पागल औरत भाग निकली है। भागते वक्त न केवल गार्ड को बेहोश करके उसने एक हंटर और रिवॉल्वर अपने कब्जे में कर लिए बल्कि एक अन्य गार्ड को शूट भी कर दिया। याद रहे वह पागल है, खतरनाक है, सोना नामक

महिला की हत्या के जुर्म में उसे अदालत फांसी की सजा सुना चुकी है। पागलपन में भी वह सुरेश नामक अपने पति को कत्ल करने के लिए उतावली रहती थी। रिवॉल्वर की मौजूदगी में तो वह बेहद खतरनाक है।''

रेडियो पर खास खबर प्रसारित करने वाली आवाज़ सांस लेने के लिए रूकी।

आगे कहा गया–''पहचान के लिए हुलिया नोट कर लें। सत्ताईस के आस-पास की उम्र वाली वह एक खूब गोरी स्त्री है। नीली आंखें उसकी पहचान हैं। तन पर पागलखाने की वर्दी पहने है। बाजू पर पागलखाने का बिल्ला लगा है, जिस पर नंबर लिखा है–''सौ।''

''जी हां। उसे कैदी नंबर सौ कहा जाता है!''

''चौकस रहने की प्रार्थना के साथ ही आप लोगों से अनुरोध है कि अगर वह कहीं चमके तो तुरंत नजदीक के पुलिस स्टेशन को सूचित करें अथवा इस फोन नंबर पर सूचना दें!''

नंबर बताने के बाद कहा गया–''विशेष सूचना समाप्त हुई!''

सीमा ने अपने कान रेडियो से हटा लिए!

शाम के सात का समय था और उक्त विशेष समाचार आज सुबह ही से प्रत्येक घंटे के बाद प्रसारित किया जा रहा था। सीमा उन्हीं रटे-रटाए शब्दों को अनेक बार सुन चुकी थी। अगर वह यह कहा जाए तो अतिश्योक्ति न होगी कि रेडियो हर घंटे उसे यह सचूना दे रहा था कि पुलिस अभी तक फार्महाउस के तहखाने में नहीं पहुंची है!

''नीलम का फोन?'' बलवंत उछल पड़ा।

''हां, मगर प्लीज अंकल, धीरे बोलिए!''

''क्यों?'' बलवंत की ज्योतिहीन आंखें सिकुड़ गईं।

''संभव है कि हमें पंडितजी या उसका कोई आदमी वॉच कर रहा हो!''

''यहां घर में?''

''उनका कोई भरोसा नहीं अंकल!''

रिवॉल्वर की सफाई करते हुए बलवंत के हाथ रूक गए।

बोला–''खैर, कहां से बोल रही थी वह और क्या कह रही थी?''

‘‘यह तो उसने नहीं बताया कि कहां से बोल रही थी!’’

‘‘फिर?’’

‘‘कह रही थी कि एक बार वह मुझसे मिलना चाहती है!’’

‘‘क्यों?’’

‘‘बात लंबी है और फोन पर नहीं हो सकती!’’

‘‘तुमने क्या कहा?’’

‘‘संक्षेप में मैंने उसे समझाया कि पंडितजी बेवजह गजराज की मृत्यु को कत्ल मानकर मुझ पर शक कर रहे हैं, अतः संभव है कि स्वयं या उनका कोई आदमी मुझे वॉच कर रहा हो!’’

‘‘बिल्कुल ठीक कहा तुमने फिर?’’

‘‘वह कहने लगी कि चाहे जैसे भी हो। खतरा उठाकर भी उसका कम-से-कम एक बार मिलना जरूरी है। मैंने कहा कि मुझे वॉच करते हुए पंडितजी ‘तुम’ (नीलम) तक पहुंच सकते हैं। जवाब में वह बोली– बात बहुत जरूरी है सीमा। तुम आज की रात किसी भी तरह पंडितजी को धोखा देकर मुझसे मिल लो!’’

‘‘फिर?’’

‘‘मेरे काफी समझाने-बुझाने पर भी वह न मानी। तब विवश होकर मैंने पूछा कि क्या अंकल से मिलने पर तुम्हारी समस्या हल हो सकती है?’’

‘‘मुझसे?’’

‘‘हां!’’

‘‘क्या जवाब दिया उसने?’’

‘‘कहने लगी–‘हां मुझे तुम तक केवल एक संदेश पहुंचाना है, मगर संदेश कुछ इतना उलझा हुआ है कि उसे फोन पर नहीं समझाया जा सकता। तुम अंकल को मुझसे मिलने भेज दो। मैं उन्हें समझा दूंगी!’’

‘‘कहां बुलाया है उसने?’’

‘‘मेरे पूछने पर उसने कहा–‘जगह का चुनाव भी तू ही कर!’’

‘‘क्या तुमने उसे कोई जवाब दिया?’’

‘‘हां!’’

‘‘क्या?’’

''मैं ऐसी जगह के बारे में सोचने लगी, जहां आप उससे मिल सकें। बौखलाहट के कारण ठीक से नहीं सोच पा रही थी और समय लग रहा था। वह बोली–'जल्दी जवाब दे सीमा। फिलहाल जहां से फोन कर रही हूं, वहां भी मेरा ज्यादा देर ठहरना उचित नहीं है' हड़बड़ाहट में मैंने उससे कह दिया कि अंकल तुझे 'प्लाजा थियेटर' में मिल लेंगे!''

''प्लाजा में?''

''हूं!''

''किस समय?''

''यही सवाल उसने किया और थोड़ी देर सोचने के बाद मैंने कह दिया कि अंकल नाईट शो के बॉल्कनी के दो टिकिट ले लेंगे। टिकटों पर नंबर पड़े ही रहते हैं, अतः साथ लिए गए टिकटों पर साथ ही की दो सीट मिलेंगी। आप दोनों टिकट कटवा लेंगे और अंदर जाकर एक सीट पर बैठ जाएंगे। गेटकीपर को समझा देंगे कि एक महिला बिना टिकट आकर उससे अपना सीट नंबर पूछेगी। वह उसे आपके पास पहुंचा दें!''

''वह नीलम होगी!''

''जी हां?''

''किस समय आएगी वह?''

''फिल्म शुरू होने से अंत होने तक कभी भी।''

''ऐसा क्यों। टाइम फिक्स क्यों नहीं रखा?''

''ऐसा स्वयं नीलम ने ही कहा था। कहने लगी कि मैं अंकल के इर्द-गिर्द फैले लोगों को भली-भांति चैक करने के बाद ही अंकल के नजदीक जाऊंगी!''

''अगर मुझे कोई वॉच कर रहा हुआ?''

''तब वह आपके नजदीक नहीं फटकेगी और फिल्म छुटने पर आप लौट आएंगे!''

''हूं!'' बलवंत ने एक लंबी हुंकार भरी, ऐसी कि जैसे सोचने में मशगूल हो कि योजना ठीक बनी है या नही। बोला–''मिलने की यह योजना तुमने क्या सोचकर बनाई?''

''यह सोचकर कि नीलम को छुपी रहने के लिए अंधेरे की बहुत जरूरत है और फिल्म हॉल उसके लिए ठीक रहेगा। वैसे भी देहली के अधिकांश बॉल्कनी के गेटकीपर आपको जानते हैं। प्लाजा का भी जरूर जानता होगा, अतः अंधेरे के बावजूद नीलम बिना किसी अड़चन के आपके पास पहुंच जाएगी!''

''योजना तो तुमने ठीक बनाई है। लेकिन।''

''लेकिन?'' सीमा का दिल धड़क उठा।

''क्या हमें यही करना चाहिए सीमा, जो कर रहे हैं?''

''क्या मतलब?''

''प्राणी मात्र के लिए 'हवा' सबसे बड़ी आवश्यकता है। अगर केवल दो मिनट के लिए वातावरण में से हवा गायब कर दी जाए तो इन दो ही मिनटों में यकीनन धरती पर सांस ले रहा हर प्राणी लाश में बदल जाए और आज की स्थिति में मानव जाति के लिए मैं नीलम को भी उतनी ही इम्पोर्टेंट मानता हूं, जितनी प्राणी के लिए हवा है। इंसानियत के दुश्मन और इस मुल्क से जलने वाले भी इस धरती पर सांस लेते हैं बेटी। वे लोग नीलम की जान या उसके दिमाग के ग्राहक हो सकते हैं। सरकार इसलिए उच्च स्तर पर नीलम को खोज रही है कि कहीं वह ऐसे ही लोगों के हाथ न पड़ जाए।''

''आप कहना क्या चाहते हैं अंकल?''

''क्या नीलम की बेहतरी के लिए वही करना उचित नहीं होगा जो पंडित कहता था?''

''क्या मतलब?''

''अगर हम पुलिस को नीलम का पता बता दें तो क्या उसके प्राण और जेहन महफूज नहीं हो जाएंगे। क्या ऐसा करना नीलम के साथ-साथ समूची मानव जाति के हक में न होगा?''

''कह तो आप ठीक रहे हैं मगर।''

''मगर?''

''नीलम ने भी तो इतने दिन तक पागलपन का नाटक कुछ सोच-समझकर ही किया होगा और फिर जब कल रात वह पागलखाने से भागी है तो निश्चय ही उसके जेहन में कोई स्कीम रही होगी?''

''कैसी स्कीम?''

''यह तो उससे बात करने पर ही पता लगेगा!'' सीमा ने कहा–''मुमकिन है कि उसकी अपनी कोई ऐसी प्रॉब्लम हो जिसकी फिलहाल हम कल्पना नहीं कर पा रहे हैं। मेरे ख्याल से बिना उससे मिले। बात करें या उसकी समस्या सुनें पुलिस को उसका पता देना उचित न होगा!''

''सोच तो मैं भी यही रहा हूं, किंतु . . .।''

''किन्तु क्या?''

बलगम के दो धब्बे शून्य में स्थिर हो गए। वह कहता ही चला गया–''अगर नीलम से बात करके मैंने यह महसूस किया कि पुलिस और इस देश की सरकार से दूर रहना उसके लिए आवश्यक और तर्क संगत नहीं है तो मैं उसे पुलिस के हवाले कर दूंगा, क्योंकि सरकारी संरक्षण में ही वह सुरक्षित रहेगी!''

''ऐसा नहीं हो सकता। इस खतरे को तो वह स्वयं भी समझती होगी?''

अंधा बलवंत कुछ इस तरह मुस्कुराया जैसे सीमा ने कोई बचकानी बात कह दी हो।

बोला–''मैं उसे अच्छी तरह जानता हूं। वह हरगिज भी तुझसे कम मूर्ख और जिद्दी नहीं है। संभव है कि सुरेश से बदला लेने मात्र की जिद चढ़ी हो उसे और उसी धुन में पागलखाने से भागी हो। पुलिस के हाथ न पड़ना चाहती हो। अगर उसके दिल में यही सब कुछ हुआ तो मैं उसे समझाने की कोशिश करूंगा कि वह सुरेश जैसे कमजर्ब इंसान से बदला लेने की छोटी-सी धुन में अपने महान लक्ष्य से न भटके और अगर नीलम तब भी न मानी तो यकीनन मैं उसे कानून के हवाले कर दूंगा!''

''फिलहाल आप यह सोचिए अंकल कि उससे मिलने कैसे जाएंगे?''

''मतलब?''

''यह मानकर चलिए कि स्वयं पंडितजी या उनका कोई आदमी निश्चय ही हमारी इस कोठी से निकलते ही पीछा करना जारी कर देगा। ऐसी स्थिति में नीलम से आपक भेंट कैसे हा सकेगी और यदि हो

गई तो हमारी असावधानी की वजह से नीलम बेचारी संकट में फंस जाएगी!''

''मैं ऐसा नहीं होने दूंगा!'' बलवंत बड़े ही दृढ़ स्वर में गुर्राया।

''क्या करेंगे आप?''

''बलवंत ने एकदम से कोई जवाब नहीं दिया। कुछ देर तक सोचता रहा और तब बोला–''मैं अभी निकल जाता हूं!''

''क्या मतलब?''

''मेरे पास काफी समय है। आवाराओं की तरह भीड़ भरी और सुनसान सड़कों पर घूमता रहूंगा। उद्देश्य होगा यह वॉच करना कि कोई मेरा पीछा तो नहीं कर रहा है?''

''पीछा करने वाले को आप कैसे देख सकेंगे?''

''हूं। क्या तुम भूल गई पगली कि तेरा अंकल आंखों वालों से कहीं बेहतर और साफ देखता है!''

''फिर भी?''

''उसकी तू फिक्र मत कर। प्लाजा पर मैं पूरी तरह आश्वस्त होने के बाद ही पहुंचूंगा, अगर किसी ने पीछा किया भी तो उसे चकमा देना मेरा काम है।''

''मेरी एक सलाह है।''

''क्या?''

''मुख्य द्वार के स्थान पर आपको कोठी के पिछले द्वार से संकरी गली में . . .?''

''गली में से होकर आना तो फिर भी मुख्य सड़क पर ही पड़ेगा, क्योंकि गली का कोई अन्य रास्ता नहीं है!''

''फिर भी शायद यह उचित रहेगा, क्योंकि निगरानी करने वाले के जेहन में गली का ख्याल बिल्कुल न होगा और गली के नुक्कड़ से आप न केवल निगरानी करने वाले को भांप सकते हैं, बल्कि उसकी नज़रों को धोखा देकर निकल भी सकते हैं!''

बलवंत चुप रह गया। जाहिर था कि वह सहमत है!

हल्की-सी गड़गड़ाहट के साथ तहखाने की छत हटी और ढलवां मार्ग

पर सीमा उतरती नज़र आई। विशाल मेज के चारों तरफ बैठे टीटू, बागेश, बल्लो और निकल्सन भी नीलम के साथ ही खड़े हो गए।

सीमा के जिस्म पर इस वक्त स्कर्ट और जीन थी। बालों को उसने कुछ इस ढंग से संवार रखा था कि जैसे 'बॉबकट' हों। चेहरे पर मेकअप कुछ ऐसा किया था कि जिससे रंग कुछ काला नज़र आए। आंखों में उसने 'कांटेक्टलैंस' लगा रखे थे, अतः आंखें हल्की हरी नज़र आ रही थीं।

दोनों नथुनों में शायद वह छोटे-छोटे स्प्रिंग्स लगाए थी!

कहने का मतलब यह कि वह सीमा नहीं। सीमा की जुड़वां बहन नज़र आ रही थी। कोई कुछ न बोला। सबकी नज़रें उस पर टिकी हुई थीं, जबकि नीचे पहुंचकर सीमा ठिठकी। कई पल तक वहां के हालातों को समझने की चेष्टा करती रही।

नीलम उनके बीच उनकी साथी-सी ही नज़र आ रही थी।

सीमा के दिमाग में विचार उभरा कि क्या सचमुच नीलम ने बीन बजाकर इन चार सांपों को अपने वश में कर लिया है?

देखने के बावजूद वह सब कुछ उसे असंभव ही लगा!

नजदीक पहुंचकर बड़ी ही आत्मीयता के साथ उसके कंधे पर हाथ रखती हुई सीमा ने पूछा–"कैसी है नीलम?"

"तू देख ही रही है!"

"इन लोगों ने परेशान तो नहीं किया?"

"बिल्कुल नहीं। इनके दिल में मेरे प्रति जो गलतफहमियां थीं, वे थोड़ी-सी कोशिश करने के बाद ही दूर हो गईं और अब ये चारों हमारे अभियान में हमारे साथ हैं!"

"चारों नहीं केवल तीन!" बागेश कह उठा–"बल्लो हमारे साथ नहीं है!"

"हम उसे अपना दुश्मन भी तो नहीं कह सकते?" हल्की-सी मुस्कान के साथ नीलम ने कहा, जबकि बल्लो को घूरती हुई सीमा गुर्राई–"क्या मतलब?"

"बल्लो से नाराज होने वाली कोई बात नहीं है सीमा। इन सभी को अपना अभियान बताकर मैंने अपने हिस्से के बारे में स्वतंत्रतापूर्वक

फैसला करने की छुट दी थी। निक्कू, बागेश और टीटू ने न केवल मेरी रिसर्च के लिए अपना हिस्सा देने का वादा किया है बल्कि हमारी मदद भी करेंगे। बल्लो को बात नहीं जंची, सो अपना हिस्सा लेकर हमसे अलग हो जाने वाला है।''

सीमा फिर भी उसे घूरती रही!

''आओ सीमा आराम से बैठें!'' सीमा का हाथ पकड़कर वह मेज की तरफ बढ़ गई।

बैठती हुई सीमा ने कहा–''तो तुमने इन्हें सब कुछ बता दिया!''

''हां!''

''मुझे इन तीनों के फैसले पर भी यकीन नहीं है!'' सीमा टीटू, बागेश और निकल्सन को खा जाने वाली नज़रों से घूरती हुई बोली–''ये एक नंबर के धूर्त और धोखेबाज हैं।''

''सीमा!'' नीलम ने प्रतिरोध किया–''ऐसा मत कहो!''

''तुम अभी ठीक से इन्हें जानती नहीं हो नीलू!''

हल्की-सी मुस्कान के साथ नीलम ने कहा–''हालांकि गजराज का मर्डर करने के सिलसिले में ये तेरे साथ रहे हैं सीमा, मगर यकीन मान मैं इन्हें तुझसे बेहतर जानती हूं। टीटू तो मेरा भाई है। सगा भाई और बागेश सगे से भी कहीं ज्यादा। बचपन से जानती हूं इन्हें। न जाने कितनी राखियां बांधी हैं। क्या ये उन राखियों को धोखा दे सकेंगे और निकल्सन उसके बारे में इतना ही कहूंगी कि तूने उसका केवल मुजरिम वाला चेहरा देखा है। उससे पहला वह रूप नहीं, जब यह एक सीधा-साधा पढ़ाकू नौजवान था। इंजिनियरिंग के क्षेत्र में कुछ कर दिखाने के बड़े बुलंद इरादे थे इसके। बदकिस्मती ने जरायमपेशाओं की पंक्ति में खड़ाकर दिया। कुछ भी सही मुझसे उसका दिल भावनात्मक रिश्ता जोड़े हुए है और आज मेरे प्रति उसकी सभी गलतफहमियां दूर हो चुकी हैं, अतः वह मुझे कोई धोखा नहीं देगा!''

कुछ कहने के लिए सीमा ने अभी मुंह खोला ही था कि नीलम ने हाथ उठाकर उसे चुप रहने के लिए कहा। बोली–''छोड़ सीमा इनके बारे में चिंता करने की तुझे कोई जरूरत नहीं है। इनकी जमानत मैं स्वयं

लेती हूं। तू बाहर के हाल सुना!''

''बाहर के हाल से मतलब?''

''कैदी नंबर सौ के पालगखाने से भाग जाने ने क्या हंगामा खड़ा कर रखा है?''

''सारी दिल्ली में तेरी तलाश इस तरह की जा रही है जैसे भूसे के ढेर से सुई ढूंढ़ी जा रही हो। पुलिस के साथ ही हर सरकारी डिटेक्टिव तंत्र तेरी और केवल तेरी ही खोज में व्यस्त हैं रेडियो पर प्रत्येक घंटे विशोष सूचना प्रसारित की जा रही है। आज के सांध्य टाइम्स में तेरा फोटो भी छपा है!''

''फोटो?'' नीलम चिहुंक उठी।

''हां!'' कहती हुई सीमा ने जीन की जेब से सान्ध्य टाइम्स की एक मुड़ी-तुड़ी प्रति निकाकर मेज पर डाल दी–''इसमें भी लगभग वे ही शब्द लिखे हैं, जो प्रत्येक घंटे रेडियो पर प्रसारित किए जा रहे हैं!''

नीलम ने अखबार उठाया। खोलकर पहले अपना फोटो देखा। फिर अपने बारे में छपे मैटर को पढ़ने लगी। मेज पर खामोशी छाई रही और पूरा समाचार पढ़ने के बाद नीलम बोली–''इसका मतलब ये कि सरकार की तरफ से अभी तक यही प्रचार किया जा रहा है कि मैं पागल हूं!''

''शायद विदेशी जासूसों और जरायमपेशा लोगों के दिमाग में यह बैठाने के लिए कि उसके लिए तुम किसी काम की नहीं हो!''

''वे लोग इतने बेवकुफ नहीं हो सकते कि इस प्रचार पर यकीन कर लें। पागलखाने में मेरे भाग निकलने का विस्तार ही उनके लिए काफी है। ऐसी होशियारी से एक पागल कभी फरार नहीं हो सकता!''

''तूने बाहर के हाल पूछे। मैंने बता दिए!''

''हां। बेहद खास बात है!'' एक ठंड़ी सांस भरती हुई सीमा ने कहा–''ऐसी कि जिसने मेरे होश उड़ा रखे हैं और सुनते ही शायद तुम सबके भी कलेजे थर्रा जाएं!''

व्यग्रतापूर्वक निकल्सन ने पूछा–''ऐसी क्या बात है?''

''केशव पंडित मेरे पीछे पड़ गए हैं!''

सीमा के वाक्य ने तहखाने में एक जबरदस्त विस्फोट का काम किया। वे चारों न केवल उछल पड़े, बल्कि स्वतः ही चेहरे सफेद पड़ते चले गए। हक्के-बक्के रह गए थे। आतंकित से!

नीलम का चेहरा भावहीन था।

सबसे पहले स्वयं को नियंत्रित करने में निकल्सन कामयाब हुआ। बोला–''पंडितजी दिल्ली में कहां हैं उनका ट्रांसफर तो गजराज ने अमृतसर के लिए करा दिया था?''

''वह ट्रांसफर ही तो मुसीबत की जड़ बन गया है!''

''क्या मतलब?''

''गजराज के नाम वहां एक पॉलिसी थी!''

''क्या?'' निकल्सन के साथ ही बल्लो, बागेश और टीटू भी इस तरह उछल पड़े, जैसे करेंटयुक्त नंगा तार उनके जिस्म से स्पर्श कराया गया हो!

नीलम के चेहरे पर अब भी कोई भाव न था!

सीमा ने कहा–''शायद तुम पंडितजी के बारे में नहीं जानती हो नीलू!''

''जानती हूं!''

''फिर भी तुम पर कोई प्रतिक्रिया नहीं है?''

''प्रतिक्रिया है और वही है, जो हमारे इन चार साथियों पर हो रही है, मगर उसे उजागर करना मैं जरूरी नहीं समझती। कैमिल फॉल की घटना तुमने अपने मुंह से मुझे बताई थी और पंडितजी का परिचय जानने के लिए वह काफी है!''

निकल्सन आदि के चेहरों पर अभी तक हवाईयां उड़ रही थीं। साहस जुटाकर बागेश ने पूछा–''तो क्या वे गजराज मर्डर केस की इन्वेस्टिगेशन कर रहे हैं?''

''हां!''

''उफ्फ! अजीब-सी झुंझलाहट भरे अंदाज में निकल्सन ने मेज पर घूंसा मारते हुए कहा–''इस हरामजादे गजराज को पंडितजी का ट्रांसफर कराने के लिए क्या अमृतसर ही एक जगह मिली थी?''

फीकी-सी मुस्कान के साथ सीमा ने कहा–''इसमें हैरत की कोई

बात नहीं है निक्कू। गजराज के विधायक दोस्त ने पूछा होगा कि ट्रांसफर कहां करा दूं तो गजराज ने अमृतसर का नाम ले दिया होगा। यह बड़ी स्वाभाविक बात है। आदमी से अगर अचानक ही शहर का नाम पूछा जाए तो वह वही बोल देगा, जहां कुछ दिन रहा हो। अब भला वह बेचारा क्या जानता था कि मर्डर उसी का होनेवाला है?''

''मरने के बाद फंदा तो हमारे ही गले में डाल गया न?''

''होता वही है, जो होना होता है!''

''खैर . . .।'' नीलम बोली–''अब तू विस्तार से बता कि मामला क्या है?''

''क्या बताऊं। मेरे तो होश फाख्ता कर रखे हैं उन्होंने। अगर समय रहते कल तूने मुझे यहां से कोठी पर न भेज दिया होता तो यकीनन कल रात ही सारा भेद खुल गया था!''

''क्या मतलब?''

''मेरे और अंकल के बयान लेने वे कल रात ही कोठी पर पहुंच गए थे। वह तो भगवान का शुक्र ही कहा जाएगा कि उनसे दो मिनट पहले ही मैं कमरे में पहुंच गई थी। वर्ना तो व्हीलचेयर को कमरे में मौजूद और मुझे गायब पाकर सब कुछ समझ जाते!''

''उन्होंने तुमसे क्या-क्या पूछा?''

सीमा बताती चली गई। सब कुछ सुनने के बाद जहां निकल्सन आदि के चेहरे सफेद काग़ज़ से नज़र आने लगे वहीं नीलम बोली–''अजीब हालात हैं। गजराज की पॉलिसी के मुताबिक तुम उसकी नोमीनी हो पंडितजी ने तुम्हारे खिलाफ ऐसा वातावरण तैयार कर दिया है कि तुम क्लेम करके पंडितजी को अपने ही विरुद्ध इन्वेस्टिगेशन करने के लिए नियुक्त करने पर विवश हो!''

सीमा का चेहरा पीला पड़ गया। बोली–''मुझे यकीन हो गया है नीलू कि अब मैं न चाहते हुए भी गजराज की हत्या के जुर्म में फंसकर ही रहूंगी!''

''इतना क्यों डरती है पगली। पंडितजी भी सिर्फ इन्वेस्टिगेटर हैं हव्वा नहीं और इन्वेस्टिगेटर बिना सुबूतों के कुछ नहीं कर सकता हां, इतना मैं जरूर मानती हूं कि पंडितजी आज के सर्वाधिक खुर्राट एवं

कांईयां जासूस हैं और कोई भी सुबूत उनकी पैनी आंखों से छुप नहीं सकता, मगर तभी न जब सुबूत हो। तब तू अच्छी तरह जानती है कि मेरे खिलाफ कोई सुबूत है ही नहीं। तो क्या वे हवा में से सुबूत।''

''हां नीलू। वे हवा में से ही सुबूत इकट्ठे कर लेंगे!''

''सीमा!''

आतंकित सीमा कहती चली गई–''वे इन्वेस्टिगेटर नहीं सचमुच में हव्वा हैं। जिन्न हैं या फिर कोई भूत। वे जिसके सामने खड़े होते हैं। जिससे सवाल कर रहे होते हैं वही समझ सकता है कि वे क्या हैं। सामने वाले के दिलो-दिमाग पर हॉवी हो जाते हैं वे। मस्तिष्क को अपनी मुट्ठी में इस कदर कस लेते हैं कि इंसान वही बोलता और करता है जो वे चाहते हैं!''

''तो अब तू क्या चहाती है?''

आतंकित सीमा ने कहा–''अपनी स्कीम पर मुझे पूरा यकीन था, मगर पंडितजी की मौजूदगी ने यकीन की उस सुदृढ़ इमारत को बुनियादों तक झकझोर डाला है। वे शीघ्र ही मेरे जरिए तुम सब तक पहुंच जाएंगे!''

निकल्सन आदि की सांसें रूक गई!

''इसका हल क्या है?'' नीलम ने पूरे धैर्य के साथ पूछा।

''मेरा जो होता है होने दो। तुम सब लोग मुझसे संबंध विच्छेद कर लो!''

''ये नहीं हो सकता!'' निकल्सन चीख पड़ा।

''अगर ये नहीं हुआ तो पंडितजी यहां पहुंच जाएंगे!''

टीटू गुर्राया–''ब्रिजेश की आत्मा वेन का पता तुम्हारे सवाल करने पर ही बताएगी। वह भी तब जबकि तुम उसकी बीवी को पेमेंट कर चुकोगी!''

''तब तक तो शायद पंडितजी!''

नीलम बोली–''हमें कोई और हल ढूंढ़ना होगा!''

''तू समझती क्यों नहीं नीलू। कोई हल नहीं है। पंडितजी जिसके पीछे पड़ते हैं जिन्स की तरह पड़ते जाते हैं। वे स्वयं हमारी कोठी की निगरानी कर रहे हैं!''

''तुम्हें कैसे मालूम!'' बागेश की रूह तक कांप रही थी।

''सूचना देने मेरा आज रात यहां आना जरूरी था, मगर हालात ऐसे थे नहीं। मुझे पंडितजी के द्वारा स्वयं को वॉच किए जाने का डर था!''

''फिर तुम यहां आई कैसे। कहीं तुम्हारे पीछे . . .।''

''नहीं कम-से कम आज वे मेरे पीछे नहीं हो सकते!''

''क्या मतलब?''

''यहां आने के लिए मुझे पूरी एक स्कीम बनानी पड़ी!''

''कैसी स्कीम?''

सीमा ने बलवंत को प्लाजा पर भेजने का सारा वृत्तांत बता दिया।

बोली–''मैंने जान-बूझकर अंकल को पिछले दरवाज़े से चोरों की तरह निकलने की सलाह ही थी, ताकि अगर कोई कोठी की निगरानी कर रहा हो तो उनके निकलने के रहस्यमय अंदाज को देखकर उनके पीछे लग जाए और यहां आने के लिए मेरा रास्ता साफ हो जाए!''

''हुआ क्या?''

''अंकल को पिछले दरवाज़े से चोरों की तरह निकालकर मैं तुरंत कोठी की छत पर जा चढ़ी। वहां से सड़क नज़र आती है और अंकल का पीछा करते वहां से जाते एक साए को मैंने स्पष्ट देखा। मैं चाल के आधार पर ही दावे के साथ कह सकती हूं कि वे स्वयं पंडितजी थे?''

''ओह!'' टीटू और उसके साथी पसीने-पसीने हो गए।

''मैं उनके तीस मिनट बाद कोठी से निकली हूं। फिर भी हर तरह से चैक करने और आश्वस्त होने के बाद ही यहां आई कि कोई मेरा पीछा नहीं कर रहा था!''

''हे गॉड!'' निकल्सन ने मानो रूकी हुई सांस छोड़ी।

''मगर इस किस्म की स्कीमें रोज नहीं सोची जा सकतीं और न ही पंडितजी को रोज धोखा दिया जा सकता है, इसलिए उचित होगा कि तुम लोग मुझसे संपर्क न रखो।''

''याद रखें बिना समाधान के समस्या उत्पन्न हो ही नहीं सकती।

अगर समस्या है तो यकीनन कहीं-न-कहीं उसका समाधान भी जरूर होगा!''

''क्या मतलब?''

''हमें ठंडे दिमाग से सोचना चाहिए कि उक्त हालात में क्या करें?''

फिल्म छूटने के भी काफी देर बाद तक बलवंत प्लाजा के बाहर वाले बरामदे में इस उम्मीद में खड़ा रहा कि शायद नीलम उससे संपर्क स्थापित करने की कोशिश करे, मगर आस-पास सन्नाटा छा जाने पर भी जब ऐसा कुछ नहीं हुआ तो वह नाउम्मीद होकर किसी टैक्सी की तलाश में आगे बढ़ गया!

अभी मुश्किल से दो या तीन कदम ही उठाए थे कि।

''मेजर बलवंत!'' किसी ने उसे पुकारा और इस आवाज़ को सुनते ही वह फिरकनी की तरह घूम गया। आवाज़ को पहचानते ही उसके रोंगटे खड़े हो गए थे, क्योंकि यह आवाज़ केशव पंडित की थी।

पल-भर में उसकी समझ में आ गया कि नीलम उससे क्यों नहीं मिली?

अपनी तरफ बढ़ती पदचाप को ध्यान से सुनता हुआ वह बोला–''आइए पंडितजी। आप यहां?''

''हम तो कहीं हो सकते हैं, मगर तुम्हारी यहां मौजूदगी हैरतअंगेज है!''

''क्यों भला?''

''जो देख नहीं सकता उसे फिल्म-हॉल में बैठा देखकर लोग क्या सोचते होंगे?''

''यही कि जाने यह अंधा क्या देख रहा है?''

''और तुम्हारे पास लोगों के इस सवाल का क्या जवाब है?''

बलवंत ने कटाक्ष किया–''लोगों के या तुम्हारे सवाल का?''

''यूं ही समझ लो?''

''तो जवाब सुनो पंडित। मैंने सिर्फ आंखें गंवाई हैं। कान नहीं। मैं

फिल्म के एक-एक डायलॉग को सुन सकता हूं। उसे बोलने के अंदाज से कल्पना कर सकता हूं कि आर्टिस्ट के चेहरे पर क्या भाव है?''

''मगर डायलॉग तो घर में बैठकर एलपी पर भी सुने जा सकते हैं!''

''नहीं सुनता। मेरी मर्जी। तुम्हें मेरे फिल्म देखने पर कोई आपत्ति है क्या?''

''हमें भला क्या आपत्ति होगी?''

''फिर?''

''हां, हैरत जरूर है और वह किसी भी अंधे को फिल्म देखते देखकर किसी को भी हो सकती है!''

''बेशक होती है। सबसे ज्यादा हैरत तो गेटकीपर करते थे, मगर अब नहीं करते, क्योंकि जान गए हैं कि इस अंधे को फिल्म देखने का चस्का है। जब आंखें थीं, तब खूब फिल्में देखता था। अब भला उस शौक पर धूल कैसे डाल दूं? खुद ऐसा नहीं समझता कि अब मैं फिल्म देखने के काबिल नहीं हूं।''

''तो क्या अपने बराबर में एक सीट खाली रखकर फिल्म देखने का तुम्हारा शौक बहुत पुराना है?''

''ओह तुम्हें यह भी मालूम है . . .?''

''ऑफकोर्स?'' पंडितजी ने कहा–''गेट कीपर से हमने यह भी मालूम कर लिया कि उस सीट पर बैठने के लिए कोई स्त्री आने वाली थी!''

''इसका मतलब तुम शुरू से ही मुझे वॉच कर रहे थे?''

मुस्कुराते हुए पंडितजी ने कहा–''और तुम लाख सतर्कता के बावजूद भी यह नहीं ताड़ सके!''

''यकीनन!''

''क्या हम पूछ सकते हैं कि उस सीट पर कौन स्त्री आने वाली थी?''

दांत पीसते हुए बलवंत ने उल्टा सवाल किया–''और क्या मैं पूछ सकता हूं कि तुम मेरा पीछा क्यों कर रहे हो?''

''जरूर बताएंगे, मगर पहले तुम मेरे सवाल का जवाब दो!''

''मैं तुम्हारे किसी सवाल का जवाब देने के लिए मजबूर नहीं हूं!''

''हमने कब कहा कि तुम मजबूर हो?''

''तो फिर नहीं देता। करो मेरा क्या करोगे? तुम्हारे लाख बार पूछने पर भी मैं नहीं बताऊंगा पंडित कि वहां कौन स्त्री आने वाली थी?''

''हम बिना तुम्हारे जवाब के भी पता लगा लेंगे!''

''तो लगा लो। मुझसे क्यों झक मार रहे हो?'' गुस्से में तमतमाता हुआ बलवंत घूमा और फिर तेज कदमों से आगे बढ़ गया!

होंठों पर अपनी चिर-परिचित मुस्कान बिखेरते हुए पंडितजी ने कहा–''क्या यह नहीं सुनोगे कि हम तुम्हारा पीछा क्यों कर रहे थे?''

वह ठिठका। पुनः घूमकर गुर्राया–''बको!''

''क्योंकि हमें तुम पर गजराज के हत्यारे होने का शक है!''

गुस्से के अधिकता के कारण भन्नाते हुए बलवंत ने झपटकर दोनों हाथों से पंडितजी का गिरेबान पकड़ लिया और भूखे शेर की तरह गुर्राया–''मैं गजराज या सीमा नहीं हूं पंडित, जो तेरे हथकंड़ों से आतंकित हो जाऊं। मेरा नाम मेजर बलवंत है और तुझ जैसे जाने कितने पंडितों को मैं कच्चा चबा जाने की हैसियत रखता हूं!''

पंडितजी पूर्ववतः मुस्कुराते हुए शांत स्वर में बोले–''तुम इतने उत्तेजित क्यों हो रहे हो?''

''अभी तो सिर्फ उत्तेजित हो रहा हूं, अगर फिर कभी मेरा पीछा करने या मुझे आतंकित करने की कोशिश की तो सीमा की कसम मेरे रिवॉल्वर से निकली सिर्फ एक गोली तेरी खोपड़ी के परखच्चे उड़ा देगी!''

''तुम्हारा यह व्यवहार साबित करता है कि तुम ही गजराज के हत्यारे हो!''

''हूं!'' बलवंत गुर्राया–''और खुलेआम कह रहा हूं कि गजराज की हत्या मैंने की है, मगर तू मेरा कुछ नहीं बिगाड़ सकता पंडित। अगर

बिगाड़ना ही चाहता है तो जा पहले मेजर बलवंत के खिलाफ कहीं से सुबूत पैदा करके ला!''

पंडितजी बोले कुछ नहीं सिर्फ धीमी-धीमी मुस्कान के साथ उसे देखते भर रहे!

''नीलम यहां आई थी?'' बलवंत उछल पड़ा!

''हां!'' बलगम के धब्बों में झांकती हुई सीमा ने अपने बुरी तरह धड़कते दिल को काबू में रखने की चेष्टा करते हुए कहा–''बता रही थी कि उसने पंडितजी को आपके इर्द-गिर्द मंडराते देखा तो समझ गई कि उसकी आपसे मुलाकात संभव नहीं है तभी उसके दिमाग में यह विचार उभरा कि पंडितजी आपकी निगरानी में लगे हुए हैं। इस अवसर का लाभ उठाकर वह मुझ ही से क्यों न मिल ले?''

''और वह यहां आकर तुमसे मिल ली?''

''हां!''

''वैरी गुड। यह उसने बिल्कुल ठीक सोचा!'' बलवंत का चेहरा बुरी तरह तमतमा रहा था–''वह हरामजादा पंडित खुद को जाने क्या समझता है। खा गया न धोखा!''

सीमा चुप रही।

''खैर . . . नीलम क्या कह रही थी?''

''उसे अस्सी लाख रुपए की जरूरत है!''

बलवंत ने चौंकते हुए पूछा–''किस लिए?''

''अपनी रिसर्च कम्प्लीट करने के लिए!''

''क्या मतलब?''

''उसे डर है कि यदि वह सरकार के हाथ लग गई तो कानून उसे तुरंत फांसी पर चढ़ा देगा और अगर रिसर्च पूरी करने के लिए उसे उचित समय और सुविधाएं दी भी गई तो जरायमपेशा लोग या विदेशी जासूस उसके पीछे पड़ जाएंगे।''

''ओह!''

''इसलिए वह गुप्त रहकर अपनी रिसर्च पूरी करना चाहती है!''

''और इसके लिए उसे अस्सी लाख की जरूरत है?''

‘‘हां!’’ सीमा ने कहा–‘‘इस रकम से वह किसी गुप्त स्थान पर अपनी गुप्त प्रयोगशाला स्थापित करना चाहती है!’’

‘‘कहां?’’

‘‘यह उसने मुझे नहीं बताया। कहने लगी कि ऐसा एक गुप्त स्थान उसकी नज़र में है। जरूरत है तो सिर्फ अस्सी लाख की!’’

‘‘तुमने क्या जवाब दिया?’’

‘‘यह कि अस्सी लाख का वजूद ही क्या है। उसके महान उद्देश्य की पूर्ति के लिए तो मैं अपनी जायदाद की पाई-पाई तक लगा सकती हूं!’’

बलवंत कुछ बोला नहीं। शून्य में निहारता रहा!

सीमा ने पूछा–‘‘क्या मैंने कुछ गलत कहा अंकल?’’

‘‘नहीं तुमने बिल्कुल ठीक कहा बशर्ते कि नीलम सच बोल रही हो!’’

‘‘क्या। मतलब?’’

‘‘उसके दिल में सुरेश से प्रतिशोध लेने की तो कोई भावना नहीं है?’’

‘‘हरगिज नहीं। उसके दिमाग पर सिर्फ अपनी रिसर्च पूरी करने की धुन सवार है!’’

‘‘तो फिर हर हालत में हम उसकी मदद करेंगे। भले ही हमें चाहे जो करना पड़े। अस्सी लाख कब और कहां मांगे हैं?’’

‘‘उसका कहना है कि जितनी जल्दी हम दे देंगे। उसका काम उतनी ही जल्दी शुरू हो जाएगा, मगर।’’

‘‘मगर क्या?’’

‘‘क्या अस्सी लाख रुपया उसे इस तरह पहुंचाना खतरनाक नहीं होगा?’’

‘‘मैं समझा नहीं!’’

‘‘पंडितजी हमें वॉच कर रहे हैं। क्या ऐसी अवस्था में हमारे द्वारा बैंक से अस्सी लाख रुपया निकाले जाने पर वे चौंकेंगे नहीं। क्या यह नहीं सोचेंगे कि इतनी मोटी रकम की हमें क्या जरूरत पड़ गई है?’’

''सोचता रहे। रकम हमारी है। हम चाहे निकालें या रखें। उसके कुछ सोचने से हमारी सेहत पर क्या फर्क पड़ता है?''

''हम पर न सही, मगर नीलम पर बहुत फर्क पड़ेगा!''

''वह कैसे?''

''हम अस्सी लाख जैसी मोटी रकम का क्या कर रहे हैं। यह पता लगाने की पंडितजी पुरजोर कोशिश करेंगे और जितने कांईयां वे हैं। पता लगा भी सकते हैं, अगर वे कहां पहुंच गए तो नीलम का महान् लक्ष्य अधूरा रह जाएगा!''

बलवंत सोच में पड़ गया!

अब पूरी स्थिति उसकी समझ में आ रही थी। कुछ देर तक सोचने के बाद बोला–''तू ठीक कर रही है सीमा। वाकई यह खतरा तो है मगर तू चिंता मत करना बेटी। तेरा ये अंधा अंकल सब संभाल लेगा। सात जन्म लेने पर भी पंडित को मैं नीलम तक नहीं पहुंचने दूंगा। अगर उसका नाम केशव पंडित है तो मेरा नाम भी मेजर बलवंत है!''

''हमें पूरी सावधानी से योजना बनाकर काम करना होगा!''

''वह मैं कर लूंगा। तू यह बता कि रकम नीलम तक पहुंचानी किस तरह है?''

''उसने कहा है कि हम इंतजाम करके रखें। किसी भी तरीके से रकम वह खुद हमसे हासिल कर लेगी!''

बलवंत गहरे सोच में डूब गया!

''हैलो मेजर!''

एक झटके से घूम गया बलवंत!

व्हील चेयर पर बैठी सीमा के सारे शरीर में सनसनी दौड़ गई।

उसने पंडितजी के गुलाबी होठों पर बेहद आकर्षक मुस्कराहट देखी।

हल्के बादामी कलर के सफारी में अधेड़ होते हुए भी वे बेहद जंच रहे थे!

पंडितजी की उपस्थिति यहां महसूस करते ही जाने क्यों बलवंत के

सारे जिस्म में क्रोध की लहर दौड़ गई। अपने बलगम के धब्बे उन पर स्थिर करके गुर्राया–''तुम फिर यहां आए पंडित?''

''अंकल!'' सीमा ने प्रतिरोध किया–''पंडितजी से ये आप किस तरह बोल रहे हैं?''

''प्लीज तुम हमारे बीच में नहीं बोलोगी सीमा!'' कहने के बाद वह पुनः पंडितजी की तरफ मुखातिब होकर बोला–''तुमने जवाब नहीं दिया?''

''क्या हमारा यहां आना अवैध है?'' कहते हुए पंडितजी उसके नजदीक आ गए।

''जब तक आपके पास मेरे खिलाफ कोई सुबूत न हो तक तक यकीनन!''

''हरगिज नहीं!''

''क्या मतलब?''

जेब से चारमीनार का पैकिट निकालकर एक सिगरेट सुलगाते हुए पंडितजी ने कहा–''अब कम-से-कम तब तक हमें यहां आने और आप लोगों से सवालात करने का कानूनी हक हासिल है, जब तक कि गजराज मर्डर केस हल नहीं हो जाता!''

''यह हक आपको किसने दिया?''

''सीमा के क्लेम ने!''

''ओह तो तुम हम ही से क्लेम कराकर हमें ही परेशान करने का परमिट लेकर आए हो?''

''एलआईसी किसी पार्टी से कहने नहीं जाती कि वह क्लेम करे। क्लेम करना न करना नोमीनी का अपना अधिकार होता है!''

''मगर आपने तो मुझसे कहा था पंडितजी?''

''हां, हमने कहा था। एलआईसी ने नहीं और तुम भूल कर रही हो सीमा। हमने तुमसे क्लेम करने के लिए नहीं, बल्कि केवल यह कहा था कि तुम्हारे क्लेम न करने से हम क्या सोचेंगे और तुमने डरकर क्लेम कर दिया!''

''और आप इस क्लेम को चैलेंज कर रहे हैं?''

''यकीनन!''

''किस आधार पर?''

''इस आधार पर!'' कहने के साथ ही पंडितजी ने अपना बायां हाथ सफारी की जेब में डाला और उसमें से एक छोटा-सा बारीक तार निकला!

तार पर नज़र पड़ते ही सीमा के होश उड़ गए!

चेहरा फक्क!

वह बड़ी कठिनाई से कह सकी–''तार?''

सीमा की आंखों में झांकते हुए पंडितजी ने पूछा–''क्या तुम इस तार को नहीं पहचानती हो?''

''नहीं तो!'' सीमा के हौसले पस्त हुए जा रहे थे–''लेकिन गजराज की मृत्यु से इस तार का क्या संबंध। मैं कुछ समझ नहीं पा रही हूं!''

''इसे हम इस बात का जीता-जागता प्रमाण भी कह सकते हैं कि गजराज की मृत्यु नहीं हुई, बल्कि उसे कत्ल किया गया है। इस तार को गजराज का हत्यारा भी कह सकते हैं और गजराज की हत्या के लिए हत्यारे द्वारा प्रयोग में लाया गया हथियार भी। गजराज मर्डर केस में जो कुछ है यह तार है!''

''मैं नहीं समझ पा रही हूं कि आप क्या कह रहे हैं?''

''यह तार हमें उस कोट के निचले सिरे में फंसा मिला है, जो मरने से पूर्व गजराज ने पहन रखा था और मर्सडीज की ड्राईविंग सीट की रैक्सीन का छोटा-सा 'किरचा' भी हमें नुचा हुआ मिला है!''

''इस सबसे क्या अर्थ निकलता है? पूछने को तो सीमा ने पूछ लिया, किंतु अब अपने सवालों में उसे कोई जान नज़र नहीं आ रही थी। मन-ही-मन वह समझ रही थी कि सारा खेल खत्म हो चुका है। पंडितजी सुबूत भी जुटा लाए हैं!''

वह कांईयां जासूस कह रहा था–''हत्यारे ने यह तार गजराज के कोट के निचले सिरे के आर-पार करके सीट की रैक्सीन के साथ बांध दिया। मर्सडीज का पीछा करने वाले 'रॉ' के जासूसों का बयान है कि गजराज ने पेड़ की तरफ बढ़ रही मर्सडीज से कूदने की कोशिश की थी, मगर वह दरवाज़ा पार नहीं कर सका। हवा में ही झूल गया और यह तार गवाही दे रहा है कि वह हवा में झूलता क्यों रह गया था?''

''क्या आप यह कहना चाहते हैं कि इस तार में मैंने . . .।''

''रास्ते में ब्रेकों के छेड़खानी करने के लिए वह गाड़ी से उतरा था। जाहिर है कि तब तक उसे इस तार की मदद से सीट के साथ नहीं बांधा गया था। इस तार से सीट के साथ उसे बलवंत के द्वारा ब्रेक चैक किए जाने के बाद बांधा गया!''

''और कार के दुबारा चलने से एक्सीडेंट होने तक गजराज के साथ कार में सिर्फ मैं थी?''

''निःसंदेह!''

''इसका मतलब मैंने इस तार से गजराज को बांधा था!''

''हालात यही कहते हैं। बच्चा भी यही निष्कर्ष निकालेगा!''

''यह झूठ है गलत है!'' सीमा हिस्टीरियाई अंदाज में चीख पड़ी–''मैंने गजराज को नहीं मारा।''

''परंतु सीमा, जो सुबूत कहते हैं। हालात कहते हैं!''

''बकवास करते हो तुम। दिमाग खराब हो गया है तुम्हारा!'' अचानक की बलवंत किसी शेर के समान दहाड़ उठा–''जाने कहां से एक तार उठा लाए और गढ़ ली मर्डर की एक कहानी!''

''क्या मतलब?'' इस बार पंडितजी भी गुर्राए!

''पहले तुम यह फैसला कर लो पंडित कि मर्डर किसने किया है मैंने या सीमा ने। उस रात कह रहे थे कि हत्यारा मैं हूं और आज कह रहे हो कि . . .।''

''तुम दोनों हत्यारे हो!'' पंडितजी गुर्राए–''हां तुम दोनों ने मिलकर गजराज की हत्या की है!''

''अब शायद तुम कोई नई कहानी गढ़ना चाहते हो?'

''कहानी नहीं मेजर ये हकीकत है। कैमिल फॉल पर यकीनन गजराज सीमा का मर्डर करने की योजना पर काम कर रहा था, मगर हमारी मौजूदगी के कारण वह स्कीम अधूरी रह गई। हां सीमा टांगों से जरूर लाचार हो गई थी। मगर देहली आते-आते हमारी तरह यह भी समझ गई कि सब कुछ गजराज का ही किया-धरा है। यहां आकर इसने सारी हकीकत तुम्हें बताई!''

''हूं! बकते रहो!''

''तुम . . . जो एक नंबर के धूर्त हो। तुमने सीमा से कहा कि गजराज को उसकी करनी का मजा चखाना चाहिए। पति से नफरत कर रही सीमा आसानी से तैयार हो गई, तब तुमने एक स्कीम तैयार की। गजराज का मर्डर करने की नायाब स्कीम!''

''यह सब झूठ है! बकवास है!'' सीमा चीख पड़ी।

उसकी तरफ कोई ध्यान न देते हुए पंडितजी कहते चले गए– ''गजराज को लेकर तुमने आपस में उसी तरह लड़ना जारी रखा जिस तरह पहले लड़ते थे और फिर मौका देखकर कुछ गुंड़ों से दौलतराम की मरम्मत करा दी। ताकि ऐसे हालात बन जाएं कि गजराज ही सीमा को लेकर पागलखाने जाए। 'रॉ' के जासूसों का बयान है कि गजराज सीमा को साथ लेकर पागलखाने जाने को तैयार नहीं था। सीमा ने ही जिद करके उसे तैयार किया। क्योंकि अगर वह पागलखाने न जाता तो तुम्हारी सारी स्कीम धरी रह जाती, लेकिन ऐसा हो कैसे सकता था। जिद करने वाली सीमा जो थी?''

''यह सब तुम्हारी मनगढ़ंत कहानी है!''

''हमारी ही तरह तुम दोनों भी यह जानते थे कि गजराज वेन रॉबरी करने वालों में से एक है और 'रॉ' के जासूस उसके अन्य साथियों तक पहुंचने की मंशा से उसे वॉच कर रहे हैं। उन्हीं जासूसों को चकमा देने के लिए तुम गजराज को बेस बनाकर आपस में लड़ते रहते थे। तुम अपनी बातों से उसे जख्मी करते थे और सीमा मरहम लगाती थी। गजराज बेचारे को चकरघिन्नी बना रखा था तुमने। सीमा उसे पागलखाने चलने के लिए विवश करती और तुम चीख-चीखकर उससे यह कहते कि यह सीमा का मर्डर करना चाहता है। यह सारा ड्रामा कुछ इतने सशक्त और स्वाभाविक अंदाज में खेला गया कि 'रॉ' के जासूस भी भ्रम का शिकार हो गए कि गजराज सीमा का मर्डर करने की फिराक में है।''

बलवंत सीना ताने खड़ा व्यंग्यपूर्वक मुस्कुरा रहा था, जबकि सीमा बेचारी मरी जा रही थी और पंडितजी कहते चले गए–''उधर तुमने मर्सडीज के ब्रेकों में कुछ ऐसी गड़बड़ पैदा कर दी कि जिससे वे बार-बार लूज हो जाते थे। गाड़ी चला रहे गजराज बेचारे को तुम्हारे डायलॉग ध्यान आते तो वह गाड़ी को बीच में रोककर ब्रेकों को

कसता। ऐसे ही एक अवसर पर भ्रमित 'रॉ' के जासूसों ने गजराज को घेरा लिया, मगर उन्हें मुंह की खानी पड़ी, क्योंकि गजराज ने ब्रेकों को सचमुच कसा था!''

''अगर यह सारी योजना मेरी ही थी तो अखबार में मैंने ड्राइवर के लिए विज्ञापन क्यों निकाला!''

''जो भूमिका तैयार हो चुकी थी, उसे क्लाईमेक्स तक पहुंचाने हेतु!''

''क्या मतलब?''

''तुमने जान-बूझकर अखबार में विज्ञापन दिया, क्योंकि जानते थे कि जिन हालातों में वह दिया जा रहा है, उनमें गजराज को वह अपना अपमान लगेगा और वही हुआ। सीमा को अपनी सबसे बड़ी हितैषी जानकर उसने शिकायत की। यही तो तुम चाहते थे। यही तो तुम्हारी हरकतों का क्लाईमेक्स था। गजराज और 'रॉ' के जासूसों को दिखाने के लिए सीमा ने तुम्हें कोठी से निकाल दिया!''

बलवंत सन्न रह गया था, क्योंकि यह सब कुछ सच न होते हुए भी पंडितजी सारे लिंक इस ढंग से जोड़ रहे थे कि वह सच ही नज़र आने लगा था। पंडितजी ने आगे कहा–''और सबसे अंतिम ड्रामा तब किया गया जब गजराज ने आखिरी बार लूज ब्रेकों को कसा। तुम उन्हें चैक करने के बहाने गाड़ी के नीचे गए और असल में तुमने ब्रेक पाईप ढीला कर दिया। उधर योजना के मुताबिक सीमा ने गजराज के गाड़ी स्टार्ट करते ही इस तार का इस्तेमाल किया!''

''फिर क्या हुआ?'' बलवंत ने व्यंग्यपूर्वक पूछा!

''वही जो सब जानते हैं!''

''यानी आपको जो कहना था, कह चुके?''

उसे घूरते हुए पंडितजी बोले–''कहने के लिए अब बचा ही क्या है?''

''तुम्हारी इस मनगढ़ंत कहानी पर कौन यकीन करेगा?''

''क्या यही सब कुछ नहीं हुआ था?''

गुर्राते हुए बलवंत ने कहा–''बेशक यही हुआ था!''

''अंकल!'' सीमा चीख पड़ी!

''तू चुप रह बेटी। अब मैं समझ चुका हूं कि यह पंडित का बच्चा कितने पानी में है!'' कहने के साथ ही वह पंडितजी की तरफ घूमा और बोला–''हमने तेरी कहानी सुन ली है पंडित, लेकिन बिना सुबूत के कुछ नहीं होगा। जा इस सारे अमेले को साबित करने के लिए सुबूत लेकर आ!''

''क्या ये तार सुबूत नहीं है?''

''सुबूत इस बात का चाहिए कि यह उस सूअर के कोट से ही तुझे मिला है!''

इससे पहले कि पंडितजी कुछ कहें। हॉल में रखे फोन की घंटी घनघना उठी। फोन चूंकि सीमा के नजदीक था, इसलिए हाथ बढ़ाकर उसने रिसीवर उठा लिया। हैलो कहते ही दूसरी तरफ से पूछा गया–''क्या केशव पंडित वहां हैं?''

''जी हां!''

''प्लीज। फोन उन्हें दीजिए!''

माऊथपीस पर हाथ रखकर सीमा ने पंडितजी से कहा–''आपका फोन!''

आगे बढ़कर पंडितजी ने रिसीवर लिया। कान से लगाकर कुछ देर तक दूसरी तरफ से बोलने वाले की आवाज़ सुनते रहे और एकाएक ही उनके चेहरे पर चौंकने के भाव उभरे। मुंह से निकला–''क्या कह रहे हो?''

दूसरी तरफ से पुनः कुछ कहा गया और इस बार 'हम अभी आते हैं?' कहने के साथ ही उन्होंने रिसीवर क्रेडिल पर पटक दिया। वे बहुत जल्दी में नज़र आ रहे थे। बलवंत की तरफ घुमकर बोले–''अपनी कहानी को साबित करने के लिए पर्याप्त सुबूतों के साथ हम शीघ्र ही तुमसे मिलेंगे!''

''जरूर मिलना। मैं इंतजार करूंगा!'' बलवंत ने पुनः व्यंग्यात्मक स्वर में कहा, जबकि पंडितजी समझकर भी वहां ठहरे नहीं। बड़ी तेजी से हवा के झोंके की तरह दरवाज़ा पार कर गए!

अगले किसी एजेंट से बात करने के बाद मिस्टर रॉव ने रिसीवर क्रेडिल

पर रखा ही था कि घंटी पुनः घनघना उठी और मिस्टर रॉव ने रिसीवर वापस उठाकर कान से लगाते हुए कहा–"हैलो!"

"मुझे 'रॉ' के चीफ मिस्टर रॉव से बात करनी है!" एक भारी आवाज़ उभरी।

"कहिए। हम बोल रहे हैं!"

"जिसके लिए आप और समूची भारत सरकार हैरान-परेशान है। वह इस वक्त हमारे कब्जे में है!"

"कौन हो तुम और किसकी बात कर रहे हो?"

खिल्ली उड़ाने वाला एक हंसी के साथ कह गया–"बंदे को काला चोर कहते हैं और मैं उसकी बात कर रहा हूं, जिसे आप लोग 'कैदी नंबर सौ' कहकर पुकारते हैं।"

"नीलम?" मिस्टर राव उछल पड़े।

"जी हां। इस वक्त वह हमारे क़ब्जे में है!"

मिस्टर रॉव ने बाएं हाथ की तर्जनी से मेज पर लगा एक बटन दबाया। इस बटन के दबाने का मतलब था कि ऑपरेटर यह जानने की कोशिश करे कि इस वक्त मिस्टर रॉव का फोन किस नंबर के फोन से कनेक्टिड है। बटन दबाने के साथ ही उन्होंने पूछा था–"कौन हो तुम और कहां से बोल रहे हो?"

"अगर आप पेड़ गिनने के चक्कर में रहे मिस्टर रॉव तो आम विदेशी जासूस खा जाएंगे। वे जो नीलम का मर्डर करने के लिए देहली की खाक छानते फिर रहे हैं।"

"क्या चाहते हो तुम?"

पुनः उसी हंसी के साथ भारी स्वर में कहा गया–"केवल एक करोड़!"

"एक करोड़?"

"हालांकि जानता हूं जिसके जेहन में कैंसर का इलाज छुपा है उसकी कीमत इससे कई गुना ज्यादा है, मगर हम लोग इसी से काम चला लेंगे!"

"नीलम तुम्हारे पास कहां से आ गई?"

"अगर कहावत को थोड़ा चेंज कर दें तो वह यूं बनेगी। ढूंढ़ने वाले

कयामत की नज़र रखते हैं!''

''क्या सुबूत है कि तुम सच बोल रहे हो?''

''यानी आप एक करोड़ देने के लिए तैयार हैं?''

''बशर्ते कि नीलम सचमुच तुम्हारे कब्जे में हो!''

''वह हमारे ही कब्जे में है। इसका सुबूत तुम्हें एक घंटे बाद देंगे!'' कहने के तुरंत बाद दूसरी तरफ से रिसीवर रख दिया गया।

मिस्टर रॉव 'हैलो-हैलो' करते रह गए, जबकि जवाब में दूसरी तरफ से सिर्फ किर्र-किर्र की आवाज़ गूंज रही थी। झुंझलाकर उन्होंने रिसीवर क्रेडिल पर पटक दिया और फिर बिजली की-सी तेजी के साथ इंटरकॉम पर बोले–''ऑपरेटर से मालूम करो कि यह फोन हमें कहां से किया गया?''

दो मिनट बाद जवाब मिला–''चांदनी चौक के पब्लिक टेलीफोन बूथ से!''

''वह एक घंटे बाद पुनः फोन करेगा। देहली के लगभग सभी बूथों पर जासूसों का जाल बिछवा दो। इस बार फोनकर्ता हमारे लिए अनजाने न रह पाए!''

''ओके सर!''

''और सुनो। मालूम करो कि इस वक्त केशव पंडित कहां हैं। वे जहां कहीं भी हों। मैसेज दो कि कैदी नंबर सौ के बारे में एक महत्वपूर्ण सूचना मिली है। इस संबंध में वे तुरंत हमारे ऑफिस में हमसे मिलें!'' मिस्टर रॉव इतनी जल्दी में थे कि आदेश देने के बाद उन्होंने दूसरी तरफ से जवाब की प्रतीक्षा किए बिना ही संबंध-विच्छेद कर दिया।

पंडितजी के जाने के काफी देर बाद तक हॉल में सन्नाटा व्याप्त रहा!

गहरा सन्नाटा!

सीमा के दिलो-दिमाग और शरीर तेज हवा के बीच फंसे सूखे पत्ते की तरह कांप रहे थे।

इस वक्त भी रह-रहकर उसके जेहन में केशव पंडित के शब्द गूंज रहे थे। उनकी सारी कहानी गलत होते हुए भी एक प्वाइंट अपनी जगह बिल्कुल मजबूत और पुख्ता था।

तार से संबंधित प्वाइंट!

वह तार इस वक्त सीमा के सामने किसी छोटे-से परंतु अत्यंत ही जहरीले सर्प के सामने गिजबिजा रहा था। उसने कल्पना भी न की थी कि यह तार इतने बड़े सुबूत के रूप में उभर कर सामने आ खड़ा होगा!

''सीमा!'' एकाएक ही बलवंत ने उसे पुकारा।

बुरी तरह चिहुंककर उसने कहा–''हूं!''

''तुम चुप क्यों हो?''

''नहीं तो?''

''अब तो तुम समझ गई होंगी कि वह सिर्फ अंधेरे में तीर चलाता है!''

''क्या मतलब?''

''क्या वह सब सच है, जो हमारा संयुक्त प्लान बताकर उसने सुनाया?''

''हरगिज नहीं!''

''हमारा दिल जानता है कि वह जो कुछ रहा था, वह उस की मनगढ़ंत कल्पना है और एक कल्पित कहानी के सुबूत तो भगवान भी इकट्ठे नहीं कर सकता। वह पंडित का बच्चा क्या करेगा?''

''सरासर झूठ होते हुए भी सारी कहानी को उन्होंने इस ढंग से पेश किया था अंकल कि वह सच-सी महसूस होने लगती है। अगर कोई अन्य सुने तो।''

''अदालत कहानियां नहीं सुबूत चाहती है!''

''वे धमकी देकर गए हैं कि . . . .।''

वाक्य पूरा होने से पहले ही टेलीफोन की घंटी घनघना उठी।

सीमा ने रिसीवर उठाया और कुछ देर तक दूसरी तरफ ही आवाज़ सुनने के बाद बोली–''ओके ठीक है मैं ऐसा ही करती हूं!'' कहकर रिसीवर क्रेडिल पर रख दिया।

''किसका फोन था सीमा?'' बलवंत ने व्यग्रतापूर्वक पूछा।

सीमा ने धीमे से कहा–''नीलम का!''

''क्या कह रही थी?''

''उसने हमें रकम के साथ बुलाया है!''

कहां?''

''रकम लेकर हमें आईटीओ पर पहुंच जाना है। वहां दो आदमी मिलेंगे, उनमें से एक हमसे टाइम पूछेगा। हम उसे वह बताएंगे जो बजा होगा, मगर वह पलटकर हमसे उल्टा कहेगा–''आप अपनी घड़ी को चैक कराइए, क्योंकि वह बिल्कुल गलत चल रही है, इस वक्त रात के साढ़े दस बजे हैं!''

रकम हमें यह कोड बताने वाले के हवाले कर देनी है?''

''लगता है कि नीलम वेद प्रकाश शर्मा के जासूसी उपन्यास पढ़ने लगी है, क्योंकि वह सारी प्रक्रिया ठीक किसी जासूसी उपन्यास जैसी है। खैर, मगर नीलम के ये मददगार कहां से पैदा हो गए?''

''मैं क्या बता सकती हूं?''

''अजीब बात है। देहली में नीलम की तुम्हारे अलावा किसी ने इंटीमेसी नहीं थी, फिर ऐसे संवेदनशील समय में उसका साथ देने वाला यह कौन है?''

''मेरे ख्याल से यह सब सोचने में समय बर्बाद करने के स्थान पर हमें बैंक चलना चाहिए अंकल!''

''तुम-तुम भी बैंक चलोगी?''

''हां!''

सारी बातें सुनने के बाद पंडितजी ने पूछा–''फोन कितनी देर पहले आया था?''

''तीस मिनट हो चुकी हैं!'' मिस्टर रॉव ने रिस्टवॉच पर नज़र डालते हुए बताया।

''इसका मतलब, आधे घंटे बाद पुनः फोन आना चाहिए?''

''वादा तो उसने यही किया है!''

इस बार पंडितजी कुछ बोले नहीं, बल्कि एक सिगरेट सुलगाने के बाद किसी सोच में डूब गए। सिगार में गहरा कश लगाते हुए मिस्टर राव ने कहा–''अंततः वही हो गया है, जिसका डर था!''

''क्या मतलब?''

''नीलम किन्हीं जयरामपेशा लोगों के हाथ लग गई है!''

''फिर भी गनीमत है!''

''हम समझे नहीं?''

कड़वा धुंआ निगलते हुए पंडितजी ने कहा–''फोन पर की गई मांग से जाहिर है कि वह टुच्चे लोगों के हाथ लगी है, जो उसके जरिए केवल एक करोड़ कमाना चाहते हैं। हमें तो यह डर था कि कहीं इतने बड़े जयरामपेशा व्यक्ति के हाथ न लग जाए जो उसके मस्तिष्क का इस्तेमाल दुनिया और मानवता के खिलाफ शुरू कर सके या हमें दुश्मन देश के उन जासूसों का खौफ है, जो भारत के कदम प्रगति की ओर अग्रसर देखकर राख हो जाया करते हैं!''

''भगवान का शुक्र है कि नीलम अभी तक ऐसे किसी व्यक्ति के हाथ नहीं लगी है।'' मिस्टर रॉव ने कहा–''हम पूरा जाल बिछा चुके हैं। इस बार यदि उसने देहली के किसी पब्लिक टेलीफोन बूथ से फोन किया तो हमारे लिए गुप्त नहीं रह सकेगा!''

पंडितजी कुछ बोले नहीं। वे किसी सोच में डूबे हुए थे!

कुछ देर की खामोशी के बाद मि. रॉव ही ने पूछा–''आप सीमा की कोठी पर गए थे। वहां क्या रहा?''

''अगर आप सच्चाई पूछें तो वह ये है कि हम उलझ गए हैं!''

''क्या मतलब?''

जेब से तार निकालकर मेज पर रखते हुए पंडितजी ने कहा–''यह तार हमें गजराज के कोट के निचले सिरे में उलझा मिला है!''

''जानते हैं!''

''क्या आप ये भी बता सकते हैं कि यह तार क्या कहानी सुनाता है?''

''मर्सडीज की ड्राइविंग सीट की 'खुरच' साफ बताती है कि इस तार के जरिए गजराज को सीट के साथ बांध दिया गया था और यह काम सीमा ने किया!''

''माना। ब्रेक किसने फेल किए?''

''ब्रेक्स को चैक करने के बहाने यकीनन बलवंत ने किए होंगे!''

''इसका मतलब ये कि सीमा और बलवंत मिले हुए थे। एक ही योजना पर काम कर रहे थे?''

''यकीनन!''

''यह सारी कहानी हम उन्हें सुना चुके हैं!''

''फिर?''

''अजीब बात ये है कि इस तार को देखकर सीमा तो पस्त हो गई। कहानी सुनकर भी वह बौखला गई। उसके भावों के आधार पर हम विश्वासपूर्वक कह सकते हैं कि कम-से-कम इस तार का इस्तेमाल उसी ने किया है, मगर बलवंत पर हमारे किसी शब्द का कोई असर नहीं पड़ा। अगर उसके भावों के आधार पर हमसे कोई हमारी राय पूछे तो हम स्पष्ट कहेंगे कि गजराज मर्डर केस से उसका कोई ताल्लुक नहीं है!''

''ऐसा कैसे ही सकता है?''

''यही तो हम सोच रहे हैं कि ऐसा हो कैसे सकता है?''

पंडितजी ने कहा–''अकेली सीमा के द्वारा गजराज की हत्या तर्कसंगत नहीं लगती!''

''ऐसा भी तो हो सकता है पंडितजी कि बलवंत अभिनय कला में माहिर हो?''

''मुमकिन है ऐसा हो। क्योंकि रहस्यमय होते हुए भी वह रहस्यमय नज़र नहीं आता!''

''क्या मतलब?''

''हम अभी तक पता नहीं लगा पाए हैं कि प्लाजा में उसके बराबर वाली सीट पर कौन स्त्री आने वाली थी और वह क्यों नहीं आई?''

''मेरे ख्याल से वह एक सफल अभिनेता ही है पंडितजी। इस कहानी में कोई लूज प्वाइंट नहीं है कि उन दोनों ने मिलकर गजराज की हत्या की है!''

''लूज प्वाइंट है मिस्टर रॉव। बहुत जबरदस्त लूज प्वाइंट है!''

''क्या?'' रॉव ने चकित भाव से पूछा!

''हम और तुम भी जानते हैं कि देहली से हमारा ट्रांसफर सीमा या बलवंत ने नहीं, बल्कि खुद गजराज ने कराया था, सवाल उठता है क्यों, जवाब है कि निःसंदेह उसके जेहन में कोई खुराफात थी। फिर सवाल उठता है क्या, और इस 'क्या' का जवाब फिलहाल हमारे पास नहीं है!''

''आपने तो स्वयं ही अपनी सारी कहानी बेकार सिद्ध कर दी पंडितजी?''

''है ही बेकार, केवल हमारे दिमाग की मनगढ़ंत कल्पना!''

''तब आपने यह कहानी उन्हें क्यों सुनाई?''

''इस उम्मीद में कि शायद वे अपनी सफाई दें। सफाई में वही प्वाइंट कहें जो हमारी सारी कहानी को बेकार सिद्ध कर देता है। कहें कि गजराज ने देहली से हमारा ट्रांसफर क्यों कराया था?''

''अगर वे ऐसा कहते तब आप किस नतीजे पर पहुंचते?''

''उनके सवाल करते ही हमारे दिमाग में सवाल उठता कि उन्हें गजराज के द्वारा हमारा ट्रांसफर कराए जाने की बात कैसे पता है और हमारे यह सवाल इस मामले की गांठों को स्वतः खोलता चला जाता!''

''मगर अपनी सफाई में उन्होंने ऐसा नहीं कहा?''

''इसके केवल दो अर्थ हैं या तो यह कि वे हमारी उम्मीदों से कहीं ज्यादा चालाक हैं, अथवा हमारे ट्रांसफर का रहस्य उन्हें सचमुच मालूम नहीं है!''

''और नीलम वाले मामले में आप किस नतीजे पर पहुंचे?''

''पहुंचे थे, मगर अब वह भी लड़खड़ा गया है!''

''क्या मतलब?''

''हमने यह कल्पना की थी कि प्लाजा में शायद नीलम आने वाली थी, मगर इस फोन ने हमारे उस विचार को भी गड़बड़ा दिया है। जब वह है कि किन्हीं अन्य लोगों के चंगुल में तब फिर उसके प्लाजा में आने का सवाल ही कहां उठता है?''

''चंगुल में तो आज है। मुमकिन है, चार दिन पहले न रही हो!''

''ऐसा हो सकता है मगर।''

''मगर?''

''गजराज मर्डर केस की इन्वेस्टिगेशन करने के बहाने हम तीन बार जा चुके हैं और यूं बार-बार जाने के पीछे हमारा एक ही मकसद है। यह भांपना कि उस कोठी में कुछ असामान्य तो नहीं है। सीमा और बलवंत की हरकतें कहीं रहस्यमय तो नहीं हैं। अभी तक सिर्फ बलवंत

की प्लाजा वाली हरकत संदिग्ध है और उस एकमात्र हरकत के आधार पर नीलम के बारे में अभी कुछ नहीं कहा जा सकता?''

मिस्टर रॉव के कुछ कहने से पहले ही मेज पर रखा इंटरकॉम भिनभिना उठा। रॉव ने रिसीवर उठाया। दूसरी तरफ से आवाज़ आई–''कुछ ही देर पहले सड़क पर से किसी ने एक कैसेट बिल्डिंग के लॉन में फेंकी है सर!''

''कैसेट?'' रॉव चौंक पड़े!

''जी हां। टेप कैसेट!''

''किसने फेंकी?''

''कुछ पता नहीं लग सका सर। कैसेट सड़क से फेंकी गई। इमारत की चारदीवारी के ऊपर से होती हुई वह लॉन में लंच लेते हुए एक कर्मचारी के सिर पर लगी। जब तक वह समझता देर हो चुकी थी!''

''ओह कैसेट को हमारे पास भेजो!''

''ओके सर!''

रिसीवर लगभग पटकते हुए रॉव ने एक ही सांस में सारी बात पंडितजी को बता दी। सुनकर पंडितजी धीमे-से मुस्कुराए। बोले–''मुजरिम होशियार है। इस बार उन्होंने फोन के स्थान पर कैसेट का इस्तेमाल किया है!''

कैसेट हाथ में लिए एक कर्मचारी ने ऑफिस में कदम रखा।

दो मिनट बाद ही उनके बीच मेज पर रखे एक विदेशी टेप-रिकार्डर से वही भरी आवाज़ निकली–''सबसे पहले तुम शायद इस बात का प्रूफ चाहोगे मिस्टर रॉव के कैदी नंबर सौ हमारे कब्जे में है। सुनो!''

खामोशी छा गई!

कैसेट अपनी सामान्य गति से घूम रही थी। पंडितजी और रॉव टेप ही को घूर रहे थे।

नीलम की आवाज़ सुनने के लिए बेचैन!

फिर एकाएक ही टेप से एक अन्य पुरुष की आवाज़ उभरी–''बोलो। पागलखाने से क्यों भागी थी तुम?''

''अपने चरित्रहीन पति से बदला लेने के लिए!'' पंडितजी को पहचानने में कोई दिक्कत नहीं हुई कि आवाज़ नीलम की है!

''उससे किस बात का बदला लेना चहाती हो तुम?''

''सुरेश ने मुझसे विश्वासघात किया है। मैं उससे प्यार करती थी। इतना ज्यादा कि लैब में मिली अपनी हर कामयाबी का जिक्र सबसे पहले उसी से करती थी, मगर उस हरामजादे ने मुझसे बेवफाई की। मेरी गैरमौजूदगी में दूसरी औरतों के साथ गुलछर्रें उड़ाता रहा!''

''यह ऐसा अपराध तो नहीं है कि . . .।

''हुंह। तुम सारे मर्द एक जैसे होते हो। तुम क्या समझोगे कि तुम्हारी ऐसी करतूतों से औरतों पर क्या गुजरती है। उस हरामजादी वेश्या को तो मैंने तभी खत्म कर दिया था, मगर सुरेश भाग निकला। छोडूंगी उसे भी नहीं!''

''तो क्या इतने दिनों तक पागलपन का तुम सिर्फ नाटक कर रही थी?''

''हां!''

''क्यों?''

''क्योंकि वे मुझे फांसी पर चढ़ा देना चाहते थे। बेवकूफ नहीं जानते कि मैं सुरेश नाम के अपने उस कमीने पति से बदला लिए बिना मरने वाली नहीं हूं!''

बस। खामोशी छा गई।

कैसेट अब भी सामान्य गति से घूम रही थी और करीब पंद्रह सैकिंड बाद पुनः वही, भारी आवाज़ उभरी–''मेरे ख्याल से आपके लिए यह सबूत पर्याप्त होना चाहिए मिस्टर रॉव, वे आवाज़ें मेरे एक साथी और नीलम की हैं!''

थोड़े अंतराल के बाद उसी आवाज़ ने पुनः कहा–''उत्तमनगर से दस किलोमीटर आगे घने जंगल के बीच एक पुराने शिकारगाह का खंडहर है। हम नीलम के साथ तुम्हें वहीं मिलेंगे। आज रात ग्यारह बजे। ठीक ग्यारह बजे। न उससे पहले न बाद में, अतः ग्यारह से पहले वहां हमें तलाश करने की मूर्खता न करें!''

आवाज़ सांस लेने के लिए रुकी!

पुनः कहा गया–''वहां हम एक करोड़ के बदले में नीलम आपको सौंप देंगे मगर ध्यान रहे। किसी भी किस्म की चालाकी दिखाने का

मतलब होगा हमेशा के लिए नीलम से महरूम हो जाना। न-न-न हम नीलम को खत्म नहीं करेंगे। हम सोने के अंडे देने वाली मुर्गी को हलाल कर देने वालों में से नहीं हैं। हम एक करोड़ में उसे आपके स्थान पर दुश्मन देश के जासूसों को बेच देंगे और वे उसका क्या करेंगे। यह आप जानते ही हैं?''

क्षणिक अंतराल के बाद पुनः कहा गया–''रात दस बजे से पहले अगर किसी भी सरकारी कुत्ते ने शिकारगाह के खंडहर में कदम रखा तो यकीन मानो। हमें पता लग जाएगा और हम किसी अन्य स्थान पर उसे विदेशी जासूसों के हवाले कर देंगे। उम्मीद है कि बेवकूफी नहीं करोगे। ओके!''

बस। कैसेट में इतना ही संदेश था!

रॉव ने टेपरिकार्डर ऑफ कर दिया। पंडितजी ने एक नज़र वहीं खड़े कैसेट लाने वाले कर्मचारी पर डाली और बोले–''संदेश के बीच में जो ब्लैंक्स हैं। हम उन्हें एक बार पुनः चाहते हैं!''

''ब्लैंक्स को?'' रॉव ने चकित भाव से पूछा!

''हां!''

और इस बार जाने क्या सोचकर रॉव ने कोई सवाल करने के स्थान पर टेप 'रिवाइंड' की।

पंडितजी ने पुनः सुना। विशेष रूप से संदेश के बीच-बीच में छूटे ब्लैंक्स को और संतुष्ट होने पर हाथ उठा दिया!

टेप ऑफ करते हुए रॉव ने पूछा–''आप क्या सुन रहे थे?''

''कुछ नहीं। हमें यू ही भ्रम हुआ था!''

''क्या?''

''ब्लैंक्स पर बहुत धीमी-धीमी किसी फिल्मी गाने की आवाज़ थी!''

''वह तो हमने भी सुनी है!'' मिस्टर रॉव ने कहा!

पंडितजी ने पूछा–''किस नतीजे पर पहुंचे?''

''जिस रील पर यह संदेश टेप किया गया है। उस पर पहले शायद फिल्मी गाने थे। वाश करने क बावजूद अक्सर रील पर धीमी-धीमी फिल्मी आवाज़ें रह जाती हैं!''

''वैरी गुड! ये वही आवाज़ें थीं!''

''मगर आपने ब्लैंक्स को दोबारा क्यों सुना?''

''हमें लगा था कि जहां से आवाज़ें टेप की गई, वहां से कहीं दूर रेडियो बज रहा था और यह आवाज़ उसी रेडियो की है। मगर वह मात्र हमारा 'ओह! खैर' अब इस संदेश के बारे में आपका क्या ख्याल है?''

''नीलम यकीनन इन लोगों के कब्जे में है!''

''मिस्टर रॉव ने अपनी राय प्रकट की–''क्या ऐसा नहीं हो सकता कि आवाज़ बदलने में एक्सपर्ट किसी व्यक्ति ने इसमें नीलम की आवाज़ भर दी हो?''

''किसी भी अन्य व्यक्ति को नीलम के जज्बातों का इल्म नहीं हो सकता और इसमें वही जज्बात भरे हुए हैं। सुरेश से बदला लेने के लिए वह पागल हुई जा रही है!''

''तो अब इस संबंध में आपकी आगे क्या योजना है?''

''हमारे पास काफी समय है। सोच-समझकर ही अगला कदम उठाना होगा!''

एकाएक मिस्टर रॉव ने कर्मचारी से कहा–''सिंधु तुम मैक को संदेश दो कि बूथों पर तैनात जासूसों को हटा ले। अब उनकी कोई जरूरत नहीं है!''

''ओके सर!'' सिंधु कहने के बाद घूमा और ऑफिस से बाहर निकल गया, मगर ठीक इसकी क्षण जो हरकत पंडितजी ने की उसे देखकर मिस्टर रॉव की खोपड़ी नाच उठी। चमत्कृत रह गया वह और विस्फारित नेत्रों से पंडितजी को देखने लगा। उन पंडितजी को जिनके जिस्म में बिजली-सी भर गई थी!

बांस सरीखे उस पतले-दुबले व्यक्ति की आंखें भूरी एवं बिल्ली की आंखों जैसी चमकदार थीं। लंबी और पतली गर्दन पर रखा हुआ सिर ऐसा महसूस होता था, जैसे कि किसी काठी पर हंडिया टांग दी गई हो!

अंगूठी रूपी ट्रांसमीटर पर बात करने के बाद उसे ऑफ करता हुआ बड़बड़ाया–''हुं। बॉस को भी ऑफिस में बैठे-बैठे हुक्म जारी करने के अलावा जैसे कोई काम नहीं है। फील्ड में वर्क करे तो पता चले कि हुक्म जारी करने और उस पर अमल करने में कितना फर्क है?''

''मैं अभी अक्सर यही कहता हूं मैडोपस!'' काले स्याह युवक ने कहा–''ये चीफ लोग साले कुछ समझते तो हैं नहीं। बस, काम चाहिए!''

कमरे में मौजूद सूखे-से चेहरे एवं पीले रंग वाला व्यक्ति बोला–''मेरा बॉस भी सुबह से तीन मर्तबा ट्रांसमीटर पर यह हुक्म सुना चुका है अब्दुल कि जैसे भी हो कैदी नंबर सौ को तलाश करके हम उसे शूट कर दें!''

''हुंह! शूट कर दें। कहां तलाश करें उसे?''

अब्दुल बोला–''मेरी एक राय है फांग!''

''क्या?'' सूखे चेहरे और झुकी हुई मूंछों वाले ने कहा!

''हम तीनों को यह तो पता ही है कि हमारे बॉस कहां मिलते हैं। इस बार अपने-अपने देश लौटते ही उन्हें शूट कर दें। बस न रहेगा बांस न बजेगी बांसूरी!''

''तुम दोनों का दिमाग खराब हो गया है!'' मैडोक्स गुर्राया!

अब्दुल ने फांग को और फांग ने अब्दुल को देखा, फिर दोनों एक साथ एक ही सुर में बोले–''जरूर हो जाता, मगर अब नीलम पागलखाने में भी नहीं है!''

''सोचो गधो। दिमाग पर जोर डालो कि नीलम कहां होगी? हम उसे कैसे तलाश करें? अगर वह फिर भारतीय पुलिस के हाथ लग गई तो!''

''हमारे बॉस हमारा कचूमर निकल देंगे!'' बात फांग ने पूरी की!

अब्दुल का गंभीर स्वर–''मेरी एक सलाह है!''

''क्या?''

''हम विविध भारती के दिल्ली केंद्र से एक ऐलान कराएं। यह कि नीलम जहां कहीं भी हो हमारे सामने आ जाए, क्योंकि हम उसे शूट करना चाहते हैं!''

''बकवास बंद करो!'' मैडोक्स चीखा मगर तभी उसे चौंक जाना पड़ा, क्योंकि अंगूठी से पुनः पिक्-पिक् की आवाज़ निकलने लगी थी!

''लो!'' फांग बोला–''इसके बॉस के पेट में पुनः दर्द होने लगा है!''

''शायद दस्त हो गए हैं उसे!'' अब्दुल ने जुमला कसा!

उधर, ट्रांसमीटर ऑन करने के बाद मैडोक्स ने 'हैलो-हैलो' की और फिर दूसरी तरफ से बोलने वाले की आवाज़ सुनने लगा। सुनते-सुनते उसकी बिल्ली जैसी आंखों में हिंसक चमक उभर आई थी।

अब्दुल और फांग शुतुरमुर्ग की तरह गर्दन उठाए उसकी तरफ देख रहे थे!

दो मिनट बाद ही ट्रांसमीटर ऑफ करते हुए मैडोक्स ने नारा लगाया–''पता लग गया है कि नीलम कहां है!''

फांग और अब्दुल एक-दूसरे की तरफ देखकर पलकें झपकाने लगे!

कुछ देर तक तो टॉयलेट के बंद दरवाज़े से कान सटाए केशव पंडित अंदर से आने वाली आवाज़ को ध्यानपूर्वक सुनने की चेष्टा करते रहे, मगर जब आवाज़ स्पष्ट सुनाई न दी तो दरवाज़ा पीट डाला उन्होंने, चीखे–''खोलो दरवाज़ा खोलो सिंधु!''

तभी गैलरी का एक मोड़ पार करने के बाद मिस्टर रॉव ने भागकर इधर ही आते हुए पूछा–''क्या हुआ पंडितजी। बात क्या है?''

''सिंधु दुश्मन मुल्क के जासूसों का एजेंट है!''

''क्या?'' हांफते हुए मिस्टर रॉव उछल पड़े!

''जी हां। वह टॉयलेट में है और शायद ट्रांसमीटर पर अपने साथियों को टेप के बारे में सूचित कर रहा है!''

तब तक ऑफिस के बहुत से कर्मचारी भागते हुए वहां आ पहुंचे थे, जबकि मिस्टर रॉव बुरी तरह दरवाज़ा पीटते हुए चीख रहे थे–''दरवाज़ा खोलो सिंधु, वर्ना इसे तोड़ दिया जाएगा!''

अंदर खामोशी छाई रही!

चीखते हुए मिस्टर रॉव ने दरवाज़ा तोड़ डालने का हुक्म दिया और उनका हुक्म होते ही ढेर सारे कर्मचारी दरवाज़े पर पिल पड़े!

दरवाज़ा शीघ्र ही चरमरा गया!

और तभी–''धांय!''

टॉयलेट के अंदर से एक गोली चलने की आवाज़ गूंजी!

दरवाज़ा तोड़ने में मशगूल कर्मचारी सहमकर पीछे हट गए!

फायर की आवाज़ के तुरंत बाद एक चीख उभरी थी और फिर

सन्नाटा छाता चला गया।

वातावरण के साथ ही चेहरों पर भी।

सब एक-दूसरे को ताकने लगे!

सन्नाटे को सर्वप्रथम पंडितजी की आवाज़ ने ही भेदा–''वह मर चुका है।''

''दरवाज़ा तोड़ दो। शायद अभी जिंदा हो!''

मगर वह जीवित नहीं था!

दरवाज़ा टूटने पर फर्श पर पड़ी उसकी लाश देखी गई। रिवॉल्वर सिंधु के बाएं हाथ में था और कनपटी पर बने ताजे सुराख से अभी तक गर्म लहु बाहर आ रहा था। टॉयलेट का सफेद फर्श लाल होता चला गया!

पंडितजी बड़बड़ाए–''टॉर्चर के डर से खुद को गोली मार ली!''

''मगर!'' पंडितजी की बड़बड़ाहट सुनकर मिस्टर रॉव ने अविश्वसनीय स्वर में कहा–''सिंधु पांच साल से इस ऑफिस में था। वह भला दुश्मन मुल्क के जासूसों का साथी कैसे हो सकता है?''

''जरूरी नहीं कि आज से पहले ही वह गद्दार ही रहा हो!''

''क्या मतलब?''

''पिछले पांच साल से निःसंदेह वह वफादार था। दुश्मन मुल्क के किसी जासूस से उसका कोई संबंध न रहा होगा, इसीलिए यह कभी आपकी नज़रों में नहीं आया।''

''फिर?''

''दौलत अच्छे-से-अच्छे वफादार और ईमानदार व्यक्ति को तोड़कर रख देती है। हमारे ख्याल से यह विदेशियों का स्थायी एजेंट नहीं था, बल्कि इस एकमात्र इन्फॉर्मेशन के बदले में उन्होंने इसे लाखों रुपए दिए होंगे!'.'

''लेकिन आपको सिंधु पर शक कैसे हुआ?''

''जब टेप चल रहा था, तब हमने इसके चेहरे पर खुशी की खास लहर को दौड़ते देखा था, जबकि टेप में ऐसी कोई बात नहीं थी, जिसे सुनकर 'रॉ' का कोई जासूस खुश हो सके। मगर फिर हमने सोचा– संभव है कि वह नीलम के बारे में 'क्लू' मिल जाने की वजह से खुश हो!''

''यह सब हम चोट नहीं कर पाए!''

''आपका ध्यान हमारी तरफ था!'' पंडितजी ने कहा–''इसके ऑफिस से बाहर निकलते ही हम एक झटके से खड़े हो गए और अपने होठों पर उंगली रखकर आपको चुप रहने को निर्देश दिया। फिर हम आपसे बिना कुछ सिंधु के पीछे लपक आए। आप चमत्कृत अवस्था में वहीं खड़े रह गए थे!''

''क्योंकि नहीं समझे थे कि अचानक आपको क्या हो गया है?''

''सिंधु के पीछे हम अपने संदेह की पुष्टि करने आए थे। इसे हमारे द्वारा अपना पीछा किए जाने का इल्म नहीं था, क्योंकि यह अपनी धुन में था। यहां आकर टॉयलेट में घुसते ही इसने दरवाज़ा अंदर से बंद कर लिया और हम दबे पांव यहां पहुंचकर इसकी आवाज़ सुनने की चेष्टा करने लगे!''

''तब तक यह दुश्मन जासूसों को सूचना देनी शुरू कर चुका होगा!''

''शायद!'' पंडितजी ने कहा–''मगर ये जो कुछ हुआ है। ठीक नहीं हुआ और इतनी जल्दी इतना सब कुछ हो जाने की हमने कल्पना भी नहीं की थी!''

दूर-दूर तक फैला ऊंचा-नीचा खंडहर ही बता रहा था कि शिकारगाह की यह इमारत किसी जमाने में अत्यंत विशाल एवं बेहद बुलंद रही होगी। करीब एक किलोमीटर के हिस्से में फैले उस पथरीले मलबे पर झाड़-झंकाड़ उग आए थे। जीर्ण-शीर्ण बूढ़ी दीवारें कहीं-कहीं अब भी अपना सीना ताने खड़ी थीं और इसी मलबे के ढेर पर खड़े थे चार-पांच विशाल वृक्ष!

खंडहर की तरफ जाने वाली सड़क पर दोपहर एक बजे से ही कड़ी नज़र रखी जा रही थी, मगर इस ढंग से कि आगंतुकों को कोई इल्म न हो। फिर किसी राहगीर को टोका भी नहीं जा सकता था, क्योंकि जरूरी नहीं कि वहां गुजरने वाला खंडहर पर ही जा रहा हो!

खंडहर के बराबर से गुजरकर वह सड़क आगे चली जाती थी।

चार बजे से सादे लिबास में राहगीर से नज़र आने वाले सरकारी जासूसों की संख्या उस सड़क पर बढ़ने लगी और सुरमई अंधेरा फैलते-फैलते अगर यह कहा जाए कि वहां चप्पे-चप्पे पर जासूस था

तो अतिश्योक्ति नहीं होगी। मगर सारा काम इतनी खामोशी के साथ व्यवस्थित ढंग से चल रहा था कि देखकर भी कोई किसी तरह का शक न कर सके!

नौ बजते-बजे स्थिति यह हो गई कि सारा खंडहर सरकारी जासूसों के सुदृढ़ घेरे में था।

अब उन जासूसों की इजाजत के बिना एक परिंदा तक न तो खंडहर के अंदर जा सकता था, न बाहर आ सकता था।

यह सारा इंतजाम स्वयं पंडितजी ने अपने नेतृत्व में कराया था और इसी वजह से सिंधु की मृत्यु के बाद से अचानक ही वे अत्यंत व्यस्त हो गए थे। क्योंकि वे यह समझ चुके थे कि खंडहर में जरायमपेशा लोगों के साथ-साथ उन दुश्मन देश के जासूसों से भी टकराव निश्चित है, जिन्हें सिंधु ने सूचना दी थी। इसलिए उन्हें ज्यादा मेहनत करनी पड़ी।

वे जानते थे कि विदेशी जासूसों का एकमात्र लक्ष्य नीलम को शूट कर देना होगा और पंडितजी का उद्देश्य था नीलम को बचाना!

उसे बचाना जो फिलहाल अपने कब्जे में भी नहीं है।

नीलम का सौदा करने वालों ने क्योंकि टेप के जरिए उन्हें रात के दस बजे खंडहर में पहुंचने की अनुमति दी थी, इसलिए ठीक दस बजे खंडहर पर एक कार और बीस पुलिस जीपें पहुंचीं।

उनकी हैडलाइट्स ऑन थीं, क्योंकि इस जत्थे कि आगमन को गुप्त नहीं रखा जाना था।

कार में पंडितजी के साथ मिस्टर रॉव और मैकलिन जैक थे। इस काफिले के वहां पहुंचते ही सारी कार्यवाही इस ढंग से होने लगी जैसे पुलिस नाम की चीज वहां केवल इसी क्षण पहुंची हो!

बीस जीपों ने खंडहर को चारों तरफ से घेर लिया!

वर्दीधारी और सशस्त्र पुलिसमैन तैनात हो गए!

पंद्रह पुलिसमैन की एक टुकड़ी के साथ पंडितजी, जैक और रॉव खंडहर में दाखिल हुए।

फिर सिपाही इधर-उधर छितराकर छुप गए!

जैक, रॉव और पंडितजी एक दीवार की बैक में!

मैडोक्स, फांग और अब्दुल!

खबर मिलते ही यानी करीब बारह बजे यहां आ गए थे। मैडोक्स की सलाहनुसार उन्होंने एक-एक पेड़ पर कब्जा किया!

यानी वे तीनों अलग-अलग तीन पेड़ों पर थे!

दोपहर बारह बजे से ही मोर्चा लेने की यह सलाह, क्योंकि मैडोक्स की थी, इसलिए फांग और अब्दुल मन-ही-मन उसे गालियां दे रहे थे!

देते भी क्यों न। भूखे-प्यासे जो थे बेचारे!

मैडोक्स ने उन्हें समझाया था कि इतनी जल्दी मोर्चे पर पहुंच जाने की वजह से जहां हम पुलिस की नज़रों में बचे रहेंगे, वहीं पुलिस के वहां पहुंचने से पहले ही उन लोगों से मुलाकात भी हो सकती है जिनके कब्जे में नीलम है और हमें चाहिए भी क्या। पुलिस के पहुंचने से पहले ही नीलम को शूट करके निकल जाने से बेहतर हमारे लिए और हो क्या सकता है?

मैडोक्स की स्कीम उन्हें जंची भी थी!

मगर समय गुजरने के साथ ही उनकी सारी उम्मीदों पर पानी फिरता चला गया, क्योंकि 'वे' लोग उन्हें कहीं नज़र नहीं आए थे!

वे तीनों छोटे परंतु शक्तिशाली ट्रांसमीटर पर आपस में बात पर सकते थे। उस वक्त करीब सात बजे थे, जब फांग ने ट्रांसमीटर पर कहा–''सात बज गए हैं मैडोक्स। वे लोग अभी नज़र नहीं आए हैं जिनकी पुलिस से पहले यहां पहुंच जाने की उम्मीद थी!''

''वे लोग या तो हमसे बहुत पहले ही यहां पहुंच गए होंगे और हमारी ही तरह खामोशी के साथ इस खंडहर में कहीं छुपे हुए हैं या अंधेरा पूरी तरह फैल जाने पर पहुंचेंगे।''

''इतना तो मैं भी समझता हूं कि इन दोनों में से ही कोई एक बात होगी!''

''शटअप!'' उसे डांटकर मैडोक्स ने ट्रांसमीटर ऑफ कर दिया।

फिर। अंधेरा घिरता चला गया!

संयोग से रात भी अंधेरी ही थी!

पेड़ पर बैठा मैडोक्स आंखें फाड़े अंधेरे को भेदकर देखने का असफल प्रयत्न कर रहा था।

कहीं कुछ भी तो दिखाई नहीं दिया उसे और ऐसे ही विशेष अवसरों

के लिए उसने आवाज़ पर निशाना लगाने की विशेष ट्रेनिंग ली थी। अपने निशाने पर मैडोक्स को बड़ा नाज था!

वह तब चौंका जब पुलिस कार्यवाही खुलकर शुरू हुई!

बीस जीपों के वहां पहुंचते ही वह मोटे तने पर संभलकर बैठ गया और ध्यान से पुलिस की सरगर्मी को नोट करने लगा। एक टुकड़ी को खंडहर में दाखिल होकर सिपाहियों को इधर-उधर छुपते भी देखा उसने!

और फिर। पुनः शीघ्र ही सब कुछ अंधेरे में डूब गया!

अंगूठी ने स्पार्क किया। ऑन करते ही अब्दुल की आवाज़ उभरी–"पुलिस का इंतजाम और मुस्तैदी देखी?"

"देखी!"

"क्या राय है?"

"इनके बीच से बचकर निकलना लोहे के चने चबाने से कहीं ज्यादा कठिन होगा!"

"मेरा ख्याल भी कुछ ऐसा ही है!" अब्दुल ने कहा–"हम यहां आ तो गए हैं, लेकिन शायद निकलकर न जा सकें, इसलिए तुम अपने गॉड और मैं खुदा को याद कर लूं।"

"शटअप!" मैडोक्स गुर्राया–"हमें इस अभियान पर अपने प्राणों की चिंता करने की नहीं, बल्कि कैदी नंबर सौ को शूट कर देने के लिए भेजा गया है। अब, जबकि बड़ी मुश्किल से यह मौका हाथ लगा है तो हमें यह फिक्र नहीं करना है कि हम यहां से बचकर कैसे निकलेंगे, बल्कि यह सोचना है कि इनकी मौजूदगी में कैदी नंबर सौ को शूट कैसे करेंगे?"

"वह यहां आई हो तभी न?"

"क्या मतलब?"

"दोपहर बाहर बजे से उन्हीं के चक्कर में इन पेड़ों पर टंगे पड़े हैं, मगर वे नज़र नहीं आए जिनकी तलाश है और जो तुम्हारे ख्याल से पुलिस से पहले यहां आने वाले थे?"

"तुम बेवकूफ हो। क्या वे पुलिस की तरह ढिंढोरा पीटते हुए यहां आएंगे!"

''मतलब?''

''आठ बजे के बाद खंडहर में इतना अंधेरा छा गया था कि खामोशी के साथ यदि वे यहां आ भी गए हों तो हमें नज़र न आए होंगे!''

''शायद वे आए ही न हों या आएं भी नहीं?''

''क्यों! क्या उन्हें एक करोड़ नहीं कमाने हैं?''

''अगर उन्हें इल्म हो गया होगा कि पुलिस इतने सशक्त ढंग से उनके स्वागत का इंतजाम करेगी तो एक करोड़ कमाने का उनका ख्वाब इस हद तक काफूर हुआ होगा कि इस जन्म में तो क्या सात जन्म भी इस खंडहर की तरफ मुंह करके न सोएंगे!''

''तुम अपनी बकवास बंद करके खामोशी के साथ ग्यारह बजने का इंतजार करो और ध्यान रहे यहां से भाग निकलने या खुद को बचाने की बात हमें नीलम को शूट कर देने के बाद ही सोचनी है। उससे पहले हरगिज नहीं!''

पंडितजी ने अपनी रेडियम डॉयल वाली रिस्टवॉच पर नज़र डाली। वह पूरे ग्यारह बजा रही थी और अभी वे रिस्टवॉच से नज़र हटा भी नहीं पाए थे कि एक बुलंद आवाज़ सारे खंडहर में गूंज गई–''हम आ गए हैं मिस्टर रॉव!''

''हम भी पहुंच गए हैं!'' रॉव ने अपनी बगल में दबे माईक पर कहा!

जवाब में कोई आवाज़ न उभरी। सन्नाटा छाया रहा!

पंडितजी की आंखें एक अधगिरी दीवार के शीर्ष पर जम गईं, क्योंकि आवाज़ वहीं से उभीर थी। वह खंडहर की सबसे ऊंची दीवारों में से एक थी और कुछ सोचने के बाद दीवार के शीर्ष पर छुपे व्यक्ति ने पूछा–''फिरौती लाए हो?''

''हमारे पास है!'' मिस्टर रॉव ने जवाब दिया!

''आकर खंडहर की सबसे ऊंची दीवार की जड़ में रख दो। नीलम तुम्हें मिल जाएगी, और हां एक बार तुम शायद फिर यह पुष्टि करना चाहो कि हम नीलम को अपने साथ लाए भी हैं या नहीं। लो नीलम की आवाज़ सुनो!''

खामोशी छा गई!

फिर, उसी भरी आवाज़ की गुर्राहट–''बोलो, इस माईक में बोलकर मिस्टर रॉव को अपनी आवाज़ सुनाओ नहीं तो गोली मार दूंगा।''

''नहीं मैं नहीं बोलूंगी!'' नीलम की धीमी आवाज़ भी समूचे खंडहर में गूंजती चली गई और यही क्षण था, जब बुरी तरह चौंककर पंडितजी कह उठे–''ओह! धोखा हमें धोखा दिया गया है रॉव!''

''क्या मतलब?'' रॉव उछल पड़ा!

''ध्यान से सुनो। धीमे-धीमे फिल्मी गाने की आवाज़। उफ्फ उस दीवार के शीर्ष पर एक टेपरिकार्डर के अलावा कुछ नहीं है!''

उधर से नीलम की आवाज़ गूंजी–''इन जालिमों को एक करोड़ कभी न देना रॉव साहब। ये हरकत लेने के बाद भी मुझे।''

''धांय!'' एक फायर की आवाज़ ने सारे खंडहर को झकझोर डाला और प्रतिक्रियास्वरूप दीवार के शीर्ष से एक भारी टेपरिकार्डर हवा में झनझनाने के बाद पथरीले मलबे से टकराकर खील-खील हो गया!

हलक फाड़कर मिस्टर रॉव चीख पड़े–''ऑन!''

और!

खंडहर को चारों तरफ से घेरे खड़ी जीपों की हैडलाईट्स रॉव के ऑन कहते ही एक झटके से रोशन हो गईं और लगभग सारा खंडहर प्रकाश से नहा गया। एक पल के लिए सबकी आंखें मिचमिचा गईं।

देखने के काबिल हुईं तो पंडितजी की नज़र पेड़ पर से तेजी से साथ उतर रहे मैडोक्स पर पड़ी। अपने हाथ में दबा रिवॉल्वर सीधा करके उन्होंने तुरंत फायर कर दिया!

गोली ने मैडोक्स का सिर तोड़ दिया!

एक चीख के साथ वह पेड़ की जड़ में आ गिरा!

तभी, एक अन्य पेड़ के शीर्ष से एक साथ दो गोलियां चलीं और खंडहर में उस जीप की हैडलाईट्स के खनखनाकर बिखर जाने की आवाज़ गूंजी, जिसकी रोशनी सीधी उस पेड़ पर पड़ रही थी!

जवाब में दीवारों के साए में छुपे हुए सिपाहियों की बंदूकें गर्जीं!

चारों तरफ से झपटने वाली अनेक गोलियों ने उस वृक्ष को भेद डाला और इस बार वहां गूंजने वाली चीख अब्दुल की थी।

सारा खंडहर फायरों की आवाज़ से कांप रहा था, जबकि इस सारे ड्रामे के जन्मदाता वहां से दूर थे। बहुत दूर!

फार्महाउस के तहखाने में!

अगरबत्तियों के सुगंधित धुवें से भरे उस साफ-सुथरे कमरे के बीच वे छहों बैठे थे। निकल्सन के ठीक सामने टीटू!

आंखें अंगारों-सी दहक रही थीं!

और निकल्सन ने अभी-अभी कहा था–''तुम्हारी दूसरी शर्त भी पूरी कर दी गई है ब्रिजेश।

पूरा अस्सी लाख रुपया तुम्हारी बीवी को पहुंचा दिया गया है!''

''जानता हूं!'' टीटू के मुंह से ब्रिजेश की आवाज़!

''अब बताओ। वेन कहा है?''

टीटू ने कोई जवाब नहीं दिया लाल-लाल आंखों से उसने नीलम, बल्लो, बागेश और रीगा को देखा। फिर वे सुर्ख आंखें सीमा पर स्थिर होकर रह गईं !

सीमा के जिस्म में सिहरन दौड़ गई।

''तुम पूछो सीमा!'' विकृत चेहरे वाले टीटू के होंठ हिले और सीमा की इच्छा दहशत के कारण चीख पड़ने की हुई। उसके मुंह से कोई आवाज़ न निकल सकी। सीमा को ऐसा लग रहा था जैसे किसी ने कसकर उसका गला दबा रखा हो!

''पूछो सीमा!'' निकल्सन ने कहा!

सीमा के रोंगटे खड़े थे। आतंक के कारण बुरा हाल था उसका। लग रहा था कि अभी बस अगले ही पल टीटू झपटकर उसकी गर्दन दबाने वाला है!

उसने बोलने का प्रयास किया, मगर होंठ सिर्फ कांपकर रह गए!

उसे घूरता हुआ टीटू अचानक मुस्कुराता और मुस्कुराने के इस प्रयास में उसके मुंह से ढेर सारी लार टपक पड़ी। मुस्कान ऐसी भयानक थी कि सीमा का सारा शरीर ठंडा पड़ गया। अब आतंक में घृणा भी आ मिली थी। टीटू ने उसी मुस्कान के साथ अपने कानों तक फैले होंठ हिलाए–''मैं तुमसे बहुत खुश हूं, क्योंकि वह तुम ही हो, जिसने मेरी

दोनों शर्तें पूरी कीं। हां तुम केवल तुम्हीं समझे कि एक सुहागिन की हत्या कैसे होती है। तुम हत्यारी हो अपने ही सुहाग की हत्यारी। अपनी मांग से सिंदूर खुरचकर तुमने खुद फेंका है!''

''नहीं!'' डर की ज्यादती के कारण सीमा ने चीखकर न सिर्फ आंखें बंद कर लीं, बल्कि दोनों हाथों से चेहरा भी ढांप लिया!

''सीमा-सीमा!'' नीलम ने उसे संभाला!

निकल्सन टीटू पर गुर्रा उठा–''ये क्या बदतमीजी है ब्रिजेश। सीमा को तुम डरा क्यों रहे हो। उससे आराम से बात क्यों नहीं करते?''

''मैंने तो डराने की कोई कोशिश नहीं की!'' टीटू की सुर्ख आंखों में हल्के-से चंचल भाव उभर आए थे!

''यह बात गलत है ब्रिजेश। तुम्हें अपने वादे का पालन करना चाहिए!''

''मैंने कब इंकार किया है?''

''तो उसके सवाल का ठीक से जवाब दो!''

सीमा की तरफ देखते हुए टीटू ने कहा–''यह सवाल तो करे!''

''डरो मत सीमा, यह तुम्हारा कुछ नहीं बिगाड़ सकता!'' नीलम ने उसे हौंसला देते हुए कहा–''पूछो-पूछो इससे कि वेन कहां है?''

साहस करके सीमा ने बिना टीटू से नज़रें मिलाए पूछा–''वेन कहां है?''

''मेरी आंखों में देखकर पूछो!''

इस बार अपना सारा हौसला समेटकर सीमा ने उन दहकती आंखों में आंखें डालकर सवाल कर दिया। ब्रिजेश की आत्मा सब कुछ बताती चली गई।

''उफ!'' झुंझलाए हुए अंदाज में अपने दाएं हाथ का मुक्का बाएं हाथ की हथेली पर मारते हुए पंडितजी गुर्राए–''आज से पहले हमने कभी किसी मामले में इतना जबर्दस्त धोखा नहीं खाया था!''

''कैसा धोखा। हमें भी तो कुछ बताइए पंडितजी!'' जैक ने पूछा!

उसकी तरफ पलटकर पंडितजी बोले–''आप अब भी कुछ नहीं समझे?''

''हम तो यही नहीं समझ पा रहे हैं कि हम क्या समझे हैं और क्या नहीं?'' मिस्टर रॉव ने कहा!

''उन्होंने हमें खंडहर में उलझाकर अपना कोई बड़ा काम निकाला है!''

''किसने?''

''नीलम और उसके साथियों ने!''

''नीलम के साथी?'' जैक ने चौंककर पूछा–''नीलम के साथी कौन हैं!''

''वे ही जिनकी आवाज़ इस कैसेट्स में भरी हुई है!''

''मगर।''

''बहुत ही सोच-समझकर सुदृढ़ स्कीम तैयार की थी उन्होंने!'' कहने के साथ ही पंडितजी मेज के नजदीक पहुंचे। वहां पड़े एक टेपरिकार्डर के मलबे की तरफ संकेत करके बोले–''ये मलबा देख रहे हो। यह एक खास किस्म के टेप का मलबा है, इसमें वैसा ही सिस्टम होता है, जैसा अलार्म घड़ी में। यानी इससे अटैच्ड घड़ी में आप जो टाइम भर देंगे, यह ठीक उसी टाइम ऑन हो जाएगा।

जिस तरह सैट की हुई घड़ी में अलार्म बज उठता है!''

''यह तो हम भी समझ रहे हैं!''

''दीवार के उस शीर्ष पर यह टेप आज दिन में ग्यारह बजे के बाद ही सेट करके रख दिया गया था, यानी हमें कैसेट पहुंचाने से कुछ पहले ही और उसके बाद इस टेप से संबंधित लोगों ने खंडहर में जाकर झांका तक नहीं है!''

''जबकि वहां हमारे और दुश्मन देश के जासूसों के बीच गोलियां चलती रहीं!''

''इस सारे ड्रामे में हम एक ही पक्ष को अपने लिए पाजिटिव कह सकते हैं। नीलम और उसके साथियों के द्वारा बिछाए गए जाल में फंसकर हमारी तरह वे भी वहां पहुंच गए और वहां हुई मुठभेड़ में वे तीनों मारे गए जो कल नीलम के लिए खतरा बन सकते थे। अपने-अपने देश से उन्हें नीलम को शूट कर देने का हुक्म था!''

''अंधेरे में आवाज़ पर लगाया गया जालिम का निशाना भी तो देखो। कितना एक्यूरेट था। एक ही गोली में टेप के परखच्चे उड़ा दिए हैं!''

"अगर इस बात को नज़र में रखकर सोचा जाए तो कहने को दिल चाहता है कि भगवान का लाख-लाख शुक्र था कि यह सारा ड्रामा था। हकीकत नहीं!"

"क्या मतलब?"

"उसने नीलम की आवाज़ पर गोली चलाई थी। सो यह हाल हुआ। अगर वह टेप के स्थान पर सचमुच नीलम होती तो उसका भी यही हाल हुआ होता!"

"आप ठीक कह रहे हैं!"

"एक सवाल का जवाब दो?"

"पूछिए!"

"मुजरिम डिटेक्टिव को धोखा देने या भटकाने की जरूरत कब महसूस करते हैं!"

"सीधी-सी बात है तब जबकि डिटेक्टिव सही राह पर आगे बढ़ रहा हो!"

"इसका मतलब ये कि हम सही मार्ग पर चल रहे थे?"

रॉव ने कहा–"स्पष्ट है!"

"और हमारा मार्ग था। सीमा की कोठी। टार्गेट थे सीमा और बलवंत। यकीन तौर पर हमें उधर से भटकाने के लिए ही इधर उलझाया गया। अब हमें विश्वास हो चला है मिस्टर रॉव कि नीलम अगर बलवंत के नहीं तो सीमा के टच में जरूर है!"

"जब आप इतना सब कुछ समझ चुके हैं तो उसे गिरफ्तार क्यों नहीं कर लेते?"

"वो गिरफ्तार होते ही नीलम और उसके साथी सतर्क हो जाएंगे। अपना रास्ता बदल लेंगे वे और इस बदले हुए रास्ते पर उन्हें ढूंढ़ना पुनः मुहाल हो जाएगा!"

"फिर?"

"सीमा के जरिए हमें नीलम और उसके साथियों तक पहुंचना है!"

सीमा और नीलम के हाथों में टॉर्च थीं!

निकल्सन के हाथ में कुदाल। बागेश पर खंती और बल्लो एवं टीटू फावड़ा संभाले हुए थे।

वे 'रेदार' ठोस मिट्टी की प्राकृतिक चकरोड पर बढ़े चले जा रहे थे। आमतौर पर इधर से किसी किसान आदि के गुजरने का प्रश्न ही नहीं था, क्योंकि दूर-दूर तक पथरीली और बंजर जमीन पड़ी थी!

ऐसी कि जिस पर कोई फसल नहीं हो सकती थी!

वैसे भी कहीं भी जाने वाले राहगीर के लिए यह कोई रास्ता नहीं था। वे फार्महाउस से करीब पांच किलोमीटर दूर निकल आए थे। नीलम और सीमा को लगातार टार्चें ऑन रखने का निर्देश नहीं था, इसलिए बीच-बीच में सिर्फ यह जानने के लिए ऑन किया जाता कि वे ब्रिजेश की आत्मा द्वारा बताए गए सही मार्ग पर बढ़ भी रहे हैं या नहीं?

हर तरफ। दूर-दूर तक फैला सन्नाटा!

आज की रात चंद्रमा ने भी मानो निद्रारानी की गोद में मुखड़ा छुपा लिया था। आसमान भी इस हद तक शांत था कि सोया हुआ-सा प्रतीत हो रहा था, मगर फिर भी दावे के साथ यह नहीं कहा जा सकता कि उन छः व्यक्तियों को कोई देख नहीं रहा था। एक नहीं। धुले हुए गगन पर टिमटिमाते अनगिनत तारें उन्हें देख रहे थे। मगर शांत थे। पूर्णतया खामोश!

कुछ देर बार वे एक 'जोहड़' के नजदीक पहुंचकर ठिठक गए। यह ऐसा स्थान था, जहां बंजर जमीन का थोड़ा-सा हिस्सा दब जाने के कारण झील बन गई थी। बरसात के दिनों में चारों तरफ से इकट्ठा होकर पानी इस झील में समा जाता और पूरे साल भरा रहता था।

"टॉर्च जलाओ!" निकल्सन ने कहा!

सीमा और नीलम की टार्चें एक साथ ऑन हो गई। रोशनी के गोल धब्बे 'जोहड़' के गंदे पानी पर नृत्य करने लगे। मच्छरों की भिनभिनाहट, जुगनुओं की चमक और मेंढकों की टर्र-टर्र जोहड़ के चारों तरफ मौजूद थी!

निकल्सन ने आदेश दिया रोशनी 'जोहड़' के पार डालो!"

दोनों दायरे 'जोहड़' पार करके पथरीली एवं बंजर जमीन पर नाचने लगे और सीमा की टार्च का दायर शीघ्र ही एक सफेद गुलाब के पौधे पर यूं रूक गया, जैसे संगीत के रूकते ही नर्तकी के पैर जहां-के-तहां रूक जाते हैं!

''वह रहा!'' बल्लो के हलक से खुशी की चीख निकल पड़ी!

बागेश भी लगभग चीख पड़ा–''हां। सफेद गुलाब वही है!''

अब। नीलम ने भी अपनी टार्च का प्रकाश दायरा वहीं केंद्रित कर दिया!

''हम सही स्थान पर पहुंच गए हैं!'' निकल्सन ने अपेक्षाकृत शांत स्वर में कहने की चेष्टा की, परंतु सफलता की खुशी का कंपन उसके स्वर में भी था। ब्रिजेश की आत्मा ने यही बताया था–''जोहड़ के पार करीब बीस मीटर दूर उसने स्वयं सफेद गुलाब का यह पौधा लगाया है!''

''चलें वहां?'' टीटू ने व्यग्रतापूर्वक पूछा!

''वहां पहुंचने के लिए तो इतने पापड़ बेले हैं। दाईं तरफ से जोहड़ के किनारे-किनारे चलो। जोहड़ में दलदल और पानी का कोई सर्प भी हो सकता है!''

अब यह छोटा-सा काफिला दुगने जोश में, तेज कदमों के साथ अपने लक्ष्य की तरफ बढ़ने लगा और शीघ्र ही सफेद गुलाब के नजदीक पहुंच गया!

गुलाब के आसपास की जमीन पर चहलकदमी करते हुए बागेश ने पैर से जमीन को ठोंका ओर बोला–''तो ब्रिजेश ने वेन यहां दबा रखी है?''

''हां प्यारे!'' बल्लो बोला–''इस वक्त हम चार करोड़ अस्सी लाख की दौलत पर खड़े हैं। हमसे बड़ा बादशाह साला कौन होगा?''

मुस्कुराते हुए निकल्सन ने कहा–''अभी वह सिर्फ काग़ज़ है। दौलत नहीं!''

''उसे दौलत बनाना हमारे लिए चुटकियों का काम है। क्यों बागेश?'' टीटू ने कहा।

''करेक्ट! मेरे और टीटू के रहते यह काग़ज़ कब तक रहेगा?''

सीमा बड़बड़ाई–''ब्रिजेश भी कमाल है। कहां छुपाई है वेन?''

''वाकई। मानना पड़ेगा!'' निकल्सन ने कहा–''उसकी मौत की खबर सुनने के बाद जब हम पागलों की तरह यहां-वहां वेन को ढूंढ़ते

फिर रहे थे, तब जाने कितनी बार इस पौधे के आसपास और यहां से भी गुजरे होंगे, जहां इस वक्त खड़े हैं, मगर दिमाग में यह ख्याल न आया कि वेन जमीन के अंदर भी दफन हो सकती है!''

''लेकिन अकेले ब्रिजेश ने इसे वहां दफन किया कैसे होगा?''

''क्या मतलब?''

''तुमसे अलग होने के करीब पांच घंटे बाद तो पुलिस की गोली से वह मारा ही गया था।

क्या इतने कम समय में कोई वेन को दफनाने जितनी गहरी कब्र खोदकर उसमें वेन डालकर उसे बंद भी कर सकता है?''

''तुम भूल रही हो कि किडनैप के बाद वेन को तहखाने के स्थान पर यहां लाने की उसकी योजना पहले ही से थी!''

''यानी?''

''जिन दिनों हम संयुक्त योजना में काम आने वाली 'चीजों' का इंतजाम करने में मशगूल थे। ब्रिजेश ने उन्हीं दिनों वेन को दफनाए जाने जितनी यह कब्र खोद ली होगी। उसके पास काफी समय था!''

बात को जल्दी खत्म करने की गर्ज से बागेश ने कहा–''बस सारा मामला स्पष्ट तो है। कब्र वह पहले ही खोद चुका था। रास्ता बदलकर वेन को यहां ले आया। धकेलकर कब्र में गिरा दी और कब्र बंद कर दी। इस सारे काम में उसे मुश्किल से दो घंटे लगे होंगे!''

''और टायर के निशान आदि?''

जवाब निकल्सन ने दिया–''मैं दावे के साथ कह सकता हूं कि इसके लिए उसने वही लोहे की चादरों वाला फार्मूला इस्तेमाल किया होगा?''

''फिर वे चादरें?''

''शायद उस जोहड़ में पड़ी हों!''

''ओह! वैरी गुड। यकीनन यही सब हुआ होगा! सीमा निकल्सन के तर्कों से प्रभावित होती हुई बोली–''कब्र को बंद करने के बाद जो मिट्टी बची होगी उसे भी ब्रिजेश ने इस जोहड़ में खपा दिया होगा!''

''फावड़ा, कुदाल और तसला आदि भी!''

‘‘अब छोड़ो भी। क्या बकवास लेकर बैठ गए?’’ बोर होकर बल्लो आखिर झुंझला उठा–‘‘अब इन बातों को सोचने से क्या लाभ कि उस उल्लू के पट्ठे ने क्या कैसे किया होगा?’’

‘‘इस वक्त हमें सिर्फ यह सोचना चाहिए कि हम वेन के ऊपर खड़े हैं और इसे कब्र से निकालकर तहखाने की तरफ कैसे ले जाएं?’’

टॉर्च ऑन करके अपनी रिस्टवॉच में समय देखती हुई सीमा ने कहा–‘‘मेरे ख्याल से आज की रात छेड़ना ठीक नहीं है!’’

‘‘क्यों?’’ टीटू किसी भेड़िए के समान गुर्रा उठा।

‘‘यकीनन इसे कब्र से निकालने में काफी समय लगेगा। सुबह हो जाएगी और भले ही यह स्थान चाहे जितना निर्जन ही सही, दिन के उजाले में कुछ भी करना बेवकूफी होगी!’’

सन्नाटा खिंच गया!

किसी के मुंह से कोई आवाज़ न निकल सकी। हां बल्लो, बागेश और टीटू के चेहरों पर नागवारी के भाव थे, क्योंकि वेन के नजदीक पहुंचकर उसे साथ न ले जाने वाली बात बड़ी अटपटी लगी थी। कम-से-कम उनकी समझ में तो आई ही नही!

सन्नाटे के मुंह पर तमाचा निकल्सन ने जड़ा–‘‘सीमा ठीक कह रही है। कल रात हम सब जल्दी आकर इसे यहां से निकालेंगे!’’

‘‘मगर!’’ टीटू ने कुछ कहना चाहा!

नीलम ने पूछा–‘‘बोलो भइया?’’

‘‘थोड़ा-सा खोदकर हमें कम-से-कम यह पुष्टि तो कर ही लेनी चाहिए कि वेन यहां सचमुच है या ब्रिजेश की आत्मा ने हमें बेवकूफ ही बना दिया है?’’

‘‘बेकार की बात है!’’ निकल्सन बोला–‘‘आत्माएं झूठ नहीं बोला करती।’’

‘‘जब पहेली पूछ सकती है तो झूठ भी बोल सकती है!’’

बागेश ने कहा–‘‘विचार तो मेरा भी यही है कि पुष्टि कर लेने में कोई हर्ज नहीं है। थोड़ा-सा खोदकर उसे यथास्थान करने में समय ही कितना लगेगा?’’

‘‘तुम लोग भी जानते हो कि वेन यहीं है, मगर एक बार उसे देख

लेने के लोभ को जज्ब नहीं कर पा रहे हो!'' नीलम ने कहा!

बल्लो बोला–''ऐसा ही समझ लो!''

''तो शुरू कर दो खुदाई!'' निकल्सन ने इजाजत दी।

सुबह के करीब चार बजे वे तहखाने में डाईनिंग मेज के चारों तरफ बैठे थे। हालांकि सभी बुरी तरह थके हुए थे, किंतु किसी के भी चेहरे पर वह थकान नज़र नहीं आ रही थी और स्वाभाविक-सी बात थी। चेहरों पर थकान नज़र आती भी कैसे। वहां तो सिर्फ और सिर्फ वेन के मिल जाने की खुशी दमक रही थी!

वेन की छत के थोड़े से हिस्से के दर्शन करके ही वे वहां से हटे थे।

यहां पहुंचे मुश्किल से अभी पंद्रह मिनट ही गुजरी थीं कि नीलम ने पुकारा–''सीमा!''

''हूं!''

''सुबह हो चुकी है। अब तुम्हें यहां से तुरंत निकल जाना चाहिए!''

निकल्सन, टीटू और बल्लो की नज़रें जाने क्यों मिलीं।

''ओके!'' कहकर सीमा मुड़ी ही थी कि–अपने स्थान से खड़ी होती हुई नीलम ने कहा–''और सुन!''

''हुं!'' वह घूमी!

''फिलहाल यहां सिर्फ वेन को लाने और नोट छापने का काम होगा। इस सारे काम में कहीं तेरी कोई जरूरत नहीं है, अतः कम-से-कम दस दिन तक इधर का रूख न करेगी!''

''मगर नीलम मेरा दिलो-दिमाग तो यहीं पड़ा रहेगा। हर समय शंका और चिंताएं सताया करेंगी। न चाहते हुए भी रह-रहकर दिमाग में यह सवाल उठा करेगा कि यहां क्या हो रहा है। सब कुछ ठीक चल भी रहा है या नहीं?''

''इन सब बातों की परवाह तुझे नहीं करना है। इस फार्म हाउस से दूर रहने की सलाह इसलिए दे रही हूं पगली, क्योंकि तुझे लगातार पंडितजी वॉच कर रहे हैं। अगर वे यहां तक पहुंच गए . . .?''

''तो सारा गुड गोबर हो जाएगा!'' वाक्य निकल्सन ने पूरा किया!

सीमा और नीलम ने चौंककर उसकी तरफ देखा, जबकि बड़ी ही

कुटिल मुस्कान के साथ उसने भवें मटकाते हुए धूर्त अंदाज में टीटू से कहा–''क्यों टीटू?''

''पक्की बात है निक्कू उस्ताद?''

बल्लो भी बोला–''हम उस जड़ को ही खत्म कर देते हैं, जो खतरे का निशान बन जाए!''

''क्या मतलब?'' नीलम चीख पड़ी!

''मतलब ये! एक झटके से खड़े होने के साथ ही निकल्सन ने रिवॉल्वर निकालकर उनकी तरफ तान दिया। गुर्राया–''हाथ ऊपर उठा लो!''

सीमा और नीलम के छक्के छुट गए!

मौत की थरथराहट उनके सारे जिस्म में रेंगती चली गई। चेहरे पीले जर्द और हाथ स्वतः ही ऊपर उठते चले गए। सभी आशाओं के विपरीत बागेश भी अपने सिर से हैट उतारकर हाथों में नचाता हुआ गुर्राया–''हम कोई भी ऐसा खतरा मोल नहीं ले सकते जिसकी वजह से सब कुछ चौपट हो जाए!''

''बागेश तुम भी?'' नीलम के हल्क से चीख निकल पड़ी।

''बागेश को क्या तुम अपने साथियों से अलग समझती हो। अरे इस दुनिया में हर रिश्ता, हर नाता केवल दौलत से है और अपना खून-पसीना एक करके बड़ी मुश्किल से वेन हासिल की है। जब खिचड़ी पक गई तो दाल-भात में मूसलचंद बनकर तुम चली आई?''

''तुम-तुम कुत्ते हो!'' दांत भींचकर नीलम दहाड़ उठी!

अकेला बागेश नहीं, चारों एक साथ खिलखिलाकर हंस पड़े!

टीटू के हाथों में चेन झूल रही थी तो बल्लो की उंगलियों में नाच रहा था, चमकदार लंबे फल वाला रामपुरिया!

चेहरों पर क्रूर भाव लिए वे चारों चहलकदमी करते हुए उनके चारों तरफ फैलते जा रहे थे।

नीलम और सीमा के चेहरों पर आतंक, नफरत और गुस्से की त्रिवेणी ठाठें मार रही थी।

''मैंने कहा था न नीलू। ये चारों सांप हैं। दांव लगते ही फन उठाकर हमारे सामने खड़े जो जाएंगे!'' सीमा का स्वर कांप रहा था!

''तुम-तुम अपनी बहन को मारोगे टीटू भइया?''

''हुंह! बहन!'' टीटू ने आग उगली–''फिलहाल तुम्हें बख्शा जा सकता है? क्योंकि तुमसे हमें कोई खतरा नहीं है, मगर इसे नहीं इसके जरिए वह पंडित का बच्चा यहां पहुंच सकता है!''

गुस्से की ज्यादती के कारण इस बार नीलम चाहकर भी कुछ बोल नहीं सकी। उसके होठों पर केवल सफेद-सफेद झाग उबलकर रह गए। चेहरा भभककर लाल सुर्ख पड़ा हुआ था और सीमा खौफ की मारी थरथर कांप रही थी!

''टीटू ठीक कह रहा है!'' बागेश बोला–''अगर चाहो तो तुम्हें बिना मारे भी हम अपना काम चला सकते हैं, लेकिन सीमा का मरना जरूरी है।''

''मैं पहले ही जानती थी कि वह होगा!'' खौफ की मारी सीमा दहाड़ उठी–''तू ही न मानी नीलू। वे मुजरिम हैं और अपने हर उस साथी को खत्म कर देना इनका सिद्धांत होता है। भविष्य में जिसकी मदद की कोई जरूरत न रह जाए। ब्रिजेश ने ठीक ही किया था, वर्ना ये सचमुच उसे कत्ल कर देते, क्योंकि वेन यहां तक पहुंचाने के बाद उसका कोई 'यूज' नहीं रह गया था। ये रिवॉल्वर, ये चाकू, चेन और ये मुझ पर तब तक नहीं तने जब तक मेरा यूज था। इन्हें ब्रिजेश की पहली शर्त पूरी करानी थी। आत्मा से सवाल कराना था। सो हो चुका है!''

''यह कुछ ज्यादा समझदार है!'' निकल्सन मुस्कुराया!

बागेश बोला–''इसीलिए ज्यादा जहरीली भी!''

''ये तो तुम्हें वक्त आने पर पता पड़ेगा कि कौन कितना जहरीला है। तुम तीनों कान खोलकर सुन लो एक दिन तुम भी मुजरिमों के इसी सिद्धांत का शिकार बनोगे। जिस तरह आज मुझे मारा जा रहा है। यूजलेस होते ही निकल्सन एक-एक करके तुम तीनों को मार डालेगा!''

''ओह! नागिन वाकई तेज है!'' निकल्सन दांत पीसता हुआ गुर्राया–''दोस्तों में फूट डालने अविश्वास पैदा करने की साजिश!''

''ये साजिश नहीं हकीकत है!''

घबराकर निकल्सन ने कहा–''अगर तुम बचना चाहती हो नीलम तो इसके नजदीक से हट जाओ!''

बगल में खड़ी सीमा को खींचकर अंक में भरती हुई नीलम किसी जख्मी सर्पणी के समान निकल्सन की तरफ पलटकर फुंफकारी–''चलाओ गोली। अपनी सीमा के साथ ही मरूंगी मैं!''

''नहीं!'' सीमा चीखी और नीलम के बंधन से निकलने के लिए मचलती हुई बोली–''मुझे छोड़ दे नीलू। प्लीज मुझे मर जाने दे बहन, इंसानियत के लिए तुझे अभी बहुत कुछ करना है!''

''नहीं!'' नीलम ने उसे कसकर भींच लिया!

''मेरा अंत यही हो सकता था नीलू। कुछ भी हो पति चाहे जैसा हो।

उसके बिना नारी अधूरी है। अपनी ही मांग से सिंदूर खुरचकर फेंकने वाली नारी का अंत इसके अलावा और हो भी क्या सकता है, मगर तू अपनी जान क्यों देती है पगली। क्या तू अपना महान् लक्ष्य भूल गई?''

हंसते हुए बल्लो ने कहा–''दो सहेलियों के प्यार को देख रहे हो दोस्तों?''

''हा-हा-हा!''

बाकी तीनों दरिंदे खिलखिला उठे!

''देख क्या रहा है टीटू! अगर नीलम को बचाना चाहता है तो अलग कर दे इन्हें!''

''अभी लो उस्ताद!'' कहने के साथ ही अपने हाथ में थमी मोटर साइकिल की चेन को झुलाता हुआ वह आगे बढ़ा और फिर 'साड़' से जंजीर आलिंगनबद्ध हुई सीमा और नीलम के संयुक्त जिस्म पर पड़ी।

एक साथ दोनों के हलक से चीखें निकल गईं।

फिर!

टीटू का हाथ बिजली की-सी गति से चलने लगा। तहखाने में दोनों सहेलियों की चीखें गूंजती चली गई। सीमा नीलम के बंधनों से निकलने की भरसक चेष्टा के बावजूद भी असफल थी!

उस क्षण जब जंजीर की चोट सीधी नीलम की भुजाओं पर पड़ी तो वह बिलबिला उठी।

पकड़ शिथिल हुई और इसी का लाभ उठाती हुई सीमा नीलम से अलग होकर चीखती हुई एक तरफ को भागी!

बल्लो चीख पड़ा–''शूट हर, निक्कू शूट हर!''

निकल्सन का रिवॉल्वर वाला हाथ हवा में उठा और अभी वह ट्रेगर नहीं दबा पाया था कि बागेश ने हैट को अपनी उंगलियों पर नचाकर हवा में उछाल दिया।

सुदर्शन चक्र की तरह घूमता हुआ हैट सीधा निकल्सन की रिवॉल्वर वाली कलाई से जा टकराया!

निकल्सन के हाथ से रिवॉल्वर और मुंह से चीख एक साथ ही निकली। रिवॉल्वर फर्श पर गिर गया था, जबकि चीख वायुमंडल में खोकर रह गई और अभी कोई ठीक के कुछ समझ भी नहीं पाया था कि।

"खुद को संभालों संगीता बहन! मैं तुम्हारे साथ हूं!" चीखने के साथ ही उसने चाकू हाथ में लिए हक्के-बक्के खड़े बल्लो पर जम्प लगा दी!

एक-दूसरे से गुथे वे फर्श पर जा गिरे!

फर्श पर दौड़ता चाकू मेज के नीचे चला गया था!

निकल्सन अपनी जख्मी कलाई को पकड़े कराह रहा था। जब तक सारी सिचूवेशन टीटू की समझ में आई और चेन संभाले सीमा पर झपटा तब तक।

अपना रिवॉल्वर निकालकर नीलम चीख पड़ी थी–"खबरदार जो जहां है, वहीं रूक जाए वर्ना मैं एक-एक को गोली से भूनकर रख दूंगी!"

सबके जिस्म जैसे एक ही ब्रेक शू दबाने से जाम हो गए!

बागेश उछलकर खड़ा हो गया!

सीमा हक्की-बक्की थी!

उसकी समझ में नहीं आ रहा था कि पलक झपकते ही यह सब क्या और कैसे हो गया।

इतनी तेजी के साथ पासे आखिर कैसे पलट गए!

निकल्सन, बल्लो और टीटू जहां के तहां स्टेचुओं की मानिंद चिपक कर रह गए, जबकि बागेश की आंखों में चमक थी। होठों पर विजयी मुस्कान!

"तुम तीनों हाथ ऊपर उठा लो! निकल्सन का रोल अब नीलम अदा कर रही थी।

वे न केवल विवश थे, बल्कि बौखलाए हुए भी।

हाथ उठते चले गए!

''सारे हथियार अपने कब्जे में ले लो बागेश भइया!'' तीनों को कवर किए नीलम गर्राई–बागेश ने झटसे टीटू की चेन संभाली। फिर बल्लो का चाकू। अपना हैट उठाकर सर पर रखा। निकल्सन का रिवॉल्वर अपने हाथ में!

''थैंक्यू बागेश भइया। थैंक्यू वैरी मच!'' कृतज्ञ एवं भावभीने भाव से जिसे नीलम ने ये शब्द कहे थे। निकल्सन, टीटू और बल्लो उसी को खा जाने वाली नज़रों से घूर रहे थे। ऐसे अंदाज में कि जैसे दांव लगते ही उसे कच्चा चबा जाएंगे!

उसकी आंखों में आंसू भर आए। बोला–''तूने कैसे सोच लिया बहन कि मैं तेरी बांधी हुई अनगिनत राखियों का अपमान कर दूंगा?''

''जब मेरी मां के पेट से जना भाई ही . . .!''

''टीटू का दिमाग खराब हो गया है संगीता। अगर दौलत का चश्मा आंखों पर लगाकर देखा जाए तो हर चीख दौलत ही नज़र आती है!''

''दिमाग तेरा खराब है बागेश!'' टीटू चीख पड़ा–''कुत्ता है तू। दोस्तों से दगा करने वाले को कमीना कहते हैं!''

''और बहन की राखी पर थूकने वाले को हरामजादा . . .।''

''तू-तू!'' टीटू कसमसा उठा!

रिवॉल्वर ताने कुटिल मुस्कान के साथ गुर्राया बागेश–''हरकत मत करना बेटे वर्ना आज सारी दोस्ती को उठाकर टांड पर फेंक दूंगा!''

''इस पर मुझे पहले ही शक था!'' निकल्सन बोला!

''यही तो ये ड्रामा न करता तो तुम मुझे भी नीलम और सीमा की तरह कवर कर लेते और फिर मुझे अपने इस प्यारे-प्यारे हैट को इस्तेमाल करने को मौका न मिलता?''

बल्लो चीख पड़ा–''मौका मिलते ही मैं तेरी अंतड़िया फाड़ डालूंगा!''

''जरूर मगर तभी न जब मौका मिलेगा?''

आवेशवश कांपकर रह गया वह!

अब कहीं जाकर स्थिति सीमा की समझ में आई थी। नीलम के

जिस्म पर चेन के निशान देखते ही मानो वह पागल हो गई। झपटकर उसने बागेश के हाथ से चेन छीन ली और किसी के कुछ समझने से पहले ही 'सड़ाक' के साथ टीटू की चीख गूंज उठी!

साथ ही बागेश की चेतावनी–"अगर किसी ने भी हरकत की तो मेरे रिवॉल्वर की गोली उसका हुलिया बिगाड़ देगी!"

"कमीने, कुत्ते, पाजी!" सीमा चीख रही थी–"क्या ये हाथ भगवान ने तुझे अपनी बहन पर वार करने के लिए दिए थे। मैं उन हाथों को तोड़कर फेंक दूंगी, जिन्होंने नीलू के जिस्म पर खून की लकीरें बनाई हैं!"

"नहीं सीमा नहीं वह मेरा भाई है!"

पलटकर जख्मी सिंहनी-सी गुर्राई सीमा–"ये जलील तेरा भाई है। तू अब भी इसे भाई कहेगी। क्या फिर भूल गई कि मुजरिम का किसी से कोई रिश्ता नहीं होता। दौलत ही इनकी बहन, दौलत ही मां-बाप, बच्चे, धर्म-ईमान और भगवान होते हैं!"

"मैं तो मुजरिम नहीं हूं सीमा?" नीलम चीखी–"मैं इसकी बहन न सही, मगर ये तो आज भी मेरा भाई है?"

"हरगिज नहीं! हरगिन नहीं!" चिल्लाती हुई सीमा चेन संभाले पुनः टीटू की तरफ घूमी तो टीटू की रूह झनझना उठी!

मगर नीलम ने झपटकर चेन पकड़ ली!

सीमा को खींचकर टीटू से दूर ले गई वह और इस भावुक दृश्य तथा नीलम की तड़प को देखकर जाने क्यों बल्लो के जिस्म का रोयां-रोयां खड़ा हो गया। निकल्सन के तिरपन कांप रह थे!

नीलम ने बड़ी मुश्किल से सीमा को नियंत्रित किया!

"अब इनका क्या किया जाए?" दीवार के सहारे पंक्तिबद्ध हाथ ऊपर किए खड़े तीनों को घूरते हुए बागेश ने नीलम से सवाल किया!

"तीनों को इसी वक्त शूट कर दो!" जवाब सीमा ने दिया।

धूर्त मुस्कुराहट के साथ निकल्सन कह उठा–"तुम हमें शूट नहीं कर सकते!"

"क्यों?"

"क्योंकि टीटू के बिना नोट तैयार नहीं हो सकते?'.'

''बेशक!'' नीलम ने कहा–''इसीलिए हम टीटू को नहीं मारेंगे, मगर तुम दोनों के बगैर हमारा कोई काम नहीं रूकेगा, अतः तुम्हें शूट करने में हमें कोई दिक्कत नहीं है!''

उनके चेहरों का रंग गिरगिट की आंखों की तरह बदला!

पहले पीला और फिर कोरे काग़ज़-सा पड़ता चला गया!

आंखें निस्तेज!

मौत की काली परछाई उनके सारे शरीर पर स्पष्ट नज़र आने लगी थी और उसी समय बड़ी अजीब मुस्कान के साथ नीलम ने कहा–''मगर हम मुजरिम नहीं हैं। हमारे सिद्धांत तुम जैसे नहीं हैं कि जिससे काम अटका हुआ है, उसे छोड़कर बाकी सबको शूट करते फिरें!''

आंखों में जीवन चिन्ह लौट आए!

निकल्सन बोला–''हमें बख्श दो नीलू! मैं आखिरी बार तुमसे माफी मांग रहा हूं। साथ ही वादा करता हूं कि फिर कभी ऐसी गलती नहीं होगी। मैं वहीं करूंगा जो तुम कहोगी। तुम्हारे एक-एक अक्षर का पालन करूंगा मैं!''

''हरगिन नहीं!'' सीमा दहाड़ उठी–''इन सांपों की बातों में न आ जाना तुम। मौका लगते ही ये फिर डंक मारेंगे!''

सीमा की बात पर कोई ध्यान न देती हुई नीलम ने कहा–''और तुम बल्लो। क्या तुम माफी नहीं मांग रहे हो?''

बल्लो मूर्तिवत् खड़ा रहा!

बिल्कुल शांत!

चेहरे पर कोई भाव तक नहीं था जालिम के!

नीलम के होठों पर नाचने वाली मुस्कान अत्यंत गहरी हो गई। बोली–''देखा निक्कू . . . तुझसे कई गुना बहादुर तो ये बल्लो निकला, जिसे तुम हमेशा दिमाग से पैदल समझते और कहते रहे हो। तुम्हारी तरह झूठी माफी नहीं मांगी उसने!''

''मैं झूठ नहीं बोल रहा हूं!''

''जानती हूं कि तुम सरासर झूठ बोल रहे हो!'' नीलम ने गुर्राकर उसे चुप किया और बोली–''मगर मैं फिर भी तुम्हें नहीं मारूंगी। वक्त आने पर फन उठाने और डंक मारने का पूरा मौका दूंगी तुम्हें!''

"नीलू!" सीमा ने टोका!

नीलम ने हाथ उठाकर उसे चुप रहने के लिए कहा। सभी उसे चकित मुद्रा में देख रहे थे, जबकि वह कहती चली गई–"और तुम्हें भी बल्लो। मर्डर करना तो दूर तुम तीनों में से किसी को यहां कैद तक नहीं किया जाएगा। उसी तरह आजाद रहकर हमारे साथ काम करोगे, जिस तरह अपनी इस जलील हरकत से पहले रहते थे?"

"संगीता!" बागेश पर चुप न रहा गया–"ये तुम क्या कह रही हो?"

"वही बागेश भइया, जो मुझे कहना चाहिए। इन लोगों पर भरोसा करके मैंने भारी भूल की थी। अब यह बात मेरी समझ में आ गई है सीमा कि इन सर्पों के बीच मुझे कैसे रहना है किस तरह सुरक्षित रह सकती हूं मैं?"

"मैं समझी नहीं!"

"यहां से जाने के बाद तुम सचमुच इधर का ख्याल भी नहीं करोगी, मगर हर रोज नियत से ठीक ग्यारह बजे तुम अपने फोन के आसपास रहोगी, क्योंकि प्रतिदिन ग्यारह बजे मैं फोन पर तुमसे बात करूंगी!"

"यहां फोन कहां है?"

"फोन करने मैं बाहर जाया करूंगी। वहां तक जहां फोन मिले!"

"लेकिन यह तो बहुत खतरनाक बात है। बाहर तुम्हें कभी भी कोई देख सकता है और फिर?"

"यह खतरा हमें उठाना ही होगा!"

"मैं समझी नहीं!"

"जिस दिन ठीक ग्यारह बजे मेरा फोन तुम्हें न मिले, उस दिन समझ लेना कि इस तहखाने में तुम्हारी सहेली को इन सर्पों ने डस लिया है और तुम तुरंत किसी भी पुलिस स्टेशन का नंबर रिंग करके इस तहखाने का पता और इन सबके नाम बता देना!"

"ओह!" अब सीमा की समझ में नीलम की पूरी स्कीम आई थी।

बागेश की आंखों में चमक और निकल्सन, टीटू तथा बल्लो की आंखों में खौफ उभर आया।

उन्हें भी घूरती हुई नीलम पुनः बोली–"तुम डरना नहीं सीमा।

अकेली मैं भी नहीं हूं। बागेश भइया मेरे साथ हैं। इन सबके दांत यानी ये हथियार इन्हीं के कब्जे में रहेंगे। यहां पुलिस के पहुंच जाने से हालांकि नुकसान मुझे भी होगा, मगर इनसे बहुत कम मेरा जो लक्ष्य है। सरकार उसे पूरा करने के लिए मुझे समय और सुविधाएं देने पर विवश है, मगर इन्हें फांसी के तख्ते पर लटकाने में पल भर का विलंब न करेगी, जो करोड़पति बनने के ख्वाब देख रहे हैं!''

''समय कुछ बढ़ा लो नीलम!'' निकल्सन ने कहा–''ऐक्यूरेट ग्यारह बजे ठीक नहीं है। ऐसा हो सकता है कि किसी अड़चन की वजह से तुम ठीक समय पर फोन न कर सको और ऐसे में यदि सीमा ने पुलिस को फोन करके सारे राज बता दिए तो?''

''तो?''

''पुलिस यहां पहुंच जाएगी?''

''इसका इलाज क्या है?''

''ऐसा रख लो कि अगर इस ग्यारह से बारह बजे के बीच तुम्हारा फोन न मिले तो बारह पांच पर पुलिस को फोन कर दे। इस तरह हमें पूरा एक घंटा मिल जाएगा और किसी अनजान दुर्घटना से छुटकारा भी!''

''जबकि मैं चाहती हूं कि ऐसी दुर्घटना न घटे!''

''क्या मतलब?'' निकल्सन के गले में जैसे कुछ अटक गया।

''दुर्घटना न घटे। अपनी बेहतरी के लिए इसका ख्याल तुम तीनों को रखना है निक्कू!''

नीलम का लहजा बेहद कठोर हो गया था–''टाइम बिल्कुम फिक्स रहेगा। ऐक्यूरेट ग्यारह बजे और मुझसे यह फोन कराने की जिम्मेदारी तुम्हारी होगी। जिस दिन न करा सके उस दिन सारा खेल खत्म!''

वे तीनों मुंह बाए एक-दूसरे को देखते रह गए।

''उसे हमारे ऑफिस में ले आओ!'' कहने के साथ ही मिस्टर रॉव ने रिसीवर क्रेडिल पर रख दिया और अपनी मेज के पास कुर्सी पर बैठे पंडितजी की तरफ देखकर बोले–''एक बेहद दिलचस्प और हैरतअंगेज न्यूज है पंडितजी!''

''क्या?'' उन्होंने सामान्य स्वर में पूछा।

''ब्रिजेश की बीवी अब से कुछ देर पहले अपने इलाके के थाने में पहुंची और थानेदार के हवाले अस्सी लाख रुपए किए!''

''क्या?'' पंडितजी उछल पड़े!''

''जी हां। ये रुपए उसने यह कहकर दिए हैं कि कल उसे दो आदमी यह कहकर दे गए थे कि यह ब्रिजेश की वह कमाई है, जिसे कमाते-कमाते वह पुलिस की गोली का शिकार हो गया?''

''हैरतअंगेज बात है, कहां है वह?''

''थानेदार ने उसे थाने ही में बैठाकर यहां फोन कर दिया था क्योंकि 'वेन रॉबरी' वाला केस अब रॉ के पास है। हमने यहां से तीन एजेंटों को यह हुक्म देकर थाने भेजा है कि उस औरत को यहां ले आएं!''

पंडितजी के मस्तक पर बल पड़ गए। काफी देर तक वे कुछ बोल नहीं सके और विवश होकर मिस्टर रॉव को पूछना पड़ा–''क्या सोचने लगे पंडितजी?''

''अपनी इतनी लंबी जिंदगी में न तो हमने कभी ऐसे आदर्शवादी लुटेरे देखे हैं और न ही पढ़े-सुने हैं जो अपने साथी के मरने के बाद उसकी बेवा को हिस्सा पहुंचाएं। ऐसे लुटेरों की तो हमने कभी कल्पना तक नहीं की!''

''और क्या कभी आपने ऐसी औरत की कल्पना की है जो अस्सी लाख लेकर थाने में चली आए और सब कुछ पुलिस के हवाले कर दे?''

''ऐसी औरत हो सकती है!''

''क्या बात कर रहे हैं आप?''

''हम ठीक कह रहे हैं मिस्टर रॉव!'' पंडितजी ने प्रभावशाली शब्दों में कहा–''कोई भी व्यक्ति ऐसा दो कारणों से कर सकता है। पहला यह कि वह धार्मिक प्रवृत्ति का रहा हो और उस के मन में अंदर तक यह बात बैठी हो कि अगर ऐसी दौलत की एक पाई भी उसने अपने पास रखी तो उसका सर्वनाश हो जाएगा!''

''दूसरी वजह?''

''रकम को पचाने की प्रत्येक व्यक्ति की अलग-अलग क्षमताएं

होती हैं। अगर कहीं से किसी को अपनी क्षमता से बहुत अधिक मोटी रकम हाथ लग जाए तो वह बौखला जाएगा, तरह-तरह के डर और शंकाएं उसे इस हद तक कचोट डालेंगे कि अंततः वह उस रकम से छुटकारा पा लेगा। भले ही बाद में पछताए!''

तभी! एक बार पुनः फोन की घंटी घनघना उठी। मिस्टर रॉव ने रिसीवर उठाकर कहा–''हैलो रॉव हीयर!''

''मैं *नवभारत टाइम्स* का प्रधान संपादक बोल रहा हूं!''

''जी कहिए!''

''परसों के पेपर में आपने छापने के लिए जो कैदी नंबर सौ की फोटो दी थी, वह हमने मुख्य पृष्ठ पर छाप दी थी!''

''हमने देखी थी। थैंक्यू वैरी मच मिस्टर?''

''दरअसल इस वक्त हमारे ऑफिस में एक व्यक्ति बैठा है, जो कैदी नंबर सौ की फोटो अखबार में देखकर यहां हमसे उसके बारे में कुछ और अधिक जानकारी लेने आया है!''

''कैदी नंबर सौ से अपना क्या संबंध बताता है वह?''

''अपना नाम दुर्गादास बताता है। कहता है कि मैं इस लड़की का पिता हूं, मगर इसका नाम नीलम नहीं संगीता है। हमने इसे समझाने की बहुत चेष्टा की, मगर . . .?''

''प्लीज उसे बैठाए रखिए। हम अपने कुछ आदमी भेज रहे हैं!''

''बेहतर है!''

''सूचना देने के लिए शुक्रिया !'' कहने के साथ ही मिस्टर रॉव ने रिसीवर रख दिया और बोले–''आज का दिन अच्छा जान पड़ता है पंडितजी!''

''क्या फिर कोई सूचना मिली है?''

''जी हां!''

''क्या?''

और मिस्टर रॉव उन्हें एक ही सांस में सब कुछ बताते चले गए। पंडितजी पूरी गंभीरता के साथ सुनते रहे। बात खत्म होने पर अभी वे अपना कोई कामेंट्स भी ने दे पाए थे कि ब्रिजेश की बीवी को साथ लिए वहां दो जासूसों ने प्रवेश किया।

तीसरे जासूस ने दो सूटकेस लाकर मेज पर रखते हुए कहा–''इनमें अस्सी लाख रुपए हैं सर!''

धीमे से गर्दन हिलाने के बाद रॉव ने उन्हें *नवभारत टाइम्स* के ऑफिस जाकर दुर्गादास को यहां लाने का हुक्म दिया!

वे तीनों एड़ियां बजाने के बाद तुरंत बाहर चले गए।

पंडितजी ने उसे आराम से एक कुर्सी पर बैठाने के बाद ही पूछा–''तुम्हारा नाम क्या है बहन?''

''शकुंतला!''

''ये रुपए तुम्हें किसने दिए?''

''दो आदमियों ने!''

''क्या तुम उन्हें जानती हो?''

''नहीं!''

''उनका हुलिया बयान कर सकती हो?''

''हुलिया?''

''शक्ल-सूरत, पहनावा आदि!''

''हां!'' और फिर उसने जो दो हुलिए बयान किए उनमें से एक बागेश का था, दूसरा निकल्सन का। बागेश के हुलिए से तो पंडितजी और रॉव कुछ न समझे, मगर पंडितजी के इशारे पर रॉव ने मेज की दराज से निकल्सन का फोटो निकालकर शकुंतला को दिखाते हुए पूछा–''क्या उन दोनों में से एक यह है?''

''हां यही है!'' शकुंतला देखते ही उछल पड़ी।

''खैर! रकम उन्होंने तुम्हें कब दी?''

''कल शाम!''

''फिर आज तुम इसे लेकर पुलिस के पास क्यों चली आई?''

''मैं सारी रात सो ने सकी। इन दोनों अटैचियों में भरी दौलत को देखते ही मैं पसीने-पसीने हो गई। जाने क्यों दिल में रह-रहकर यह विचार उठने लगा कि अगर मैंने हराम की इस दौलत को हाथ भी लगाया तो भगवान मेरा और मेरे बच्चे का सर्वनाश कर देगा। मन में सारी रात जद्दोजहद चलती रही!''

''और अंत में तुमने पुलिस की शरण में आना ही ठीक समझा!''

''जी!''

''गुड। तुमने ईनाम का काम किया है शकुंतला!'' कहने के बाद पंडितजी रॉव से बोले–''यह तो आप समझ ही गए होंगे मिस्टर रॉव की शकुंतला पर दोनों में से कौन-सा कारण फिट बैठता है। यह एक मुजरिम की धर्म भीरू बीवी है और उसके गुनाहों की सजा इसे मिलना इंसाफ की बात नहीं। वैसे भी इतनी मोटी रकम सरकार को सौंपकर इसने देश को कुछ दिया ही है। हमारी इच्छा है कि इसके बच्चे के बालिग होने तक सरकार कम-से-कम इसे हजार रुपए महीना दे और हम यह चाहेंगे कि आप अपने प्रभाव से ऐसा कराएं!''

''इतना तो मैं भी इस महान् औरत के बारे में सोच रहा हूं!''

सूटकेस खोलते हुए पंडितजी ने कहा–''अभी! बस दो मिनट और बैठो शकुंतला बहन। उसके बाद हम तुम्हें गाड़ी से घर पहुंचवाएंगे!''

शकुंतला चुप रह गई!

पंडितजी और रॉव एक-एक गड्डी को चैक करने लगे। बहुत गौर से देखने पर भी वे नोट कहीं से जाली नज़र नहीं आ रहे थे और सूटकेस में लगी पहली 'तह' पर से एक गड्डी उठाते ही पंडितजी चौंक पड़े–''अरे?''

''क्या बात है?''

''पचास की गड्डी!'' पंडितजी ने तीसरी पर्त की एक गड्डी निकालकर मेज पर डाल दी।

''पचास?'' रॉव चिहुंक उठा!

चकित मुद्रा में पंडितजी ने सवाल किया–''क्या वे पचास के नोट भी तैयार कर सकते है?''

''हरगिज नहीं। पचास के नोट का काग़ज़ ही नहीं है उन पर। हर नोट अलग काग़ज़ पर छपता है और जो खेप उन्होंने लूटी है उसमें सिर्फ सौ का नोट छपने के लिए काग़ज़ था!''

''तो क्या उन्होंने सौ के नोट वाले काग़ज़ पर ही पचास . . .?''

''ऐसा नहीं है!'' मिस्टर रॉव पचास के एक नोट को मसलते हुए बोले–''यह काग़ज़ पचास ही के नोट का है। सौ के नोट में प्रयुक्त होने वाला नहीं!''

''ऐसा हो भी नहीं सकता, क्योंकि कोई भी मूर्ख उस काग़ज़ पर पचास का नोट नहीं छापेगा, जिस पर सौ का छप सकता हो!''

''फिर यह चक्कर क्या है!''

''कहीं ये नोट असली तो नहीं हैं?''

''लुटेरों पर असली नोट कहां से आएंगे पंडितजी?''

''मामला अचानक ही बहुत उलझ गया है!'' पंडितजी ने कहा– ''आप रिजर्व बैंक फोन करके इनकी सीरीज और नंबर बताकर पूछिए कि ये नोट उन्होंने किसी बैंक को तो नहीं दिए हैं। अगर दिए हैं तो किस बैंक को?''

मिस्टर रॉव ने तुरंत रिसीवर उठाकर नंबर रिंग किया और बात करने के बाद बोले–''ये नोट रिजर्व बैंक से ही निकले हैं!''

''उन्होंने किसे दिए?''

''स्टेट बैंक की कनॉट प्लेस शाखा को!''

''गुड। अब वहां से आसानी के साथ पता लग सकता है कि नोट किसने निकाले हैं?''

कहते समय पंडितजी की आंखें नीले हीरों की तरह चमक रही थीं। वे शायद अभी आगे भी कुछ कहना चहाते थे कि 'रॉ' के तीनों जासूसों ने दुर्गादास के साथ वहां प्रवेश किया।

दुर्गादास को एक कुर्सी पर बैठा लिया गया।

तीनों जासूस बाहर चले गए!

दुर्गादास का नामादि पूछने के बाद पंडितजी ने सवाल किया– ''जिस लड़की का फोटो अखबार में छपा है, उसे आप अपनी बेटी संगीता कैसे बताते हो?''

''कैसे से क्या मतलब साहब। वह है ही मेरी बेटी!''

''बात दरअसल ये है दुर्गादास जी कि जिसका फोटो अखबार में छपा है, उसका नाम संगीता नहीं, नीलम है!''

''और इसका नाम संगीता है!'' कहने के साथ ही दुर्गादास ने एक पुराना फोटो उन्हें पकड़ा दिया। देखते ही चौंक पड़े पंडितजी। केवल आयु का अंतर था वर्ना फोटो वह आज भी सर्वाधिक वीआईपी नीलम ही का था!

दुर्गादास ने उन्हे चौंकाया–''अब क्या कहते हें आप?''

''पंडितजी ने कोई सवाल नहीं किया। सिगरेट में लगातार दो-तीन कश लगाने के बाद बोले–''हम तुम्हारी पूरी कहानी सुनना चाहते हैं। तुम्हारे परिवार में और कौन-कौन लोग हैं। वे क्या करते हैं। संगीता नीलम कैसे बन गई आदि?''

दुर्गादास को जैसे कोई उज्र न था। वह शुरू हो गया।

वही सब कहानी सुनाते, बीच-बीच में दुर्गादास ने स्वयं को जाने कितनी गालियां दीं, जो हम इस उपन्यास के शुरू के पृष्ठों में लिख चुके हैं। शायद इसलिए क्योंकि अब वह जान चुका था कि उसकी बेटी–सचमुच बहुत बड़ी वैज्ञानिक बन गई है।

कहानी में बागेश और उसके पिता के जिक्र के साथ ही शारदा की मृत्यु तथा टीटू-बागेश के घर से भाग जाने का जिक्र भी आ गया। लंबी कहानी को खत्म करके अभी दुर्गादास ने एक लंबी सांस ली ही थी कि पंडितजी ने सवाल किया–''तो तुम इसके बारे में कुछ नहीं जानते कि दिवाकर के साथ जाने के बाद संगीता कहां रही। उसने क्या किया?''

''नहीं दिवाकर तो पुलिस के हाथ लग गया था, मगर संगीता?''

''वह तो तुम बता ही चुके हो!'' उसकी बात बीच में ही काटकर पंडितजी ने पूछा–''हमारा मतलब ये है कि क्या उसके बाद संगीता ने तुम्हारी या अपनी मां की कभी कोई खैर-खबर नहीं ली?''

''मुझे लगता है कि उसने ली थी!''

''क्या मतलब?''

''काफी पहले नासिक में हमारे मकान पर सुरेश नाम का एक युवक आया था। खुद को उसने नीलम नामक संगीता की एक सहेली का पति बताया था, जबकि हकीकत ये है कि हमारी जानकारी में संगीता की नीलम नामक कभी कोई सहेली नहीं थी। वह मेरे, टीटू और शारदा के अलावा संगीता के भी हालचाल जानना चाहता था। मुझ कम्बख्त ने उस वक्त भी संगीता को जाने क्या-क्या बक दिया था। मगर अब जबकि यह मालूम पड़ रहा है कि संगीता ने ही अपना नाम नीलम रख लिया है। मुझे लगता है कि उसे संगीता ने ही भेजा था!''

"जरा दिमाग पर जोर डालकर याद करने की कोशिश कीजिए कि यह बात कब की है?"

कुछ देर तक सोचते रहने के बाद जब दुर्गादास ने जवाब न दिया तो पंडितजी ने रॉव से पूछा–"क्या आप बता सकते हैं रॉव साहब कि यह नीलम की लाईफ का कौन-सा पीरियड था?"

हिसाब लगाने के बाद मिस्टर रॉव ने बताया–"इन दिनों लैब शायद तैयार हो रही थी और नीलम-सुरेश अलवर की छुट्टियां गुजार रहे थे?"

"गुड!" कहने के बाद पंडितजी ने दुर्गादास से अलग सवाल किया–"तो टीटू और बागेश का घर से गायब होने के बाद आज तक पता नहीं है?"

"नहीं!"

"क्या तुम उनका हुलिया बता सकते हो?"

और दुर्गादास ने जो हुलिए बयान किए उनमें से एक को सुनकर पंडितजी और रॉव के साथ शकुंतला भी चौंक पड़ी। वह एकाएक बोली–"यही तो मैं भी . . .?"

"प्लीज!" रॉव ने उसकी बात बीच में ही काट दी–"आप कुछ देर चुप रहें!"

शकुंतला ने सकपकाकर मुंह बंद कर लिया!

पंडितजी दुर्गादास से बोले–"आप जरा जाकर वेटिंग रूम में बैठिए!"

"मगर मैं अपनी बेटी का हाल जानने आया हूं। वह संगीता से नीलम कैसे बन गई। कत्ल क्यों कर दिया उसने और वह पागल कैसे....?"

"धैर्य रखिए। सब बताया जाएगा!" कहकर पंडितजी ने उसे वेटिंग रूम में भेज दिया और तब शकुंतला से बोले–"अब तुम अपने घर जा सकती हो बहन और सुनो। इस आदमी को तुम्हें बिल्कुल नहीं बताना है कि जो दो आदमी तुम्हें रुपए दे गए हैं, उनमें से एक इसका लड़का था!"

"जी अच्छा!" कहकर वह चली गई!

"किस नतीजे पर पहुंचे रॉव साहब?"

"हम रॉबरी में शामिल छः लुटेरों में से पांच के नाम जान चुके हैं। ब्रिजेश, गजराज, निकल्सन, टीटू और बागेश। इनमें से शुरू के दो मर चुके हैं और मजे की बात ये है कि इन पांच में से चार नीलम से परिचित हैं। गजराज को वह सीमा का पति होने के नाते से जानती थी। निकल्सन अलवर में उसे मिला ही था। रह जाता है ब्रिजेश, तो संभव है कि उसका संबंध भी नीलम की जिंदगी के किसी ऐसे हिस्से से हो, जो फिलहाल हमारे लिए अंधेरे में है!"

"इस बात से तुम क्या अर्थ निकालते हो?"

मिस्टर रॉव ने कहा–"अर्थ तो सीधा ये निकलता है कि वेन रॉबरी नीलम के लिए की गई या स्वयं नीलम ने अपने हमदर्दों से कराई!"

"किसलिए?"

"वजह की कल्पना फिलहाल हम नहीं कर पा रहे हैं!"

"सच है। मामला सिर्फ यहीं आकर अटक जाता है वर्ना हम भी लगभग उसी नतीजे पर पहुंचे हैं, जिस पर आप इतने दिन तक नीलम के पागलपन के नाटक की भी यह मुकम्मल वजह नज़र आती है कि वह वेन रॉबरी होने की प्रतीक्षा कर रही थी, मगर सवाल फिर वही है। रॉबरी की इस दौलत से वह क्या करना चाहती है और . . .?"

"और?"

"एक और उलझन भी है!"

"नीलम को सीमा से बेइंताह प्यार है। अगर इन सबने नीलम के लिए उसकी जानकारी में रॉबरी की है तो फिर इसके द्वारा पहलगाम में सीमा के मर्डर की कोशिश बड़ी अजीब बात है!"

"अगर आप सच पूछें पंडितजी तो आज तक हमारी समझ में यह बात नहीं आई कि वेन लुटेरों को आखिर सीमा का मर्डर करने की जरूरत क्या थी?"

"यह सवाल सचमुच आज तक अनुत्तरित है। प्रत्यक्ष में तो सीमा के मर्डर की केवल एक ही वजह नज़र आती है। दौलत और इसके लिए यह कोशिश केवल गजराज करेगा!"

"गजराज को जरूरत क्या है, जबकि वह वेन रॉबरी के एक हिस्से का मालिक है और फिर भला वेन रॉबरी के साथ उसके व्यक्तिगत फायदे के लिए सीमा का मर्डर करने में उसकी मदद क्यों करेंगे?"

"यानी सीमा के मर्डर की कोशिश के पीछे उसकी दौलत नहीं बल्कि कोई अन्य वजह थी। ऐसी कि जो वेन रॉबरी में शामिल सभी की संयुक्त वजह हो?"

"ऐसी क्या वजह हो सकती है?"

"बात फिर वहीं आकर अटक गई पंडितजी!" मिस्टर रॉव ने कहा, मगर उस खुर्रांट और कांईयां जासूस ने उन शब्दों पर कोई ध्यान नहीं दिया था। सारे हालातों, एक-एक प्वाइंट को केशव पंडित अपने दिमाग में उसी तरह सजा रहे थे जैसे एक सुदृढ़ गृहणी उपलब्ध सामान से अपना ड्राइंगरूम सजाती है। वे बड़बड़ा रहे थे–"वह संयुक्त वजह क्या हो सकती है। संयुक्त वजह जब वे वेन को किडनैप करने में कामयाब हो ही गए तो वजह क्या रह गई। शायद कोई मजबूरी?"

"हां, मजबूरी !" चुटकी बजाकर केशव पंडित एकदम उछल पड़े। घूरकर उन्होंने नोटों से भरे सूटकेसों को देखा। फिर बुदबुदा उठे–"यह भी कोई मजबूरी है। मगर क्या ऐसी क्या बात हो सकती है, जिसकी वजह से उन्हें मरहूम ब्रिजेश का हिस्सा देना पड़ा और वह भी बैंक से निकलवाकर। इसका मतलब अभी वे उस काग़ज़ के नोट तैयार नहीं कर पाए हैं। मगर क्यों। वेन को चुराए तो उन्हें काफी समय हो चुका है। इसका मतलब उनके सामने कोई अड़चन है। लेकिन क्या? कैसी अड़चन है ये कि वे बैंक से पैसा निकालकर महरूम ब्रिजेश की बीवी को पहुंचाते हैं?"

"आप क्या बड़बड़ा रहे हैं पंडितजी। हमें भी तो कुछ बताइए?"

केशव पंडित चौंके। अपने दिमाग को व्यवस्थित किया उन्होंने और एक सिगरेट सुलगाने के बाद बोले–"उनके सामने ऐसी कोई मजबूरी जरूर थी, जिससे ग्रस्त होकर वे ब्रिजेश की बीवी को रकम पहुंचाने से पहले नोट तैयार नहीं कर सकते थे?"

"ऐसी क्या मजबूरी हो सकती है?"

"वह फिलहाल हमारी कल्पना शक्ति से बाहर की बात है?"

पंडितजी ने कहा–''फिलहाल इसकी ही बात समझ में आ रही है कि वेन रॉबरी और ब्रिजेश की मौत के बाद गजराज आदि किसी ऐसे झमेले में फंस गए कि ब्रिजेश के हिस्से का इंतजाम किए बिना नोट तैयार नहीं कर सकते थे और उधर सीमा के बाद सारी दौलत गजराज की थी। गजराज ने अपने साथियों से कहा होगा कि अगर वे सीमा का मर्डर करने में उसकी मदद करें तो वह ब्रिजेश के हिस्से की रकम का इंतजाम कर सकता है। इस स्तर पर सीमा का मर्डर वेन रॉबरी वालों की संयुक्त वजह हो गई?''

''तो फिर उल्टा मर्डर गजराज का ही क्यों हो गया?''

''शुरू में वेन में रॉबरी के बाद उत्पन्न हुई इस परिस्थिति की जानकारी पागलखाने में नीलम को न रही होगी, अतः कैमिल फॉल पर वह कोशिश हुई। देहली लौटने पर जब सीमा पागलखाने गई तो नीलम ने उसकी टांगों के बारे में पूछा। सीमा के बताते ही वह समझ गई और यह सोचकर चकरा उठी कि टीटू आदि ने इस काम में गजराज का साथ क्यों नहीं दिया। निश्चय ही पागलखाने में रहकर निकल्सन आदि से संपर्क बनाए रखने का नीलम के पास कोई गुप्त तरीका था। उसी तरीके से संपर्क स्थापित करके उसने निकल्सन आदि से सीमा के मर्डर की कोशिश की वजह पूछी। वजह अस्सी लाख का इंतजाम थी और इंतजाम करना वही अज्ञात मजबूरी। अतः वजह नीलम को भी स्वीकार करनी पड़ी!''

मिस्टर रॉव बिल्कुल शांत थे!

पंडितजी सांस और लगातार दो कश लेने के बाद बोले–''पति नाम की चीज से तो नीलम पहले ही खार खाए बैठी है। जब गजराज के बारे में सुना तो नफरत के कारण पागल हो गई वह और अगली मुलाकात पर सीमा को सब कुछ बता दिया। सीमा हक्की-बक्की रह गई और तब निकल्सन आदि का पता बताने के बाद सीमा से कहा कि अगर वह गजराज को उसकी करनी का मजा चखाना चाहती है तो इनसे मिल ले। सीमा तैयार हो गई। उधर निकल्सन आदि को निर्देश दे दिए कि वे सीमा की मदद करें और फिर इन सबके साथ मिलकर सीमा ने। ओह यहां लिंक भी मिल गया रॉव साहब कि सीमा के साथ

बलवंत मिला हुआ नहीं था, बल्कि यही ग्रुप था। बलवंत हर कदम पर एक बेगुनाह व्यक्ति का नाम है!''

''और वह अज्ञात मजबूरी?''

''सीमा ने हिस्सा पहुंचाकर पूरी कर दी है!''

''आपके कहने का मतलब तो यह निकला कि स्टेट बैंक से ये नोट सीमा ने निकाले हैं?''

''हम सीमा के पीछे थे, यानी सही रास्ते पर। उस स्थिति में सीमा के लिए अपने खाते से इतनी मोटी रकम निकालकर निकल्सन और टीटू तक पहुंचाना संभव न था, अतः यही काम करने के लिए हमें खंडहर वाले मार्ग पर भटकाया गया। लिंक-से-लिंक जुड़ गया है रॉव साहब। यकीनन ये रुपए सीमा के खाते से निकले हैं। आप तुरंत फोन करके मालूम कीजिए। इन नोटों के नंबर बताकर मैनेजर से सीधा यह सवाल कीजिए कि कहीं ये रुपए सीमा ने तो नहीं निकाले हैं!''

''अभी लीजिए!'' उत्साहित रॉव ने तुरंत ही रिसीवर उठाकर डायरेक्ट्री में स्टेट बैंक की कनॉट प्लेस शाखा का नंबर देखा और पांच मिनट बाद रिसीवर रखते हुए उसने इतना ही कहा–''आपका शक शत-प्रतिशत सही है!''

पंडितजी की आंखें जगमगाने लगीं!

''अब सारा मामला हमारे सामने शीशे की तरह साफ है और इस पर केवल दो धब्बे हैं। ऐसे कि जिनके साफ होते ही तस्वीर स्पष्ट दिखाई देने लगेगी!''

''कौन-से धब्बे?''

''पहला तो यह कि रॉबरी कराने के पीछे नीलम का मकसद क्या है। दूसरा, यह अज्ञात मजबूरी!''

''और आजकल वह उसी अज्ञात लक्ष्य की तरफ अग्रसर है!''

''अभी नहीं!''

''क्या मतलब?''

''उसकी तरफ अभी वह अग्रसर नहीं हुई है, क्योंकि उसके लिए वेन रॉबरी में लूटे गए काग़ज़ को नोटों में बदला जाना जरूरी है और वह अभी हुआ नहीं है!''

''शायद अब हो!''

''हां, क्योंकि ब्रिजेश की बीवी के पास रकम पहुंचते ही शायद उस अज्ञात मजबूरी से निजात पा गए हैं। अब करेंसी तैयार होगी, लेकिन . . .।''

''लेकिन?''

''लेकिन पंडितजी उसे तैयार नहीं होने देंगे!''

''वह कैसे?''

''हम एयरपोर्ट जाना चाहते हैं मिस्टर रॉव। चैक करना चाहते हैं कि वेन कहां से और कैसे गुम हो गई। वह आज भी वहीं-कहीं होनी चाहिए!''

दोपहर के करीब ग्यारह का समय था!

टीटू स्वयं नीलम को फोन कराने ले गया था और सीमा से बात कराकर अभी-अभी वापस आया था। हत्थी के नल और टीन शेड वाले गुप्त दरवाज़े से वे हॉल में पहुंचे!

नीलम इस वक्त बुर्के में थी और टीटू ने भी अपने चेहरे पर हल्का-सा परिवर्तन कर रखा था। दरवाज़ा बंद करते ही टीटू ने एक ठंडी सांस ली और मस्तक से पसीना पोंछता हुआ बोला–''उफ मार दिया गर्मी ने!''

नीलम ने भी अपने चेहरे पर पड़ी नकाब उतार ली!

''ये तो रोज-रोज की बड़ी जबरदस्त परेशानी हो जाएगी संगीता। खुद भी परेशान होगी और हम भी। तुम अपना यह फैसला बदल क्यों नहीं लेती?''

''ताकि तुम मेरा मर्डर कर दो?''

''हजार बार कह चुका हूं। अब ऐसा नहीं होगा?''

''बहस मत करो। कोई फायदा नहीं है!''

''उफ!'' झुंझलाकर वह गुप्त रास्ता खोलने के लिए आगे बढ़ा। अभी बाईं तरफ वाली खिड़की के समीप से गुजर ही रहा था कि चौंककर ठिठक गया और खिड़की के बाहर कहीं झांकता हुआ बोला–''अरे! ये यहां कौन टहल रहा है?''

''कौन है?'' पूछती हुई नीलम भी खिड़की के समीप आ गई और बाहर देखते ही वह भी दंग रह गई, क्योंकि फार्म हाउस से काफी दूर एक व्यक्ति नज़र आ रहा था!

नीलम बड़बड़ाई–''वह सफारी पहने है!''

''अजीब बात है। यहां कभी किसान टाईप के लोग तो नज़र आ जाते हैं, मगर समझ में नहीं आता। यह शहरी बाबू यहां क्यों मंडरा रहा है?''

''यह फार्म हाउस की तरफ ही आ रहा है शायद?''

''हुं! होगा कोई हमें क्या?'' कहने के बाद टीटू खिड़की के समीप से हटकर गुप्त दरवाज़ा खोलने के लिए बढ़ गया, परंतु नीलम न हट सकी। वह ध्यान से उस व्यक्ति को देख रही थी!

वह इतना दूर था कि चेहरा साफ नज़र नहीं आ रहा था!

इस खिड़की से दूर-दूर तक के खेत साफ नज़र आते थे। खिड़की में शीशे लगे हुए थे।

बाहर प्रकाश रहता था और अंदर अंधेरा, इसीलिए तो अंदर से बाहर का दृश्य तो देखा जा सकता था, मगर बाहर से अंदर का नहीं!

हल्की-सी गड़गड़ाहट के साथ फर्श अपने स्थान से हट गया।

''अब आओ भी। वहां चिपककर क्यों रह गई हो!'' कहने के साथ ही टीटू तहखाने में चले गए ढलान की तरफ बढ़ा, मगर तभी। नीलम ने उससे कहा–''जरा देखना टीटू। मुझे यह आदमी कुछ जाना-पहचाना लग रहा है!''

''ओफ्फो तुम तो उलझकर ही रह गई उसमें!'' बड़बड़ाता हुआ वह खिड़की के नजदीक पहुंचा। पूर्व की अपेक्षा नजदीक आ गया वह व्यक्ति उसे भी पहचाना-सा लगा और इसी वजह से वह स्वयं भी उसे बहुत ध्यान से देखने लगा!

नीलम की आंखें सिकुड़-सी गईं। उसके मुंह से निकला–''कहीं ये केशव पंडित तो नहीं है?''

नीलम का चेहरा स्वतः ही सफेद पड़ता चला गया!

उसने पलटकर टीटू की तरफ देखा तो दंग रह गई। टीटू ठीक किसी पत्थर की शिला के समान खड़ा था। एकदम निश्चल। पुतली और

आंखों तक में हरकत न थी। चेहरे पर हवाईयां उड़ रही थीं और बुरी तरह बौखलाई हुई नीलम उसके दोनों कंधे पकड़कर झंझोड़ती हुई चिल्लाई–''टीटू-टीटू!''

''हां वह सचमुच पंडितजी हैं!'' वह बड़बड़ाया।

''होश में आओ टीटू। हमें यह सोचना है कि वे यहां क्यों आ रहे हैं?''

टीटू उसी मुद्रा में बोला–''वे पंडितजी हैं!''

''टीटू-टीटू!'' चीखकर झंझोड़ते वक्त दहशत की मारी नीलम की इच्छा दहाड़ें मारकर रो पड़ने की हुई। तभी तहखाने से ऊपर आते हुए निकल्सन, बागेश और बल्लो ने पूछा–''क्या बात है। तुम दोनों यहां क्यों खड़े हो!''

नीलम के तिरपन कांप रहे थे!

बल्लो ने पूछा–''क्या हुआ टीटू को?''

जवाब कौन दे?

''दरवाज़ा खोलने के बाद तुम लोग नीचे क्यों नहीं आए?'' सवाल बागेश ने किया!

''पंडितजी!'' इस बार साहस करके नीलम ने कह ही दिया!

''क्या पंडितजी?''

टीटू फट पड़ा–''वो सामने देखो। केशव पंडित आ रहे हैं!''

और! इस वाक्य ने जैसे वहां अणुबम के-से विस्फोट का काम किया!

तीनों उछल पड़े!

एक तो गर्मी ऊपर से ऐसा वाक्य कि जिसे सुनते ही जिस्म के मसानों ने अंदर छुपा सारा पसीना एक ही झटके में बाहर उगल दिया। सनसनी दौड़ गई वहां। हवा भी खौफ से मानो सिहरने लगी!

दोनों एक साथ खिड़की पर झपटे!

बाहर का दृश्य देखते ही रूहें काफूर हो गई। जिस्म ठंडे पड़ते चले गए। पसीने से उनकी हथेलियां और तलवे तक भीग गए थे। रोंगटे खड़े हो गए। चेहरे यूं सुत गए जैसे किसी ने झाड़ू से साफ कर दिए हों!

''वह तो इधर ही आ रहा है!'' बागेश का स्वर कांप रहा था!

कुछ वैसा ही अंदाज बल्लो का भी था–''मगर वह यहां कर क्या रहा है?''

एक झटके से नीलम की तरफ पलटकर निकल्सन गुर्राया–''तूने तो कोई गड़बड़ नहीं की है?''

''मैं भला क्या करूंगी?''

''सीमा से फोन मिल गया था?''

''हां''

''बात हो गई थी?''

''हां-हां!'' नीलम चीख पड़ी–''यह सब वह चक्कर नहीं है!''

''फिर क्या चक्कर है। यहां क्या कर रहा है ये और इस फार्म हाउस की तरफ ही क्यों आ रहा है?''

''मुझे क्या पता, मगर जाहिर है कि उसे यहां हमारे होने की खबर नहीं है, अगर खबर होती तो अकेला इधर नहीं आता। साथ में पुलिस भी होती।''

निकल्सन को तर्क जमा!

बागेश बोला–''वह निरंतर नजदीक आता जा रहा है। क्या करें?''

''मेरा ख्याल तो ये है कि भाग चले यहां से!''

''शटअप!'' निकल्सन दहाड़ा–''इससे ज्यादा बेवकूफी भरी बात और कोई नहीं हो सकती!''

''तब क्या करें?''

जवाब किसी के पास नहीं था!

जब सबको सांप सूंघा हुआ था, तब अचानक बल्लो अपने सदाबहार अक्खड़ अंदाज में कह उठा–''मेरी समझ में नहीं आता कि तुम लोग इतना क्यों डर रहे हो। अरे, अगर आ रहा है तो आए। हम छः हैं। वह अकेला!''

''सवाल अकेले का नहीं है बेवकूफ!'' नागेश बोला!

''फिर क्या है?''

''तू नहीं समझेगा!'' निकल्सन बोला–''उसे मारना कोई कठिन बात नहीं है। कठिन बात है उस बवेले को संभालना, जो उसकी मौत के बाद उठेगा। किसी-न-किसी को जरूर मालूम होगा कि आज वह

इधर आया हुआ है और जब उसकी लाश मिलेगी तो पुलिस इस फार्म हाउस का चप्पा-चप्पा छान मारेगी!''

''अगर यही डर है तो अभी वह दूर है। तहखाने में जाकर रास्ता बंद कर लेते हैं। यहां आएगा। फार्म हाउस के बाहर-ही-बाहर से घूमकर वापस चला जाएगा, उसे यह ख्वाब तो चमकने से रहा कि इस फार्म हाउस में एक तहखाना है और तहखाने में हम छुपे हैं!''

निकल्सन बोला–''चलो। ऐसा ही करते हैं!''

आतंक के मारे वे सब बेचारे अभी तहखाने की तरफ जाने वाले ढलान की ओर दौड़ना ही चाहते थे कि नीलम चीख पड़ी–''ठहरो!''

सब एकदम ठिठक गए। डरे से। प्रश्नपूर्ण दृष्टि से नीलम को देखने लगे।

''ऐसा करना खतरनाक होगा?''

''किस मायने में?''

''अगर वह बाहर से टहल-टहलाकर चले गए तो भविष्य में हम सब इसी सस्पैंस में पड़े रहेंगे कि जाने वह यहां किसलिए किस काम से आए थे और इस फार्म हाउस के बारे में अपने दिमाग में क्या धारणा बना ले गए। यह सस्पैंस हमें अपना आगे का काम एकाग्रता के साथ नहीं करने देगा और यदि उन्होंने तहखाने तक पहुंचने वाले गुप्त रास्ते खोज लिए तो वंटाधार हो जाएगा। वे बहुत कांईयां हैं, इसलिए उनके द्वारा रास्ता खोज लेने की संभावना ज्यादा है!''

''फिर क्या करें?''

खिड़की से बाहर देखता बागेश बोला–''जो फैसला करना है जल्दी करो। वह लगातार नजदीक आता जा रहा है!''

किंकर्त्तव्यविमूढ़ अवस्था में सबने नीलम की तरफ देखा। मानो जानना चाहते हों कि वह क्या चाहती है और जाने क्या सोचकर नीलम ने कहा–''हममें से किसी एक को छोड़कर सबको तहखाने में छुप जाना चाहिए।''

''एक को छोड़कर क्यों?''

''वह पंडितजी को अटैंड करेगा!''

मुर्दानगी फैल गई। हर चेहरा राख-सा। आंखें निस्तेज!

''अटैंड से मेरा मतलब ये है कि हममें से कोई एक उन्हें फार्म हाउस के चौकीदार के रूप में मिले। उससे दो फायदे होंगे। पहला ये कि बातों-बातों में यह पता निकाला जा सकता है कि वे यहां किस सिलसिले में घूम रहे हैं और हमारे बारे में क्या सोच रहे हैं। दूसरे चौकीदार की मौजूदगी के कारण फार्म हाउस में वे इतनी आजादी से नहीं घूम सकेंगे जिससे कि उनके द्वारा गुप्त रास्तों का पता लगाए जाने का खतरा रहे!''

''कह तो तुम ठीक रही हो। परंतु?''

''परंतु?''

''आज ठीक वैसी ही स्थिति है और वैसा ही सवाल आ खड़ा हुआ, जैसा बचपन में पढ़ा था!''

''क्या बक रहे हो। कैसा सवाल?''

''बिल्ली के गले में घंटी बांधने वाला!''

''यानी?''

''सुना है कि वह सामने वाले का भुरकस बना देता है। ऐसी अवस्था में हममें से कौन है जो चौकीदार बनकर उसके सवालों को फेल करने के लिए तैयार हो?''

नीलम ने नज़र उठाकर देखा!

हर चेहरे पर आतंक और इंकार करने के भाव थे। हां एक मात्र बल्लो ऐसा जरूर था, जो बाकी तीनों से कुछ कम आतंकित नज़र आ रहा था।

लगातार बाहर देखता हुआ बागेश 'सुशील दोषी' की तरह बोला– ''अब वह बहुत नजदीक आ गया है। यहां पहुंचने में बीस से ज्यादा मिनट नहीं लगेंगी!''

नीलम कह उठी–''चौकीदार बल्लो बनेगा!''

''मैं?'' बल्लों चौंका!

नीलम अभी कुछ कहना ही चाहती थी कि निकल्सन चीखा– ''हरगिज नहीं!''

''क्यों?''

''यह दिमाग से एकदम पैदल है। कोई-न-कोई ऐसी बात जरूर कह देगा जिससे उसे हम सबके तहखाने में होने का शक हो जाए या ऐसी

कोई हरकत कर देगा, जिसके परिणाम अंततः हमें फांसी के फंदे पर झूलकर भुगतने होंगे!''

''बल्लो को इतना बेवकूफ मत समझो। वह तुम सबसे ज्यादा होशियार है।'' नीलम को बल्लो में आत्मविश्वास पैदा करने का अवसर मिल गया था।

निकल्सन ने विरोध किया–''हम इसे अच्छी तरह जानते हैं!''

''तुम मुझे कुछ नहीं जानते?'' बल्लो चिढ़ गया!

''क्या मतलब?'' निकल्सन चकित!

''हमेशा मुझे दिमाग से पैदल कहते रहते हो। सारी दुनिया के दिमाग का ठेका जैसे तुमने ले रखा है। मुझे समझते क्या हो तुम?''

''क्या तुम चौकीदार बनने के लिए तैयार हो?''

''एक शर्त पर!''

''मेरा चाकू मुझे दे दिया जाए!''

''चाकू! उसका तुम क्या करोगे?''

''कुछ भी नहीं। वह मेरा हौसला बढ़ा देता है। जेब में पड़ा हो तो पंडितजी तो क्या मैं माफिया के चीफ से भी अकड़कर बात कर सकता हूं!''

''चाकू मत देना नीलम। एकदम बेवकूफ है ये। कम्बख्त बिना बात के ही पंडित की अंतड़ियां निकालकर फेंक देगा और फिर हम सब उन अंतड़ियों को समेटते-समेटते ही सलाखों के पीछे पहुंच जाएंगे!''

''मैं ऐसा नहीं करूंगा!''

''फिर?''

''वादा रहा। मैं तब तक कोई हमला नहीं करूंगा, जब तक कि वह तहखाने से दूर रहेगा। हां अगर उसे तहखाने का राज पता लग गया तो छोड़ूंगा नहीं!''

''वादा?''

''एकदम पक्का!''

और इस क्षण बागेश लाला अमरनाथ की तरह 'स्पेशल कामेंट्स' दे रहा था–''अब अगर पांच मिनट के अंदर हमने तहखाने में शरण न ले ली तो बाद में वह भी मुमकिन नहीं होगा। क्योंकि वह इतना

नजदीक आ चुकेगा कि दरवाज़ा खुलने और बंद होने की आवाज़ सुन सके!''

''बागेश!'' नीलम ने कहा–''बल्लो को उसका चाकू दे दो!''

बागेश ने बिजली की-सी फुर्ती से हुक्म का पालन किया और बल्लो अपना चाकू अभी जेब में रख ही रहा था कि नीलम ने निर्देश दिया–''तुम टीन शेड वाले दरवाज़े से बाहर निकलकर दरवाज़ा बंद कर लो शेड के नीचे बैठ जाना?''

''ठीक है!''

''और सुनो। ये लो इस हॉल की चॉबी। अगर वह हॉल देखना चाहे तो टीन का मुख्य द्वार खोलकर दिखा देना!''

निकल्सन बोला–''उसे हॉल चैक करने का मौका ही क्यों दिया जाए। अगर हॉल की चॉबी के बारे में पूछे तो बल्लो कह देगा कि उसकी चॉबी मालिक पर रहती है!''

''नहीं यह अस्वाभाविक बात होगी, क्योंकि फार्म हाउस की सभी चाबियां आमतौर पर वहां के चौकीदार पर होती हैं और अस्वाभाविक बातें ही पंडितजी को सबसे ज्यादा खटकती हैं!''

चाबी जेब में डालकर चोर दरवाज़े की तरफ बढ़ते बल्लो ने कहा–''तुम सब नीचे जाओ। पंडित के बच्चे को मैं संभाल लूंगा।''

नीलम के उसे निर्देश दिया–''अगर वे फार्म हाउस के मालिक का नाम पूछें तो सीमा या गजराज का नाम हरगिज न लेना!''

''फिर किसका लूं?'' उस मूर्ख ने ऊंची आवाज़ में पूछा!

''किसी का भी। कोई काल्पनिक नाम ले देना!'' नीलम ने कहा और फिर हाथ पकड़कर बागेश उसे तहखाने में जाने वाले ढलान की तरफ खींचता हुआ बोला–''वह आ पहुंचा है!''

दौड़कर वे चारों तहखाने में पहुंच गए और इस वक्त फर्श के यथास्थान आने पर होने वाली धीमी आवाज़ भी उन्हें काफी जोरदार लगी, क्योंकि बाहर ऐसा जिन्न घूम रहा था, जो अगर रूई के गिरने की भी आवाज़ सुन ले तो हैरत न हो!

तहखाने में सन्नाटा था!

ऐसा जबरदस्त कि अगर कहीं चींटी रेंगे तो आवाज़ बहरे भी सुन

सकें। चारों ने अपनी सांसें तक रोक रखी थीं और दिल 'धक्-धक्' करके नहीं, बल्कि 'धड़-धड़' करके धड़क रहे थे!

हालांकि इस राज को आज तक कोई नहीं जान सका है कि इंसानी जिस्म के कौन-से हिस्से में 'प्राण' नाम की चीज रहती है, मगर इस वक्त उन्हें अपने वही 'प्राण' कंठ में अटके महसूस हो रहे थे। कुछ ऐसे अंदाज में कि जैसे एक ही झटके से शरीर त्याग देंगे। मसानें पसीना उगलते-उगलते थक चुके थे और रोंगटे यूं खड़े थे जैसे गुलाब की डाली पर कांटे!

चारों ढलान ही पर उकडूं बैठे थे!

तहखाने की छत और फार्म हाउस के हॉल से कान सटाए!

सैकड़ों 'शंकाएं' जेहन में उमड़-घूमड़ कर रही थीं!

चेहरे इस कदर पीले पड़े हुए थे जैसे उन पर हल्दी पोती गई हो। आंखें कर्फ्यूग्रस्त सड़क-सी वीरान और 'चॉक'-सी निस्तेज!

अचानक हॉल के टीन वाले सदर दरवाज़े के खुलने की आवाज़ ने उन्हें उछाल दिया। टीटू फुसफुसाया–''वे शायद हॉल में आ रहे हैं!''

''तुमने बल्लो को चाबी देकर सबसे बड़ी भूल की है संगीता?''

आतंक के त्रस्त बागेश ने अंततः अपने जज्बात उगल ही दिए!

निकल्सन बड़बड़ाया–''अब केवल दो कामों में से कोई एक होगा!''

''क्या?''

''या तो तहखाने का राज जानते ही पंडित बल्लो की खाल में भुस भरने के बाद हमें दुरूस्त करने तहखाने में उतर आएगा और या बल्लो अपने चाकू से उसे मलबे में बदलकर हॉल के फर्श पर डाल देगा!''

''दोनों ही स्थिति में हम गए!''

''यकीनन!''

''उससे बेहतर तो ये है कि अगर वह पंडित का बच्चा बल्लो को काबू में करके तहखाने में आए तो इसका मुकाबला किया जाए!''

''कैसे करोगे। सारे हथियार तो बागेश के कब्जे में हैं!''

निकल्सन ने नीलम से कहा–''हमारे हथियार दिला दो। यूं चूहे की मौत मरना हमें पसंद नहीं है। वादा करते हैं कि उनका इस्तेमाल?''

"शी-शीऽऽ।" उसकी बात बीच में ही काटकर नीलम ने चुप रहने के लिए कहा। निकल्सन की जुबान को ब्रेक लग गए!

कदमों की आवाज़ ठीक उनके सिरों पर गूंज रही थी।

"ठक-ठक-ठक!"

टीन शेड के नीचे पहुंचते ही बल्लो ने दरवाज़ा बंद कर दिया और चारों तरफ निगाह घुमाई।

जाने किस भावना से प्रेरित अपने दिल में उसने यह निश्चय कर लिया था कि आज उसे निकल्सन को दिखा देना है कि मैं दिमाग से पैदल नहीं हूं!

जिधर वह था पंडितजी उससे विपरीत दिशा में थे, अतः फार्म हाउस के पास पहुंच जाने के बाद भी उन्हें घूमकर इधर आने में अभी समय लगना था।

बल्लो ने अपने कपड़े देखे!

वे बुरी तरह गंदे थे। मैल से अटे!

"ठीक है!" उसने सोचा–"चौकीदार के कपड़े मैले ही होने चाहिए!"

मगर अपने जूतों पर नज़र पड़ते ही दिमाग की जाने कौन-सी इंद्री ने उससे कहा–"चौकीदार अक्सर नंगे पैर रहते हैं। ऐसे जूते नहीं पहनते!"

पट्ठे ने खट्ट से जूते उतारे और शेड से बाहर आकर हॉल की छत पर फेंक दिए। पतलून के पांवचे बड़े ही गंवारू ढंग से ऊपर चढ़ा लिए उसने और हाथ, पैर तथा बालों में मिट्टी भर ली!

गर्ज यह कि स्वयं को चौकीदार सिद्ध करने के लिए उसने वह सब कुछ कर लिया जो सूझा और अंत में शेड के नीचे घुटने मोड़कर अपने तलवों पर बैठ गया।

उस वक्त वह आराम से बीड़ी पी रहा था, जब घूमते हुए केशव पंडित इधर आ गए और उन्हें देखते ही उठकर खड़े होते हुए कहा–"अरे शाब। आप?"

सूरज आग उगल रहा था और पंडितजी जाने कब से इस आग में घूम रहे थे। उनका चेहरा इस वक्त टमाटर की तरह लाल नज़र आ रहा

था। पसीने के कारण बुरा हाल था, मगर फिर भी उसके नजदीक आते हुए अपनी चिर-परिचित मुस्कान के साथ बोले–''क्या तुम जानते हो?''

''आपको नहीं तो शाब!''

''फिर तुमने हमें देखते ही इस तरह स्वागत क्यों किया?''

''यहां जो भी आता है शाब। हम तो उसी का स्वागत करते हैं!''

जेब से रूमाल निकालकर पंडितजी ने लापरवाही के साथ माथे से पसीना पोंछते हुए पूछा–''क्या यहां अक्सर लोग आते रहते हैं?''

''बिल्कुल नहीं शाब। पता नहीं आप कहां से निकल आए?''

''फिर?'' पंडितजी ने सिगरेट सुलगाई!

''फिर क्या शाब। यहां दूर-दूर तक भी कोई आदमी का बच्चा नज़र नहीं आता तभी तो आप जैसे रास्ता भटके किसी को देखकर हमें लगता है कि भगवान आ गए हैं और हम स्वागत करते हैं!''

पंडितजी उन्मुक्त भाव से ठहाका लगाकर हंस पड़े!

''बैठिए शाब!'' खाट बिछाते हुए बल्लो बोला!

उस पर बैठते हुए पंडितजी ने कहा–''तुम बहुत ज्यादा और मजेदार बातें करते हो!''

''पानी पिएंगे शाब!''

''रहने दो!''

उनके कदमों में बैठते हुए बल्लो ने पूछा–''आप कौन हैं शाब। कहां जाना था और इतनी धूप में इधर कहां भटक आए?''

''हमारा नाम केशव पंडित है। तुम्हारा?''

''मंगाराम!''

बल्लो ने गुद्दी खुजाते हुए कहा–''डिटेक्टिव?''

पंडितजी ने पहले चौंककर उसे देखा और फिर उसकी स्थिति पर ठहाका लगाकर हंस पड़े।

बोले–''अरे जासूस भाई जासूस। तुम हमें पुलिस भी कह सकते हो?''

''पुलिस?''

''हां!''

''आप पुलिस हैं तो यहां जंगल में क्या कर रहे हैं। क्या शहर से कोई डाकू इधर भाग आया है?''

''ऐसा ही समझ लो!''

''हे भगवान। तू ही सबका रखवाला है!''

पंडितजी ने अवसर मिलते ही सवाल किया–''अच्छा, एक बात बताओ मंगाराम। तुम इस वीराने में यहां अकेले क्या करते हो?''

''आप भी कमाल कर रहे हैं शाब। फार्म हाउस का चौकीदार हूं!''

''कौन हैं तुम्हारे मालिक?''

''आप नहीं जानते। शहर के बहुत बड़े आदमी हैं। सेठ ज्योतिप्रसाद!''

''ज्योतिप्रसाद। कहां रहते हैं ये?''

''मॉडल टाउन में!''

खैर! ये बताओ कुछ दिन पहले रात के समय यहां आसपास कहीं तुमने कोई मोटरगाड़ी तो नहीं देखी थी। छोटी-सी निर्खालिस चमकरदार लोहें की बनी हुई है वह!''

''गाड़ी तो सड़क पर चल सकती है शाब और सड़क यहां से बहुत दूर है। सड़क छोड़कर कोई भी गाड़ी भला खेतों में कैसे आ सकती है?''

''इस बात को छोड़ो मंगाराम। याद करो!''

''नहीं तो शाब। हमने तो नहीं देखा, लेकिन बाप रे। क्या वे छः डाकू हैं शाब?''

''या तुमने कभी दिन में या रात में यहां आसपास किसी शहरी आदमी को देखा हो?''

इस बार बल्लो कुछ बोला नहीं। सिर्फ इंकार में गर्दन हिलाकर रह गया!

केशव पंडित के चेहरे पर कोई निराशा नहीं फैली। सिगरेट में अंतिम कश लगाने के बाद कच्ची जमीन पर फेंककर उसे जूते से कुचलते हुए बोले–''तुम कहां सोते हो?''

''वहीं शाब। जहां आप बैठे हैं!''

इस बार उसे ध्यान से देखते हुए पंडितजी ने पूछा–''क्या तुम पूरे

यकीन के साथ कह सकते हो कि पिछले दो महीने से तुमने यहां किसी गाड़ी या शहरी आदमी को नहीं देखा?''

''नहीं शाब।''

''ओह! खैर ये बताओ कि फार्म हाउस की चाबी किसके पास रहती है?''

''हमारे!''

''इस हॉल के अंदर क्या है?''

बल्लो समझ गया कि अब पंडितजी उसे नर्वस करना चाहते हैं। संभलकर बोला–''आजकल तो खाली पड़ा है शाब!''

''खाली क्यों पड़ा है। क्या ज्योतिप्रसाद ने इतना बड़ा हॉल खाली पड़ा रहने के लिए बनवाया है?''

''आप भी कमाल कर रहे हैं शाब। जब खेतों में अभी तक आलू तैयार ही नहीं हैं तो उसमें भला क्या रखें। अगले महीने जब आलू खोदे जाएंगे तो हॉल में रखेंगे!''

''क्या तुम हमें फार्म हाउस अंदर से दिखा सकते हो?''

''क्यों नहीं शाब?'' बल्लो का दिल उछलने लगा था!

''चलो!'' उसके चेहरे को घूरते हुए पंडितजी एक झटके से खड़े हो गए और संभलने की लाख चेष्टाओं के बावजूद भी बल्लो के चेहरे पर आखिर पसीना उभर ही आया था।

''चलिए!'' कहकर वह भी खड़ा हो गया।

अब वे दोनों हॉल की दीवार के साथ-साथ चलते हुए टीन वाले विशाल दरवाज़े के नजदीक पहुंचे। अब जाने क्यों बल्लो की हालत बिगड़ने लगी थी। चाबी के लिए जेब में हाथ डाला तो उंगलियां चाकू से टकराईं!

दिमाग में एक ही विचार टकराया–'डरने की क्या बात है बल्लो उस्ताद। ज्यादा-से-ज्यादा ये होगा कि तुझे यहां इस पंडित के बच्चे की लाश बिछानी पड़ेगी। अड़ जा आज। दिखा दे निकल्सन को कि बल्लो भी कोई चीज है!''

जेब में पड़े चाकू ने उसे सचमुच हौसला दिया और उसने अपनी बिगड़ी हुई स्थिति को संभालकर ताला खोला। उसके बाद ताकत

लगाकर टीन का विशाल एवं भारी दरवाज़ा!

खुले वातावरण में आवाज़ तक गूंज गई!

''आओ शाब!'' उसने पंडितजी से कहा, जबकि जवाब में पंडितजी कुछ बोले नहीं। वहीं खड़े ध्यान से वे उस खाली पड़े कोल्ड स्टोरेज के-से हॉल को देखते रहे। कहीं कोई खास या संदिग्ध बात नज़र नहीं आई तो अंदर कदम रखा।

हॉल में चहलकदमी करते हुए पूछा–''उस टीन शेड के नीचे सोने से बेहतर तो ये मंगाराम कि तुम यहां सो जाया करो!''

''क्या बात करते हैं शाब। ज्यादातर तो यहां आलू ही भरे रहते हैं और फिर आजकल की तरह जब आलू नहीं होते तो जाने कब छोटे मालिक और उनके दोस्त इधर निकल आएं?''

''छोटे मालिक?''

''सेठ ज्योतिप्रसाद के लड़के हैं शाब। राकेश बाबू!''

''क्या वह अक्सर यहां आ जाता है?''

''अक्सर नहीं साब। कभी-कभी निकल आते हैं!''

''किसलिए?''

''बस, दोस्तों के साथ पीने-खाने। पैसे वालों के लिए सब जायज है शाब!''

''क्या वह पीता भी है?''

''राम-राम शाब!'' वह एकदम अपने कान पकड़कर जीभ को दांतों तले भींचकर बोला–''ये उल्टा-सुल्टा बकते जा रहे हैं हम। बड़े मालिक से मत कह देना शाब!''

पंडितजी हंसते हुए हॉल से बाहर निकलने के लिए बढ़ गए और दरवाज़ा बंद करने के बाद ताला लगाते हुए बल्लो ने पूछा–''आपको कैसा लगा शाब?''

''क्या?''

''हमारा फार्म हाउस!''

''बहुत अच्छा। बेहतरीन। अच्छा। मंगाराम। अब हम चलते हैं!''

''राम-राम शाब!''

''राम-राम!'' कहकर पंडितजी मुड़े ही थे कि बल्लो ने टोक दिया–

''अरे, मगर आप उधर कहां जा रहे हैं शाब। सड़क तो इधर है!''

''हमें इधर ही जाना है!''

''उधर क्या रखा शाब?''

''क्या तुम भूल गए कि हम एक गाड़ी और डाकुओं को ढूंढ रहे हैं। तुमसे तो कुछ पता लगा नहीं। आगे देखते हैं। शायद किसी दूसरे फार्म हाउस के तुम जैसे चौकीदार भाई ने कुछ देखा हो?''

''समझ में नहीं आता शाब कि आप कैसी बात कर रहे हैं। सड़क से इतनी दूर। यहां खेतों में कोई गाड़ी भला आ ही कैसे सकती है?''

''तुम नहीं समझोगे मंगाराम आ जाती है!'' कहकर पंडितजी पुनः मुड़े और तेज कदमों के साथ अपनी राह पर बढ़ गए। बल्लो वहीं खड़ा हक्का-बक्का रह जाने का अभिनय कर रहा था और जब वे काफी आगे निकल गए तो हाथ उठाकर चीखा–''अगर वे डाकू पकड़े जाएं शाब तो हमें जरूर दिखाना। हमने कभी कोई डाकू नहीं देखा है!''

पंडितजी मुड़े नहीं, सिर्फ हाथ उठाकर यह संकेत दिया कि उन्होंने उसकी बात सुन ली है।

बल्लो फिरकनी की तरह मुड़ा और लगभग दौड़कर फार्म हाउस की दीवार के दूसरी तरफ पहुंच गया। अब पंडितजी उसे देख नहीं सकते थे!

बल्लो खुश था। बेहद खुश। हो भी क्यों न। बड़े-बड़े सूरमा जिसके सामने हकलाने लगते हैं, अपने सामने उसने उसकी एक न चलने दी थी!

''हूं!'' वह बड़बड़ाया–''साला पंडितजी। बल्लो के सामने बेचता क्या है ये और वह उल्लू का पट्ठा निकल्सन। हुंह साला अपने आपको समझता क्या है। जब सुनेगा तो बल्लू के छक्के छूट जाएंगे!''

''सच बात तो ये है कि बल्लो का मन उछल-उछलकर नाच पड़ने के लिए कर रहा था और टीन शेड तक पहुंचते-पहुंचते अपने मन पर उसका काबू न रहा!''

''सचमुच नाच उठा वह!''

''यूं जैसे हैलेन कैबरा कर रही हो।''

जूते पहनने के बाद बल्लो ने विस्तारपूर्वक अपनी और पंडितजी की मुलाकात का किस्सा उन्हें नमक-मिर्च लगाकर सुनाया। वे सब ध्यानपूर्वक सुनते रहे और अपनी स्पीच समाप्त करता हुआ बोला–''कहिए साहबानो। कैसी रही?''

''क्या ख्याल है तुम्हारा!'' निकल्सन ने नीलम से पूछा!

बीच में बल्लो टपका–''मैं तो यह कहूंगा कि राज और सीमा ने बेवजह ही हमारे दिमागों में उसकी दहशत बढ़ा रखी थी। मैंने खूब बातें कीं। ऐसा कुछ भी न था!''

''तुमसे और उनसे बातें करने के माहौल में बहुत फर्क था बल्लो!''

''क्या?''

''तुमसे उसने जितने सवाल किए सब सामान्य थे। वैसे ही जैसे किसी घटना की जांच-पड़ताल के वक्त किसी ऐसे व्यक्ति से किए जाते हैं, जिसका डिटेक्टिव की नज़रों में घटना से कोई ताल्लुक नहीं था!''

''मैं नहीं समझा!''

''निक्कू ठीक कह रहा है बल्लो!'' नीलम बोली–''पंडितजी का जो जलाल राज या सीमा ने देखा है, वह तो देखने को तुम्हें तब मिलता जब भूल से तुम इस फार्म के असली मालिक का नाम बता देते। यह सुनते ही कि यह फार्म सीमा का है। उनकी हर इंद्री सिमटकर सिर्फ और सिर्फ इस फार्म हाउस पर केंद्रित हो जाती। बल्कि अगर यह कहा जाए तो अतिशयोक्ति नहीं होगी कि वे पूरी तरह सारा मामला समझ जाते और तब तुम्हें देखने को मिलता पंडितजी का वह रूप। वह जलाल जो सीमा और राज ने देखा है। बाल की खाल नोंचते हुए वे तुम्हें तब नज़र आते!''

निकल्सन ने कहा–''क्योंकि उसके दिमाग में दूर-दूर तक भी कहीं इस फार्म हाउस के प्रति कोई संदेह नहीं था, इसीलिए इस हॉल का निरीक्षण उचटती दृष्टि से कर गया। सीमा का नाम आते ही उसकी ब्लेड की धार जैसी पैनी आंखें इस हॉल के कोने-कोने को बींध डालतीं और फिर इसके नीचे छुपा तहखाना उनकी नज़र से छुपा नहीं रह सकता था?''

''अगर ऐसा होता तो क्या मेरी जेब में चाकू नहीं पड़ा था?''

''तुम्हारे इसी हौसले ने तो आज हम सबको बचा लिया!'' नीलम ने उस पर उसी शस्त्र से हमला किया–जिसकी उसे जरूरत थी!

''और हां!'' बल्लो कह उठा–''यह तो मैं बतानी ही भूल गया कि यहां से वह सड़क की तरफ नहीं, बल्कि जोहड़ की तरफ गया है!''

''क्या!'' एक साथ सबके मुंह खुले रह गए!

टीटू ने संभावना व्यक्त की–''कहीं वह हरामजादा वेन को तलाश न कर ले?''

''जिस वेन को हम इस इलाके में पूरे एक महीने भटकने के बावजूद तलाश नहीं कर सके, उसे एक या दो दिन में वह कैसे तलाश कर सकेगा। फिक्र मत करो। वेन इतनी ज्यादा सुरक्षित है कि वहां तक तो उसके फरिश्ते का भी दिमाग नहीं पहुंचेगा!''

''अब उतनी सुरक्षित नहीं रही निकल्सन, जितनी कल रात से पहले थी!''

''क्यों?''

''क्योंकि कल रात हमने उसे खोदकर देखा था और वह ताजी खुदी हुई थोड़ी-सी मिट्टी ही पंडितजी को चौंका देने के लिए काफी है!'' नीलम ने कहा।

वहां सनसनी फैल गई।

''मान लो कि ऐसा हो जाता है। तब?'' निकल्सन का स्वर कांप रहा था!

''तब बल्लो को चाकू देकर पंडितजी के सामने खड़ा कर देने के अलावा कोई चारा नहीं बचता!''

''हम यहां बैठे हैं। जोहड़ से पांच किलोमीटर दूर। अगर वह वहां जाकर वेन को देख भी लें तो हमें क्या पता लगेगा?''

''इसके अलावा और कोई चारा नहीं है कि तुम और बागेश भी उस तरफ रवाना हो जाओ। तुम्हारा लक्ष्य खुद को पंडितजी की नज़रों से छुपाकर जोहड़ पर पहुंच जाना है। वहां बहुत-से पेड़ हैं। उनमें से किसी पर भी डेरा डाल सकते हो। वेन पर नज़र रखने का इससे बेहतर तरीका नहीं है!''

''मान लिया कि हम जोहड़ के नजदीक किसी पेड़ पर महफूज

पहुंच जाते हैं। वहां से देखते हैं कि पंडितजी ने वेन ढूंढ़ ली है तो क्या करें?''

''वही, जो मजबूरी में किया जाना चाहिए!''

''अगर ऐसी बात है तो वहां बल्लो को भेजना चाहिए!''

नीलम ने कर्कश स्वर में कहा–''क्यों तुम गोली चलाना भूल गए हो क्या?''

''नहीं तो, मगर मेरा रिवॉल्वर!''

''ऐसा अवसर आने पर बागेश तुम्हें रिवॉल्वर दे देगा और अगर फिर भी तुम कुछ न कर सके तो स्थिति को बागेश संभाल लेगा। क्यों बागेश?''

''यकीनन!'' कहते हुए बागेश ने सिर से हैट उतारकर पुनः सिर पर रखा!

''लेकिन आखिर बल्लो को भेजने में तुम्हें क्या हरज है?''

''इसकी जरूरत यहां है!''

''यहां?''

''हां। पंडितजी की नज़रों में यह यहां का चौकीदार मंगाराम बन चुका है, अतः वे जब कभी भी इधर आ निकलें, यह उन्हें टीन शेड के नीचे ही दिखना चाहिए!''

''ओह!'' बात निकल्सन की समझ में आ गई!

मगर बल्लो बोला–''क्या मतलब। क्या मैं इस फार्म हाउस का परमानेंट चौकीदार बन गया हूं?''

मुस्कुराते हुए नीलम ने जवाब दिया–''परमानेंट नहीं, बल्कि सिर्फ तब तक के लिए टेम्परेरी एम्पलाई रखे गए हो, जब तक कि इस इलाके में पंडितजी मंडरा रहे हैं!''

''याद रहे मिस्टर रिचर्ड। उन्हें देखकर अपने चेहरे पर तुम ऐसा कोई भाव उत्पन्न न होने दोगे जैसे उन्हें पसंद नहीं कर रहे हो!'' हरी वर्दी पहने एक व्यक्ति चेतावनी देने के-से अंदाज में हिदायतें दे रहा था–''उन्हें देखकर अगर तुमने नफरत का एक भी भाव चेहरे पर पैदा किया या दुर्गंधवश नाक सिकोड़ी तो तुम्हारा काम तो दूर उनके इस अड्डे से तुम वापस न आ सकोगे!''

रिचर्ड के जिस्म में सिहरन दौड़ गई। बोला–''ओके!''

''जानते हो न कि आजकल वे क्या ढूंढ़ रहे हैं?''

''हां!''

''बोलो!''

रिचर्ड ने बड़ी मुश्किल से कहा–''कोई ऐसा ऐसिड जिसका सेवन करते ही व्यक्ति के समूचे जिस्म से कोढ़ फूट पड़े। गंदा और चिपचिपा मवाद बहने लगे!''

''गुड!'' हरी वर्दी पर चौड़ी लाल बैल्ट लगाए व्यक्ति ने कहा–''इस अड्डे में एक कैदखाना है और वहां त्रिकालदर्शी ने उन तमाम व्यक्तियों को कैद कर रखा है, जिन्होंने उनके जिस्म से निकलने वाली बदबू को सहन न किया। जब ऐसिड मिल जाएगा तब सबसे पहला उसका परीक्षण उन्हीं कैदियों पर किया होगा!''

रिचर्ड का समूचा चेहरा पसीने से भरभरा उठा!

उसने पुनः पूछा–''समझ गए न?''

स्वीकृति में उसने गर्दन हिलाई तो जरूर, मगर बड़ी मुश्किल से!

''तो आओ मेरे साथ!'' वर्दीधारी ने कहा–''रिचर्ड धड़कते दिल से एक सूटकेस संभाले उसके साथ चल दिया!

वह एक गोल हॉल था!

किसी टंकी के-से आकार का और हरी वर्दी वर चौड़ी लाल बैल्ट लगाए कम-से-कम दस सशस्त्र व्यक्ति दीवारों के सहारे रिचर्ड को घेरे खड़े थे!

उस वक्त खौफ एवं घृणा की ज्यादती के कारण उसका बुरा हाल हो गया, जब सूटेड-बूटेड नौजवान के साथ त्रिकालदर्शी ने हॉल में प्रवेश किया। हालांकि उसके समूचे जिस्म पर एक ढीला-ढाला लबादा था, परंतु उसके चेहरे की भयंकरता ने जहां रिचर्ड के दिल में खौफ-ही-खौफ भर दिया। वहीं लबादे के अंदर से फूट पड़ रही बदबू ने उसके जेहन को सड़ाकर रख दिया!

गार्ड की हिदायत कानों में गूंज उठी!

मारे भय के रिचर्ड ने अपने चेहरे पर किसी भाव को उमड़ने न दिया। रिचर्ड ने त्रिकालदर्शी के चेहरे, सिर एवं हाथ ही से उसके संपूर्ण जिस्म

की कल्पना कर ली थी। बहते हुए पीप को देखकर भी उसने स्वयं को नियंत्रित रखा!

हॉल में बैसाखियों की ठक-ठक गूंज रही थी और उन पर झूलता चला आ रहा था त्रिकालदर्शी!

नजदीक आकर त्रिकालदर्शी ने अपना सड़ा हुआ दायां हाथ आगे बढ़ाते हुए कहा–''हैलो मिस्टर रिचर्ड। हम तुम्हारा स्वागत करते हैं!''

घोर अनिच्छा के बावजूद रिचर्ड ने अपना हाथ बढ़ा दिया।

''कहिए। त्रिकालदर्शी को अमेरिकनों ने कैसे याद किया?''

''आपको मालूम तो होगा ही!''

''हमें सिवाय इसके कुछ मालूम नहीं रहता कि लैब में हमारी डैक्स पर क्या हो रहा है। वह डैक्स ही हमारी दुनिया है और जो वास्तविक दुनिया है उसकी खबर सिर्फ मिस्टर जोरावर रखते हैं। हमारे दाएं हाथ!'' कहने के साथ ही त्रिकालदर्शी ने साथ खड़े नौजवान के कंधे पर हाथ रखा!

सड़ांध से त्रस्त रिचर्ड ने कहा–''मैं आपको एक कत्ल के बदले पांच लाख देने आया हूं!''

''सिर्फ एक कत्ल और कीमत पांच लाख रुपए। तब तो वह निश्चय ही बेहद कीमती व्यक्ति है, जिसका कत्ल कराना है।'' त्रिकालदर्शी की आवाज़ के साथ ही बलगम की खरखराहट भी मुंह से बाहर आती थी–''आपके पास इतना बड़ा संगठन है। कत्ल खुद क्यों नहीं कर देते?''

''ऐसी कोशिश में एक हमारा और दो हमारे साथी देशों के जासूस मारे जा चुके हैं!''

''ओह, कौन है, जिसका कत्ल इतना मुश्किल है?''

''सारी डिटेल और उसका फोटो भी इस अखबार में है!'' कहने के साथ ही रिचर्ड ने जेब से नवभारत टाइम्स का प्रथम पृष्ठ निकालकर उसे पकड़ा दिया!

फोटो देखते ही चकित हुए त्रिकालदर्शी ने कहा–''लड़की को मारना है?''

''जी हां!''

''इस लड़की की कीमत पांच लाख?''

''आप विवरण तो पढ़िए!''

विवरण पढ़ते-पढ़ते त्रिकालदर्शी की वास्तविक आंख सिकुड़ गई। चेहरा ऊपर उठाता हुआ बोला–''तो यह लड़की वैज्ञानिक है?''

''जी हां!''

''क्या किया है इसने?''

''कैंसर का इलाज ढूंढ़ लिया है!''

''कैंसर का इलाज?'' त्रिकालदर्शी की आंख अचानक ही दहककर लाल सुर्ख हो गई।

उसका भद्दा एवं विकृत चेहरा बुरी तरह तमतमाने लगा और आवाज़ पहले से कई गुनी ज्यादा भयंकर हो गई–''ढूंढ़ लिया है या ढूंढ़ रही है?''

''ढूंढ़ लिया है। हमें मिली रिपोर्ट के मुताबिक जो दवा उसने तैयार की है, उसके पूर्ण होने में कोई माइनर-सी कमी रह गई है, जिसे यह बड़ी आसानी से दूर कर सकती है। दवा क्या है? अभी तक इसके अलावा कोई दूसरा नहीं जानता। सीआईए नहीं चाहती कि कैंसर का इलाज अमेरिका के अलावा किसी अन्य देश का वैज्ञानिक दे!''

''कैंसर का इलाज त्रिकालदर्शी अमेरिका के वैज्ञानिकों को भी ईजाद नहीं करने देगा!''

एकाएक ही वह अर्धविक्षिप्तों के से अंदाज में चीख पड़ा–''इस लड़की को ही नहीं, बल्कि त्रिकालदर्शी दुनिया के हर उस वैज्ञानिक हर उस डॉक्टर को मौत के घाट उतार देगा जो असहाय लोगों की दवा तलाश करने की कल्पना भी करेगा। तुमने हमें पहले खबर क्यों नहीं दी जोरावर कि एक बेवकूफ वैज्ञानिक लड़की इतनी खतरनाक दवा ईजाद कर चुकी है?''

''मैं समझा नहीं त्रिकालदर्शी!''

''क्या तुम भूल गए जोरावर कि ये इंसान और इंसानियत। ये संसार और इसके बाशिंदे इंसान नहीं दरिंदे हैं। जानवर हैं। ये रहमदिली के काबिल नहीं। हमारे कहर के हकदार हैं। जरूरत असाध्य रोगों की दवाएं ढूंढ़कर इन्हें जिंदगी बख्शने की नहीं। भयंकर-से-भयंकर बीमारी

फैलाकर इन्हें खत्म कर देने की है–हा-हा-हा मैं सारी दुनिया को कोढ़ी कर दूंगा। कैंसर फैला दूंगा। टीबी और मलेरिया से तड़पा-तड़पाकर मारूंगा इन्हें-हा-हा-हा। त्रिकालदर्शी सारे संसार को भयंकर बीमारियों में फंसाकर खत्म कर देगा–हा-हा-हा!''

वह हंसता चला गया!

''ये पंडित का बच्चा क्या कर रहा है निक्कू?'' एक घने पत्तों वाले वृक्ष पर बैठे बागेश ने बुरी तरह बेचैन और जोशीले स्वर में पूछा!

पंडितजी पर निगाह टिकाए निकल्सन फुसफुसाया–''धीरे बोल मूर्ख!''

बड़े ध्यान से वे पंडितजी को देख रहे थे। उन्हें, जो जोहड़ के इस तरफ खड़े मजबूत डोरी में बंधे लोहे के एक भारी एवं ठोस टुकड़े को रह-रहकर जोहड़ के गंदे पानी में फेंक रहे थे!

वे लोहे के टुकड़े को जोहड़ में दूर फेंक देते। फिर डोरी खींच लेते। टुकड़े के बाहर आते ही उसे पुनः जोहड़ के किसी अन्य हिस्से में फेंक देते!

काफी देर से वे सिर्फ यही कर रहे थे!

इस बार जब उन्होंने डोरी में बंधा लोहे का टुकड़ा खींचा तो टुकड़े पर चिपकी हुई कुछ छोटी-छोटी चीजें छुड़ाने लगे और यह क्षण वह था, जब निकल्सन के मुंह से निकला।

''ओह!''

''क्या ओह! कुछ समझ में भी आया!'' बागेश झुंझला रहा था!

''उसने डोरी के सिरे पर जो बांध रखा है वह लोहे का टुकड़ा नहीं, बल्कि मैग्नेट है। जोहड़ में वह वेन को तलाश कर रहा है!''

''ओह!'' बागेश की बुद्धि के समस्त खिड़की दरवाज़े चौपट खुल गए और पत्तों से झांककर पुनः पंडितजी को देखने लगा। उन्हें जो अपनी पैंट संभाले अब जोहड़ के दूसरी तरफ जा रहे थे।

''वह उधर ही जा रहा है बागेश। ला मेरा रिवॉल्वर दे। अब इसे ठंडा करना ही पड़ेगा, वरना तो समझो कि वह वेन तक पहुंच चुका है!''

''अभी इसकी कोई जरूरत नहीं है!'' बागेश ने ठंडे स्वर में कहा–''उसका सारा ध्यान जोहड़ की तरफ है। सफेद गुलाब की तरफ नहीं और वेन जोहड़ में नहीं है!''

निकल्सन ने बागेश को यूं घूरा जैसे कच्चा चबा जाने का इरादा रखता हो!

पंडितजी जोहड़ के दूसरी तरफ पहुंच गए। इस बार जब उन्होंने मैग्नेट जोहड़ में फेंककर वापस खींचा तो साथ में एक तसला (लोहे की परात) भी खिंचा चला आया!

उसे देखकर जहां पडितजी चौंक पड़े वहीं अत्याधिक उत्तेजित होकर निकल्सन कह उठा–"ओह। उन्हें ब्रिजेश का फेंका हुआ तसला मिल गया है बागेश!"

"फिर!" स्वर में कंपन था!

"अब वे समझ जाएंगे कि वेन यहीं कहीं है!"

बागेश चुप रह गया। निकल्सन भी कुछ नहीं बोला, क्योंकि तब तब पंडितजी तसले को जोहड़ के किनारे रखकर मैग्नेट पुनः जोहड़ में फेंक चुके थे। धड़कते दिल से वे दोनों देखते रहे और तीसरी बार फेंका मैग्नेट ने वापस खींचा तो इस बार उसके साथ फावड़ा बाहर आ गया!

"फावड़ा भी मिल गया है बागेश। अब उसे समझते देर नहीं लगेगी। ला, रिवॉल्वर दे बेवकूफ!"

बागेश ने जेब से रिवॉल्वर निकालकर उसे पकड़ा दिया!

निकल्सन का चेहरा पत्थर की तरह कठोर नज़र आ रहा था। अभी उसने पंडितजी की तरफ रिवॉल्वर ताना ही था कि उन्हें पुनः मैग्नेट जोहड़ की तरफ उछालते देखकर बागेश कह उठा–"रूक जा निक्कू। वह अब भी वेन को जोहड़ में ही ढूंढ रहा है। इसका मतलब तसले और फावड़े का वह सही अर्थ नहीं समझा है!"

निकल्सन को भी यही लगा, अतः उसने ट्रेगर नहीं दबाया!

एक बार नहीं। पंडितजी ने अनेक बार मैग्नेट को जोहड़ में फेंका, मगर वह हर बार अकेला ही वापिस चला आता था!

अंत में। पंडित थक-से गए!

डोरी की गुच्छी बनाकर उन्होंने मैग्नेट सहित सफारी की जेब में डाल ली। जेब से रूमाल निकालकर चेहरे ही पर से नहीं, बल्कि अपनी कलाइयों पर से भी पसीना पोंछा और फिर जोहड़ के किनारे से हटते

हुए उन्होंने ठोकर मारकर फावड़े और तसले को पुनः जोहड़ में डाल दिया!

"इसका मतलब उसने इन दोनों चीजों को बड़े हल्केपन से लिया है!"

निकल्सन बड़बड़ाया–"इनकी यहां मौजूदगी की गहराई के बारे में नहीं सोचा है पंडित ने!"

"शुक्र है!" बागेश ने जाने कब से रूकी सांस छोड़ी!

हाथ में रिवॉल्वर लिए निकल्सन ने चारों तरफ देख रहे पंडित को देखते हुए कहा–"शुक्र तो तब है, जब वह आफत का पुतला इस इलाके से दफा हो जाए!"

"वह जा रहा है!"

"गुड! रूख भी गुलाब की तरफ नहीं है!"

"खा गया धोखा!" अब बागेश का स्वर प्रसन्नतावश कांप रहा था–"वह वापस जा रहा है निक्कू। हम बाल-बाल बचे हैं!"

"बाल-बाल वह उल्लू का पट्ठा बचा है। वरना अगर वह उस पौधे के आसपास भी फटकता तो मेरे रिवॉल्वर की गोली उसका सिर तोड़ने के लिए तैयार थी। साले की लाश ठीक बेन के ऊपर गिरती। वहां जहां से कल तुमने मिट्टी खोदी थी!"

बागेश कुछ बोला नहीं। केवल दूर जाते आफत के उस पुतले को देखता रहा जो अक्सर जीते-जागते लोगों की सांसें रोक दिया करता है। निकल्सन भी उसे देखता रहा। तब तक जब तक कि पंडितजी नज़र आते रहे!

क्योंकि दूर-दूर तक वहां केवल बंजर जमीन पड़ी थी और वे दोनों पेड़ पर चढ़े हुए थे, इसलिए दूर जाते पंडितजी उन्हें बहुत देर तक नज़र आते रहे!

ठंडी सांस भरते हुए बागेश ने कहा–"ला रिवॉल्वर इधर दे!" मगर जवाब में बड़ी फुर्ती से निकल्सन ने रिवॉल्वर की नाल उसके सिर पर रखे हैट पर मारी और हैट बागेश के सिर से उतरकर हवा में लहराने के बाद नीचे जा गिरा!

"ये क्या बदतमीजी है?"

''बदतमीजी?'' निकल्सन ने शब्द को दांतों से पीसा–''हरामजादे। ये बदतमीजी है और वह बदतमीजी नहीं थी, जो तूने रात की थी?''

''क्या मतलब?'' बागेश कांप गया!

''हाथ ऊपर उठा ले कुत्ते वर्ना एक ही गोली में हुलिया बिगाड़ दूंगा!'' निकल्सन उसे पूरी तरह रिवॉल्वर से कवर करता हुआ गुर्राया–''रात तूने सारा खेल बिगाड़ दिया। दोस्तों से दगा करता है हरामजादे!''

बागेश का चेहरा भय के कारण पीला पड़ गया। कम-से-कम इतनी जल्दी निकल्सन से उसे इस हरकत की उम्मीद नहीं थी। गला एवं होंठ इस कदर सूखते चले गए कि मुंह से आवाज़ तक न निकली। निकल्सन के चेहरे को देखते-ही-देखते उसके अपने जिस्म में दौड़ता सारा खून मानो पानी में बदल गया हो!

''तब तो उस हरामजादे का ऐसा वफादार बन गया था जैसे वही तेरी सगी हो। वे दोस्त कुछ भी न हुए जिनके साथ वर्षों से है। वेन रॉबरी की। गजराज का मर्डर किया?'' कहते वक्त निकल्सन का चेहरा बुरी तरह सुलग रहा था। उसकी सफेद तारों वाली विचित्र आंखों में हिंसक भाव थे।

''लेकिन निक्कू!''

उसके थरथराते स्वर में कोई ध्यान न देता हुआ निकल्सन गुर्राता चला गया–''और वह हरामजादी। कुतिया बच नहीं सकेगी, जिसने मुझे मुजरिम बनाया। मगर उसे यूं नहीं मारूंगा मैं। मरने से पहले मेरा प्यार कबूल करना होगा उसे। मेरी वह प्यास बुझानी होगी, जो अलवर से यहां तक बराबर सुलग रही है!''

''निक्कू!'' चीखते हुए बागेश ने अचानक ही उसके जबड़े पर घूंसा रसीद कर दिया और रिवॉल्वर की मौजूदगी के कारण निकल्सन को उससे हरगिज ऐसी उम्मीद न थी। परिणामस्वरूप एक चीख के साथ डाल से लुढ़क गया, मगर बैलेंस बिगड़ जाने की वजह से बागेश भी स्वयं को न रोक सका!

लड़खड़ाकर वह भी डाल से गिरा!

उधर, निकल्सन के हाथ से रिवॉल्वर हवा में ही न जाने कहां निकल गया था?

संयोग से वे कच्ची जमीन पर एक-दूसरे के पास जा गिरे। चोट जरूर लगी होगी, मगर जब जान पर बनी हो तो ऐसी चोटों की किसे सूझती है?

उछलकर दोनों खड़े हो गए!

एक नज़र, सिर्फ एक नज़र दोनों ने एक-दूसरे को देखा और फिर खूनी भेड़ियों की तरह गुर्राकर टूट पड़े। बुरी तरह गुंथ गए वे और मौका लगते ही बागेश ने अपनी कमर पर लिपटी टीटू की चैन खोलकर हाथ में ले ली!

उस पर जम्प लगाता-लगाता निकल्सन रूक गया!

''बहन को गाली देता है कमीने। ले मजा चख!'' कहने के साथ ही क्रोध से पागल हुए बागेश ने चैन घुमाई मगर निकल्सन फुर्ती से झुककर न सिर्फ खुद को बचा गया। बल्कि सिर की टक्कर बड़ी जोर से बागेश के पेट में मारी!

एक चीख के साथ बागेश उछलकर दूर जा गिरा!

संयोग से तभी समीप पड़े रिवॉल्वर पर निकल्सन की निगाह पड़ी और उसने झपटकर रिवॉल्वर उठा लिया। उधर चैन संभाले बागेश उठा!

इधर रिवॉल्वर संभाले निकल्सन!

पल भर। सिर्फ पल भर ही तो लगा था!

''धांय!'' जोहड़ के आसपास एक फायर की आवाज़ गूंज गई! बागेश के हलक से चीख निकली। गोली ने उसका सिर तोड़ दिया था। कटे वृक्ष-सा वह जमीन पर गिरा और गोली के धमाके से दहशत खाई एक चील पेड़ से पंख फड़फड़ाती हुई उड़ चली। दूर बहुत दूर। अज्ञात की ओर!

और वहां पश्चिम में डूबते सूर्य का मुखड़ा पीला नज़र आ रहा था!

''आइए पंडितजी, आइए!'' अपनी कुर्सी से खड़े होकर मिस्टर रॉव ने केशव पंडित का स्वागत करते हुए कहा–''जब से एयरपोर्ट के लिए कहकर गए, तब से आप अब नज़र आ रहे हैं। कहां चले गए थे आप?''

''बताते हैं भाई। बैठने तो दो!'' कहने के साथ ही केशव पंडित एक कुर्सी पर बैठ गए और सिगरेट सुलगा ली। इंटरकॉम पर चाय का आदेश देने के बाद बैठते हुए मिस्टर रॉव ने कहा–''हम जानने के लिए उत्सुक हैं!''

''एयरपोर्ट के आसपास के जंगल की खाक छानते रहे!''

''कोई नतीजा निकला?''

इससे पहले कि पंडितजी कुछ कहें। चाय आ गई। जब चाय लाने वाला कर्मचारी चला गया तो पंडितजी बोले–''सारा केस हल हो चुका है!''

मिस्टर रॉव यूं उछल पड़े, जैसे उनकी कुर्सी अचानक गर्म तवे में बदल गई हो, जबकि सामने बैठे केशव पंडित ने पूरी लापरवाही के साथ चाय की चुस्की ली।

''यानी आप इस केस को हल कर चुके हैं?''

''यकीनन!''

''कब, कैसे! आखिर यह सब कैसे हो गया?'' हैरत के कारण मिस्टर रॉव का बुरा हाल था, ज़बकि भरपूर आनंद लूटने के बाद पंडितजी ने बताया–''हम पता लगा चुके हैं कि वेन कहां है, लुटेरे और नीलम कहां छुपी हुई है?''

''तो क्यों न वहां तुरंत छापा मार जाए?''

''फिलहाल, उससे पहले हमें थोड़े ड्रामाई अंदाज में सीमा को गिरफ्तार करना है!''

''ड्रामाई अंदाज में?'' मिस्टर रॉव का आश्चर्य कम न हो रहा था!

सीमा ने बड़े अनमने भाव से रिसीवर कान से लगाया और बोली– ''हैलो!''

''मुझे सीमा से बात करनी है!'' एक अत्यंत रहस्यमय एवं भर्राई हुई आवाज़ उभरी। ऐसी कि जिसे सुनते ही सीमा के समूचे जिस्म में मौत की सिहरन दौड़ गई। साहस करके वह बोली–''कौन हैं आप?''

''पहले अपना नाम बताओ!'' हड्डियों तक को कड़कड़ा देने वाली कर्कश आवाज़!

"मैं सीमा ही हूं। आप!"

"मुझे नीलम से बात करनी है!"

"नीलम कौन, नीलम?" सीमा के मस्तक पर पसीना उभर आया!

"हा-हा-हा!" जवाब में दूसरी तरफ से बड़ा ही जबरदस्त खनखनाता हुआ अट्टहास लगाया गया!

इस बार सीमा हिस्टीरीयाई अंदाज में चीख पड़ी–"मैं पूछती हूं कौन हो तुम? जवाब दो, वर्ना मैं रिसीवर रख दूंगी!"

"मुझसे तुम झूठ नहीं बोल सकतीं!" सीमा की बात पर कोई ध्यान दिए बिना दूसरी तरफ से कहा गया–"क्योंकि मैं जानता हूं कि तुम्हें नीलम का पता मालूम है!"

"आई से यू शटअप!" सीमा पागल-सी होकर चिल्ला उठी, जबकि रिसीवर में दूसरी तरफ से पुनः वही खनखनाता हुआ अट्टाहस गूंजने लगा और तभी हॉल में दाखिल होते हुए मेजर बलवंत ने ऊंची आवाज़ में पूछा–"क्या हुआ सीमा। तुम इतनी जोर-जोर से क्यों चीख रही हो?"

"पता नहीं अंकल फोन पर कौन है। मुझसे . . .?"

मगर आगे के शब्द स्वतः ही उसके हलक में घुटकर रह गए, क्योंकि इसी क्षण दूसरी तरफ से संबंध विच्छेद कर दिया गया था।

"कौन है? मैं देखता हूं!" बलवंत ने सीमा से रिसीवर छीनकर अपने कान से लगा लिया।

बोला–"लाइन तो डिस्कनेक्ट पड़ी है!"

"उसने आपकी आवाज़ सुनकर ही फोन रखा था?"

"क्या कह रहा था वह? किसलिए फोन किया था?"

कोई चारा न देखकर सीमा ने बलवंत को सब कुछ बता दिया और सुनने के बाद बलगम के धब्बे कुछ सिकुड़ से गए।

"जरूर यह हरकत उस हरामजादे पंडित की है!"

"पंडितजी?" सीमा उछल पड़ी!

"हां!" दांत भींचकर एक-एक शब्द को चबाता हुआ बलवंत गुर्राया–"उसी हरामजादे को शक है कि हमें नीलम का पता मालूम है और कोई रास्ता न देखकर उसने तेरे मुंह से नीलम का पता निकलवाने

की यह ट्रिक सोची है।''

सीमा चुप रह गई।

''लेकिन तुम्हें डरने या आतंकित होने की कोई जरूरत नहीं है सीमा!'' बलवंत ने कहा–''इस बार फोन आए तो मुझसे बात कराना।''

''किसका फोन आया था भई!'' हॉल में कदम रखते हुए पंडितजी ने पूछा।

उन्हें देखते ही सीमा का समूचा जिस्म खौफ के कारण सिहर उठा और बलवंत का गुस्से के कारण। वह गुर्राया–''तुम फिर आ गए पंडित!''

''हमने कहा था कि जब तक केस पूरी तरह सुलझ नहीं जाएगा, हम आते रहेंगे!'' उनके होंठों पर चिरपरिचित मुस्कान थी।

''तुम्हें याद है, मैंने क्या कहा था?''

''यह कि अगर हम इस बार आए तो सुबूतों के साथ!''

''वैरी गुड!'' बलवंत के लहजे में व्यंग्य था–''लाए हो सुबूत?''

''बेशक!'' अपने हाथ में मौजूद एयरबैग को जब पंडितजी ने वजन तोलने के-से अंदाज में हिलाया तो सीमा की रूह कांप गई।

पंडितजी ने बैग फर्श पर रखा, एक सिगरेट के बाद बोले–''हम आपका टेप-रिकार्डर देखना चाहते हैं!''

''उससे क्या होगा?''

''होगा कुछ। आप दिखाने का कष्ट तो कीजिए?''

और! केशव पंडित के शब्द गड़गड़ाती हुई बिजली बनकर सीमा के ऊपर गिरे। क्षण मात्र में वह समझ गई कि बैग में क्या है। उधर बलवंत पंडितजी की बात का जवाब न देकर सीमा की तरफ घूमा और ठीक इसी क्षण सीमा कह उठी–''हमारा कौन-सा टेपरिकार्डर?''

''क्या आपके पास कोई टेपरिकार्डर नहीं है?''

''नहीं!'' सीमा के इस जवाब ने मेजर बलवंत के चेहरे पर भूचाल के-से भाव उभार दिए।

उसकी दोनों कनपटियों तक केवल हैरत-ही-हैरात नज़र आ रही थी और सीमा के जवाब में पंडितजी ने कठोर स्वर में कहा था–''तुम झूठ बोल रही हो!''

''यह सच है!'' सीमा चीखी जरूर थी, मगर उस चीख में न सच्चाई थी, न जान–''हमारे पास कभी कोई टेपरिकार्डर न था। न है!''

''क्यों मिस्टर बलवंत। अचानक आप इतने चुप क्यों हो गए हैं? इस बारे में आपकी क्या राय है? क्या इतने बड़े घर में टेप न होना स्वाभाविक है?''

''हमें तुम्हारी तरह एक ही बात को बार-बार दोहराने की आदत नहीं है!'' बलवंत ने बेहद गंभीर स्वर में कहा–''एक बार कह चुके हैं कि इस घर में टेप नहीं है, तो नहीं है।''

सीमा की कनपटियों पर लहू बजने लगा। उसे अनिष्ट के आसार अब बिल्कुल साफ नज़र आ रहे थे, क्योंकि जवाब में पंडितजी भी गुर्रा उठे–''तो फिर ये क्या है?''

कहने के साथ ही उन्होंने एयर-बेग की चैन खोल दी!

सीमा बोली–''क्या है उसमें!''

''एक टेपरिकार्डर का मलबा!''

सीमा को वह अपने जिस्म का मलबा नज़र आ रहा था!

बलवंत ने उसी स्वर में पूछा–''तुम्हें कहां से मिला?''

पंडितजी ने संक्षेप में बता दिया और एक-एक लफ्ज को गौर से सुन रहे बलवंत ने उनके चुप होते ही कहा–''तो तुमने यह कैसे समझ लिया कि यह हमारे टेप का मलबा है!''

''हमें इसी समझ के पैसे मिलते हैं!''

''मैं केवल अपनी बात का जवाब चाहता हूं!''

''और मैं आपके घर की तलाशी!''

''किस खुशी में?''

''साबित करने के लिए कि यह टेप आप ही का है। अगर आप के घर में कैसेट्स हुई तो जाहिर है कि आपके पास टेप था और फिर इस टेप से संबंधित काग़ज़ात भी इसी घर में होने चाहिए!''

रही-सही उम्मीदें भी सीमा का दामन छोड़ गईं!

अब उसे लगा कि संघर्ष व्यर्थ है। खेल खत्म हो चुका है और खेल को खत्म करने के लिए पंडितजी और बलवंत में मध्यस्थता करने हेतु अभी उसने मुंह खोला ही था कि बड़ी धूर्त मुस्कराहट के साथ कुटिल

अंदाज में बलवंत ने कहा–''तलाशी के लिए तो तुम्हें सर्चवारंट लाना होगा पंडित!''

पंडितजी के चेहरे पर पहली बार गुस्से के आसार नज़र आए। एक-एक शब्द को चबाते हुए वे कह उठे–''अब तुम अपनी हकीकत पर उतर आए हो। सर्चवारंट का जिक्र मुजरिम अपने खोखले बचाव के लिए करते हैं!''

''सर्चवारंट की प्रक्रिया कानून ने तुम जैसे बदतमीज और मुंह फट सरकारी लोगों से हम जैसे सम्मानित नागरिकों को बचाने के लिए रखी है!''

''हुं!'' केशव पंडित ने घृणित मुद्रा बनाई और बोले–''तुमने हमें बहुत कम आंका है मिस्टर बलवंत। हमारे पास दूसरे सबूत भी हैं। ऐसे कि जिन्हें तुम्हारी इस आलीशान कोठी की तलाशी की कोई जरूरत नहीं पड़ेगी!''

और इस बार तो गजब ही कर दिया अंधे बलवंत ने!

मुंह से जवाब के स्थान पर वह किसी हिंसक और जख्मी चीते-की सी गुर्राहट निकालता हुआ पंडितजी पर झपटा और दोनों हाथों से उनका गिरेबान पकड़कर चीखा–''तुम्हारे पास कोई सबूत नहीं है पंडित। तुम बिना वजह हमें परेशान करने चले आते हो। कभी कहीं से कोई तार उठा लाओगे तो कभी किसी टेप का मलबा और ऐसे सिर्फ तुम हमें धोखे में रखने के लिए कर रहे हो!''

''ये बकवास है!''

''बकवास नहीं हकीकत है पंडित। वो तार, ये टेप का मलबा। गजराज की मृत्यु पर हमसे तुम्हारी एक-एक बात फरेब है। दरअसल तुम्हें यह शक है कि पागलखाने से भागने के बाद नीलम ने निश्चय ही हमसे कोई संपर्क स्थापित किया होगा और उसकी जांच करने तुम यहां नए-नए बहाने लेकर आते हो!''

''गिरेबान छोड़ो मिस्टर बलवंत। तुम्हें गलतफहमी है!''

''गलतफहमी तो इस क्षण से पहले तुम्हें थी पंडित और इस वक्त उसी गलतफहमी को दूर कर रहा हूं। पांच-सात मिनट पहले तुमने एक गुप्त और रहस्यमय आदमी के रूप में सीमा को फोन किया और तुरंत

ही अपने लफ्जों की प्रतिक्रिया देखने इस मलबे के बहाने यहां आ गए!''

''हमने कोई फोन नहीं किया!''

''फोन तुम्हीं ने किया, क्योंकि एकमात्र तुम्हीं को यह शक है कि सीमा नीलम का पता जानती है। जब तक किसी अन्य जरिए से नीलम का पता न उगलवा सके तो अज्ञात फोनकर्ता बन गए और सीमा को तोड़ने के लिए आतंकित करने का जाल बिछाया, मगर इन हथकंडों से कुछ नहीं होगा पंडित। सीमा को जब कुछ मालूम ही नहीं है तो वह उगलेगी क्या?''

''हम कहते हैं गिरेबान छोड़ो!'' पंडितजी गुर्राए!

बलवंत किसी जहरीले सर्प की तरह फुंफकार रहा था–''तुम्हारा सिर्फ गिरेबान पकड़ा है पंडित। केवल उस एहसान की लिहाज करते हुए जो तुमने सीमा पर पहलगाम में किया था, वर्ना तो सीमा को आतंकित करने वाले की गर्दन दबोच लेता हूं!''

पंडितजी ने उसकी गिरफ्त से निकलने की कोशिश की, मगर ये हकीकत है कि भरसक चेष्टा के बावजूद खुद को बलवंत की मजबूत पकड़ से न निकाल सके और यह पहला ही क्षण था जब पंडितजी को इस अंधे की अद्भुत शारीरिक शक्ति का अहसास हुआ। मुस्कराते हुए बलवंत ने कहा–''इन हाथों की पकड़ इतनी कमजोर नहीं है पंडित कि कोई इतनी आसानी से निकल जाए!''

''अब तुम बदतमीजी पर उतर आए हो!'' पंडितजी मचले!

''चाहे जो कहो मगर याद रखना। अगर फिर यहां कोई अंट-शंट बहाना लेकर आए या फोन पर सीमा को डराने की कोशिश की तो कच्चा चबा जाऊंगा!'' कहने के साथ ही दांत पीसते हुए बलवंत ने उन्हें इतनी जोर से धक्का दिया कि संभलने की लाख चेष्टाओं के बावजूद भी पंडितजी आखिर फर्श पर गिर ही गए।

अनिष्ट की आशंका से सीमा के रोंगटे खड़े हो गए थे!

पंडितजी बिजली की-सी फुर्ती के साथ उछलकर खड़े हो गए। चेहरा हॉल में रखे एक सोफे की पुश्त से टकराने के कारण निचला होंठ फट गया था और वहां से खून की धार फूट पड़ी थी, जिसे अपनी

आस्तीन से पोंछते हुए उन्होंने खूनी आंखों से बलवंत को घूरा और बलवंत की आंखों में मौजूद बलगम के धब्बे उन पर इस तरह जमे हुए थे जैसे उनकी हर हरकत देख रहे हों!

''ये तुमने अच्छा नहीं किया मिस्टर बलवंत!'' वे गुर्राए!

बलवंत ने लापरवाही से कहा–''बुरा तो तब होगा जब तुम फिर इस कोठी में कदम रखने की बेवकूफी करोगे!''

अपना बैग उठाते हुए उन्होंने चेतावनी दी–''फिलहाल हम जा रहे हैं, मगर बहुत जल्दी लौटकर आएंगे और उस क्षण तुम्हें अपनी इस जलील हरकत पर पछताना होगा।''

व्हील चेयर पर बैठी सीमा थर-थर कांप रही थी।

वह समझ न पा रही थी कि अंकल उसके कमरे में क्यों गए हैं। उसे पूरा इल्म था कि बलवंत द्वारा अब उससे किस किस्म के सवाल किए जाने वाले हैं और वह उनके जवाब तलाश करने की कोशिश कर रही थी कि फोन की घंटी घनघना उठी!

सीमा ने चौंककर पहले फोन की तरफ देखा। फिर उस गैलरी को जिसमें बलवंत गया था और जल्दी से रिसीवर उठाकर बोली–''हैलो! सीमा हीयर!''

वही हाड़ तक को कंपकंपा देने वाली सर्द हंसी!

''प्लीज-प्लीज बताओ कि तुम कौन हो?'' जोर से चीख पड़ने की अपनी इच्छा को सीमा बहुत मुश्किल से दबा पा रही थी–''मुझसे क्या चाहते हो?''

''तुम नीलम के पास मेरा एक संदेश पहुंचा दो। उसके बाद वह खुद मुझसे-मिलने के लिए बेचैन हो उठेगी!''

''कैसा संदेश?''

''कहना कि उसके पिता दुर्गादास और गुरु प्रोफेसर दिवाकर मेरे कब्जे में हैं। यदि वह मुझसे न मिली तो मैं इन दोनों को खत्म कर दूंगा!''

सीमा का दिमाग सुन्न पड़ गया!

''सुन रही हो न?''

वह चौंकी। बोली–''तुम दुर्गादास और प्रोफेसर दिवाकर के बारे में कैसे जानते हो और वे तुम्हारे कब्जे में कैसे हैं?''

''तुम्हारा काम इस संदेश को केवल नीलम तक पहुंचाना है!'' कहने के साथ ही दूसरी तरफ से फोन रख दिया गया।

सीमा एक बार पुनः ठगी-सी रह गई।

रिसीवर क्रेडिल पर रखे जाने के कितनी देर बाद तक वह सस्पैंस और दहशत की शिकार रही। जो संदेश नीलम को देने के लिए कहा गया था उसका अर्थ वह खूब समझती थी। कल्पना कर सकती थी कि सुनते ही नीलम सचमुच इस आदमी से मिलने के लिए आतुर हो उठेगी!

अभी वह विचारों के भयावह जंगल में भटक ही रही थी कि बलवंत की आवाज़ ने कानों के पर्दे झनझना दिए–''क्या सोच रही हो?''

''अंकल!'' सीमा उछल पड़ी–''फोन फिर आया था!''

''फोन तो अब आएंगे सीमा। उन्हें कोई रोक नहीं सकता!''

''क्या मतलब अंकल?'' सीमा चिहुंक उठी!

''मैंने सारी कैसेट्स आग के हवाले कर दी हैं। टेपरिकार्डर से संबंधित काग़ज़ातों को भी राख में बदलकर सीवर में पहुंचा दिया है, मगर इस सबसे पूरे सुबूत नहीं मिट गए हैं सीमा। पंडित डाकखाने से टेपरिकार्डर के लाइसेंस का सबूत ला सकता है!''

सीमा की ज़ुबान तालू में जा चिपकी!

''झूठ-झूठ ही होता है सीमा। आदमी अगर थोड़ा भी अक्लमंद हो तो सामने वाले के झूठ को झूठ साबित करने के लिए सबूत जुटा लिया करता है और फिर वह पंडित तो यकीनन बेहद कांईयां और खुर्रांट है!''

वह अपने अंकल के तमतमाए चेहरे को देखती भर रही। बलगम के धब्बे-सी आंखों में आंसू तैर रहे थे!

अचानक गुर्राते से स्वर में बलवंत ने पूछा–''मेरे बार-बार पूछने पर तू यह क्यों कहती रही कि तू किसी चक्कर में उलझी हुई नहीं है?''

''मैं मजबूर थी अंकल!''

''ऐसी क्या मजबूरी थी?''

"किसी भी कीमत पर मैं नीलम को खतरे में नहीं फंसा सकती!"

"और मैं तुझे आतंकित नहीं देख सकता। किसी से डरी-डरी या सहमी हुई नहीं देख सकता। फिर भले ही वह पंडित क्यों न हो और ये फोन? जानती है क्यों आएंगे ये? क्यों इन्हें कोई रोक नहीं सकता?"

"क्यों?"

"क्योंकि तूने मुझे विश्वास में नहीं लिया। हकीकत नहीं बताई!"

"अंकल!"

"जिस रात इन्वेस्टिगेटर बनकर यह पंडित का बच्चा पहली बार इस कोठी में घुसा था, मैंने उसी रात तुझसे पूछा था कि अगर कोई ऐसी-वैसी बात हो तो बता दे। उसके बाद जब भी मुझे शक हुआ, मैंने ठोक-बजाकर तुमसे पूछा। यह विश्वास दिलाने की कोशिश की कि मैं सब संभाल लूंगा, मगर पंडित की तरह तू मुझसे भी झूठ बोलती रही। अगर उसी रात सच-सच बता देती तो मैं सब कुछ संभाल लेता। आज न तो यह पंडित का बच्चा ही इतना हावी हो सकता था और न ही तेरे पास कोई रहस्यमय फोन आता!"

सीमा फूट-फूटकर रो पड़ी!

सामने खड़ा बलवंत भावावेश में कांपता रहा। फिर स्वयं ही बोला–"आज उस टेप ने मेरे सभी संदेहों की पुष्टि कर दी, जिस का मलबा पंडित उठाए फिर रहा है। मैं समझ सकता हूं कि गजराज नाम के पाजी का मर्डर तूने किया है। तुझे नीलम का पता भी मालूम है, क्योंकि उस रात नीलम यहां नहीं आई थी, बल्कि पंडित को मुझ में उलझाने के लिए मुझे प्लाजा भेजकर तू खुद नीलम से मिलने गई थी। तू उससे कहीं आगे बढ़कर नीलम की मदद कर रही है, जितनी मेरी जानकारी में है!"

सीमा सिर्फ रोती रही।

बलवंत ने पुनः कहा–"मगर आज भी मैं इन सब घटनाओं का विवरण नहीं जानता और सबूत या प्वाइंट विवरण ही में से निकलते हैं सीमा। प्लीज, मैं आखिरी बार तुझसे कहता हूं बेटी। मुझे सब कुछ बता दे। तेरी कसम दुनिया के किसी भी खतरे को तेरा ये अंधा अंकल तुझ तक नहीं पहुंचने देगा!"

बलवंत का प्यार देखकर सीमा भावविह्वल हो उठी!

आंतक। सस्पैंस और अब अंकल के जज्बातों ने उसे इस कदर तोड़ दिया कि वह पनाह मांग गई। अब उसे सचमुच बलवंत जैसे किसी मजबूत सहारे की जरूरत थी, अतः सब कुछ बताती चली गई। सब कुछ!

''इतना अपमान। इतनी जिल्लत। उफ अंधे पाजी से यह सब कुछ सहकर चले आए आप?''

सुनते ही आवेश में आकर मिस्टर रॉव ने बड़ी जोर से अपनी मेज पर घूंसा मारते हुए कहा–''उसने आपका गिरेबान पकड़ा। बेइज्जती की। इतना ही नहीं ऐसा धक्का भी दिया उसने आपको कि होंठ से खून बहने लगा। उफ्फ आपको क्या हो गया है पंडितजी। सारे सबूत होते हुए भी आखिर आप वापस क्यों आ गए? उसी वक्त मुंह तोड़ जवाब क्यों नहीं दिया आपने?''

''क्योंकि हमारे सामने एक नई बात आ गई थी!''

''क्या?''

''यह कि कोई रहस्यमय व्यक्ति सीमा के माध्यम से नीलम तक पहुंचना चाहता है। हालांकि बलवंत वह रहस्यमय आदमी हमें ही समझ रहा था, मगर उसकी बात सुनते ही हमारे दिमाग में सवाल कौंधा कि आखिर वह कौन है, जो नीलम तक पहुंचना चाहता है। कोई बड़ा गैंगेस्टर या पुनः विदेशी जासूस?''

''फिर?''

''आखिर ऐसे लोगों को नीलम से दूर रखना भी तो हमारी ड्यूटी है?''

''क्या मतलब?''

''हम नीलम तक पहुंचने की कोशिश करने वाले फोनकर्ता तक पहुंचने की योजना बनाकर वहां से लौट आए, क्योंकि अगर सीमा ही गिरफ्तार कर ली गई तो वह किसी अन्य लाइन से अपनी कोशिश जारी रखेगा और पुनः हमारे लिए सिर दर्द खड़ा करेगा!''

''ओह! उस फोनकर्ता तक पहुंचने की आपने क्या योजना बनाई?''

''सीमा की कोठी के यदि किसी भी फोन पर कोई बात होगी तो वह टेप कर ली जाएगी!''

''गुड!''

''अब आप कोई ऐसा विशेष दस्ता तैयार कीजिए जो ऐसे तहखाने में छापा मार सके जहां नीलम समेत पांच अपराधी छुपे हैं। उनके पास हथियार भी हैं। हम यह चाहेंगे कि दस्ते में कम-से-कम आदमी हों, मगर दक्ष। ताकि बात ज्यादा लोगों में न फैले!''

''तहखाना है कहां?''

''फिलहाल, विशेष दस्ते की तैयारी करने का हुक्म सिर्फ यह कहकर दीजिए कि अपराधियों के एक अड्डे पर छापा मारना है। जब तक वे तैयारी करेंगे, तब तक हम आपको बताते हैं कि वे कहां हैं और हम वहां कैसे पहुंचे?''

मिस्टर रॉव ने इंटरकॉम पर कहा–''मैक सारस्वत को कांटेक्ट करो और उससे कहो कि तीस मिनट के अंदर अपनी टीम को इकट्ठा कर ले!''

''ओके सर!''

मिस्टर रॉव ने रिसीवर रख दिया!

''जंगलों की खाक छानते जब हम एक फार्म हाउस पर पहुंचे तो वहां हमारा स्वागत फार्म हाउस के ऐसे चौकीदार ने किया जिस के हाथ, पैर और सिर के बालों में तो गर्द भरी हुई थी, मगर पलकों पर धूल का एक कण भी नहीं था!''

''क्या मतलब?''

''जब व्यक्ति धूल में रहता है तो उसका धूल में अट जाना स्वाभाविक बात है और उतना ही स्वाभाविक पलकों के बालों पर भी धूल के कणों का बैठ जाना, अतः जब आप किसी ऐसे व्यक्ति को देखें जिसके बाकी शरीर पर तो धूल हो, किंतु पलकों पर न, तो समझ जाएं कि उसने जान-बूझकर स्वयं को धूल में लपेटा है।''

''यानी वह चौकीदार नकली था!''

''जाहिर है। एक नज़र देखते ही हम यह भांप गए थे। हमारी अगली नज़र उसके पैरों पर पड़ी। वह नंगे पैर था, मगर साफ नज़र आ रहा था

कि लंबे समय से पहने गए जूते कुछ ही देर पहले उतारे गए हैं!''

''ओह!''

''हालांकि उसने न सिर्फ निहायत ही खूबसूरत एक्टिंग की, बल्कि बातें भी बहुत सोच-समझकर और प्यारी-प्यारी कीं, मगर जब हमने बताया कि हम डिटेक्टिव हैं तो वह मात खा गया। इस शब्द को ज्यों-का-त्यों इतना ही साफ बोल गया वह!''

''हम इस प्वाइंट को नहीं समझे!''

''जैसा अनपढ़ और गंवार उसने स्वयं को पोज किया था वैसे लोग इस शब्द को ज्यों-का-त्यों उतना ही साफ नहीं बोल सकते, जितना हम और आप बोल लेते हैं। वे 'डिटेक्टिव को 'डिटिक्टिव' या 'डिक्टिटिव' अथवा ऐसा ही कुछ कह पाएंगे!''

''ओह!'' पंडितजी के प्वाइंट पकड़ने के तरीके को गहराई तक समझते ही रॉव की आंखें चमकने लगीं। वह कहे बिना न रह सका–''आप कमाल करते हैं पंडितजी!''

अपनी प्रशंसा पर खुश होते हुए केशव पंडित ने आगे कहा–''इन तीन बातों ने हमें बता दिया कि वह नकली चौकीदार है, अतः हमने फार्म हाउस देखने की इच्छा प्रकट की। वह हमें हॉल में ले गया। हॉल के फर्श को देखकर हम चकित रह गए। वैसे तो फर्श पर दो व्यक्तियों के धूल भरे पदचिन्ह थे, मगर वे फर्श के एक खास स्पॉट पर पहुंचकर गुम हो गए थे। ध्यान से देखने पर पता लगा कि फर्श का वह हिस्सा दरअसल हॉल के नीचे छुपे तहखाने का दरवाज़ा है!''

''मार्बलस!''

''जब इतनी बात समझ में आ गई तो समझिए कि सारी ही बातें समझ गए, मगर चौकीदार बने उस व्यक्ति पर हमने कुछ जाहिर नहीं किया और उससे विदा लेकर चले आए!''

''हम यहीं आपसे यह पूछना चाहेंगे कि जब आप सब कुछ समझ ही गए थे तो तत्काल रिवॉल्वर निकालकर चौकीदार को कवर क्यों न कर लिया। आप बड़ी आसानी से उन्हें काबू में कर सकते थे फिर बिना कुछ भी जाहिर किए वहां से चले आने का क्या मतलब?''

''हम अपनी कार्यप्रणाली में न तो जल्दबाजी को ही कोई स्थान

देते हैं और न ही किसी ऐसे कदम को जो जरा-सी चूक के कारण ही उल्टा पड़ सके। यकीनन हमारी जेब में पड़े रिवॉल्वर की मौजूदगी के कारण हम उन पर कब्जा कर सकते थे, मगर वे पांच हैं और हम अकेले थे। फिर कहेंगे मिस्टर रॉव कि हम सिर्फ डिटेक्टिव हैं। कोई लड़ाके, बॉक्सर या पहलवान नहीं। हमारी हल्की-सी चूक का परिणाम यह होता कि या तो वे उल्टे हमें ही गिरफ्तार कर लेते या मार डालते।''

मुस्कुराते हुए मिस्टर रॉव ने कहा–''आप बहुत सॉलिड वर्क करते हैं।''

''यकीनन। हमारा सिद्धांत मुजरिम के निकल भागने के सभी रास्ते बंद करने के बाद उस पर हाथ डालने का है!'' पंडितजी ने कहा–''खैर। यह तो हमें मालूम ही था कि वेन अभी तक उनके हाथ नहीं लगी है, अतः उसी इलाके में कहीं छुपी होनी चाहिए। अब हम वेन की तलाश में खाक छानते फिरे। रास्ते में दो एक राहगीर टकराए। उनसे मालूम हुआ कि वह फार्म सीमा का है, जिसे कथित मंगाराम ने ज्योतिप्रसाद का बताया था। इस इंफारमेशन ने रही–सही कसर भी पूरी कर दी। उधर भटकते हुए शाम के वक्त हम एक जोहड़ के नजदीक पहुंचे। सोचा कि शायद वेन को जोहड़ में दफन किया हुआ हो, अतः मैग्नेट से उसकी तलाशी लेने लगे। वेन तो नहीं, मगर जोहड़ से एक फावड़ा और तसला जरूर बरामद हुए। वे अपनी कहानी खुद कह रहे थे। हमने नज़रें घुमाकर चारों तरफ देखा। बंजर जमीन पर सफेद गुलाब का पौधा हमें चौंकाने के लिए काफी था। फिर जोहड़ के किनारे से ही थोड़े-से हिस्से में से खुदी हुई ताजी मिट्टी साफ नज़र आ रही थी। हम समझ गए कि शायद पिछली ही रात लुटेरे वहां छुपी वेन को ढूंढ़ने में कामयाब हुए हैं और यह विचार दिमाग में आते ही हमें लगा कि हो-न हो उनमें से कोई इस स्थान की पहरेदारी जरूर कर रहा होगा, अतः फार्म हाउस की तरह वहां से भी लौट आए!''

''यानी लुटेरे सीमा के तहखाने में हैं और वेन जोहड़ के नजदीक जमीन में दफन।''

''हां!''

''आपने यह केस चमत्कारिक ढंग से हल किया है!''

सिगरेट सुलगाने के बाद पंडितजी उसमें कश लगाने के साथ ही मंद-मंद मुस्कुराते रहे, क्योंकि मिस्टर रॉव उनकी प्रशंसा के पुल बांध रहे थे!

उस वक्त रात के आठ बज रहे थे और फार्म हाउस के चारों तरफ फैले जंगल में अंधेरा व्याप्त हो चुका था, जब निकल्सन पांच किलोमीटर का सफर तय करने के बाद बल्लो के नजदीक पहुंचा!

चौकीदार बना बल्लो टीन शेड के नीचे बैठा बीड़ी फूंक रहा था कि निकल्सन को देखते ही उठकर खड़ा होता हुआ बोला–''अरे तू यहां निक्कू?''

''हां!'' उसने अपनी फूली हुई सांस को नियंत्रित किया!

''बागेश कहां है?''

निकल्सन ने एक झटके से कहा–''उसे मैंने खत्म कर दिया है!''

''क्या?'' बल्लो जैसे दुर्दांत कातिल के कंठ से चीख निकल गई।

''दोस्तों के साथ दगा करने की यही सजा होती है बल्लो। उस उल्लू के पट्ठे ने कल रात एक ही पल में बना-बनाया खेल बिगाड़ दिया था। मौका मिलते ही मैंने उसे हलाल कर दिया। साले की लाश को जोहाड़ में डालकर आया हूं!''

''लेकिन जब नीलम को पता लगेगा तो कल ग्यारह बजे वह?''

''हम इतना मौका ही नहीं देंगे। अभी बहुत वक्त है। सारी रात पड़ी है। आज ही रात सीमा की कोठी पर जाकर हमें उसे कत्ल कर देना होगा!''

''तहखाने में चलते हैं। वहां टीटू और नीलम हैं। हम तीनों के लिए नीलम को काबू में कर लेना कोई मुश्किल काम नहीं है, जबकि हथियार भी हमारे पास हैं।''

''हलाल क्यों न कर दें?'' बल्लो का स्वर बड़ा ही हिंसक था।

''वेन की दौलत के चक्कर में शायद नीलम को तूने ध्यान से नहीं देखा बल्लो!''

''क्या मतलब?'' वह उछल पड़ा।

''बड़ी ही जालिम चीज है वो। ऐसी कि छूने से मैली हो जाए, वह तो पागलखाने की वर्दी ने उसका हुलिया बिगाड़ रखा है। उफ्फ! कम्बख्त को अलवर में देखते ही मैं किस कदर दीवाना हो गया था।''

''तो आज तक भी तू उसे हासिल करने की ललक अपने दिल से न निकाल सका है?''

''रहेगा मूर्ख ही। वह दिल से निकालने की चीज नहीं पगले। भोगने की चीज है!''

''मगर क्या टीटू यह सब बर्दाश्त कर सकेगा?''

''क्यों वह क्या कहेगा?''

''कुछ भी नहीं, आखिर वह उसकी बहन है!''

''उसके बारे में टीटू के विचार क्या तूने सुने हैं। उसे अपनी बहन वह हरगिज नहीं मानता और फिर उसे करोड़पति बनना है या उसका भाई?''

''फिर भी शायद अपनी आंखों के सामने एक भाई वह सब बर्दाश्त कर सके?''

''बर्दाश्त नहीं करेगा तो हमारा क्या करेगा। मरेगा साला!''

निकल्सन समझ चुका था कि बल्लो उसके द्वारा दिखाए गए सब्जबाग में फंस चुका है–''जो अंजाम बागेश का हुआ है। वही उसका भी करने में हमें क्या देर लगेगी?''

''यानी टीटू को भी?''

''यकीनन . . . अगर हमारी मौज-मस्ती से खलल डालने की चेष्टा करेगा तो यही होगा और फिर ऐसी स्थिति आने पर जरा सोच बल्लो। सब कुछ सिर्फ हम दोनों का होगा। केवल हमारा वेन में पूरे चार करोड़ अस्सी लाख रुपए छपने के लायक काग़ज़ है। दो करोड़ चालीस लाख। आह मजा आ जाएगा!''

बल्लो के सामने खड़ी नोटों की दीवार और ऊंची हो गई!

निकल्सन ने कहा–''मगर कम-से-कम आज की रात हम सिर्फ नीलम को गिरफ्तार करेंगे इस मंशा को उजागर नहीं करेंगे कि आगे हम उसका क्या करने वाले हैं, ताकि कम-से-कम आज की रात टीटू के बगावत करने की कोई गुंजाईश न रहे!''

''यह ठीक रहेगा!''

''अब जल्दी कर। बर्बाद करने के लिए हमारे पास वक्त नहीं है। नीलम को कैद करने के बाद सीमा को भी ठिकाने लगाकर आना है!''

''चलो!'' कहने के साथ ही बल्लो ने जेब में पड़े चाकू को

थपथपाया और टीन शेड के नीचे वाला गुप्त दरवाज़ा खोल दिया। दो मिनट बाद ही वे ढलान पर उतर रहे थे!

नीलम ने निकल्सन को देखते ही सवाल किया–''तुम यहां?''

''हां!''

''वहां क्या रहा? पंडितजी पहुंचे थे क्या?''

''हां! पहुंचा तो था, मगर वेन उसे नहीं मिली इसलिए लौट गया!''

''गुड!'' नीलम की आंखों में ज्योति चिन्ह नज़र आने लगे। उसने सवाल किया–''बागेश कहां है?''

''बैकुंठ पहुंच चुका है!''

''क्या मतलब?'' नीलम के रोंगटे खड़े हो गए!

रिवॉल्वर निकालकर नीलम पर तानता हुआ वह गुर्राया–''बैकुंठ पहुंच जाने का एक ही मतलब होता है छिनाल। चल हाथ ऊपर उठा ले वर्ना तू भी वहीं पहुंच जाएगी। इस रिवॉल्वर की केवल एक गोली ने उसके सिर को तरबूज बना दिया था!''

''क्या कहा? तूने मेरे बागेश को मार डाला?'' नीलम हिस्टीरियाई अंदाज में चीख पड़ी।

उसके चेहरे की समस्त नसें बिल्कुल स्पष्ट नज़र आने लगी थीं। गुस्से एवं वेदना के कारण बड़ी अजीब हालत थी उसकी!

''दोस्तो के साथ गद्दारी करने वालों की यही सजा होती है। क्यों टीटू?''

''बेशक!'' अभी तक शांत टीटू ने कहा–''उसने रात हमारा खेल बिगाड़ दिया। हमारी टोली में गद्दारों का कोई काम नहीं है। मौका मिलते ही मैं खुद भी यही करने वाला था निक्कू!''

''शर्म कर। शर्म कर टीटू!'' नीलम उनकी तरफ पलटकर मुटि्ठयां कसे चीख पड़ी–''वह तेरा बचपन का दोस्त था तेरा भाई। और ये तेरे कौन हैं। स्वार्थ के लिए बने दोस्त। तेरे असली दोस्त के कातिल!''

''दोस्त वो जो गद्दारी न करे। हर हालत में साथ रहे!''

नीलम जैसे पागल हुई जा रही थी। वह चीख पड़ी–''तेरी आंखें नहीं खुलेंगी कमीने। हां, आज तेरी यह बहन पहली बार कहती है तू कमीना है। तू न कभी अच्छा भाई साबित हुआ, न दोस्त। निकल्सन नाम के इस जालिम ने दौलत की ऐसी मोटी पट्टी तेरी आंखों पर पहना

दी है कि तू कुछ नहीं देख सकता। अपनी बहन की लुटती हुई आबरू भी नहीं। आह भगवान किसी बहन के भाई को मुजरिम न बनाए!''

जाने क्या-क्या चिल्लाती हुई नीलम थक गई!

टीटू पर कोई फर्क नहीं!

''तूने शायद सुना नहीं नीलम। हाथ ऊपर उठा ले!''

''नहीं उठाऊंगी!'' वह किसी जख्मी नागिन के समान निकल्सन की तरफ पलटकर फुंफकारी–''क्या करेगा तू। गोली चलाएगा न चला। सामने खड़ी हूं। एक गोली मेरे जिस्म में भी उतार दे जालिम!''

''निकल्सन तब तक किसी को नहीं मारता जब तक कि मारने के अलावा कोई चारा भी न रहे। फिलहाल, तुझे कैद करके भी हमारा काम चल सकता है। खड़ा देख क्या रहा है बल्लो आगे बढ़ मशीन के पटरे पर रस्सी पड़ी है। बांध ले इसे!''

बल्लो मशीन की तरफ बढ़ा!

''नहीं!'' नीलम चीखी–''तुम्हें मुझे मारना होगा!''

''और अगर न मारें तो?''

''तो मैं तुम सबको मार दूंगी!'' गुर्राने के साथ ही मर जाने के लिए सचमुच तैयार नीलम ने अपने ब्लाउज से रिवॉल्वर निकाल लिया!

खतरे को भांपते ही निकल्सन ने ट्रेगर दबा दिया–''धांय!''

''धांय!'' एक के बाद तुरंत ही दूसरे फायर की आवाज़ गूंजी!

निकल्सन की गोली ने नीलम के रिवॉल्वर को उसके हाथ से निकालकर हवा में उछाला था तो दूसरे फायर ने निकल्सन के रिवॉल्वर को?

''खबरदार। अगर कोई भी हिला तो मेरे रिवॉल्वर की गोली उसका भेजा तोड़ देगी!'' फार्म हाउस के इस तहखाने में अंधे मेजर बलवंत की आवाज़ गूंजी।

निकल्सन समेत सभी ने पलटकर उधर देखा!

उधर जहां बलवंत खड़ा था।

ढलान के शीर्ष पर। हाथ में रिवॉल्वर लिए। पूरी तरह चौकस। बलगम के धब्बे हॉल में मौजूद एक-एक चीज को देख रहे थे जैसे। नाल से धुंआ निकल रहा था।

सन्नाटा छा गया वहाँ। गहरा सन्नाटा!

सबकी सिट्टी-पिट्टी गुम!

हक्के-बक्के रह गए वे। अंधे पर नज़र पड़ते ही रूहें जिस्म छोड़ने के लिए मचलने लगीं।

रोंगटे खड़े हो गए थे। टांगों में कंपन!

बलगम के धब्बों को घुमा-घुमाकर सारे हॉल का निरीक्षण-सा करता हुआ बलवंत गुर्राया–''शायद तुम्हें मालूम हो कि बलवंत का निशाना आहट पर होता है। नमूना तुम देख चुके हो। पहली गोली फायर की आवाज़ पर चली थी। दूसरी तब चलेगी जब किसी की आहट सुनूंगा। जो जहां है वहीं खड़ा रहे। हिलने का मतलब है मौत!''

सनसनी और सन्नाटे के अलावा कुछ भी तो नहीं था वहां!

अगर थे, तो फक्क हुए चेहरे!

बड़ी सावधानी के साथ रिवॉल्वर को यूं ही पकड़े बलवंत ने ढलान पर उतरना शुरू किया और उसके नीचे आने के क्रम में ही चेहरों पर छाई दहशत की मात्रा बढ़ने लगी!

बलवंत के पैरों में भारी मिलट्री शू थे।

हर कदम पर आवाज़ गूंज रही थी–ठक-ठक-ठक!

तीनों जानते थे कि ठक्-ठक् की आवाज़ करती हुई मौत पल-पल उनके नजदीक और नजदीक आती जा रही है। इस अवस्था में बल्लो खुद को संभाल न सका। दरअसल निकल्सन के हाथ से निकला रिवॉल्वर ठीक उसके पैरों में पड़ा था। कुछ ऐसी पोजीशन में कि वह आहिस्ता से झुककर उसे उठा सकता था!

उसने अपने जिस्म को धीरे-धीरे झुकाई देने की कोशिश की!

नीलम चीख पड़ी–''वह रिवॉल्वर उठाना चाहता है अंकल!''

और घबराकर बल्लो एक तरफ को भागा!

''धांय!''

गोली उसके सीने में धंस गई। एक चीख के साथ नीलम के कदमों में गिरा और केवल पल भर तड़पने के बाद ठंडा पड़ गया!

निकल्सन और टीटू पसीने-पसीने हो गए!

अपने-अपने स्थानों पर मूर्ति-से खड़े रहे वे। हिलना तो दूर खौफ

के मारों ने सांसें तक रोक लीं। चेहरों पर ऐसा आतंक था जैसा उन्होंने कैमिल फॉल पर सीमा के चेहरे पर पैदा किया था। तहखाने में इस वक्त हवा भी जैसे–कांप-कांपकर बह रही थी!

सन्नाटा ही सन्नाटा!

"तुम बीच में मत बोलो नीलम बेटी। भले ही ये चाहे जो करें। मैं रूक-रूककर चल रही इनकी सांसों की आवाज़ भी बखूबी सुन रहा हूं। तुम्हारे बोलने का लाभ उठाकर ये कोई हरकत कर सकते हैं। वह मुझे सुनाई नहीं दे सकेगी। मेरे इन शब्दों का जवाब देने की भी तुम्हें कोई जरूरत नहीं है!"

बलवंत की आवाज़ के बाद वहां पुनः सन्नाटा छा गया। फिर गूंजने लगी मिलिट्री शू की ठक-ठक और लगातार निकल्सन, टीटू के दिमागों को जाम करता मौत का भय!

एकाएक ही निकल्सन को अपनी कमर पर बंधी चेन का ख्याल आया और दिलोंदिमाग में आशा की एक किरण बलवती हो उठी। उससे ध्यान से ठक-ठक करते बलवंत के जूतों की आवाज़ सुनी। दो आवाज़ों के बीच के अंतराल को रीड किया!

ठक की आवाज़ के साथ ही उसने बांए हाथ की कोहनी मोड़ ली। कोहनी मोड़ने से अगर कोई आवाज़ पैदा हुई थी तो वह ठक की आवाज़ के नीचे दब गई। ठक की दूसरी आवाज़ को निकल्सन ने खाली जाने दिया और तीसरी आवाज़ पर दांए हाथ की कोहनी मोड़ ली। पांचवीं पर दोनों हाथ जंजीर की गांठ पर!

अब वह आवाज़ों के बीच के अंतराल को पूरी तरह 'रीड' कर चुका था!

छटी ठक का अंतराल खत्म होते ही उसकी उंगलियों ने गांठ खोलने हेतु हरकत की। मगर बलवंत उससे बहुत ज्यादा शैतान था!

इस बार सही अंतराल पर उसने कदम जमीन पर न रखकर हवा में ही उठाए रखा। चेन बहुत ही धीमे से खड़की थी, मगर!

"धांय!"

गोली उसके सिर को तरबूज बना गई!

जिस क्षण वह अंतिम चीख के साथ फर्श पर गिरा, ठीक उसी क्षण

लाभ उठाते हुए टीटू ने एक मशीन की बैक में जम्प लगा दी!

"मुझे मत मारो!" दहशत का मारा टीटू गिड़गिड़ा उठा–"अंकल, मुझे माफ कर दो। मैं हाथ जोड़ता हूं। पैर पड़ता हूं!"

"धांय!" बलवंत के रिवॉल्वर ने एक गोली और उगली, मगर वह उस फौलादी प्रिंटिंग मशीन की बॉडी से टकराकर छितरा गई, जिसके पीछे टीटू ने खुद को छुपा रखा था। नीलम बोली–"वह मशीन की बैक में है अंकल!"

"मैं समझ गया हूं, मगर तुम फिक्र न करो नीलम। इस तरह मेरे रिवॉल्वर की गोली से वह बच नहीं सकता। हां, कुछ देर तक चूहे-बिल्ली का खेल जरूर खेल सकता है!"

"नहीं अंकल!" एकाएक ही नीलम गुर्रा उठी–"आप टीटू को नहीं मारेंगे। आपको मेरी कसम। इस कमीने को अपने हाथों से मैं मारूंगी!"

"तू-तू!"

"क्यों?"

झपटकर नीलम ने फर्श पर पड़ा निकल्सन का रिवॉल्वर उठा लिया कठोर स्वर में बोली–"दुनिया को यह बताने के लिए कि एक बहन कितनी गिर सकती है!"

"नीलू!"

"हां अंकल!" नीलम दांत भींचकर कह उठी–"जब कैदी नंबर सौ की दास्तान लिखी जाएगी तो उसमें यह भी होना चाहिए कि वह कैदी नंबर सौ ही थी, जिसने अपने हाथ से अपने राजा भइया को गोली से उड़ा दिया। मेरी कहानी में यह संदेश भी होना चाहिए अंकल कि जहां तक भाई गिरेगा, उससे ज्यादा बहन गिरेगी!"

जाने क्यों बलवंत की आंखें डबडबा गईं!

बोला–"निकाल ले अपने दिल के अरमान। इधर मैं खड़ा हूं नीलू। अगर वह मशीन की बैक से निकला। मेरा रिवॉल्वर उसे नहीं बख्शेगा!"

हाथ में रिवॉल्वर और चेहरे पर मां दुर्गा के-से भाव लिए नीलम मशीन की तरफ बढ़ी तो वह चूहे की तरह छुपा निशाचर गिड़गिड़ा

उठा–''तूने मुझे गलत समझा है संगीता बहन। मैं तो मौका मिलते ही बागेश की तरह बाजी उलटने की सोच रहा था!''

उसके ठीक सामने पहुंचकर नीलम गुर्राई–''अपना मुकाबला बागेश भइया से करता है कुत्ते। उसने जो मेरी मां के पेट से जन्म न लेने के बावजूद भी मेरे लिए सिर्फ मेरे लिए कुर्बान हो गया!''

''यकीन मान संगीता। मैं भी मौका मिलने पर वही सब करने वाला था!''

''ये रिवाल्वर केवल संगीता का नहीं है। ये हाथ सिर्फ नीलम का नहीं है टीटू। यह हाथ हर उस बहन का है, जिसका भाई मुजरिम बन जाएगा। यह रिवॉल्वर हर उस भाई के लिए है, जो अपनी आंखों पर दौलत की पट्टी चढ़ाएगा!''

''मुझे बख्श दो संगीता बहन। क्या तुम मेरी बहन नहीं!''

''नहीं-नहीं-नहीं!'' दांत भींचे चीखने के साथ ही सीमा ट्रेगर दबाती चली गई। हालांकि टीटू का काम-तमाम पहली गोली ही कर चुकी थी, किंतु वह तब तक ट्रेगर दबाती रही, जब तक कि रिवॉल्वर 'क्लिक-क्लिक' न करने लगा!

''नीलू-नीलू!'' देखते ही सीमा दौड़कर उससे लिपट गई और भावावेश वश उसे बांहों में भींचती हुई नीलम सिसक पड़ी–''सब कुछ खत्म हो गया सीमा। सब कुछ!''

''क्या मतलब'' चौंकती हुई सीमा ने पूछा!

संक्षेप में बलवंत ने बताया, जिसे सुनकर सीमा कह उठी–''यही होना था नीलू। मैं जानती थी कि एक दिन यही होगा। तू ही न मानी। उन शैतानों को इंसान बनाने की धुन सवार हो गई तुझ पर। खैर, जो हो गया उसे छोड़। तू फिक्र मत कर। अब अंकल हमारे साथ हैं। हम अपनी पाई-पाई लगा देंगे। तेरी रिसर्च अंकल पूरी कराएंगे!''

नीलम केवल सिसकती रही!

बलवंत ने पूछा–''क्या उस अज्ञात व्यक्ति का फोन फिर आया था सीमा?''

''नहीं!''

और इससे पूर्व कि बलवंत जवाब में कुछ कह सके। सीमा के कमरे में रखे फोन की घंटी घनघना उठी। उन्होंने चौंककर एक-दूसरे की तरफ देखा। सीमा अभी फोन की तरफ बढ़ने की सोच ही रही थी कि बलवंत ने कहा–''ठहरो। सीमा मैं बात करता हूं।''

''अगर फोन उसी का हुआ अंकल तो वह आपसे बात नहीं करेगा। आपकी आवाज़ सुनते ही फोन काट देगा!''

''मैं ऐसा नहीं होने दूंगा!'' वाक्य पूरा करने तक बलवंत फोन के नजदीक पहुंच गया था और फिर एक झटके से रिसीवर उठाकर कान से लगा लिया। दूसरी तरफ से वही हड्डियों तक को कंपकंपा देने वाली आवाज़ सुनाई दे रही थी!

आवाज़ सचमुच ऐसी थी कि जिसने बलवंत जैसे व्यक्ति के भी समूचे जिस्म में झुरझुरी दौड़ा दी। वह चुप रहा, जबकि भरपूर कहकहे के बाद दूसरी तरफ से पूछा गया–''मेरा संदेश नीलम को दिया?''

''दे चुके हैं। न . . . न रिसीवर न रखना मिस्टर। मैं सीमा का अंकल बोल रहा हूं और यकीनन केवल मैं ही तुम्हें नीलम से मिलवा सकता हूं!''

''तुम?''

''हां मैं। समझो कि नीलम इस वक्त मेरे पास खड़ी है!''

''उससे बात कराओ!''

''सबसे पहले अपना परिचय दो!''

''त्रिकालदर्शी!'' एक झटके से कहा गया!

''क्या?'' स्वयं को लाख संभालते-संभालते भी मेजर बलवंत उछल पड़ा–''त्रिकालदर्शी! क्या तुम वही त्रिकालदर्शी हो जिसके कारनामों से अखबार भरा पड़ा रहता है। जो देहली पुलिस के लिए सरदर्द बन गया है!''

''यकीनन, तुम उसी त्रिकालदर्शी से बात कर रहे हो मेजर!''

''कहां और कब मिलना चाहते हो?'' बलवंत ने सवाल किया!

''आज रात तीन बजे। जमना ब्रिज पर!''

''मुलाकात हो सकती है, परंतु!''

''परंतु?''

''इसका क्या सबूत है कि दुर्गादास और प्रोफेसर दिवाकर तुम्हारे कब्जे में हैं!''

गुर्राहटदार स्वर में कहा गया–''कोई सबूत नहीं!''

''तो फिर नीलम तुमसे वहां मिलने नहीं आएगी!'' बलवंत ने कठोर स्वर में कहा!

जवाब बड़े ही भयंकर स्वर में दिया गया–''त्रिकालदर्शी के साबित करने का तरीका शायद तुम्हें और उसे पसंद नहीं आएगा मेजर!''

''क्या मतलब?''

''कल सुबह जमना ब्रिज से जो पहला शख्स गुजरेगा, उसे वहां एक लाश पड़ी नज़र आएगी। वह शोर मचाएगा। भीड़ इकट्ठी हो जाएगी और तब यह खबर किसी-न-किसी माध्यम से नीलम तक खुद-ब-खुद पहुंच जाएगी कि वह लाश दुर्गादास या प्रोफेसर दिवाकर में से किसी एक की है!''

पसीने-पसीने हो गया बलवंत, मगर स्वर को नियंत्रित रखे बोला–''तुम सिर्फ बकवास कर रहे हो। हमें डराना चाहते हो। तुम्हारे कब्जे में कोई नहीं है!''

''तुम केवल डाकिए हो मेजर और तुम्हारा काम केवल हमारे उपरोक्त संदेश को नीलम तक पहुंचा देना मात्र है। उससे कहना कि अगर वह तीन बजे ब्रिज पर न पहुंची तो साबित करने का मेरा यही तरीका होगा और फिर शायद कल उसे बचे हुए एक को बचाने के लिए मुझसे मिलना पड़े!'' कहने के साथ ही संबंध विच्छेद कर दिया गया!

आगे बढ़कर नीलम ने पूछा–''पूरी बात बताइए अंकल!''

और सारी वार्ता बताने के बाद बलवंत ने कहा–''अगर वे उसके कब्जे में होते तो साबित करने में त्रिकालदर्शी को कोई उज्र न होता। खाली धमकी देने का सीधा-सा अर्थ है कि उसके कब्जे में कोई नहीं है और उनके नामों का इस्तेमाल करके वह सिर्फ तुम तक पहुंचना चाहता है। त्रिकालदर्शी के बारे में जो थोड़ा बहुत मैंने सुना है नीलू, उसके मुताबिक वह एक अर्द्धविक्षिप्त और मुजरिम वैज्ञानिक है। सीधी-सी बात है कि वे तेरे दिमाग का दुरूपयोग करना चाहता है!''

ग्यारह बजा रही घड़ी की तरफ देखकर नीलम बोली–''और अगर यह मान लिया जाए अंकल कि वह सच बोल रहा है!''

''ऐसा नहीं है। अगर ऐसा होता तो . . .!''

''मैं सिर्फ मान लेने के लिए कह रही हूं अंकल!'' नीलम ने अपने शब्दों पर जोर दिया–''माना कि मैं वहां नहीं पहुंचती। सुबह सचमुच लाश मिलती है!''

मध्यस्थता सीमा ने की–''दोनों ही बातें हो सकती हैं अंकल। हमें शांति से बैठकर अपने अगले कदम के बारे में सोचना चाहिए। जल्दी या भावुकता में उठाया गया कोई भी कदम खतरनाक हो सकता है!''

''क्या करें!''

''मेरी एक सलाह है नीलू!''

''क्या?''

कुछ कहने से पहले रूका बलवंत। जेब से निकालकर एक सिगार सुलगाया। बोला–''मेरे ख्याल से इस सारे मामले में पंडित हमारी सहायता कर सकता है!''

''पंडितजी?'' दोनों उछल पड़ीं!

''हां, अब एकमात्र वही सहारा बचा है, वर्ना तो जबरदस्त गड़बड़ हो सकती है!''

''आप कहना क्या चाहते हैं अंकल?''

''फोन त्रिकालदर्शी का था, अतः जाहिर है कि दुर्गादास और दिवाकर उसके कब्जे में हों या न हों, मगर नीलम को वह भविष्य में इसके दिमाग का दुरूपयोग करने के लिए हासिल करना चाहता है और ऐसा होना बेहद खतरनाक बात है!''

वे दोनों खामोशी के साथ सुन रही थीं!

''इससे बेहतर तो ये है नीलू कि हम पंडित से मिलें। उसे सारे हालात बताएं। फिर वह खुद पुलिस और जासूसों की मदद से ऐसा जाल तैयार कर लेगा कि तुझे त्रिकालदर्शी के हाथ भी न लगने दे और यदि दिवाकर और दुर्गादास उसके कब्जे में हैं तो उन्हें सुरक्षित निकाल ले। पंडित टेलेंटिड व्यक्ति है सीमा। मुझे यकीन है कि वह त्रिकालदर्शी को नेस्तनाबूत कर देगा!''

''क्या आपने यह भी सोचा है कि उसके बाद मेरा क्या होगा?''

''क्या मतलब?''

''आप मुझे उन्हीं लोगों के हवाले हो जाने की सलाह दे रहे हैं, जिनके चंगुल से इतने दिन तक पागलपन का नाटक करने के बाद निकली हूं!''

''त्रिकालदर्शी के चंगुल में फंसने से सरकार की शरण लेना हजार गुना बेहतर है!''

''हरगिज नहीं!'' चीखने के साथ ही वह दरवाज़े की तरफ बढ़ी– ''मैं खुद को उन लोगों के हवाले किसी हालत में नहीं करूंगी!''

''उधर कहां जा रही हो तुम। बात को समझने की कोशिश करो नीलू। मुझे पूरा यकीन है कि सरकार अब भी तुम्हें रिसर्च का पूरा मौका देगी, लेकिन अगर तुम त्रिकालदर्शी के हाथ लग गईं तो तुम्हारे दिमाग के दुरूपयोग से वह सारी दुनिया को हिलाकर रख देगा।''

''अरे! तू कमरे से बाहर क्यों जा रही है नीलू?'' सीमा चीखी!

झपटता हुआ बलवंत चिल्लाया–''रूको नीलू! बेवकूफी मत करो!''

बाहर निकलते ही नीलम ने भड़ाक से दरवाज़ा बंद कर दिया।

अंधे बलवंत का सिर दरवाज़े पर इतनी जोर से टकराया कि सीमा के हलक से चीख निकल गई। दूसरी तरफ से नीलम की आवाज़ आई– ''अलविदा अंकल और तुमसे भी अलविदा सीमा बहन। अब शायद ही इस जन्म में तुमसे मिल सकूं। मैं जा रही हूं। वहीं जहां मेरे प्रोफेसर साहब हैं। मगर तुम फिक्र न करना। कोई जालिम त्रिकालदर्शी नीलम को मार तो सकता है, मगर इस दिमाग का दुरुपयोग नहीं कर सकता!''

''रूक जाओ नीलू! प्लीज रूक जाओ बेटी!'' पागलों के समान वह अंधा चीखता रह गया, जिसके सिर से गाढ़ा लहू बह रहा था और सीमा ने लॉन की तरफ खुलने वाली कमरे की खिड़की पर जम्प लगाई थी!

गैलरी में भागते कदमों की आवाज़ दूर होती चली गई!

''और तेज...और तेज ड्राइवर!'' पिछली सीट पर बैठा मैकलिक जैक लगभग चीख रहा था–''आज दिखा दो कि तुम कितनी फास्ट ड्राइविंग कर सकते हो?''

स्टेयरिंग ड्राइवर के काबू से बाहर हुआ जा रहा था, मगर फिर भी वह एक्सीलेटर पर दबाव बढ़ाता चला गया और कार की रफ्तार गोली की रफ्तार में बदलने लगी। तभी जैक की बगल में बैठे केशव पंडित ने कहा–"संभलकर! गाड़ी को सिर्फ उसी स्पीड पर चलाओ जिस पर तुम संभाल सकते हो!"

ड्राइवर ने एक्सीलेटर से पैर हटाया!

मगर रफ्तार फिर भी इतनी तेज थी कि कार के पीछे आगे वाली दोनों जीपों के लिए उसे फॉलो करना कठिन हो रहा था। उन जीपों में खास टुकड़ी के जवान थे। सड़कें इस वक्त सुनसान पड़ी थीं!

वह एक कार और दो जीपें एयरपोर्ट से जनकपुरी की तरफ जाने वाली सड़क का कलेजा रौंदती उड़ी चली जा रही थीं। जैसे सख्त भाव मैकलिन जैक के चेहरे पर थे, उससे कहीं ज्यादा ही सख्त केशव पंडित के चेहरे पर!

"अब तो बता दीजिए पंडितजी कि आप इस नतीजे पर कैसे पहुंचे?" जैक ने पूछा–"कि तहखाने में अंधा बलवंत आया था!"

"अफसोस इस बात का है मिस्टर जैक कि फार्म हाउस पर पहुंचते ही हमने वहां मिलिट्री शू के निशान क्यों नहीं देख लिए थे?"

"क्या मतलब?"

"मगर उसकी भी वजह रही। अंधेरा। हां, टीन शेड के नीचे उस वक्त अंधेरा ही था, जब हम सब वहां पहुंचे। उसके पैरों के निशान निश्चय ही हॉल, ढलान और तहखाने में भी रहे होंगे, लेकिन ढलान से जवानों के रेंगने के कारण मिट गए। हॉल में पहुंचने पर किसी को निशानादि देखने का होश ही न था, क्योंकि मोर्चा लगाकर तहखाने में उतरना था और तहखाने का दृश्य ही ऐसा था कि जिसने हम सबके दिमाग घुमा दिए। तभी हमें वेन की फिक्र पड़ी और जोहड़ पर चले गए!"

"लेकिन अचानक ही आप इस नतीजे पर कैसे पहुंचे कि तहखाने से नीलम को अंधा बलवंत ले गया है!"

"जोहड़ के किनारे से हमें न सिर्फ वेन बरामद हो गई, बल्कि जोहड़ के अंदर से बागेश की लाश भी!" पंडितजी कहते चले गए–"उसकी लाश को देखते ही जो सबसे पहला विचार हमारे दिमाग में कौंधा,

वह यह था कि नीलम इन सब बदमाशों को कत्ल करके इस इलाके से फरार हो गई है, मगर तभी जेहन ने इस थ्योरी को स्वीकार करने से इंकार कर दिया। बागेश की लाश सबसे अलग जोहड़ में पाई जाने का क्या अर्थ है? नीलम ऐसी बेवकूफी करेगी क्यों और फिर इन चार सांपों को इस हालत तक पहुंचाना अकेली नीलम के बस का रोग हरगिज नहीं था। उपरोक्त सवालों ने हमारे दिमाग में जो सबसे बड़ा प्रश्नचिन्ह खड़ा किया वह यह था कि आखिर यह सब क्या हुआ है? क्यों, कैसे और किसने किया है?''

जैक ध्यान से सुन रहा था।

पंडितजी कहते चले गए–''हमने टीम के जांबाजों को कब्र से वेन निकालने का हुक्म दिया और स्वयं सवालों का जवाब हासिल करने के लिए एक टार्च लेकर आसपास का निरीक्षण करने लगे। शीघ्र ही एक पेड़ के नीचे कच्ची जमीन पर दो व्यक्तियों के पदचिन्ह नज़र आए। वे बागेश और निकल्सन के थे!''

''बागेश की लाश तो हमारे सामने ही थी और निकल्सन की लाश के पैरों में मौजूद जूते तहखाने में देख चुके थे!''

''ओह!''

''स्पष्ट था कि बागेश का मर्डर निकल्सन ने किया है। तब हमारे दिमाग में यह थ्योरी बनी कि बागेश के मर्डर से ही शायद कोई ऐसी वजह पैदा हुई, जिससे तहखाने में लाशें बिछी थीं, मगर किसने? यह बात हमारा दिमाग हरगिज स्वीकार नहीं कर रहा था कि नीलम उन तीनों को मार सकती है। हकीकत तक पहुंचने के लिए जांबाज टीम को आवश्यक निर्देश देने के बाद हम एक जासूस के साथ फार्म की तरफ लौट पड़े और तब टॉर्च की मदद से टीन शेड के नीचे मिलिट्री शू के निशान देखे। वे निशान हमें यह बता देने के लिए काफी थे कि वहां मेजर बलवंत आया था!''

''मगर बलवंत तहखाने में पहुंच कैसे सकता है?''

''उसने सीमा से टेप के बारे में हमसे झूठ बोलने की वजह पूछी होगी और सीमा उसे सब कुछ साफ-साफ बताने पर विवश हो गई!''

''और तहखाने के अंदर उस छोटे कमरे से बरामद अगरबत्तियों के

पैकिट। जूट के आसन और नींबू आदि सामान का क्या अभिप्राय है?''

पंडितजी के जवाब देने से पहले ही गाड़ी में ड्राइवर की आवाज़ गूंजी–''जनकपुरी आ गई है सर। ईस्ट चलूं या वैस्ट?''

पंडितजी उसे रास्ता बताने में मशगूल हो गए!

और फिर सीमा की कोठी से एक फर्लांग इधर ही उन्होंने कार रूकवा ली, टायरों की भयंकर चिंघाड़ के साथ जीपें भी उसके समीप ही रूक गईं। जांबाज लड़ाके गदागद बाहर कूद पड़े!

पंडितजी ने जैक को योजना समझाई–''हम सीमा की कोठी में चोरों की तरह दाखिल होंगे, ताकि उन्हें नीलम को कहीं छुपाने का अवसर न मिले। इन सबको कोठी के चारों तरफ फैला दो। अच्छी तरह यह निर्देश देकर कि नीलम को जीवित गिरफ्तार करना है। सिर्फ जीवित। आप उनके दरबान को कब्जे में करके लॉन की तरफ वाला रास्ता कवर करेंगे। अगर अंदर से किसी गड़बड़ की आवाज़ आए तो आप तुरंत अंदर पहुंच जाएंगे, क्योंकि नीलम के लिए बलवंत हमसे टकरा भी सकता है!''

''ओके पंडितजी!'' जैक के पूरी मुस्तैदी के साथ कहा।

''उफ्फ पंडितजी कहीं भी नहीं मिल रहे हैं!'' कहने के साथ ही सीमा ने रिसीवर क्रेडिल पर पटक दिया और बलवंत बेचैनी के साथ अपने बांए हाथ का मुक्का दाईं हथेली पर बार-बार मारने लगा!

''अब क्या करें अंकल?'' सीमा का स्वर सहमा हुआ था।

''क्या टाइम हुआ है?''

घड़ी की तरफ देखती हुई सीमा ने बताया–''बारह बीस!''

''उफ्फ!'' इस बार बहुत जोर से बलवंत ने हथेली पर घूंसा मारा और बड़बड़ाया–''मुझे ही वहां जाना पड़ेगा। तुम पंडित के लिए फोन पर ट्राई करती रहो सीमा, मैं जमना ब्रिज पर जाता हूं!''

''आप अकेले भला वहां क्या कर सकेंगे? त्रिकालदर्शी का पूरा गैंग है!''

''जो भी होगा देखा जाएगा!'' बलवंत जेब से रिवॉल्वर निकालता हुआ दांत भींचकर बोला–''जब वह हरामजादा पंडित मिल नहीं रहा है तो क्या करें?''

"हरामजादा पंडित हाज़िर है मेजर!" कमरे में इस वाक्य के साथ ही केशव पंडित प्रविष्ट हुए और उनका अहसास करते ही दोनों उछल पड़े!

"आप यहां?"

"हां! इस वक्त शायद यहीं हमारी जरूरत थी!"

सीमा भूल गई कि उसकी टांगे खराब हैं। व्हील चेयर ही उसका एकमात्र सहारा है।

दीवानगी के आलम में आगे बढ़कर बोली–"नीलू को बचाइए। उसके पीछे त्रिकालदर्शी पड़ गया है।"

"त्रिकालदर्शी?" पंडितजी चौंक पड़े!

"हां!" बलवंत बोला–"उसके दिमाग का दुरुपयोग करने के लिए वह उसके पीछे पड़ा है और वह बेवकूफ उससे मिलने चली गई है!"

"कब और कहां मिल रहे हैं वे?"

"रात के तीन बजे जमना ब्रिज पर!"

"अभी काफी समय है। तुम हमें यहां से नीलम के निकल जाने का पूरा किस्सा सुना सकते हो!" पंडितजी ने उसके सिर पर बने ताजा जख्म को देखते हुए पूछा–"क्या हुआ था यहां और त्रिकालदर्शी से मुलाकात कैसे सैट हुई?"

बलवंत एक ही सांस में सब कुछ बता गया!

सुनने के बाद पुनः घड़ी की तरफ देखते हुए पंडितजी ने कहा–"दुर्गादास भला त्रिकालदर्शी के कब्जे में कैसे हो सकते हैं। वे तो हमारे चार्ज में हैं!"

"मैंने नीलम को यह बात समझाने की बहुत कोशिश की कि उसके कब्जे में कोई नहीं है, मगर वह मानी ही नहीं!"

"खैर, क्या अब भी तुम लोग यह कहोगे कि बिना व्हीलचेयर के सीमा चल नहीं सकती। राज का मर्डर इसने नहीं किया था। वह टेप तुम्हारा नहीं था। क्या अपने बैंक से अस्सी लाख रुपया निकालकर तुमने नहीं किसी और ने लगाए हैं?"

बलवंत ने कठोर स्वर में कहा–"यह समय इन बातों का नहीं है पंडित!"

"यह समय इन्हीं बातों का है।"

"पंडित!"

"चीखो मत। एक मुजरिम को पकड़ने के लिए हम सामने खड़े मुजरिमों को इतना मौका नहीं देंगे कि वे भाग निकलें। जबकि हमारे पास समय भी है!"

"तुम पागल हो गए हो पंडित!"

"तुम जुर्म कबूल करते हो या नहीं?"

दांत पीसता हुआ बलवंत गुर्राया–"तहखाने में लाशें बेशक मैंने बिछाई हैं, मगर जो आरोप तुम सीमा पर लगा रहे हो पंडित उन्हें मरते दम तक भी मैं कबूल नहीं करूंगा।"

"और तुम?" पंडितजी ने सीमा को घूरा।

"मैं?"

सीमा के होंठ अभी कांप ही रहे थे कि बलवंत ने उसे खींचकर अपने पीछे कर लिया तथा उसके और पंडितजी के बीच ढाल बनकर बोला–"इससे क्या पूछता है पंडित? मुझसे बात कर। इसने कुछ नहीं किया है!"

जहरीली मुस्कुराहट के साथ कहा पंडितजी ने– "अपने बैंक से निकालकर अस्सी लाख रूपया इसने ब्रिजेश की बीवी को भी नहीं पहुंचाया?"

"कौन ब्रिजेश, और सीमा भला उसकी बीवी को रुपया क्यों पहुंचाएगी?"

"तहखाने के छोटे कमरे से बरामद सामान ने हमारे दिमाग में शुरू ही से अटकी इस गुत्थी को भी सुलझा दिया है मिस्टर बलवंत। वह सामान किसी आत्मा को आह्वान करने के लिए काफी है और और साथियों को बिना बताए ब्रिजेश वेन को जोहड़ के किनारे कब्र में दफनाकर पुलिस की गोली से चल बसा। निकल्सन आदि ने उसकी आत्मा से वेन का पता पूछा। उसने यह शर्त लगा दी कि पहले उसकी बीवी को उसका हिस्सा पहुंचाया जाए!"

"वेन लुटेरों से सीमा का क्या संबंध!"

"अगर कोई मतलब नहीं है तो इसने रुपए ब्रिजेश की बीवी

को क्यों पहुंचाए?'' पंडितजी ने कहा–''रुपयों वाली बात को तुम झुठला नहीं सकते मेजर, क्योंकि वे सारे रुपए ब्रिजेश की बीवी पुलिस को सुपुर्द कर चुकी है और स्टेट बैंक की कनॉट प्लेस शाखा . . .?''

''वे रुपए सीमा ने नीलम को दिए थे। नीलम ने यह कहकर मांगे थे कि उसे अपनी रिसर्च के लिए चाहिए। अगर बाद में उनका दुरुपयोग किया गया तो इससे सीमा का कोई संबंध नहीं!''

''तो क्या अब हमें सारी कहानी दोहरानी होगी?''

''कोई फायदा नहीं है पंडित। अपने इसी कीमती समय को अगर कहीं और लगाओ तो शायद देश का कुछ भला कर सको। इतना मैं स्वीकार करता हूं कि सीमा नीलम की मदद कर रही थी। सहेली होने के नाते कम और नीलम के महान लक्ष्य की वजह से ज्यादा। गजराज की हत्या से सीमा का कोई संबंध नहीं है!''

''और हम साबित करते हैं कि संबंध है!''

''हां है। मैंने ही उस कुत्ते की हत्या की है!'' बलवंत के पीछे से निकलने की चेष्टा करती हुई सीमा चीखी–''अगर मैं उसका कत्ल न करती तो वह मेरा करने वाला था। गाड़ी के ब्रेक उसने अपने हाथ से . . .?''

''सीमा!'' दहाड़ता हुआ बलवंत उसकी तरफ घूमा!

''कहने दीजिए अंकल! अब छुपाने की न जरूरत है, न गुंजाइश। नीलम का सारा मामला बिगड़ चुका है। मैं केवल उसी की वजह से तो हकीकत छुपा...?''

''चटाक!'' बलवंत का भरपूर चांटा उसके गाल पर पड़ा।

सीमा का गाल ही नहीं, बल्कि सारा जिस्म झनझना उठा और तभी। पंडितजी गरजे–''मुजरिम खुद अपना जुर्म कबूल कर रहा है मेजर, मगर तुम उसे सच न बोलने देने के लिए बल प्रयोग कर रहे हो।''

''शटअप! कोई सच नहीं बोल रही है ये। दिमाग खराब हो गया है इसका। मैं फिर कहता हूं राज के मर्डर से इसका कोई संबंध नहीं!''

"आप बीच में से हटिए। हमें सीमा को गिरफ्तार करना है, क्योंकि वह अपना जुर्म कुबूल कर चुकी है!"

"हरगिज नहीं!" बलवंत अड़कर खड़ा हो गया!

"तुम खुद मुजरिम हो, मगर ऐसे जुर्म के कि जिसकी सुनवाई करते वक्त कानून इस बात को मद्देनज़र रखेगा कि मरने वाले कौन थे, मगर कानूनी कार्यवाही में अड़चन डालने की कोशिश के जुर्म की सजा सुनाते वक्त कानून कोई रहम नहीं बख्शेगा!"

"बलवंत दुनिया के किसी कानून से नहीं डरता पंडित। अगर खैरियत चाहता है तो चला जा यहां से। सीमा की तरफ बढ़ने की कोशिश की तो?"

"तो क्या करोगे तुम?"

"मैं गोली मार दूंगा!" बलवंत ने रिवॉल्वर तान दिया!

पंडितजी मुस्कराए। बिना विचलित हुए बोले–"केशव पंडित जानते हैं कि कब कौन किसको सचमुच गोली मार सकता है और कब कोरी धमकी देता है।"

"यह धमकी नहीं है पंडित!" बलवंत का चेहरा सख्त होता चला गया।

आगे बढ़ते हुए पंडितजी बोले–"सीमा को तुम्हें मेरे हवाले करना ही होगा!"

"किसी कीमत पर नहीं!" बलवंत चट्टान बन गया–"मेरी लाश के ऊपर से गुजरकर ही तुम सीमा को हाथ लगा सकते हो!"

"कम-से-कम तुमसे हमें बेवकूफी की उम्मीद नहीं थी!"

"मैं कहता हूं रूक जाओ पंडित। वर्ना?"

"नहीं अंकल!"

"धांय!"

सीमा की चीख बलवंत के रिवॉल्वर से निकली गोली के धमाके के नीचे दब गई और उसके बाद उभरी थी पंडितजी की चीख!

गोली उनकी दाईं टांग में लगी थी और एक चीख के साथ वे त्योंराकर फर्श पर गिर पड़े।

जख्म से तेजी के साथ खून बहता चला जा रहा था।

''ये आपने क्या किया अंकल?'' सीमा चिल्ला उठी।

''आओं सीमा! दुनिया का कोई कानून तुम्हें नहीं पकड़ सकता। मैं तुझे वहां छुपा दूंगा बेटी, जहां ये पंडित तो क्या इसके कानून के लंबे कहलाए जाने वाले हाथ भी कभी न पहुंच सकेंगे?''

सीमा को खींचता हुआ वह अभी दरवाज़े से दूर ही था कि

''धांय!''

दरवाज़े से चली गोली बलवंत की नाक के ठीक ऊपर मस्तक पर लगी और क्षण-मात्र में वह बलशाली पहाड़ कटे वृक्ष-सा फर्श पर गिरा!

सीमा चीख ही रही थी कि जैक ने झपटकर उसे दबोच लिया!

जब तक लड़ाकों की टुकड़ी के दो जांबाज दौड़ते हुए उस कमरे में पहुंचे, तब तक सीमा बेहोश हो चुकी थी। जैक ने उसे बलवंत की लाश के समीप ही लिटा दिया।

बलवंत का बेजान जिस्म फर्श पर बिल्कुल चित्त पड़ा था। बलगम के धब्बे अब भी छत को घूर रहे-से महसूस हो रहे थे और मस्तक पर बनी बिंदी से खून की धाराएं फूटकर उन खुली हुई आंखों में भरने लगीं!

धब्बे लहू के नीचे छुप गए!

अपने जख्म को हाथों से भींचे केशव पंडित अभी तक कराह रहे थे!

''क्या हुआ! क्या हुआ पंडितजी?'' सीमा को लिटाते ही जैक उनकी तरफ लपका। लड़ाके हक्के-बक्के उस कमरे के दृश्य को देख रहे थे!

अटकते स्वर में। चेहरे पर रह-रहकर उभर आने वाली पीड़ा के भावों को छुपाने की कोशिश करते हुए केशव पंडित ने कहा–''यह अंधा तो वाकई बहुत सनकी निकला जैक। हमें उसके यूं गोली चला देने की बिल्कुल उम्मीद नहीं थी!''

''ये तुम देख क्या रहे हो। पंडितजी को उठाओ। इन्हें हॉस्पिटल?''

''दो मिनट! जैक दो मिनट रूको!'' पंडितजी ने अपना खून से रंगा हाथ उठाते हुए कहा–''हॉस्पिटल तो हमें इनमें से कोई एक पहुंचा

देगा। मगर तुम जमना ब्रिज पर जाओ। तुम्हें और फोर्स की जरूरत पड़ेगी।''

''वहां क्या होने वाला है!''

''आज की रात तीन बजे नीलम वहां त्रिकालदर्शी से मिलने वाली है!''

''त्रिकालदर्शी?'' मैकलिन जैक उछल पड़ा–''उससे भला नीलम का क्या संबंध है और वे जमना ब्रिज पर क्यों मिल रहे हैं?''

मगर जवाब देने वाला बेहोश हो चुका था!

देहली और शाहदरा को मिलाने वाला खालिस लोहे का बना वह ब्रिज जो सौ साल से भी पुराना है, इस वक्त सूना पड़ा था। पूर्णतया खामोश!

रात के समय इसकी हिफाजत हेतु वहां चार सशस्त्र गार्ड रहते हैं, दो देहली छोर पर और दो शाहदरा छोर पर!

जिस रात का जिक्र हम कर रहे हैं, उस रात खुद मैकलिक जैक ने रूटीन के गार्ड्स को कुछ देर की छुट्टी देकर 'डिटेक्टिव फोर्स' के खास गार्डों को ब्रिज के दोनों सिरों पर तैनात किया।

दोनों सिरों से करीब एक-एक फर्लांग दूर सशस्त्र सिपाहियों से भरी दो-दो जीपें किसी भी जंग को फतह करने के लिए तैयार खड़ी थीं। सारा इंतजाम खुद जैक ने अपनी देख-रेख में कराया था।

ब्रिज पर या उसके आसपास उसने भीड़ इसलिए नहीं की थी क्योंकि नीलम या त्रिकालदर्शी के आदमियों में से किसी को भी समय से पूर्व वह यह आभास देना नहीं चाहता था कि ब्रिज पर कुछ खास चैकिंग या सिक्योरिटी है!

उसे खतरा था कि यदि ऐसा आभास हो गया तो वे यहां मिलेंगे ही नहीं। दूर ही कहीं से इंतजाम देखकर फूट लेंगे!

वह चाहता था कि ब्रिज पर वे मिलें!

तब दोनों तरफ से घेरा जाए!

इसीलिए उसने दोनों सिरों पर तैनात गार्ड्स को निर्देश दिया था कि जो भी वाहन या व्यक्ति ब्रिज पर दाखिल हो, उससे वैसी ही सामान्य

पूछताछ की जाए जैसी आमतौर पर रात के वक्त ब्रिज से गुजरने वाले से होती है!

इक्का-दुक्का वाहन पुल से गुजर भी रहे थे!

''ब्रिज आने वाला है ग्रोवर। सावधान हो जाओ!'' जीप की अगली सीट पर बैठे जोरावर ने कहा!

पिछली सीट पर मौजूद दो युवकों में से एक ने कहा–''फिक्र मत करो उस्ताद, मैं हमेशा खतरे से टकराने के लिए तैयार रहता हूं!''

''आस्थाना!'' जोरावर ने पुकारा!

''आं हां!'' अभी तक ऊंघ रहे जोरावर की बगल में बैठे युवक ने सजग होते हुए कहा–''हां जोरावर! क्या बात है?''

''तुम फिर सो गए!''

''मैं कभी नहीं सोता। हमेशा जागता रहता हूं?''

जीप के अंदर युवकों के साथ ड्राइवर भी आस्थाना के उस पैट डायलॉग पर ठहाका लगाकर हंस पड़ा!

''शटअप!'' जोरावर गुर्राया!

सभी ने एकदम से हंसना बंद कर दिया, मगर फिर भी जीप में एक व्यक्ति के खिल-खिलाकर हंसने की आवाज़ गूंजती रही और इसे सुनकर जोरावर गरजा–''ये मेरे हुक्म के बाद अभी भी कौन हंस रहा है?''

पिछली दोनों सीटों के बीच फर्श पर रखे स्ट्रेचर की तरफ देखते हुए ग्रोवर ने जवाब दिया–''ये साला कादिर!''

''जबड़ा बंद कर लो कादिर!'' जोरावर का सख्त स्वर सुनते ही स्ट्रेचर पर एक सफेद चादर से ढके पड़े कादिर ने हंसना बंद कर दिया!

जोरावर ने पुनः पुकार–''आस्थाना!''

कम्बख्त जोरावर ही के कंधे पर सिर रखे खर्राटे ले रहा था।

''आस्थाना!'' जोरावर ने उसे झंझोड़ा!

''आं हां। बोलो क्या करना है?''

''तुम फिर सो गए बेवकूफ?''

"मैं! किसने कहा। मैं कभी नहीं सोता। हमेशा जागता रहता हूं!"

जीप में पुनः हंसी की दबी-सी आवाज़ें गूंजी, मगर उन पर ध्यान दिए बिना जोरावर ने कहा–"इस वक्त पौने तीन बज चुके हैं!"

"जरूर बजे होंगे। मैंने कब मना किया?"

"प्लान याद है न?"

"बिल्कुल याद है!"

"क्या करना है तुम्हें?"

जम्हाई लेते हुए आस्थाना ने बताया–"तुम और ग्रोवर ब्रिज के बीच में कूद पड़ोगे। जीप यूं ही चलती हुई ब्रिज पार कर जाएगी। फव्वारे पर क्रीम कलर की गाड़ी लिए हमारा दूसरा ग्रुप इस जीप में ट्रांसफर हो जाएगा और हम कार में। कार में सिर्फ मैं और ड्राइवर ही होंगे। ठीक सवा तीन बजे वह कार देहली की तरफ से ब्रिज में दाखिल होगी और ब्रिज के बीच से तुम दोनों के साथ ही उस लड़की को कलेक्ट करती हुई शाहदरा की तरफ निकल जाएगी!" बात पूरी करने के तुरंत बाद जालिम पुनः कंधे पर सिर रखकर खर्राटे लेने लगा।

पुल पर खड़े दो सशस्त्र गार्ड टार्चें ऑन करके उन्हें रूकने का संकेत करने लगे। ड्राइवर फुसफुसाया–"वे रूकने के लिए कह रहे हैं!"

"रोक लो!"

ड्राइवर ने गाड़ी ठीक सामने रोक दी!

एक गार्ड जीप के दाईं तरफ आ गया, दूसरी बाईं तरफ!

"इतनी रात गए कहां जा रहे हो?" एक गार्ड ने पूछा!

जवाब जोरावर ने दिया–"हॉस्पिटल!"

"क्यों?"

"हमारे एक साथी की तबीयत खराब है!"

"कहां है वह?"

"पीछे स्ट्रेचर पर पड़ा है!"

टार्च संभाले गार्ड जीप के पिछले हिस्से की तरफ चला गया तो सवाल दूसरे ने करने शुरू कर दिए–"क्या हो गया है तुम्हारे साथी को?"

"हैजा!"

"हैजा?"

‘‘हां, उसने किसी से ‘खीरा’ खाने की शर्त लगा ली थी। उससे ज्यादा खीरे खाकर पट्ठे ने शर्त तो जीत ली, मगर पानी इतना ज्यादा पी गया कि रात दो बजे से इसकी हालत बिगड़ने लगी। उल्टी पर उल्टी करने लगा। डॉक्टर ने फौरन अस्पताल ले जाने की सलाह दी है!’’

‘‘तुम सबका कौन है ये?’’ पिछले हिस्से से लौटते हुए गार्ड ने पूछा!

‘‘दोस्त!’’

‘‘खैर! मगर अरे, तुम्हारा यह दोस्त तो सो रहा है?’’

‘‘आं हां नहीं तो। किसने कहा कि मैं सो रहा हूं?’’ आस्थाना ने हड़बड़ाकर सचेत होने की एकदम से ऐसी एक्टिंग की कि गार्ड्स की हंसी छूट गई।

‘‘ओके।’’

ड्राइवर ने जीप एक झटके से आगे बढ़ा दी। ग्रोवर ने पूछा–‘‘किसी को कोई खास बात नज़र आई?’’

‘‘नहीं!’’

‘‘इसका मतलब कोई खतरे वाली बात नहीं है!’’

ड्राइवर बोला–‘‘हम पुल के बीच में पहुंच चुके हैं। कूदों नहीं तो पार हो जाएंगे।’’

जीप के दो दरवाज़े से ग्रोवर और जोरावर पुल पर कूद पड़े। एक दाएं रेलिंग से जा चिपका था। दूसरा बाई!

जीप उसी रफ्तार से आगे चली गई!

कुछ देर बाद वे दोनों सड़कों के बीच वाले ‘गैप’ में लोहे की रॉड्स पर बैठे थे। रिस्टवॉच की तरफ देखते हुए जोरावर ने कहा–‘‘तीन बज गए!’’

‘‘वह नहीं आई!’’

‘‘पता नहीं त्रिकालदर्शी का संदेश उसे मिला भी है कि नहीं।’’

‘‘मिला हो या न मिला हो, मगर कल सुबह यहां लोगों को एक लाश जरूर?’’

‘‘मैं आ चुकी हूं!’’ इस आवाज़ ने उन दोनों को चौंका दिया,

बल्कि ग्रोवर बेचारे के हाथ से तो रॉड छूटते-छूटते रह गई। एक झटके से गर्दन घुमाकर उन्होंने बाईं तरफ देखा और वहां अपनी ही तरह नीलम को बैठे देखकर वे देखते ही रह गए। मुंह से बोल न फूटा!

नीलम ने कहा–''मैं बारह बजे से यहीं तुम्हारा इंतजार कर रही हूं!''

ग्रोवर और जोरावर को आश्चर्य इस बात पर था कि अगर ज्यादा नहीं तो पांच मिनट से तो वे यहां थे ही और नीलम के काफी नजदीक होने के बावजूद वे उसे देख नहीं सके थे। दरअसल उस तरफ ध्यान ही न गया था!

जाता भी कैसे?

कम-से-कम एक लड़की से उन्हें ऐसे खतरनाक स्पॉट पर लटकी होने की उम्मीद हरगिज नहीं थी। नीलम को अचानक ही अपने इतने निकट देखकर वे हक्के-बक्के रह गए थे, संभलकर जोरावर ने पूछा–''तुमने हमें यहां आते देखा था?''

''जीप से कूदते भी!''

''फिर इतनी देर तक खामोश क्यों रहीं?''

''तुम्हारी बातें सुन रही थी!''

''तो अब ही क्यों बोलीं?'' ग्रोवर ने मजा लिया–''कुछ देर और सुनती रहती। हम बातें कहां। क्रिकेट की कमेंट्री कर रहे थे!''

नीलम चुप रह गई!

जोरावर भी नहीं समझ पा रहा था कि इस लड़की से क्या बात करें। अतः कुछ देर के लिए खामोशी छा गई फिर नीलम ने पूछा–''मेरे पिता और प्रोफेसर कहां हैं?''

''अड्डे पर! त्रिकालदर्शी की देख-रेख में!''

''अड्डा कहां हैं?''

रहा न गया ग्रोवर पर। बोल उठा–''हम बस अड्डे या हवाई अड्डे की बात नहीं कर रहे हैं जो किसी के भी पूछने पर एड्रेस बता दें!''

उस अजीब जवाब पर नीलम सकपका गई।

जोरावर ने बात संभाली–''जब चलोगी तब पता लग जाएगा!''

''कब चलना है!''

''सवा तीन बजे यहां से एक क्रीम कलर की कार गुजरेगी। वह हम

तीनों को कलेक्ट करती हुई शाहदरा की तरफ निकल जाएगी!''

''इसका मतलब अड्डा शाहदरा में कहीं है?''

''हां! राधू के ठीक सामने। बड़ी ऊंची-सी इमारत है!'' ग्रोवर पर रहा न गया–''सबको नज़र आती है। बड़े-बड़े अक्षरों में उस पर लिखा है–त्रिकालदर्शी?''

सवा तीन बजे!

देहली की तरफ से पुल में प्रविष्ट होने वाली एक कार ने क्षण भर के लिए हैडलाईट्स बुझाकर पुनः जला ली और इस दृश्य को देखते ही जोरावर कह उठा–''सड़क पर पहुंचो। वे लोग आ गए हैं!''

ग्रोवर और जोरावर के साथ ही नीलम भी ऊपर चढ़ने लगी!

वह कार क्रीम कलर की थी, जो उनके समीप आकर सड़क के बीचों-बीच रूक गई।

हैडलाईट्स ऑफ होने के साथ ही उसका इंजन भी खामोश हो गया। ड्राइवर और आस्थाना बाहर निकले!

दोनों तरफ के दरवाज़े उन्होंने जान-बूझकर खुले छोड़ दिए थे।

ड्राइवर ने गाड़ी का बोनट खोला और यूं ही तारों से छेड़खानी करने लगा। छत पर कोहिनी टिकाए आस्थाना ऊंघ रहा था। सबसे पहले सड़क पर जोरावर पहुंचा!

फिर ग्रोवर और इन दोनों ने मिलकर नीलम की मदद की!

मुश्किल से दो मिनट के बाद वे तीनों कार में थे और ड्राइवर ने बोनट गिरा दिया। बोनट की आवाज़ से जैसे आस्थाना की नींद टूटी। ड्राइवर के साथ वह भी कार में!

''फतह?'' आस्थाना बड़बड़ाया।

ग्रोवर और जोरावर एक साथ बोले–''फतह!''

ड्राइवर ने इंजन स्टार्ट करके गाड़ी आगे बढ़ाई ही थी कि ठीक सामने वाले सिरे से पुल में इसी सड़क पर एक जीप दाखिल होती नज़र आई।

''खतरा!'' ड्राइवर बड़बड़ा उठा!

ग्रोवर के स्वर में उत्तेजना उभर आई–''सामने से आने वाले वाहन

का इस सड़क से क्या मतलब?''

''जरूर वह पुलिस जीप है!''

जोरावर की आवाज़–''एक ऐसी ही जीप पीछे से भी आ रही है!''

''घेरने की कोशिश!'' अचानक ही हड़बड़ाकर आस्थाना सजग हो गया।

नीलम बेचारी की सांसें तक रूक गई थीं। उसकी समझ में ये लोग बिल्कुल नहीं आ रहे थे और न ही अभी तक यह बात उसकी समझ में आई थी कि कहां से क्या खतरा उत्पन्न हो गया है।

हां वह उन चारों की हड़बड़ाई अवस्था जरूर देख रही थी।

''कुछ सोचो ग्रोवर, वर्ना ये दोनों तरफ से आने वाली जीपें हमारी कार को सैंडविच बना डालेंगी!'' आस्थाना ने कहा!

जोरावर बोला–''सोचने का नहीं। समय कुछ करने का है!''

''क्या करें?''

''खतरे से मुकाबला। गाड़ी रोक दो!''

ग्रोवर और आस्थाना की जेब से रिवॉल्वर निकल आए। ड्राइवर ने गाड़ी रोक दी। दरवाज़े खुले। फटाक्-फटाक्?

''जैसे दो गुब्बारे गाड़ी से बाहर फेंके गए हो!''

''धांय-धांय-धांय-धांय!'' ग्रोवर ने सामने आ रही जीप पर फायर किए थे। आस्थाना ने पीछे वाली पर। दोनों जीपों के अगले टायर बैठ गए।

अभी कार के अंदर मौजूद ड्राइवर ने कहा–''ओह! हमें बुरी तरह घेरा जा रहा है सर। बराबर वाली सड़क पर भी दोनों तरफ से जीपें!''

''मौका मुकाबले का नहीं! भागने का है!'' जोरावर का यह वाक्य तड़ा-तड़ा चलने वाली गोलियों की आवाज़ में दब गया और ये गोलियां आगे-पीछे की जीपों से चली थीं। कार के शीशे खनखनाकर अंदर गिरे!

ड्राइवर दरवाज़ा खोलकर गाड़ी से बाहर!

नीलम का हलक सूख गया। रोंगटे खड़े हो गए। इस क्षण से पहले

उसे बिल्कुल नहीं लगा कि ये खिलदंड़े से नज़र आने वाले युवक इतने खतरनाक भी होंगे!

दोनों तरफ से गोलियां चल रही थीं और ये दोनों तरफ की गोलियों का जवाब दे रहे थे।

तभी बगल वाली सड़क पर जीपें बहुत नजदीक पहुंच गईं!

इस दिशा में सड़क पर लेटे ड्राइवर ने उन पर गोलियां चलाईं। ये गोलियां जीप के शीशे ले बैठने से ज्यादा कुछ न कर सकी थीं, जबकि उधर से चली गई गोलियों में से एक ड्राइवर का हुलिया बिगाड़ गई।

वातावरण में उसकी चीख गूंजी!

सन्नाटा छा गया!

रेलिंग और सड़क से चिपके पड़े ग्रोवर ने कहा–''ड्राइवर शहीद!''

''शायद!'' आस्थाना की स्थिति भी ग्रोवर जैसी ही थी।

नीलम को लिए जोरावर अभी तक गाड़ी में बैठा था। बाहर से पुनः ग्रोवर की आवाज़ आई–''आज बुरे फंसे हैं उस्ताद!''

''जाल बिछाने वाला कोई मास्टर पीस रहा होगा।'' आस्थाना कह रहा था और सबसे खास बात यह थी कि उनके लहजों में कोई कंपन न था–''पहले से बिल्कुल इल्म नहीं हुआ कि यहां हमारे स्वागत की इतनी जबरदस्त तैयारियां हैं!''

बराबर वाली सड़क पर मौजूद दो में से एक जीप से आवाज़ उभरी–''हथियार डाल दो वर्ना अपने एक साथी की तरह सब मौत की गोद में सो जाओगे!''

''मैं तो अब भी सो रहा हूं बेटे!'' आस्थाना बड़बड़ाया!

कई क्षण तक खामोशी छाई रही। चेतावनी पुनः गूंजी–''तुम्हें चारों तरफ से घेर लिया गया है। बचकर भाग निकलने का कोई रास्ता नहीं है!''

''चुप क्यों हो उस्ताद?'' ग्रोवर बोला–''इन्हें बताओ कि बचकर निकलने का रास्ता हम अपनी जेब में नहीं तो साथ जरूर लिए घूमते हैं!''

चेतावनी पुनः गूंजी–''जवाब दो। हथियार डाल रहे हो या भूनकर रख दें तुम्हें?''

"खबरदार, जो किसी ने मेरे साथी पर गोली चलाई!" अचानक ही जोरावर के हलक से ऐसी भयंकर आवाज़ निकली कि नीलम चौंककर उसकी तरफ देखने लगी। वह गुर्रा रहा था–"कैदी नंबर सौ हमारी गिरफ्त में है?"

अचानक जैसे चारों जीपों पर बिजली गिर पड़ी!

आस्थाना बड़बड़ाया–"वाह गुरु ये मारा है तुरूप का इक्का!"

"अगर एक भी गोली चली। हमारे ड्राइवर की तरह अगर एक साथी भी मरा तो हम कैदी नंबर सौ को हलाल कर देंगे!"

वातावरण को सांप सूंघ गया!

"मैं बाहर आ रहा हूं। अगर कैदी नंबर सौ के मरने की परवाह न हो तो बेशक गोली चलाएं!" उसी खतरनाक अंदाज में चीखने के बाद जोरावर ने नीलम से कहा–"बाहर निकलो। तुम हमारे लिए ऐसा कवच हो जिसे ये भेद नहीं सकेंगे!"

मैकलिन जैक असमंजस में पड़ गया!

नीलम की जिंदगी को किसी भी कीमत पर खतरे में नहीं डाला जा सकता था, अतः उसने चीखकर हुक्म जारी किया–"कोई गोली न चलाए!"

नीलम की कनपटी पर रिवॉल्वर रखे जोरावर शहंशाहों की तर कार से बाहर निकला। यह समझ में आते ही कि स्थिति उनके नियंत्रण में है, आस्थाना हल्के-हल्के खर्राटे लेने लगा था। ग्रोवर ने पूछा–"खड़े हो जाएं उस्ताद?"

"बेहिचक। अब कोई गोली नहीं चलेगी!"

ग्रोवर के साथ आस्थाना भी रबर के बबुए की तरह उछलकर खड़ा हो गया। रिवॉल्वर अब भी तीनों के हाथ में थे। आस्थाना ने पूछा–"अब क्या करना है गुरु?"

"सिर्फ एक ही रास्ता है!"

"वही न, जो बहुत-सी फिल्मों में देखा है?"

"यकीनन!" कहने के साथ ही जोरावर नीलम को कवर किए रेलिंग की तरफ बढ़ा। मैकलिन जैक समझ सकता था कि वे क्या करने जा रहे हैं, मगर मजबूरी थी। नीलम की कीमत पर कुछ भी तो नहीं कर सकता था वह!

नीलम को लिए जब उन तीनों ने जमना में जम्प लगा दी तो चीखा–''पानी में वे एक-दूसरे से बिछुड़ जाएंगे, अतः काबू में किए जा सकते हैं। कोशिश करो!''

कई जांबाज लड़ाके जमना में कूद गए!

जिस क्षण चेतना लौट रही थी, उसी क्षण नीलम ने महसूस किया कि उसका सारा जिस्म गीला है। कपड़े उसके जिस्म से चिपके हुए हैं और जब धीरे-धीरे उसने आंखें खोलीं तब पहले हर वस्तु धुंधली नज़र आई!

विभिन्न कैमिल्कस से भरे शीशे के बड़े जार, बीकर, तरह-तरह के अम्लों से भरी शीशियां।

प्रयोग डैक्स, गैसों को एक से दूसरे बर्तन में पहुंचाने वाली नालियां, फ्लास्क, टैस्ट-ट्यूब, पैनल और इलैक्ट्रोनिक बैलेना आदि।

वह स्वयं एक प्रयोग डैस्क पर लेटी थी।

दिमाग में विचार उठा कि क्या वह किसी लैबोरेट्री में आंखें खोल रही है?

ऐसा कैसे हो सकता है?

जरूर वह कोई ख्वाब देख रही है। उसने जोर से अपने सिर को झटका दिया, मगर जो दृश्य आंखों के सामने था, वह गायब होने के स्थान पर और ज्यादा स्पष्ट हो गया। वह सचमुच किसी लैबोरेट्री में थी!

नीलम एक झटके से उठकर बैठ गई।

चकित निगाहों से अभी वह अपने चारों तरफ देख भी नहीं पाई थी कि नज़र सामने खड़े जोरावर पर स्थिर हो गई और बेहोश होने से पूर्व के सभी दृश्य उसके मस्तिष्क पटल पर फिल्म की रील के समान चलने लगे!

समझ गई कि वह त्रिकालदर्शी के अड्डे पर है!

एक झटके से डैस्क से उतरकर खड़ी होती हुई नीलम ने सवाल किया–''मेरे पिता और प्रोफेसर कहां हैं?''

''जवाब त्रिकालदर्शी ही देंगे!''

''कहां हैं त्रिकालदर्शी?''

''आने वाले हैं, मगर उनके आने से पहले आपको कुछ हिदायतें देने जरूरी हैं!''

''कैसी हिदायतें?''

जोरावर ने उसे वे ही सब हिदायतें दी, जो गार्ड ने रिचर्ड को दी थीं। उन्हें सुनकर नीलम के समूचे जिस्म में सर्द लहर दौड़ गई।

तभी वहां खट-खट की आवाज़ गूंजने लगी।

''त्रिकालदर्शी आ रहे हैं!'' जोरावर के मुंह से निकला और नीलम ने रोमांचपूर्ण दृष्टि से बैसाखियों की आवाज़ की दिशा में देखा!

ठीक सामने!

करीब तीस गज दूर मौजूद एक दरवाज़े को लांघकर जिस व्यक्ति ने अभी-अभी लैब में कदम रखा था उसे देखते ही नीलम के समूचे जिस्म में झुरझुरी दौड़ गई।

उसका समूचा जिस्म एक सफेद लबादे से ढका हुआ था!

बैसाखियों पर झूलता वह इसी तरफ चला आ रहा था। हालांकि वह अभी दूर ही था, किंतु उसके चेहरे की कुरूपता साफ नज़र आने लगी थी। कोढ़ से ग्रस्त, गंदी और चिपचिपी सफेद मवाद। पत्थर की आंख!

त्रिकालदर्शी उससे केवल दो मीटर दूर रूका!

दुर्गंध एवं भय से ग्रस्त नीलम ने उसकी पत्थर की आंख की तरफ देखा और हिम्मत करके सवाल किया–''मेरे पिता और प्रोफेसर कहां हैं?''

बड़े ही कुटिल अंदाज में मुस्कुराया त्रिकालदर्शी। फिर गले में अटकी खंखार से आती हुई आवाज़ गूंजी–'' हमारे कब्जे में इन दोनों में से कोई भी नहीं है!''

''क्या?'' नीलम पर जैसे बिजली गिर पड़ी–''तुमने झूठ बोला था?''

''बेशक!''

''तुम कमीने हो, कुत्ते हो, झूठे, फरेबी!'' नीलम जैसे होश खो बैठी–''फोन पर तुमने कहा था कि वे तुम्हारे कब्जे में है। अगर मैं तुमसे न मिली तो तुम उन्हें!''

"हा-हा-हा!" त्रिकालदर्शी ठहाका लगाकर हंस पड़ा। वही हड्डियों तक को कंपकंपा देने वाला कहकहा और नीलम चौंककर उस अर्द्धविक्षिप्त वैज्ञानिक की तरफ देखने लगी और देखते-ही-देखते उसकी आंखें सिकुड़ गईं!

सारे चेहरे पर हैरत का तांडव होने लगा!

फिर फटाक से वह आसमान से उड़ते-उड़ते जमीन पर आ गिरी। मुंह से बड़ी ही जबरदस्त चीख निकली थीं–"तुम प्रोफेसर दिवाकर!"

त्रिकालदर्शी के ठहाके बुलंद और बुलंद होते चले गए!

आश्चर्य की पराकाष्ठा इस वक्त नीलम के चेहरे पर नज़र आ रही थी। त्रिकालदर्शी के कहकहे उसे सुनाई दे रहे थे और वह चीखती चली गई–"आप तो प्रोफेसर दिवाकर हैं . . . प्रोफेसर साहब। आप त्रिकालदर्शी?"

ठहाके रोककर वह बोला–"तूने हमें पहचाना तो सही संगीता!"

"मगर . . . मगर सर!"

"अगर न पहचानती तो तुझे हम बताने वाले नहीं थे!"

"सर . . . ये क्या हो गया है आपको!" नीलम दौड़कर उससे लिपट गई। अब न उसे इस बात को होश रहा था कि उसे कोढ़ है, न ही किसी बदबू का अहसास। वह पागलों की तरह प्रोफेसर से लिपटकर रोने लगी। बैसाखियों को बगल में भींचे दिवाकर ने उसे अपने सड़े हुए बाजुओं में भर लिया!

जोरावर ने त्रिकालदर्शी की वास्तविक आंखों में तैरते आंसू देखे!

बिलखती हुई सीमा कह रही थी–"ये आपको क्या हो गया है सर। इस भयंकर बीमारी के शिकार आप कैसे हो गए। आपकी वह टांग कहां गई सर, जिससे भाग-भागकर आपने मुझे बाहर भेजने का इंतजाम किया था?"

छोटा-सा ऑपरेशन करके पंडितजी की टांग की गोली निकाल ली गई थी। अस्पताल में पहुंचते ही उन्हें ऐसी सुविधाएं उपलब्ध हो गईं, जैसी लंदन में सिर्फ प्रिंस चार्ल्स या डायना को हो सकती हैं!

और हो भी क्यों न?

कहने मात्र के लिए तो केशव पंडित एलआईसी के जासूस थे। सच यह था कि सरकार उन्हें सीक्रेट सर्विस से लेकर 'रॉ' और 'डिटेक्टिव फोर्स' तक के चीफ के पद ऑफर कर चुकी थी।

केशव पंडित ही थे, जिन्होंने नम्र स्वर में उन पदों को लेने से इंकार कर दिया था।

यानी सरकार उनकी कीमत समझती थी!

सुबह दस बजे के करीब उन्हें होश आया। उनके होश में आते ही अस्पताल के इंचार्ज ने दो नंबर घुमाए। इसके तीस मिनट बाद ही पांच-पांच मिनट के अंतराल से वहां मिस्टर रॉव और मैकलिन जैक पहुंच गए!

केशव पंडित प्रसन्नचित्त नज़र आ रहे थे!

बिस्तर पर पड़े-पड़े ही उन्होंने सवाल किया–''नीलम और त्रिकालदर्शी की मुलाकात का क्या रहा?''

''आप आराम कीजिए। इस किस्से के सवाल फिलहाल सिर्फ हमारे लिए छोड़ दीजिए!'' मैकलिन जैक ने कहा!

''हम ठीक हैं रॉव साहब। प्लीज जवाब दीजिए!''

मैकलिन जैक ने अफसोसजनक स्वर में सारा वृतांत उन्हें सुना दिया। सुनकर पंडितजी की पेशानी पर चिंता की परछाईयां उभर आईं।

''कैदी नंबर सौ का त्रिकालदर्शी के हाथ पड़ जाना इतनी खतरनाक बात है कि जितनी उसके संबंध में अभी तक नहीं हुई थी!''

''सो तो हम भी समझते हैं पंडितजी, मगर आप फिक्र न करें। इससे पहले कि त्रिकालदर्शी कैदी नंबर सौ के दिमाग का गलत इस्तेमाल करे। किसी भी तरह उसे नेस्तनाबूत कर दिया जाएगा!''

''खैर, सीमा कहां है?''

''पुलिस लॉकअप में। आज उसे अदालत में पेश करना है!''

''अपने जुर्म कबूल किए?''

''वह बिल्कुल चुप है। एक शब्द भी नहीं बोल रही है!''

''अगर सच पूछा जाए तो उसने कोई इतना संगीन जुर्म नहीं किया था, हर पल जितनी टेंशन भुगतती रही। दरअसल, अगर वह राज का

मर्डर न करती तो राज उसका कर रहा था। खैर काग़ज़ से भरी वेन अपने ठिकाने पर पहुंची या नहीं?''

''कड़े पहरे में लाई जा रही है!''

केशव पंडित ने कहा–''अगर पुलिस या किसी भी सरकारी विभाग के पास त्रिकालदर्शी से संबंधित फाइल हो तो हम उसका अध्ययन करना चाहते हैं!''

''फाइल आपको मिल जाएगी, मगर प्लीज। कुछ दिन आप सिर्फ आराम कीजिए!''

मुस्कुराते हुए केशव पंडित बोले–''बिस्तर पर पड़े-पड़े किसी फाइल को पढ़ने के लिए कौन-से खेत में हल चलाने पड़ते हैं!''

''अब बताइए सर!'' नीलम ने व्यग्रतापूर्वक पूछा–''कैसे हो गया यह सब। यह टांग। ये कोढ़ और आप त्रिकालदर्शी कैसे बन गए। मैं जानना चाहती हूं!''

जाने क्यों? नीलम की तरफ से चेहरा घुमाकर बैसाखियों पर झूलता प्रोफेसर दिवाकर उस छोटे-से कमरे में मौजूद ठंडे पड़े आतिशदान के निकट पहुंचकर ठिठका। सोफे पर बैठी नीलम लगातार उसे देख रही थी!

''हूं!'' नफरत भरे अंदाज में हुंकार भरते हुए दिवाकर ने गर्दन को झटका दिया। बोला–''मेरी कहानी जानने तो तुम चली आईं संगीता, मगर उनकी कहानी कौन सुनेगा जो आज इस अड्डे पर मेरे साथ हैं। जरायम से भरी मेरी आज की जिंदगी का हिस्सा हैं!''

''मैं समझी नहीं!''

''मैं उन तीन युवकों का परिचय देता हूं, जो तुम्हें यहां लाए हैं। जोरावर, आस्थाना और ग्रोवर!''

नीलम खामोश निगाहों से दिवाकर को देखती रही!

''सबसे पहले ग्रोवर को लेते हैं!'' बैसाखियों पर झूलते हुए दिवाकर के अंदाज में नीलम ने थोड़ी बेचैनी देखी–''बहुत जिंदादिली की बातें करता है वह। हमेशा हंसते रहना और लोगों को हंसाना ही उसका काम है, लेकिन!'' कहकर स्वयं ही ठहर गया दिवाकर।

नीलम ने पूछा–''लेकिन?''

''उसे कैंसर है!''

''नहीं!'' नीलम के हलक से बरबस ही चीख निकल पड़ी। उछलकर सोफे से खड़ी हो गई थी वह। आंखों के सामने ग्रोवर का चेहरा नाच उठा। कानों में गूंजे वे चंद वाक्य जो उसने जमना ब्रिज पर उसके सवालों के जवाब में कहे थे!

''उसके दिल के पास फोड़ा है। दुनिया में कोई भी इलाज ऐसा नहीं कि उसे छः महीने से ज्यादा जिंदा रख सके। फोड़ा ज्यों-ज्यों अपना आकार बढ़ा रहा है। पट्ठे की अठखेलियां उतने ही शबाब पर पहुंचती जा रही हैं!''

नीलम जड़वत् खड़ी रह गई थी!

उसकी अवस्था को देखकर दिवाकर अजीब ढंग से मुस्कुराया बोला–''याद रहे संगीता। यह सिर्फ ग्रोवर का परिचय है, उसकी कहानी नहीं!''

''कहानी क्या है?''

''कुछ दिन पहले तक उसकी एक खूबसूरत बीवी थी। दो नन्हें-मुन्ने बच्चे। कम्बख्त को बेइंतहा प्यार था उनसे। उतना ही प्यार उसकी बीवी को भी इससे था। चौबीस में से बारह घंटे उसके लिए हर सुख हर सुविधा करने के लिए मेहनत किया करता था, मगर बिजली तब गिरी जब बीवी को पता लगा कि ग्रोवर को कैंसर है। वह अपने मायके चली गई। मुकद्दर का मारा वहां उसे लेने पहुंच गया। उसने साथ रहने से इंकार कर दिया। तलाक मांगने लगी!''

''नहीं ये नहीं हो सकता!''

''यही हुआ और यह भी ग्रोवर उसके सामने अपने नन्हें-मुन्ने से मिलने के लिए गिड़गिड़ाता रहा। बीवी ने बच्चों की शक्ल तक नहीं दिखाई उसे। बच्चों को एक कमरे में बंद कर दिया गया, ग्रोवर ने चीखकर रोकर, हर तरह से कहा कि वह केवल साल भर जी सकता है। तब तक बच्चों को उसके पास छोड़ दे। अपने बच्चों को वह खूब-खूब प्यार करना चाहता है, मगर उसने एक न सुनी। धक्के देकर निकाल दिया गया!''

''बच्चों को वह अदालत के जरिए ले सकता था!''

''कोशिश कर ही रहा था कि उसकी वफादार बीवी ने दूसरी शादी कर ली!''

''उफ्फ्!'' नीलम के हाथ स्वतः अपने कानों पर पहुंच गए!

''चाहता तो अदालत में उस शादी को भी चैलेंज कर सकता था, परंतु नहीं किया। लाभ भी क्या होता। अपनी कौन-सी जिंदगी के लिए चैलेंज करता?''

''हर पत्नी तो ऐसी नहीं हो सकती सर!''

''शायद न होती हो, मगर कुछ ऐसी ही कहानी जोरावर की भी है!''

''जोरावर!''

''उसे टीबी है!''

अवाक् नीलम ने कहा–''यह तो कोई ऐसा रोग नहीं, जिसका इलाज ही न हो?''

''और जो इलाज कराना ही न चाहे?''

''क्यों?''

''एक खुशहाल परिवार का सबसे छोटा बेटा है जोरावर। गनीमत है कि शादी नहीं हुई, मगर छोटा होने के नाते माता-पिता, बड़े भाई-बहन भाभी और उनके बच्चों का इतना प्यार मिला इसे खुद को दुनिया का सबसे भाग्यवान व्यक्ति समझ बैठा, मगर जब एक दिन रहस्य खुला कि उसे टीबी हो गई है तो घर के हर सदस्य को जैसे सांप सूंघ गया। बेशक। इलाज कराया गया मगर धीरे-धीरे उसने महसूस किया संगीता कि सब लोग उससे दूर-दूर रहने लगे हैं। पिता-बहन, भाई, भाभी और यहां तक कि उसे जन्म देने वाली मां भी। कोई उसके निकट नहीं आता था।

महसूस किया कि उसने खाने के बर्तन तक अलग हो गए हैं। एक दिन छोटी भतीजी को अपने पास बुलाया तो बोली–''नहीं चाचा। हम तुम्हारे पास नहीं आएंगे। मम्मी-पापा ने मना किया हुआ है!''

नीलम की आंखों में आंसू बहते चले गए!

''एक दिन जब दिल न माना तो अपने आठ वर्षीय भतीजे को गोद में उठाकर खिलाने लगा।

भाभी यूं दौड़ी आई जैसे उसका बेटा रेल के नीचे कटने जा रहा हो। बच्चे को छीनकर बोली–"पागल हो गया है क्या? मारेगा मेरे बेटे को?"

"बीमार आदमी को खुद सोचना-समझना चाहिए सर कि . . .!"

"गम का मारा अपनी मां के कलेजे से लिपटकर रो तो पड़ा मगर जल्दी ही महसूस किया कि मां के चेहरे पर खौफ है। वह यूं डर रही है, जैसे उससे उसका बेटा नहीं कोई जहरीला सांप लिपटा हुआ हो!"

"बस कीजिए! बस कीजिए सर!"

"इलाज कराए भी तो किसके लिए। सभी नग्न हो चुके थे संगीता। जिसके सामने उसे जन्म देने वाली मां ही नंगी खड़ी हो, जीने की ललक भला उसमें कहां रह जाएगी और एक दिन वह उस परिवार का गुमशुदा बेटा बन गया। ऐसा, जिसे ढूंढ़ने की कभी किसी ने कोई कोशिश नहीं की!"

"क्या अब इसका इलाज नहीं चल रहा है?"

"जिसके दिल में जिंदा रहने की ख्वाहिश ही नहीं, वह इलाज क्यों कराए?" दिवाकर कहता चला गया–"और फिर जोरावर पर ही अटककर क्यों रह गई हो तुम, आस्थाना के बारे में सुनना नहीं चाहती?"

"उसे क्या हुआ है?" नीलम ने धड़कते दिल से पूछा!

"वह ग्रोवर और जोरावर से पहले मरने वाला है। बल्कि अब तक उसे मर जाना चाहिए था।

कुदरत भी अजीब चीज है संगीता। जाने उसे कहां से सांस मिल रहे हैं? कम्बख्त जिए चला जा रहा है, जबकि हालात ये हैं कि हमारे यहां बैठे-बैठे उसकी मौत की खबर आ सकती है!"

"ऐसा क्या हुआ है उसे?"

"दोनों गुर्दे खराब!"

"क्या?" नीलम पसीने-पसीने हो गई!

"आस्थाना उन बेवकूफों में से रहा है, जो अपने दोस्त और रिश्तेदारों के लिए कमाते हैं। जब भी जिसको मुसीबत में देखा। जो हुआ सब दे दिया। संयोग से छोटी बहन की शादी एक गरीब परिवार

में हो गई। जाने क्या सोचकर आस्थाना ने बहन के नाम से लाटरी का एक टिकट ले लिया। इस बारे में उसने किसी को कुछ बताया नहीं था, क्योंकि नहीं जानता था कि टिकट पर इनाम निकलेगा। बीस लाख का इनाम निकला और बेवकूफ दौड़ा-दौड़ा टिकट अपनी बहन को दे आया। आज उन्हीं बीस लाख से उनका बहनोई करोड़ों का मालिक है। गुर्दे की जरूरत पूरी करना तो दूर बहन-बहनोई ने डायलेसिस मुहैया कराने से भी इंकार कर दिया। सभी दोस्त, रिश्तेदार उसकी शक्ल देखकर कतरा जाते हैं!''

प्रोफेसर दिवाकर के चेहरे की तरफ अजीब निगाहों से देखती रही वह। जबकि बैसाखियों पर झूलता दिवाकर पुनः आतिशदान के निकट पहुंचा। बोला–''यह सिर्फ उन तीनों की कहानी है। जिन्हें तुम जानती हो। कार का जो ड्राइवर जमना ब्रिज पर मरा, उसे ट्यूमर था। मौत की तो बेताबी से इंतजार करते हैं ये लागे। इसीलिए कोई किसी की मौत पर रोता नहीं है!''

''मैं आपके बारे में जानना चाहती हूं!''

''क्या अब भी नहीं समझी?''

''नहीं?''

''त्रिकालदर्शी ग्रुप के जितने मेंबर हैं, सबकी कहानी अलग है, मगर सार सभी का एक सिर्फ एक और वह यह कि ये दुनिया क्या है। वे लोग क्या हैं, जिन्हें हम अपना कहते और समझते हैं? कहीं कुछ नहीं। कुछ भी नहीं है संगीता। हर आदमी स्वार्थ का बना घिनौना पुतला है। तुम यह जानना चाहती हो कि प्रोफेसर दिवाकर त्रिकालदर्शी कैसे बन गया। वह आदमी सारी दुनिया को कोढ़ी बनाने पर आमादा क्यों है, जिसने खुद बर्बाद होकर तुम्हें इंसानियत की खिदमत करने के लिए रवाना किया था। तुम यही जानना चाहती हो न?''

''हां!''

''तुम्हारे जाने के बाद तुम्हारे इस प्रोफेसर ने दुनिया नाम की इस खूबसूरत नज़र आने वाली वेश्या को बिना मेकअप के देख लिया था संगीता!''

नीलम कुछ भी न समझ पाने के अंदाज में दिवाकर की तरफ देखती रही!

''दुनिया एक वेश्या है संगीता। बदसूरत वेश्या रात को बनाव-सिंगार करके ग्राहकों को लुभाने निकल पड़ती है। ग्राहक उसके मेकअप बनाव श्रृगांर को उसकी खूबसूरती समझकर आकर्षित हो जाता है। रात भी गुजार लेता है, मगर सुबह जब बिना मेकअप का उसका चेहरा देख लेता है, तो उबकाई आने को हो जाती है उसे और यह सोचकर स्वयं ही से नफरत हो जाती है कि रात वह किसके पहलू में था!''

''मैं सुबह के रूप का हुलिया सुनना चाहती हूं!''

''यूं समझो कि दुनिया के चेहरे पर चढ़ी मेकअप की पहली परत जेल ही में उतर गई थी। तब जबकि मुझे सभी कैदियों का मैला खेतों में पहुंचाने का काम सौंपा गया। यूं काम बुरा नहीं है, क्योंकि मेहतर लोग करते हैं, मगर बुरा था काम का तरीका। कोड़े मार-मारकर मुझे घुटनों से ऊपर आते मैले के ढेर में उतार दिया जाता। सिर पर मैला ढोता। एक दिन इंकार किया तो इतना पीटा गया कि मैं लंगड़ा होकर चलने लगा। जब जेल से निकला तब पैर में लंगड़ाहट और गंदगी का एक छोटा-सा धब्बा मेरे साथ था!''

नीलम की सांसें रूकने को हुई जा रही थीं!

''सोचा था कि चलो। जेल की नारकीय जिंदगी से छुटकार मिला, परंतु जल्दी ही मालूम पड़ा कि पहले से कहीं ज्यादा भयावह नर्क में पहुंचा हूं। जिन्हें अपना समझता था, उन्होंने ठुकराया नहीं दुत्कार दिया। जिस नज़र को भी अपनी ओर उठते देखता, उसी में हिकारत और घृणा होती नासिक यानी अपनों की दुनिया से बाहर निकला। पेट भरने के लिए नौकरी से मेहनत-मजदूरी तक करनी चाही, मगर टांग पर बना गंदगी का वह धब्बा हर जगह धब्बा बन गया। भूख बड़ी चीज होती है संगीता। उसने फुटपाथ के एक सिरे पर बैठकर मुझसे भीख मंगवा दी!''

''नहीं!'' नीलम चीख पड़ी!

''उस काम में टांग पर बने धब्बे ने किसी शोकेस में रखी भगवान की मूर्ति का काम किया। लोग धब्बे को देखते। तरस खाते और अपनी जेब में पड़ा सबसे छोटा सिक्का निकालकर मेरी तरफ उछाल देते,

मगर यह क्रम भी ज्यादा दिन तक नहीं चला। हर सूरत के साथ बढ़ रहा वह धब्बा धीरे-धीरे इतना बड़ा हो गया कि उसकी तरफ उठने वाली तरस-भरी निगाहें घृणा से भर गईं। बदबू इतनी ज्यादा उठने लगी कि मेरी तरफ सिक्का फेंकना तो दूर आसपास से कोई गुजरता नहीं था। कुछ ही दिन बाद उस इलाके की बेहतरी के लिए फिक्रमंद लोगों ने मुझसे संबंधित दरख्वास्त नगर निगम को दी। निगम वाले वह गाड़ी लेकर आए जिसमें पागल कुत्तों को बंद किया जाता है। मुझे ले जाकर एक सरकारी अस्पताल में डाल दिया। वह कुछ ऐसा अस्पताल था कि जहां यदि कोई निरोगी पहुंच जाए तो निश्चय ही कोई रोग लेकर बाहर निकले। वहां मेरी टांग काट दी गई!''

''उफ्फ!'' नीलम के दिल का टुकड़ा जैसे किसी ने काटकर फेंका हो!

''हालांकि टांग इस तर्क के साथ काटी गई थी कि ऐसा करने पर वह गंदगी बाकी जिस्म में नहीं फैलेगी, परंतु यह देखने का होश किसे था कि जहां से टांग काटी गई है धब्बा पहले ही उससे आगे निकल चुका है। परेशान होकर अस्पताल वालों ने बिना बैसाखियों के ही बाहर धक्का दे दिया। कुछ दिन वहीं पड़े-पड़े भीख मांगी तो ये बैसाखियां बन गईं। एक शहर से दूसरे शहर भिखमंगों की टोली में घूमता रहा। ऐसी-ऐसी बीमारियां देखीं कि जिनकी डॉक्टर लोग कल्पना तक नहीं करते। कोढ़ बढ़ता गया संगीता। एक आंख ले बैठा। सारे जिस्म पर छा गया और फिर उठने लगी वह दुर्गंध, जो आज भी उठ रही है। किसी फुटपाथ पर मुझे भीख नहीं मांगने दी जाती। किसी बस, किसी ट्रेन में नही चढ़ सकता मैं। लोग दूर ही से दुत्कार कर भगा देते। नाक बंद कर लेते और जिस जगह मैं जबरदस्ती मौजूद होता उससे बीस-बीस गज के घेरे में कोई आदमी न गुजरता। मैं उन्हीं इंसानों की बात कर रहा हूं संगीता, जिनके लिए तुम कैंसर का इलाज ढूंढने के लिए पागल हो!''

''बस कीजिए सर। बस कीजिए!''

''क्यों ! पूरी कहानी नहीं सुनोगी?'' दिवाकर का स्वर व्यंग्य से सराबोर था–''अभी से बोर हो गई। कोढ़ एक ऐसा रोग है जिससे ग्रस्त

व्यक्ति से हमारे मुल्क का संविधान वोट देने तक का अधिकार छीन लेता है और जिस व्यक्ति के साथ संविधान ही ऐसा सलूक करता हो उसे भला ये दो टांगों के जानवर सहन क्यों करें? शीघ्र ही कारपोरेशन में रिपोर्ट पहुंच गई कि एक कोढ़ी अपने जिस्म से उठती दुर्गंध से सारे शहर को प्रदुषित करता फिर रहा है। नाक पर कपड़ा बांधें हाथों में लंबे-लंबे बांस लिए कारपोरेशन के मेहतर आए। बांसों से मुझे ठेलकर मैला ढोने वाली गाड़ी में डाल दिया। फिर यह गाड़ी जहां रूकी वहां मेरा जोरदार स्वागत किया गया और ये स्वागत करने वाले मुझ जैसे ही कोढ़ी थे। हां, सरकार ने कोढ़ियों के लिए एक कैद-सी बना रखी थी। यहां कोढ़ी ही पकाते। कोढ़ी ही खाते। वहां किसी को किसी के जिस्म से बदबू नहीं आती थी। पहली बार अपनत्व और प्यार मिला, एक-दूसरे को अपनी कहानियां सुनाकर वहां कोढ़ी एक-दूसरे का दिल बहलाया करते थे और वहां का वातावरण देखकर पहली बार मेरे जेहन में यह विचार उठा कि अगर सारी दुनिया ही कोढ़ी होती तो कोई मुझे हिकारत भरी नज़रों से न देखता। कोई नाक बंद न कर लेता। कोई दुत्कारता नहीं संगीता। और यही सब सोचते-सोचते मैं चीख पड़ा। हंस पड़ा!''

दहशत में डूबी नीलम प्रोफेसर दिवाकर को देखती रही!

आतिशदान के करीब खड़े उसने जोरदार कहकहा लगाया–''हा-हा-हा-मैंने उसी वक्त सोच लिया था कि सारी दुनिया को कोढ़ी कर दूंगा। एक-एक इंसान के जिस्म को गंदगी और बदबू से भर दूंगा। हा-हा-हा ऐसा किसी को नहीं छोडूंगा जो दूसरे को देखकर घृणा से नाक सकोड़ सके। ये दुनिया इसमें रहने वाले दो टांगों के जानवर इसी काबिल हैं संगीता। यह बात मैंने उसी दिन सोच ली थी और लंगड़ा कोढ़ी दिवाकर दांव लगते ही उस चारदीवारी को लांघकर बाहर आ गया। अब जन्म हुआ त्रिकालदर्शी का-हा-हा-हा त्रिकालदर्शी। इस भयानक जिस्म और इससे उठती बदबू को देखते ती लोग अपने जेबें खाली कर देते–हा-हा-हा-ग्रोवर और जोरावर जैसे वे लोग मुझसे मिलने लगे, जिन्होंने बिना मेकअप की वेश्या को देखा था–हा-हा-हा। डकैतियां पड़ने लगीं। लोग लुटने लगे। उसी पैसे से यह

हैडक्वार्टर, यह लैबोरेट्री बन गई। मैं इनका चीफ त्रिकालदर्शी। सारी दुनिया को कोढ़ी करने के लिए मैं इस लैब में डूबा हुआ हूं। संगठन को जोरावर चलाता है। मैं महीनों-महीनों लैब से नहीं निकलता। इसीलिए न जान सका कि तुम नीलम बन गई हो। कैदी नंबर सौ बन गई हो!''

दोपहर के वक्त डायनिंग टेबल पर बैठते हुए प्रोफेसर दिवाकर ने कहा–''अपने बारे में कुछ बताओ!''

''अपने बारे में!''

''हां, सुना है कि तुम नब्बे प्रतिशत तक कैंसर का इलाज ढूंढ़ चुकी हो?''

''नाइंटी नहीं सर। आपके आर्शीवाद से नाइंटी नाईन परसेंट!''

''फिर कमी क्या रह गई?''

एकदम से कोई जवाब नहीं दिया नीलम ने। कुछ देर तक खामोश निगाहों से दिवाकर के चेहरे को देखती रही। जाने क्या सोचते-सोचते उसकी आंखें भर आईं। भर्राए गले से बोली–''मेरे दिल में कितनी हसरत थी सर बता नहीं सकती कि जो कुछ मैंने खोज लिया है सर, उसके बारे में आपको सिर्फ आपको बताने की ललक थी। मैं सोचा करती थी सर कि उस फार्मूले को आपके चरणों में रख दूंगी। कहूंगी कि यह मैंने नहीं आप ही ने ईजाद किया है। आप अपने ही नाम से दुनिया की नज़र कर दें, लेकिन अब . . . अब!''

''अब?''

''आप ही को बताते सबसे ज्यादा डर लग रहा है!''

''क्यों?''

''आपके विचार जानकर। आपका यह त्रिकालदर्शी वाला रूप देखकर। दुनिया के लिए आपके दिल में भरे जहर का अहसास करके!''

''क्या तुम्हें डर है कि हम तुम्हारी खोज का इस्तेमाल नेगेटिव तरीके से करेंगे?''

''हां!''

''अगर दिल चाहे तो यकीन करो। तुम्हारी इच्छा के विरुद्ध तुम्हारी

खोज का इस्तेमाल हम कहीं किसी भी ढंग से नहीं करेंगे!''

''आप सच कह रहे हैं सर?'' कहते वक्त खुशी की ज्यादती से नीलम का लहजा कांप रहा था। आंखों में आंसू झिलमिला रहे थे। और चेहरे पर जैसे ठुमक-ठुमककर मोर नाच रहा हो!

''झूठ न दिवाकर बोलता था, न त्रिकालदर्शी बोलता है!''

''तो सुनिए सर। आपकी इस शिष्या ने एक ऐसा कैमिकल ईजाद कर लिया है जिसका टीका चेचक आदि के टीकों की तरह ही बच्चे को लगा दिया जाए तो फिर कभी किसी भी हालत में उसे किसी तरह का कैंसर नहीं होगा!''

''वैरी गुड!'' प्रोफेसर दिवाकर ने कहा!

''मगर अभी उसमें एक कमी है। यह कि टीका लगने के कुछ ही देर बाद ही बच्चे की मृत्यु हो जाती है। ठीक से तड़पने का भी मौका नहीं मिलता उसे!''

''वैरी बैड संगीता। ऐसी ईजाद का तुम्हारी दुनिया को क्या फायदा होगा, जिसके लगते ही . . .!''

''मगर यह कमी दूर हो सकती है सर!''

''कैसे?''

''रेडियम से!''

''रेडियम?''

''यस सर। आप तो जानते हैं कि प्राकृतिक रूप से चौबीस घंटे रेडियम से जो किरणें निकलती रहती हैं। अगर उन्हें नपी-तुली सीमित मात्रा में कैंसरग्रस्त हिस्से पर डाला जाए तो वे आंशिक रूप से कैंसर के मरीज को लाभ पहुंचाती हैं!''

''तुम वास्तविक रेडियम की बात कर रही हो या कृत्रिम?''

''आप भी कैसी बात कर रहे हैं सर। कृत्रिम रेडियम तो ये होता है जिसे आजकल घड़ी के अंक आदियों में केवल इसलिए इस्तेमाल किया जाता है, ताकि वे रात को चमकें। इसमें वे 'रेज' (किरणें) वहां निकलती हैं?''

''तो तुम वास्तविक रेडियम की बात कर रही हो?''

''जी!''

''जानती भी हो कि सारी दुनिया में मिलाकर कुल कितना रेडियम हैं?''

''जानती हूं सर, लेकिन मुझे दुनिया के रेडियम से कुछ नहीं लेना है, रेडियम का एक चार ग्राम का टुकड़ा हमारे भारत के पास भी है और मेरा काम उसी से चल जाएगा, मैं उससे अपनी दवा में मौजूद कमी को दूर कर लूंगी!''

''किस तरह?''

''रेडियम से निकलने वाली रेज की सीमित मात्रा यदि मेरी दवा में डाल दी जाए तो न सिर्फ उसमें मौजूद कमी दूर हो जाएगी, बल्कि उसकी कैंसर को खत्म करने की क्षमता कई गुना बढ़ जाएगी!''

''मगर क्या तुमने कभी यह सोचा है कि रेडियम का वह टुकड़ा तुम्हें मिलेगा कहां से। आसानी से कोई यह भी नहीं जान सकता कि भारत सरकार उसे रखती कहां है। वह सिर्फ तब इस्तेमाल में आता है जब किसी वीआईपी को कैंसर का अंदेशा हो। जब तुम सरकार के संरक्षण में रिसर्च कर रही थी, तब वह आसानी से उपलब्ध हो सकता था, लेकिन इस ढंग से रिसर्च करने पर भला वह तुम्हें कहां से उपलब्ध होगा?''

''मैं यह सोचकर पागलखाने से फरार हुई थी कि जिन लोगों ने इतनी कड़ी सुरक्षा-व्यवस्थाओं के बावजूद काग़ज़ से भरी वेन इस सफाई के साथ गायब कर दी कि लाख सिर पटकने पर भी सरकार उसका पता न लगा सकी। वे मेरे लिए रेडियम के टुकड़े की रॉबरी भी इतनी ही सफाई से कर सकते हैं!''

''मगर तुमने वेन रॉबी और रेडियम को गायब करने की तुलना कहां कर ली। कहां वेन। कहां रेडियम। जिसका यही नहीं पता कि कहां रखा है। उसकी क्या सुरक्षा-व्यवस्थाएं हैं। उसे भला चुराया कैसे जा सकता है। चुराना तो दूर। यह पता लगाते-लगाते ही उनकी जिंदगी खत्म हो जाती कि रेडियम है कहां?''

''इसके लिए मेरे जेहन में एक स्कीम थी!''

''क्या?''

''अगर आप मेरे लिए त्रिकालदर्शी ग्रुप के चंद मेम्बर्स को उस स्कीम

पर काम करने के लिए नियुक्त करें तो मैं स्कीम बता सकती हूं!''

''बताओं अगर पसंद आ गई तो हम तुम्हारे लिए रेडियम की व्यवस्था करेंगे!''

नीलम ध्यान से उसे देखती हुई बोली–''आप?''

''क्यों! तुम्हें कोई शक है क्या?''

''शक तो नहीं, मगर बड़ी अजीब-सी बात है सर। जिस लैब में आप सारी दुनिया को कोढ़ी बना देने के लिए कैमिकल ईजाद कर रहे होंगे, उसी में मैं कैंसर का इलाज ढूंढ रही होऊंगी!''

नैपकिन से हाथ पोंछते हुए दिवाकर ने कहा–''कोई अजीब बात नहीं है संगीता। दुनिया को कोढ़ी बनाने का कैमिकल त्रिकालदर्शी तलाश कर रहा होगा और कैंसर का इलाज प्रोफेसर दिवाकर की शिष्या!''

''मैं समझी नहीं!''

बैशाखियां संभालकर दिवाकर खड़ा हुआ। फिर [illegible] [illegible] झूल झूलकर चहलकदमी करता हुआ बोला–''सीआईए से त्रिकालदर्शी ने तुम्हारा मर्डर करने के लिए पांच लाख रुपए जरूर लिए थे, मगर तुम्हारा फोटो देखते ही इरादा बदल गया। जो इरादा उस वक्त हमने रिसर्च पर जाहिर नहीं किया था। वह ये था कि तुम्हें जीवित रखकर तुम्हारे दिमाग का इस्तेमाल इस बदसूरत वेश्या के विरुद्ध करेंगे, लेकिन . . .।''

''लेकिन?''

''तुम्हारे सामने आने। तुमसे बात करने के बाद जाने कैसी त्रिकालदर्शी के दिल में वर्षों पूर्व मर चुका प्रोफेसर दिवाकर जाग उठा और अंदर कहीं से आवाज़ आई कि–'दिवाकर, माना कि आज तुम त्रिकालदर्शी बन गए हो, मगर इतने मगरूर क्यों होते हो। यह क्यों भूल रहे हो कि दिवाकर के रूप में तुमने एक और सिर्फ एक ही बीड़ा उठाया था। संगीता के माध्यम से दुनिया को कुछ देने का बीड़ा। आज तुम्हारी नज़र में अगर दुनिया बदसूरत वेश्या है तो दिवाकर के उस एकमात्र बीड़े की होली क्यों जलाते हो। त्रिकालदर्शी के रूप में जो बीड़े तुमने उठाए हैं, उन्हें तो पूरा होना ही है। दिवाकर के इस एकमात्र बीड़े को

भी पूरा होने दो!' कहने के बाद प्रोफेसर दिवाकर हंस कर सांस लेने के लिए रूका। फिर बोला–''अंतरात्मा की इसी आवाज़ से प्रेरित मैंने फैसला कर लिया कि दिवाकर के उस एकमात्र स्वप्न को भी परवान चढ़ाकर ही दम लूंगा। अतः तुम प्रयोगशाला में जाओ। वह दवा तैयार करो जो कर चुकी थीं। रही रेडियम की बात। हम वादा करते हैं कि दवा के तैयार होते-होते रेडियम का वह चार ग्राम का टुकड़ा तुम्हारी डैस्क पर होगा!''

''जो मुझे करना है वह मेरे जेहन में है सर। इसलिए वह तैयार करना अब मेरे लिए केवल पांच मिनट का काम है। जरूरत है तो सिर्फ रेडियम की। आप रेडियम को लाकर मेरी डैस्क पर रखिए। दस मिनट में दवा आपके चरणों में होगी!''

''ओह!'' रेडियम को हासिल करने की क्या स्कीम बता रही थीं तुम?''

नीलम उसे स्कीम बताने लगी। सुनते-सुनते दिवाकर की आंख किसी चमकदार हीरे के समान चमकने लगी और पूरी स्कीम सुनने के बाद बोला–''यकीनन तुमने एक बेहतरीन स्कीम तैयार कर रखी है और मुझे पूरा विश्वास है कि जोरावर का ग्रुप रेडियम को हासिल करने में कामयाब हो जाएगा!''

अगले दिन!

नीलम खुश थी। इसलिए क्योंकि भले ही पूर्ण रूप से न सही, मगर आंशिक रूप से वह दिवाकर को तोड़ने में जरूर कामयाब हो गई थी। अब उसे विश्वास हो चला था कि दुनिया के प्रति दिवाकर के दिल में भरे जहर को चूसने में वह कामयाब हो जाएगी। आज के त्रिकालदर्शी को धीरे-धीरे वह कल का प्रोफेसर दिवाकर बना देगी। यह सब सोचती नीलम लैबोरेटरी की तरफ जाने वाली गैलरी से गुजर रही थी कि उसे जोरावर के ऊंचे स्वर में बोलने की आवाज़ सुनाई दी। वह कह रहा था–''आप त्रिकालदर्शी के सिद्धांतों से गिर रहे हैं सर। यह हम सबके साथ आपका विश्वासघात है। अपनी उस शिष्या को सामने पाकर आप पसीज गए हैं। जिसे कैंसर को सारी दुनिया में फैला

देने के लिए कैमिकल ईजाद करना चाहिए, वह कैंसर की दवा ढूंढ़ने में मददगार है!''

''यह तुमने कैसे सोच लिया?'' प्रोफेसर दिवाकर की इस रहस्यमय आवाज़ में नीलम को उस बंद दरवाज़े के सामने ठिठका दिया। धड़कते दिल से उसने गैलरी में दोनों तरफ देखा !

संयोग से गैलरी सुनसान पड़ी थी।

वह धीमे से बंद दरवाज़े के समीप सरक गई। प्रोफेसर दिवाकर के जवाब में जोरावर की आवाज़ सुनाई दी–''मैंने नहीं सोचा सर। आपने कहा है!''

''क्या कहा है हमने?''

''नीलम से हुई सारी बातें बताई हैं और फिर हुक्म दिया है कि हम रेडियम हासिल करने की स्कीम पर काम करें!''

''तुम बेवकूफ हो जोरावर और लगता है कि अपनी टीबी के इलाज पर पहुंचने तक बेवकूफ ही रहोगे!''

''क्या मतलब सर?''

नीलम को त्रिकालदर्शी का रहस्यमय और थोड़ा नीचा स्वर सुनाई दिया–''तुम भूल रहे हो कि नीलम की दवा में अगर रेडियम की रेज न मिलाई जाए तो वह कितनी घातक है और हमें ऐसी ही घातक कैमिकल की तलाश है।''

जोरावर का आश्चर्य में डूबा स्वर–''मैं समझा नहीं सर!''

''हमारा लक्ष्य सिर्फ नीलम से वह दवा तैयार कराना है। उसमें रेडियम की रेज डालें, या न डालें, यह हमारे हाथ में होगा!'' प्रोफेसर दिवाकर के ये शब्द गड़गड़ाती हुई बिजली बनकर नीलम के ऊपर गिरे। उसकी आंखों के सामने अंधेरा छाता चला गया कि तभी जोरावर का हैरत में डूबा स्वर उभरा–''क्या आप सच कह रहे हैं सर। आपकी योजना यही है?''

''बेशक!'' नीलम की आंखों के समक्ष के भाव उभर आए जो इस वक्त त्रिकालदर्शी के भयानक चेहरे पर होंगे–''संगीता हमारी शिष्या रही है। इसी नाते हम अच्छी तरह जानते हैं कि वह पर्ले दर्जे की जिद्दी लड़की है। अन्य किसी भी तरीके से हम उससे वह कैमिकल

तैयार नहीं करा सकते थे। इसीलिए यह रास्ता अख्तियार किया। उसके सामने पिघल जाने और दिल में सोए दिवाकर के जागरूक हो जाने का नाटक!''

नीलम का तन-बदन सुलग उठा। आंखें जलने लगीं!

''आप वाकई ग्रेट हैं सर!'' जोरावर का आश्चर्य मिश्रित प्रसन्न स्वर–''मगर फिर हमें रेडियम हासिल करने की क्या जरूरत है? आप उससे कह दीजिए कि आपके आदमी रेडियम हासिल करने की चेष्टा कर रहे हैं। तब तक वह दवा तैयार करे!''

''हमने यही कहा था!'' नीलम के दिल में प्रोफेसर दिवाकर के खिलाफ पहली बार वास्तविक घृणा ने सिर उभारा!

''फिर?''

''वह कहती है कि काम तब शुरू करेगी जब रेडियम डैस्क पर होगा, क्योंकि दवा उसके जेहन में है। तैयार करना पांच मिनट का काम!''

''ओह!'' जोरावर जैसे कुछ सोचने के बाद बोला–''क्या रेडियम से मिलती-जुलती कोई ऐसी चीज नहीं होती सर जिसका चार ग्राम का टुकड़ा हम उसे 'रेडियम' कहकर दे दें और भ्रमित होकर वह दवा तैयार कर दे!''

''वह वैज्ञानिक है। हमसे बहुत ऊपर के स्तर की। ऐसी जिसने कैंसर की दवा खोज निकाली है। किसी भी अन्य चीज को रेडियम कहकर उसे धोखा नहीं दिया जा सकता।''

''सॉरी सर!''

''उसकी बताई हुई स्कीम बेहतरीन है। उसी पल अमल करके जितनी जल्दी रेडियम हासिल कर लोगे उतनी ही जल्दी एक नायाब कैमिकल हमारे हाथ में होगा और फिर एक के बाद एक ये दो टांग के जानवर लाशों में बदलते चले जाएंगे–हा-हा-हा-हम सारी धरती को लाशों से पाट देंगे जोरावर–हा-हा-हा!''

नीलम की अंतरात्मा को झंझोड़ते हुए उस गंदे, घिनौने, बदबूदार और भयंकर नरपिचाश के कहकहे बुलंद और ज्यादा बुलंद होते चले गए। नीलम का रोम-रोम सुलग उठा, मुट्ठियां कस गईं।

दांत भिंच गए और इच्छा इसी वक्त जोर से चीख पड़ने की हुई। प्रोफेसर दिवाकर को गंदी-गंदी गालियां बकने का दिल चाहा उसका। मगर जाने कौन-सी शक्ति ने रोक दिया।

केशव पंडित ने बिस्तर पर पड़े-पड़े एलआईसी के जूनियर जासूस द्वारा लाई गई चिट्ठी पढ़ी और फीकी मुस्कान के साथ तह बनाते हुए बोले–''लो भाई, अमृतसर से बुलावा आ गया!''

''कैसा बुलावा?'' समीप बैठे मिस्टर रॉव ने पूछा!

एक सिगरेट सुलगाते हुए पंडितजी ने बताया–''वहां कोई केस हो गया है। विभाग क्लेम पर मेरे विचार जानना चाहता है!''

''क्या उन्हें मालूम नहीं कि आप यहां इस अवस्था में हैं?'' जैक ने पूछा!

''यह पत्र मिला आज है। चला तो तीन दिन पहले ही होगा न और तब तक हमें गोली नहीं लगी थी!'' कहने के बाद वे अभी तक वहीं खड़े एलआईसी के जासूस से बोले–''हैड ऑफिस से फोन कराकर हमारी स्थिति अमृतकर को बता देना!''

''ओके सर!'' कहकर जासूस चला गया!

''मिस्टर रॉव ने पूछा–''त्रिकालदर्शी की फाइल पढ़कर आपने क्या नतीजा निकाला!''

''नीलम की दृष्टि से त्रिकालदर्शी का अतीत बेहद इंट्रस्टेड है!''

''क्या मतलब?''

''कोढ़ियों की जेल के रजिस्टर में उस कोढ़ी का नाम दिवाकर है, जो कुछ दिन जेल में रहने के बाद फरार हो गया और फाइल के मुताबिक आज यही कोढ़ी त्रिकालदर्शी के नाम से जाना जाता है!''

''फिर?''

उधर संगीता को घर से भगाने वाले का नाम भी प्रोफेसर दिवाकर ही था!

''आप कहना क्या चाहते हैं?'' रॉव की आंखें सिकुड़ गईं!

''इधर इस फाइल में इस दिवाकर का देहली के फुटपाथों पर भीख मांगने से पहले का अतीत नहीं मिलता, उधर दुर्गादास की कहानी से

जेल में रिहा होने के बाद का, प्रोफेसर दिवाकर का भविष्य क्या है!''

''कहीं आप यह तो नहीं कहना चाहते कि प्रोफेसर दिवाकर ही!''

''बहुत मुमकिन है, क्योंकि फाइल के मुताबिक त्रिकालदर्शी एक अर्धविक्षिप्त वैज्ञानिक है और उधर प्रोफेसर दिवाकर विज्ञान का हैड था। अतः यह तो आप कोढ़ी के अतीत की खोज कराइए या प्रोफेसर दिवाकर के भविष्य की!''

''ओह! आइए डॉक्टर। आइए आपके राउंड का टाइम हो गया लगता है!''

''यस!'' पूरे दल-बल के साथ डॉक्टर देशराज ने कमरे में प्रविष्ट होते हुए कहा और फिर इन धुरंधरों की बात का क्रम टूट गया। डॉक्टर देशराज केशव पंडित को चैक करने लगा। सहायक और नर्सें चुपचाप खड़ी थीं। आज डॉक्टर देशराज अपनी आदत के मुताबिक चहक न रहा था!

केशव पंडित ने कह ही दिया–''क्या बात है डॉक्टर। आप चुप-चुप हैं?''

''कहां? ओह नो पंडितजी!'' विचलित-सी मुस्कान के साथ देशराज ने कहा और उनके हाथ से सिगरेट लेकर ऐश-ट्रे में मसलता हुआ बोला–''आप बहुत सिगरेट पीते हैं। छोड़ दीजिए इसे नुकसान देती है!''

केशव पंडित के साथ ही रॉव और जैक भी चकित रह गए!

''आज से पहले तो तुमने यह बात नहीं कही डॉक्टर!''

''क्यों?'' देशराज मुस्कुराया–''जो आज से पहले नहीं कहा। क्या वह आज भी नहीं कह सकते?''

''जरूर कह सकते हैं मगर!''

पंडितजी का वाक्य अधूरा ही रह गया, क्योंकि उनकी बात की तरफ कोई तवज्जों ने देकर डॉक्टर ने रॉव और जैक से कहा–''क्या आप एक मिनट के लिए बाहर आएंगे?''

डॉक्टर का अंदाज ही ऐसा था कि वे चुपचाप बाहर चले गए!

गैलरी में पहुंचने के बाद डॉक्टर उन्हें बाकी स्टॉफ से अलग ले गया

और बोला–''क्या पंडितजी के बारे में कोई सीक्रेट बात मैं आपसे कर सकता हूं?''

''हां-हां। क्यों नहीं। क्या बात है?''

''आप जरा मेरे ऑफिस में चलेंगे?''

रॉव और जैक अजीब सस्पैंस में फंस गए। जैक ने कहा–''चलिए!''

डॉक्टर देशराज ने बाकी का दौरा जूनियर्स को पूरा करने का आदेश दिया!

''क्या?'' एक साथ दोनों कुर्सी से उछल पड़े!

देशराज का गंभीर एवं शोक में डूबा स्वर–''अभी सिर्फ मुझे डाउट है। मुमकिन है कि मेरा वहम ही हो, इसलिए घबराने की बात नहीं है!''

''एक्स-रे के बावजूद आप डाउट बता रहे हैं?''

''देखिए। मैं फिर कहता हूं। मैं कैंसर स्पेशिलस्ट तो हूं नहीं। मुझे तो पंडितजी का चैकअप करते वक्त यूं ही। हल्का-सा शक हुआ। मैंने उस शक को दूर करने के लिए एक्सरे करा लिया और एक्सरे को देखते ही चौंक पड़ा। मगर फिर भी। सिर्फ मुझे लग रहा है कि वह कैंसर है। मैं गलत भी हो सकता हूं। मुमकिन है कि एक्सरे में नज़र आने वाला यह स्पॉट कुछ और हो। अतः बेहतर यह होगा कि किसी स्पेशलिस्ट को दिखा लिया जाए!''

रॉव ने कहा–''इसीलिए आपने उनके हाथ से सिगरेट लेकर।''

''जी हां। मेरा ख्याल है कि वह सिगरेट से ही हुआ है!''

जैक ने मेज पर रखा एक्सरे एक बार फिर उठा लिया और उसे ध्यानपूर्वक देखता हुआ बोला–''यह स्पॉट तो दिल के बहुत नजदीक है!''

''इसीलिए तो खतरनाक है। जरा-सा फैला नहीं कि . . .!''

''ओह! नो, प्लीज ऐसा कुछ मत कहो डॉक्टर!'' मिस्टर रॉव अजीब-से रोष भरे स्वर में बोले–''आप अभी ठीक से नहीं जानते कि पंडितजी कितनी इंपोर्टेंट फीगर हैं। उन्हें कुछ होने का मतलब है देश की बहुत बड़ी क्षति!''

''मैं जानता हूं, इसीलिए चाहता हूं कि फौरन किसी स्पेशलिस्ट की सलाह ली जाए!''

"देहली में तो कैंसर के सबसे बेहतरीन डॉक्टर मेरे ख्याल से डॉक्टर भार्गव ही हैं!" जैक ने पूछा!

"जी हां, उन्हीं से मिलें तो बेहतर है!"

"ओह!" एक्सरे को ध्यानपूर्वक देखते हुए डॉक्टर भार्गव ने कहा–"ये तो बेहद सीरियस केस है। ठीक दिल के पास। माई गॉड!"

धड़कते दिल से मिस्टर रॉव ने पूछा–"क्या यह कैंसर है?"

"यकीनन! कोई शक नहीं। एक्सरा आपके सामने है!"

मिस्टर रॉव ने वे शब्द दोहराए जो देशराज ने कहे थे–"डॉक्टर देशराज का शक बिल्कुल ठीक है। मैं हैंड्रेड परसेंट श्योर हूं कि यह कैंसर ही है फिर भी अपनी तसल्ली के लिए आप कलर्ड एक्सरे करा सकते हैं!"

"हम तो पेशेंट को आपके हवाले कर देंगे डॉक्टर। क्या करना है। आप जानें!"

"वह तो ठीक है मिस्टर रॉव, मगर . . .!"

"मगर?"

"दरअसल यह केस किसी भी ट्रीटमेंट से बाहर है!"

"ओह नो। ऐसा मत कहिए डॉक्टर भार्गव। आप नहीं जानते कि यह आदमी मुल्क के लिए कितना महत्वपूर्ण है। चाहे जैसे भी हो। जो भी कुछ हो, मगर इसका इलाज होना चाहिए। यह आदमी ठीक होना ही चाहिए डॉक्टर!"

"क्या यह किसी वीआईपी का एक्सरे है!"

"जी!"

"तब तो इलाज है!"

"क्या?"

"रेडियम!"

"रेडियम?"

"जी हां। रेडियम का वह चार ग्राम का टुकड़ा जो हमारी गवर्नमेंट के पास महफूज है। अगर यह आदमी इतना ही इंर्पोटेंट है तो गवर्नमेंट से कुछ देर के लिए वह टुकड़ा मांगा जा सकता है। उसकी सीमित रेज इस कैंसर को खत्म कर देगी!"

‘‘चाहे जैसे भी हो। रेडियम का वह टुकड़ा आपको मिलेगा डॉक्टर भार्गव!’’ रॉव दृढ़ फैसला करते हुए बोले–‘‘हम सरकार को यकीन दिलाकर रहेंगे कि यह जिंदगी मुल्क के लिए जरूरी है। गवर्नमेंट को रेडियम देना ही होगा!’’

‘‘यह सब कुछ आप जानें, मगर इतना तय है कि भले ही पेशेंट चाहे जितना वीआईपी सही, मगर भाभा इंस्टीट्यूट से रेडियम निकालने की प्रक्रिया इतनी जटिल और लंबी है कि आप आज कोशिश करेंगे तो एक महीना लग ही जाएगा!’’

‘‘इस एक महीने में पेशेंट को कोई खास बात तो नहीं?’’

‘‘नो!’’

‘‘तब ठीक है। दरअसल वैसे भी इस वक्त पेशेंट जख्मी है। उसकी टांग में गोली लगी है। हम आज ही से कोशिश शुरू कर देते हैं। एक महीने उसकी टांग का जख्म भी भर जाएगा। बस, अब आप यह केस अपने हवाले समझिए!’’

‘‘वह तो ठीक है, मगर रेडियम की रेज से कैंसर को खत्म करना बेहद खतरनाक एवं जटिल प्रक्रिया है। एक भी किरण यदि आवश्यकता से ज्यादा पड़ जाए तो वह तुरंत पेशेंट की जान ले सकती है और हमने इस प्रक्रिया से कभी कैंसर को खत्म किया नहीं है!’’

‘‘फिर?’’

‘‘बंबई में मेरे दोस्त डॉक्टर शीतो हैं। दो उनके सहायक डॉक्टर हैं। यह टीम कई मर्तबा रेडियम प्रणाली का इस्तेमाल कर चुकी है। अगर आप कहें तो मैं उन्हें मुहैया करा सकता हूं। पहले इसलिए पूछना पड़ता है मिस्टर रॉव, क्योंकि अक्सर लोग फीस सुनकर डर जाते हैं!’’

‘‘आप किसी फीस की कोई चिंता न करें डॉक्टर भार्गव। डॉक्टर शीतो की टीम को आप एप्रोच कीजिए। रेडियम के लिए हम एप्रोच करते हैं!’’

‘‘मैंने तुम्हारा काम कर दिया है। अब मेरे बीवी-बच्चों को छोड़ दो!’’

घर पहुंचते ही डॉक्टर भार्गव जोरावर के सामने लगभग गिड़गिड़ा उठा!

ऊपर की तरफ जाने वाली सीढ़ियों पर बैठा ग्रोवर कह उठा–

‘‘अराम से बैठो भार्गव। तुम्हारा ही घर और तुम्हारा ही सोफा है। आराम से बैठकर बताओ कि वहां क्या बातें हुईं। रॉव क्या कह रहा था और जवाब में तुमने क्या कहा?’’

भार्गव का चेहरा पीला जर्द नज़र आ रहा था। बोला–‘‘मैंने एक-एक शब्द वही कहा जो तुमने बताया था। यह कि इलाज केवल रेडियम की रेज है!’’

‘‘बैठकर बोलो!’’ जोरावर गुर्राया!

भार्गव एकदम से बैठ न सका। समूचे चेहरे पर आतंक लिए किंकर्तव्यविमूढ़-सा जोरावर देखता भर रहा। तभी ग्रोवर ने हांक लगाई–‘‘आस्थाना!’’

‘‘आं हां। जाग रहा हूं ग्रोवर!’’ ऊपर वाले बंद कमरे के अंदर से आस्थाना की आवाज़ उभरी!

‘‘यार जरा भार्गव को इसके लड़के की सुरीली आवाज़ तो सुना!’’

‘‘नहीं!’’ भयग्रस्त चीखता हुआ भार्गव तुरंत सोफे पर बैठ गया!

ग्रोवर ने कहा–‘‘रहने दे!’’

‘‘ओके!’’ आस्थाना की ऐसी आवाज़ जैसे जम्हाई लेता हुआ बोला हो!

उसके सामने सोफे पर बैठते हुए जोरावर ने कहा–‘‘अब बोलो। तुम्हारी बातों के जवाब में रॉव ने क्या कहा?’’

‘‘वे रेडियम से इलाज कराने के लिए तैयार ही नहीं हैं!’’

‘‘क्या मतलब?’’ जोरावर ने चौंकते हुए पूछा!

साहस करके भार्गव बोला–‘‘मिस्टर रॉव कहने लगे कि यह आदमी इतना इंपोंटेंट नहीं है, जिसके लिए भारत सरकार रेडियम दे सके, अतः इलाज की कोई . . .!’’

‘‘चटाक!’’ जोरावर का भरपूर थप्पड़ भार्गव के गाल पर पड़ा!

भार्गव के हलक से चीख निकल गई। दहशत का मारा सहमी निगाहों से वह जोरावर को देखता रह गया। उस जोरावर को, जो किसी भेड़िए के समान गुर्रा रहा था–‘‘झूठ बोलता है हरामजादे?’’

भार्गव के हलक से बोल न फूटा!

''तेरी बात के जवाब में मिस्टर रॉव ने कहा कि यह आदमी वीआईपी है। चाहे जैसे भी हो, गवर्नमेंट को इसके लिए रेडियम देना ही होगा। बोल उसने यही कहा था या नहीं?''

खौफ के साथ-साथ असीम हैरत के भाव भी उसके चेहरे पर उभर आए। वह ऐसी नज़र से जोरावर को देखता मात्र रहा कि आखिर वहां की बातें इन शैतानों को यहां कैसे पता लग गईं।

जोरावर बोला–''यही कहा था कि नहीं?''

भार्गव बेचारे की ज़ुबान तालू से जा चिपकी!

सीढ़ियों पर बैठे ग्रोवर ने कहा–''बताता है या जगाऊं आस्थाना को?''

''यही कहा था। बिल्कुल यही कहा था!''

''तो झूठ क्यों बोला तूने?''

''यह सोचकर कि शायद ऐसा सुनकर तुम मेरा पीछा छोड़ दोगे, वरना . . .!''

बात जोरावर ने पूरी की–''महीने भर तक यहीं पड़े रहेंगे!''

''आपको कैसे मालूम कि रेडियम को भाभा इंसटिट्यूट से निकलवाने की प्रक्रिया के संबंध में वहां एक महीने की बात हुई थी?''

''हमें एक-एक बात मालूम है बेटे। वह जो इस घर के दरवाज़े से निकलने के बाद तूने किसी से कही या तुझसे किसी ने कही!''

भार्गव के रहे-सहे हौसले पस्त हो गए!

''इस घर से निकलने के बाद तू हर पल हमारे किसी-न-किसी साथी की नज़र में रहता है।

और एक नहीं कई जोड़ी कान तेरे इर्द-गिर्द। अगर तूने हमारी संख्या उतनी ही समझने की भूल की जितने हम यहां तो यह तेरे जीवन की सबसे घातक और आखिरी भूल होगी, क्योंकि यहां या बाहर कहीं तूने कोई गलत हरकत या बात की, कि सूचना यहां पहुंच जाएगी। फिर जब तू यहां लौटेगा तो हम नहीं सात वर्षीय बेटे और खूबसूरत बीवी के आंचल से लिपटी सात महीने की बच्ची की लाशें मिलेंगी!''

''नहीं! ऐसा मत करना!'' भय की ज्यादती ने भार्गव को चीखा दिया!

''केवल तब तक जब तक कि हमारे हुक्म का पालन करता रहेगा!''

''लेकिन एक महीना बहुत होता है। क्या तुम इस पूरे महीने यहां रहोगे। मेरे बीवी-बच्चे क्या इसी तरह तुम्हारी गिरफ्त में रहेंगे?''

''तुम चाहो तो इन सबको मायके भी भेज सकते हैं!'' ग्रोवर बोला!

भार्गव मिमियाया–''क्या मतलब?''

''इन्हें हम अपने बॉस त्रिकालदर्शी की देख-रेख में रहने के लिए हैडक्वार्टर भेज देंगे। तुम अपने परिचितों से कह देना कि बीवी दोनों बच्चों को लेकर मायके चली गई है। एक महीने बाद जब हमारा काम हो जाएगा तो बच्चे वापस आ जाएंगे!''

''नहीं तुम यहीं रहो!''

''जहेनसीब!'' किसी बादशाह के सामने सिर झुका रहे खादिम की तरह ग्रोवर बोला–''इसके बाद कुछ देर के लिए वहां खामोशी छा गई। तब हिम्मत करके भार्गव ने कहा–''क्या कुछ देर के लिए मैं अपने बीवी-बच्चों से मिल सकता हूं?''

''जरूर!'' जोरावर ने कहा।

छोटी लड़की को गोद में एवं सात वर्षीय बेटे को पहलू में छुपाए भार्गव की पत्नी डबल बैड पर बैठी थी। वह बुरी तरह डरी एवं सहमी हुई थी। सात वर्षीय लड़का भी अपनी मासूम तथा सहमी हुई आंखों से आस्थाना की तरफ देख रहा था!

वह जो बेड से दूर एक आरामकुर्सी पर ऊंघ रहा था। उसके सामने एक छोटा-सा तिपहिया स्टूल रखा था। स्टूल पर दोनों टांगें फैलाए वह निश्चिंतता की नींद सो रहा महसूस दिखाई देता था। हाथ गोद में था और गोद में ही रिवॉल्वर पड़ा था। कमरे में हल्के-हल्के खुर्राटे तक गूंज रहे थे!

यही वजह थी कि कमरे में कदम रखते ही भार्गव को गलतफहमी हो गई!

उसे देखते ही लड़का 'पापा' कहकर उछल पड़ना ही चाहता था

कि भार्गव ने बड़ी तेजी से अपने होंठों पर उंगली रखकर उसे चुप रहने के लिए कहा।

भार्गव और उसकी बीवी के समान ही बच्चे का दिल भी असामान्य गति से धड़कने लगा।

नन्हीं-मुन्नी गुड़िया हर तनाव से मुक्त अंगूठा मुंह में डाले जाने किसके चुटकुले पर मुस्कुरा रही थी?

भार्गव ने बहुत ही आहिस्ता से दरवाज़ा बंद किया!

दबे पांव आस्थाना की तरफ बढ़ा। उसका इरादा आस्थाना का रिवॉल्वर कब्जे में करके इन तीनों बदमाशों को मचा चखाने का था, परंतु वह अभी काफी दूर था कि आस्थाना ने उसके सारे इरादों पर पानी फेर दिया। उसी पोज में पड़े-पड़े उसने कहा था–''मैं कभी नहीं सोता हूं भार्गव। अपने बीवी-बच्चों की फिक्र करो!''

जहां-का-तहां खड़ा रह गया भार्गव!

पत्नी पसीने-पसीने!

''पापा!'' बेटे ने पुकारा!

आगे बढ़कर भार्गव ने अपने कलेजे से लिपटा लिया उसे। तब आस्थाना ने आंखें खोलकर कहा–''भविष्य में यदि मुझे सोता समझकर, तुमने ऐसी कोई गुस्ताखी करने की चेष्टा की तो ग्रोवर ठीक कह रहा था। तुम्हारे इन बीवी-बच्चों को मायके भेज दिया जाएगा!''

''तुम लोग आखिर चाहते क्या हो?'' भार्गव ने अजीब-सी कसमसाहट से भरकर सवाल किया!

''वह तो तुम्हें एक महीने बाद पता चलेगा!''

''लेकिन एक महीना। उफ्फ् बड़ा लंबा समय होता है। क्या एक महीने तक तुम्हारे साथी देशराज की फैमिली को भी हमारी तरह ही कवर किए रखेंगे?''

''हम एक टैक्नीक का इस्तेमाल दो जगह नहीं करते। अलग जगह अलग टैक्नीक!'' जवाब खोलकर कमरे में प्रविष्ट होते हुए ग्रोवर ने दिया था!

''उसे किस तरह काबू में कर रखा है?''

''नकद नारायण!''

''यानी उसने तुमसे पैसे ले रखे हैं?''

''पैसे नहीं रुपए। पूरे एक लाख!''

''ओह माई गॉड, लेकिन वह एक्सरे किसका है, जो उसने मेरे पास भिजवाया है। उसमें सचमुच कैंसर है?''

''इसी नाचीज के दिल का एक्सरे है!'' ग्रोवर ने अपने दिल की तरह इशारा करते हुए कहा, मगर भार्गव ने उसके कथन पर कतई यकीन नहीं किया!

''आज बीस रोज हो गए हैं। आप लोग हमें उठने क्यों नहीं देते?''

केशव पंडित ने उक्ताए स्वर में कहा–''अब हमारा जख्म बिल्कुल भर चुका है। अगर दौड़ नहीं सकते तो चल-फिर जरूर सकते हैं!''

''डॉक्टर ने अभी आपसे आराम करने के लिए कहा है!'' मिस्टर रॉव ने गंभीर स्वर में कहा!

पंडितजी बोले–''हमें तो ऐसा लग रहा है कि जैसे आप दोनों और डॉक्टर मिलकर हमारे विरुद्ध कोई खिचड़ी पका रहे हो!''

दोनों के चेहरे एकदम 'फक्क' पड़ गए!

''कैसी खिचड़ी?''

''कोई-न-कोई राज है जरूर। तुममें से तो कोई उगलेगा नहीं। आज हम डॉक्टर को ही पकड़ेंगे!'' पंडितजी का वाक्य खत्म होते-होते स्टाफ सहित कमरे में कदम रखते हुए देशराज ने कहा–''डॉक्टर हाजिर है पंडितजी। कौन से राज की बात हो रही है?''

''आओ डॉक्टर। आज तुम्हारी ही खबर लेनी है हमें। ये बताओ कि तुम हमारा इलाज कर रहे हो या इन दोनों के साथ मिलकर किसी षड्यंत्र पर काम?''

देशराज को काटो तो खून नहीं!

एक ही झटके में चेहरे की सुर्खी उड़ गई और अपना धुला हुआ-सा चेहरा उठाए वह रॉव और जैक की तरफ देखने लगा। कमरे में सन्नाटा खिंच गया और फिर इस सन्नाटे को कमरे में मौजूद किसी व्यक्ति ने नहीं, बल्कि कमरे के बाहर से किसी व्यक्ति के बुरी तरह चीखने की आवाज़ ने तोड़ा!

कोई पेशेंट बड़े ही मर्मांतक ढंग से चीख रहा था!

अभी कोई किसी से कुछ पूछ भी न सका था कि भागती हुई एक नर्स वहां प्रविष्ट हुई और हड़बड़ाई-सी बोली–''डॉक्टर! छः नंबर बेड के पेशेंट को फिर दर्द शुरू हो गया है।''

''एस्क्यूज मी!'' कहकर देशराज तेजी से मुड़ा और बाहर चला गया। साथ में उसका स्टाफ भी। नर्स के आने और उन लोगों के जाने पर जब दरवाज़ा खुला था तो वे चीखें ठीक ऐसी लगी थीं जैसे पेशेंट की गर्दन किसी आरी से रेती जा रही हो। हां दरवाज़ा बंद होने पर आवाज़ धीमी जरूर हो जाती थी, किंतु मैकलिन जैक इन चीखों को सुनकर किसी सोच में पड़ गया था। उसकी मुद्रा स्वतः ही ऐसी बन गई थी जैसे कुछ याद करने की चेष्टा कर रहा हो!

पंडितजी ने पूछ ही लिया–''क्या सोच रहे हो मिस्टर जैक?''

''ये चीखें किसकी हैं?''

''चार-पांच दिन पहले जनरल वार्ड में एक मरीज आया है। उसे हर तीन घंटे में एक असहनीय दर्द उठता है और तब वह इसी तरह चीखने-चिल्लाने लगता है!''

''क्या हुआ है उसे?''

''नर्स से पूछा तो उसने बताया था–सिफलिश!''

''सिफलिश?'' रॉव ने घृणा से मुंह सिकोड़ लिया!

''विभिन्न वेश्याओं के संपर्क में रहने के दुष्परिणाम भोग रहा है!''

पंडितजी के स्वर में भी नफरत का ही पुट था–''व्याभिचारी लोग इसी तरह की सजाएं भोगते हैं।''

''लेकिन मुझे यह आवाज़ कुछ जानी-पहचानी लग रही है!''

''क्या मतलब?''

''दो मिनट ठहरिए। मैं अभी आता हूं।'' कहकर मैकलिन जैक कमरे से बाहर निकल गया।

गैलरी में चीख-चिल्लाहट और दर्द की बिलबिलाहट की जैसे हुकूमत थी। सारे अस्पताल में अफरातफरी मची पड़ी थी। स्टॉफ का हर व्यक्ति इधर-से-उधर भागता नज़र आ रहा था!

मैकलिन जैक भी लंबे-लंबे कदमों के साथ जनरल वॉर्ड की तरफ बढ़ गया!

जिस बेड को घेरे सारी नर्सें और डॉक्टर खड़े थे, उस पर पड़ा मरीज कई व्यक्तियों की गिरफ्त में होने के बावजूद भी यूं तड़प रहा था जैसे सूखे रेत पर पड़ी मछली। उसके लिंग वाले स्थान पर दृष्टि पड़ते ही जैक के अंदर से उबकाई-सी उठी। यदि तुरंत ही नज़र वहां से हटा न लेता तो निश्चय ही उसने उल्टी कर दी होती!

जिस्म का वह अंग और उसके आसपास का हिस्सा बुरी तरह सड़ा पड़ा था। मैकलिन जैक हिम्मत करके आगे बढ़ा और फिर जब मरीज के रूप में उसने सुरेश की शक्ल देखी तो जाने क्यों पसीने-पसीने हो गया?

रात के दो बज रहे थे!

नन्हीं बिटिया और सात वर्षीय लड़का सोए हुए थे, मगर भार्गव दंपत्ति की आंखों में भला नींद कहां? भार्गव रह-रहकर चोर दृष्टि से कभी अपने सदाबहार पोज में पड़े आस्थाना को देखता था तो कभी पत्नी को!

कमरे में कोई खर्राटा नहीं गूंज रहा था, इसलिए कम-से-कम इस वक्त आस्थाना उसे सचमुच सोया महसूस हो रहा था और दरअसल इसी अवसर का लाभ उठाने के लोभ को भार्गव बीवी के बार-बार इंकार के इशारे के बावजूद जज्ब नहीं कर पा रहा था। वह बार-बार उठने की सोचता!

उपक्रम भी करता!

मगर फिर आस्थाना के शब्द याद आते पस्त हो जाता, लेकिन काफी दिमागी जिद्दोजहद के बाद अंत में आखिर वह किसी बिल्ली के समान बेड से उतर ही गया। सांसें रोके खड़ा रहा!

पत्नी की सांस तो स्वतः ही रूकी हुई थी!

''धड़-धड़' की आवाज़ पैदा करते हुए दिल यूं बज रहे थे कि जैसे जरा-सा तीव्र झटका लगते ही छातियां फाड़कर बाहर निकल पड़ेंगे। भय के कारण सफेद पड़े चेहरों पर पसीना यूं चूं रहा था जैसे वे किसी भट्टी के पास खड़े हों। किसी अनिष्ट की आशंका से ग्रस्त पत्नी ने उसे आस्थाना की तरफ बढ़ने से अब भी इंकार किया था, परंतु भार्गव ही

न माना। हथेली और तलवे तक पसीने से भीगे होने के बावजूद वह दबे पांव आस्थाना के नजदीक पहुंच गया!

फिर एकदम झपटा!

पलक झपकते ही आस्थाना की गोद में पड़ा रिवॉल्वर भार्गव के हाथ में था और वह भय एवं हिम्मत के बीच की स्थिति में चीखा–"हैंड्स अप!"

आस्थाना सोया रहा। चेहरे पर शिकन तक न उभरी थी।

"आई-से हैंडस अप!" भार्गव पुनः चीखा!

परंतु तभी भड़ाक् से कमरे का दरवाज़ा खुला और हवा में लहराता हुआ एक इंसानी जिस्म सीधा उसके बेड पर गिरा। आस्थाना के समीप खड़े भार्गव ने जबरदस्त फुर्ती के साथ घूमकर ट्रेगर दबा दिया!

गोली न चली। केवल हल्की-सी 'क्लिक' की आवाज़!

उसकी बीवी की कनपटी पर रिवॉल्वर रखे ग्रोवर गुर्राया–"होश में आओ भार्गप!"

बेचारा!

होश में आए तो कैसे?

होश तो काफूर हो चुके थे। सारा शरीर एक ही झटके में यूं ठंडा पड़ गया जैसे लाश का जिस्म। टांगें कीर्तन करने लगी थीं और गोली रहित रिवॉल्वर हाथ से स्वयं ही फिसलकर जमीन पर गिर गया। उधर ग्रोवर ने अपने रिवॉल्वर का चैंबर खोलकर दिखाया–"इसे खाली मत समझना बेटे। पूरी छः गोलियां हैं!"

भार्गव के मुंह से आवाज़ के नाम पर 'चूं' तक न निकली!

"ऐ आस्थाना!" ग्रोवर ने हांक लगाई–" अबे सो गया क्या?"

हड़बड़ाकर उठा नहीं आस्थाना। उसने यह भी न कहा कि 'मैं कभी नहीं सोता' अतः ग्रोवर बुरी तरह चौंका–"ध्यान से आस्थाना को देखा फिर जोर से हांक लगाई–"उस्ताद!"

"क्या बात है ग्रोवर?" नीचे से जोरावर की आवाज़ उभरी!

"जल्दी आओ। अपना आस्थाना तो आज सचमुच सो गया लगता है!" इस वाक्य के साथ ही भार्गव और उसकी बीवी ने ग्रोवर की आवाज़ को भर्राते महसूस किया।

जोरावर के आंधी-तूफान की तरह सीढ़ियों पर चढ़ने की आवाज़ आई। अभी वह कमरे में पहुंचा ही था कि ग्रोवर बोला–"जल्दी चैक करो उस्ताद। अपना यार तो गया लगता है।"

जोरावर झपटकर आस्थाना के नजदीक पहुंचा। भार्गव आंखें फाड़े उन्हें देख रहा था। उसकी समझ में नहीं आ रहा था कि आखिर क्या हो गया है और ये किस किस्म की बातें कर रहे हैं। नब्ज टटोलते ही जोरावर के मुंह से निकला–"गया!"

"उफ्फ़!" ग्रोवर की आंखों से आंसू टपक पड़े–"मैं हार गया उस्ताद। इसने मुझसे शर्त लगाई थी कि मुझसे पहले जाएगा। ऐसी भी क्या जल्दी पड़ी थी गधे को? गुर्दे ही तो खराब थे। कैंसर वाले से आगे निकल गया!"

जोरावर का सख्त स्वर–"ये आंसू किसलिए ग्रोवर?"

"शर्त हारने के। इस पाजी के लिए भला क्यों बहाऊंगा?"

हैरत के कारण भार्गव का बुरा हाल था। अजीब अंदाज में पूछा उसने–"क्या ये मर गया है?"

"अबे मरा नहीं होता तो क्या तेरी हिम्मत थी वहां पहुंचने की?"

पति-पत्नी पर बिजली-सी गिर पड़ी। यह एक ऐसा सच उनके सामने आया था, जिसने उनके दिलों-दिमाग को जड़ों तक हिला डाला। तभी आस्थाना की मौत पर शायद दुख की ज्यादती के कारण जोरावर को धसका लगा। एक बार खांसी उठी तो फिर उठती ही चली गई। कुछ देर तक आश्चर्यजनक ढंग से गला पकड़े वह सारे कमरे में घूम-घूमकर खांसता रहा। फिर बेड पर पड़ा सफेद खेस उठाकर मुंह में ठूंस लिया!

चकित पति-पत्नी उसे देख रहे थे!

खेस मुंह में ठूंसा होने के बावजूद भी खांसी रूक नहीं रही थी और भार्गव की बीवी को पूरी तरह कवर किए ग्रोवर चीखा–"नहीं उस्ताद! ये नाइंसाफी है। मैं ऐसा नहीं होने दूंगा। खुद को संभालो। तुम ऐसा नहीं कर सकते। अरे, जब यहां कैंसर वाला बैठा है, तुम्हें तो सिर्फ टीबी है!"

भार्गव को लगा कि जैसे उसकी आंखें पुतलियों की जद को पार करके फर्श पर गिरने वाली है। उधर खांसी कुछ रूकी तो जोरावर

संभला। अपना सुर्ख हुआ चेहरा उठाया और लाल-लाल आंखों से ग्रोवर की तरफ देखता हुआ बोला–''घबराओ नहीं ग्रोवर, मुझे कुछ नहीं हुआ है। खांसी का मामूली धसका था!''

''जानता हूं।'' ग्रोवर ने सिर्फ इतना ही कहा।

खेस पर लगे ढेर सारे खून ने भार्गव के छक्के छुड़ा दिए। विस्फारित नेत्रों से उसने जोरावर की ओर देखते हुए कहा–''तुम्हें टीबी है?''

''टी.बी. होगी तेरे बाप को!'' ग्रोवर गुर्राया–''उस्ताद को पान का पीक पेट के अंदर ले जाकर बारह घंटे बाद बाहर निकालने का शौक है। क्यों उस्ताद?''

''वजा फरमाया!'' स्थिति संभलते ही जोरावर मुस्कुराया!

''नहीं, तुम्हें टीबी है। एक डॉक्टर को तुम धोखा नहीं दे सकते और तुम्हें . . .। हां, वह एक्सरे सचमुच तुम्हारा ही था। तुम्हें कैंसर है। तुम्हें तो इलाज की जरूरत है!''

''डॉक्टरी झाड़ने को रहने दे भार्गव!''

''और तुम्हारे उस साथी के गुर्दे खराब थे!'' अपने आश्चर्य पर भार्गव काबू नहीं पा रहा था–''वह मर गया है। तुम कैसे लोग हो? अरे हंस रहे हो तुम?''

ग्रोवर ने अपने सदाबहार अंदाज में कहा–''लगाऊं हांक। जगाऊं आस्थाना को?''

सटपटा गया भार्गव!

''अब तुम अपने मुंह से एक लफ्ज भी नहीं निकालोगे भार्गव!'' जोरावर ने कठोर स्वर में कहा–''हमारा एक साथी मर गया है। इसे यहां से हटाने के बारे में सोचना है!''

''तुम हैडक्वार्टर फोन करो उस्ताद। मैं इन्हें संभालता हूं। त्रिकालदर्शी से कहना कि लाश उठाने वाली लारी के साथ-साथ आस्थाना का स्थान लेने के लिए कादर को भेज दें। आखिर सुबह होते ही डॉक्टर शीतो और उसके दो सहायकों को भार्गव के साथ पंडित का कैंसर ठीक करने जाना है!''

''ओके . . .!'' कहकर जोरावर नीचे चला गया!

भार्गव को इतना आश्चर्य हो रहा था कि शायद ताजमहल और कुतुबमीनार को साक्षात् अपने आंगन में खड़े देखकर भी न होता। बड़ी अजीब-सी दृष्टि से ग्रोवर की तरफ देखते हुए उसने कहा–''अब मेरी समझ में तुम्हारे इस पूरे ड्रामे का मतलब आ रहा है!''

''मुझे भी समझा दो!''

''अपने कैंसर से छुटकारा पाने के लिए शायद तुम रेडियम हथियाना चाहते हो?''

ग्रोवर ठहाका लगाकर हंस पड़ा!

''इनसे मिलिए!'' भार्गव ने जोरावर का परिचय दिया–''ये हैं डॉक्टर शीतो!''

''बड़ी खुशी हुई आपसे मिलकर!'' इन शब्दों के साथ पहले रॉव और फिर जैक ने जोरावर से हाथ मिलाया। भार्गव ने ग्रोवर और कादिर का परिचय दिया–''ये डॉक्टर शीतो के सहायक हैं, डॉक्टर एएस मैकेंसी और राजकुमार दूबे!''

हाथ पुनः मिले!

''रेडियम!'' जोरावर ने हाथ फैलाते हुए कहा!

रॉव ने अपने कोट की जेब से शीशे का एक छोटा-सा वर्गाकार डिब्बा निकालकर उसके हाथ पर रखते हुए कहा–''पेशेंट बहुत इंपोर्टेंट है डॉक्टर। प्लीज, जरा होशियारी से ऑपरेशन करना!''

''आप फिक्र न करें मिस्टर रॉव। रेडियम की मौजूदगी ही पेशेंट की इम्पोर्टेंस बता देती है और फिर हम सिर्फ रेडियम के इस्तेमाल के ही एक्सपर्ट हैं!''

''प्लीज जब तक आपरेशन कंपलीट न हो जाए आप वहां सामने पड़ी बेंच पर बैठिए!'' कहने के तुरंत बाद कादिर, भार्गव, जोरावर और ग्रोवर पीछे-पीछे ऑपरेशन थियेटर में दाखिल हो गए!

उन्हें देखते ही ऑपरेशन टेबल पर लेटे पंडितजी ने कहा–''ये तुम क्या खिचड़ी पका रहे हो डॉक्टर। हमें यहां क्यों लिटाया गया है?''

''आपकी टांग का ऑपरेशन दुबारा होना है!'' जितने समय में

भार्गव ने यह वाक्य बोला, उतने समय में ग्रोवर दरवाज़ा अंदर से बंद कर चुका था!

''दुबारा क्यों?''

भार्गव ने रूई में थोड़ा-सा क्लोरोफार्म लेते हुए जवाब दिया–''पहले ऑपरेशन ठीक न हो सका। गोली के चंद छर्रे आपकी टांग में रह गए थे!''

''क्या बात करते हो डॉक्टर। क्या . . . क्या . . . क्या?'' करते हुए ही केशव पंडित ढीले पड़ गए, क्योंकि क्लोरोफार्म उन्हें सुंघा दिया गया था। नाक के समीप से उसने रूई हटाते हुए कहा–''ये बेहोश हो गए हैं!''

''अब तुम भी बेहोश हो जाओ!'' ग्रोवर बोला।

''क्या मतलब?''

कादिर ने उससे रूई और क्लोरोफार्म की शीशी छीन ली। ग्रोवर समझा रहा था–''अगर तुम पुलिस को यहां बेहोश अवस्था में न मिले और हमारे साथ ही फरार पाए गए तो तुम्हें भी त्रिकालदर्शी का साथी समझा जाएगा!''

भार्गव अभी उसकी बात की गहराई को समझने की चेष्टा कर ही रहा था कि कादिर रूई को उसकी नाक के समीप ले गया। क्लोरोफार्म की गंध पल भर में उसके मस्तिष्क में चढ़ गई और गूं-गूं करता वह बेहोश हो गया। लपककर जोरावर ने यदि उसे संभाल न लिया होता तो 'धड़ाम' से फर्श पर गिरता!

उसे आराम से लिटाया गया!

''फतह!'' ग्रोवर ने नारा लगाया!

शीशे के डिब्बे में मौजूद रेडियम का चार ग्राम का टुकड़ा यूं चमक रहा था जैसे शोला चमकता है। उससे निकलने वाली किरण अदृश्य थी, बोला–''फतह!''

''निकलों यहां से!'' कहने के साथ ही कादिर ने चश्मा और डॉक्टरों वाला लबादा उतारकर एक कोने में उछाल दिया। अपने लबादे के बटन खोलते ग्रोवर ने कहा–''जरा पीछे की खिड़की खोलकर देखो कादिर। रास्ता साफ है या नहीं?''

कादिर खिड़की पर झपटा। थोड़ी देर बाद बोला–''बिल्कुल साफ, जैसे किसी झाड़ू से साफ कर दिया हो!''

''आओ!'' शीशे का डिब्बा जेब में डालते हुए जोरावर ने कहा! तीनों के खिड़की से कूदते ही ऑपरेशन टेबल पर पड़े केशव पंडित ने पट्ट से आंखें खोल दीं। सबसे पहले नज़र छत पर पड़ी और फिर गर्दन घुमाकर उस खिड़की की तरफ देखा, जिसके माध्यम से जोरावर आदि बाहर गए थे!

खिड़की बाहर से बंद कर गए थे वे!

केशव पंडित आराम से उठकर बैठ गए और जेब से पैकिट निकालकर एक सिगरेट सुलगा ली तथा आराम से कश लेने लगे!

उनके चेहरे पर कोई भी चिंता या जल्दबाजी का चिन्ह नहीं था!

पूरी सिगरेट खत्म की। शेष टुकड़े को ऑपरेशन टेबल पर रगड़ते हुए खड़े हुए, एक नज़र फर्श पर बेहोश पड़े डॉक्टर भार्गव पर डालते हुए दरवाज़े के समीप पहुंचे!

दरवाज़ा खोला और सामने ही बेंच पर बैठे मिस्टर रॉव और जैक उन्हें यूं ऑपरेशन थियेटर के द्वार पर खड़ा देखकर उछल पड़े!

जैक तो वहीं से चीख पड़ा–''आप?''

संयोग से इस वक्त गैलरी में कोई और नहीं था, पंडितजी ने इशारे से उन्हें अपने पास बुलाया। वे लगभग भागते हुए नजदीक आए और कमरे की अवस्था को देखकर जैक चीख पड़ा–''ये सब क्या है?''

''अंदर आ जाओ!'' पंडितजी ने मुस्कुराते हुए उन्हें अंदर खींचा और जिस क्षण वे दरवाज़ा अंदर से बंद कर रहे थे, रॉव ने पूछा–''ये डॉक्टर भार्गव बेहोश पड़ा है। शीतो और उसके सहायक कहां गए, आप!''

''वे रेडियम लेकर फरार हो गए हैं!''

''क्या?'' दोनों का दम जैसे एक साथ निकल गया!

''घबराइए नहीं। हमें उनकी मंजिल मालूम है। जो कुछ हुआ है। हमारी योजना के अनुसार हुआ है!''

''आपकी योजना?''

''हमारी और नीलम की संयुक्त योजना कही जानी चाहिए।''

''नीलम और आप . . . ये आप। ये आप क्या कह रहे हैं पंडितजी?''

''इसे पढ़ो। यह वह पत्र है, जो उस दिन एलआईसी का जूनियर जासूस आप लोगों के सामने हमें दे गया था!''

हैरत के मारे उन दोनों ने पत्र खोला। पढ़ा।

आदरणीय पंडितजी!

बहुत मजबूर होकर यह पत्र लिख रही हूं। मैं केवल अपनी रिसर्च पूरी करने का उद्देश्य मन में लिए पागलखाने से फरार हुई थी। यह सोचकर कि शायद फांसी की हकदार को कानून रिसर्च का अवसर न दे, या अगर दे भी तो जयरामपेशा लोग या विदेशी जासूस मुझे अपनी गोली का निशाना बना लें। अतः स्वयं को अज्ञात स्थान पर छुपाए रखकर रिसर्च करना मेरा लक्ष्य था, मगर जीवन चक्रव्यूह में कुछ इस कदर उलझ गई कि वक्त से बहुत पहले ही सब कुछ खत्म हो गया।

वह एक-एक व्यक्ति मर गया जिन पर आस लगाई थी। वहां से मुझे बलवंत अंकल अपने घर ले आए।

पता लगा कि किसी त्रिकालदर्शी के कब्जे में मेरे पिता और प्रोफेसर हैं। यदि मैं उससे न मिली तो वह उन्हें मार डालेगा। मजबूर हूं पंडितजी। त्रिकालदर्शी से मुझे मिलना ही होगा। सीमा और बलवंत अंकल को भी धोखा देकर भाग आई हूं। इस वक्त जबकि मैं ये पत्र लिख रही हूं, रात के साढ़े ग्यारह बजे हैं। इसे लिखकर पोस्ट करने के बाद जमना ब्रिज पर जाना है। यह पत्र आपको करीब परसों मिलेगा, क्योंकि कल संडे है, और उस वक्त मैं निश्चय ही त्रिकालदर्शी के चंगुल में होऊंगी।

जानती हूं कि वह मेरे दिमाग में भी एक योजना है। वह आपको बता रही हूं। प्लीज मेरा साथ दीजिएगा!

अभी तक की गई मेरी खोज के अनुसार जो दवा मैंने तजबीज की है। वह कैंसर के रोगी को निश्चय ही आराम पहुंचाएगी, परंतु दवा का

इस्तेमाल करते ही रोगी मर जाता है और मेरी ईजाद में से इस कमी को मेरे ख्याल से रेडियम की किरणें दूर कर सकती हैं। ऐसा सिर्फ मेरा ख्याल है। श्योर नहीं हूं और प्रैक्टिकल से पहले कोई भी वैज्ञानिक परिणाम के बारे में श्योर नहीं हो सकता। इसीलिए अपनी सोचों को प्रैक्टिकल पर खरा उतारने के बाद ही दवा को दुनिया के सुपुर्द करना चाहती हूं। उससे पहले नहीं। नाइंटी नाइन श्योर होने के बावजूद नहीं!

अपने इस प्रैक्टिकल के लिए मुझे रेडियम की जरूरत है!

जब ये सारी बातें त्रिकालदर्शी को बताऊंगी तो उसे मैं निश्चय ही अपने काम की लगूंगी।

वह मुझसे कैमिकल तैयार करने के लिए कहेगा। थोड़ा-सा झूठ बोलते हुए मैं उससे कहूंगी कि व्यक्ति को तत्काल मार देने का गुण दवा में तब पैदा होता है, जब इसमें रेडियम की किरणें मिला दी जाएं, अतः वह किसी भी तरह रेडियम प्राप्त करने की बात सोचेगा, लेकिन जिस चीज का लोगों को यही नहीं पता कि रखी कहां गई है, उसे चुराना बहुत मुश्किल होगा और तभी मैं एक आसान-सी बात बताकर उसकी मुश्किल को हल कर दूंगी!

मेरी योजना के अनुसार ऐसा षड्यंत्र फैलाया जाएगा कि जिससे आपके शुभचिंतक यह समझें कि आपको कैंसर हो गया है। संबंधित डॉक्टर्स को या तो त्रिकालदर्शी के आदमी खरीद लेंगे या किसी भी तरह से यह कहने पर मजबूर करेंगे कि आपको कैंसर है। आपका महत्त्व और आपके शुभचिंतकों की पहुंच से मैं अच्छी तरह वाकिफ हूं। आपके इलाज के लिए वे गवर्नमेंट से रेडियम हासिल कर लेंगे और त्रिकालदर्शी के आदमी डॉक्टर बनकर इस रेडियम को मुझ तक पहुंचा देंगे।

रेडियम की मौजूदगी में दस मिनट के अंदर मैं अपना परीक्षण पूरा कर लूंगी। उधर, त्रिकालदर्शी दिमाग में यह लिए कि लोगों को मारने वाली दवा तैयार हो रही है, मेरे काम में कोई बाधा नहीं डालेगा।

मेरी रिसर्च पूरी हो जाएगी। उधर जब आपको सारे षड्यंत्र की जानकारी होगी तो त्रिकालदर्शी के आदमियों का पीछा करके आप आसानी से उसके अड्डे का पता लगा सकते हैं।

रेडियम की चोरी के तीस मिनट बाद ही त्रिकालदर्शी के हैडक्वार्टर पर हमला कर दें। ईश्वर ने चाहा तो इस सारी स्कीम से वह जालिम नेस्तनाबूत हो जाएगा और मेरी रिसर्च भी पूरी हो जाएगी। कैंसर की दवा आपको सौंपने के लिए मैं वही खड़ी मिलूंगी। मगर सिर्फ एक गुजारिश है पंडितजी, यह कि रेडियम को मुझ तक पहुंचने दें, उससे पहले कोई गड़बड़ न करें, ताकि मैं अपना वर्षों का स्वप्न पूरा कर सकूं।

अपकी मदद की तलबगार–कैदी नंबर सौ!

पत्र को पूरा पढ़ते-पढ़ते रॉव और जैक के पैरों तले से जैसे जमीन निकल गई, जैक ने कहा–''अगर उसकी रिसर्च में दस मिनट का ही समय रह गया था तो वह गवर्नमेंट की मदद से बड़ी आसानी के साथ उसे पूरी कर सकती थी?''

''यही बात हमने भी सोची थी रॉव साहब, लेकिन शीघ्र ही सिंधु का ख्याल आ गया और तब दिल-ही-दिल में मानना पड़ा कि सही वही था, जो नीलम ने सोचा और किया!''

''सिंधु से इस सारे मामले का क्या मतलब?''

''अकेला सिंधु ही नहीं, बल्कि उस जैसा कोई भी हो सकता था और इससे पहले कि भाभा इंस्टीट्यूट से रेडियम आए, विदेशी जासूस नीलम को लाश में बदल डालते!''

रॉव और जैक की जुबान पर ताले लटक गए!

''पत्र में लिखी नीलम की योजना हमें पसंद आई थी, इसलिए इस पर काम करने के लिए तैयार हो गए, मगर इस संभावना ने मन विचलित कर दिया कि अगर त्रिकालदर्शी दिवाकर है तो शायद नीलम पत्र में लिखी स्कीम पर काम न करे, क्योंकि दिवाकर के विरुद्ध इस किस्म के किसी भी षड्यंत्र पर उसका काम करना हमें संभव नज़र नहीं आ रहा था। किंतु उस क्षण उलझन शीघ्र ही दूर हो गई जब डॉक्टर देशराज आप दोनों को बाहर ले गया!''

''ओह!''

''हम समझ गए कि स्कीम पर काम शुरू हो गया है, अतः हम भी अपना पार्ट प्ले करने लगें।

एलआईसी के जूनियर जासूसों को हमने देशराज और भार्गव के

पीछे लगा दिया। जिन लोगों के कब्जे में भार्गव था, उनके साथियों का पीछा करके एलआईसी के जासूसों ने त्रिकालदर्शी के हैडक्वार्टर का पता लगा दिया। इस वक्त भी उन तीनों के पीछे दो जासूस गए हुए हैं!''

''तो आपको त्रिकालदर्शी के हैडक्वार्टर का पता मालूम है?''

''विवेक विहार के नई बनी एक विशाल एवं शानदार तिमंजली कोठी उसका अड्डा है!''

वे एक ऐसे कटघरे के समीप खड़े थे, जिसमें दो बंदर बाकायदा उछल-कूद मचाए हुए थे।

प्रोफेसर दिवाकर के हाथ में परखनली स्टैंड था और उसमें दो नहीं, बल्कि छः परखनलियां थीं, तीन में सफेद रंग का एसिड था, तीन में पीला!

परखनलियों की संख्या दो से बढ़ाकर छः नीलम ने जानबूझकर दिवाकर को चक्कर में डालने के लिए की थी। वह नहीं चाहती थी कि समय से पूर्व दिवाकर को एक्यूरेट एसिड का पता लगे और वह उसका परीक्षण पूरा होने से पहले ही किसी किस्म की गड़बड़ कर दे!

जेब से टीका लगाने वाली सलाई निकालकर उसने 'वास्तविक' एसिड में डुबोई और दोनों में से एक बंदर की भुजा पर टीका लगा दिया। नीलम के साथ ही दिवाकर भी बंदर को ध्यान से देख रहा था। एक मिनट गुजरते-गुजरते बंदर सुस्त नज़र आने लगा। दूसरे मिनट निर्जीव और तीसरे मिनट वह एक झटका-सा खाकर मर गया।

''मार्बलस!'' दिवाकर के मुंह से निकला!

नीलम ने जेब से चाकू निकालकर मृत बंदर के गोश्त का जर्रा लिया। सफेद एसिड में डाला। उसके पीले रंग में बदलते ही वह समझ गई कि वह दवा तैयार हो चुकी है, जो उसने महरौली स्थित अपनी लैब में तैयार की थी!

अब नीलम ने जेब से पारदर्शी शीशे का वर्गाकार डिब्बा निकाला। उसे खोला। एक चिमटी की नोक से रेडियम को पकड़ा और पीले एसिड में डुबो दिया। नज़र घड़ी पर थी। पूरे दो मिनट गुजरते ही उसने चिमटी परखनली से बाहर खींच ली। रेडियम को डिब्बे में बंद करके जेब के हवाले . . .!

प्रोफेसर दिवाकर आंख गड़ाए सब कुछ ध्यान से देख रहा था! नीलम ने पुनः जेब से सलाई निकाली। एक अन्य परखनली के सफेद एसिड में डुबोकर उसकी सफाई की। पुनः उस एसिड में डुबोई, जिसमें रेडियम की किरणें मिक्स की थीं। दूसरे बंदर के बाजू पर टीका लगाया!

एक . . . दो . . . या तीन नहीं, पूरे पांच मिनट गुजर जाने के बाद भी जब बंदर कटघरे में न सिर्फ भला-चंगा घूमता रहा, बल्कि उत्पात भी मचाता रहा तो नीलम की आंखें हीरो की तरह जगमगाने लगीं। चेहरा दमक उठा!

परीक्षण कामयाब था। दवा में मौजूद कमी दूर हो चुकी थी!

''तुम सफल हो गईं संगीता!'' प्रोफेसर दिवाकर की आवाज़ कांप रही थी–''मेरी बधाई स्वीकार करो। मेरा स्वप्न आज पूरा हो गया!''

''अभी कहां?'' नीलम ने तेजी से संभलकर कहा–''अभी मुझे पूरी कामयाबी नहीं मिली है सर। अभी तो एक और परीक्षण बाकी है!''

''अब क्या करना चाहती हो?''

''देखते रहिए!'' कहने के साथ ही उसने सलाई सफेद एसिड में डालकर साफ की और पुनः एक अन्य पीले एसिड में डुबोने के बाद बोली–''आपको मारने का मुझे हमेशा अफसोस रहेगा सर, लेकिन त्रिकालदर्शी को खत्म करने पर फक्र!''

''क्या मतलब?'' प्रोफेसर दिवाकर को जैसे बिच्छू ने डंक मारा!

इस डर से कि कहीं उससे पहले प्रोफेसर दिवाकर ही कोई हरकत न कर जाए। नीलम फुर्ती के साथ झपटकर उसके बाजू पर टीका लगाती हुई बोली–''मतलब ये त्रिकालदर्शी!''

प्रोफेसर दिवाकर के हाथ से स्टैंड छूट गया। सिसकारी के साथ ही बैसाखियां संभाले वह पीछे हटता हुआ बोला–''ये तुमने क्या किया संगीता?''

''तुम्हारी मौत का सामान त्रिकालदर्शी!'' वह दांत भींचकर गुर्राई–''जो टीका तुम्हें लगाया गया है। उसमें रेडियम की किरणें मिक्स नहीं हैं?''

''नहीं!''

''उस त्रिकालदर्शी का अंत जो इस कैमिकल को इसी रूप में दुनिया पर इस्तेमाल करने के ख्वाब देख रहा था!''

''ये क्या बक रही हो तुम। मैं!''

''कोई झूठ नहीं चलेगा त्रिकालदर्शी। मैं तुम्हारी और जोरावर की बातें सुन चुकी हूं!''

''उफ्फ . . . उन बातों की सुनकर तूने ये क्या कर डाला बेवकूफ। उस वक्त जोरावर से जो कुछ मैंने कहा था, वह सब झूठ था। झूठ!''

''क्या मतलब?'' नीलम उछल पड़ी!

''तूने हमारी बातें सुनीं, मगर जोरावर के स्वर में छुपी विद्रोह की घन-गरज महसूस नहीं की तूने। वह हम पर आरोप लगा रहा था कि अपनी शिष्या की वजह से हम त्रिकालदर्शी के सिद्धांतों से गिर रहे हैं। जोरावर के साथ ही हमारा वह निर्णय किसी को पसंद आने वाला नहीं था, क्योंकि वह निर्णय सचमुच त्रिकालदर्शी का नहीं प्रोफेसर दिवाकर का था। हमें लगा कि अगर अपनी बात पर डटे रहे। झूठ की राजनीति का सहारा न लिया तो जोरावर ही नहीं, सारा ग्रुप हमारे खिलाफ बगावत कर देगा!''

''नहीं!'' नीलम चीख पड़ी–''आप झूठ बोल रहे हैं!

शायद एक मिनट गुजर चुका था। सुस्त पड़ते हुए प्रोफेसर दिवाकर ने कहा–''झूठ तो वह था पगली, जो तूने हमें जोरावर से कहते सुना। जरा सोच। अगर वह सच होता तो क्या इस समय हम तुझे दवा में रेडियम रेज मिलाने देते। क्या हम पहले बंदर के मरते ही सब कुछ समझ गए थे?''

''सर!'' नीलम रो पड़ी!

कुछ और सुस्त पड़ता दिवाकर बोला–''वाह पगली। अपनी रिसर्च बड़े खूबसूरत अंदाज में हमारे चरणों में रखी तूने?''

''लेकिन-लेकिन . . . अब मैं क्या करूं सर?'' पागलों की तरह चारों तरफ देखती हुई नीलम चीख रही थी–''क्या करूं मैं? टीका लगा चुकी हूं। इसके असर को खत्म करना मुझे नहीं आता!''

''अब और कुछ नहीं हो सकता संगीता। हमारा अंत तुम्हारी खोज ही था!''

‘‘मगर आपने पहले बताया क्यों नहीं कि आप जोरावर से झूठ!’’

दिवाकर की जुबान लड़खड़ाने लगी–‘‘तूने ही कहां जिक्र किया कि तू हमारे और उसके बीच होने वाली बातें सुन चुकी है?’’

‘‘उफ्फ-उफ्फ!’’ नीलम की इच्छा अपने बाल नोंच डालने की हुई!

दूसरा मिनट ज्यों-ज्यों गुजर रहा था। दिवाकर त्यों-त्यों ज्यादा सुस्त पड़ता चला गया।

जुबान ऐंठती चली जा रही थी, मगर फिर भी। वह अचानक चौंककर बोला–‘‘मगर जोरावर और ग्रुप के दूसरे लोग तुझे जिंदा नहीं छोड़ेंगे। तू ऐसा कर संगीता। ओह हमें संभाल!’’

कहने के बाद दिवाकर गिरने ही जा रहा था कि बिलबिलाकर चीखती हुई संगीता ने उसे संभाल लिया। उसका सहारा लेते हुए दिवाकर ने कहा–‘‘उधर तू हमें उस दीवार की तरफ ले चल। जल्दी कर!’’

जार-जार रोती नीलम दिवाकर को दीवार तक ले गई। निर्जीव से हाथ से उसने दीवार का एक हिस्सा दबाया। किसी शटर की तरह दीवार में दरवाज़ा उत्पन्न हो गया। दीवार में बनी वह दो व्यक्तियों खड़े हो जाने लायक अलमारी थी।

अलमारी के फर्श पर कुछ तार, डायनामाइट और बम रखे थे!

‘‘ज-जा-जा!’’ दिवाकर बड़ी मुश्किल से कह पा रहा था–‘‘तू इसके अंदर खड़ी हो जा।

उनमें से कोई तुझे नहीं ढूंढ़ सकेगा। यह मैंने पुलिस के छापे से खुद को बचाने के लिए बनवाई थी। देख इसमें बम हैं, डायनामाइट और बहुत से तार। अगर वे तुझे ढूंढ़ ही लें तो तू उन सबको खत्म कर सकती है!’’

‘‘वे मेरा कुछ नहीं बिगाड़ सकते सर। यहां पुलिस पहुंचने वाली।’’ वाक्य अधूरा ही रह गया, क्योंकि अपना अंतिम समय अत्यंत निकट देखकर दिवाकर ने उसे अलमारी में धकेल दिया और अभी वह संभल भी नहीं पाई थी कि दीवार पुनः शटर बंद होने की सी आवाज़ के साथ यथास्थान फिक्स हो गई!

मरते हुए प्रोफेसर दिवाकर ने इमारत के अंदर गूंजती गोलियों

की आवाज़ सुनी थी और उसे लगा कि उसी का नहीं, बल्कि समूचे त्रिकालदर्शी ग्रुप का अंत हो रहा है!

पुलिस के साथ डिटेक्टिव फोर्स के जांबाजों ने शीघ्र ही सारी इमारत पर कब्जा कर लिया।

ग्रुप के बहुत से लोग मारे गए, मगर ज्यादातर लोगों को जीवित ही गिरफ्तार कर लिया गया।

जोरावर, कादिर और ग्रोवर का नाम मरने वालों में था, क्योंकि जब तक वे मर न गए तब तक डिटेक्टिव फोर्स के जांबांजों का मुकाबला करते रहे!

जांबाज बेचारे क्या जानते थे कि वे अभागे लड़ ही मरने के लिए रहे हैं। हथियार फेंककर हाथ तो तब ऊपर करें, जब दिल के किसी कोने में जीने की तमन्ना बाकी रही हो!

पंडितजी, जैक और रॉव उस वक्त हाथों में रिवॉल्वर लिए मुख्य हॉल में मौजूद थे। जैक ने एक लड़ाके से पूछा–''नीलम मिली?''

''नो सर, हमने सारी इमारत छान मारी, वह कहीं भी नहीं है। हां, लैबोरेट्री में त्रिकालदर्शी की लाश पड़ी है, मगर!''

''मगर?''

''हैरत की बात है सर कि उसे किसी ने नहीं मारा है। कोई गोली नहीं लगी है उसे, मगर फिर भी मृत पड़ा है!''

''नीलम भी इमारत में ही कहीं होगी। तलाश करो उसे!'' कहने के बाद पंडितजी, जैक और रॉव के साथ लैबोरेट्री की तरफ चल दिए!

प्रोफेसर दिवाकर की लाश के समीप पहुंचने पर उन तीनों को अपनी-अपनी नाक पर रूमाल रख लेना पड़ा!

पंडितजी लाश का मुआयना करने में मशगूल थे कि शटर खुलने की-सी आवाज़ के साथ उनके बेहद समीप वाली दीवार में दरवाज़ा बन गया!

अलमारी में खड़ी नीलम को देखते ही वे तीनों उछल पड़े!

''तुम यहां हो?'' लगभग एक साथ तीनों के मुंह से निकला!

परंतु नीलम ने कोई जवाब नहीं दिया। चेहरे पर गंभीर एवं दृढ़ भाव लिए वह किसी मूर्ति के समान खड़ी उन्हें घूर रही थी। आंखें न बहुत

ज्यादा चमक रही थीं, न बुझी हुई थीं। पंडितजी के साथ-साथ जैक और रॉव ने भी ध्यान दिया!

उसके मस्तक पर हरे रंग के कपड़े की पट्टी बंधी हुई थी। कुछ वैसे ही अंदाज में जैसे सरदर्द होने पर लोग रूमाल बांध लेते हैं। इस पट्टी में एक बम बंधा हुआ था और इस बम से जुड़े दो तारों का संबंध उस छोटे स्विच से था, जिसे उसने अपने बांए हाथ में पकड़ रखा था!

साहस करके केशव पंडित ने पूछा–''क्या बात है नीलम। हमें इस तरह क्यों घूर रही हो तुम?''

''मेरी रिसर्च पूरी कराने के लिए धन्यवाद पंडितजी!'' नीलम के मुंह से निकलने वाली आवाज़ बड़ी ही सपाट एवं गंभीर थी। कहने के साथ ही उसने अपना दायां हाथ कोट की जेब में डाला और पारदर्शी शीशे का वर्गाकार डिब्बा निकालकर उनकी तरफ उछालती हुई बोली–''ये लीजिए अपना रेडियम!''

''क्या तुम्हारा परीक्षण सफल रहा?''

''बेशक!''

''वैरी गुड। अब तुम दुनिया को वह नायाब तोहफा देने जा रही हो?''

''अभी नहीं!''

केशव पंडित की आंखें गोल हो गईं–''क्यों?''

''ये मेरे मस्तक पर बंधी पट्टी देख रहे हो। आप पहचान सकते हैं कि इसमें एक बम बंधा है। बम का संबंध तारों के जरिए मेरे हाथ में मौजूद स्विच से है। इधर मैंने स्विच दबाया उधर मेरे जेहन के परखच्चे उड़े और यह वही जेहन है पंडितजी जिसमें कैंसर की दवा का फार्मूला महफूज है!''

केशव पंडित पसीने-पसीने हो गए!

''अगर किसी ने मेरी इच्छा के विरुद्ध मेरे नजदीक आने की चेष्टा की तो मैं स्विच दबा दूंगी। मुझसे दूर हटिए। वहां कटघरे के पास चले जाइए।''

अपने साथ-साथ केशव पंडित मिस्टर रॉव को भी खींचते हुए कटघरे के पास ले गए और वहां पहुंचने के बाद पलटकर विचित्र निगाहों से नीलम को देखने लगे!

नीलम ने उसी स्थिति में अलमारी से बाहर कदम रखा!

''अगर चार घंटे के अंदर-अंदर सुरेश को मेरे पास न लाया गया तो मैं इस स्विच को दबा दूंगी पंडितजी। यकीन मानिए अपने मस्तिष्क के परखच्चे उड़ा दूंगी मैं!''

''लेकिन सुरेश का तुम क्या करना चाहती हो?''

''अपनी हर कामयाबी के बारे में भी जानने वाला सबसे पहला शख्स सुरेश होगा!''

''तुम सच कह रही हो?''

''मैंने कभी झूठ नहीं बोला!''

आंखें सिकोड़कर उसे घूरते हुए पंडितजी ने पूछा–''तुम उसे कत्ल तो नहीं करोगी!''

''सुरेश मेरा पति है। मैं उसके साथ कुछ भी करूं!''

''नहीं! कत्ल कर देने के लिए सुरेश को तुम्हारे हवाले नहीं किया जा सकता।''

''तो फिर फार्मूला भी किसी को नहीं मिलेगा पंडितजी। अच्छी तरह सोच लो। तुम्हारे पास केवल चार घंटे हैं। टाइम पूरा होते ही मैं?''

''ये क्या बेवकूफी है नीलम। कैसी अनोखी जिद है ये?'' हमेशा संयत रहने वाले पंडितजी के स्वर में हद दर्जे की झुंझलाहट थी।

''हूं!'' एक धिक्कार भरे हुंकार के साथ नीलम ने अजीब ढंग से मुंह सिकोड़ा और बोली–''चाहे जितने समझदार सही केशव पंडित, लेकिन हो तुम भी एक मर्द ही और एक मर्द कभी स्त्री को उसके दिल और जज्बातों को समझ नहीं सकता!''

''मगर तुम जानती हो कि कानूनन हम तुम्हें सुरेश को नहीं सौंप सकते!''

''क्यों?''

''क्योंकि तुम उसे कत्ल कर देने के लिए मांग रही हो और अगर यह जानते हुए भी हम सुरेश को तुम्हारे हवाले कर दें तो कानूनन हम सुरेश के हत्यारे होंगे!''

''और अगर सुरेश को आपने मेरे हवाले नहीं किया तो निश्चय ही

संसार में भविष्य में कैंसर से जितने लोग मरेंगे, आप उन सब के हत्यारे होंगे!''

''उफ्फ! तुम समझती क्यों नहीं नीलम। किसी को बचाने के लिए कानून किसी एक बेगुनाह को मौत के मुंह में झोंक देने का हक नहीं देता?''

''लाखों-करोड़ों के बदले एक जान भी नहीं?''

''हरगिज नहीं। कानून इसकी इजाजत नहीं देता!''

''तो फिर इस देश को बदलना होगा ये अंधा कानून। न बदला गया तो विश्व की कैंसर पीड़ित नस्ल इस अंधे कानून को हमेशा कोसती रहेगी!''

''प्लीज-प्लीज नीलम। तुम समझने की कोशिश . . .?''

''स्टॉप प्लीज स्टॉप पंडितजी!'' नीलम ने हाथ उठाकर कहा–''मैं किसी से बहस या तर्क-वितर्क नहीं, सिर्फ सुरेश चाहती हूं। उम्मीद है कि आप सब कुछ समझ गए होंगे। प्लीज बाहर जाइए, अगर आप तीनों फौरन बाहर न चले गए तो मैं चार घंटे इंतजार न करूंगी!''

नीलम ने किस स्थिति में क्या मांग रखी है। यह समाचार पैट्रोल पर दौड़ने वाली आग के समान सरकार के उच्च स्तरों पर फैल गया!

प्रधानमंत्री ग्यारह दिन की राजकीय यात्रा पर विदेश गई थीं!

अफसर, नेता, वकील और न्यायाधीश तक विवेक विहार की उस कोठी के इर्द-गिर्द इकट्ठे हो गए। स्थिति जानने के बाद जो भी शर्त सुनता। वही हैरान, परेशान!

जितने मुंह उतनी राय, मगर सही हल किसी के पास नहीं!

बड़े-बड़े बुद्धिजीवियों की आपात्कालीन मीटिंग होने लगी!

''उफ्फ!'' अगर किसी ने पंडितजी को मजबूर नहीं देखा। झुंझलाते नहीं देखा तो वे आज देख लें। बेचैनी के साथ एक कमरे में चक्कर काटते हुए वे दांत पीसते कह रहे थे–''क्या करें, क्या करें मिस्टर रॉव! समय गुजरता जा रहा है।''

जैक बोला–''मेरी सलाह है कि सुरेश को उसके हवाले कर देना चाहिए!''

''वह उसे कत्ल कर देगी और कानून सरकार को यह हक नहीं

देता कि वह किसी को जानते-बूझते इस तरह मौत के मुंह में धकेल दे!''

''मगर करें भी क्या। अगर ऐसा न करें तो वह फार्मूला नहीं देगी। यह भविष्य के कैंसर पीड़ितों के लिए मौत खरीदना होगा और जरा सोचिए पंडितजी। यह सब किसके लिए। एक चरित्रहीन, नाकारा और समाज के लिए बिल्कुल बेकार व्यक्ति के लिए। उसके लिए जो सिफलिश से ग्रस्त अस्पताल में हाहाकार मचा रहा है। जो यूं भी अब ज्यादा दिन नहीं जी सकेगा। ऐसे आदमी को बचाने के लिए क्या हम दुनिया को उस नायाब तोहफे से महरूम कर दें?''

''कानून की नज़र में उस चरित्रहीन, नाकारा और लुंज-पुंज व्यक्ति की जान की कीमत भी वही है जैक, जो हमारी या तुम्हारी!''

''यह कानून गलत है!'' जैक भावावेश में कह उठा!

''कानून चाहे गलत हो या नहीं, मगर कानून है और सरकार उसे तोड़ नहीं सकती। तोड़ेगी तो मुजरिम कहलाएगी। यूं भी किसी को इस तरह मौत के मुंह में धकेल देना मानवीय मूल्यों के विरुद्ध है!''

''तो आखिर क्या करें। क्या हल है इसका?'' मिस्टर रॉव ने पूछा।

''दिमाग में दो बातें आती हैं!'' पंडितजी कुछ सोचते हुए बोले!

''क्या?''

''पहली तो यह कि हम दुर्गादास को नीलम के पास भेजें। संभव है कि वह टूट जाएं और अपनी जिद छोड़ दे। इधर सुरेश को विवेक विहार ले चलते हैं। अंत में नीलम के सामने उसे इस तरह पेश करने की चेष्टा करेंगे कि वह चाहकर भी सुरेश को कोई नुकसान न पहुंचा सके!''

''अगर वह इतने पर न मानी?''

''बहस में पड़ने का वक्त नहीं है जो दिमाग में आया है, उसे करके देखते हैं!''

दवा का फार्मूला नीलम ने एक काग़ज़ पर लिखकर डॉक्टरी कोट की जेब में रख लिया।

अब उस काग़ज़ को देखकर कोई भी एमबीबीएस डॉक्टर दवा तैयार कर सकता था। नीलम की सतर्क और प्रतीक्षारत नज़र लैबोरेट्री

के दरवाज़े पर चिपकी हुई थीं कि वह वहां उसके पिता नज़र आए!

''बेटी!'' चीखता हुआ दुर्गादास उसकी तरफ दौड़ा!

अभी तक एक कुर्सी पर बैठी नीलम झटके के साथ खड़ी होती हुई चीखी–''वहीं रूक जाइए, वर्ना?''

दुर्गादास जाम हो गया!

''किसलिए आए हैं यहां?''

''तुमसे मिलने बेटी?''

कलेजे पर पत्थर रखकर नीलम ने कठोर स्वर में कहा–''मुझे अपनी मां के हत्यारे से नहीं मिलना है। यहां से चले जाओ!''

''मुझे माफ कर दो बेटी!''

''माफ किया है, इसलिए यहां से निकल जाने के लिए कह रही हूं पिताजी, वर्ना होना तो यह चाहिए कि अपनी मां के हत्यारे को देखते ही मैं गोली से उड़ा दूं!''

''भले ही मुझे गोली मार दे बेटी, मगर सुन। अपने माता-पिता का नाम आसमान पर लिख दे। ये जिद छोड़कर वह दवा दुनिया को बता दे। हमने बहुत जुल्म किए हैं तुझ पर, मगर बेटी होने के नाते मेरी यह बात मान ले!''

''हुं! तो तुम्हें यहां इस देश की सरकार ने भेजा है। मजबूर सरकार ने!''

''तू किसके लिए जिद कर रही है पगली। उसके लिए जो अपने दुष्कर्मों की सजा अस्पताल के बिस्तर पर पड़ा भोग रहा है?''

''कौन सुरेश?''

''हां!''

''क्या हुआ है उसे?''

''वही जो दुष्कर्म करने वालों को अक्सर हो जाता है। उसके लिए भला तू सारी दुनिया पर जुल्म क्यों कर रही है, उसके खून से हाथ रंगकर तुझे क्या मिलेगा, जिसे मुश्किल से एक या दो दिन बाद प्रकृति ही मारने वाली है!''

''चले जाओ यहां से!'' नीलम इतनी जोर से चिल्लाई कि दुर्गादास का सारा जिस्म थरथरा उठा–''मैं कहती हूं जाओ यहां से। मेरा कोई

बाप नहीं है। मेरा कोई कुछ नहीं है। सुरेश को भेजो। मेरे सुरेश को भेजो यहां!''

''इसका मतलब वह किसी के कहने से नहीं मानेगी!'' दुर्गादास की रिपोर्ट सुनने के बाद मैकलिन जैक ने कहा–''उसे सिर्फ सुरेश चाहिए!''

''नहीं मुझे उसके सामने मत ले जाना। वह मुझे मार देगी साहब, वह मुझे देखते ही गोली मार देगी। प्लीज मुझे उसके समाने न ले जाना!'' हाथ जोड़-जोड़कर सुरेश तब से यही चंद शब्द दोहराए जा रहा था, जबसे उसे सारी सिचुवेशन की जानकारी मिली थी।

डर के मारे चेहरा पीला पड़ा हुआ था उसका!

कुछ सोचते हुए पंडितजी बोले–''अब हमारे पास केवल एक ही तरीका है। यह कि हम सुरेश को किसी ऐसे स्थान से उसे दिखाएं जहां वह इसे मार न सके!''

''वह मार देगी साहब। वह मुझे फिर भी मार देगी!'' वह एकदम केशव पंडित के पैरों में गिर गया। टांगों से लिपटकर रो पड़ा–''मुझे उसके सामने मत ले जाओ?''

''अलग हटो!'' झुंझलाकर केशव पंडित ने उसे ठोकर मार दी– ''गंदे, घिनौने और दुश्चरित्र आदमी। तेरी वजह से आज सारी इंसानियत के भविष्य पर एक सवालिया निशान पुत गया है। तेरी जान की कीमत दौ कौड़ी नहीं। मगर मानवीय मूल्यों की रक्षा के लिए बनाए गए कानून के तहत आज तेरी कीमत उन लाखों करोड़ों इंसानों जितनी हो गई है, जिन्हें भविष्य में कैंसर चाटने वाला है!''

''अलग हट जा कुत्ते!'' रॉव ने खींचकर उसे एक कोने में डाल दिया–''अगर तेरी ये दो कौड़ी की जान दे सकते तो फिर बात ही क्या थी? हमें सोचने दे!''

वहां खड़े दुर्गादास ने कहा–''अगर इजाजत हो तो साहब मैं कुछ कहूं!''

''क्या कहना चाहते हो?''

''वह इस तरह से संतुष्ट नहीं होगी। उसे इस हरामजादे का खून चाहिए और वही उसे संतुष्ट कर सकेगा। मैं संगीता का पिता हूं साहब,

बचपन से उसे जानता हूं। वह बहुत जिद्दी है। जो मांग रही है उसे लिए बिना किसी हालत में फार्मूला नहीं देगी!''

जैक ने कहा–''नीलम की जीवनी बताती है कि तुम उसके कैसे बाप हो?''

तिलमिलाकर रह गया दुर्गादास। सारे जिस्म में अंगारे सुलग उठे!

''इसे उठाओ यहां से!'' रॉव ने सुरेश के लिए कहा–''और लैबोरेट्री की तरफ ले चलो, वहीं पहुंचकर सोचेंगे कि नीलम को इसकी शक्ल कहां से दिखाई जाए?''

''उठो!'' उसके नजदीक पहुंचकर जैक गुर्राया!

''नहीं! मैं नहीं जाऊंगा!'' किसी कुत्ते की तरह अपने जिस्म को एक कोने में समेट लिया उसने। जैक ने जेब से रिवॉल्वर निकालकर उसकी तरफ तान दिया–''उठो वर्ना गोली मार दूंगा!''

''नहीं उठूंगा। जानता हूं कि तुम कानूनन मुझे गोली नहीं मार सकते!''

''हरामजादे!'' गुर्राकर जैक ने उसे ठोकर मारी–''हमें कानून सिखाता है। तुझे कानून पता लग गया है। उठ वर्ना अभी गार्ड्स को बुलाता हूं। वे तुझे सीधा लैबोरेट्री में फेंककर आएंगे!''

''मैं . . .!''

वह अभी मिमिया ही रहा था कि दुर्गादास ने बिजली की तरह चमककर जैक के हाथ से रिवॉल्वर छीन लिया और रॉव या पंडितजी के संभलने से पूर्व ही गुर्राया–''खबरदार, जो कोई भी हिला। मैं सारी दुनिया को शूट कर दूंगा। सबको मार डालूंगा!''

''दुर्गादास!'' केशव पंडित चीखे–''पागल हो गए हो क्या?''

''हां! मैं पागल हो गया हूं। हाथ ऊपर उठा लो। वर्ना मैं सचमुच सबको गोली मार दूंगा!''

रिवॉल्वर ताने इस वक्त वह खूनी स्वर में गुर्रा रहा था–''मैं इस पागल कुत्ते की वजह से अपनी बेटी की सारी मेहनत पर पानी न फिरने दूंगा। अलग हटो। मैं कहता हूं वहां दीवार के सहारे जाकर खड़े हो जाओ!''

केशव पंडित उसके चेहरे ही से भांप गए कि इस वक्त वह किसी पर

भी गोली चलाने में कोई उज्र नहीं बरतेगा, अतः उन तीनों ने न सिर्फ हाथ ऊपर कर लिए, बल्कि दीवार के सहारे भी जाकर खड़े हो गए!

उन्हें कवर किए दुर्गादास ने दहाड़कर सुरेश से कहा–"उठ जा जलील आदमी। वर्ना साहब तो गोली मार नहीं सकते थे, मगर मैं जरूर मार दूंगा!"

इस सच्चाई को शायद सुरेश भी समझता था, इसलिए तुरंत ही उठकर खड़ा हो गया।

"चल!" दुर्गादास ने आदेश दिया!

आतंक की पराकाष्ठा सुरेश के चेहरे पर उतर आई। टांगें ही नहीं सारा जिस्म सूखे पत्ते-सा कांप रहा था मगर दुर्गादास के सामने एक न चली। दरवाज़े की तरफ बढ़ता वह उस बकरे की तरह गिड़गिड़ाया जिसे हलाल करने के लिए ले जाया जा रहा था–"मुझे बचा लीजिए पंडितजी। नीलम मुझे मार डालेगी!"

"होश मे आओ दुर्गादास। तुम बहुत बड़ा अपराध कर रहे हो!"

दुर्गादास पागलों-सा चीखा–"मुझे कोई परवाह नहीं है!"

"अदालत में इसकी हत्या का मुकदमा तुम पर चलेगा!"

"भले ही चले। फांसी से बड़ी सजा अदालत मुझे क्या देगी और सर, खुद को फांसी पर चढ़ाने के लिए तैयार करने के बाद ही ये रिवॉल्वर थामा है। मर जाऊंगा तो क्या हुआ। दुनिया को अपनी बेटी का बनाया हुआ नायाब तोहफा तो दे जाऊंगा। आज तक बेटी के किसी काम न आया। यह एक काम तो कर दूं उसका!"

पंडितजी ही नहीं जैक और रॉव भी अच्छी तरह समझ रहे थे कि दुर्गादास इस वक्त भावनाओं के भंवर में कितने गहरे तक डूबा हुआ है। जो कुछ वह कर रहा था, उसमें विघ्न डालने की चेष्टा का अर्थ था–अपने प्राणों से हाथ धो बैठना!

"ले बेटी ले!" दरवाज़े पर पहुंचकर उन शब्दों के साथ ही दुर्गादास ने अपने पैर की ठोकर पूरी ताकत से सुरेश की कमर में मारी!

उधर एक चीख के साथ सुरेश लैबोरेट्री के फर्श पर जाकर गिरा और इधर फुर्ती से पलटकर दुर्गादास गुर्राया–"खबरदार जो कोई भी आगे बढ़ा!"

पंडितजी के साथ ही पुलिस के वे सब अफसर भी ठिठक गए जिन्हें रास्ते ही में से दुर्गादास कवर किए यहां तक ले आया था। चेतावनी देने के बाद तुरंत बाद उसने लैबोरेट्री का दरवाज़ा बाहर से बंद किया और किसी को वहां तक न पहुंचने देने के लिए दृढ़ प्रतिज्ञ दरवाज़े पर डटकर खड़ा हो गया।

हालांकि अपनी तरफ से सुरेश ने उछलकर खड़े होने और वापस लैबोरेट्री के दरवाज़े की तरफ दौड़ने में काफी फुर्ती दिखाई थी, किंतु तब तक दरवाज़ा बाहर से बंद हो चुका था। मर्मांतक ढंग से भय का मारा वह दरवाज़े को पीट-पीटकर अभी चिल्ला ही रहा था कि नीलम ने उसे पुकारा!

बिजली के पुतले की तरह घूम गया वह!

सामने नीलम खड़ी थी!

सुरेश के देवता कूंच कर गए। हवा का एक बड़ा जबरदस्त झोंका चारों तरफ से बंद उस लैबोरेट्री में जाने कहां से आया कि सुरेश के चेहरे से रहा-सहा रंग भी उड़ गया। कोई और रास्ता न देखकर आतंकमिश्रित बड़े ही दयनीय स्वर में गिड़गिड़ा उठा–''मुझे मत मारना। मुझे माफ कर दो नीलू! तुम्हारे साथ मैंने बहुत नाइंसाफी की है। मगर मुझे मारना नहीं!''

''क्या तुम भी इन बेवकूफों की तरह यह समझते हो कि मैंने तुम्हें यहां कत्ल करने के लिए बुलाया है?''

''नहीं, तो फिर क्यों?''

''अफसोस है मुझे कि तुम अपनी पत्नी को कभी न समझ सके!''

सुरेश के मुर्दा जिस्म में जैसे जान पड़ गई। बोला–''वही बस कह रहे थे कि तुम मुझे कत्ल करने के लिए लैबोरेट्री में बुला रही हो!''

''और तुमने यकीन कर लिया?''

सुरेश के मुंह से बोल न फूटा। अजीब स्थिति हो गई थी उसकी। समझ न पा रहा था कि क्या करें? क्या कहे?''

''अलवर में निकल्सन ने तुम्हारे बारे में मुझसे कुछ कहा था, मगर मैंने यकीन नहीं किया और तुमने लोगों के यह कहने पर यकीन कर लिया कि मैं तुम्हें कत्ल करने वाली हूं। पति-पत्नी में यही तो फर्क

होता है। बुनियादी फर्क। पति, पत्नी की एक रात किसी दूसरे मर्द के साथ बर्दाश्त नहीं करता, जबकि पत्नी पति की दूसरी बीवी को, उसके संपर्क में आने वाली वेश्या तक को बर्दाश्त कर लेती है। जानते हो क्यों? क्योंकि पत्नी पति को अपना भगवान, अपना देवता, आराध्य और जाने क्या-क्या समझती है और मैं भी तो एक वैसी ही पत्नी हूं!''

''नीलू!''

''उस दिन सोना का कत्ल करने के बाद चाकू लेकर मैं तुम्हारी तरफ पलटी जरूर थी और सचमुच तुम्हारा कत्ल कर भी देती, क्योंकि गुस्से से पागल थी, मगर होशोहवास में, सामान्य स्थिति में तुम्हारा कत्ल करने की बात सोच तक नहीं सकती!''

''मुझे माफ कर दो नीलू। अब मैं कभी . . .!''

''जानते हो क्यों?''

सुरेश कुछ बोल न सका। सवालिया नज़रों से उसकी तरफ देखता मात्र रहा!

''केवल इसलिए, क्योंकि मैं तुमसे बहुत प्यार करती हूं। अपनी जान से भी ज्यादा, मेरी मांग के सिंदूर, मेरी मस्तक की बिंदिया हो तुम। रिसर्च तक मैं व्यस्त थी और आज वह पूरी हो गई है। इसीलिए तुम्हें बुलाया है। तुम्हें मुझसे यही शिकायत थी न कि मैं तुम्हें समय नहीं दे पाती हूं। अब मेरे पास समय-ही-समय है सुरेश। हम हमेशा साथ रहेंगे। चौबीस के चौबीस घंटे!''

''तुमने मुझे माफ कर दिया?''

''तुम्हें सजा देना मेरे अख्तियार में भी तो नहीं!'' कहने के साथ ही उसने जेब से वह काग़ज़ निकाला, जिस पर फार्मूला लिखा था। सुरेश की तरफ बढ़ाती हुई बोली–''लो, ये मेरी कामयाबी है। अपने हाथ से मेरे अजीज प्रोफेसर दिवाकर की लाश के चरणों में रख दो। यह उन्हीं का हक है!''

सुरेश के जिस्म में तो मानों नई स्फूर्ति आ गई थी। आगे बढ़कर उसने नीलम से काग़ज़ लिया और जाकर दूर पड़ी प्रोफेसर दिवाकर की लाश के चरणों पर रख दिया। अभी वह रखकर सीधा खड़ा ही हुआ ही था कि प्रेम दिवानी-सी नीलम दोनों बांहें फैलाकर बोली–''आ जाओ

सुरेश। आज हमारे बीच से 'रिसर्च' नामक दीवार हट गई है। अब मेरा सारा समय तुम्हारे लिए है। सिर्फ तुम्हारे लिए!''

सुरेश खौफ से मुक्त हो चुका था!

वह दौड़कर नीलम से लिपट गया। दोनों ने एक-दूसरे को कसकर भींच लिया। सुरेश रो पड़ा–''तुम्हारा दिल बहुत बड़ा है नीलू। तुमने मुझे माफ कर दिया!''

''अब उन बातों को छोड़ो सुरेश!'' सचमुच उससे लता के समान लिपटकर नीलम ने कहा–''हम वहां चल रहे हैं, जहां कोई सोना हमारे बीच नहीं आएगी!''

''कहां?''

जवाब एक जबरदस्त और कर्णभेदी धमाके ने दिया। इस धमाके के साथ ही लैबोरेट्री में दो इंसानी जिस्मों के परखच्चे बिखर गए और कोई माई का लाल नहीं बता सकता था कि कौन-सा जर्रा, किसके जिस्म का है?

॥समाप्त॥